Creo Parametric 1.0 中文版 从入门到精通

张云杰　等编著

電子工業出版社
Publishing House of Electronics Industry
北京・BEIJING

内 容 简 介

Creo是美国PTC公司于2011年发布的全新设计软件，其中的Creo Parametric是对原有的Pro/Engineer软件的全新升级，是当今世界最为流行的CAD/CAM/CAE软件之一，被广泛用于电子、通信、机械、模具、汽车、自行车、航天、家电、玩具等各制造行业的产品设计。Creo Parametric 1.0中文版是该软件最新的中文版本。本书从Creo Parametric 1.0的启动开始，详细介绍了其设计基础、草绘设计和基准特征、实体特征设计、工程构造特征设计、编辑实体特征和程序设计、曲面设计、工程图设计、组件装配设计、模具设计、数控加工、钣金设计等内容。

本书结构严谨，内容翔实，知识全面，可读性强，设计实例实用性强，专业性强，步骤明确，可作为广大读者快速掌握Creo Parametric 1.0中文版的自学实用指导书，也可作为大专院校计算机辅助设计课程的指导教材。

图书在版编目（CIP）数据

Creo Parametric 1.0中文版从入门到精通/张云杰等编著. —北京：电子工业出版社，2012.4
ISBN 978-7-121-16663-1

Ⅰ. ①C… Ⅱ. ①张… Ⅲ. ①计算机辅助设计—应用软件，Creo Parametric 1.0 Ⅳ. ①TP391.72

中国版本图书馆CIP数据核字（2012）第055677号

责任编辑：戴　新
印　　刷：
装　　订：三河市鑫金马印装有限公司
出版发行：电子工业出版社
北京市海淀区万寿路173信箱　邮编：100036
北京市海淀区翠微东里甲2号　邮编：100036
开　　本：787×1 092　1/16　印张：18　字数：460千字
印　　次：2012年4月第1次印刷
定　　价：37.00元

凡所购买电子工业出版社图书有缺损问题，请向购买书店调换。若书店售缺，请与本社发行部联系。联系及邮购电话：（010）88254888。

质量投诉请发邮件至zlts@phei.com.cn，盗版侵权举报请发邮件至dbqq@phei.com.cn。

服务热线：（010）88258888。

前　言

Creo 是美国 PTC 公司于 2011 年发布的全新设计软件，其中的 Creo Parametric 是对原有的 Pro/Engineer 软件的全新升级，该软件是当今世界最为流行的 CAD/CAM/CAE 软件之一，被广泛用于电子、通信、机械、模具、汽车、自行车、航天、家电、玩具等各制造行业的产品设计。Creo Parametric 1.0 中文版是该软件最新的中文版本，它针对设计中的多种功能进行了大量的补充和更新，使用户可以更加方便地进行三维设计，这一切无疑为广大的产品设计人员带来了福音。

为了使读者能够更好地学习，同时尽快熟悉 Creo Parametric 1.0 中文版的设计功能，笔者根据多年在该领域的设计经验精心编写了本书。本书以 Creo Parametric 1.0 中文版为基础，根据用户的实际需求，从学习的角度由浅入深、循序渐进地讲解了该软件的设计功能。本书主要包括入门篇和精通篇两大部分内容，从 Creo Parametric 1.0 的启动开始，详细介绍了其设计基础、草绘设计和基准特征、实体特征设计、工程构造特征设计、编辑实体特征和程序设计、曲面设计、工程图设计、组件装配设计、模具设计、数控加工、钣金设计等内容。

本书结构严谨、内容丰富、语言规范，实例侧重于实际设计，实用性强，主要针对使用 Creo Parametric 1.0 中文版进行设计和加工的广大初、中级用户，可以作为设计实战的指导用书，同时也可作为立志学习 Creo Parametric 进行产品设计和加工的用户的培训教程，本书还可作为大专院校计算机辅助设计课程的高级教材。

本书的作者群——云杰漫步多媒体科技 CAX 设计教研室，长期从事 CAD/CAE/CAM 的专业设计和教学，对 Creo Parametric 和 Pro/Engineer 有很深入的了解，并积累了大量的实际工作经验。作者群为读者提供了网络的免费技术支持，欢迎大家登录云杰漫步多媒体科技的网上技术论坛（http://www.yunjiework.com/bbs）进行交流，相信广大读者在论坛免费学习到的知识一定会更多。

本书由云杰漫步多媒体科技 CAX 设计教研室策划，张云杰主编，参加编写的还有尚蕾、张云静、靳翔、郝利剑、周益斌、杨婷、马永健等，在此感谢出版社的编辑和老师们的大力协助。

由于时间仓促，在本书编写过程中难免有疏忽之处，在此，笔者对广大读者表示歉意，望广大读者不吝赐教，对书中的不足之处予以指正。

为方便读者阅读，若需要本书配套资料，请登录华信教育资源网 www.hxedu.com.cn，在上方“下载”频道底部的“图书资料”栏目下载。

也可借助“课件搜索”，选择“课件搜索”，“课件名”，输入书名找到下载文件。

目　录

第1篇　入　门　篇

第2篇 精 通 篇

第1篇　入　门　篇

第1章　Creo Parametric 1.0 中文版基础

本章主要简单介绍 Creo Parametric 的历史和特性，以及中文版 Creo Parametric1.0 的界面、参数设置、文件以及窗口的基本操作等内容，并讲解了控制三维视角的方法，使读者对 Creo Parametric1.0 有初步的了解。

熟悉文件操作的方法和三维软件中对视角的控制对于基础学习很重要。读者需要注意的是，在实际的操作中应时常留意命令提示栏中的提示信息，它既可以显示出命令的执行情况，又可以提示读者应进行的下一步操作。对于初学者来说这些信息是十分有帮助的，而对于熟练掌握该软件的用户来说，可以从提示栏中显示的错误信息来判断问题的所在。

1.1　Creo Parametric 概述

Creo 是美国 PTC 公司于 2011 年 6 月 13 日发布的全新设计软件，是整合了 PTC 公司 Creo Parametric 的参数化技术、CoCreate 的直接建模技术和 ProductView 的三维可视化技术的新型 CAD 设计软件包，是 PTC 公司闪电计划中所推出的第一个产品。Creo Parametric、CoCreate 和 ProductView 产品名称更新迁移到 Creo 的顺序是：Pro/Engineer 对应 Creo Parametric；CoCreate 对应 Creo Elements/Direct；ProductView 对应 Creo View。Creo Parametric、CoCreate 和 ProductView 是 Creo 远景构想的基本组成元素，它们在 2D 和 3D CAD、CAE、CAM、CAID 和可视化领域提供了经过证实的表现。

Creo Parametric 是对原有的 Pro/Engineer 软件的全新升级。PTC 的原软件客户可以升级到新的 Creo 系统。随着 Creo 1.0 应用程序的发布，Creo Parametric、CoCreate 和 ProductView 的当前用户可以扩展这些应用程序的价值和功能。Creo 是 PTC 新的设计软件产品系列，它能够提高用户的工作效率，更好地与客户和供应商共享数据以及审阅设计方案，并能预防意外的服务和制造问题，从而帮助公司释放组织内部的潜力。

Creo 在拉丁语中是创新的意思。Creo 推出的目的在于解决目前 CAD 的系统难题，以及多种 CAD 系统数据共用等问题。这个集成的参数化 3D CAD、CAID、CAM 和 CAE 解决方案可灵活伸缩，能让设计速度比以前更快，同时最大限度地增强创新力度并提高创新产品质量，最终创造出不同凡响的产品。CAD 软件已经应用了几十年，三维软件也已经出现了二十多年，似乎其技术与市场已逐渐趋于成熟。但是，目前制造企业在 CAD 应用方面仍然面临着四大核心问题。

（1）软件的易用性。目前 CAD 软件虽然已经在技术上逐渐成熟，但是软件的操作还很复杂，宜人化程度有待提高。

（2）互操作性。不同的设计软件造型方法各异，包括特征造型、直觉造型等，二维设计还在广泛地应用。但这些软件相对独立，操作方式完全不同，对于客户来说，鱼和熊掌不可兼得。

（3）数据转换的问题。这个问题依然是困扰 CAD 软件应用的大问题。一些厂商试图通过图形文件的标准来锁定用户，因而导致用户有很高的数据转换成本。

（4）装配模型如何满足复杂的客户配置需求。由于客户需求的差异，往往会造成因为配置的复杂性，而大大延长产品的交付时间。

Creo 的推出，正是为了从根本上解决这些制造企业在 CAD 应用中面临的核心问题，从而真正将企业的创新能力发挥出来，帮助企业提升研发协作水平，让 CAD 应用真正提高效率，为企业创造价值。

Creo 的功能和优势在于以下几个方面。

强大灵活的参数化 3D CAD 功能带来与众不同且便于制造的产品。

多种概念设计功能帮助快速推出新产品。

可以在各应用程序和扩展包之间无缝地交换数据，而且可以获得共同的用户体验，因此，客户可以更快速地、用更低的成本完成从开发概念到制造产品的整个过程。

此外，由于能适应后期设计变更和自动将设计变更传播到下游的所有可交付结果，因此用户可以自信地完成设计。

自动产生相关的制造和服务可交付结果，从而加快产品上市速度并降低成本。

1.2 Creo Parametric 1.0 的新增功能

Creo 1.0 带来数百项新功能，将全面改善用户体验，并提供适用于组件建模、曲面设计、钣金件设计、详细设计和其他重要 3D 建模任务的新工具。新的扩展包（例如 Creo Flexible Modeling Extension 和 Creo Legacy Migration Extension）将进一步提高详细设计的效率。

Creo Parametric 1.0 是 PTC 新的 3D 参数化建模系统，它利用了 Creo Parametric、CoCreate 和 ProductView 中经过验证的技术，并提供了数以百计可提高设计效率和生产力的新功能。Creo Parametric 保留了功能强大和可靠耐用的特点，它提供了极其丰富的 3D CAD、CAID、CAM 和 CAE 集成功能，而且用户界面直观，可提高用户生产力。此外，Creo Parametric 中的许多新功能为用户提供了比以往更高的设计灵活性、效率和速度。下面介绍一些主要的新增功能和新的扩展包。

（1）概念设计的自由性

使用 Creo Parametric 中新的 Freestyle 设计功能可以快速创建自由形状和曲面。快速易用的细分建模功能使用户能够自由灵活地创建简单或者复杂的形状，同时仍能在短时间内交付高质量的工程曲面。加快概念设计速度并在 3D 详细设计过程中重复使用此数据，以进一步节省时间和提高工作效率。

（2）极高的灵活性

新的 Creo Flexible Modeling Extension 为 Creo Parametric 用户带来了更高的设计灵活性和

更快的速度。用户可轻松选择并编辑各种几何类型，包括倒圆角和阵列。重大的编辑和移动将被记录为特征，之后可以更新这些特征以保持完整的设计意图。用户可以更快速地编辑导入的数据，更好地适应后期的设计变更，以及简化设计方案的去特征化操作，以方便下游设计流程的工作。

（3）领先业界的用户体验

加快了采用速度和提高了设计效率。利用经简化、可定制和熟悉的功能区界面可以更快速地使用命令。最新的工具（例如直观的 3D CoPilot、嵌入图形的工具栏和小型工具栏）提高了设计效率。新的嵌入式命令查找器可让用户比以往更快速地找到功能。更快速的安装过程和易于访问的帮助工具（包括新 LearningConnector、教程和帮助资源），将能够让用户加快上手的速度。

（4）更快速轻松的装配设计

在处理大型装配时，利用 Creo View 技术更快速和更聪明地检索原始的或第三方的产品数据，从而提高工作效率。在装配设计中快速重新构建、重新排序和重新命名元件。利用新的“追踪更改”功能以及装配快速搜索功能，更好地了解装配；“追踪更改”功能可让用户准确看到在装配中已更改和修改的地方。经简化的新元件放置约束和 CoPilot 功能提供了更易用和更直观的命令，可加快详细设计过程。

（5）新的 Creo Legacy Migration Extension

通过使用新的旧数据迁移工具将旧的 2D 绘图关联到 3D 模型，简化了处理从其他系统中导入的 CAD 数据的操作。无需手动重新创建 2D 绘图，从而节省时间并减少错误。附加的功能包括，直接通过现有的 2D 绘图在设计方案上创建 3D 注释。

（6）新的 Creo Layout 应用程序

利用 Creo Layout 中的 2D 概念工程功能快速开始 3D 设计。这个新的独立应用程序可让用户快速创建详细的 2D 概念工程模型。然后，可以通过在 Creo Parametric 中的 3D 装配设计内无缝地重复使用 Creo Layout 数据，加快从 2D 设计转变到 3D 设计的速度。

（7）更高的 3D 建模效率

现在，利用 Creo Parametric 可以更快速轻松地执行日常的 3D 建模任务。Creo Parametric 包含许多核心的设计效率增强功能，使用户能够比以往更快速地创建基于草绘的特征，它还包含许多额外的改进，例如锥形拉伸以及简化的从方程、螺旋扫描和扫描命令中生成曲线的接口。增强的预览功能、简化的编辑和自动再生增强功能让用户更快速地完成设计。

（8）更快速的钣金件设计

钣金件设计的速度比以前更快。业界领先的功能（例如持续的平整形态预览、简化的工作流程和动态编辑）使 Creo Parametric 的钣金件模块成为设计效率的领先者。此外，常用工具中的全新工作流程（例如折弯和壁创建）使用户更容易上手。

（9）更好的 3D 注释

在新的专用的 3D 注释环境中，更快速轻松地收集详细的模型信息。可以轻松创建注释和组合状态，还可以设置和管理方向。改善的注释特征 UI 更易于使用，而且进一步提高了详细设计效率。

（10）模拟现实

利用新的丰富的模拟功能，可以更轻松地预测产品性能。增强的可用性和分布式批处理支持，可帮助用户更快速地分析设计方案。附加的非线性结构和热分析、更多的动态分析和改善的网格化带来了更强的功能和速度，让用户轻松检验和验证设计方案。

1.3 认识界面

在 Windows XP 系统下启动 Creo Parametric 1.0，显示欢迎界面（如图 1-1 所示）后，即可进入 Creo Parametric 的工作界面。

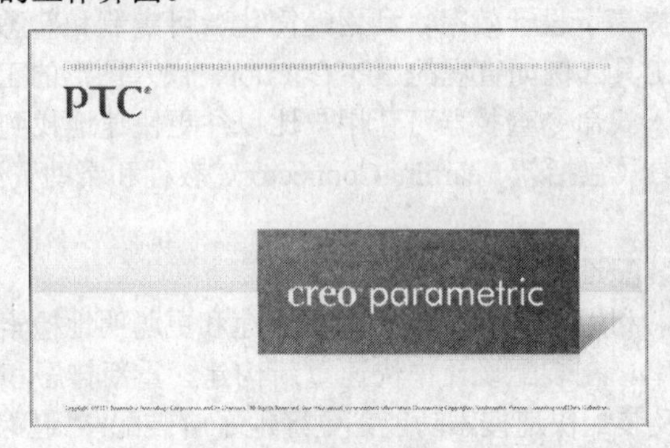

图 1-1 欢迎界面

Creo Parametric 1.0 的工作界面如图 1-2 所示，主要由【快速访问】工具栏、【图形】工具栏、【文件】菜单、主选项卡、导航选项卡、命令提示栏、绘图区等组成，除此之外，对于不同的功能模块还可能出现不同的菜单管理器（如图 1-3 所示）和对话框（如图 1-4 所示），本节将详细介绍这些组成部分的功能。

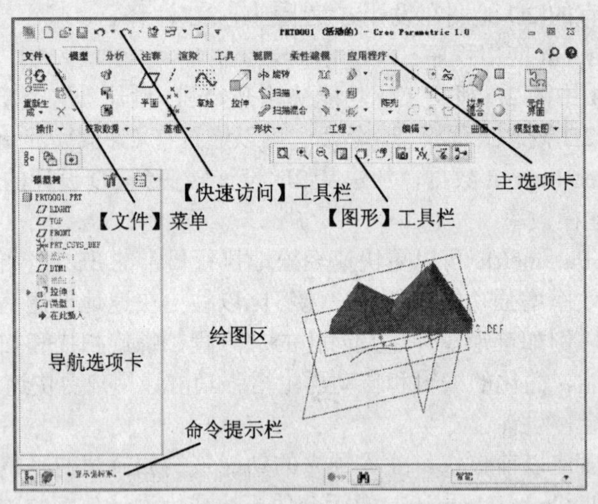

图 1-2 工作界面

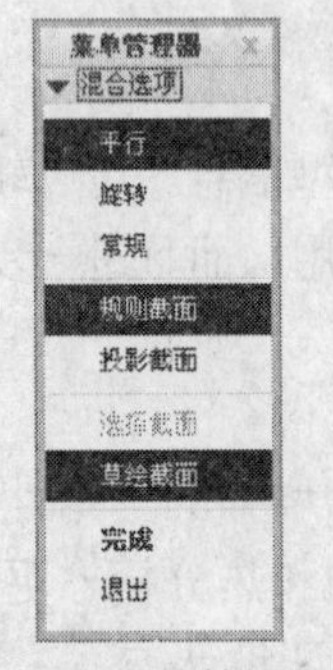

图 1-3 菜单管理器

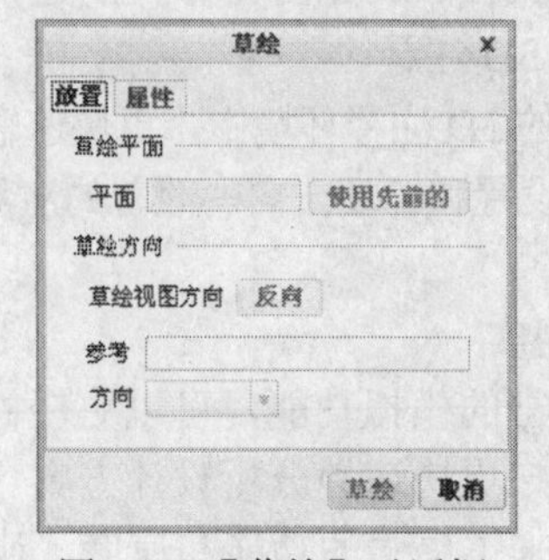

图 1-4 【草绘】对话框

1.3.1　【文件】菜单

【文件】菜单是 Creo 软件进行文件操作和管理的命令菜单，也是进行软件参数设置和提供软件帮助的命令菜单。

【文件】菜单包含关于文件操作的命令，如【新建】、【打开】、【保存】、【另存为】、【打印】和【关闭】等操作命令，如图 1-5 所示。菜单中有的命令下有次级菜单，将其打开可以使用其下拉菜单中的相关命令。

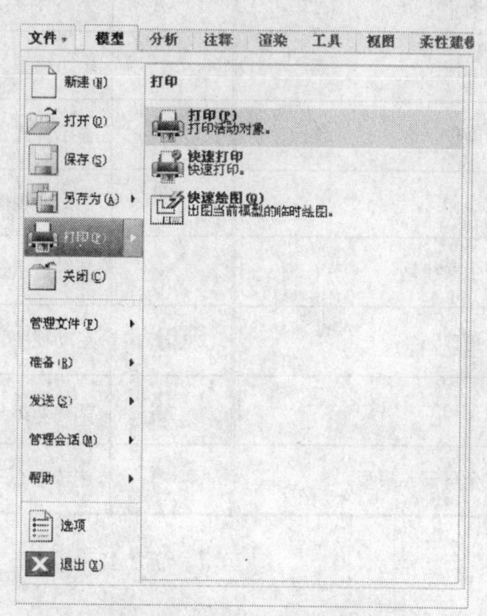

图 1-5　【文件】菜单

在【管理文件】和【管理会话】下拉菜单中，可以对内存中和目前显示的模型进行命名或删除操作，也可以发布或者发送文件，或使用帮助命令。

【选项】菜单命令是进行软件参数设置的命令，在 1.4 节中我们会详细介绍。

1.3.2　工具栏

常用的工具栏有【快速访问】工具栏和【图形】工具栏，前者一般位于软件窗口的左上角，后者默认位于显示窗口上方，如图 1-6 和图 1-7 所示。用户也可以根据需要自定义工具栏的位置。其中【图形】工具栏还有多个下拉列表框，可以在其中选择多个命令进行操作，如图 1-8 所示。

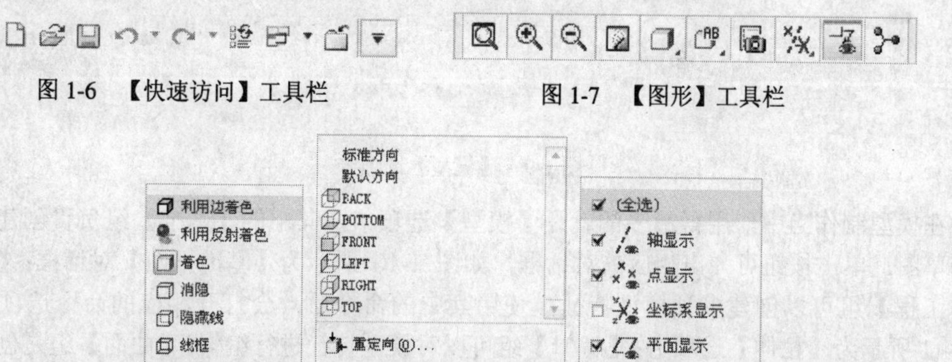

图 1-6　【快速访问】工具栏

图 1-7　【图形】工具栏

图 1-8　【显示样式】、【已命名视图】和【基准显示】过滤器下拉列表框

工具栏中的各个按钮可以通过【文件】选项卡中的【选项】命令进行个人定义，它包含的按钮功能如表 1-1 所示。

表 1-1　工具栏功能按钮

按　钮	按钮功能	按　钮	按钮功能
	新建文件		重画
	打开文件		放大模型
	保存文件		缩小模型
	撤销操作		显示样式
	重做操作		已命名视图
	重新生成模型		基准显示过滤器
	显示窗口		启动视图管理器
	关闭窗口		注释显示
	调整全屏显示模型		旋转中心开关

1.3.3　主选项卡

主选项卡中集合了大量的 Creo Parametric 操作命令，初始界面包括【模型】、【分析】、【注释】、【渲染】、【工具】、【视图】、【柔性建模】、【应用程序】共 8 个主选项卡。在使用选项卡中的某一命令时，有时会出现相应的工具选项卡。当然用户也可以自己定制选项卡，这个功能后面会介绍到。

下面分别对这 8 个主选项卡分别进行介绍。

1.【模型】选项卡

【模型】选项卡如图 1-9 所示，主要包含【操作】、【获取数据】、【基准】、【形状】、【工程】、【编辑】、【曲面】和【模型意图】等组，组中的命令可因所处的活动模式不同而改变。

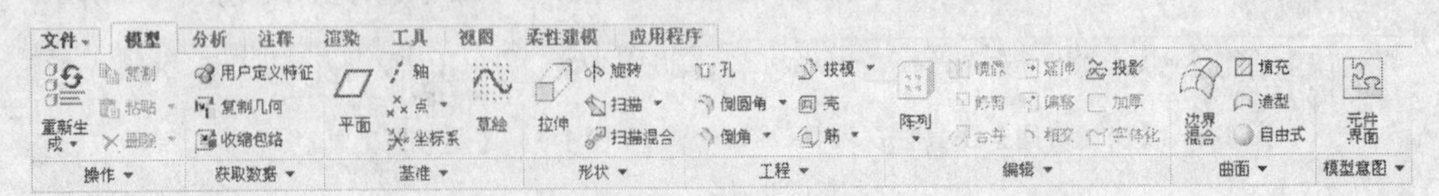

图 1-9　【模型】选项卡

在模型制作当中，用得最多的就是【模型】选项卡，其中的【基准】组负责创建基准和绘制草图，单击按钮可弹出相应的对话框，如图 1-10 所示为【基准平面】对话框；【形状】和【工程】组可以创建多种模型特征，使用其中的命令后，会打开相应的命令选项卡，如图 1-11 所示为【拉伸】选项卡；【编辑】组可以对模型特征进行编辑；【曲面】组是创建和编辑曲面的工具。在【模型意图】组单击【程序】按钮，弹出【菜单管理器】，如图 1-12 所示，这是 Creo Parametric 特有的命令使用方式，一步步执行【菜单管理器】中的操作可以完成命令的使用。

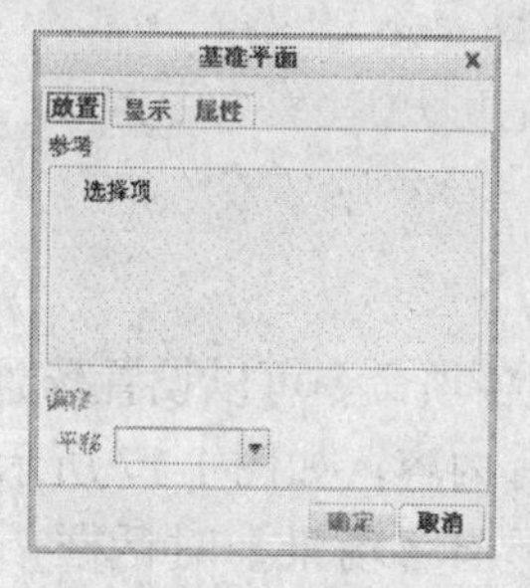

图 1-10　【基准平面】对话框

图 1-11　【拉伸】选项卡

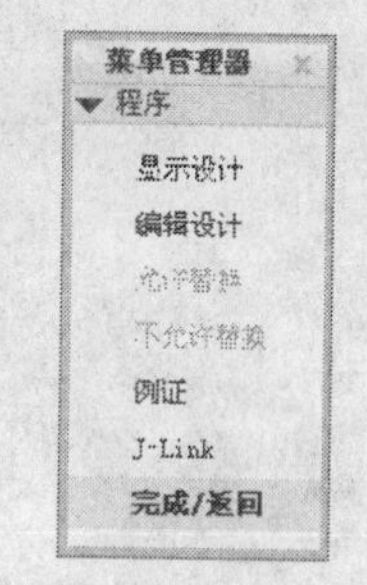

图 1-12　【菜单管理器】

2.【分析】选项卡

【分析】选项卡如图 1-13 所示，其中包括【管理】、【自定义】、【模型报告】、【测量】、【检查几何】、【设计研究】等组。【分析】选项卡可以对模型零件进行相关分析，内容包括几何检查、测量面积和直径等参数、Simulate 分析以及生成分析报告。

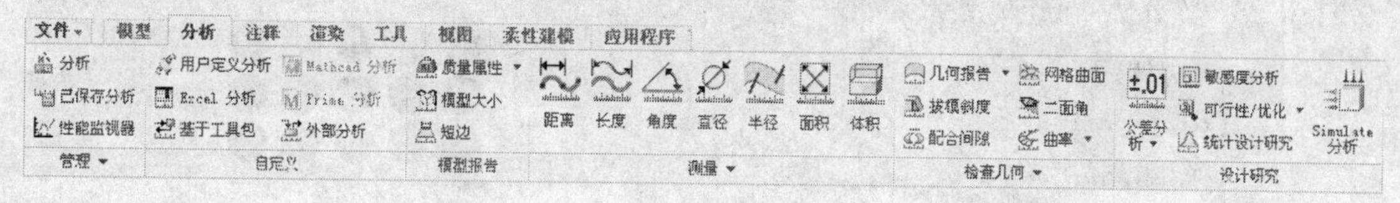

图 1-13　【分析】选项卡

【模型报告】组可以对模型质量、大小及短边进行测量，单击【质量属性】按钮 质量属性 弹出如图 1-14 所示的【质量属性】对话框；【测量】组可以测量模型中的多种参数，单击【体积】按钮 弹出如图 1-15 所示的【体积块】对话框。

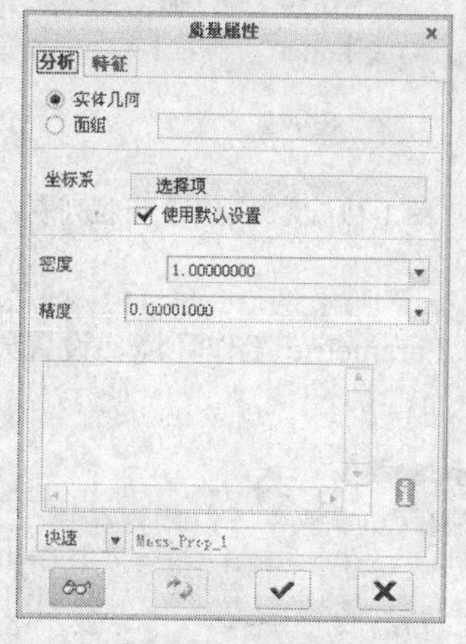

图 1-14　【质量属性】对话框

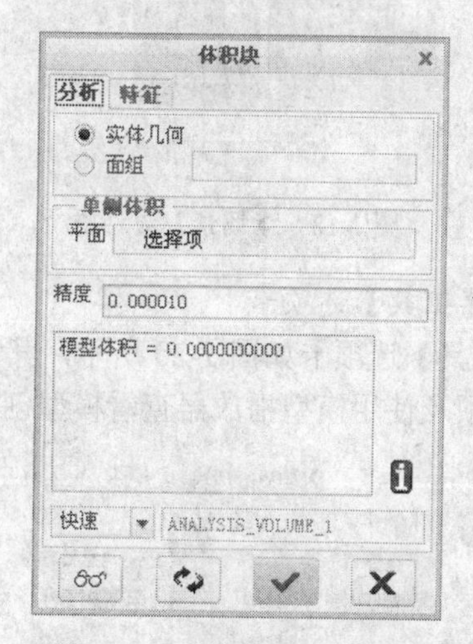

图 1-15　【体积块】对话框

3.【注释】选项卡

【注释】选项卡如图 1-16 所示，主要包括【组合状态】、【注释平面】、【管理注释】、【注释特征】、【基准】、【注释】等组，这些组上的命令都是关于添加模型注释的，包括几何公差、注释特征等内容的创建。

图 1-16 【注释】选项卡

4.【渲染】选项卡

【渲染】选项卡中包含的各项命令可以设置场景、模型外观、视图、渲染设置等内容，如图 1-17 所示。

图 1-17 【渲染】选项卡

单击【场景】按钮，弹出【场景】对话框，如图 1-18 所示，设置需要的场景；打开【外观库】下拉列表，如图 1-19 所示，可以设置外观；之后可以使用【渲染】选项卡中的命令查看渲染效果。

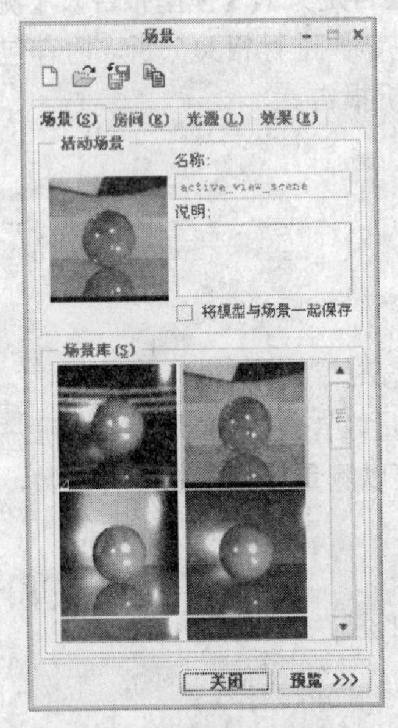

图 1-18 【场景】对话框

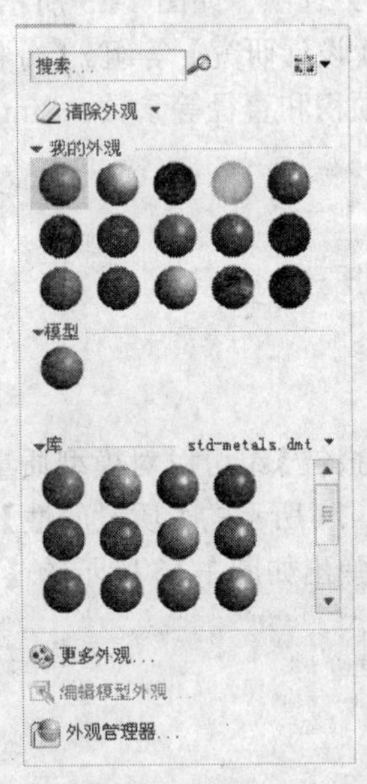

图 1-19 【外观库】下拉列表

5.【工具】选项卡

【工具】选项卡如图 1-20 所示，其功能是定义 Creo Parametric 工作环境、设置外部参照控制选项及使用模型播放器查看模型创建历史记录等。

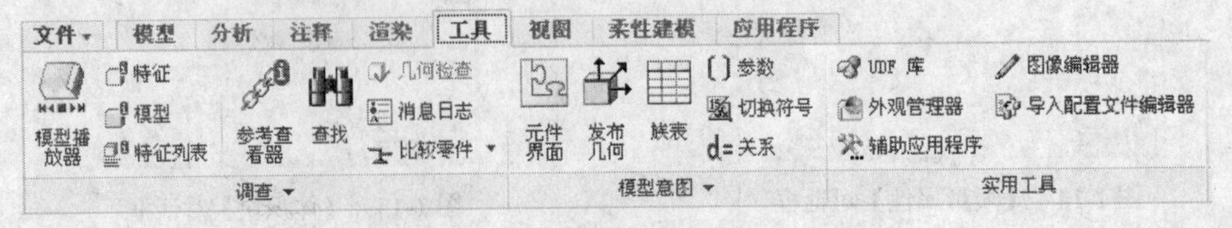

图 1-20 【工具】选项卡

该选项卡中包含以下几项主要的命令按钮。

【模型播放器】按钮：单击该按钮，弹出【模型播放器】对话框，如图 1-21 所示，可以逐步完成对象重新生成过程。

【参考查看器】按钮：显示设计中父子关系的图形说明。

【元件界面】按钮：创建或编辑元件接口。

【发布几何】按钮：创建发布几何特征。

【族表】按钮：创建或修改族表。

【参数】按钮：设置模型中的各类参数。单击该按钮，弹出【参数】对话框，如图 1-22 所示。

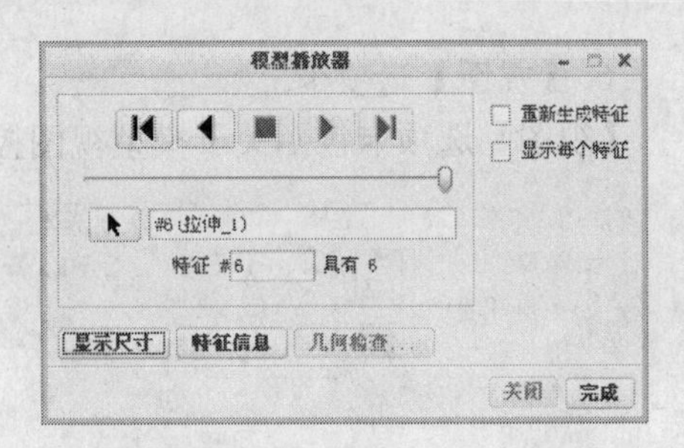

图 1-21　【模型播放器】对话框

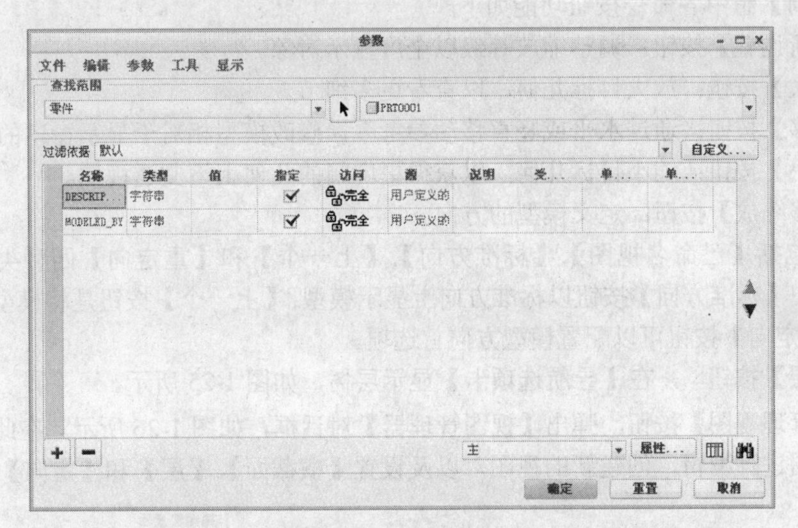

图 1-22　【参数】对话框

【d=关系】按钮：查看参数化标签并添加或编辑约束方程。单击该按钮，弹出【关系】对话框，如图 1-23 所示。

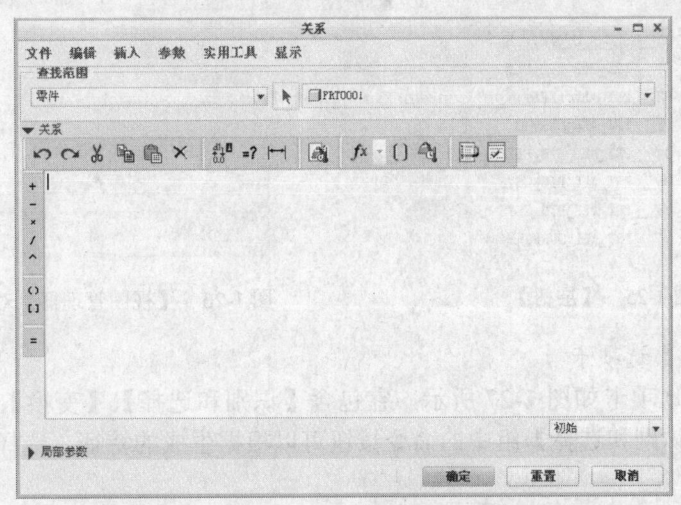

图 1-23　【关系】对话框

【外观管理器】按钮：打开外观管理器进行编辑。

【UDF 库】按钮：访问创建 UDF 和修改库中现有 UDF 的命令。

6.【视图】选项卡

【视图】选项卡包括关于模型视图控制的命令按钮，如图 1-24 所示。

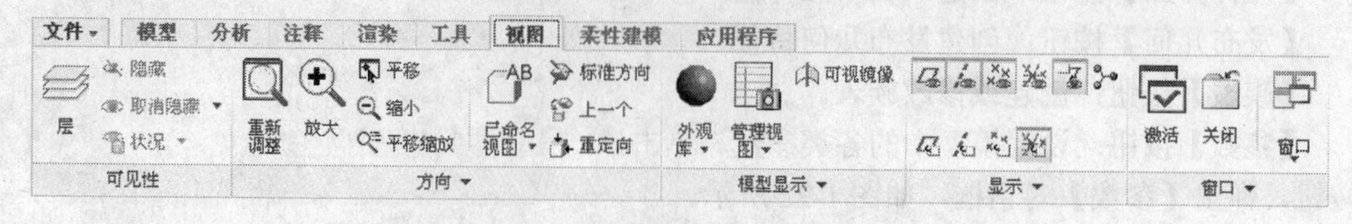

图 1-24 【视图】选项卡

其【方向】组中各命令按钮功能如下。

- 【重新调整】按钮：调整缩放等级以全屏显示对象。
- 【放大】按钮：放大目标几何，以查看更多细节。
- 【平移】按钮：通过水平或竖直移动参考系，修改模型相对于显示窗口的位置。
- 【缩小】按钮：缩小目标几何，以获得更广阔的几何上下文透视图。
- 【平移缩放】按钮：定义模型的方向。

此外还包括【已命名视图】、【标准方向】、【上一个】和【重定向】四种类型的视图调整按钮。其中【标准方向】按钮以标准方向上显示模型；【上一个】按钮是将模型恢复到上一个显示；【重定向】按钮可以配置模型方向首选项。

单击【层】按钮，在【导航选项卡】显示层树，如图 1-25 所示。

单击【管理视图】按钮，弹出【视图管理器】对话框，如图 1-26 所示。在此对话框中可以对现有视图进行编辑，创建新的视图，以及设置【横截面】、【层】和【定向】参数。

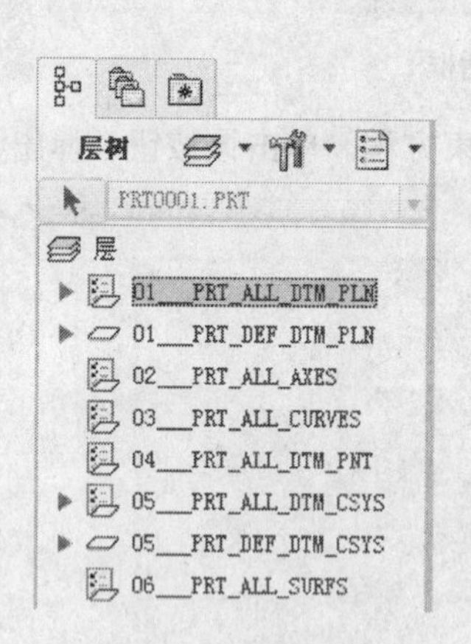

图 1-25 【层树】

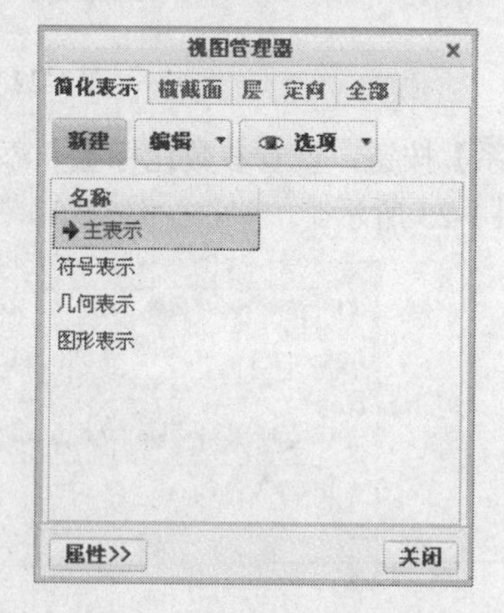

图 1-26 【视图管理器】对话框

7.【柔性建模】选项卡

【柔性建模】选项卡如图 1-27 所示，它包含【识别和选择】、【变换】、【识别】和【编辑特征】选组。【识别和选择】组中的命令按钮可以根据生成的特征，选择显示窗口中相应的对象。

其他组中的主要命令按钮功能如下。

- 【几何规则】按钮：显示用于展开曲面显示的几何规则。
- 【偏移】按钮：偏移选定曲面。偏移曲面可重新连接到实体或同一面组。

- 【镜像】按钮：镜像选定几何。
- 【替代】按钮：用不同曲面选择替代选定的曲面。
- 【编辑倒圆角】按钮：修改选定倒圆角曲面的半径或将他们从模型中移除。
- 【对称】按钮：选择彼此互为镜像的两个曲面，然后找出镜像平面。也可以选择一个曲面和一个镜像平面，然后找出选定曲面的镜像。还可以找到彼此互为镜像的相邻曲面，然后将它们变为对称组的一部分。

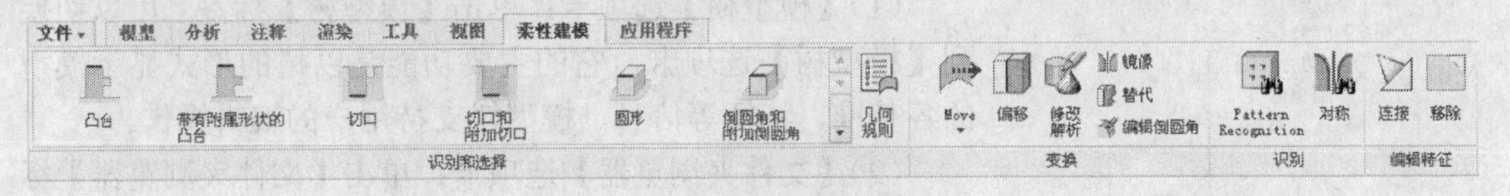

图 1-27　【柔性建模】选项卡

8.【应用程序】选项卡

不同的工作模式对应不同的【应用程序】选项卡，零件工作模式下的【应用程序】选项卡如图 1-28 所示，其主要功能是显示当前可用的应用程序，比如【焊接】和【模具/铸造】，选择可以直接变更模型环境。

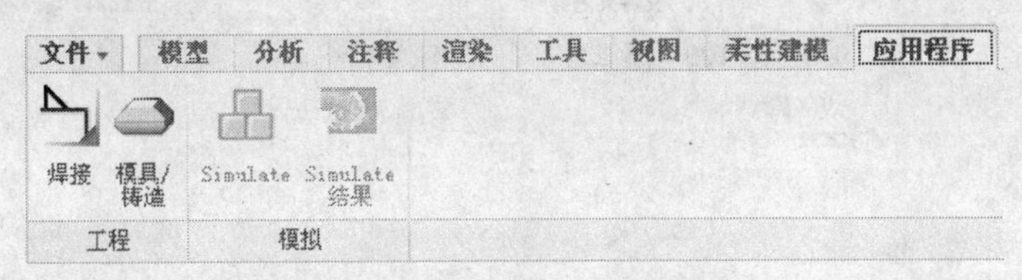

图 1-28　【应用程序】选项卡

1.3.5　工具选项卡

工具选项卡的主要功能是用来详细定义和编辑所创建特征的参数和参照等，例如倒角、拉伸、孔、筋等特征，在后面创建这些特征时将进行详细介绍。

如单击【模型】选项卡【工程】组中的【边倒角】按钮，可以打开图 1-29 所示的【边倒角】工具选项卡，以进行边倒角的操作。

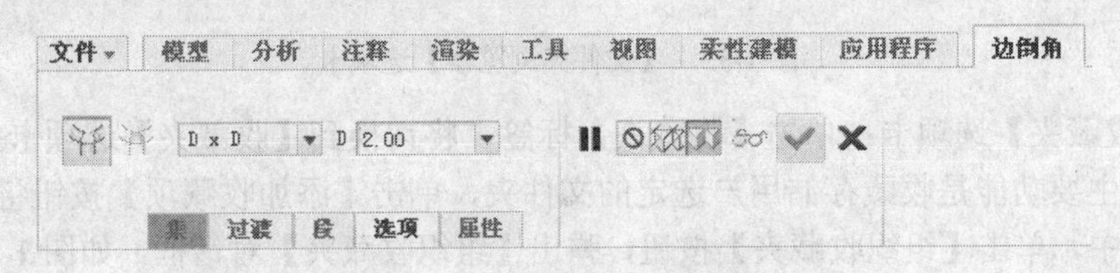

图 1-29　【边倒角】工具选项卡

1.3.5　命令提示栏

命令提示栏如图 1-30 所示，它的主要功能是提示命令执行情况和下一步操作的信息。同时包括导航选项卡和浏览器显示按钮。

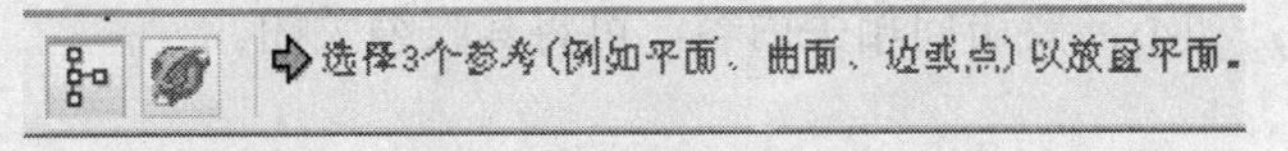

图 1-30　命令提示栏

1.3.6 导航选项卡

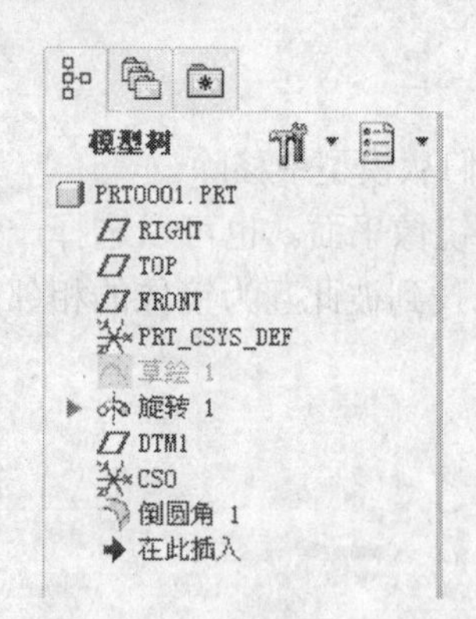

图 1-31 导航选项卡

导航选项卡一般位于界面的左侧，如图 1-31 所示，单击命令提示栏中的【导航选项卡】按钮可以打开或关闭导航选项卡。

导航选项卡共包括 3 个子选项卡。

（1）【模型树】选项卡：单击【模型树】标签可以切换到【模型树】选项卡，它的主要功能是以树的形式显示模型的各基准、特征等信息。模型树支持用户的编辑操作。

（2）【文件夹浏览器】选项卡：单击【文件夹浏览器】标签将切换到【文件夹浏览器】选项卡，如图 1-32 所示。在其中选择文件夹后，会在其右方显示该文件夹中所有的文件。在右边弹出的窗口中单击鼠标右键可以进行【打开】、【剪切】、【复制】文件等操作。

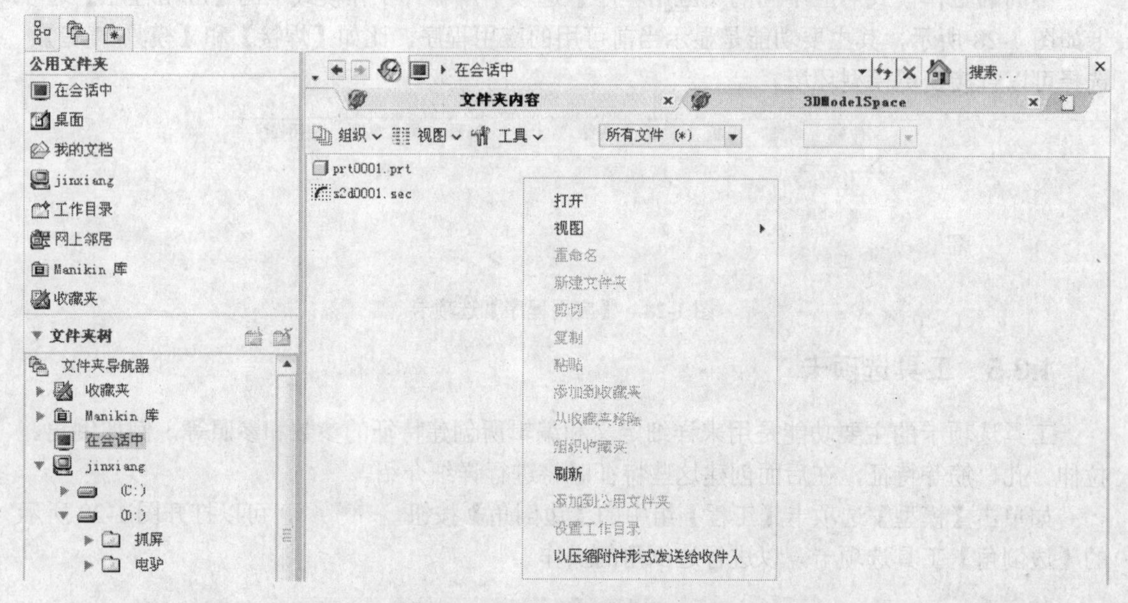

图 1-32 【文件夹浏览器】选项卡

（3）【收藏夹】选项卡：单击【收藏夹】标签将切换到【收藏夹】选项卡，如图 1-33 所示。它的主要功能是收藏存储用户选定的文件夹，单击【添加收藏项】按钮将当前目录添加到收藏夹中，单击【组织收藏夹】按钮，弹出【组织收藏夹】对话框，如图 1-34 所示，可以对收藏夹中的项目进行编辑。

1.3.7 浏览器

单击命令提示栏中的【浏览器】按钮弹出浏览器，如图 1-35 所示，通过它可以访问网站和一些在线的目录信息，还可以显示特征的查询信息等，在机器联网的情况下，启动软件后就会显示浏览器，如不需要访问相关内容，可将其收缩关闭。

图 1-33　【收藏夹】选项卡

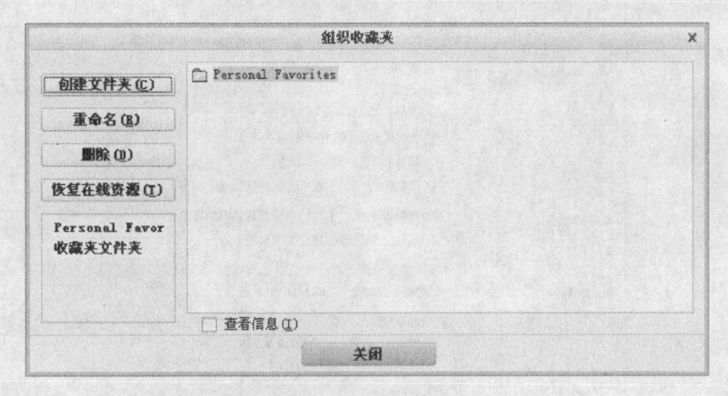

图 1-34　【组织收藏夹】对话框

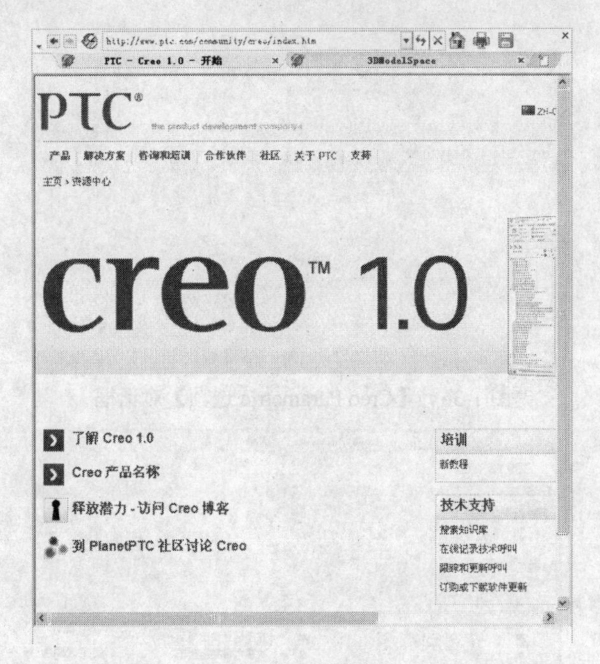

图 1-35　浏览器

1.4　参数设置

Creo Parametric 参数设置包括多个方面，其中主要的有软件元素的显示和各种颜色设置，草绘器设置、装配设置和数据交换设置，为了使软件使用更加得心应手还可以对软件进行界面设置。单击【文件】|【选项】菜单命令，打开【Creo Parametric 选项】对话框，可以选择左侧列表中的各个选项，在右侧的各选项组中对选项内容进行设置，如图 1-36 所示。

1.4.1　显示和颜色设置

1. 在【Creo Parametric 选项】对话框中选择【系统颜色】选项，打开【系统颜色】选项卡，如图 1-37 所示，可以设置系统内的各个选项的颜色，包括【图形】、【基准】、【几何】、【草绘器】和【简单搜索】。打开相应的内容之后，单击各个选项之前的颜色块，设置系统预设的颜色，或者单击【更多颜色】按钮，自由设定颜色。

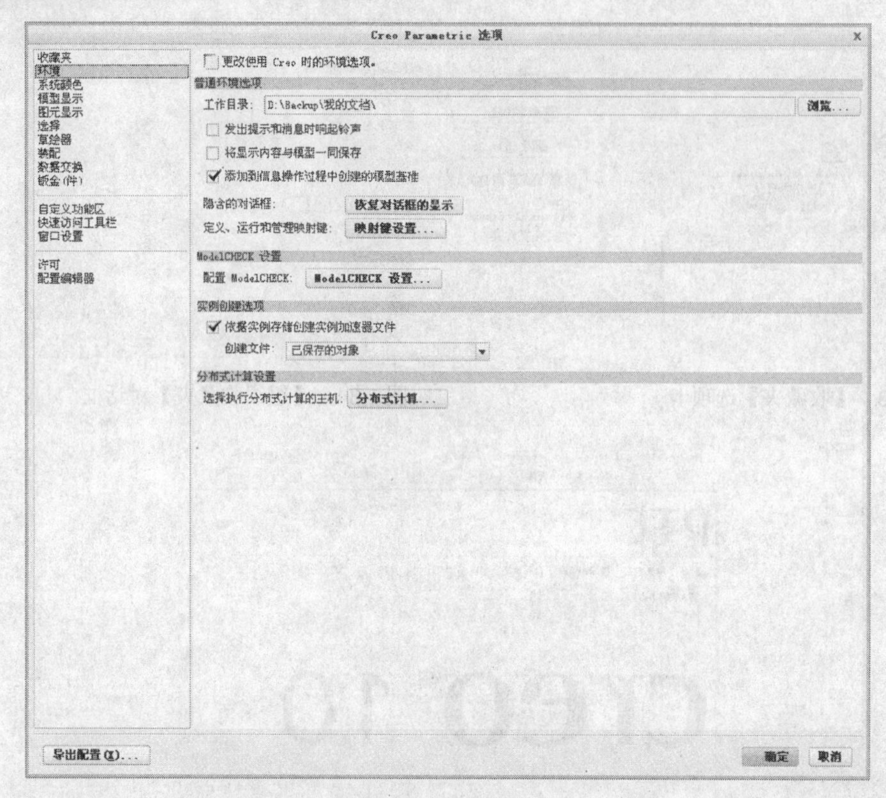

图 1-36 【Creo Parametric 选项】对话框

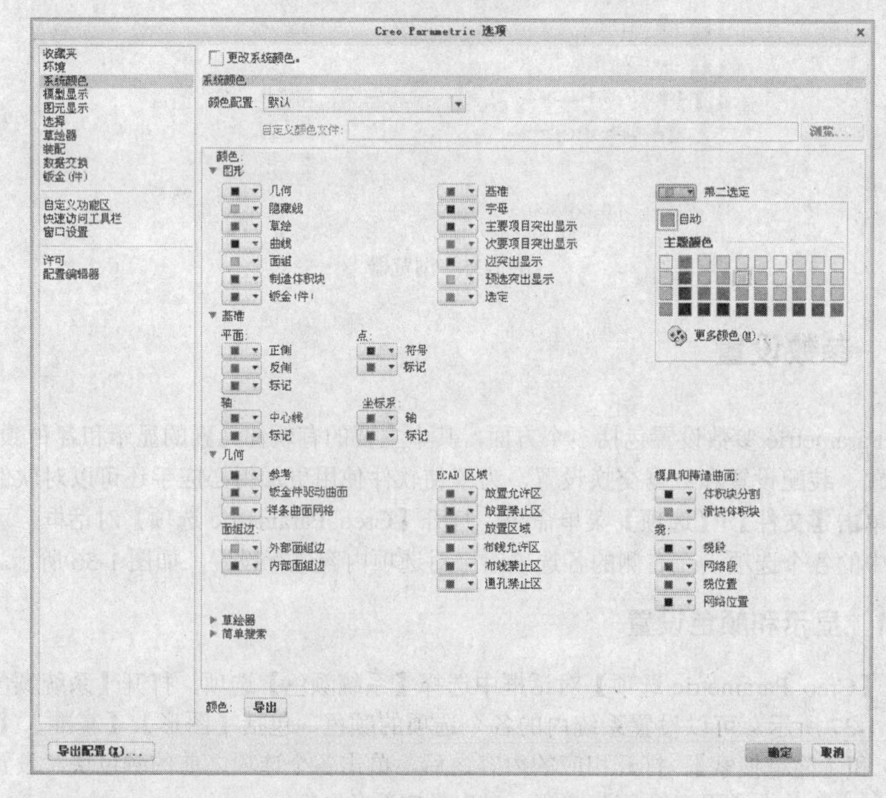

图 1-37 【系统颜色】选项卡

2. 在【Creo Parametric 选项】对话框中选择【模型显示】选项，打开【模型显示】选项卡，如图 1-38 所示，可以设置系统的模型显示，包括【模型方向】、【着色模型显示设置】、【重定向模型时的模型显示设置】、和【实时渲染设置】。

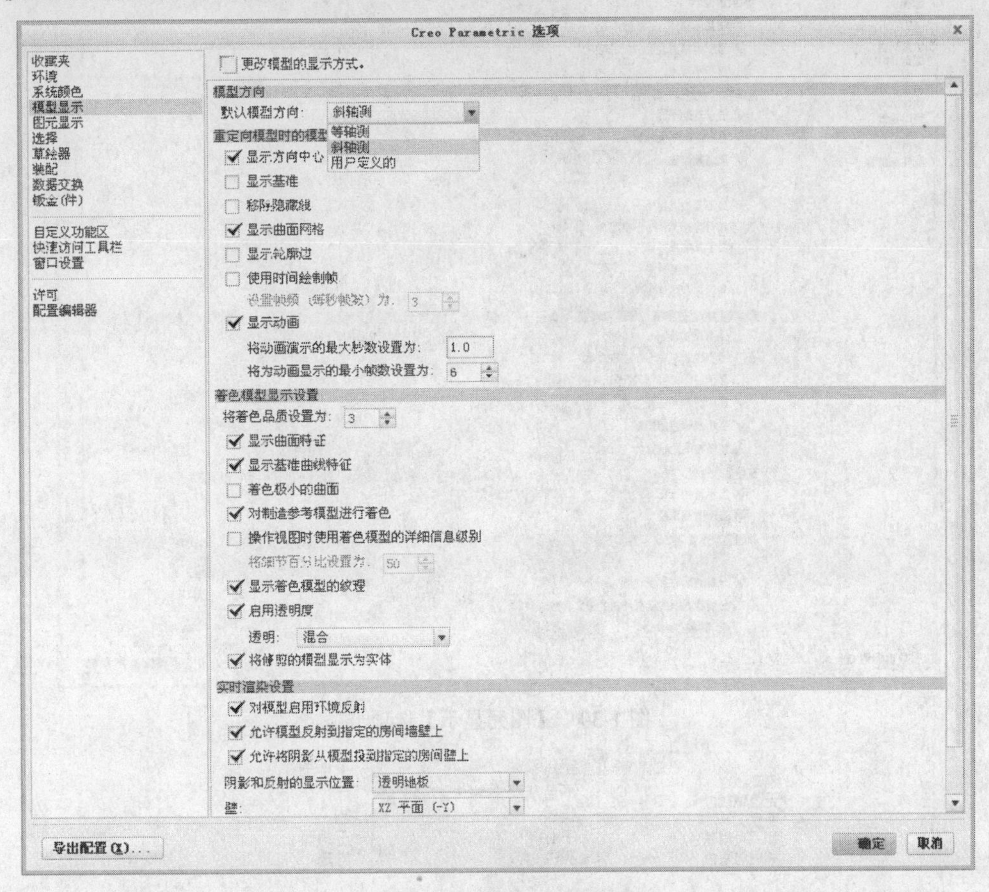

图 1-38 【模型显示】选项卡

（1）在【默认模型方向】下拉列表框中有【等轴测】和【斜轴测】两个预设的类型，也可以选择【用户定义的】选项自设定方向。

（2）在【重定向模型时的模型显示设置】选项组的【显示动画】选项中，可以输入数字，设置动画显示的最大秒数和最小帧数。

（3）【实时渲染设置】选项组可以在【阴影和反射的显示位置】下拉列表框选择【透明地板】和【房间】选项，设置阴影和反射效果；通过在【壁】下拉列表框中选择不同的平面，设置渲染墙壁。

3. 在【Creo Parametric 选项】对话框中选择【图元显示】选项，打开【图元显示】选项卡，如图 1-39 所示，可以更改图元的显示方式。

在【几何显示设置】选项组【默认几何显示】下拉列表框中，有 6 种不同的几何显示效果；在【边质量显示】下拉列表框中有 5 种模型边的显示效果；在【基准显示设置】选项组【将点符号显示为】下拉列表框中有 5 种不同的点的效果，可以分别进行设置，如图 1-40 所示。

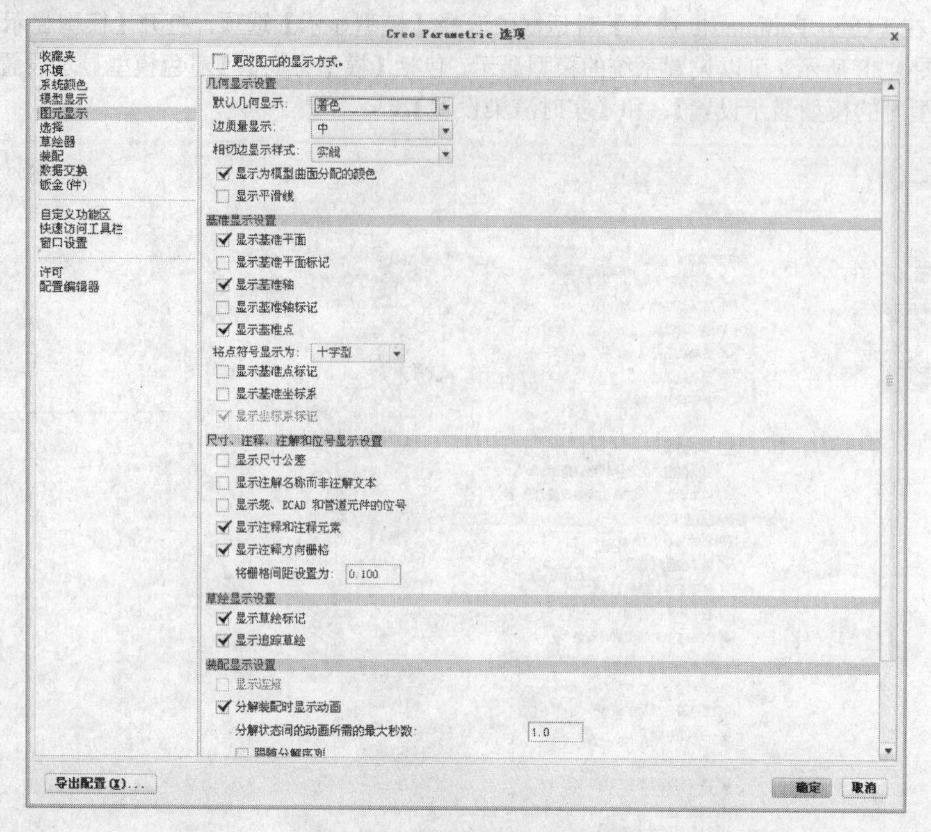

图 1-39 【图元显示】选项卡

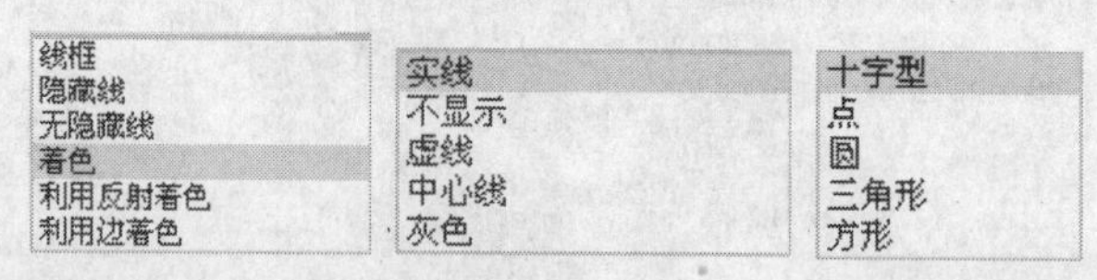

图 1-40 【默认几何显示】、【边质量显示】和【将点符号显示为】下拉列表框

1.4.2 草绘器设置

在【草绘器】选项卡（如图 1-41 所示）中可以设置在草绘界面对象显示、栅格、样式和约束的选项。除了可以设置草图对象本身的显示效果，比如尺寸、约束和顶点外，还可以设置草绘器的约束假设样式，尺寸标注的小数位及相对精度。

草绘时同样可以设置栅格和栅格捕捉，如图 1-42 所示，【栅格类型】包括【笛卡尔】和【极坐标】两种。

1.4.3 装配设置

切换到【装配】选项卡，如图 1-43 所示，在【外部参考控制】选项组，各个选项可在相应的下拉列表框中进行选择，同时可以更改参考的颜色。

在【自动放置选项】选项组（如图 1-44 所示）中可以设置以元件大小百分比显示的搜索区域大小，可在其中的文本框中进行设置。在【元件拖动设置】选项组下的文本框中设置发生捕捉的距离和角度公差。

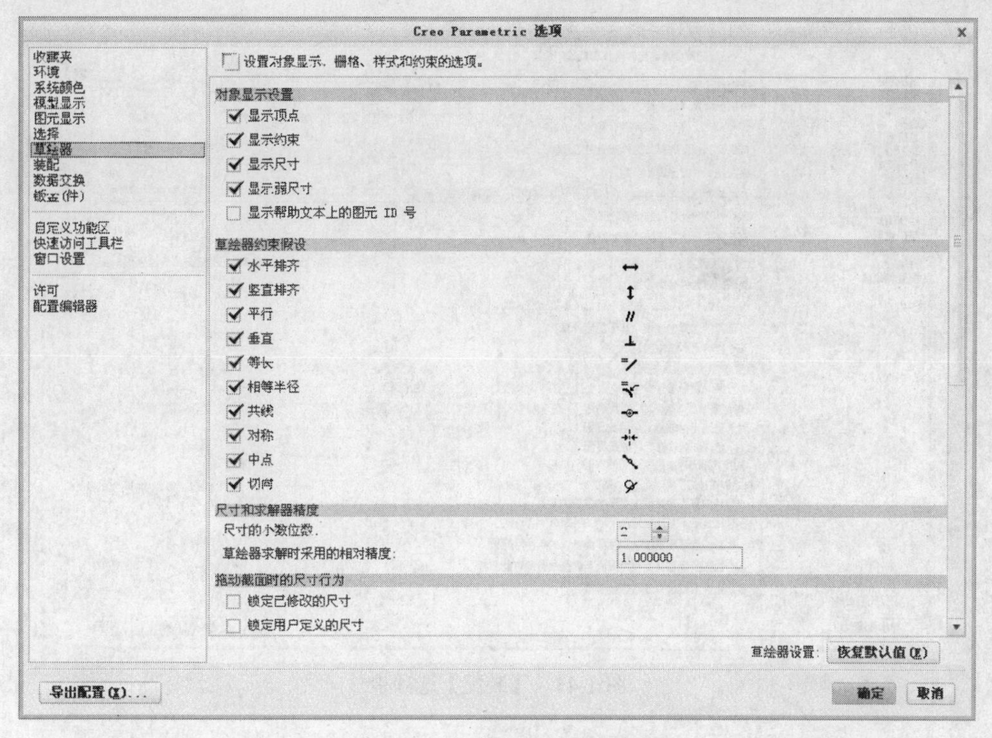

图 1-41　【草绘器】选项卡

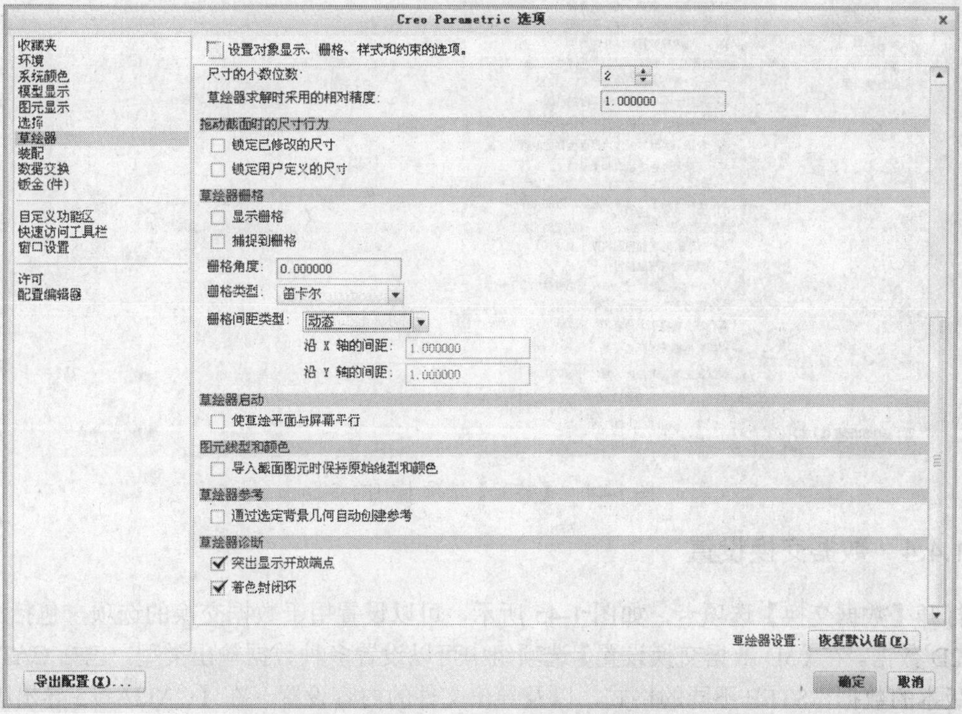

图 1-42　【草绘器】选项卡中的参数

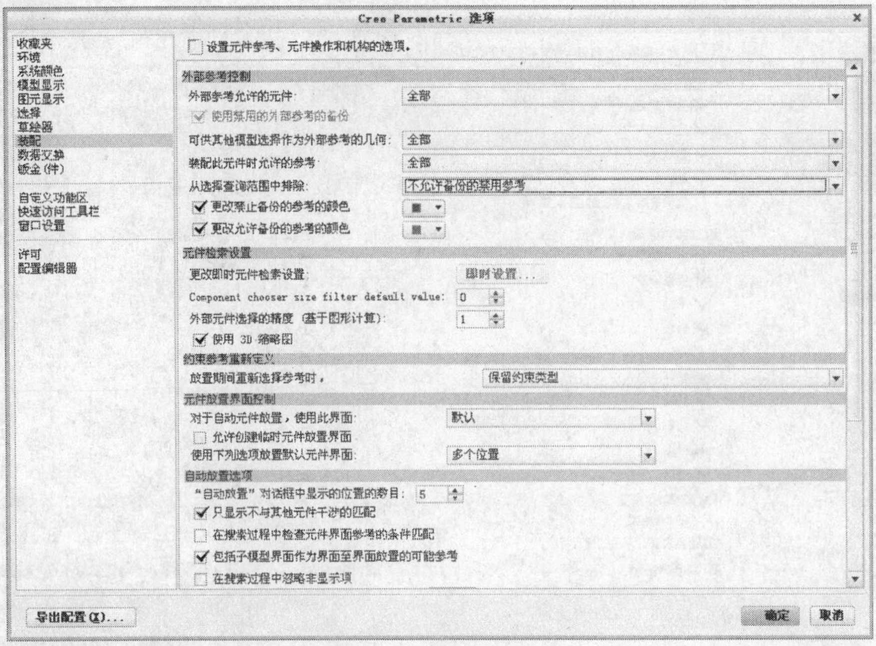

Creo Parametric 选项

收藏夹
环境
系统颜色
模型显示
图元显示
选择
草绘器
装配
数据交换
钣金（件）
自定义功能区
快速访问工具栏
窗口设置
许可
配置编辑器

设置元件参考、元件操作和机构的选项。

外部参考控制
外部参考允许的元件：全部
使用禁用的外部参考的备份
可供其他模型选择作为外部参考的几何：全部
装配此元件时允许的参考：全部
从选择查询范围中排除：不允许备份的禁用参考
更改禁止备份的参考的颜色
更改允许备份的参考的颜色
元件检索设置
更改即时元件检索设置：即时设置...
Component chooser size filter default value: 0
外部元件选择的精度（基于图形计算）：1
使用 3D 缩略图
约束参考重新定义
放置期间重新选择参考时，保留约束类型
元件放置界面控制
对于自动元件放置，使用此界面：默认
允许创建临时元件放置界面
使用下列选项放置默认元件界面：多个位置
自动放置选项
“自动放置”对话框中显示的位置的数目：5
只显示不与其他元件干涉的匹配
在搜索过程中检查元件界面参考的条件匹配
包括子模型界面作为界面至界面放置的可能参考
在搜索过程中忽略非显示项

导出配置（X）... 确定 取消

图 1-43 【装配】选项卡

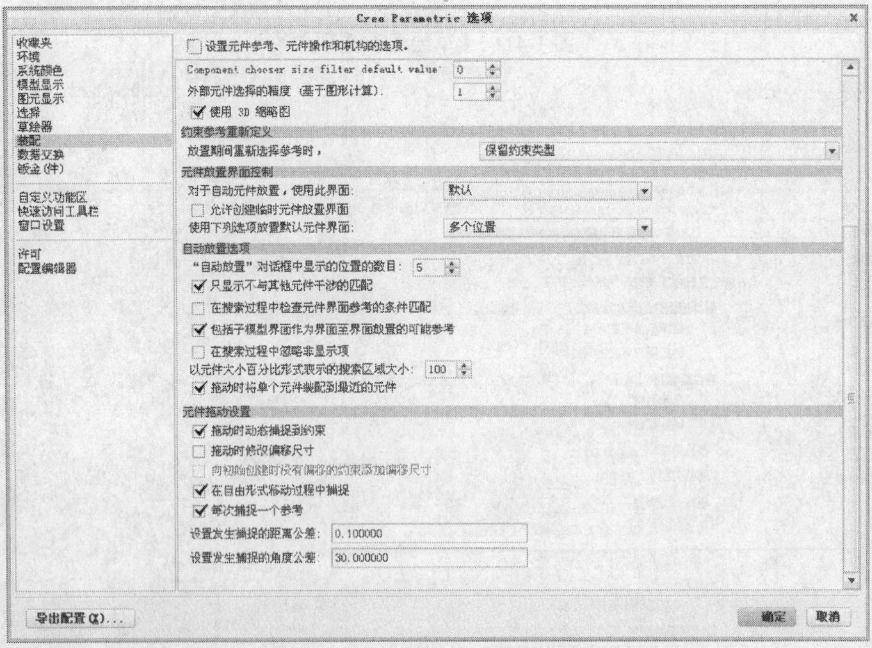

Creo Parametric 选项

收藏夹
环境
系统颜色
模型显示
图元显示
选择
草绘器
装配
数据交换
钣金（件）
自定义功能区
快速访问工具栏
窗口设置
许可
配置编辑器

设置元件参考、元件操作和机构的选项。

Component chooser size filter default value: 0
外部元件选择的精度（基于图形计算）：1
使用 3D 缩略图
约束参考重新定义
放置期间重新选择参考时，保留约束类型
元件放置界面控制
对于自动元件放置，使用此界面：默认
允许创建临时元件放置界面
使用下列选项放置默认元件界面：多个位置
自动放置选项
“自动放置”对话框中显示的位置的数目：5
只显示不与其他元件干涉的匹配
在搜索过程中检查元件界面参考的条件匹配
包括子模型界面作为界面至界面放置的可能参考
在搜索过程中忽略非显示项
以元件大小百分比形式表示的搜索区域大小：100
拖动时将单个元件装配到最近的元件
元件拖动设置
拖动时动态捕捉到约束
拖动时修改偏移尺寸
向初始创建时没有偏移的约束添加偏移尺寸
在自由形式移动过程中捕捉
每次捕捉一个参考
设置发生捕捉的距离公差：0.100000
设置发生捕捉的角度公差：30.000000

导出配置（X）... 确定 取消

图 1-44 【装配】选项卡中的参数

1.4.4 数据交换设置

打开【数据交换】选项卡，如图 1-45 所示，可以设置用于数据交换的选项，包括 3D 数据和 2D 数据。在【3D 数据交换设置】选项组中可以设置多种数据输出类型，包括 CATIA V5 不同版本的数据、STEP 不同的格式，以及导出文件的内容设置。在【CATIA V5 导出版本】下拉列表框中，可以设置 R16 到 R20 的不同版本的格式。

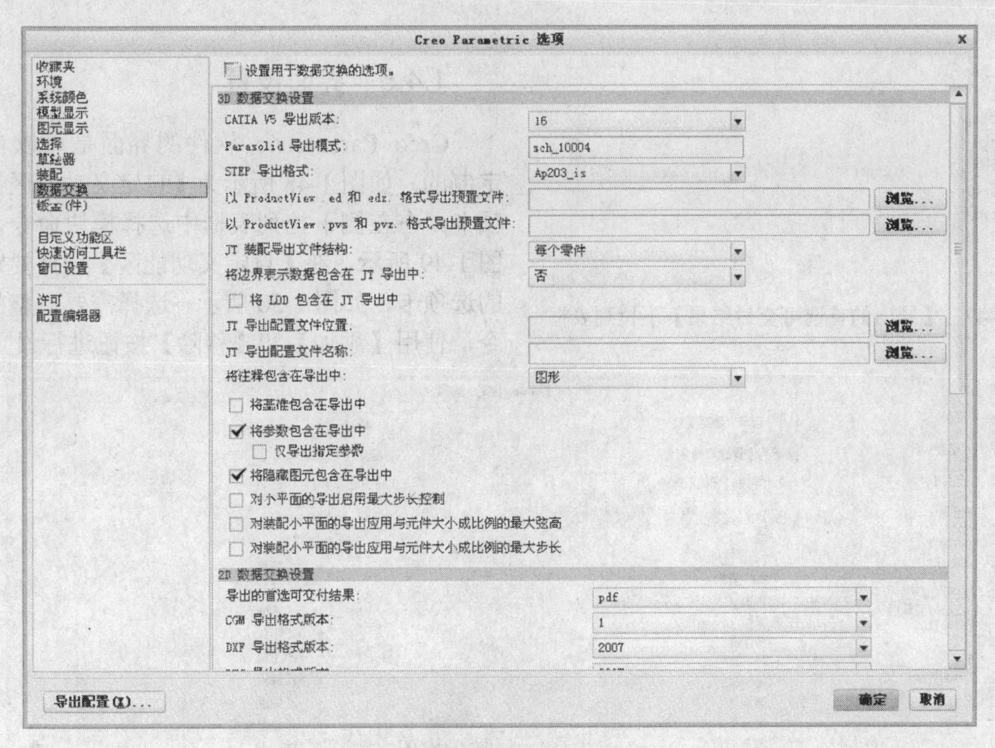

图 1-45　【数据交换】选项卡

在【2D 数据交换设置】选项组，如图 1-46 所示，可以选择模型导出的各种版本文件，如图 1-47 所示，DWF 和 DWG 文件的导出版本从 R14 到 2007 共四个版本。

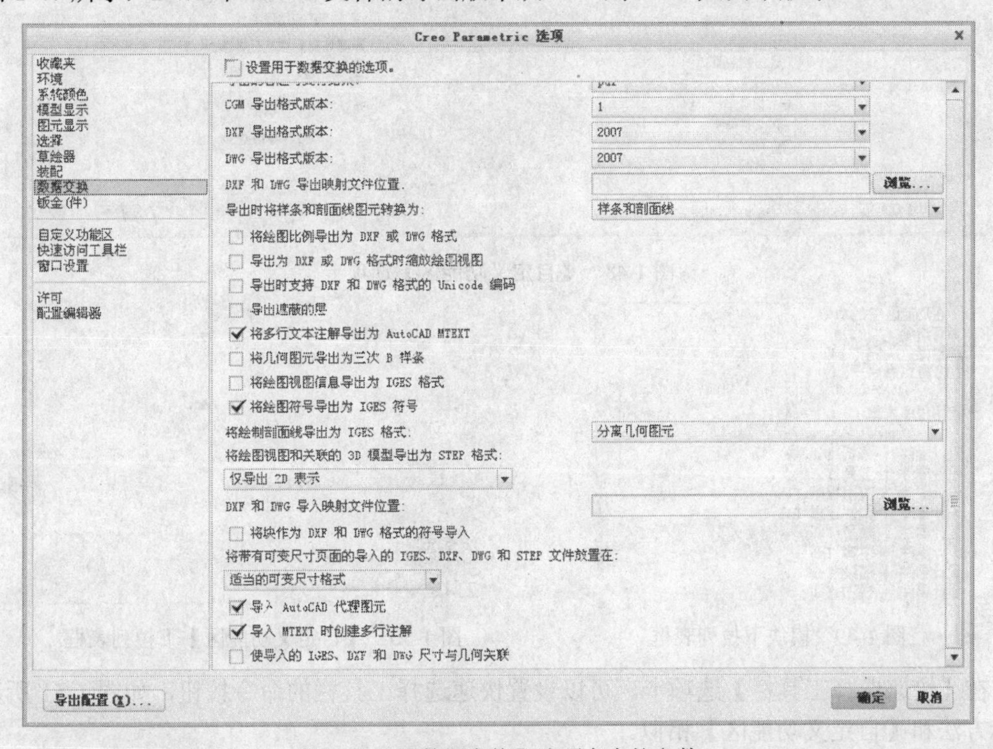

图 1-46　【数据交换】选项卡中的参数

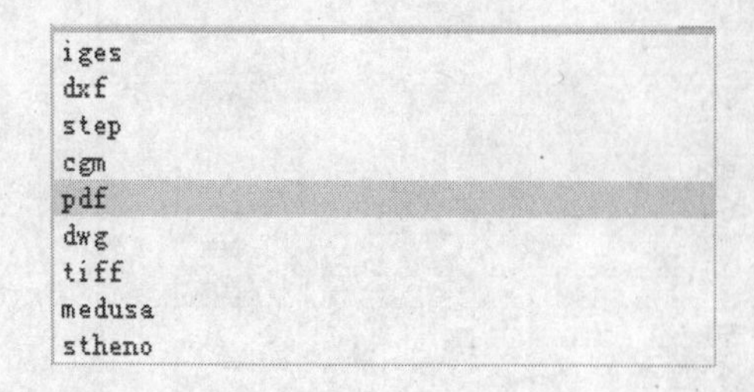

图 1-47 【导出的首选可交付结果】下拉列表框

1.4.5 界面设置

Creo Parametric 软件的界面是可以自由定制的，如图 1-48 所示为【自定义功能区】选项卡，在左侧下拉列表框中选择模块命令，如图 1-49 所示，在【自定义功能区】选择要定义的选项卡，如图 1-50 所示。选择需要调整的命令，使用【添加】和【移除】按钮进行设置。

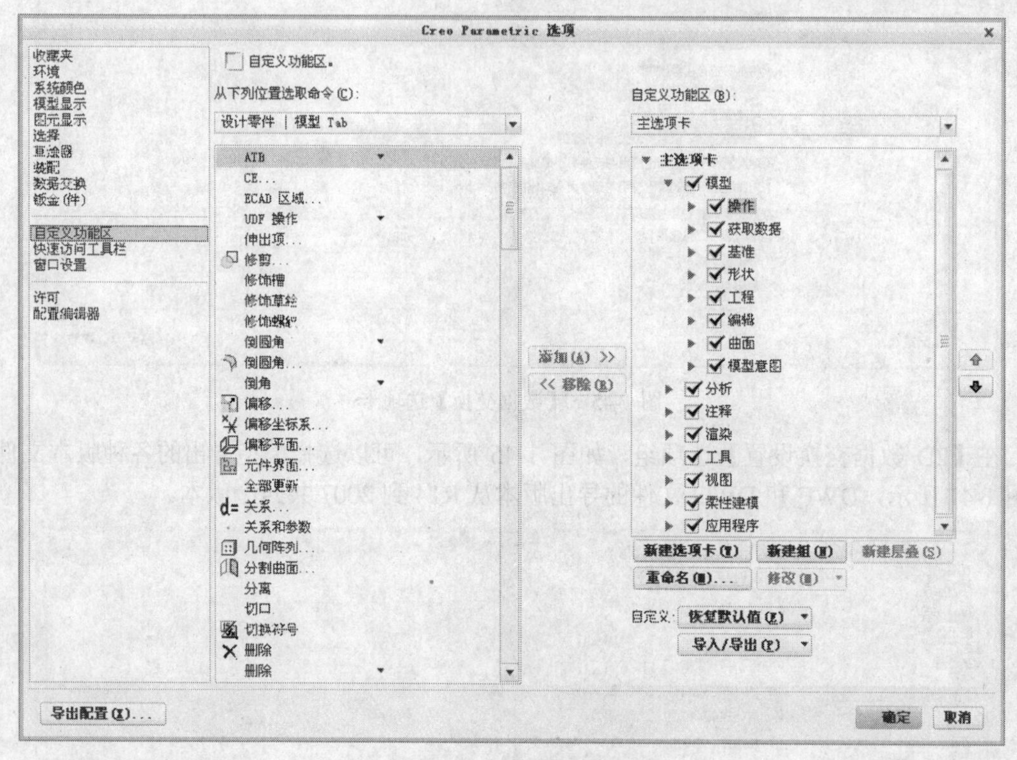

图 1-48 【自定义功能区】选项卡

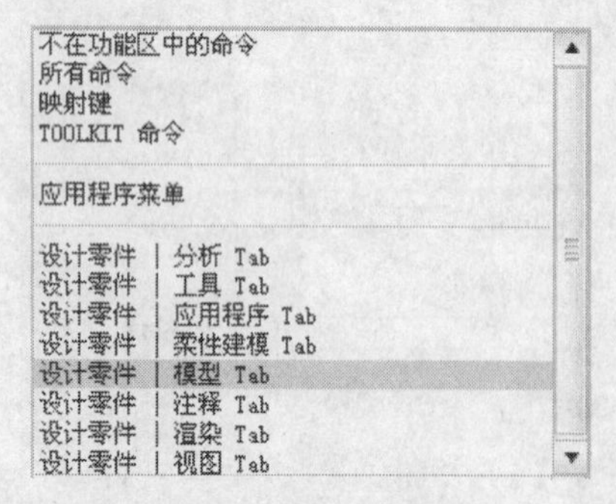

图 1-49 模块下拉列表框

图 1-50 【自定义功能区】下拉列表框

在【快速选择工具栏】选项卡，可以设置快速选择工具栏的命令按钮，如图 1-51 所示，操作方法和【自定义功能区】相似。

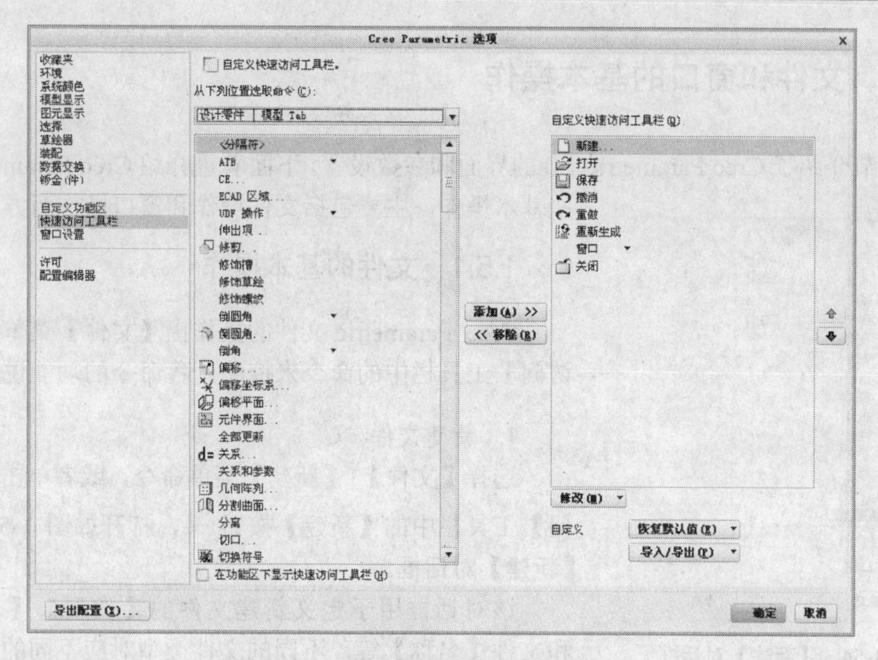

图 1-51　【快速选择工具栏】选项卡

切换到【窗口设置】选项卡，如图 1-52 所示。可以分别设置导航选项卡、模型树、浏览器、辅助窗口和图形具栏的参数和位置。

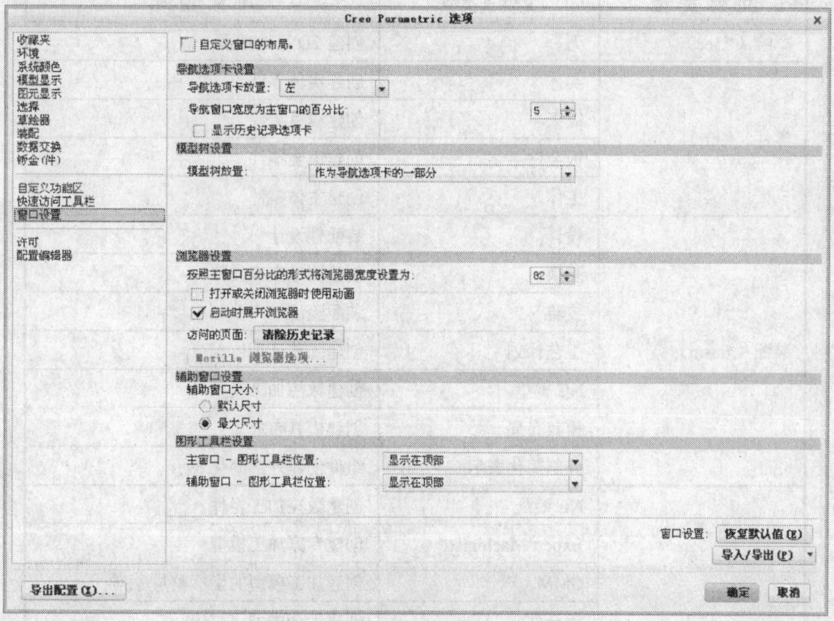

图 1-52　【窗口设置】选项卡

比如【图形工具栏】主窗口的位置就有 6 种显示方式，如图 1-53 所示，选择相应的选项即可设置。

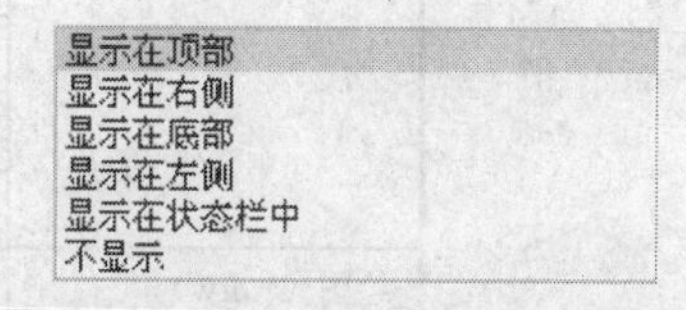

图 1-53　【主窗口】下拉列表框

1.5 文件和窗口的基本操作

前几节介绍了 Creo Parametric 1.0 的界面和参数设置，下面着重介绍 Creo Parametric 的一些基本操作，主要包括文件操作和窗口操作两方面内容。

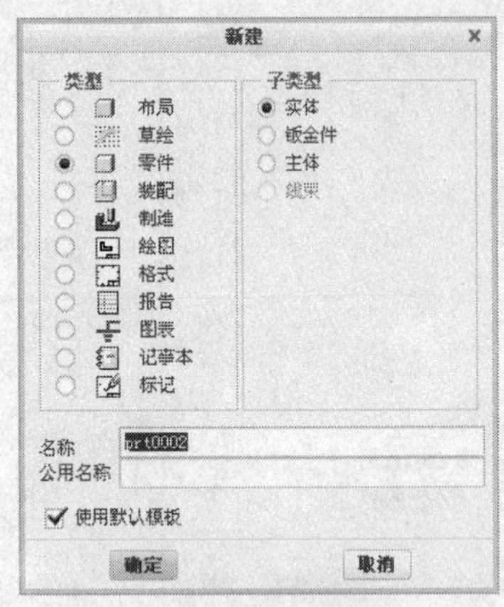

图 1-54 【新建】对话框

1.5.1 文件的基本操作

Creo Parametric 文件的操作由【文件】菜单或【快速访问】工具栏中的命令来控制，各命令的功能说明如下。

1. 新建文件

选择【文件】|【新建】菜单命令，或者单击【快速访问】工具栏中的【新建】按钮，打开如图 1-54 所示的【新建】对话框。

该对话框用于定义新建文件的【类型】、【子类型】和文件【名称】等，不同的文件类型对应不同的子类型和功能，它们之间的关系如表 1-2 所示。

表 1-2 文件类型功能对应关系

文 件 类 型	文件子类型	功 能 说 明
草绘（*.sec）	无	创建 2D 草绘截面
零件（*.prt）	实体	创建实体零件
	线束	创建线束零件
	钣金件	创建钣金零件
	主体	创建主体零件
装配（*.asm）	设计	装配件设计
	互换	创建图形交换文件
	校验	装配验证
	工艺计划	创建工艺计划
	NC 模型	创建数控加工模型
	模具布局	创建模具布局
	外部简化表示	组件创建外部简化表示
制造（*.mfg）	NC 装配	创建数控加工组件
	Expert Machinist	创建专家加工模型
	CMM	创建加工模型的坐标测量序列
	钣金件	创建钣金成型
	铸造型腔	创建铸模加工
	模具型腔	创建模具加工
	线束	创建加工模型的管线
	工艺计划	创建工艺规划
绘图（*.drw）	无	创建工程图
格式（*.frm）	无	创建工程图与布局的默认文件

续表

文件类型	文件子类型	功能说明
报告（*.rep）	无	创建报表文件
图表（*.dgm）	无	创建电路、管路图
记事本（*.lay）	无	创建记事本文件
布局（*.cem）	无	创建布局
标记（*.mrk）	无	创建注释

提示：文件类型括号中的字母表示该类型文件扩展名的名称格式。

在【名称】文本框中可以直接输入新文件名，启用【使用默认模板】复选框表示创建的新文件采用系统默认的单位、视图、基准等设置，如果取消启用此复选框，系统将打开如图 1-55 所示的【新文件选项】对话框，在其中可以重新进行模板定义。

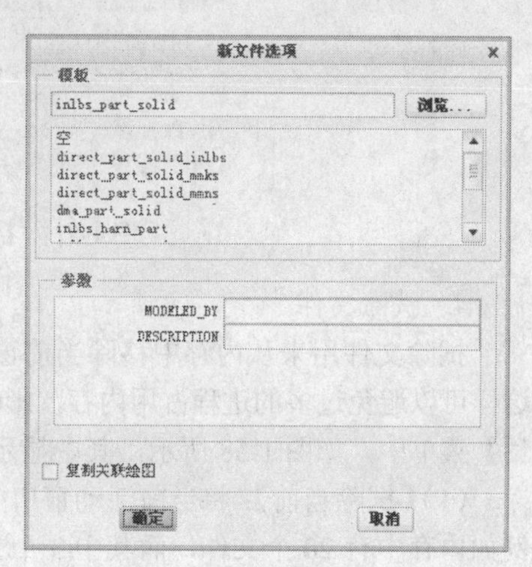

图 1-55　【新文件选项】对话框

2. 打开文件

选择【文件】|【打开】菜单命令，或者单击【快速访问】工具栏中的【打开】按钮，打开如图 1-56 所示的【文件打开】对话框。选择需要的文件，单击【打开】按钮即可将其打开。

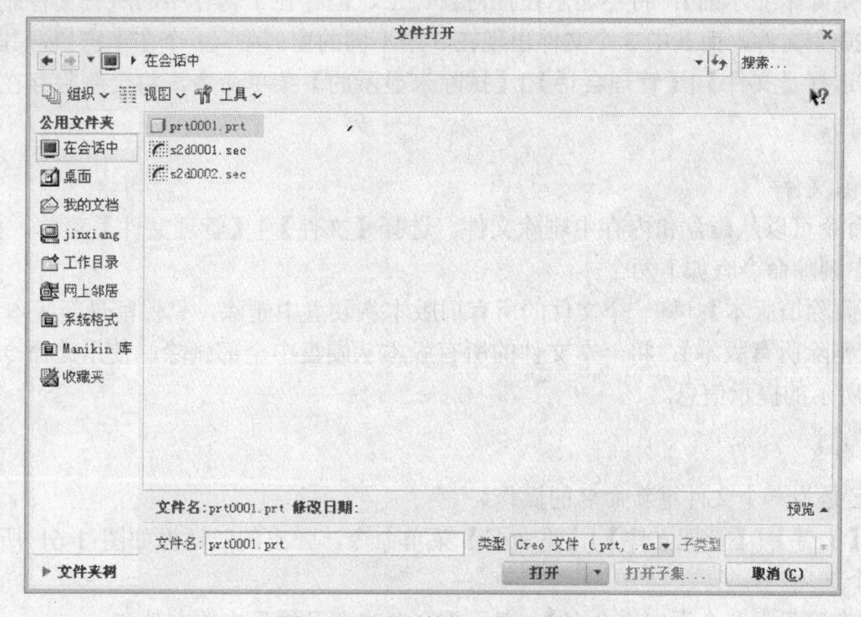

图 1-56　【文件打开】对话框

3. 设置工作目录

选择【文件】|【选项】菜单命令，将打开【Creo Parametric 选项】对话框，如图 1-57 所示。打开【环境】选项卡，在【工作目录】中进行设置，单击【确定】按钮即可。

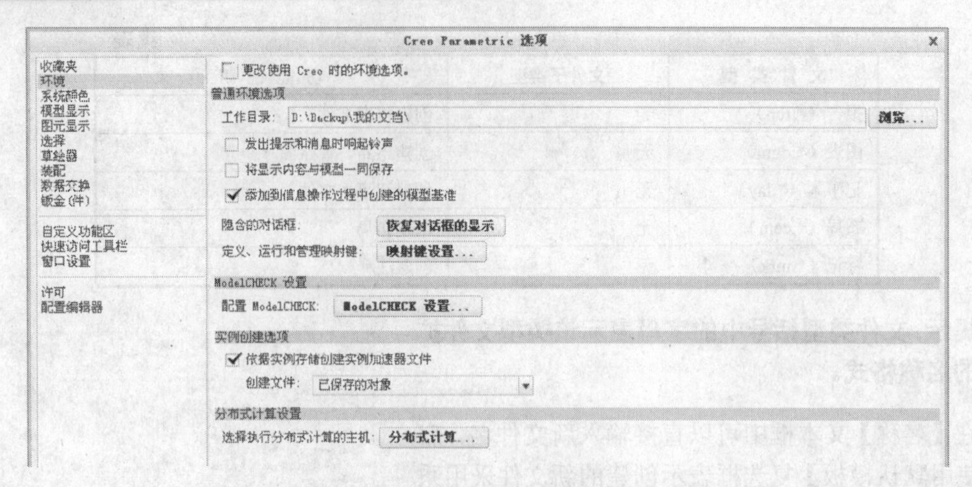

图 1-57 【Creo Parametric 选项】对话框

4. 拭除文件

拭除文件用来从内存中移除当前窗口中的对象，或者移除非当前窗口的未显示的对象，这样可以避免过多的进程占用内存，影响系统性能。拭除文件的操作命令在【文件】|【管理会话】菜单中，如图 1-58 所示，其中显示拭除文件命令有如下两个。

(1)【拭除当前】：将当前活动窗口中的一个文件从内存中删除（但不删除硬盘中的文件）。例如内存中有 20 个文件，而其中 3 个文件出现在 3 个不同的窗口中（1 个在主窗口，其他的在子窗口），则选择此命令将会删除当前活动窗口中的 1 个文件。

(2)【拭除未显示的】：将不显示在任何窗口上、但存在于内存中的所有文件删除。例如内存中有 20 个文件，而其中 3 个文件出现在 3 个不同的窗口中（1 个在主窗口，其他的在子窗口），则选择【文件】|【管理会话】|【拭除未显示的】菜单命令，将会删除存在于内存中的 17 个文件。

5. 删除文件

删除命令可以从磁盘和内存中删除文件。选择【文件】|【管理文件】菜单，如图 1-59 所示，其中删除命令有如下两个。

(1)【删除旧版本】：将一个文件的所有旧版本从硬盘中删除，只保留最新版本。

(2)【删除所有版本】：将一个文件的所有版本从硬盘中全部删除，使用此命令时会出现如图 1-60 所示的提示信息。

6. 重命名

重命名是为一个文件重新命名的操作。

选择【文件】|【管理文件】|【重命名】菜单命令，弹出的对话框如图 1-61 所示，其中有如下两个选项。

(1)【在磁盘上和会话中重命名】：表示重命名内存及硬盘中的文件名。

(2)【在会话中重命名】：表示重命名内存中的文件名。

7. 保存文件

单击【快速访问】工具栏中的【保存】按钮或选择【文件】|【保存】菜单命令后，打开【保存对象】对话框，如图 1-62 所示，对文件进行保存。

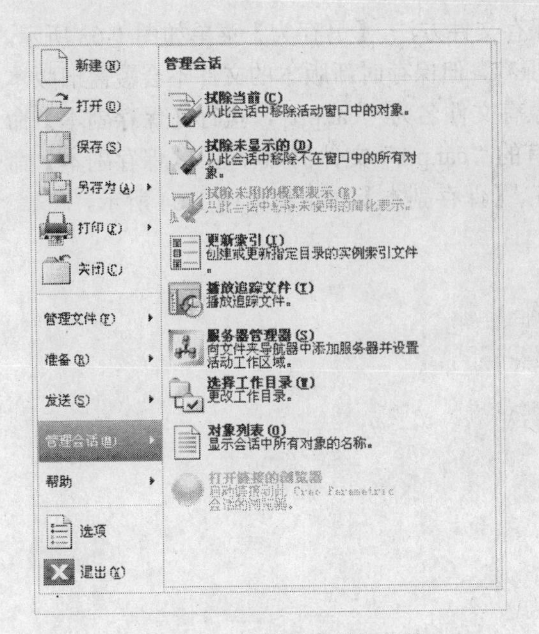

图 1-58　【管理会话】菜单

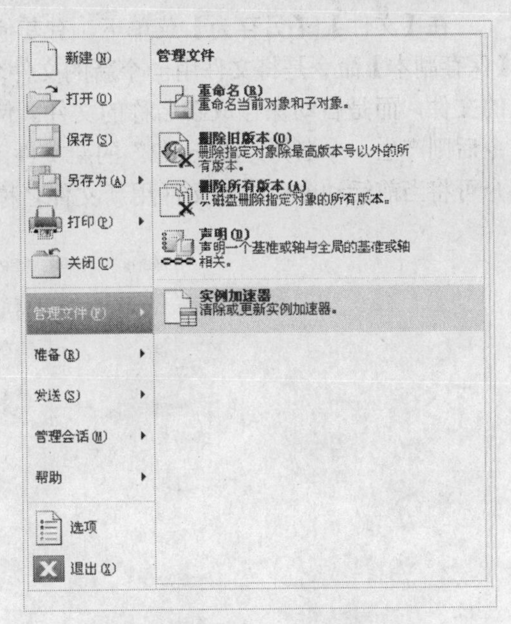

图 1-59　【管理文件】菜单

图 1-60　【删除所有确认】对话框

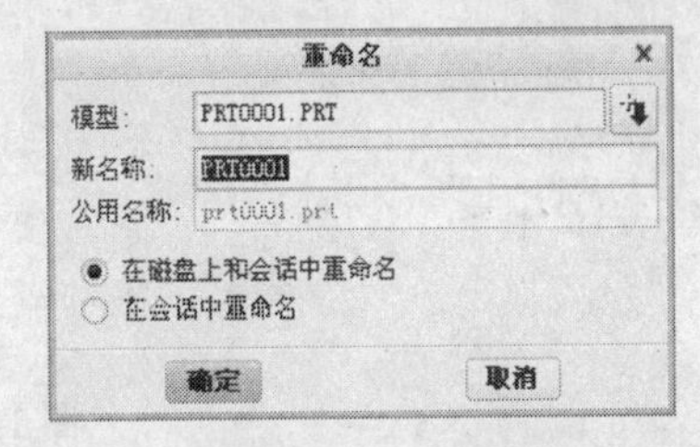

图 1-61　【重命名】对话框

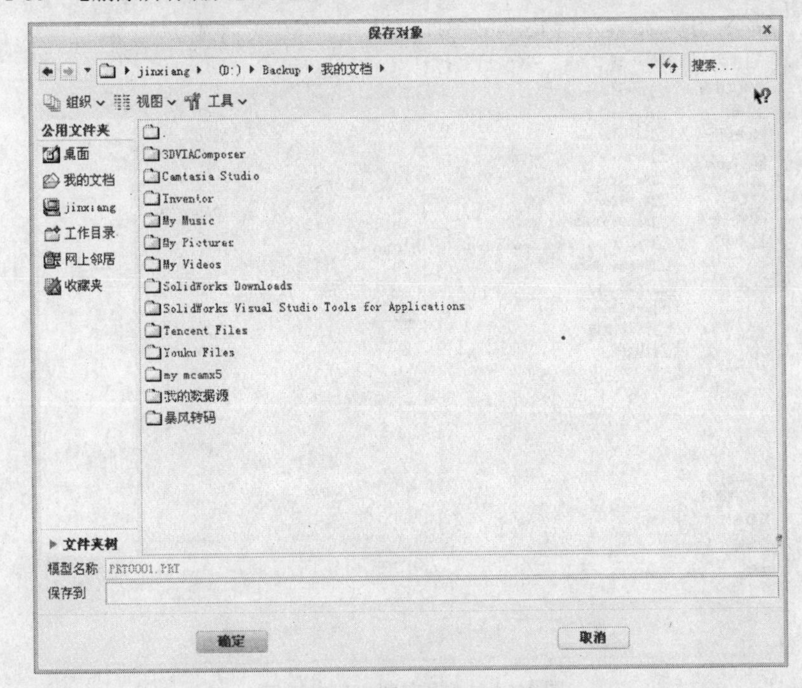

图 1-62　【保存对象】对话框

在【文件】|【另存为】菜单下，有其他的保存文件方法，【另存为】菜单如图 1-63 所示。【保存副本】命令是将文件用一个新的文件名称保存，但保存时新版本的文件不会覆盖旧版本的文件，而是自动保存成新名称的文件。例如原有文件名为“car.prt”，执行【保存副本】命令后则产生一个名为“car.prt.2”的新文件，原有的“car.prt”文件仍然存在。【保存副本】命令可将当前活动窗口中的文件用新文件名称保存，【保存副本】对话框如图 1-64 所示。

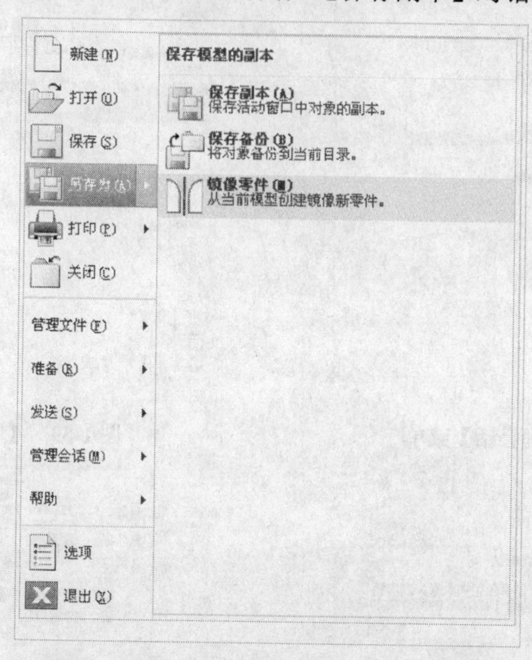

图 1-63 【另存为】菜单

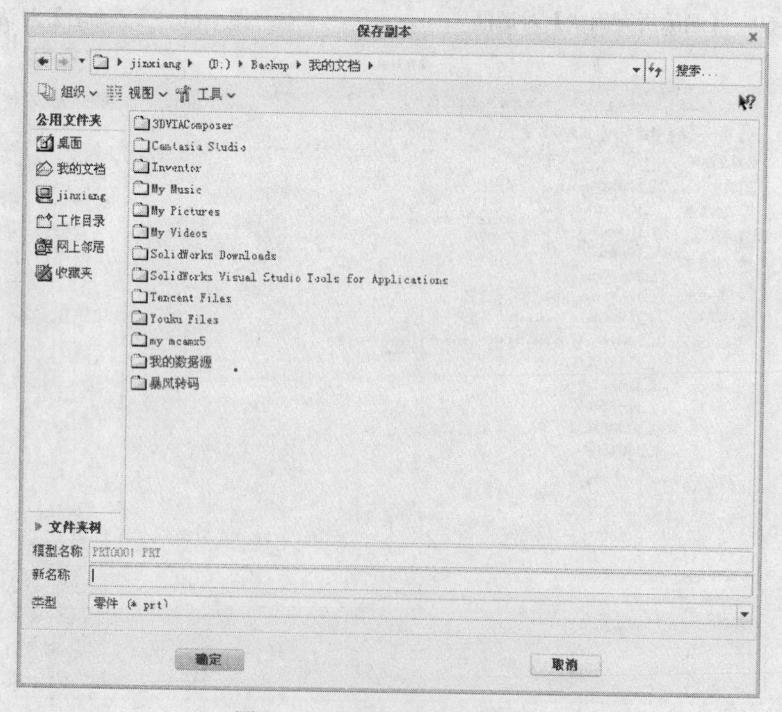

图 1-64 【保存副本】对话框

8. 备份文件

【文件】|【另存为】|【保存备份】菜单命令用来在磁盘中备份文件，但内存和活动窗口并不加载此备份文件，而是仍保留原文件名称，其对话框如图 1-65 所示。

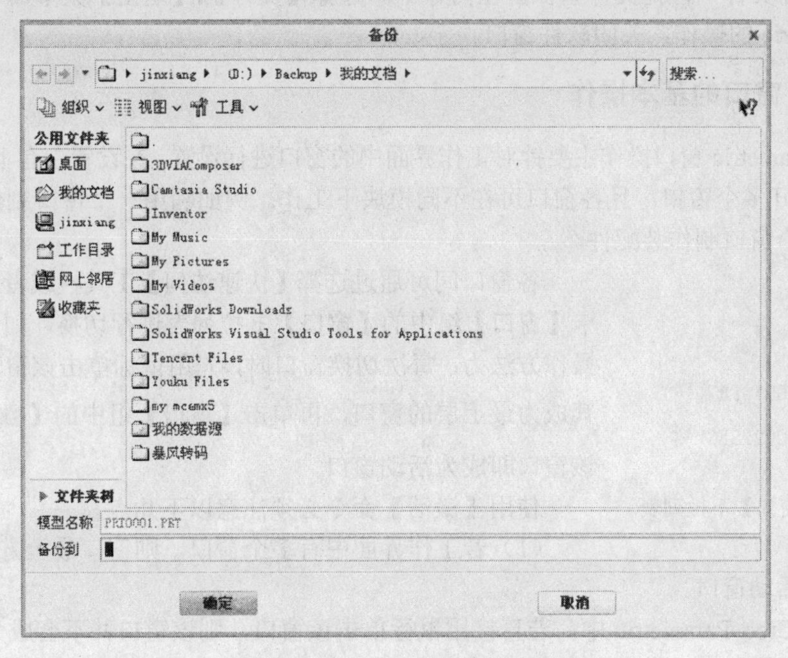

图 1-65　【备份】对话框

注意：

（1）当备份零件或装配件时，其相关的工程图也会被备份（但如果工程图的原文件名称不同于零件或装配件，则工程图不会被备份）。

（2）当备份装配件时，用户可选择是否要备份其所含的零件。

9. 打印文件

选择【文件】|【打印】|【打印】菜单命令进行文件打印，选择命令后弹出【打印】对话框，可设置打印参数；还可以单击【配置】按钮，打开【着色图像配置】对话框，进行详细设置，如图 1-66 所示。

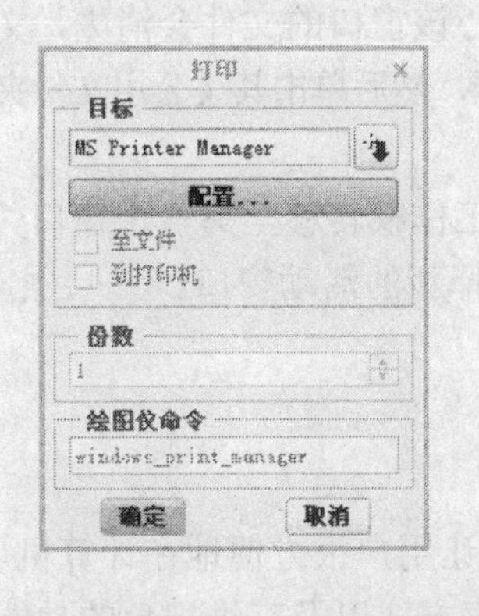

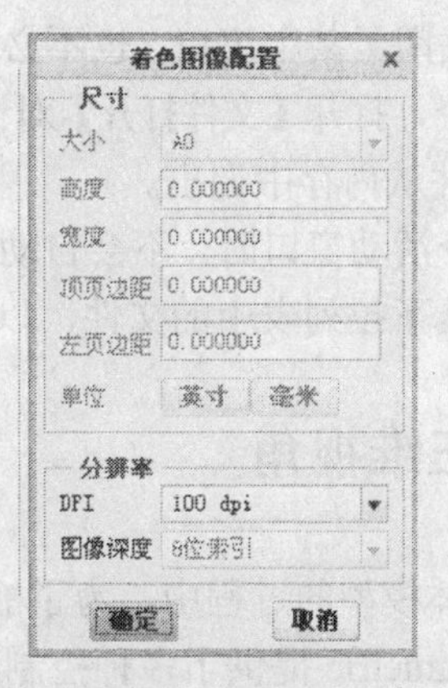

图 1-66　【打印】和【着色图像配置】对话框

10. 退出文件

单击【快速访问】工具栏中的【关闭】按钮，或者选择【文件】|【关闭】菜单命令，可以关闭当前文件，但是文件会保留在内存中。选择【文件】|【退出】菜单命令时，将结束 Creo Parametric 的操作，关闭软件窗口。

1.5.2 窗口的基本操作

Creo Parametric 窗口操作主要针对工作界面中的窗口进行设置，在设置中有下面一些原则。

1. 可打开多个窗口，且各窗口可在不同模块下工作。例如利用一个窗口制作零件时，可再打开另一个窗口制作装配件。

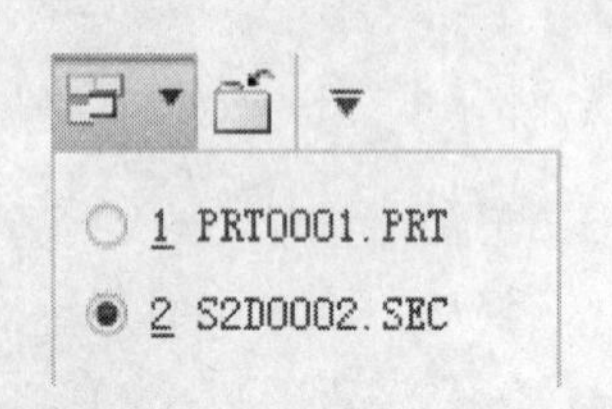

图 1-67 【窗口】下拉列表

各窗口间可通过选择【快速访问】工具栏或者【视图】选项卡【窗口】组中的【窗口】下拉列表进行切换，如图 1-67 所示。操作方法为：每次切换窗口时，先用鼠标单击该窗口的边框，使其成为最上层的窗口，再单击【窗口】组中的【激活】按钮，该窗口即成为活动窗口。

使用【激活】命令必须注意以下几点。

（1）若工作界面中有多个窗口，则窗口最上方有“活动的”字样，即为活动窗口。

（2）在 Creo Parametric 中，若直接用鼠标单击该窗口，则该窗口并不会成为活动窗口，窗口的切换必须使用【激活】命令。

（3）除了用【激活】命令设置活动窗口外，也可直接在【窗口】下拉列表中选择文件，将该文件所在的窗口设置为活动窗口。

2. 单击【快速访问】工具栏或者【视图】选项卡【窗口】组中的【关闭】按钮，将当前的活动窗口关闭。

使用此命令应注意以下几点。

（1）使用【关闭】命令时，窗口中的文件不会自动保存。若要保存，则必须在使用【关闭】命令前先使用【保存】命令进行保存。

（2）若活动窗口为主窗口，则【关闭】命令不会关闭主窗口，仅将主窗口的文件关闭，但此文件仍存在于内存中。

（3）若不小心关闭了某个窗口，也不必担心该窗口的文件会消失，文件仍存在于内存中，可选择【打开】命令，打开【文件打开】对话框，然后单击其【公用文件夹】中的【在会话中】按钮，将文件从内存中调出。

（4）当关闭一个活动窗口时，不会自动将工作权转移至另一个窗口。用户须利用【激活】命令或选择【窗口】下拉列表中的文件，以选择新的活动窗口。

1.6 控制三维视角

在设计 3D 实体模型的过程中，为了能够让用户很方便地在计算机屏幕上用各种视角来观察实体，Creo Parametric 提供了多种控制观察方式以及三维视角的功能，包括视角、视距、彩色光影、剖视等。本节将主要讲解这些控制观察方式以及三维视角的方法。

1.6.1　控制三维视角的方法

控制三维视角有很多种方法，如图 1-68 所示为【视图】选项卡和【图形】工具栏中的三维视角控制按钮，下面分别介绍这些命令按钮。

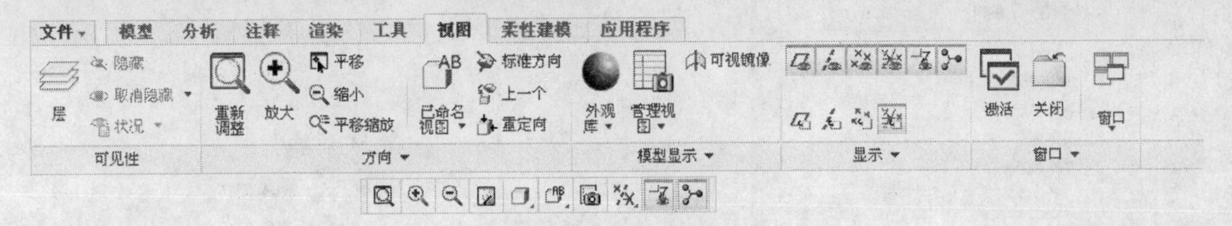

图 1-68　【视图】选项卡和【图形】工具栏

1.【重画】按钮

将现有的绘图窗口重画，具有清屏的作用，相当于 AutoCAD 的 Redraw 命令，其工具按钮为▢。

2.【显示样式】命令

选择【图形】工具栏中的【显示样式】下拉列表框▢中的选项，可以生成各种模型视图样式。

3.【方向】组

用来设定显示方向，各选项介绍如下。

(1)【放大】和【缩小】按钮：放大模型视图和缩小模型视图。

(2)【上一个】按钮：将物体转为前一个视角。

(3)【重新调整】：调整物体的大小，使其完全显示在屏幕上，其工具按钮为▢。

(4)【重定向】：改变物体的 3D 视角，其具体内容将在后面详细说明。

(5)【已命名视图】下拉列表框：用来选择已有视图方向。

4.【视图管理器】按钮

用来设置视图的表示形式，其对话框如图 1-69 所示，其工具按钮为▢。

5.【外观库】下拉列表

用来设置模型显示的颜色和外观，其应用将在第 3 节详细说明。

6.【基准显示过滤器】下拉列表框

【基准显示过滤器】下拉列表框▢如图 1-70 所示，其中有包括【全选】在内的 5 个命令选项。

(1)【轴显示】：控制基准轴是否显示在屏幕上。

(2)【点显示】：控制基准点特征是否显示在屏幕上。

(3)【坐标系显示】：控制基准坐标系特征是否显示在屏幕上。

(4)【平面显示】：控制基准平面特征是否显示在屏幕上。

1.6.2　设置视角方向——重定向

在设计 3D 零件或装配件时，常常需要观察 3D 零件或装配件的前视图、俯视图、右视图等，而视角方向通常都是正视于 3D 零件设计时的草绘平面，因此对于视角方向的判定必须有清楚的认识。

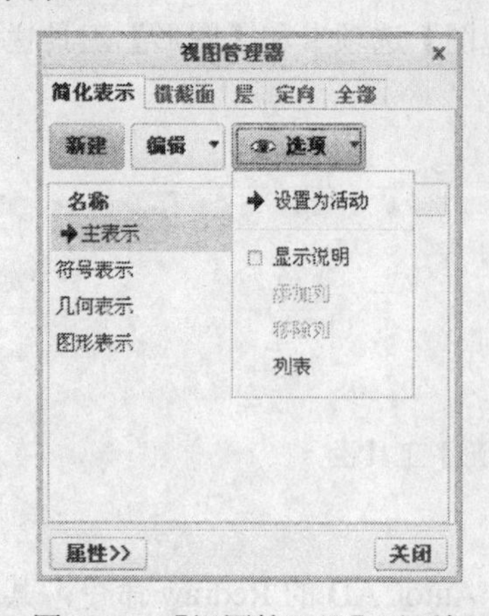

图 1-69 【视图管理器】对话框

图 1-70 【基准显示过滤器】下拉列表框

1. 重定向的设置

单击【视图】工具栏【方向】组中的【重定向】按钮，弹出【方向】对话框，如图 1-71 所示。

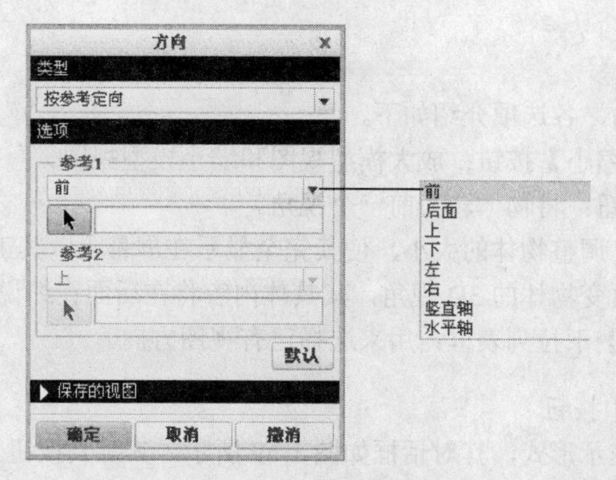

图 1-71 【方向】对话框

利用【方向】对话框，可以设置零件的前视、上视、右视等常用视角，并通过保存视图来保存这些视角。视角的设置方法就是在零件上依序指定“两个互相垂直的面”做为第一参考面及第二参考面，而参考面的方位包括【前】、【后面】、【上】、【下】、【左】、【右】、【水平轴】和【竖直轴】8 种，其定义如下。

(1)【前】：用来指定某平面的正方向（即平面的法线方向）朝向前方（即正对于视者）。

(2)【后面】：用来指定某平面的正方向朝向后方（即背对于视者）。

(3)【上】：用来指定某平面的正方向朝向上方。

(4)【下】：用来指定某平面的正方向朝向下方。

(5)【左】：指定某平面的正方向朝向左方。

(6)【右】：指定某平面的正方向朝向右方。

(7)【竖直轴】：用来指定某平面的正方向沿着竖直轴。

(8)【水平轴】：用来指定某平面的正方向沿着水平轴。

2. 旋转缩放 3D 物体

旋转 3D 物体比较快捷的方法是：按住鼠标中键并拖动来旋转物体。

还有一种方法，即打开【方向】对话框，在【类型】下拉列表框中选择【动态定向】选项，此时对话框中的旋转、移动及缩放命令提供了物体较细致的操作方式，可将物体平移、缩放或旋转，其对话框如图 1-72 所示。

其中旋转方式可分为下列两种。

（1）使用旋转中心轴旋转：以屏幕上的旋转中心（红色为 *X* 轴，绿色为 *Y* 轴，淡蓝色为 *Z* 轴）作为基准来旋转 3D 物体，如图 1-73 所示。

（2）使用屏幕中心轴旋转：以窗口平面的水平轴、竖直轴或屏幕的垂直方向作为基准轴来旋转物体。

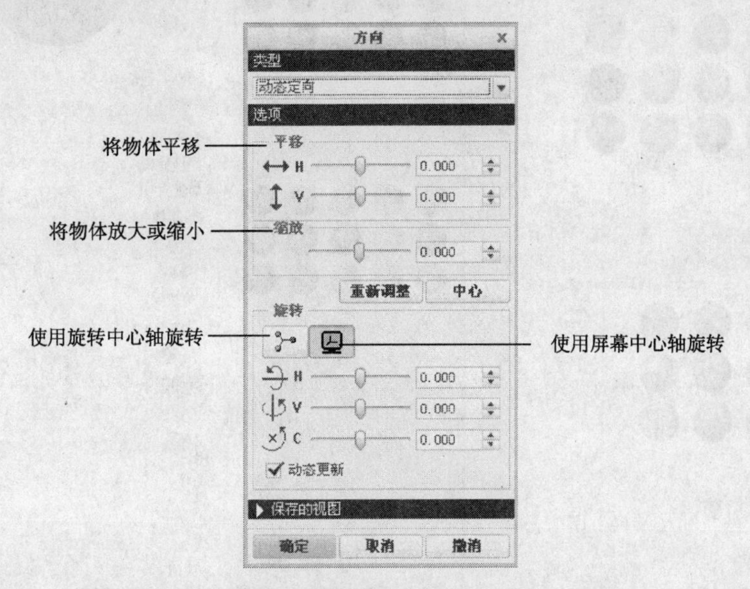

图 1-72 选择【动态定向】选项

除了相对旋转中心或屏幕中心旋转物体外，也可将【类型】设置为【首选项】，打开如图 1-74 所示的对话框，可设置以物体上的某个【点或顶点】、【边或轴】、【坐标系】等为旋转中心进行旋转。

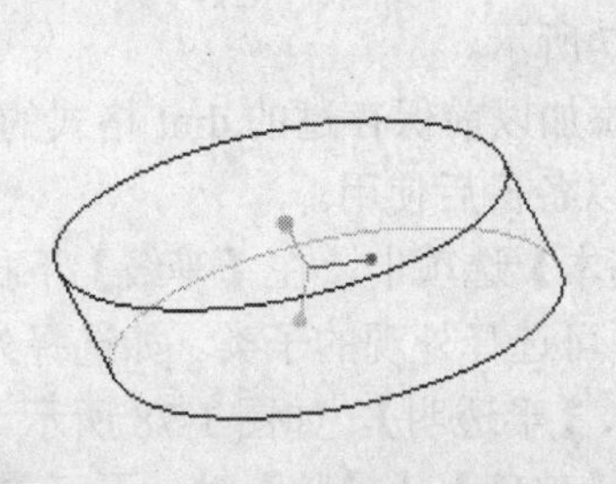

图 1-73 使用旋转中心旋转

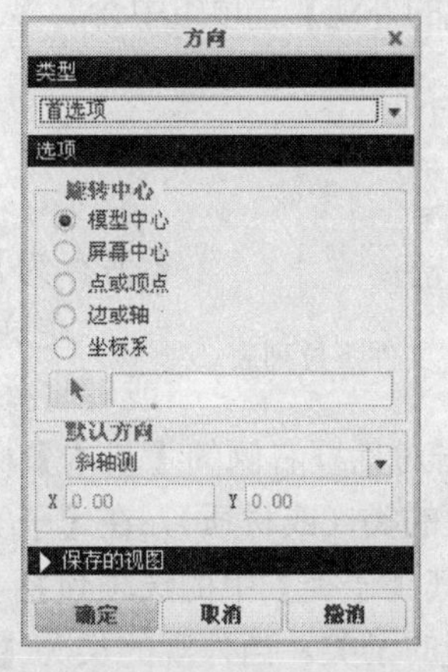

图 1-74 选择【首选项】类型

1.6.3 设置颜色和外观

零件或装配件可利用【视图】选项卡【模型显示】组中的【外观库】下拉列表着色，如图 1-75 所示，其颜色在默认情况下为亮灰色。若要改变颜色和外观，则可选择【外观库】下拉列表中的【外观管理器】命令，打开的【外观管理器】对话框，如图 1-76 所示。在该对话框中可以设置零件的颜色、亮度等。

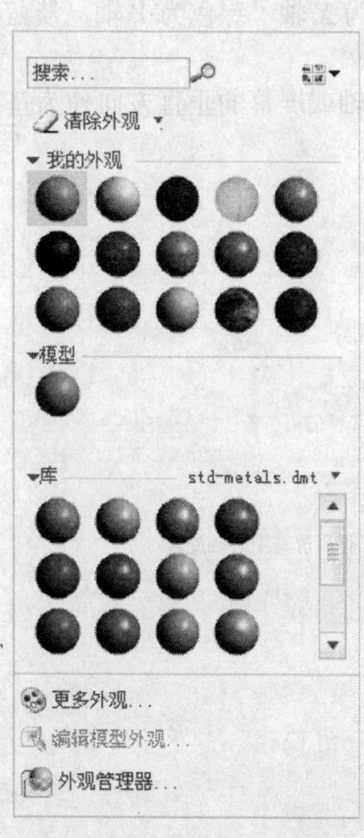

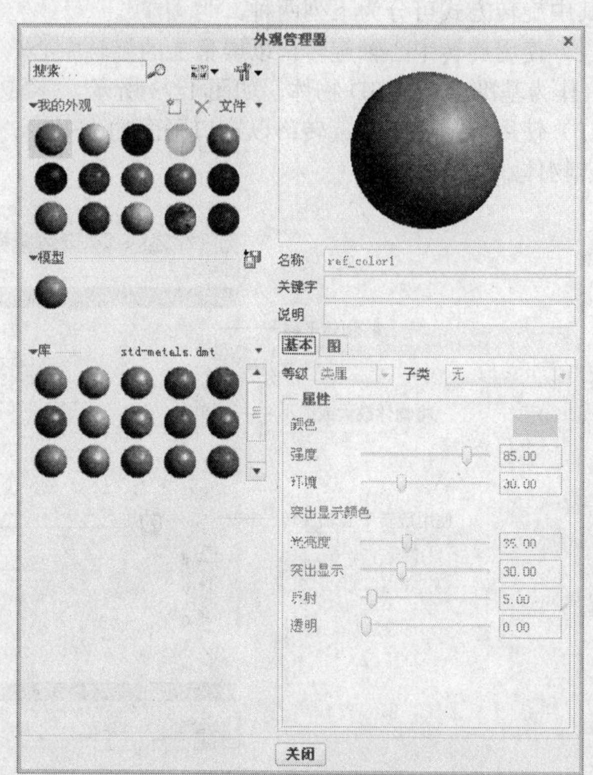

图 1-75 【外观库】下拉列表　　　　图 1-76 【外观管理器】对话框

下面讲解在【外观管理器】对话框中设置颜色和外观的方法。

1. 拖动【库】选项组中外观球窗口右侧的 按钮，可浏览不同的外观球。

在【我的外观】选项组中含有多个外观球供用户选择，另外还有如下三个外观球编辑按钮。

：通过编辑选定外观球的属性创建新外观。

×：删除选定的外观。

文件：单击该按钮，可在下拉列表中选项【打开】、【添加】、【另存为】选项，如图 1-77 所示。

图 1-77 文件下拉列表

在这里用户可打开、添加以前保存过的.dmt 格式的外观文件，或者将外观保存至文件，以备日后使用。

2. 单击对话框右侧的【基本】标签，切换到【基本】选项卡，在【等级】下拉列表框中可选择外观的类（或材质），在【子类】下拉列表框中可选择外观的子类。如选择外观的类为【塑性】时其【子类】中的选项包括【类属】、【透明】、【半透明】，如图 1-78 所示。不同外观的类有不同的子类。当外观的类为【类属】、【金属】、【玻璃】、【橡胶】时，不可选择其子类。

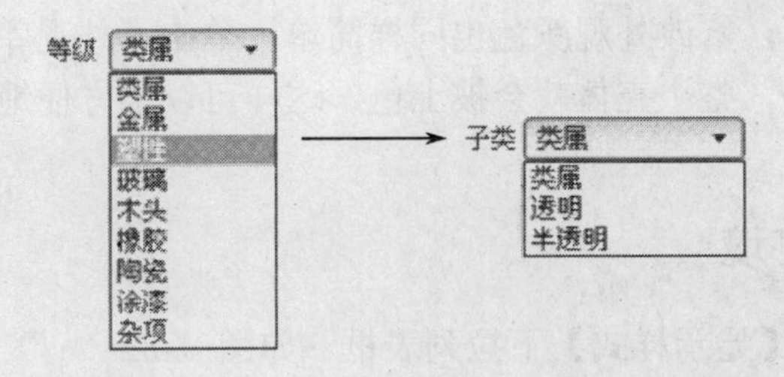

图 1-78　选择等级为【塑性】时【子类】的选项

3. 在【属性】或【photolux 属性】（因不同外观的类而异）中，用户可设置外观的属性，包括颜色、加亮等属性。

（1）拖动【颜色】选项组中的【强度】、【环境】滑块可以更改颜色强度或环境颜色成分。

（2）拖动【突出显示颜色】选项组中的【光亮度】、【突出显示】、【反射】、【透明】滑块可以调节选定外观的加亮光亮度、加亮强度、反射属性及透明度。

（3）单击【颜色】或【突出颜色显示】选项组中的色块，打开【颜色编辑器】对话框，如图 1-79 所示，通过在【RGB/HSV 滑块】中启用【RGB】复选框，用户可调节选定外观的【红色值】、【绿色值】、【蓝色值】；启用【HSV】复选框，可调节外观的【色调值】、【饱和度值】、【亮度值】。

单击第一个▶按钮，展开【颜色轮盘】编辑器的界面，如图 1-80 所示，可直接单击以选择需要的颜色。

编辑好外观管理器中的属性后，如果要更改模型的颜色，单击【外观库】按钮，系统弹出【选择】对话框，如图 1-81 所示。如果是在零件环境下，可以单独修改某个面，也可以选整个模型。

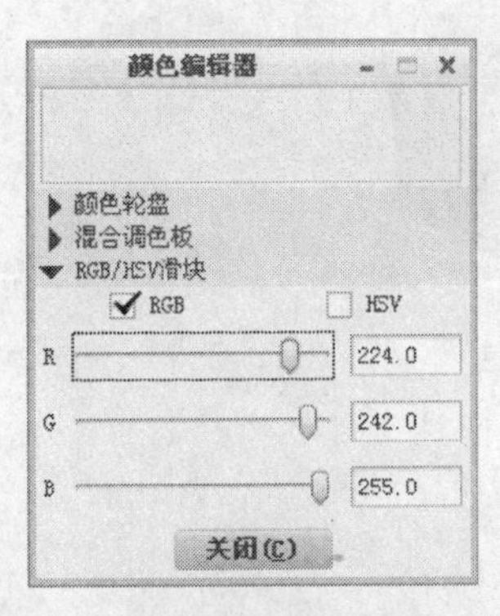

图 1-79　【颜色编辑器】对话框

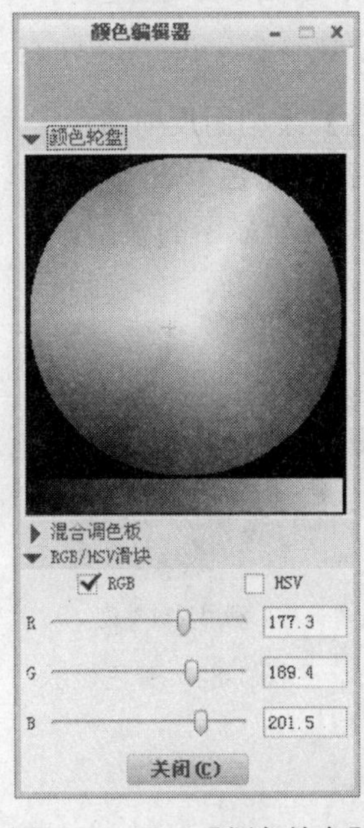

图 1-80　展开【颜色轮盘】

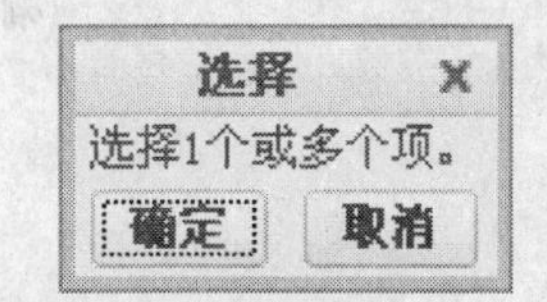

图 1-81　【选择】对话框

如果需要给整个模型上色，同样单击【外观库】按钮，然后在【模型树】中选取顶级模型，按鼠标中键结束。

如果是在组件环境下，修改外观颜色也同样简单，单击【外观库】按钮，如在绘图区直接选取壳体的上下两部分，整个壳体就会被上色，这样可以很方便地给组件中的每个部分上不同的颜色。

1.6.4 设置视角环境

【图形】工具栏中的【显示样式】下拉列表框 如图 1-82 所示，其中有多个选项可以用来设置模型的显示样式，下面依次来介绍这些选项。

图 1-82 【显示样式】对话框

1. 线型显示

该下拉列表框中有【消隐】、【隐藏线】和【线框】3 个线型显示选项。其中【消隐】表示物体的隐藏线不显示出来；【隐藏线】表示物体的隐藏线以暗线来表示；【线框】表示物体所有的线（包括隐藏线及非隐藏线）都以实线来表示。如图 1-83 所示为 3 种不同线型显示的模型。

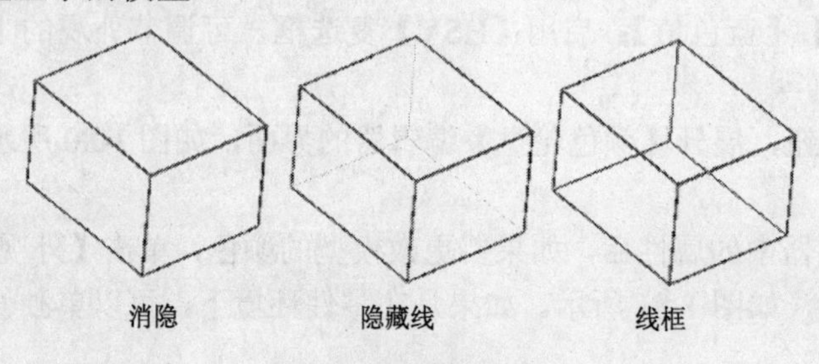

图 1-83 线型显示

2. 着色显示

着色显示选项有【利用边着色】、【利用反射着色】和【着色】3 个选项。【利用边着色】表示模型边以粗线条显示，【利用反射着色】表示模型显示反射阴影，【着色】表示普通的模型着色。如图 1-84 所示为 3 种不同线型显示的模型。

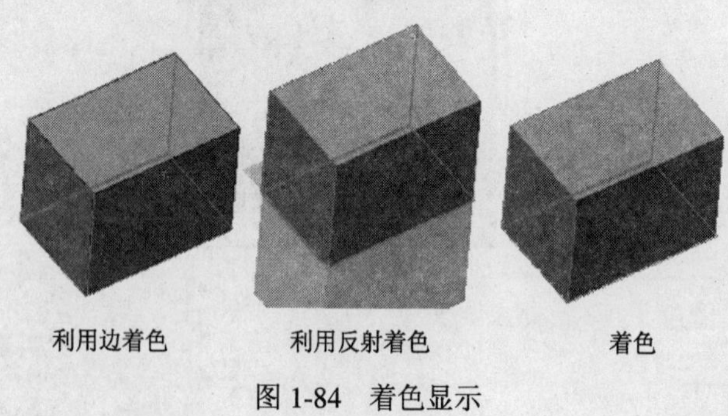

图 1-84 着色显示

第2章　草绘设计和基准特征

进行3D零件设计时，必须先建立基本实体，然后就可对此实体进行各项加工，如圆角、倒圆角等，以得到所需要的实体外形。3D实体可视为2D草图在第三维空间的变化，因此建立实体时，必须先绘制实体模型的草图，再利用拉伸、旋转、扫描和混合等方式建立3D实体模型。草绘设计在Creo Parametric的3D零件建模中是非常重要的，Creo Parametric的“参数式设计”特性也往往通过在草绘设计中指定参数来得到。草图是零件实体的重要组成因素，一般是一个封闭的二维平面几何图形，能够表现出零件实体的某一部分的形状特征。通常需要在草图的基础上进行实体的拉伸、旋转等操作，从而完成零件设计。因此，草图绘制是进行零件、曲面等模块学习的基础。

本章就来介绍草绘设计和建立基准特征的方法。

2.1　认识草绘环境

首先来讲解一下绘制草图的接口和使用的工具，使读者对绘制草图有初步的认识。

2.1.1　草图的有关概念

草图是产生特征的2D几何图形，若将草图所产生的特征以“拉伸”或“扫描”的形式切断，就可以得到此特征的2D断面（在每一个草图都相同的2D断面）。草图是零件实体的基本组成要素。草图一般是一个封闭的二维平面几何图形，能够表现零件实体的某一部分的形状特征。

构成草图的三要素分别为2D几何图形、尺寸及2D几何对齐数据。用户可在草绘环境下绘制2D几何图形（此为大致的形状，不须真实尺寸），然后经过尺寸标注，再修改尺寸值，系统即可自动以正确尺寸值来修正几何形状。另外，Creo Parametric对2D草图上的某些几何图形可自动假设某些关联性，如对称、相等和相切等限制条件，以减少尺寸标注的步骤，并达到完全约束的草图外形。

下面介绍一些有关草图的常用名词。

- 像素：组成草图的图像元素，如直线、圆弧、圆、样条曲线、圆锥曲线、点、文本或坐标系等，如图2-1所示。
- 约束：指草图中像素几何或像素之间关系的条件。
- 视角：观看实体或草图的角度，系统可以定义前、后、左、右、顶、底6个特殊视图角度和一个标准视图角度。图2-2所示为一个以标准视角查看零件模型的效果，图2-3所示为从其他视角查看的效果。

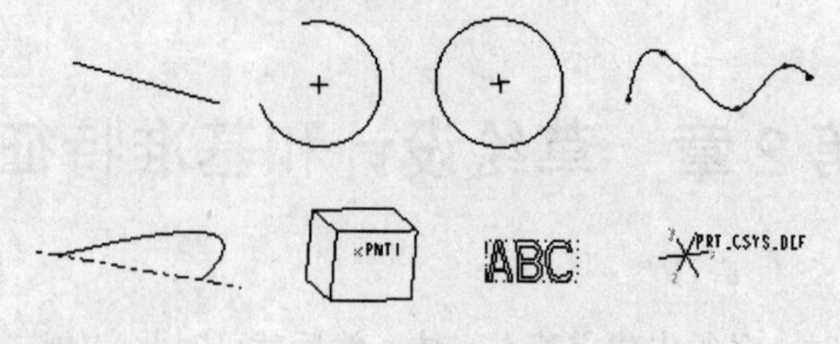

图 2-1　像素示例

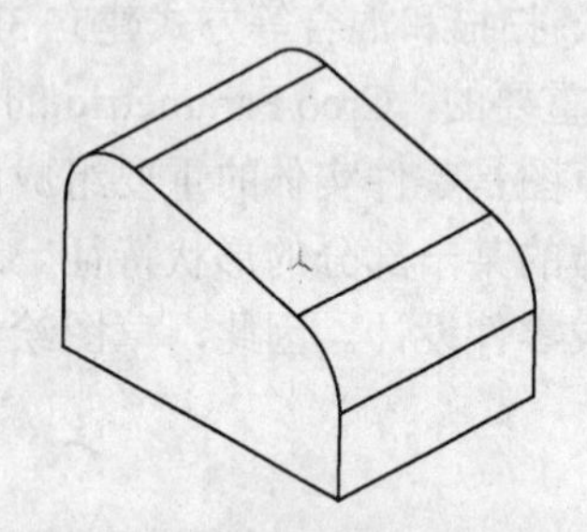

图 2-2　零件模型的标准视角

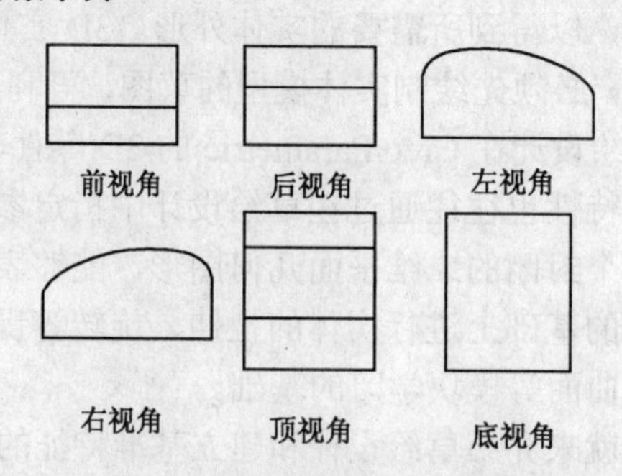

图 2-3　零件模型的其他视角

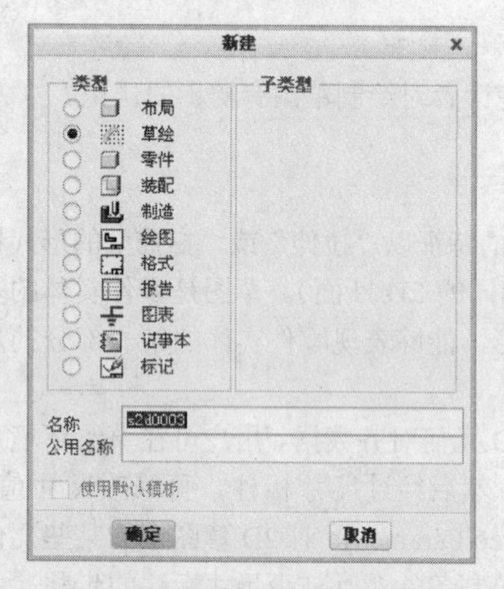

图 2-4　【新建】对话框

除此之外，读者还可以按住鼠标中键拖动来随意定义零件模型的视角。一般系统将标准视角作为默认的视角，读者也可以自行定义其他视角作为默认的视角。

2.1.2　草绘设计接口

绘制 2D 草图时，首先要进入草绘设计的接口，具体方法是：单击【快速访问】工具栏中的【新建】按钮，在打开的【新建】对话框中选中【草绘】单选按钮，在【名称】文本框中输入新建文件名，如图 2-4 所示。

单击【确定】按钮即可进入绘制草图的用户接口，如图 2-5 所示。在此模式下只能进行草图的绘制，并保存为“.sec“的文件形式，以供其后在进行实体模型设计时使用。绘制草图的用户接口包括工具栏、选项卡、命令提示栏和显示窗口等。

在零件建模模块绘制 3D 模型时，也可以创建草图，单击【模型】选项卡中【基准】组的【草绘】按钮，在弹出的【草绘】对话框中选择相应的平面进行绘制，如图 2-6 所示，这是最常用的方法。

2.1.3　草绘工具栏

创建草图时常用的工具栏有【快速访问】工具栏和【图形】工具栏，前者一般位于软件窗口的左上角，后者默认位于显示窗口上方，如图 2-7 和图 2-8 所示。用户也可以根据需要自定义工具栏的位置。其中【图形】工具栏比普通状态下多出了【草绘器显示过滤器】下拉列表框和【草绘视图】按钮，如图 2-9 所示。

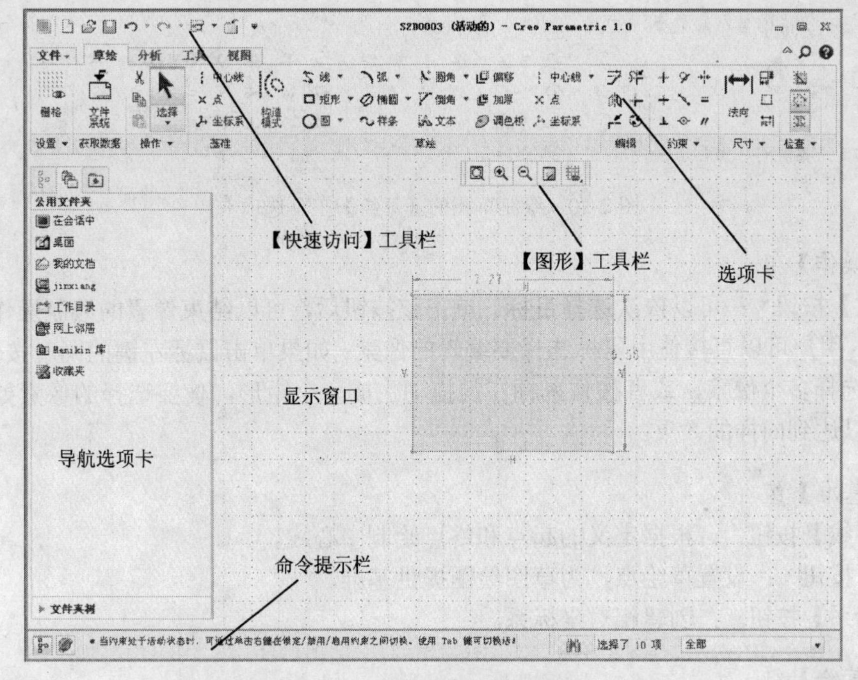

图 2-5　草绘设计的用户接口

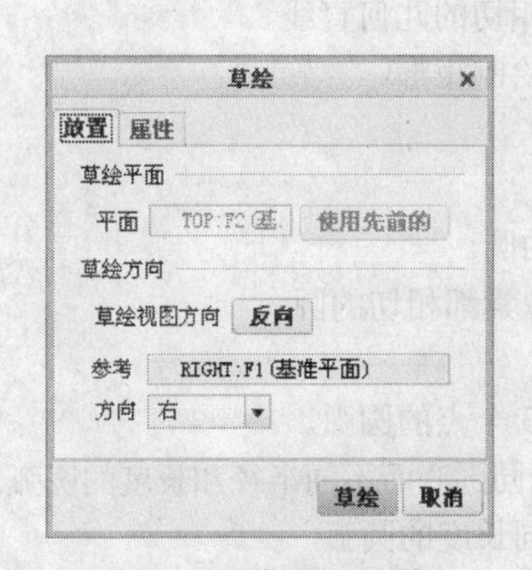

图 2-6　【草绘】对话框

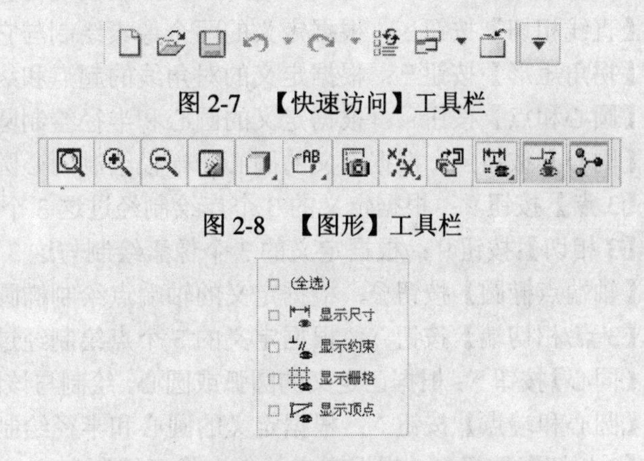

图 2-7　【快速访问】工具栏

图 2-8　【图形】工具栏

图 2-9　【草绘器显示过滤器】下拉列表框

2.1.4　草绘工具

在模型设计模块中，单击【模型】选项卡【基准】组中的【草绘】按钮，弹出【草绘】工具选项卡，如图2-10所示，这是绘制草图像素的快捷工具按钮的集合。

【草绘】工具选项卡中的按钮按照各自的功能，可以分为不同的组，有【设置】、【获取数据】、【操作】、【基准】、【草绘】、【编辑】、【约束】、【尺寸】、【检查】和【关闭】共 10 组，以下详细介绍主要绘图按钮的功能。

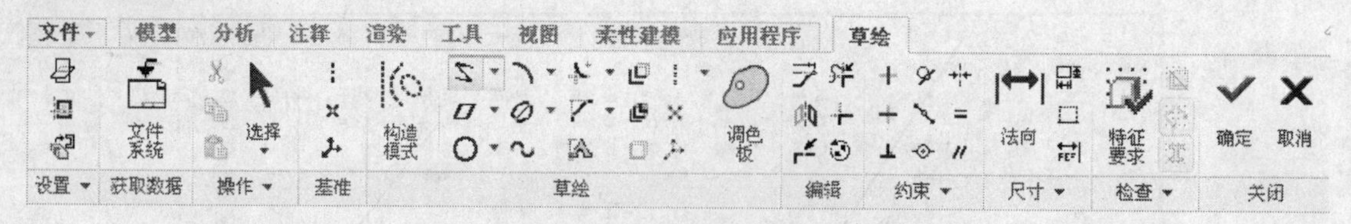

图 2-10　绘制草图的【草绘】工具选项卡

1.【操作】组

【依次】按钮：可以依次选择目标。单击该按钮后，可以结束像素的绘制操作并切换到选取模式，用户可以直接使用鼠标选择要编辑的像素；如果单击鼠标左键的同时按住 Ctrl 键，则可依次选择多个像素，或者按住鼠标左键拖动生成一个矩形，使要选择的像素处于矩形内部，也可以达到同样的效果。

2.【基准】组

【中心线】按钮：根据定义的起点和终点绘制中心线。

【点】按钮：设置草绘点，为草图绘图提供基准。

【坐标系】按钮：创建相对坐标系。

3.【草绘】组

【线链】按钮：根据定义的起点和终点绘制几何直线。

【直线相切】按钮：根据定义的两个像素绘制与它们相切的几何直线。

【拐角矩形】按钮：根据定义的对角线的起点和终点绘制矩形。

【圆心和点】按钮：根据定义的圆心和半径绘制圆。

【同心】按钮：根据定义的圆心和半径绘制同心圆。

【3 点】按钮：根据定义的 3 个点绘制经过这 3 个点的圆。

【3 相切】按钮：根据定义的 3 个像素绘制与这 3 个像素都相切的圆。

【轴端点椭圆】按钮：根据定义的轴端点绘制椭圆。

【3 点/相切端】按钮：根据定义的 3 个点绘制经过这 3 个点的圆弧。

【同心】按钮：根据已定义的圆弧或圆心，绘制与该圆弧同圆心而不同半径和长度的圆弧。

【圆心和端点】按钮：根据定义的圆心和半径绘制不同长度的圆弧。

【3 相切】按钮：根据定义的 3 个像素绘制与这 3 个像素都相切的圆弧。

【圆锥】按钮：绘制锥形弧。

【圆形】按钮：根据定义的两个像素绘制与这两个像素相切的圆弧。

【椭圆形】按钮：根据定义的两个像素绘制与这两个像素相切的椭圆弧。

【样条】按钮：根据定义的多个点绘制样条曲线。

【偏移】按钮：对所选实体的边界进行平移后作为像素进行编辑。

【文本】按钮：定义文本输入。

4.【编辑】组

【删除段】按钮：修剪定义的多余曲线，可以按住鼠标左键拖动来依次选择多个要修剪的曲线，选中的部分就是要删除的部分。

【拐角】按钮：修剪或延伸定义的像素。与上面的修剪功能不同，本功能选择的像素是要保留的部分。

【分割】按钮：定义像素断点，使其由一个像素成为两个像素。

【镜像】按钮：镜像复制，根据定义的中心线，对选择的像素进行对称复制。

【旋转调整大小】按钮：缩放旋转，对选择的像素进行旋转和缩放，不进行复制。

【修改】按钮：修改编辑选定的尺寸或文字像素。

5. 【约束】组

【约束】组有 9 个按钮，可以修改编辑各像素之间的约束条件，分别是【竖直】、【水平】、【垂直】、【相切】、【中点】、【重合】、【对称】、【相等】和【平行】。

6. 【尺寸】组

【法向】按钮：手工标注尺寸。

【周长】按钮：创建周长尺寸。

【参考】按钮：创建参考尺寸。

7. 【关闭】组

【确定】按钮：完成草图绘制。

【取消】按钮：放弃当前的草图绘制。

2.2　绘制基本几何像素

下面来讲解绘制草图几何图形元素的具体方法和命令。

2.2.1　绘制点、直线和矩形

首先来介绍绘制点、直线和矩形的方法。

1. 绘制点

在草绘接口下单击【草绘】工具选项卡【草绘】组中的【点】按钮，将鼠标移动至绘图区中的预定位置，单击鼠标左键即可绘制出一个草绘点。参考点的用途包括：标明切点位置、显示线相切的接点、标明倒圆角的顶点等。

2. 绘制直线

直线可分成两种线形，即几何线和中心线。几何线所指的是实线；中心线所指的是虚线，其作用为辅助几何图形的建立，但两者绘制直线的方法相同，下面进行介绍。

（1）线链：用鼠标草绘的，连接两点产生的直线。单击【草绘】工具选项卡【草绘】组中的【线链】按钮，在绘图区单击第一个草绘点作为起点，然后单击第二个草绘点作为终点，单击鼠标中键即可完成直线的绘制，如图 2-11 所示。可以继续单击绘制线链。

（2）直线相切：单击【草绘】工具选项卡【草绘】组中的【直线相切】按钮，绘制圆弧之间的相切直线，如图 2-12 所示，鼠标的位置是第二次单击的位置。。

3. 绘制矩形

单击【草绘】工具选项卡【草绘】组中的【拐角矩形】按钮，单击起点作为矩形对角线的起点，然后单击直线的终点作为矩形对角线的终点，再单击鼠标中键即可完成矩形的绘制，如图 2-13 所示。

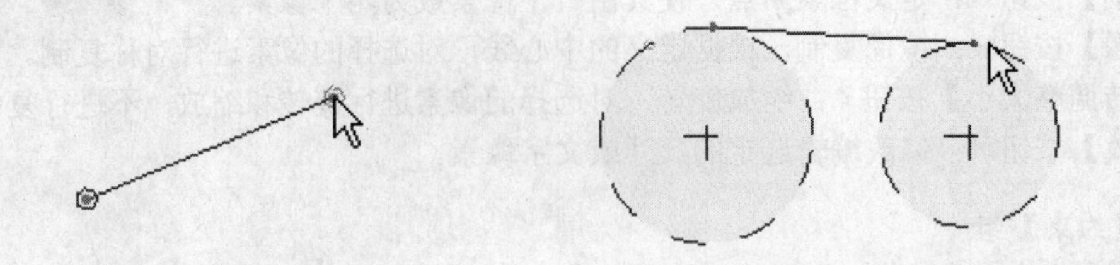

图 2-11 两点绘制直线　　图 2-12 直线相切

另外还有【斜矩形】、【中心矩形】和【平行四边形】三种矩形绘制方法，和拐角矩形类似，如图 2-14 所示。

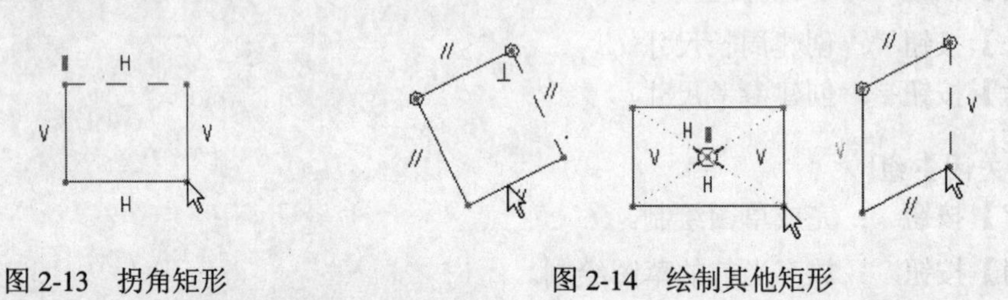

图 2-13 拐角矩形　　图 2-14 绘制其他矩形

2.2.2 绘制圆、椭圆与圆弧

圆、椭圆和圆弧是设计中经常要用到的图形组件，下面来介绍它们的具体绘制方法。

1. 绘制圆

单击【草绘】工具选项卡【草绘】组中的【圆心和点】按钮，单击鼠标左键在绘图区选定圆心，然后移动鼠标指针确定半径，即可完成圆的绘制。

另外通过不共线的 3 个点也可以绘制圆。单击【草绘】工具选项卡中的【3 点】按钮，单击鼠标左键在绘图区选定两个点，移动鼠标指针到合适位置后单击鼠标左键，即可绘制出经过这 3 个点的圆。

使用【3 相切】按钮还可以绘制与已知 3 个像素相切的圆。单击【草绘】工具选项卡中的【3 相切】按钮，单击鼠标左键在绘图区选定两个像素，移动鼠标指针到第 3 个像素后单击鼠标左键，即可绘制出与这些像素相切的圆，如图 2-15 所示。

2. 绘制同心圆

单击【草绘】工具选项卡【草绘】组中的【同心】按钮，单击一个已存在的圆或圆心，移动鼠标指针确定半径，即可绘制一个同心圆。

移动鼠标指针到另一位置后单击，可以绘制一系列的同心圆，如图 2-16 所示。单击鼠标中键或者单击【操作】组中的【依次】按钮结束绘制。

3. 绘制椭圆

单击【草绘】工具选项卡【草绘】组中的【轴端点椭圆】按钮，单击鼠标左键选定一个端点，移动鼠标指针到合适位置后再单击鼠标左键确定长轴，第三次单击确定椭圆短轴即可绘制一个椭圆，如图 2-17 所示。系统会自动标注已绘制椭圆的长轴和短轴尺寸，并可以对这些尺寸进行修改。

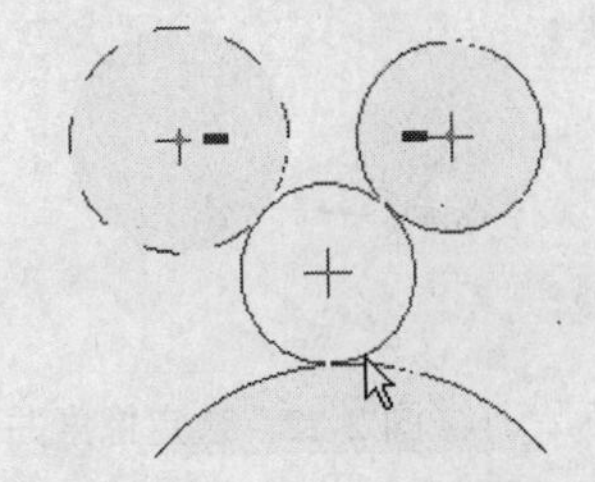

图 2-15　绘制与 3 个像素相切的圆

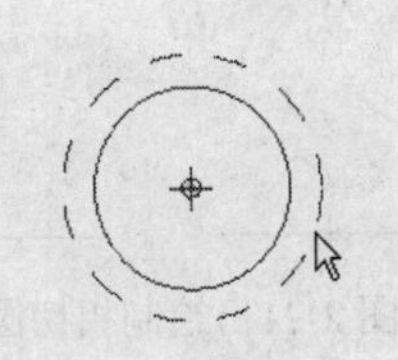

图 2-16　绘制同心圆

单击【草绘】组【中心和轴椭圆】按钮，可以绘制先确定圆心再确定长短轴的椭圆，如图 2-18 所示。

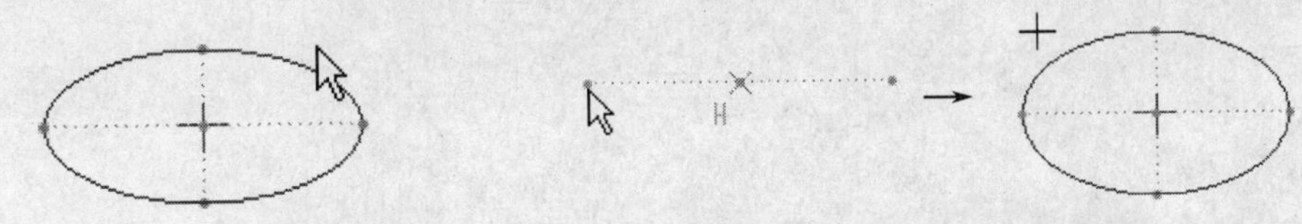

图 2-17　绘制轴端点椭圆　　图 2-18　绘制中心和轴椭圆

注意：当椭圆Rx和Ry设置为相同的值，即椭圆的长短轴相同时，椭圆就被修改成一个圆。

4. 绘制圆弧

根据定义的 3 个点可以绘制圆弧。单击【草绘】工具选项卡【草绘】组中的【3 点/相切端】按钮，在绘图区选定两个点作为圆弧的起点和终点，然后移动鼠标指针确定半径后单击鼠标左键，即可绘制出经过这 3 个点的圆弧，如图 2-19 所示。

还可以根据圆绘制同心圆弧。单击【草绘】工具选项卡【草绘】组中的【同心】按钮，使用鼠标选定已经创建的圆弧或圆弧的圆心，定义为与其同圆心（如图 2-20 左图所示），然后移动鼠标指针确定半径（如图 2-20 中图所示），最后移动鼠标指针确定圆弧的起点和终点即可（如图 2-20 右图所示）。

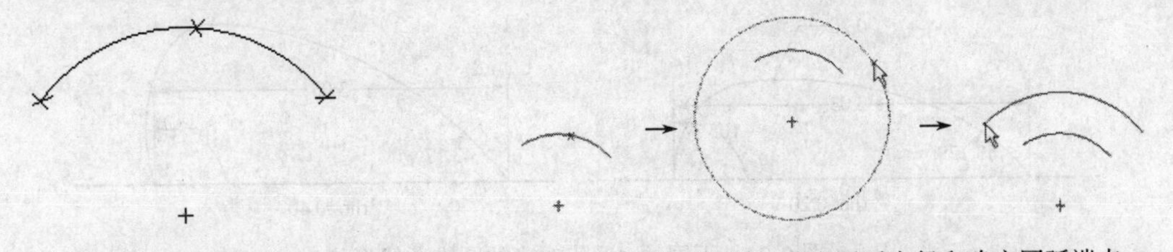

图 2-19　绘制圆弧　　图 2-20　选择圆弧、确定圆弧半径和确定圆弧端点

也可以根据圆心和半径绘制圆弧。单击【草绘】工具选项卡【草绘】组中的【圆心和端点】按钮，使用鼠标在绘图区定义一个圆心，然后移动鼠标指针确定半径，最后移动鼠标指针确定圆弧的起点和终点即可。

单击【草绘】工具选项卡【草绘】组中的【圆形】按钮，在绘图区绘制与两个像素相切的圆弧，选定两个像素，即可绘制与选定两像素相切的圆弧，如图 2-21 所示。

下面绘制与多个像素相切的圆弧。单击【草绘】工具选项卡【草绘】组中的【3 相切】按钮，在绘图区选定两个像素，如图 2-22 左图所示，系统会创建与选定两像素相切的圆弧；然后移动鼠标指针到第 3 个像素后单击鼠标左键，即可绘制出一个与选定像素相切的圆弧，如图 2-22 右图所示。

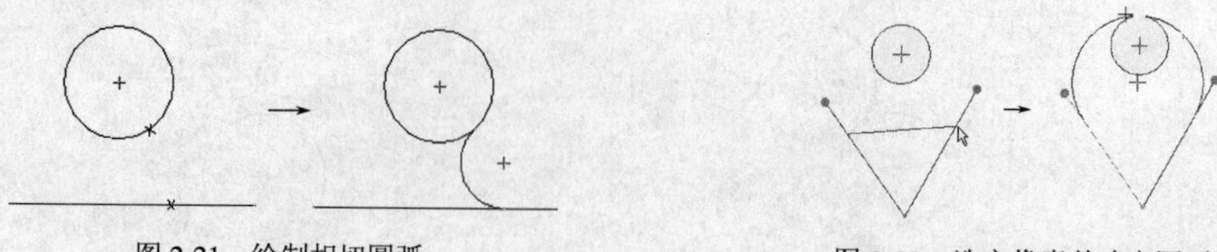

图 2-21　绘制相切圆弧　　　　图 2-22　选定像素并确定圆弧

单击【草绘】工具选项卡【草绘】组中的【椭圆形】按钮，在绘图区选定两个像素，即可绘制与选定两像素相切的圆弧，如图 2-23 所示。

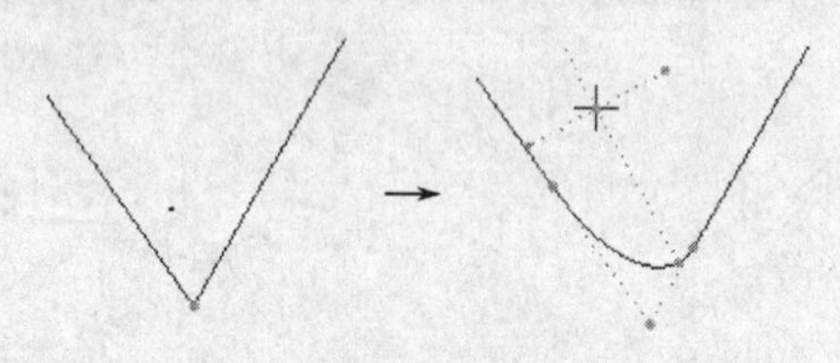

图 2-23　绘制椭圆弧

2.2.3　绘制曲线

曲线按照创建方法不同可以分为圆锥曲线和样条曲线两种类型，下面分别介绍这两种类型曲线的绘制方法。

1．绘制圆锥曲线

单击【草绘】工具选项卡【草绘】组中的【圆锥】按钮，在绘图区选定两个点确定圆锥曲线的两个端点，然后移动鼠标指针确定曲线的 rho 值后单击即可。

rho 值是指圆锥曲线的曲度，是表示曲线弯曲程度的量。rho 可以在 0.05~0.95 的范围内取值，它的值越大，曲线的弯曲程度就越大，如图 2-24 所示。

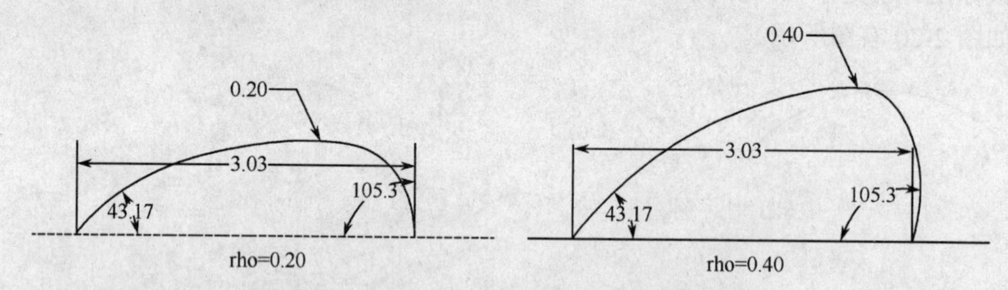

图 2-24　不同的 rho 值对应的圆锥曲线形状

2. 绘制样条曲线

单击【草绘】工具选项卡【草绘】组中的【样条】按钮，在绘图区选定若干个点，然后单击鼠标中键，即可完成样条曲线的绘制，如图 2-25 所示。

绘制样条曲线的方法比较简单，但是样条曲线往往要经过多次的修改编辑之后才能满足设计要求，所以读者必须要熟练地掌握样条曲线的修改方法。

双击尺寸标注，在显示的文本框中直接输入数值后，按 Enter 键即可完成修改（如果输入的是负值，则曲线向反方向延伸），如图 2-26 所示。

另外，还可以使用鼠标直接拖动样条曲线的控制点的方法对其进行修改编辑，如图 2-27 所示。

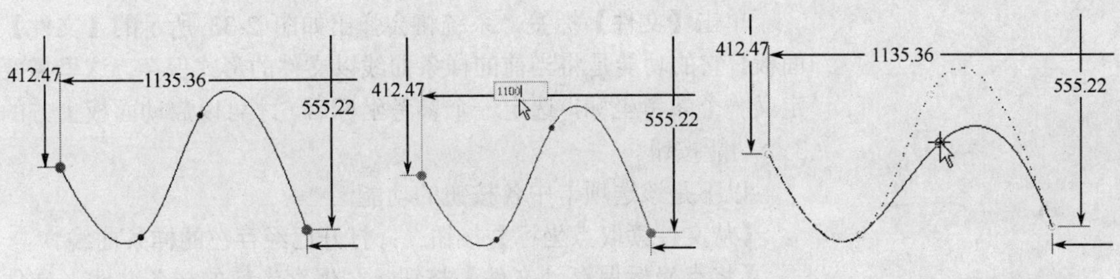

图 2-25　样条曲线　　图 2-26　样条曲线的尺寸修改　　图 2-27　样条曲线的修改编辑

双击样条曲线会打开如图 2-28 所示的【样条】工具选项卡。下面详细介绍如何使用该组工具对样条曲线进行修改编辑。

图 2-28　【样条】工具选项卡

单击【点】标签，系统将会弹出如图 2-29 所示的【点】面板。当在样条曲线上选定一个控制点后，【选定点的坐标值】选项组的【X】、【Y】文本框中即可显示该控制点的坐标值，直接输入数值并按 Enter 键即可完成修改。

单击【拟合】标签，系统将会弹出如图 2-30 所示的【拟合】面板。【稀疏】选项的功能是简化样条曲线的控制点，其值越大，简化的控制点就越多，简化后曲线的变化就越大，图 2-31 所示为样条曲线进行稀疏拟合后的形状；【平滑】选项的功能是使样条曲线变平滑，其值越大，曲线就会变得越平滑，图 2-32 所示为样条曲线进行平滑拟合后的形状。

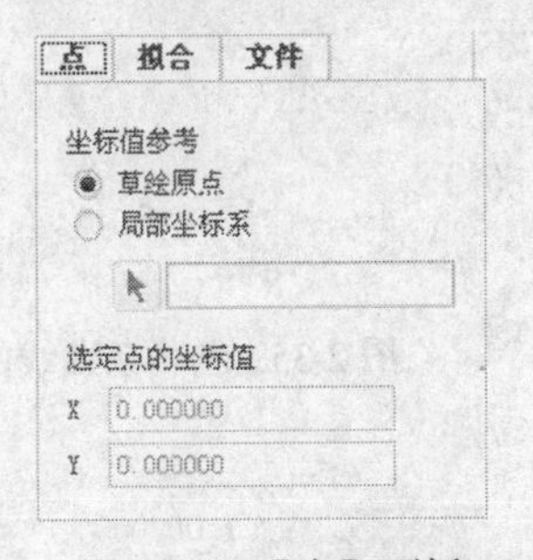

图 2-29　【点】面板

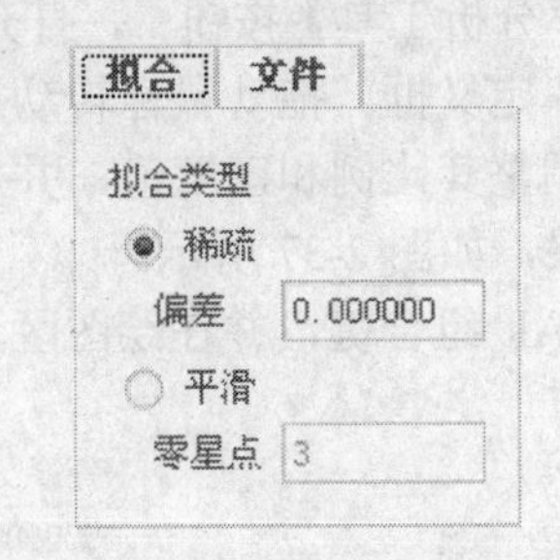

图 2-30　【拟合】面板

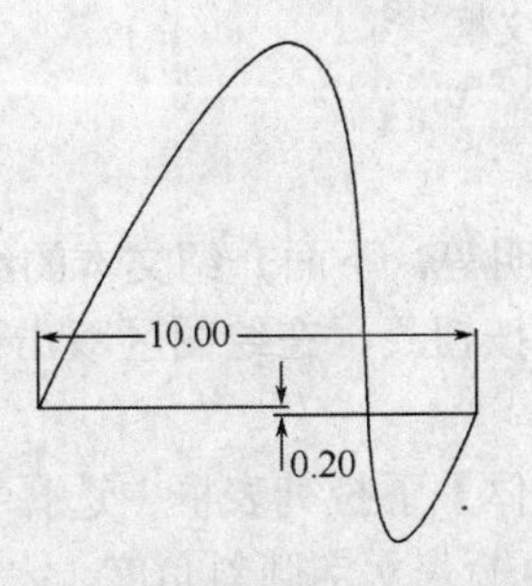

图 2-31　稀疏拟合后的样条曲线

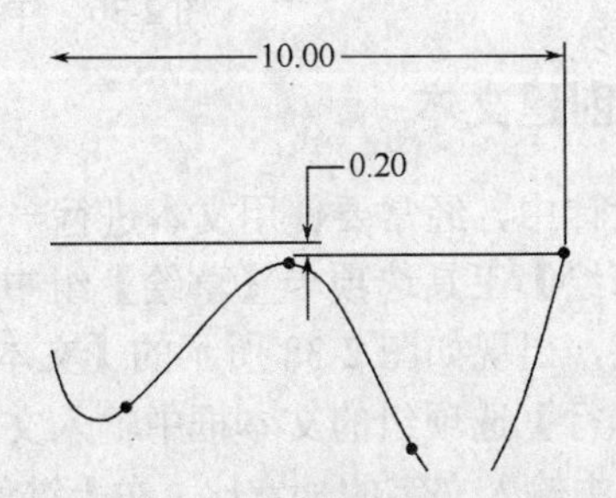

图 2-32　平滑拟合后的样条曲线

图 2-33　【文件】面板

单击【文件】标签，系统将会弹出如图 2-33 所示的【文件】面板。它的功能是将当前的样条曲线以文件的形式保存，这里需要定义一个参考坐标，选定一个参考坐标后，才可以启动面板上方的 3 个功能按钮。

以下是该选项卡中各按钮的功能。

【从文件读取点坐标】按钮：打开已经存在的样条曲线。

【将点坐标保存到文件】按钮：保存当前的样条曲线（文件名后缀为.pts）

【显示样条的坐标信息】按钮：弹出信息窗口，并显示样条曲线的详细信息。如图 2-34 所示为样条曲线信息。

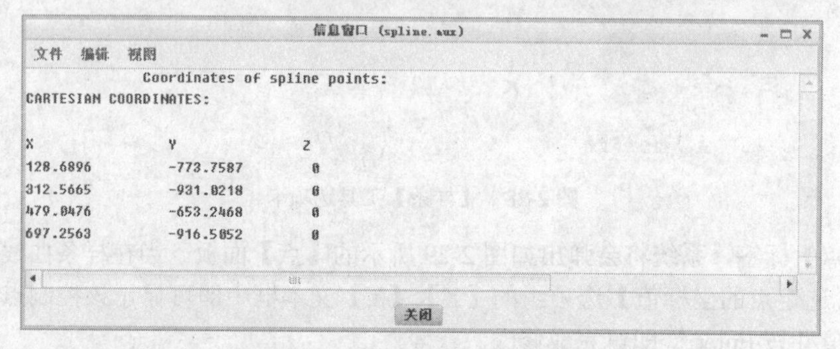

图 2-34　样条曲线的【信息窗口】

单击【切换到控制多边形模式】按钮，可以创建与样条曲线相切的多边形，仍可对控制点进行拖动编辑，如图 2-35 所示。

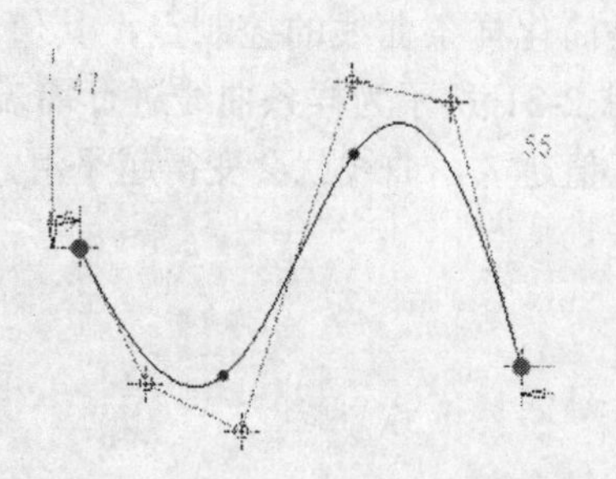

图 2-35　与样条曲线的相切的多边形

单击【曲率分析工具】按钮，打开如图 2-36 所示的样条曲线曲率定义框。拖动鼠标转动旋钮或者直接改变相应数值可调整其比例和密度值，并且可以查看修改曲线的曲率效果，如图 2-37 所示。

按下 Ctrl+Alt 组合键，并在绘图区单击鼠标可以增加曲线的控制点。

图 2-36　样条曲线曲率定义框

2.2.4　创建文本

在零件设计中，经常要使用文本进行一些标注、说明等，下面介绍文本的绘制方法。

单击【草绘】工具选项卡【草绘】组中的【文本】按钮，在绘图区双击鼠标左键确定文本的起始点，出现如图 2-38 所示的【文本】对话框。

在【文本行】选项组的文本框中输入文字，在【字体】下拉列表框中选择字体，在【长宽比】文本框中输入文字的长宽比，在【斜角】文本框中输入文字倾斜角度，完成后单击【确定】按钮即可看到设置的文本效果，如图 2-39 所示。

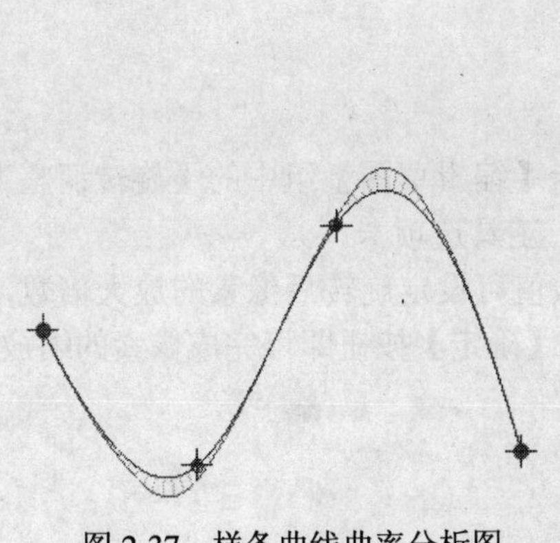

图 2-37　样条曲线曲率分析图

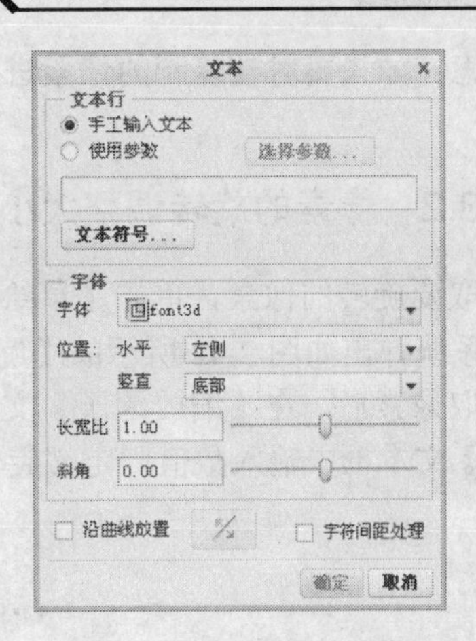

图 2-38　【文本】对话框

图 2-39　绘制文本

如果在绘图区绘制一个圆弧，然后在【文本】对话框中启用【沿曲线放置】复选框，再用鼠标选中该圆弧，单击【确定】按钮即可看到文本将沿着圆弧曲线分布，如图 2-40 所示。

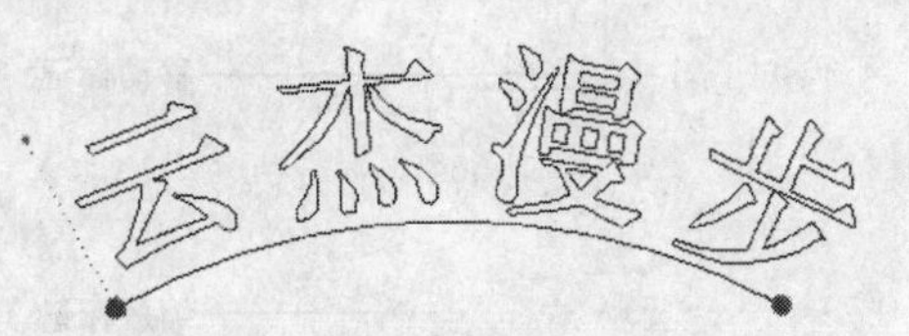

图 2-40　沿曲线放置的文本

注意：若在启用【沿曲线放置】复选框后，单击【将文本反向到曲线另一侧】按钮，可切换文本沿曲线的走向至曲线另一侧。

另外，选择文本后，单击【草绘】选项卡【编辑】组中的【修改】按钮，或者直接双击文本，可打开【文本】对话框，进行重新定义完成对文本的修改编辑。

2.3　修改像素特征

在编辑像素的过程中，对于一些比较对称的像素使用缩放旋转与复制命令，可以更加方便快捷地完成绘制。

2.3.1　像素的镜像复制

选取要镜像复制的像素后，单击【草绘】工具选项卡【半径】组中的【镜像】按钮，然后选定对称中心线即可完成复制，如图 2-41 所示。

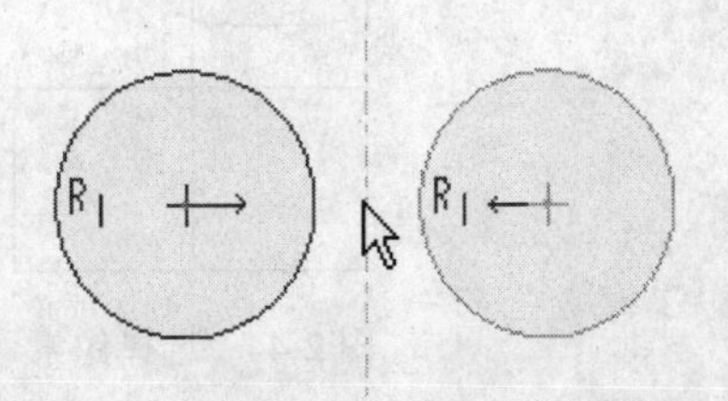

图 2-41　镜像复制像素

注意：如果要对被复制的像素进行修改，那么修改后其对应的复制像素也会发生同样的变化。

2.3.2 像素的旋转调整大小

选取要旋转的像素，单击【草绘】工具选项卡【编辑草图】组中的【旋转调整大小】按钮，系统弹出如图 2-42 所示的【旋转调整大小】工具选项卡。

选取像素后，在【缩放因子】文本框中输入数值可设定旋转后像素的放大倍数，在【旋转角度】文本框中输入数值则定义旋转角度，单击【确定】按钮即可完成像素的缩放和旋转。

图 2-42 【旋转调整大小】工具选项卡

另外单击【旋转调整大小】按钮后，直接用鼠标拖动旋转标记可以进行旋转，用鼠标拖动图中的缩放标记可以进行缩放，用鼠标拖动图中的移动标记则可改变图形的位置，这三个标记如图 2-43 所示。

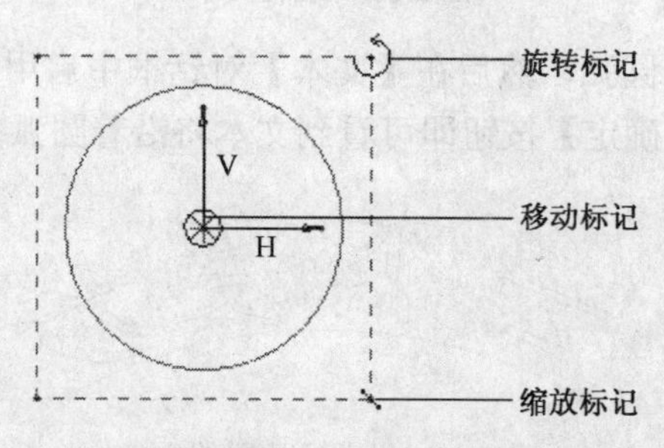

图 2-43 缩放、旋转、移动标记

2.3.3 修剪像素

草图的修剪功能不仅仅只是修剪，还有延伸及分割像素等功能，下面进行详细讲解。

1. 动态修剪

单击【草绘】工具选项卡【编辑】组中的【删除段】按钮，按住鼠标左键拖动选择需要修剪的像素，与拖动的轨迹相交的像素就是要修剪的像素，如图 2-44 所示。选择结束后释放鼠标左键即可完成修剪，如图 2-45 所示。

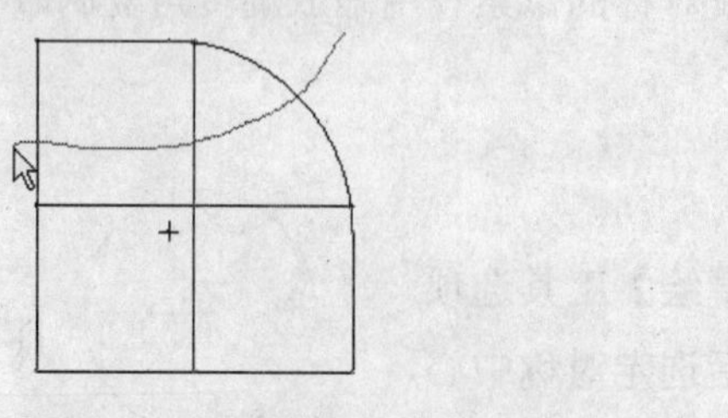

图 2-44 选择像素

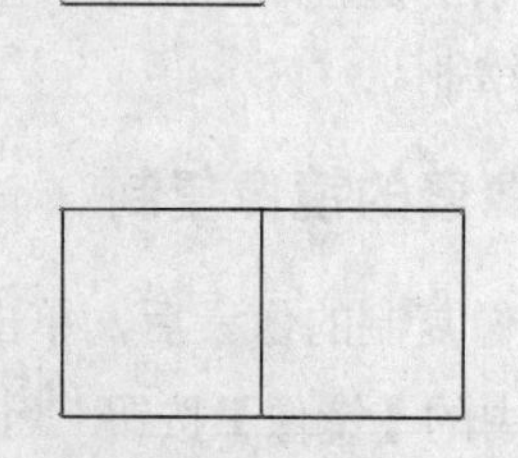

图 2-45 修剪后的草图

注意：使用鼠标依次单击需要修剪的像素，也可以完成上述修剪操作。

2. 修剪与延伸

单击【草绘】工具选项卡【编辑】组中的【拐角】按钮，依次选择需要修剪的两个像素，如图 2-46 所示，单击鼠标中键即可结束修剪，如图 2-47 所示。

注意：如果选择两条并行线则该操作无效。

比较这两种修剪结果，很容易看出它们的功能差别。动态修剪是剪切掉选择的像素；而这里的修剪功能是保留选择的部分像素，此外修剪还具有延伸功能，在下面的操作中可以加深理解修剪的延伸功能。

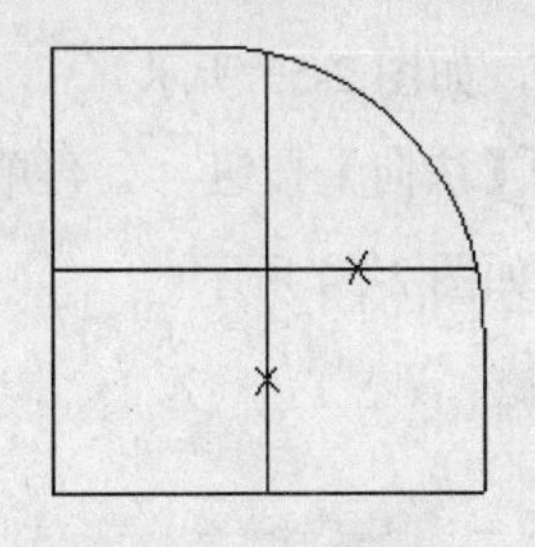

图 2-46　选择像素

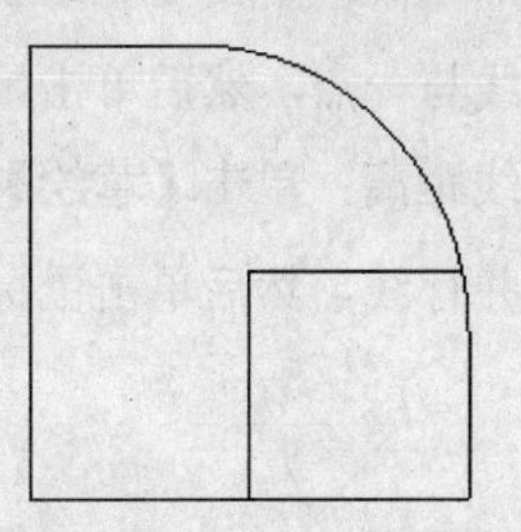

图 2-47　修剪后的草图

使用鼠标依次选择图 2-48 中所示的两条线段，会产生图 2-49 所示的延伸和修剪结果。

3. 设置断点

设置断点可以将一个像素分割成为两个像素。

单击【草绘】工具选项卡【编辑】组中的【分割】按钮，在要剪断的像素上设置断点位置并单击，则该像素分为两个像素，按鼠标中键结束设置断点，如图 2-50 所示。

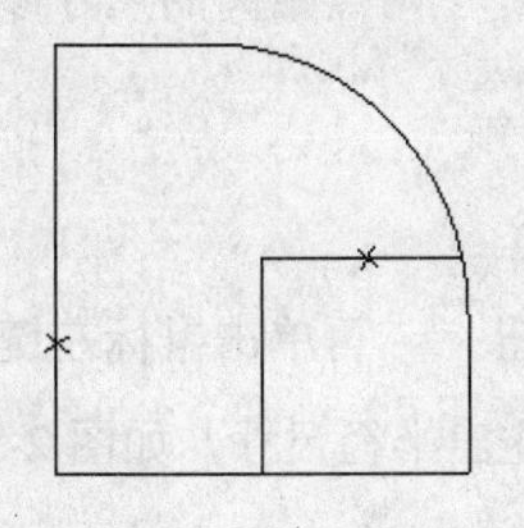

图 2-48　选择像素

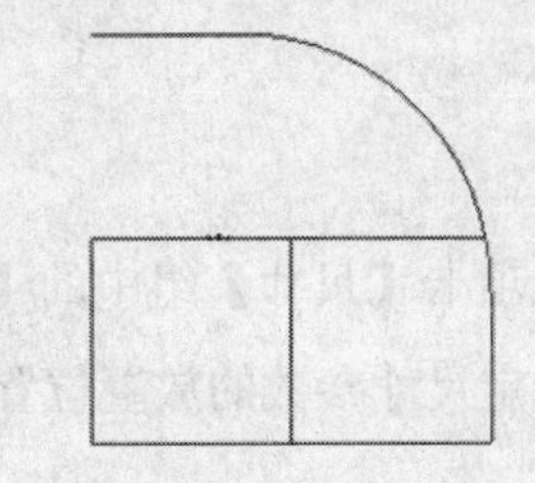

图 2-49　延伸后的草图

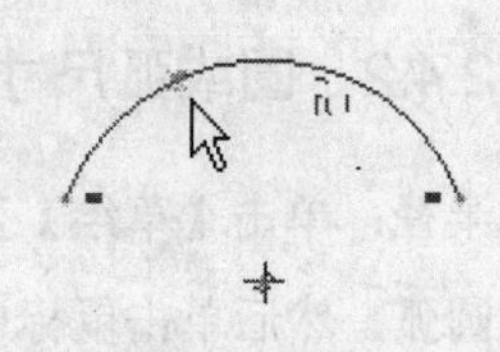

图 2-50　设置断点

2.4　尺寸标注方法

尺寸是在草图外形绘制完成后，将可以控制设计的尺寸指定为参数，此参数即可作为将来修改及控制设计的尺寸。用法是：选择尺寸命令后，单击鼠标左键选取几何元素（如圆、圆弧、直线、点、中心线等），然后单击中键指定参数（尺寸）所要放置的位置，即可完成尺寸标注。下面详细介绍各类几何元素尺寸的标注方式。【尺寸】组中的按钮如图 2-51 所示。

2.4.1　直线尺寸标注

线段长度：单击【草绘】工具选项卡【尺寸】组中的【法向】按钮，之后单击鼠标左键选取线段（或线段的两端点），然后单击鼠标中键指定尺寸参数的放置位置，如图 2-52 所示。

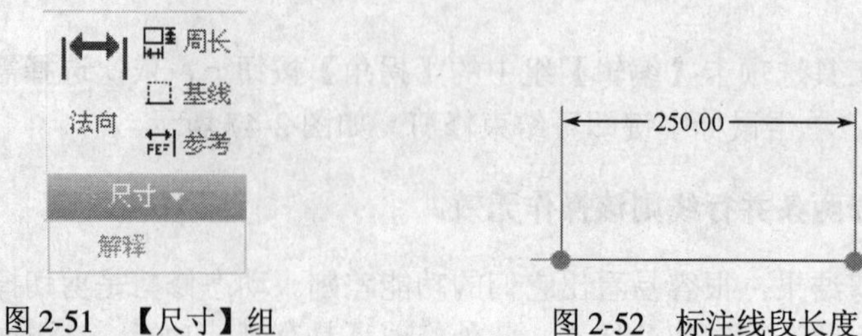

图 2-51 【尺寸】组 图 2-52 标注线段长度

线到点距离：单击【草绘】工具选项卡【尺寸】组中的【法向】按钮，再单击鼠标左键选取一线与一点，然后单击鼠标中键指定参数的放置位置，如图 2-53 所示。

线到线距离：单击【草绘】工具选项卡【尺寸】组中的【法向】按钮，再单击鼠标左键选取两并行线，然后单击鼠标中键指定参数的放置位置，如图 2-54 所示。

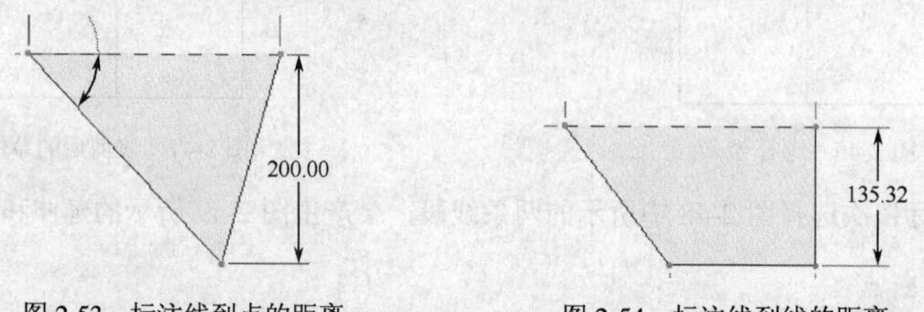

图 2-53 标注线到点的距离 图 2-54 标注线到线的距离

点到点距离：单击【草绘】工具选项卡【尺寸】组中的【法向】按钮，再单击鼠标左键选取两点，然后单击鼠标中键指定参数放置的适当位置，即可产生两点距离的尺寸参数，如图 2-55 所示。

2.4.2 圆或弧尺寸标注

半径：单击【草绘】工具选项卡【尺寸】组中的【法向】按钮，再单击鼠标左键选取圆或圆弧，然后单击鼠标中键指定尺寸参数的放置位置，即可标注出半径尺寸，如图 2-56 左图所示。

直径：绘制完成圆后，用鼠标左键双击该圆直径尺寸，修改尺寸后按 Enter 键，即可标出直径尺寸，如图 2-56 右图所示。

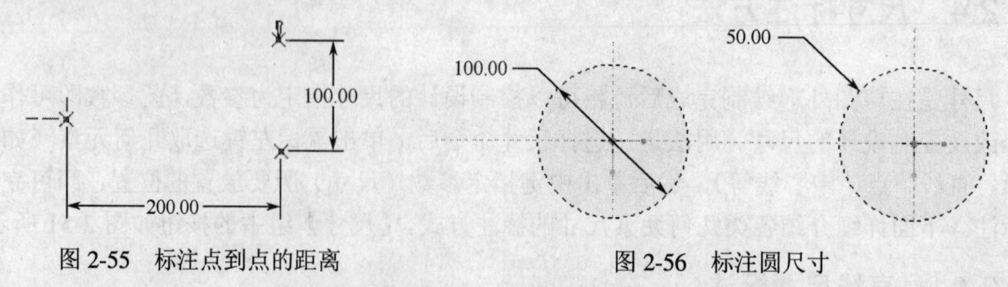

图 2-55 标注点到点的距离 图 2-56 标注圆尺寸

旋转草图的直径：单击【草绘】工具选项卡【尺寸】组中的【法向】按钮，用鼠标先单击旋转草图的圆柱边线，接着单击中心线，然后再单击旋转草图的圆柱边线，最后单击鼠标中键指定参数放置的位置，如图 2-57 所示。

圆心到圆心：单击【草绘】工具选项卡【尺寸】组中的【法向】按钮，用鼠标选取两个圆或圆弧的圆心，然后单击中键指定尺寸放置的位置，系统会根据单击的位置定义水平、垂直及倾斜三种方式的尺寸标注，可产生两个圆或圆弧的圆心的距离尺寸参数，如图 2-58 所示。

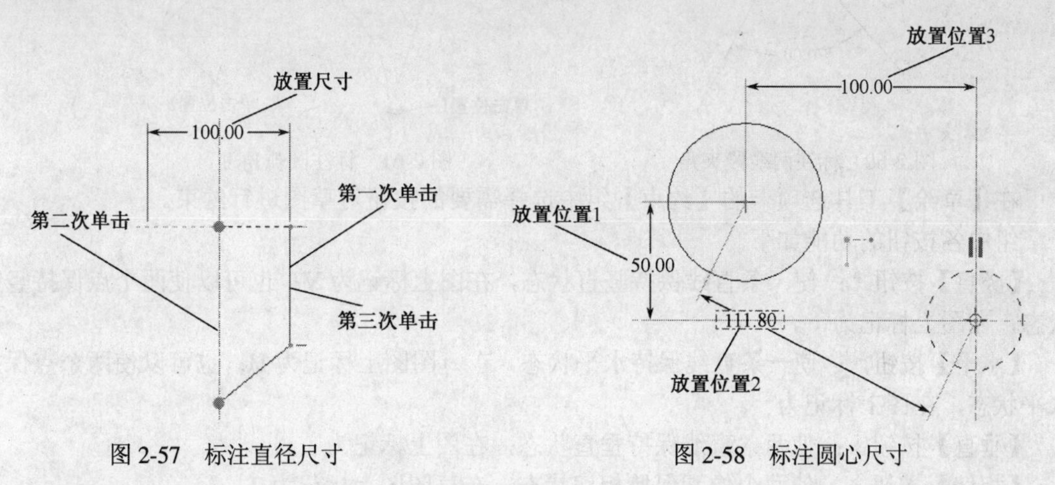

图 2-57　标注直径尺寸　　图 2-58　标注圆心尺寸

圆周到圆周：单击【草绘】工具选项卡【尺寸】组中的【法向】按钮，用鼠标单击两个圆或圆弧的圆周，然后单击鼠标中键指定尺寸放置的位置，不同的选择位置会产生不同的尺寸标注，如图 2-59 所示。

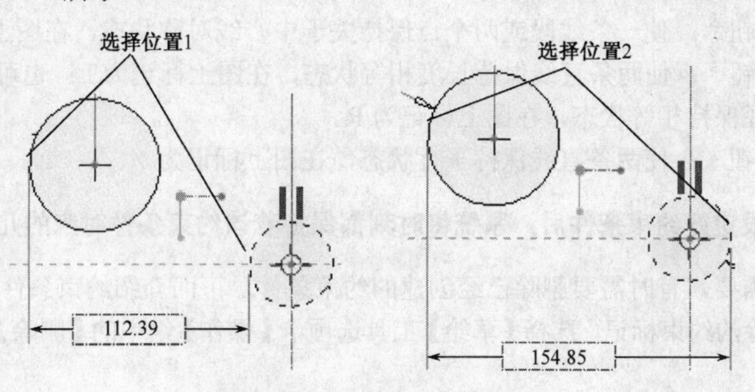

图 2-59　标注圆周距离尺寸

2.4.3　角度标注

两线段夹角：单击【草绘】工具选项卡【尺寸】组中的【法向】按钮，用鼠标左键选取两线段，然后用鼠标中键指定尺寸参数的放置位置，即可标注出其角度，如图 2-60 所示。

圆弧角度：单击【草绘】工具选项卡【尺寸】组中的【法向】按钮，用鼠标左键选取圆弧两端点，再选取圆弧上任意一点，然后用鼠标中键指定尺寸参数的放置位置，即可标注出其角度，如图 2-61 所示。

2.4.4　修改约束条件

约束条件是指一系列的尺寸组合，它可以唯一地确定草图的形状特征。例如一个三角形的约束条件可以是两个角和一条边，或者是两条边和一个角，还可以是三条边。

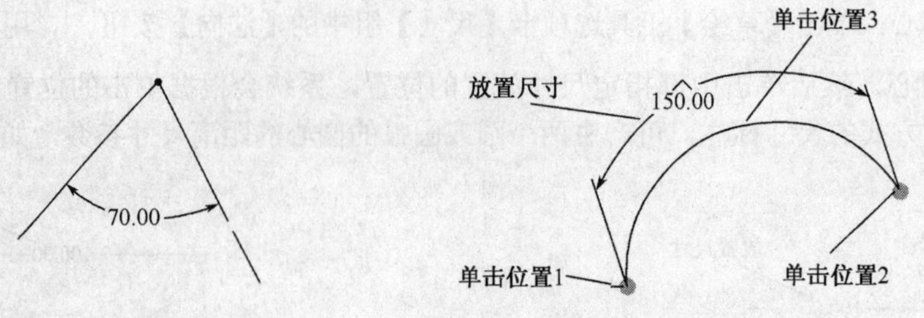

图 2-60　标注两线段夹角　　　　图 2-61　标注圆弧角度

在【草绘】工具选项卡的【约束】组中选择需要的按钮对草图进行约束。

组中各按钮的功能如下。

【竖直】按钮 ：使一条直线保持竖直状态，在图上标记为 V；也可以使两个点保持竖直状态，在图上标记为 ⁝。

【水平】按钮 ：使一条直线保持水平状态，在图图上标记为 H；也可以使两个点保持水平状态，在图上标记为 --。

【垂直】按钮 ：使两条直线保持垂直状态，在图上标记为⊥。

【相切】按钮 ：使两个像素保持相切状态，在草图图上标记为 T。

【中点】 ：使一个点保持为一条直线的中点状态，在图上标记为 M。

【重合】按钮 ：使两个点保持同一位置状态，在图上标记为○；也可以使两条线段保持共线状态，在图上标记为=。

【对称】按钮 ：使一条线段或两个点保持关于中心线对称状态，在图上标记为→←。

【相等】按钮 ：使两条直线保持长度相等状态，在图上标记为 L；也可以使两个圆或圆弧的曲率或半径保持相等状态，在图上标记为 R。

【平行】按钮 ：使两条直线保持平行状态，在图上标记为//。

注意：当设定好约束条件后，系统将时刻都保持着该约束条件对应的几何关系。

根据设计需要，有时需要删除已经创建的约束条件，下面介绍约束条件的删除方法。

选择要删除的约束标记，选择【草绘】工具选项卡【操作】组中的【删除】命令，如图 2-62 所示。

当一个草图的约束条件和强化尺寸的个数，多于能确定这个草图形状的最少尺寸个数时，将会产生约束冲突，系统会打开如图 2-63 所示的【解决草绘】对话框，和尺寸冲突时的修改方法相同，只要按照提示进行操作即可。

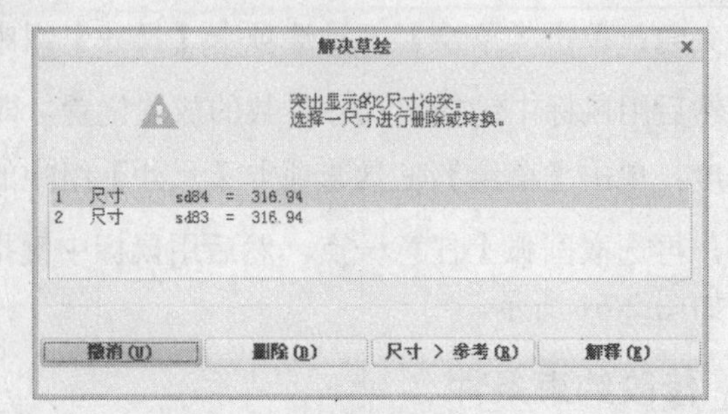

图 2-62　删除约束条件　　　　图 2-63　【解决草绘】对话框

2.5　创建基准特征

基准是建立模型的参考，在 Creo Parametric 1.0 中，基准虽然不算是实体或曲面的特征，但也是特征的一种，其主要用途是在进行 3D 几何设计时作为参考或基准数据，如做为剖面绘制的参考面、3D 模型的定位参考面、组合零件参考面等。例如，一个孔特征可以将一个基准轴当成其中心线，此基准轴可做为孔半径标注的基准，也可建立相对于孔基准轴的其他特征，当基准轴移动时，孔和其他特征也随之移动。

2.5.1　基准特征分类

在建模过程中，首先要熟悉基准特征。基准特征是指在创建几何模型及零件实体时，用来为实体添加定位、约束、标注等定义时的参照特征，它包括基准点、基准曲线、基准平面、基准轴和基准坐标系 5 个特征。

创建基准特征的功能按钮在【模型】选项卡【基准】组中，如图 2-64 所示。其中包含可以创建的基准特征的各种类型，其含义如表 2-1 所示。

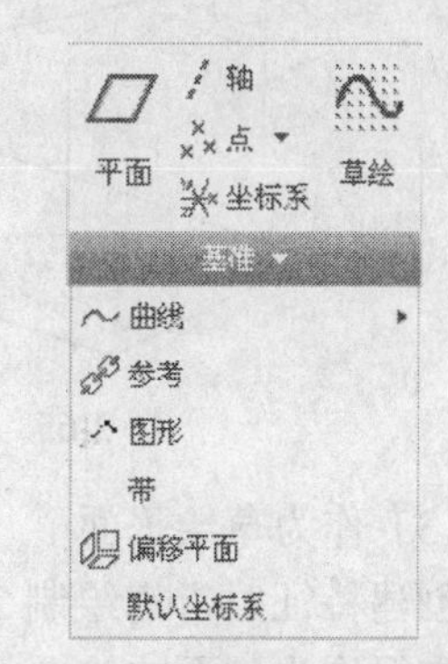

图 2-64　创建基准特征的功能按钮

表 2-1　基准特征的分类及含义

按　钮	含　义
	创建基准平面
	创建基准轴
	创建基准曲线
	创建基准坐标系
	创建一般基准点
	创建偏移坐标系基准点
	创建域基准点

2.5.2　建立基准平面

基准平面是指系统或用户定义的用做参照基准的平面，可以用于截面像素或特征，也可以作为尺寸标注的参照基准。

1. 基准平面的用途

基准平面的用途如下。

（1）尺寸标注参考

开始零件的三维设计时，最好先建立垂直 *X* 轴、*Y* 轴及 *Z* 轴的 3 个基准平面。标注尺寸时，如果可选择零件上的面或原先建立的任一基准面，则最好选择基准面，以免造成不必要的特征父子关系。图 2-65 中的孔特征即是用基准面 RIGHT 及 TOP 来标注其位置的尺寸。

（2）决定视角方向

3D 物体的方向性需要两个互相垂直的面定义后才能决定，基准平面恰好可成为 3D 物体方向决定的参考平面。例如在图 2-66 中，要决定圆柱的方向时，因为圆柱并无互相垂直的两个面，所以必须建立一个基准面，使其垂直于底面，作为视角方向定义的参考面。

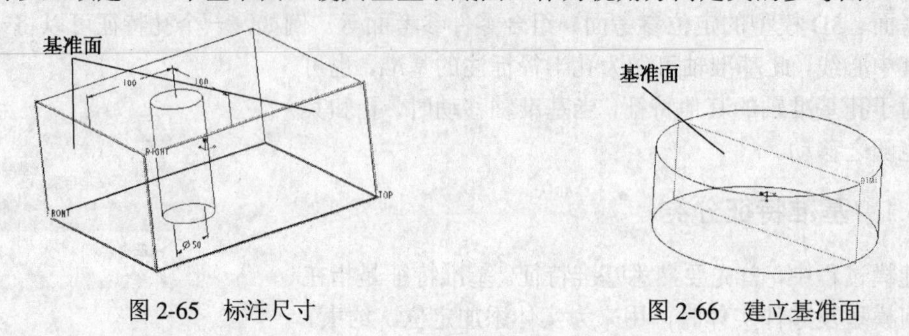

图 2-65　标注尺寸　　　　图 2-66　建立基准面

（3）作为草绘平面

创建特征时常需绘制 2D 截面，若 3D 物体在空间上无合适的绘图平面可供利用，则可建立基准面作为剖面的绘图面。例如在图 2-67 中，要在圆柱的侧面再建立一个圆柱，则必须通过空间中的基准面 DTM3 作为圆柱截面的草绘平面。

（4）作为装配零件时互相配合的参考面

零件在装配时可能会利用许多平面来定义匹配、对齐或插入，因此同样也可以将基准平面作为其参考依据。

（5）作为剖视图产生的平面

在图 2-68 所示的剖面结构图中，为清楚看出其内部结构，必须通过定义一个参考基准面，利用此基准面纵剖该模型，从而得到一个剖视图。

图 2-67　建立草绘平面　　　　图 2-68　显示剖面

2. 建立基准平面的步骤

建立基准面时，必须先决定能够完全描述与限定唯一平面的必要条件，然后系统会自动产生符合条件的基准面。

单击【模型】选项卡中的【平面】按钮▱，打开【基准平面】对话框，如图 2-69 所示，在该对话框中设置基准平面的基本定义，包括放置位置、大小、方向以及平面名称等。

（1）定义基准平面的约束条件

打开【基准平面】对话框，默认进入【放置】选项卡。在该选项卡中可以选择基准平面的参照信息，包括参照基准的名称和定义约束类型等。

约束类型包括以下几种。

【偏移】：偏移选定参照放置新基准平面，如图1-70所示。

【穿过】：穿过选定参照放置新基准平面，如图1-71所示。

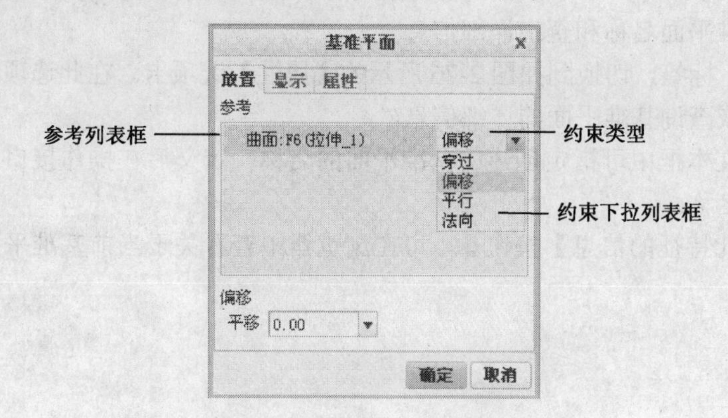

图2-69　【基准平面】对话框

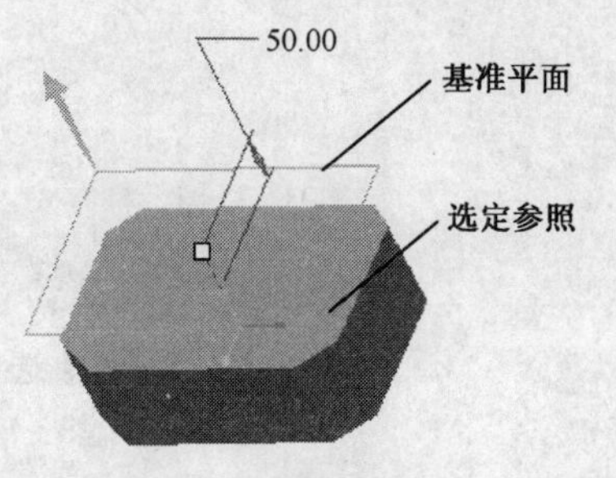

图2-70　偏移放置

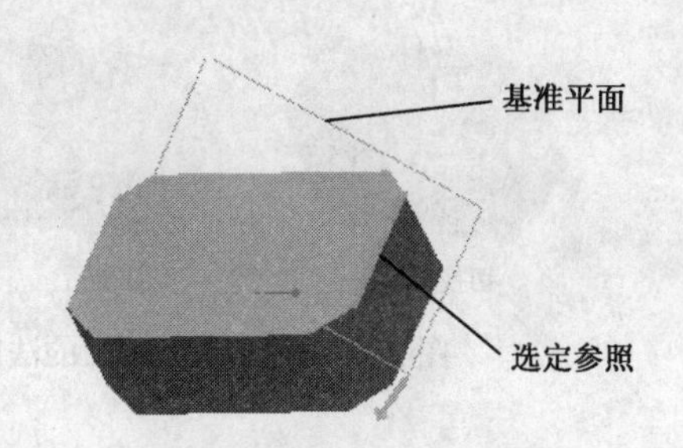

图2-71　穿过放置

【平行】：平行于选定参照放置新基准平面，如图2-72所示。

【法向】：垂直于选定参照放置新基准平面，如图2-73所示。

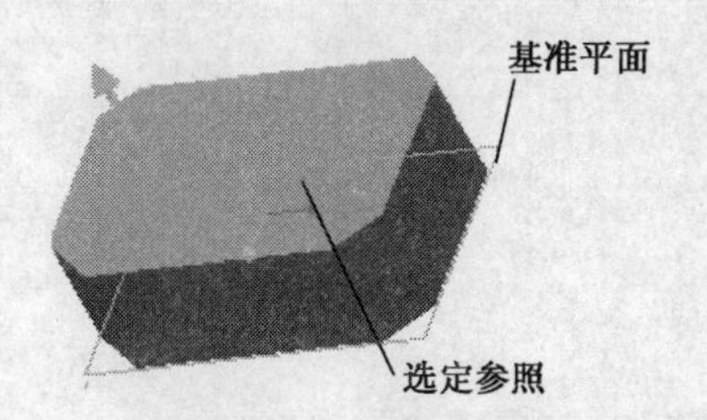

图2-72　平行放置

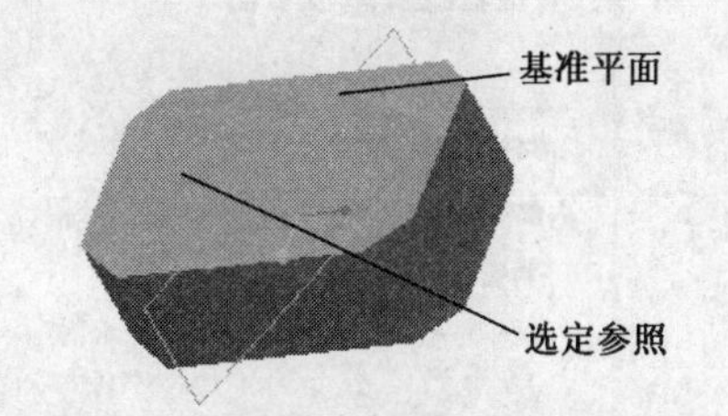

图2-73　法向放置

（2）调整基准平面的大小和方向

单击【显示】标签，切换到如图2-74所示的【显示】选项卡。在此选项卡中可以调整基准平面的大小和方向。

单击【法向】按钮，可切换基准平面的法向。基准平面的法向不同于一般平面的法向定义，一个基准平面包括两个法向，都垂直于基准平面，且分别指向基准平面的两侧，系统默认以黄色箭头显示。单击【反向】按钮可以切换这两个法向，如图2-75所示。

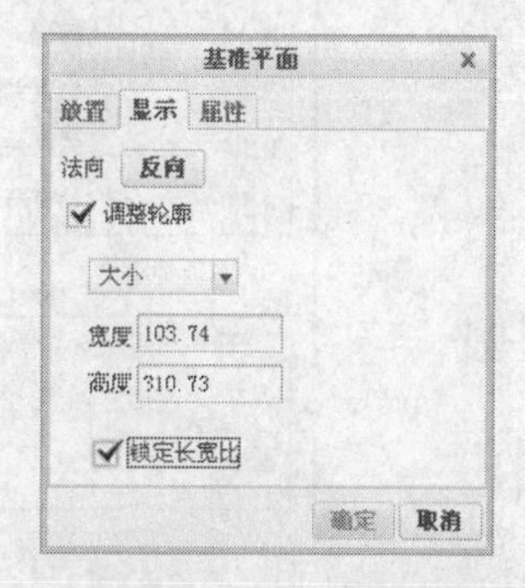

图2-74　【显示】选项卡

启用【调整轮廓】复选框，在该下拉列表框中选择【参考】选项时，绘图区可以显示参考的像素，表示创建的基准平面与该像素大小相当；选择【大小】选项时，【宽度】和【高度】文本框亮显，输入数值即可定义创建的基准平面大小。

（3）定义基准平面名称和查询详细信息

单击【属性】标签，切换到如图 2-76 所示的【属性】选项卡。在此选项卡中可以设置基准平面的名称，或查询基准平面的详细信息。

在【名称】文本框中可指定创建的基准平面的名称，定义后在操作接口左侧的模型树中可以看到定义的名称。

单击【显示此特征的信息】按钮，可在浏览器中查看关于当前基准平面特征的信息，如图 2-77 所示。

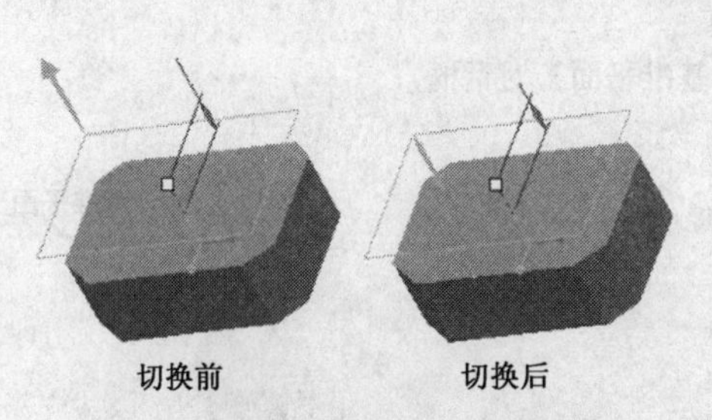

图 2-75　切换基准平面的法向

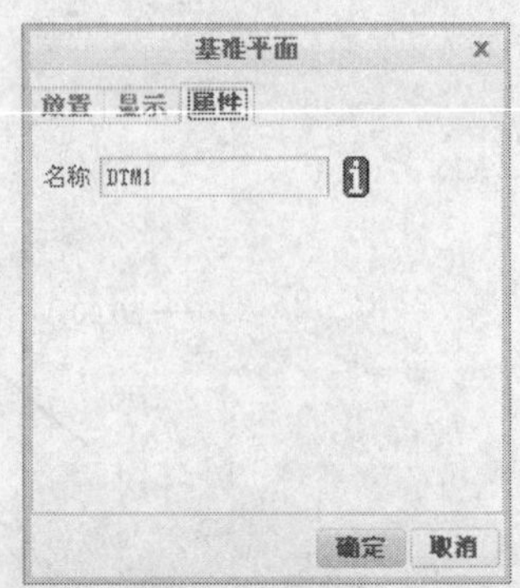

图 2-76　【属性】选项卡

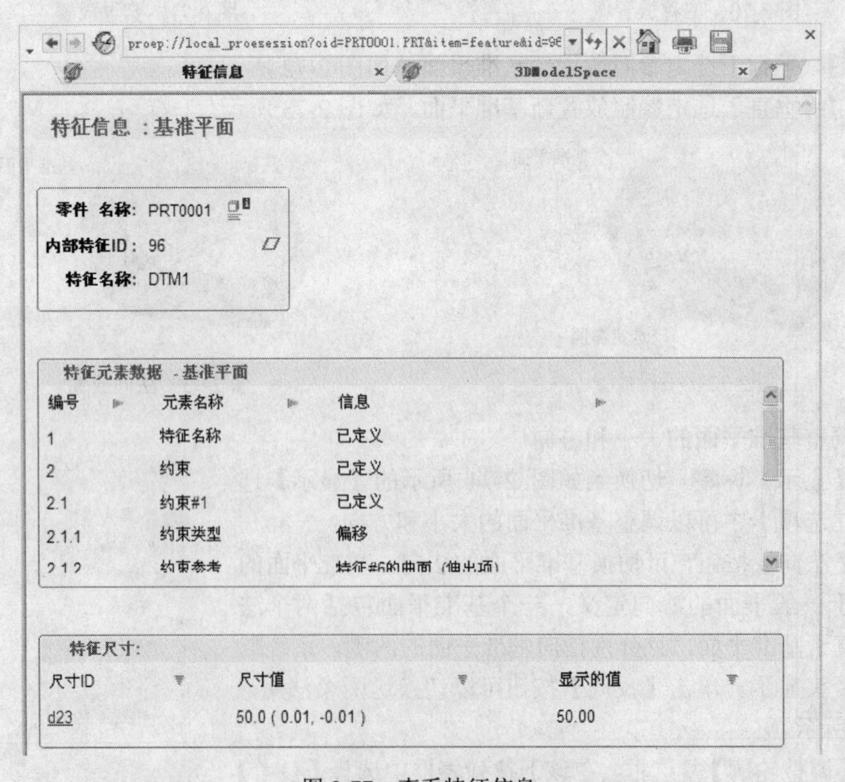

图 2-77　查看特征信息

3. 修改基准平面

在【基准平面】对话框中，选中【放置】选项卡，用鼠标右键单击已经定义的参照名称，从弹出的快捷菜单中选择【移除】选项，即可删除参照，如图 2-78 所示；按住 Ctrl 键用鼠标单击参照可以实现添加操作。若要修改基准平面，可打开模型树，用鼠标右键单击要编辑的基准平面，从弹出的快捷菜单中选择【编辑定义】命令，如图 2-79 所示，修改约束类型、偏移距离以及夹角等，和创建基准平面过程中的定义一样，这里不做重复叙述。

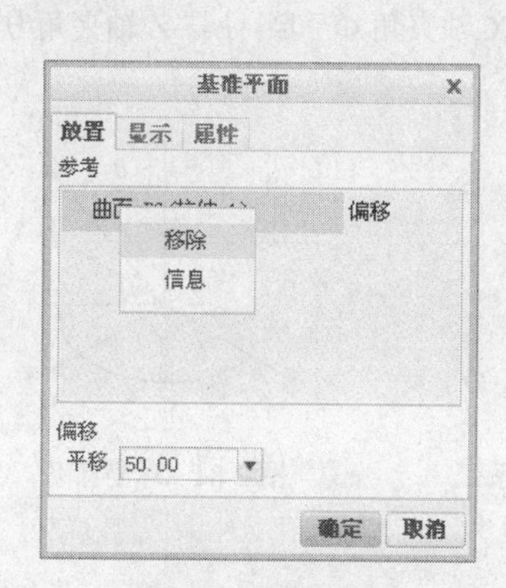

图 2-78　删除参照

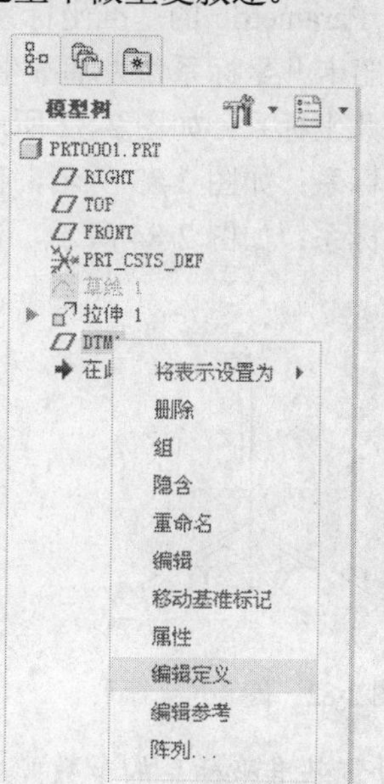

图 2-79　编辑基准平面

2.5.3 建立基准坐标系

在 Creo Parametric 系统中所建立的 3D 实体模型，基本上不需要用到坐标系，所有的特征定位均采用相对位置的尺寸参数标注法，但当需要标注坐标原点以供其他系统使用或方便模型建立时，也可在其模型上再加入基准坐标系。

基准坐标系可以用来定位点、曲线、平面等基准和特征，使用基准坐标系不仅能计算零件的质量、重量和体积等属性，而且还能定位装配组件，或者为“有限元分析（FEA）”放置约束等。

系统默认的基准坐标系位于顶面（TOP）、前面（FRONT）和右侧面（RIGHT）3 个基准平面的相交处，如图 2-80 所示。

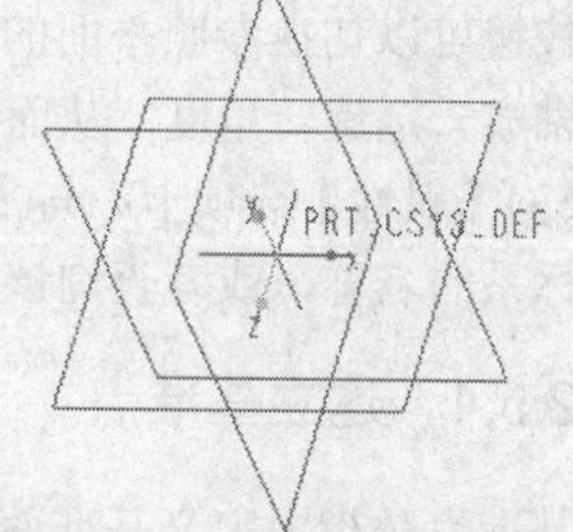

图 2-80　系统默认的基准坐标系

1. 基准坐标系的作用

基准坐标系的作用如下。

（1）CAD 数据输入与输出：IGES、FEA 及 STL 等数据的输入与输出都必须设置坐标系。

（2）制造：欲创建 NC 加工程序时，必须有坐标系作为参考。

（3）重量的计算：要分析模型质量属性时，必须有坐标系的设置以计算质量。

（4）同一零件可有多个坐标系，默认的编号方式为 CS0、CS1、CS2 等，如图 2-81 所示。

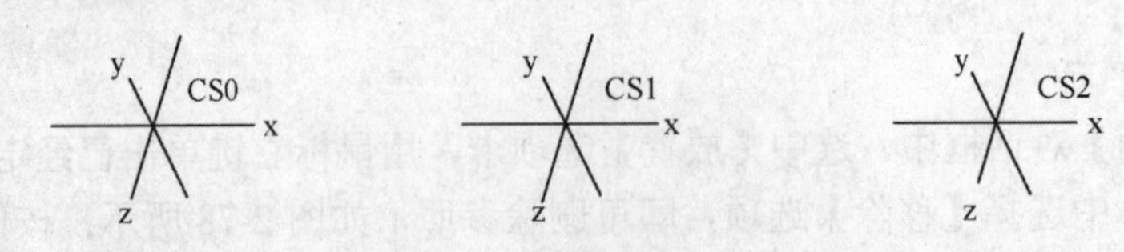

图 2-81 坐标系编号方式

2. 基准坐标系的表示方法

Creo Parametric 的基准坐标系可以分为笛卡儿坐标系、柱坐标系和球坐标系 3 种类型，默认使用笛卡儿坐标系作为基准坐标系。

笛卡儿坐标系：如图 2-82 所示，使用 X、Y 和 Z 来表示坐标值。

柱坐标系：如图 2-83 所示，使用半径、半径与 X 轴夹角 θ 和 Z 表示坐标值。

球坐标系：如图 2-84 所示，使用半径、半径与 X 轴夹角 Φ 和半径与 Z 轴夹角 θ 表示坐标值。

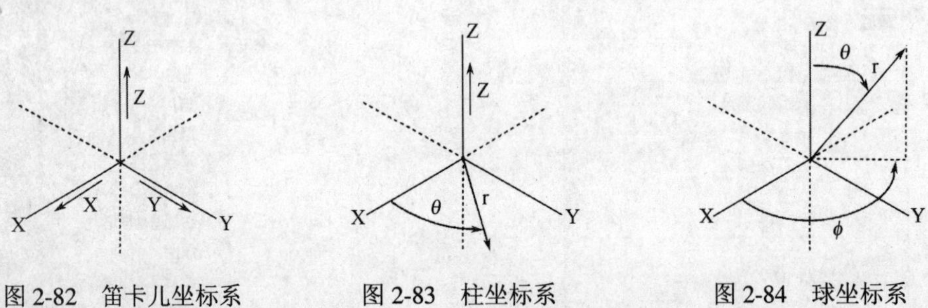

图 2-82 笛卡儿坐标系　图 2-83 柱坐标系　图 2-84 球坐标系

3. 设置基准坐标系的参数

单击【模型】选项卡【基准】组中的【坐标系】按钮，打开如图 2-85 所示的【坐标系】对话框，该对话框包含【原点】、【方向】和【属性】3 个选项卡。

（1）【原点】选项卡：此选项卡用来定义坐标系的参考和类型，其中在【参考】列表框中能够显示坐标系的参考特征；【类型】用来定义坐标系的表示形式，包括【线性】、【径向】和【直径】3 种。

（2）【方向】选项卡：用于设置基准坐标系坐标轴的方向，如果选中【定向根据】选项组中的【参考选择】单选按钮，可根据选取的平面的法向来定义基准坐标系的坐标轴方向，如图 2-86 所示；选定参考平面后可以在【确定】下拉列表框中选择定义方向的坐标轴，单击【反向】按钮可以切换参照平面的法向。如果选中【选定坐标轴】单选按钮，可以指定与选取的坐标轴成一定旋转角度，从而确定新建的基准坐标轴方向。

（3）【属性】选项卡：与【基准平面】对话框的【属性】选项卡一样，它的主要功能是定义坐标系的名称，或者查询该坐标系的详细信息，如图 2-87 所示。

2.5.4 建立基准点

基准点是指为定义基准而创建的点，可以用做几何建模时的辅助构造元素，或用于定义计算和分析模型的已知点，还可以用来定义有限元分析网格中的受力点。下面介绍基准点的不同类型和创建各种类型基准点对应的用户接口。

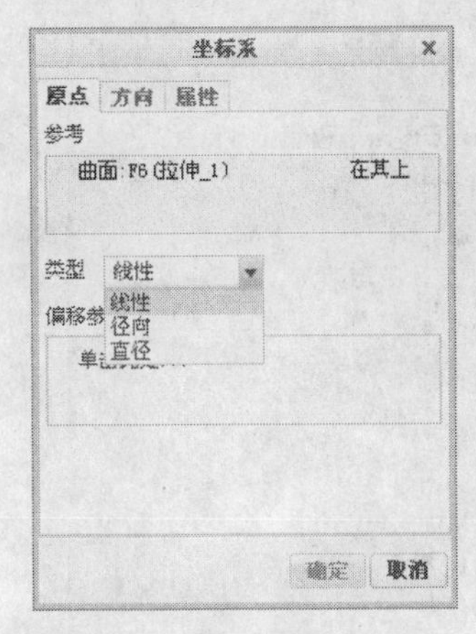

图 2-85　【坐标系】对话框

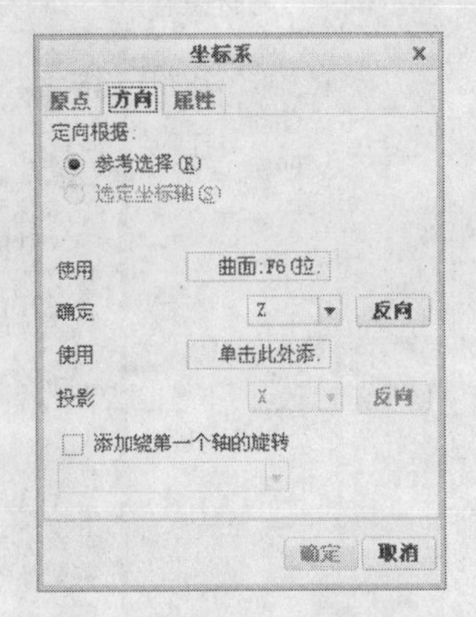

图 2-86　【定向】选项卡

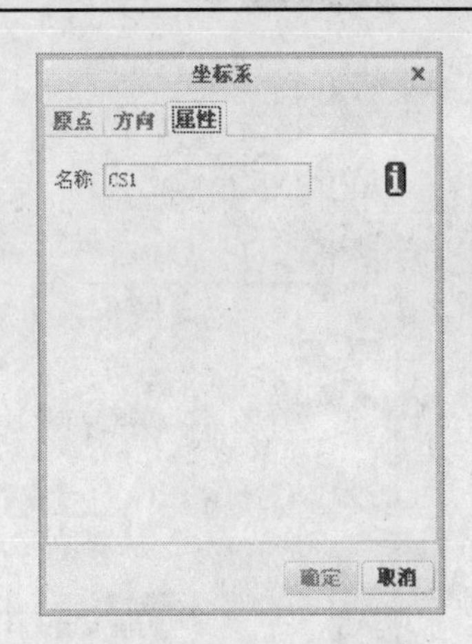

图 2-87　【属性】选项卡

1. 基准点的类型

根据各自不同的作用，基准点分为以下 4 种类型。

- 一般基准点：在像素上创建的基准点。
- 草绘基准点：通过草绘创建的基准点。
- 坐标系偏移基准点：通过自定义坐标系偏移所创建的基准点。
- 域基准点：在行为建模中用于分析的点。

建立基准点大多用于定位，其建立的条件同一般几何点的建立相似。基准点的编号为 PNT0、PNT1、PNT2 等。

2. 基准点的用途和建立方法

（1）基准点的用途

基准点的用途包括以下几方面。

某些特征需借助基准点来定义参数；

可用来定义有限元分析网格上的施力点；

在计算几何公差时，基准点可用来指定附加基准目标的位置。

（2）建立基准点的方法

打开【模型】选项卡【基准】组中的【点】下拉列表框，其中包括【点】、【偏移坐标系】和【域】3 种点创建命令，分别单击将弹出如图 2-88 至图 2-90 所示的【基准点】对话框，它们分别是根据参考面、参考坐标系和选择任意域来创建参考点的。

2.5.5　建立基准曲线

基准曲线主要用来建立几何的线结构，基准曲线主要作为绘制曲面时的参考曲线，例如用于创建扫描特征的轨迹以及创建圆角的参考等。

1. 基准曲线的功能

基准曲线具有以下功能。

- 可作为建立扫描特征的路径。
- 定义曲面特征的边线。
- 定义制造程序的切削路径。

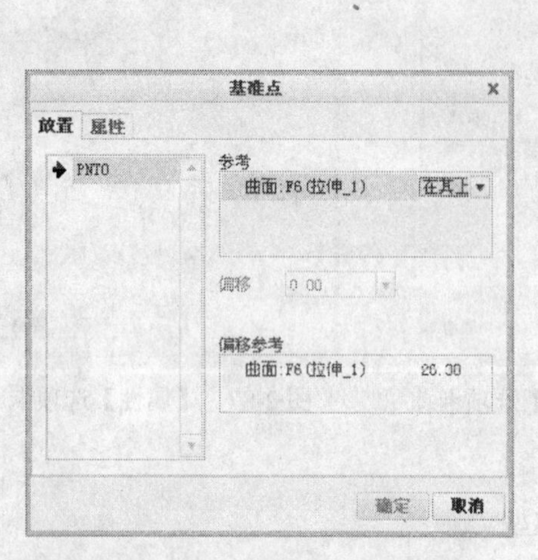

图 2-88 参考面【基准点】对话框

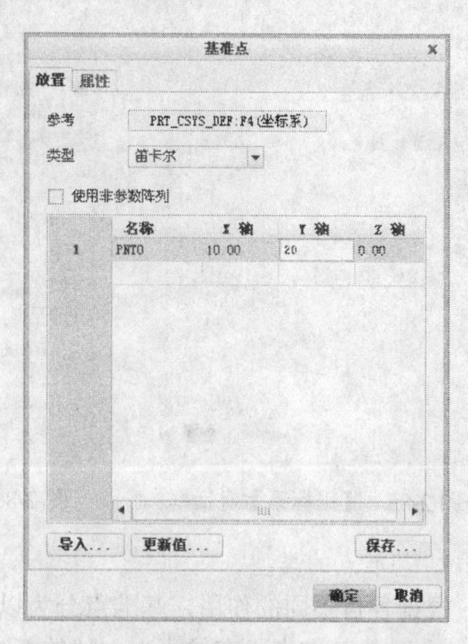

图 2-89 参考坐标系【基准点】对话框

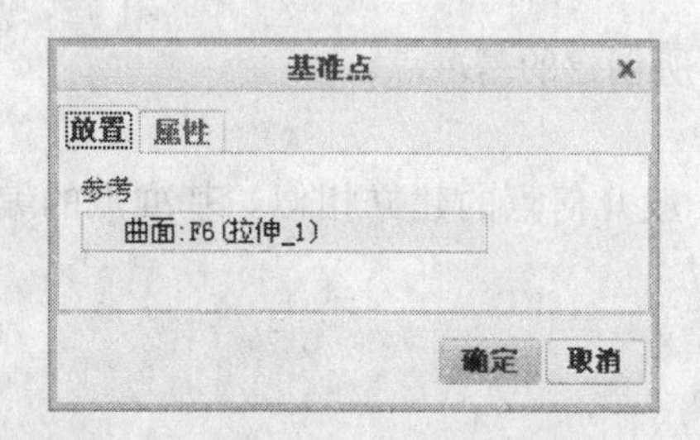

图 2-90 选择域的【基准面】对话框

2. 创建基准曲线的方法

要创建基准曲线，可以直接手工绘制，也可以通过其他方式进行绘制，下面来介绍一下各种绘制方法。

（1）通过点绘制基准曲线

单击【模型】选项卡【基准】组中【曲线】下拉列表框的【通过点的曲线】命令，系统会打开如图 2-91 所示的【曲线：通过点】工具选项卡。

首先来定义曲线上的点，依次选择点之后，【放置】面板将显示添加的点，以及连接点的方式，即【样条】和【直线】。

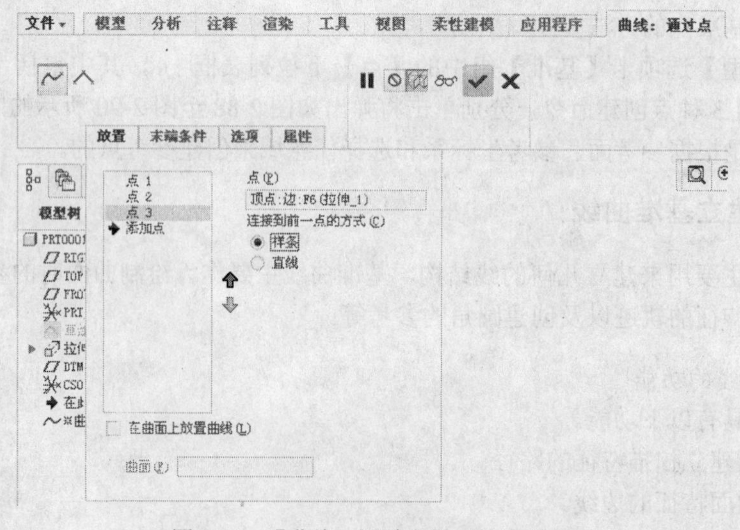

图 2-91 【曲线：通过点】工具选项卡

接着在【末端条件】面板中选择曲线的【终止条件】，选项如图2-92所示。

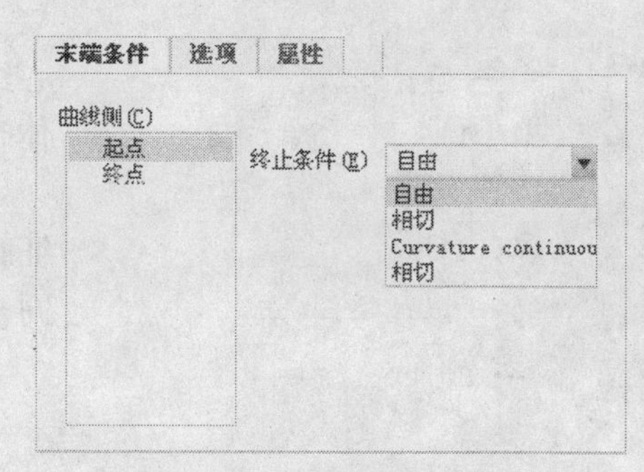

图2-92　【末端条件】面板

最后单击【应用并保存】按钮✔，完成曲线的创建。

（2）根据横截面绘制基准曲线

单击【模型】选项卡【基准】组中【曲线】下拉列表框的【曲线来自横截面】命令，在打开的【曲线：来自横截面】工具选项卡中选取一个平面横截面，则这个截面的边界即为绘制的基准曲线。

（3）根据方程建立基准曲线

单击【模型】选项卡【基准】组中【曲线】下拉列表框的【来自方程的曲线】命令，在打开的【曲线：从方程】工具选项卡中选择坐标系类型，有3种坐标类型可以选择，如图2-93所示。之后在【参考】组选择参考坐标系。

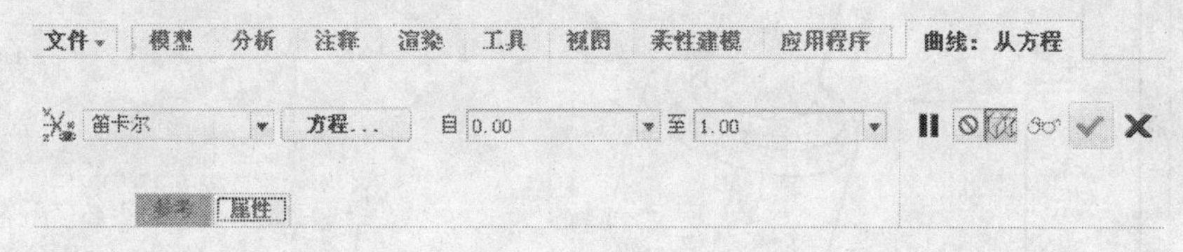

图2-93　【曲线：从方程】工具选项卡

【方程】按钮：单击该按钮后弹出【方程】对话框，如图2-94示，可定义曲线的方程，完成方程曲线的创建。

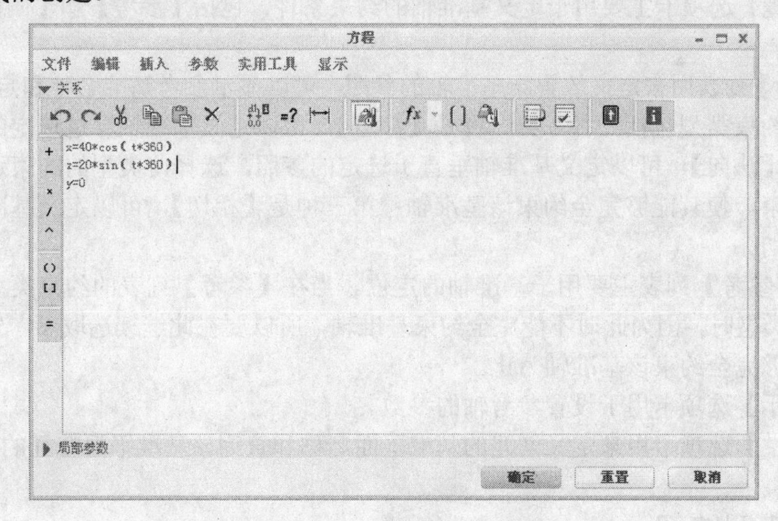

图2-94　【方程】对话框

2.5.6　建立基准轴

基准轴由虚线表示，其编号为A_1、A_2等，如图2-95所示。

1. 基准轴用途

基准轴的用途包括以下两方面。

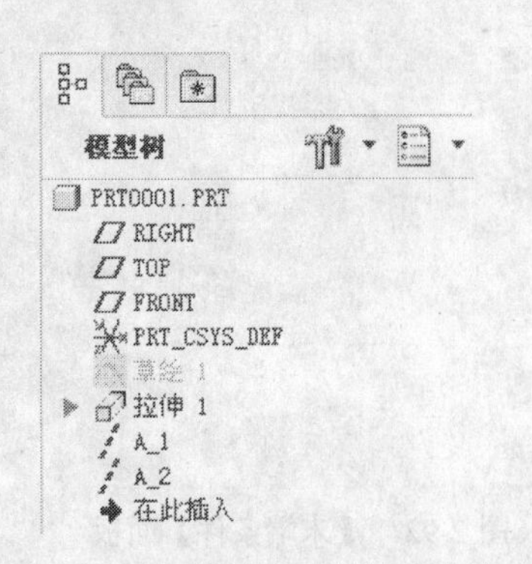

图 2-95 【模型树】中的基准轴

（1）作为中心线：如作为圆柱、孔及旋转特征的中心线。另外延伸一个圆做圆柱体或旋转一个剖面做旋转体时，基准轴会自动产生，如图 2-96 所示。

（2）作为同轴特征的参考轴：当建立同轴的两个特征时，可对齐这两个特征的中心轴，以确保两中心轴在同一轴上。

2. 建立基准轴的方法

单击【模型】选项卡【基准】组中的【轴】按钮 /轴，系统将打开如图 2-97 所示的【基准轴】对话框，可以通过该对话框中的【放置】、【显示】和【属性】选项卡来定义基准轴。

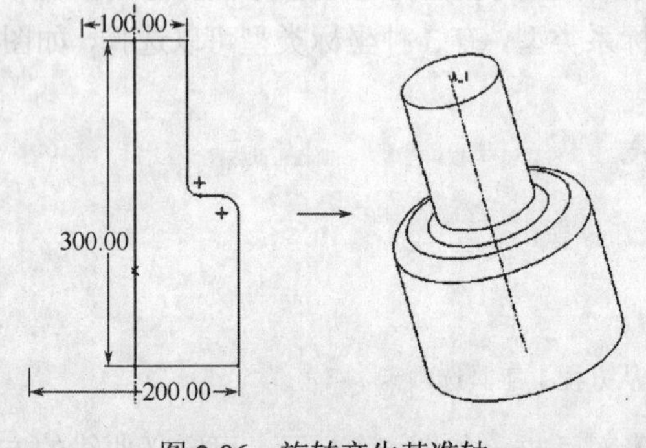

图 2-96 旋转产生基准轴

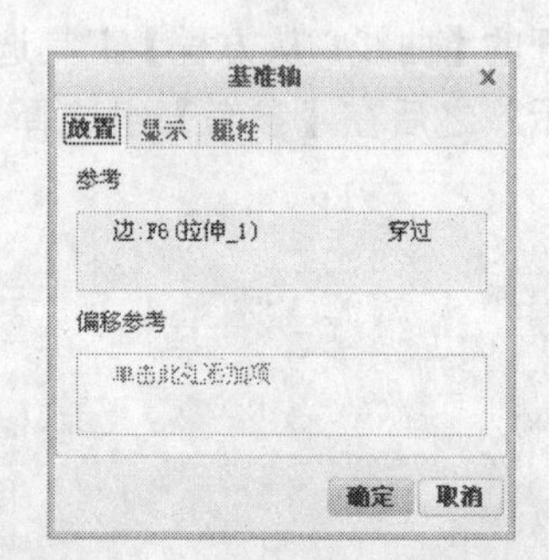

图 2-97 【基准轴】对话框

（1）【放置】选项卡主要用于定义基准轴的约束条件，包括【参考】和【偏移参考】列表两部分。

- 【参考】列表用来定义放置新基准轴的参照，可以显示参考基准名称和定义约束类型，其中约束类型包括三种，第一种是【穿过】，可以定义基准轴穿过选定的参照；第二种是【法向】，可以定义基准轴垂直于选定的参照，选择此类型的约束还需要继续定义约束，使其能够完全约束该基准轴；第三种是【相切】，可以定义基准轴和参考对象相切。
- 【偏移参考】列表主要用于基准轴的定位。当在【参考】列表的约束类型中选择【法向】类型时，因为此时不能完全约束基准轴，所以要在此继续选取参考定义约束，直到能够完全约束该基准轴为止。

（2）【显示】选项卡用于设置参考轴的参数。

（3）【属性】选项卡用来定义创建的基准平面名称和查询该基准平面特征的详细信息。

2.6 范例练习

本节将讲解一个草图的绘制过程，通过具体的绘制和尺寸标注步骤，来介绍草图设计的一般方法。

2.6.1　范例介绍

该实例的最终效果如图2-98所示，其文件名为“s2d2-1”。下面将逐步讲解该草图的绘制过程。

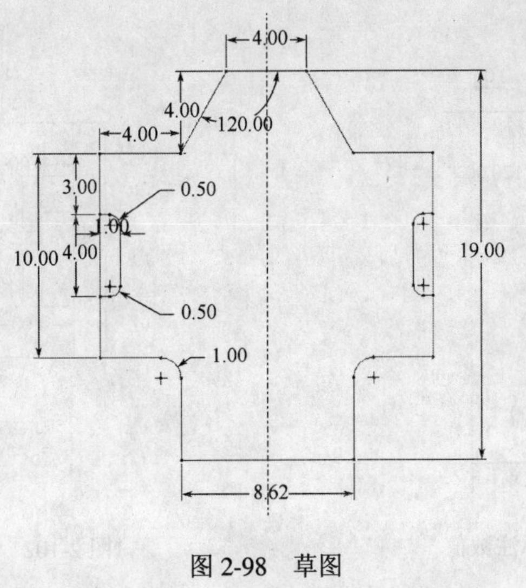

图2-98　草图

2.6.2　范例制作

步骤1：产生新草图

选择【文件】|【新建】菜单命令，打开【新建】对话框，选中【草绘】单选按钮，在【名称】文本框中输入“s2d2-1”，然后单击【确定】按钮进入草绘接口。

步骤2：绘制几何元素

（1）单击【模型】选项卡【基准】组中的【草绘】按钮，弹出【草绘】工具选项卡。在【草绘】工具选项卡中单击【基准】组的【中心线】按钮，使用鼠标绘制一条如图2-99所示的垂直中心线。

（2）单击【草绘】工具选项卡中【草绘】组的【线链】按钮，使用鼠标绘制如图2-100所示的截面图形。

图2-99　垂直中心线

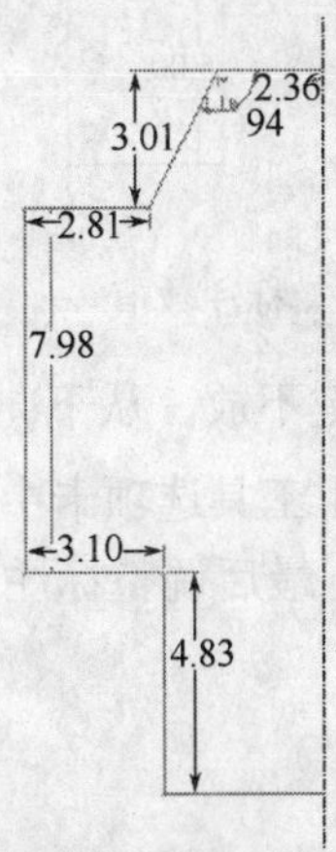

图2-100　绘制形状1

（3）双击每条直线的尺寸参数，分别标注数值，如图 2-101 所示。

（4）单击【草绘】工具选项卡中【草绘】组的【线链】按钮，再使用鼠标绘制如图 2-102 所示的截面图形。

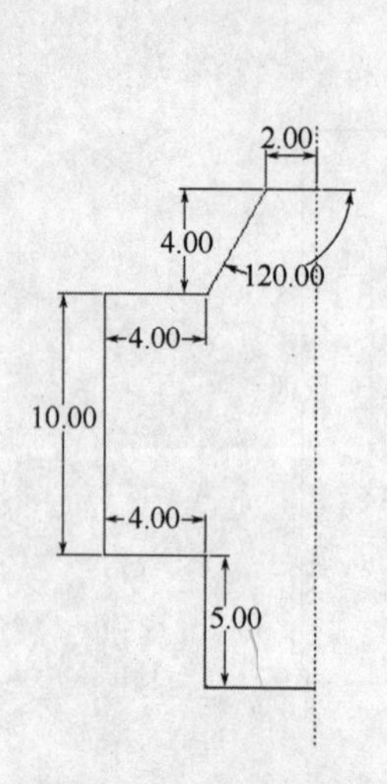

图 2-101 标注数值

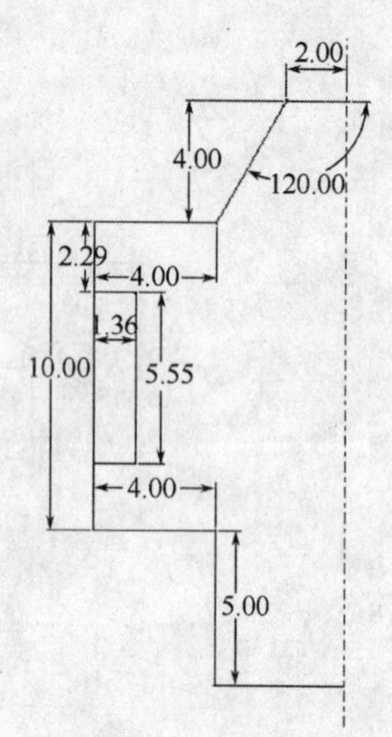

图 2-102 绘制形状 2

（5）双击每条直线的尺寸参数，分别标注数值，如图 2-103 所示。

（6）单击【草绘】工具选项卡中【草绘】组的【圆形】按钮，分别倒角如图 2-104 所示，完成后标注尺寸。

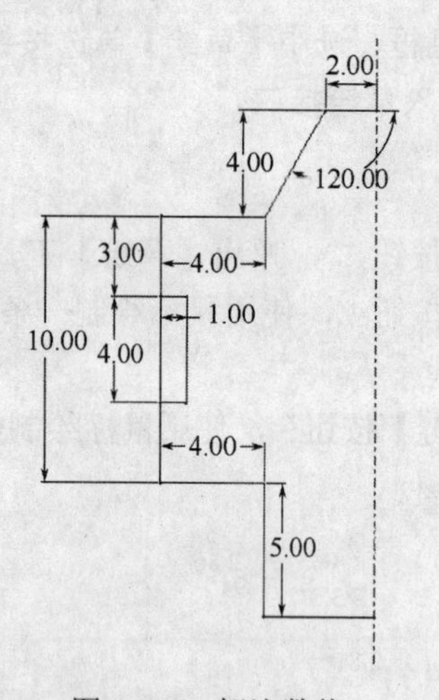

图 2-103 标注数值

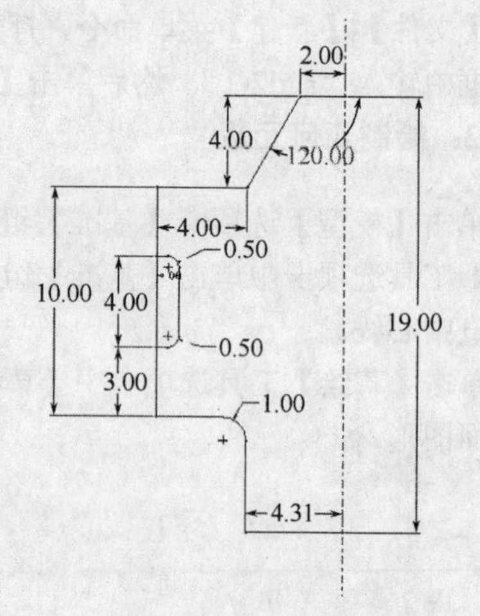

图 2-104 倒圆角

（7）单击鼠标左键不放，从下向上框选所绘的像素，如图 2-105 所示。

（8）单击【草绘】工具选项卡中【编辑】组的【镜像】按钮，再单击中心线，生成如图 2-106 所示的像素。最后调整标注至合适位置（单击标注不放拖动至合适位置）。

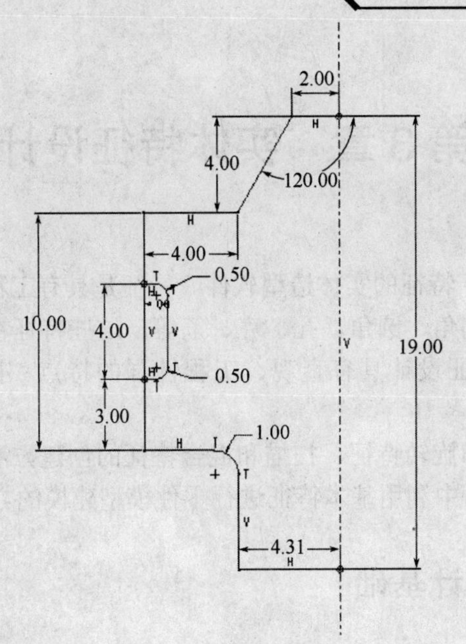

图 2-105　框选像素

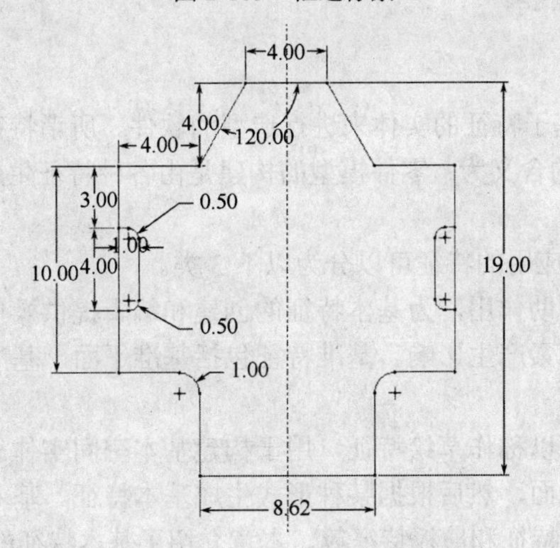

图 2-106　镜像操作及最终效果

第 3 章　实体特征设计

Creo Parametric 是基于特征的实体造型软件。特征是具有工程含义的实体单元，包括拉伸、旋转、扫描、混合、倒角、圆角、孔、壳、筋等，这些特征在机械工程设计中几乎都有对应的对象，因此采用特征设计具有直观、工程性强的特点。同时，特征技术也是 Creo Parametric 操作的基础。

本章将详细介绍拉伸和旋转特征、扫描和混合特征的创建方法，通过本章的学习，读者可以掌握在 Creo Parametric 中利用基本特征进行零件模型建模的方法和步骤。

3.1　实体特征设计基础

首先对零件设计的概念和思路进行介绍。

3.1.1　基本概念

Creo Parametric 是基于特征的实体来进行造型的软件。所谓特征就是可以用参数驱动的实体模型。“基于特征”的含义为：零件模型的构建是由各种特征生成的，零件模型的设计就是特征的累计过程。

Creo Parametric 中所应用的特征可以分为以下 3 类。

（1）基准特征：起辅助作用，为基本特征的创建和编辑提供操作的参考。基准特征没有物理容积，也不对几何元素产生影响。基准特征包括基准平面、基准轴、基准曲线、基准坐标系、基准点等。

（2）基本特征：也可以称作草绘特征，用于构建基本空间实体。基本特征通常要求先草绘出特征的一个或多个截面，然后根据某种形式生成基本特征。基本特征包括拉伸特征、旋转特征、扫描特征、混合特征和薄板特征等。本章介绍了基本特征的构建方法和操作步骤。

（3）工程特征：也可以称作拖放特征，用于针对基本特征的局部进行细化操作。工程特征是系统提供或自定义的一类模板特征，其几何形状是确定的，构建时只需要提供工程特征的放置位置和尺寸即可。工程特征包括倒角特征、圆角特征、孔特征、拔模特征、壳特征、筋特征等。

3.1.2　零件设计的基本过程

零件实体设计即基本特征的创建，相对来说比较简单易懂，但由于涉及到后续各种特征的创建和修改，以及由此引发的父子特征依赖性等问题，因此在零件实体设计之初，就应当从全局入手，认真考虑，合理安排特征的建立顺序，以及每个特征的草绘截面直至截面的参照对象、参照方式、尺寸标注等。因为如果要设计一个比较复杂的零件的话，这些基本特征就是所有复杂特征的基础，正如地基之于大厦的重要性一样，不可不重视。虽然 Creo Parametric 提供了很多功能帮助用户快捷地更改顺序、修正截面、编辑参数，但是随着零件复杂程度的提高，这些功能的可用性与基础的好坏是紧密相关的，一个零件，高手和生手都能做出来，但水平高低往往就体现在其中反映的设计理念、基础好坏、可修改性等方面。正因为如此，虽然从技术构建本身来说，零件实体设计比较简单，但在学习过程中要时刻考虑到将来的工程加工、模型修正、系列化效率、变形设计等问题，养成良好的设计习惯，注重基础、灵活应用，在掌握技术的同时更要形成自己的设计思想。

Creo Parametric 中零件设计的基本过程如图 3-1 所示。

3.1.3 创建特征的方法与技巧

在 Creo Parametric 中建立实体特征，需要达到方便快捷的目的。下面介绍使用 Creo Parametric 进行实体建模时的方法与技巧。

1. 建立基准平面、曲线、轴

在实体建模过程中，可以使用基准，在还没有参照的零件上创建基准平面、基准轴、基准曲线；或者当没有合适的平面或曲面时，可以在创建的基准平面上草绘或放置特征，建立合适的实体特征。例如，在开始创建 3D 模型前，可以先创建默认的基准坐标系、基准平面，单击【模型】选项卡【基准】组中的【平面】按钮，可以创建新的基准平面，如图 3-2 所示为系统默认的基准。

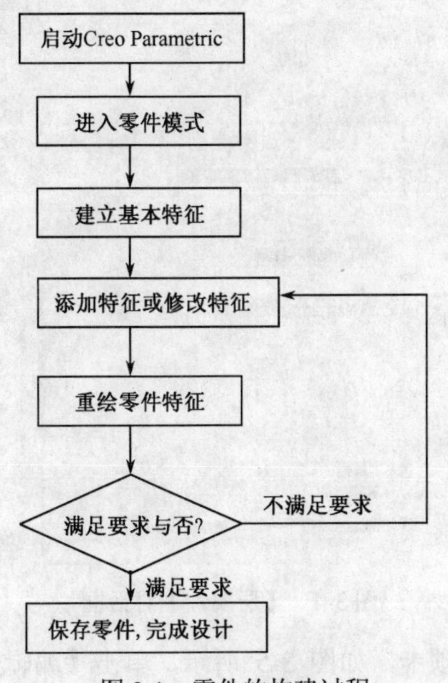

图 3-1 零件的构建过程

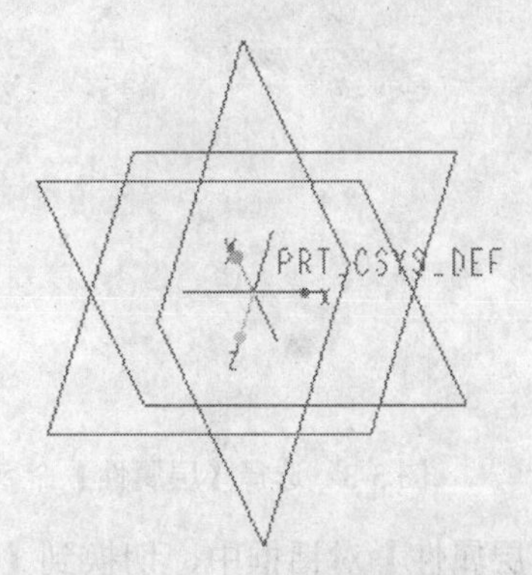

图 3-2 系统默认的基准

初始基准创建完成后，其他的特征就可以在这些基础参考上进行创建。创建最基本的基准特征，可以保证诸多实体零件的基础统一性，其作用可以归纳如下。

（1）有助于实体建模：以默认基准面作为截面的草绘平面、参考基准。以这种方式所建立的实体或曲面由于是以默认基准面作为参考基准，减少了上下特征之间的父子关系，可以使 3D 几何模型建立与修改的成功机率大大提高。

（2）有助于模型视角的建立：对于每个实体零件，可以通过默认的基准平面，创建基本的视角，例如正视图、俯视图、右视图、左视图等，在实体建模的过程中，方便设计者进行零件的设计和修补。

（3）方便组件的装配：在零件的装配过程中，利用基准平面、基准轴、基准曲线进行零件的相互装配，可以避免零件特征修改后，产生的组件缺少配合特征的情况，减少组件的装配失败；也方便了零件间的基准匹配或者对齐。

（4）利用基准的布局：在组件装配零件的过程中，零件的布局与组件的整体自动装配有着很大的关系。在创建布局中，零件的基准平面、基准轴、基准坐标系等默认基准可以作为全局声明，在组件中就可以使用这些全局声明，来做零件的自动装配。

（5）方便截面尺寸的标注：在草绘截面图形的过程中，截面形状可以尺寸约束到参考平面，避免了实体建模中的标注麻烦。

2. 建立与使用层

层提供了一种组织模型项目（诸如特征、基准面、组件中的零件、其他层）的手段，以便于这些项目可以共同地执行操作。这些操作主要包括模型中项目的显示方式，诸如显示或屏蔽、选择和隐含。单击【视图】选项卡【可见性】组中的【层】按钮，在【层树】导航选项卡中用鼠标右键单击某一个层选项，在弹出的快捷菜单中选择【层属性】命令，如图 3-3 所示；打开【层属性】对话框，定义层所包含的零件项目特征，【层属性】对话框如图 3-4 所示。

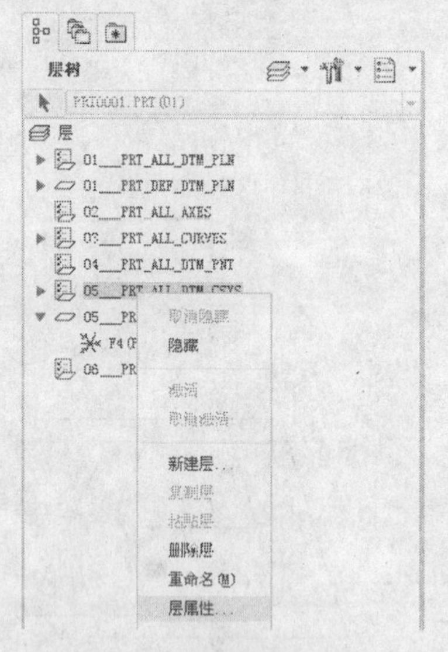

图 3-3　选择【层属性】命令

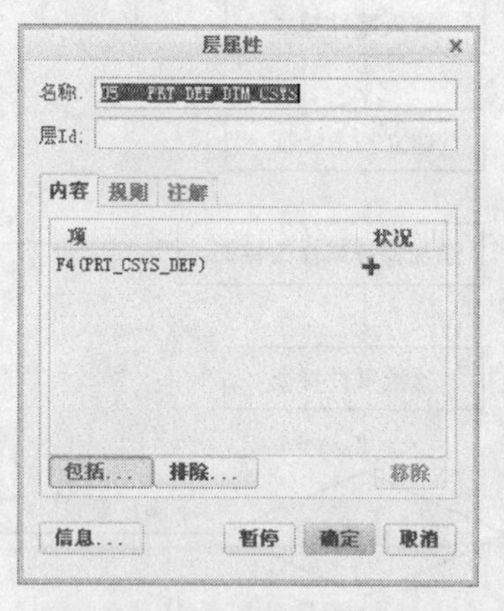

图 3-4　【层属性】对话框

在【层属性】对话框中，切换到【规则】选项卡，如图 3-5 所示，单击【编辑规则】按钮，打开【规则编辑器】对话框，如图 3-6 所示，定义模型项目的规则。

在【层属性】对话框中，切换到【注解】选项卡，给所创建的层定义注释，方便零部件文件的共享，如图 3-7 所示。

3. 视图管理器的使用

视图管理器也是了一种组织模型项目的手段，主要针对零部件进行管理，以便于这些项目可以共同地执行操作，方便零部件的特征创建以及分析。这些操作主要包括模型中项目的显示方式及创建、编辑项目等。单击【视图】选项卡【模型显示】组中的【视图管理器】按钮，打开【视图管理器】对话框，如图 3-8 所示。

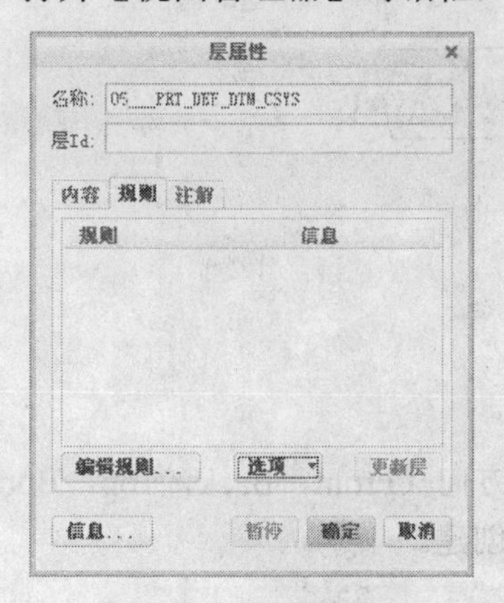

图 3-5　【规则】选项卡

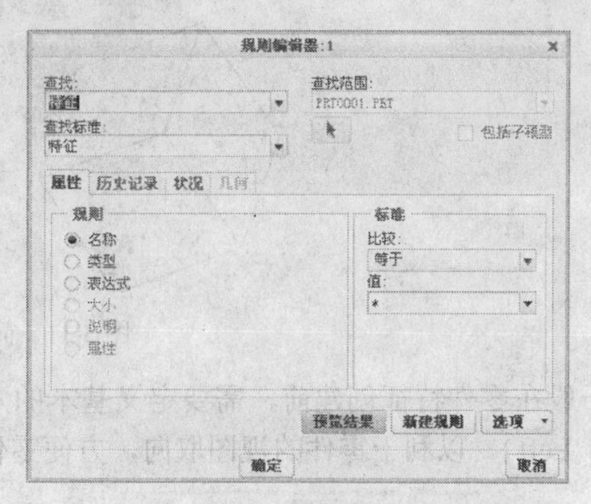

图 3-6　【规则编辑器】对话框

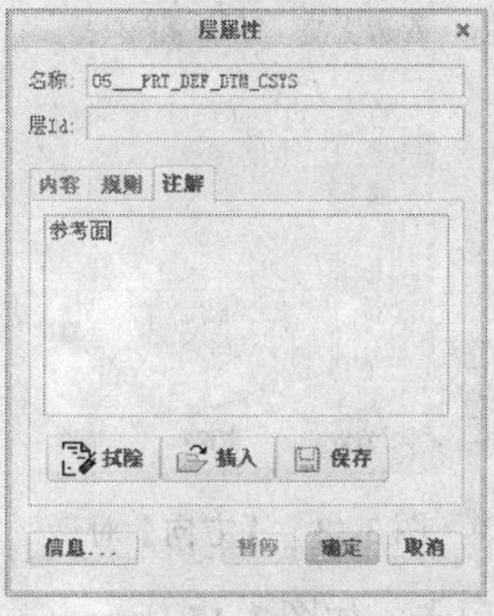

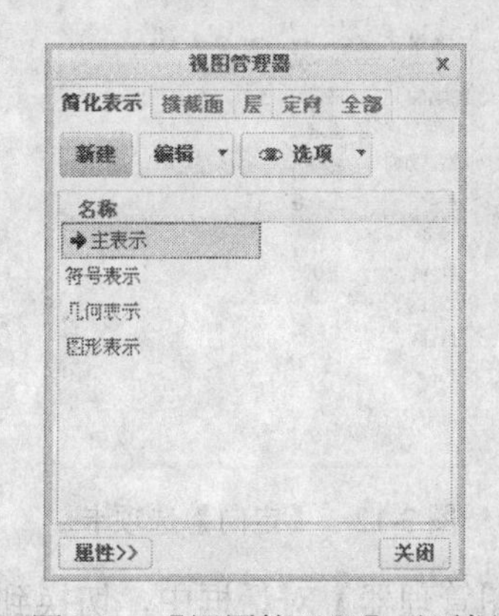

图 3-7　设置【注解】选项卡参数　　图 3-8　【视图管理器】对话框

在【视图管理器】对话框的【简化表示】选项卡中，单击【新建】按钮可以创建新的简化表示，如图 3-9 所示。选中项目后，选择【编辑】|【重定义】命令，弹出【编辑方法】菜单管理器，如图 3-10 所示，可以对项目属性、特征等进行编辑。定义后的简化表示如图 3-11 所示。

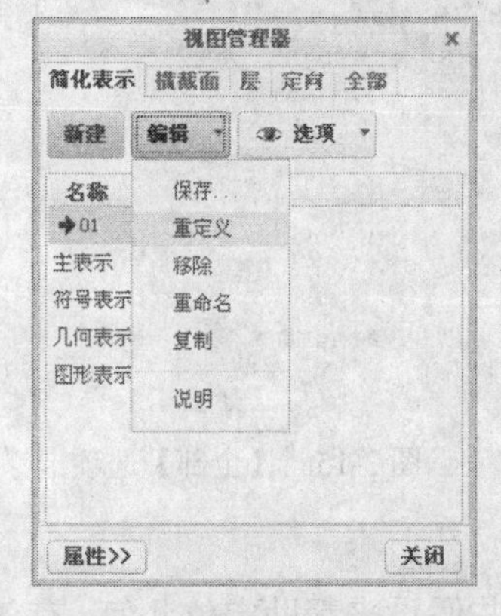

图 3-9　【简化表示】选项卡

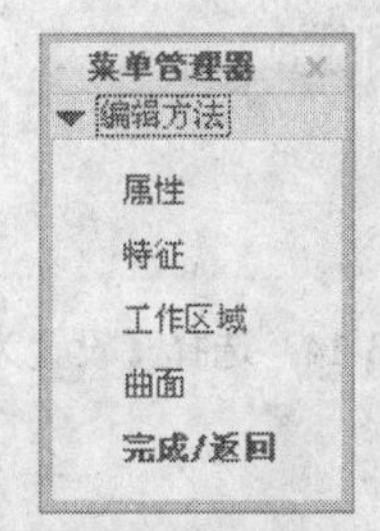

图 3-10　【编辑方法】菜单管理器

在【视图管理器】对话框中，切换到【定向】选项卡，如图 3-12 所示，选中视图后，选择【编辑】|【重定义】命令，打开【方向】对话框，如图 3-13 所示，定义视图方向，也可以

通过鼠标来自由定位视图的方向。选择【选项】|【设置为活动】命令，如图 3-14 所示，可以置前当前视图。

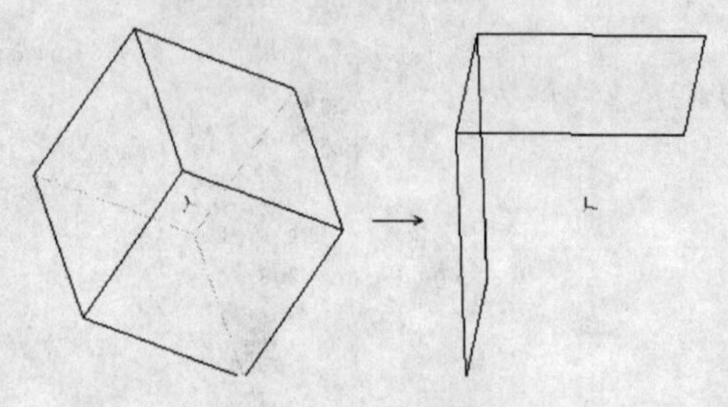

图 3-11　简化视图

一般在零件特征创建前，需要定义基本的六个视图方向（Front，Back，Top，Bottom，Right，Left），以利于零件的视图取向，方便零件特征的创建。

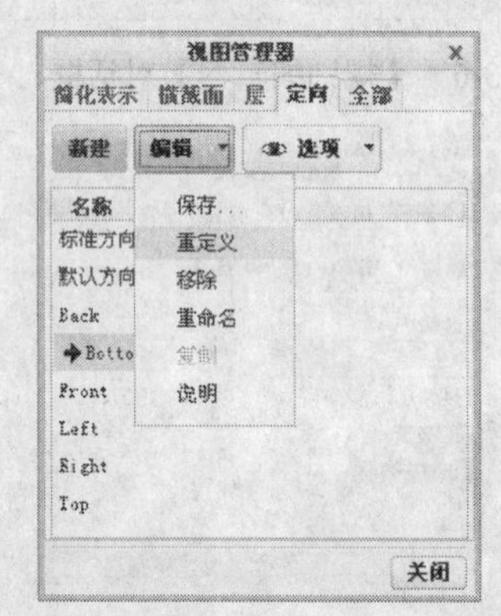

图 3-12　【定向】选项卡

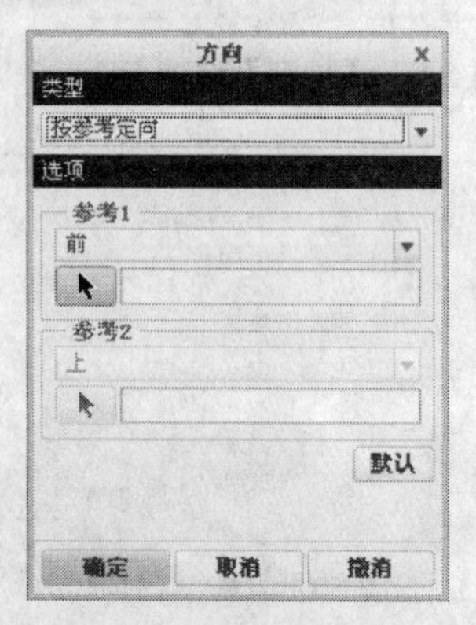

图 3-13　【方向】对话框

在【视图管理器】对话框中，切换到【全部】选项卡，如图 3-15 所示，单击【新建】按钮创建新的视图名称，在【编辑】菜单中，可以定义简化表示和定向表示的综合视图。

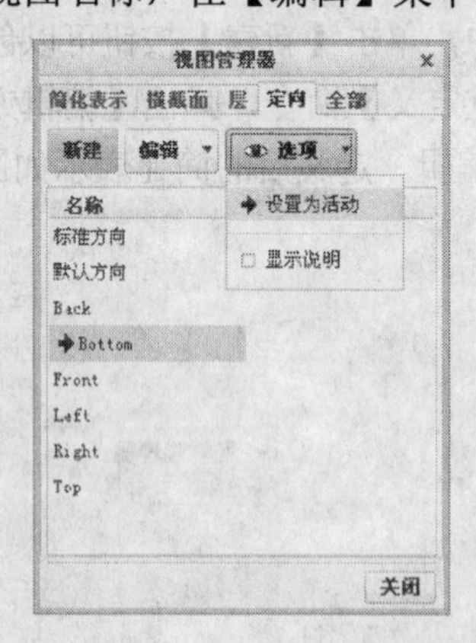

图 3-14　选择【设置为活动】命令

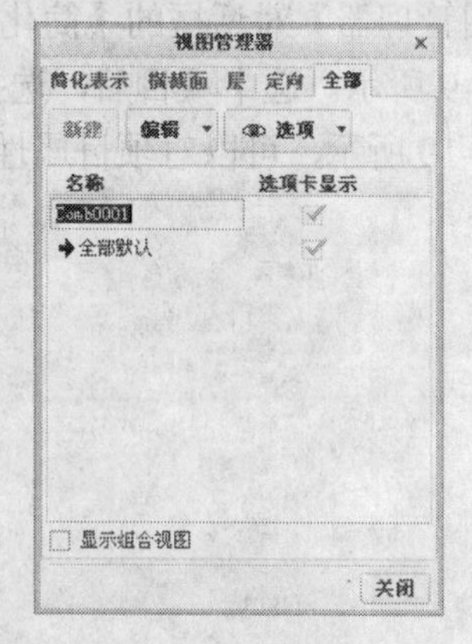

图 3-15　【全部】选项卡

4. 灵活运用草绘约束

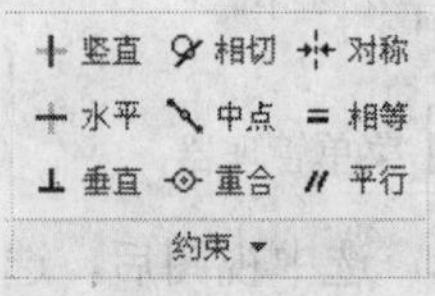

草绘几何时，系统使用某些假设来帮助定位几何。有效地使用剖面绘制中的一些命令，如竖直、水平、垂直、相切、中点、重合、对称、相等、平行等，灵活运用这些约束命令，将能在创建草绘截面中事半功倍。这些命令按钮在【草绘】选项卡的【约束】组中，如图 3-16 所示。

竖直　相切　对称
水平　中点　相等
垂直　重合　平行
约束

图 3-16　【约束】组

这些命令在上一章已经有详细介绍，这里不再赘述。

在 Creo Parametric wildfire 中进行草绘截面，尽量避免使用尺寸约束，尽量利用实体的边线、已经创建的基准曲线来定位截面。如图 3-17 左图所示，若没有使用对齐命令，则必须标注圆心的位置尺寸，否则圆心无法定位，而图 3-17 右图所示椭圆定位即是将圆心定位至两个基准平面交点的作法。

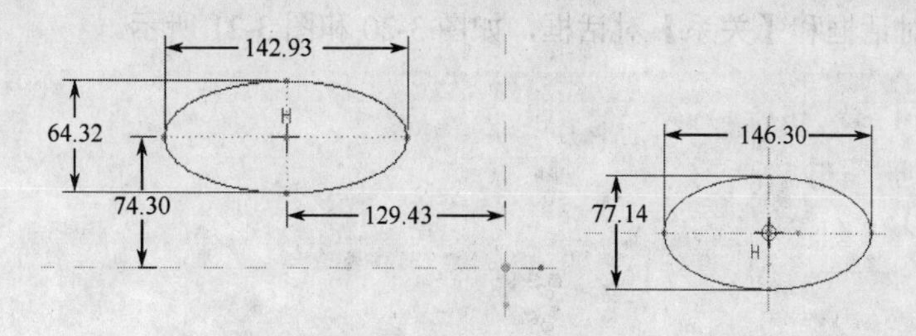

图 3-17　椭圆定位

使用对称、相等、平行约束命令，可以方便快捷的创建截面，大大减少尺寸约束的使用，有利于后续的零件实体的修改。例如在创建正六边形的草绘截面时，六条边可以使用相等约束、定点的对称、中心点的对齐等约束方法。如图 3-18 所示为正六边形定位，左图是没有经过图元定位的截面，需要增加多个尺寸约束，才能准确规定截面的形状，而右图是经过图元定位的，形状定位准确，修改方便。

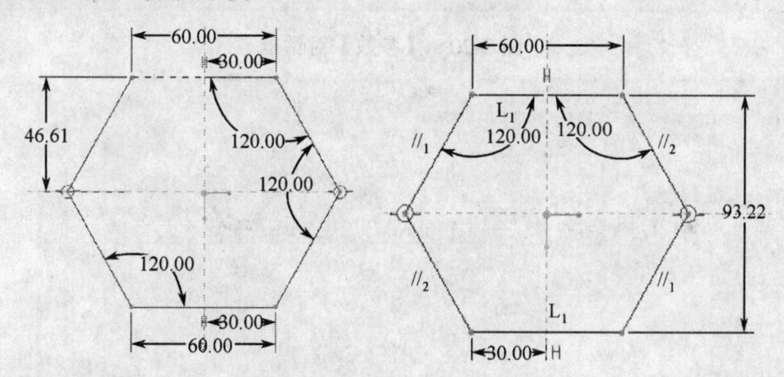

图 3-18　正六边形定位

还可以利用已经创建的实体边线来创建约束。如图 3-19 所示即为利用实体边线对草绘图形进行约束。

在创建草绘截面的时侯，需要灵活运用图元约束，配合尺寸约束创建等价的零件实体，才能运用好系统在参数化建模中的思想。

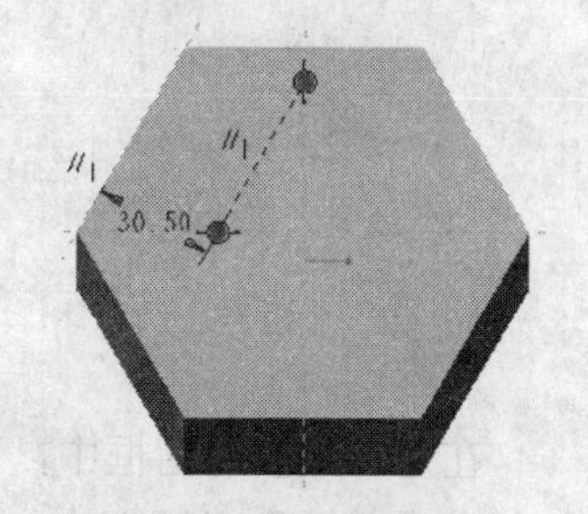

图 3-19　使用实体边线约束

5. 巧用关系与参数

关系（也被称为参数关系）是用户自定义的符号尺寸和参数之间的等式或者不等式。系统允许用户通过关系、参数化关系捕获特征之间、参数之间或组件元件之间的设计关系，来控制修改模型。

关系是捕获设计知识和意图的一种方式。和参数一样，它们用于驱动模型，改变关系也就改变了模型。所以，关系可用于控制修改模型、定义零件和组件中的尺寸值、为设计条件担当约束（例如，指定与零件的边相关的孔的位置）。

它们用在设计过程中来描述模型或组件的不同部分之间的关系。关系可以是简单值（例如，d1=4）或复杂的条件分支语句。

在建模的过程中，合理运用参数关系，对于模型的设计和修改有很大的帮助，也避免了建模失败的产生。

单击【工具】选项卡/【模型意图】组中的【参数】按钮或【关系】按钮，打开相应的【参数】对话框和【关系】对话框，如图 3-20 和图 3-21 所示。

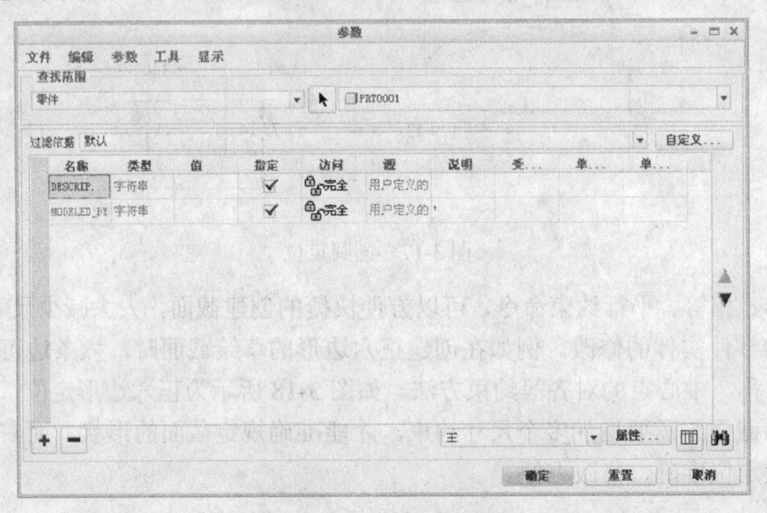

图 3-20 【参数】对话框

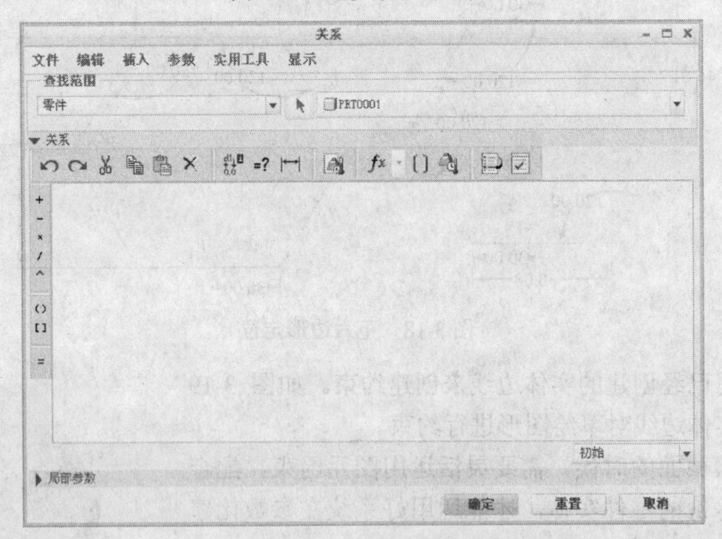

图 3-21 【关系】对话框

在【参数】对话框中，可以定义实体零件、部件的全局参数，定义参数所要驱动的对象。

在【关系】对话框中，可以定义各参数间的设计关系，保证零件创建的合理性。

在零件设计过程中，经常有已经创建的特征应实际的需要而做局部的调整，这时就要对实体零件进行尺寸上的改动，如图 3-22 参数化零件所示，没有加注设计关系的零件在改动中需要调整每个相应的尺寸；而加注了尺寸间的关系的模型，在改动关键尺寸后，所有相关的尺寸在关系的约束下会一起被改动，保证了零件实体的准确修改。

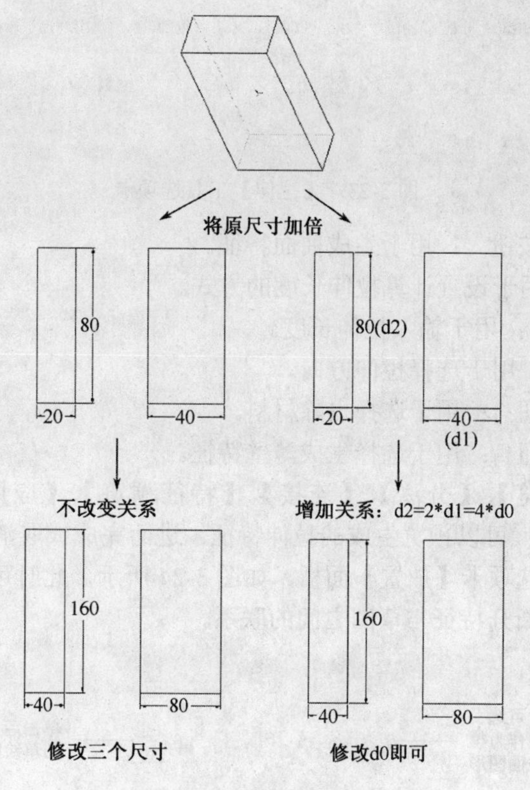

图 3-22　参数化零件修改

6. 预设置环境的建立

使用预先设定好的环境，可以帮助我们顺利地在自己熟悉的环境中工作，减少零件实体的基础创建过程。系统环境可以通过系统配置文件进行编辑，通过定制屏幕，编辑自己熟悉的操作环境；默认作图环境，一般包括基础零件的基准平面、基准坐标系、六个视图方向、一个等轴测图，以及给出零件的属性特征。具体的预作图环境需要视设计人员的不同技术特性进行设置。

3.2　创建拉伸特征

拉伸特征是将一个截面沿着与截面垂直的方向延伸，进而形成实体的造型方法。拉伸特征适合创建比较规则的实体。

拉伸特征是最基本和常用的特征造型方法，而且其操作比较简单，工程实践中的多数零件模型都可以看作是多个拉伸特征相互叠加或切除的结果。

3.2.1　拉伸特征的选项说明

单击【模型】选项卡【形状】组中的【拉伸】按钮，可以打开如图 3-23 所示的【拉伸】工具选项卡，用户可以使用拉伸方式建立实体特征。

下面对【拉伸】工具选项卡中的一些相关按钮、选项进行说明。

- 【拉伸为实体】按钮：用于生成实体特征。

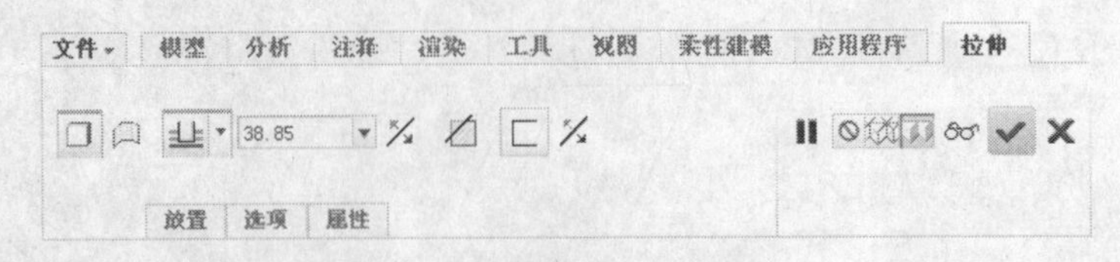

图 3-23 【拉伸】工具选项卡

- 【拉伸为曲面】按钮：用于生成曲面特征。
- 下拉列表：用于设置计算拉伸长度的方式。
- 数值框 38.85：用于输入拉伸长度。
- 【方向】按钮：用于选择拉伸方向。
- 【移除材料】按钮：用于选择去除材料。
- 【加厚草绘】按钮：用于选择生成薄壁特征。
- 【暂停】、【无预览】、【分离】、【连接】、【特征预览】、【应用并保存】、【关闭】按钮：可以预览生成的拉伸特征，进而完成或取消拉伸特征的建立。

打开【拉伸】工具选项卡【放置】面板，如图 3-24 所示，此时可以选择已有曲线作为拉伸特征的截面，也可以断开特征与草图之间的联系。

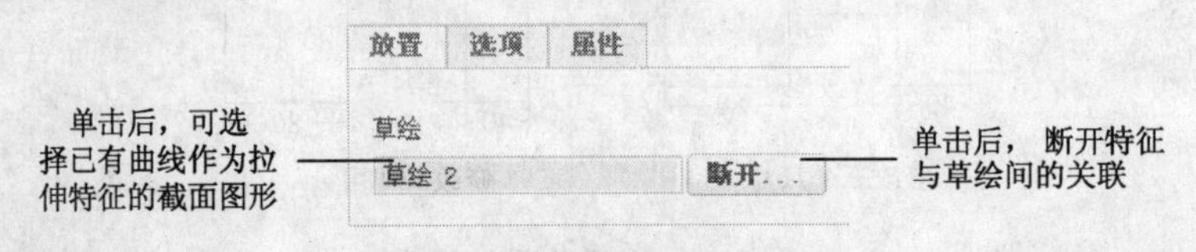

图 3-24 【放置】面板

【拉伸】工具选项卡中【选项】面板的内容如图 3-25 所示，在其中可以设置计算拉伸长度的方式和拉伸长度。

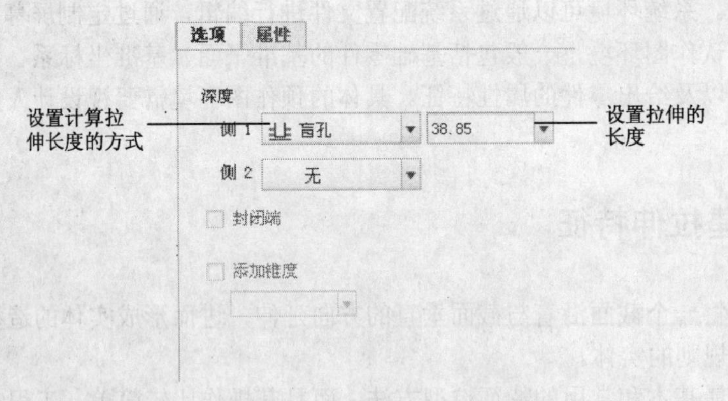

图 3-25 【选项】面板

3.2.2 拉伸特征的创建

创建拉伸特征的一般操作步骤如下。

（1）单击【模型】选项卡【形状】组中的【拉伸】按钮，打开【拉伸】工具选项卡。

（2）在【拉伸】工具选项卡中单击【拉伸为实体】按钮，用于生成实体特征。

（3）单击【放置】标签，切换到【放置】面板，单击【断开】按钮，再单击【编辑】按钮，进入草绘状态。

（4）绘制拉伸特征的截面图形。

（5）单击【草绘】选项卡中的【确定】按钮，退出草绘状态。

（6）在【拉伸】工具选项卡中，设置计算拉伸长度的方式。

（7）在【拉伸】工具选项卡中，设置拉伸特征的拉伸长度。如果要相对于草绘平面来反转特征创建的方向，可单击选项卡中的按钮。

（8）在【拉伸】工具选项卡中，单击【特征预览】按钮进行预览，确认无误后单击【应用并保存】按钮，完成拉伸特征的创建。

3.2.3　实体拉伸截面的注意事项

在实体拉伸截面过程中，需要注意以下几方面内容。

（1）拉伸截面可以是封闭的，也可以是开放的。但零件模型的第一个拉伸特征的拉伸截面必须是封闭的。

（2）如果拉伸截面是开放的，那么只能有一条轮廓线，所有的开放截面必须与零件模型的边界对齐。

（3）封闭的截面可以是单个或多个不重叠的环线。

（4）如果封闭的截面是嵌套的环线，那么最外面的环线被用作外环，其他环线被当作洞来处理。

3.3　创建旋转特征

旋转特征也是常用的特征造型方法，它是将一个截面围绕一条中心线旋转一定角度，进而形成实体的造型方法，适合创建轴、盘类等回转形的实体。

3.3.1　旋转特征的选项说明

单击【模型】选项卡【形状】组中的【旋转】按钮，可以打开如图 3-26 所示的【旋转】工具选项卡，用户可以采用旋转方式建立实体特征。

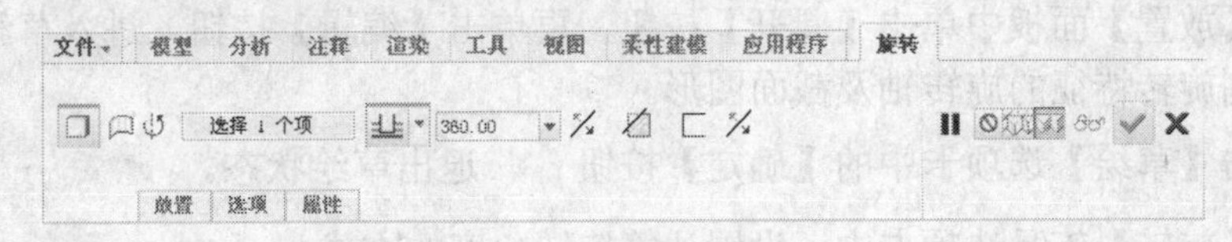

图 3-26　【旋转】工具选项卡

下面首先对【旋转】工具选项卡中的一些相关按钮、选项进行说明。

- 【作为实体旋转】按钮：用于选择生成实体特征。
- 【作为曲面旋转】按钮：用于选择生成曲面特征。
- 下拉列表：用于设置计算旋转角度的方式。
- 数值框 360.00：用于输入旋转角度。
- 【方向】按钮：用于选择旋转方向。
- 【移除材料】按钮：用于选择去除材料。
- 【加厚草绘】按钮：用于选择生成薄壁特征。
- 【暂停】、【无预览】、【分离】、【连接】、【特征预览】、【应用并保存】、【关闭】按

钮 ：可以预览生成的旋转特征，进而完成或取消旋转特征的建立。

【旋转】工具选项卡中【放置】面板的内容如图 3-27 所示，可以选择已有曲线作为旋转特征的截面，也可以草绘旋转特征的截面。

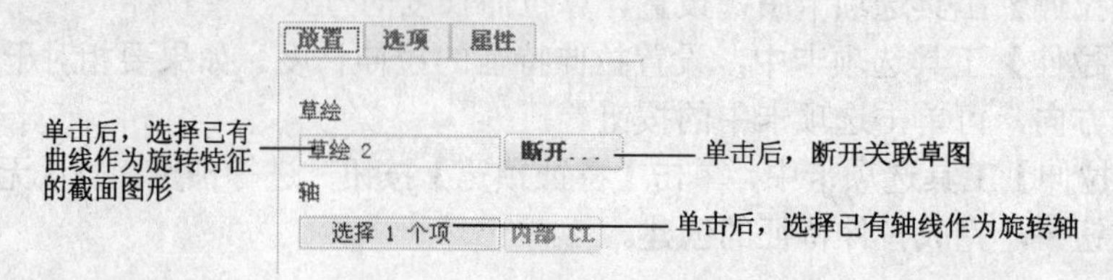

图 3-27 【放置】面板

【旋转】工具选项卡中【选项】面板的内容如图 3-28 所示，可以设置计算旋转角度的方式和旋转角度。

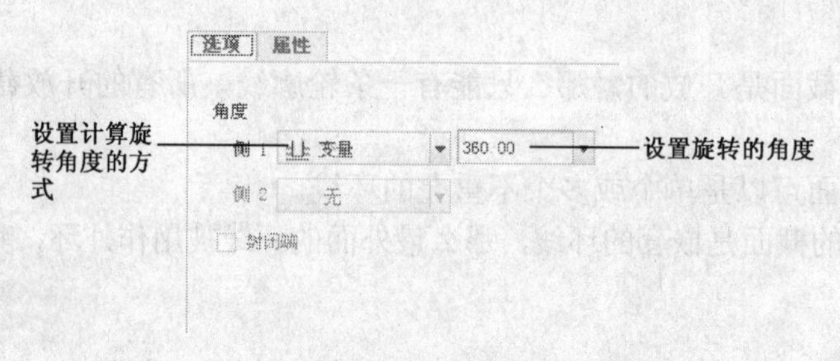

图 3-28 【选项】面板

【旋转】工具选项卡中的【属性】面板用于显示或更改当前旋转特征的名称，单击【显示此特征的信息】按钮，可以显示当前旋转特征的具体信息。

3.3.2 旋转特征的创建

创建旋转特征的操作步骤如下。

（1）单击【模型】选项卡【形状】组的【旋转】按钮，打开【旋转】工具选项卡。

（2）在【旋转】工具选项卡中单击【作为实体旋转】按钮，用于生成实体特征。

（3）在【放置】面板中单击【断开】按钮，再单击【编辑】按钮，进入草绘状态。

（4）绘制旋转特征的旋转轴及截面图形。

（5）单击【草绘】选项卡中的【确定】按钮，退出草绘状态。

（6）在【旋转】工具选项卡中，设置计算旋转角度的方式。

（7）在【旋转】工具选项卡中，设置旋转特征的旋转角度。如果要相对于草绘平面来反转特征创建的方向，可单击选项卡中的按钮。

（8）在【旋转】工具选项卡中，单击【特征预览】按钮进行预览，确认无误后单击【应用并保存】按钮，完成旋转特征的创建。

3.3.3 设置旋转截面和旋转轴的注意事项

在设置旋转截面和旋转轴的时候，需要注意以下几内容方面。

（1）增加材料的旋转特征的截面必须是封闭的。

（2）旋转特征的截面必须位于旋转轴的同一侧，无论该旋转轴是在草绘中添加的中心线或是外部选取的基准轴。

（3）在草绘中存在多条中心线时，系统默认第一条绘制的中心线为旋转特征的旋转轴。

（4）如果需要设定其他中心线为旋转轴，可在【旋转】工具选项卡【放置】面板中进行设定旋转轴操作。

3.4　创建可变剖面扫描实体

以扫描方式创建实体或曲面时，截面必须垂直于轨迹线，但很多零件的截面与轨迹并不垂直，使用“可变剖面扫描”特征可创建这类实体或曲面特征。在给定的截面较少、轨迹尺寸较明确，且轨迹较多的场合，适合使用可变截面扫描。

3.4.1　可变剖面扫描特征的创建

1. 绘制并选取扫描轨迹

绘制完扫描轨迹后，单击【模型】选项卡【形状】组中的【扫描】按钮，先选择原点轨迹线，接着按住 Ctrl 键不放并单击选取额外的轨迹线（使用 Ctrl 键可选取多个轨迹，使用 Shift 键可选取一条链中的多个图元），如图 3-29 所示。

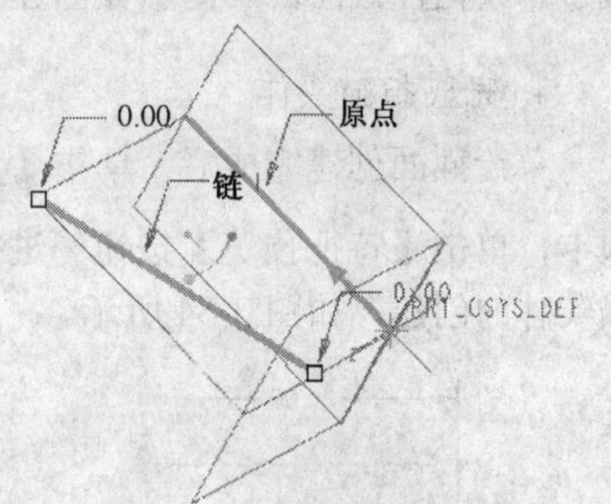

图 3-29　选取扫描轨迹

2. 可变剖面扫描命令

（1）单击按钮，使截面根据参数化参考或沿扫描的轨迹进行变化，即创建可变剖面扫描实体。单击【扫描为实体】按钮，使用可变剖面扫描方式创建实体。若单击【扫描为曲面】按钮，即可使用可变剖面创建曲面。

（2）单击选项卡中的各个按钮便会显示各面板的内容。

【参考】面板的作用是显示各轨迹线及指定各轨迹线，如图 3-30 所示。

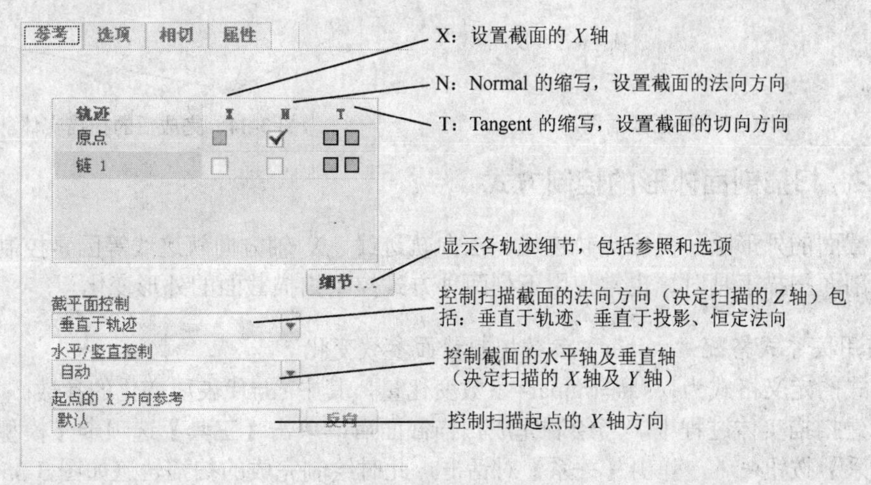

图 3-30　【参考】面板

通过【选项】面板可以指定采取何种扫描截面端点处理方式，如图 3-31 所示。

【相切】面板的作用是指定扫描轨迹线的切线参考方向，如图 3-32 所示。

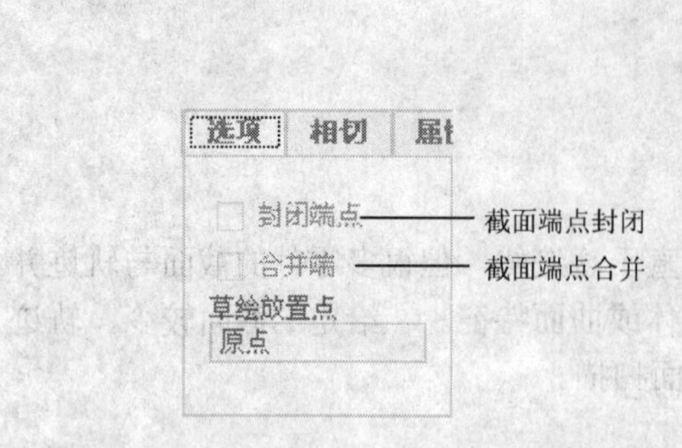

图 3-31 【选项】面板

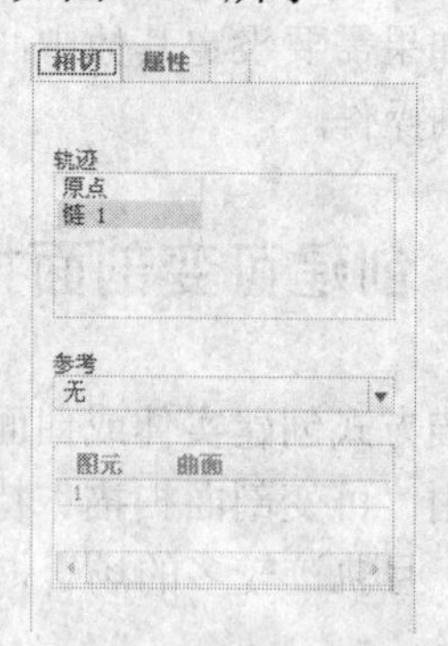

图 3-32 【相切】面板

3. 绘制扫描截面

扫描轨迹线依次选取后，单击【创建或编辑扫描剖面】按钮，创建扫描剖面，沿选定轨迹草绘扫描截面，其图示如图 3-33 所示。

4. 完成扫描实体

草绘截面创建完成后，单击【草绘】选项卡中的【确定】按钮，返回【扫描】工具选项卡，单击【特征预览】按钮进行预览，确认无误后单击【应用并保存】按钮，完成扫描实体的创建，如图 3-34 所示。

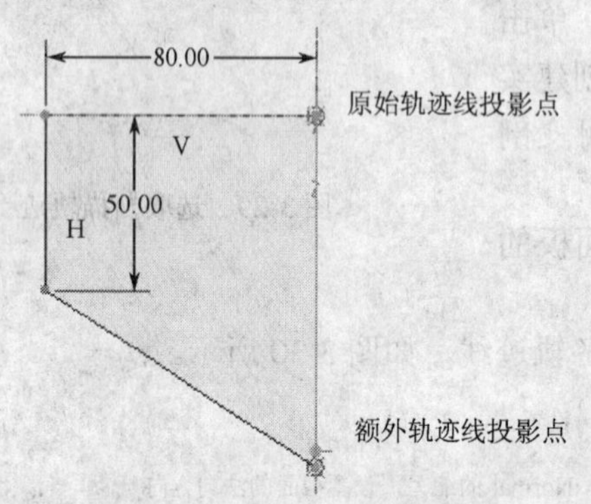

图 3-33 扫描截面图示

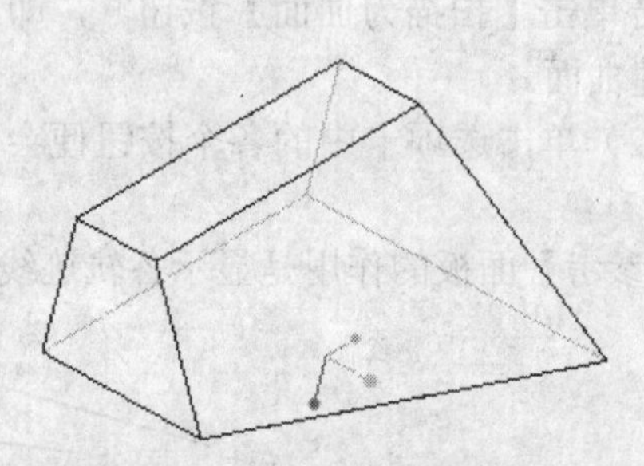

图 3-34 完成后的扫描实体

3.4.2 扫描剖面外形的控制方式

扫描截面的外形除了受原点轨迹线、法向轨迹线、*X* 轴方向轨迹线等因素控制外，实际应用可变剖面扫描工具时，也常使用下列两种方式控制扫描截面的外形变化。

1. 使用关系式搭配“trajpar”参数控制截面参数变化

该方式的定义格式为：sd#=trajpar+参数变化量，其中 sd#代表要变化的参数。

在创建扫描实体过程中，当绘制完成扫描截面后，单击【工具】选项卡【模型意图】组中的【关系】按钮，弹出【关系】对话框，此时绘制完成的扫描轨迹如图 3-35 所示。

若要改变扫描截面的高度或宽度，只需在弹出的【关系】对话框中编辑相应的变化参数即可实现。如对扫描特征的表面宽度进行修改，可输入如图 3-36 所示的语句。

其中 sd4 代表宽度变化参数
sd5 代表高度变化参数

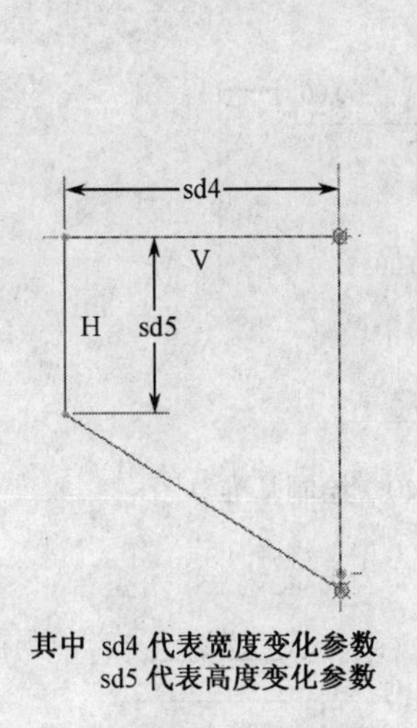

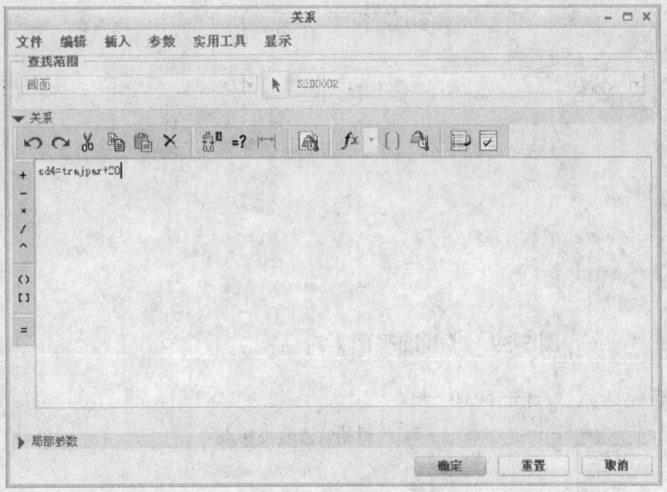

图 3-35　选择【关系】命令后的扫描截面

图 3-36　修改宽度语句

单击【确定】按钮后，扫描截面外形将发生改变，如图 3-37 所示。

草绘截面修改完成后，单击【草绘】工具选项卡中的【确定】按钮，再单击【特征预览】按钮进行预览，确认无误后单击【应用并保存】按钮，完成扫描实体特征的创建，如图 3-38 所示。

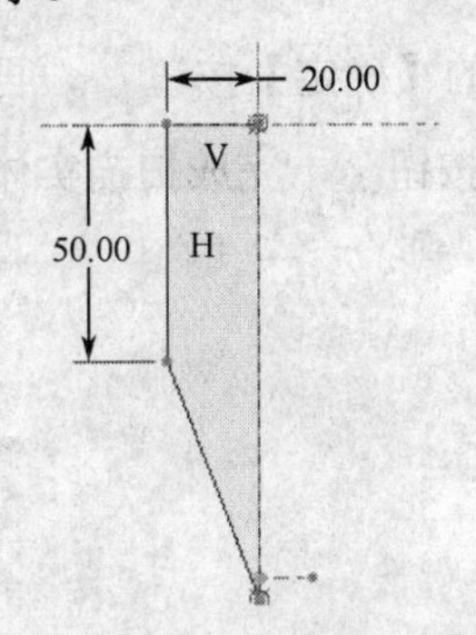

图 3-37　修改后的扫描截面

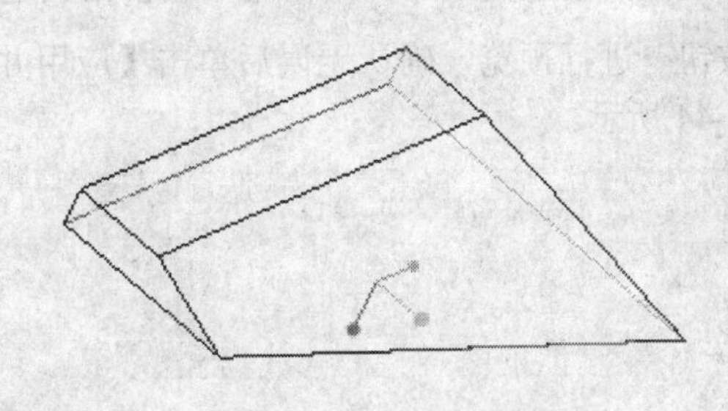

图 3-38　修改后的扫描实体

2. 使用关系式搭配基准图及"trajpar"参数控制截面参数变化

该方式的定义格式为：sd#=evalgraph（"基准图名"，扫描行程）。

其中基准图名由用户命名，扫描行程=trajpar×参数变化量。

（1）首先绘制扫描轨迹（包含原始轨迹线及额外轨迹线）。

（2）单击【模型】选项卡【基准】组中的【平面】按钮，弹出【基准平面】对话框，命名基准平面名称为"height"，单击【确定】按钮，如图 3-39 所示。在创建的基准面上绘制草图，如图 3-40 所示。图中曲线的长度对应用户指定的扫描实体长度值（即扫描轨迹线的长度）。

（3）单击【模型】选项卡【形状】组中的【扫描】按钮，然后单击按钮。扫描轨迹线依次选好后，单击【创建或编辑扫描剖面】按钮，沿选定轨迹草绘扫描截面，如图 3-41 所示。

（4）当扫描轨迹绘制完成后，单击【工具】选项卡【模型意图】组中的【关系】按钮此时扫描截面如图 3-42 所示。在弹出的【关系】对话框中输入关系式，如图 3-43 所示。

图 3-39 【基准平面】对话框

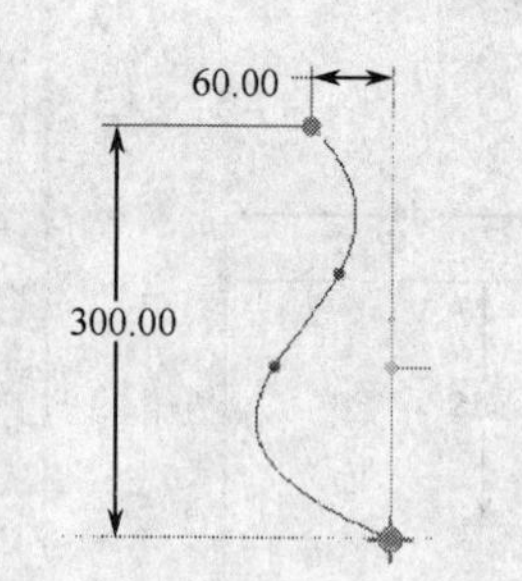

图 3-40 绘制基准草图

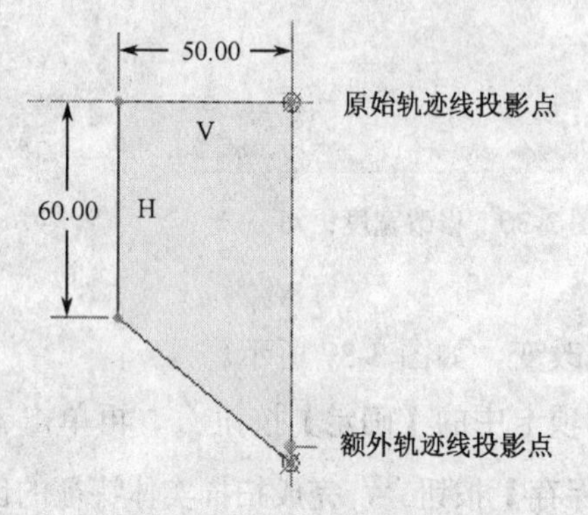

图 3-41 扫描截面

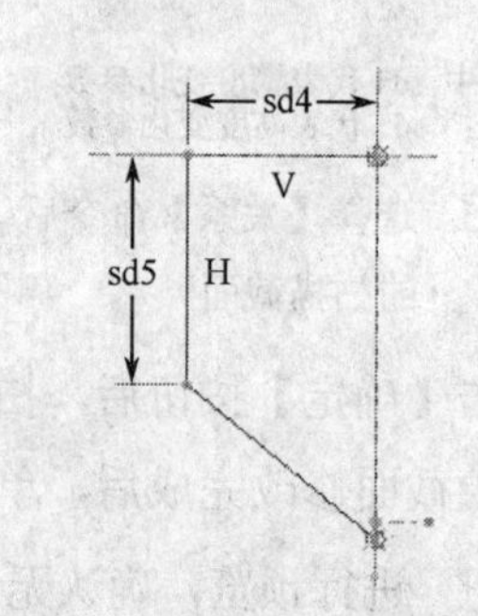

图 3-42 选择【关系】命令后的扫描截面

（5）草绘截面修改完成后，单击【草绘】工具选项卡中的【确定】按钮，再单击【特征预览】按钮进行预览，确认无误后单击【应用并保存】按钮，完成扫描实体特征的创建，如图 3-44 所示。

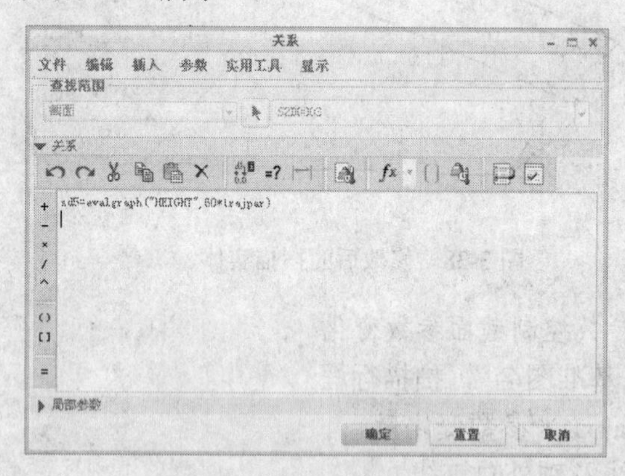

图 3-43 按基准图元修改扫描外形语句

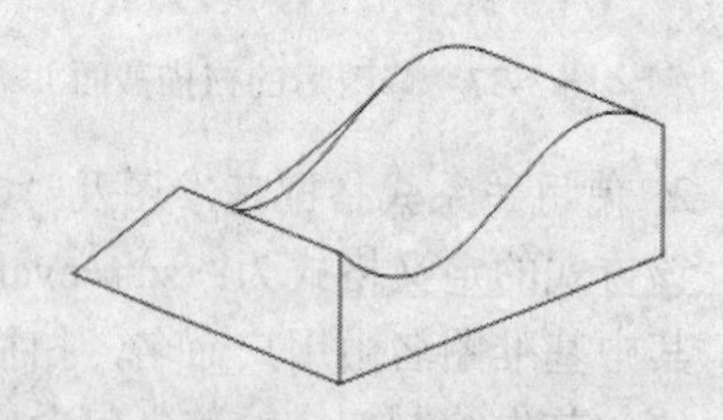

图 3-44 按基准图元扫描生成的实体特征

3.5 创建螺旋扫描实体

扫描截面沿着螺旋轨迹进行扫描，可形成螺旋扫描特征。扫描的螺旋轨迹线轮廓由旋转面的外形线与螺距（螺圈间的距离）共同决定。螺旋轨迹线和旋转面将不会在最后形成的螺旋几何体中显现。对于实体和曲面造型，螺旋扫描方式均可用。

3.5.1 设置螺旋扫描

单击【模型】选项卡【形状】组中的【螺旋扫描】按钮 螺旋扫描，弹出【螺旋扫描】工具选项卡，如图 3-45 所示。

图 3-45 【螺旋扫描】工具选项卡

下面对【螺旋扫描】工具选项卡中的一些新按钮、选项进行说明。

- 【间距值】文本框：用于输入螺旋间距。
- 【使用左手定则】和【使用右手定则】按钮：指定螺旋的方向，如图 3-46 和图 3-47 所示。

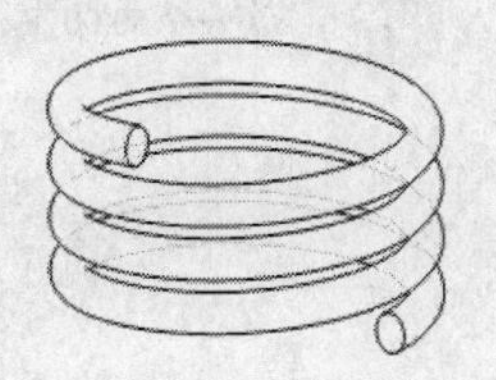

图 3-46 右旋螺旋

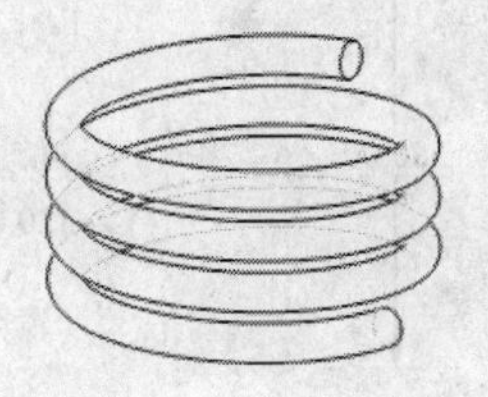

图 3-47 左旋螺旋

打开【螺旋扫描】工具选项卡中的【参考】和【选项】面板，分别如图 3-48 和图 3-49 所示，前者可以选择已有曲线作为扫描轮廓，也可以单击【断开链接】按钮，重新绘制；之后选择【旋转轴】；【穿过旋转轴】和【垂直于轨迹】是设置截面的方向选项。后者可以设置扫描的封闭端面，以及截面沿轨迹的变化，【垂直于轨迹】的螺旋如图 3-50 所示。【间距】面板中可以设置螺旋间距的变化，变节距的螺旋如图 3-51 所示。

参考 间距 选项 属性

螺旋扫描轮廓

草绘 1 断开链接

轮廓起点 反向

旋转轴

选择项 内部 CL

截面方向

◉ 穿过旋转轴

○ 垂直于轨迹

图 3-48 【参考】面板

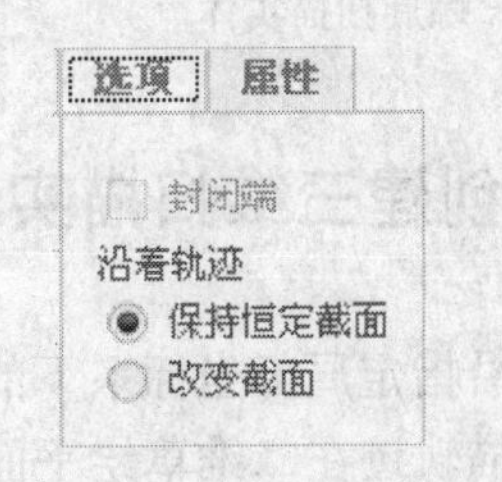

图 3-49 【选项】面板

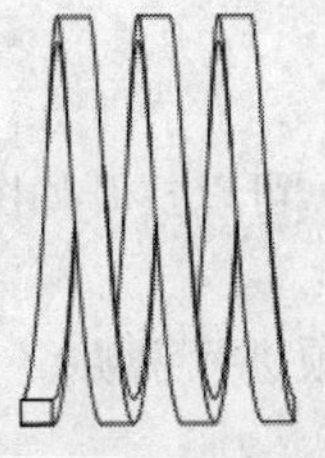

图 3-50 【垂直于轨迹】螺旋

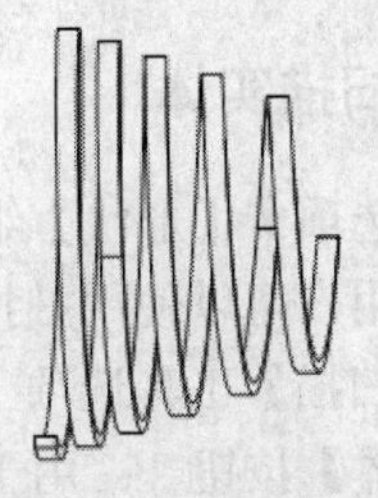

图 3-51 变节距螺旋

3.5.2 创建螺旋轨迹线

创建螺旋轨迹线的方法如下。

单击【模型】选项卡【形状】组中的【螺旋扫描】按钮，然后单击【参考】面板中的【定义】按钮，选择一个平面绘制螺旋轮廓，如图 3-52 所示。最后单击【草绘】选项卡中的【确定】按钮。

3.5.3 创建螺旋扫描截面

单击【参考】面板中的【旋转轴】选择框，选择一条直线作为旋转轴。

单击【螺旋扫描】工具选项卡中的【创建或编辑扫描剖面】按钮，绘制扫描截面，如图 3-53 所示。

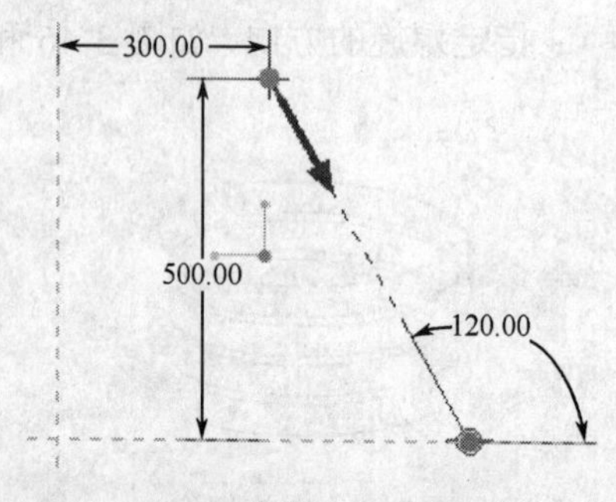

图 3-52 螺旋扫描轨迹

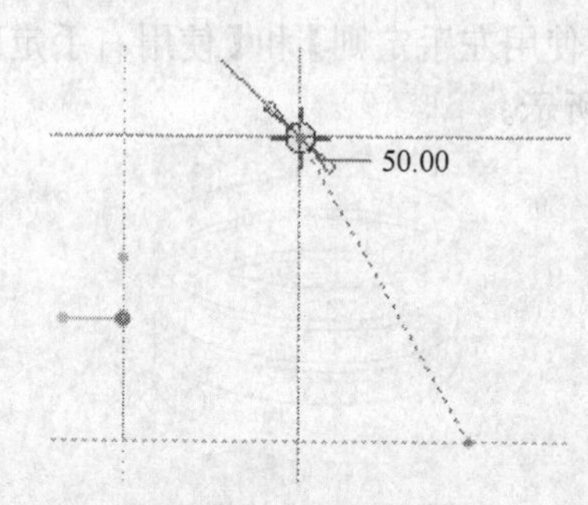

图 3-53 绘制扫描截面

图 3-54 螺旋扫描实体

3.5.4 创建螺旋扫描实体

创建螺旋扫描实体的方法如下。

在【间距值】文本框中输入间距，并选择螺旋旋转方向。查看扫描预览，确认无误后单击【应用并保存】按钮，完成扫描实体特征的创建，如图 3-54 所示。

3.6 创建三维扫描实体

将截面沿指定局部坐标系下的二维样条曲线进行扫描，可创建三维扫描特征。即在三维扫描中，扫描轨迹在二维草绘平面上创建，通过修改样条曲线的坐标参照系，实现局部坐标系的三维显示。在其他方面，三维扫描与二维扫描相同。

3.6.1 三维扫描实体

单击【模型】选项卡【形状】组中的【扫描】按钮，可以打开如图 3-55 所示的【扫描】工具选项卡，用户可以使用扫描方式建立实体特征。

下面首先对【扫描】工具选项卡中的一些相关按钮、选项进行说明。

- 【扫描为实体】按钮：用于生成实体特征。
- 【扫描为曲面】按钮：用于生成曲面特征。

图 3-55　【扫描】工具选项卡

- 【创建或编辑扫描剖面】按钮：创建或编辑扫描截面。
- 【移除材料】按钮：用于选择去除材料。
- 【创建薄板特征】按钮：用于选择生成薄壁特征。
- 按钮：沿扫描轨迹的草绘截面保持不变。
- 按钮：允许截面根据参数化参考或沿扫描的轨迹进行变化。
- 【暂停】、【无预览】、【分离】、【连接】、【特征预览】、【应用并保存】、【关闭】按钮：可以预览生成的扫描特征，进而完成或取消扫描特征的建立。

打开【扫描】工具选项卡中的【参考】面板，如图 3-56 所示，此时可以选择已有曲线作为扫描轨迹，也可以单击【细节】按钮，在弹出的【链】对话框中设置参考，如图 3-57 所示。

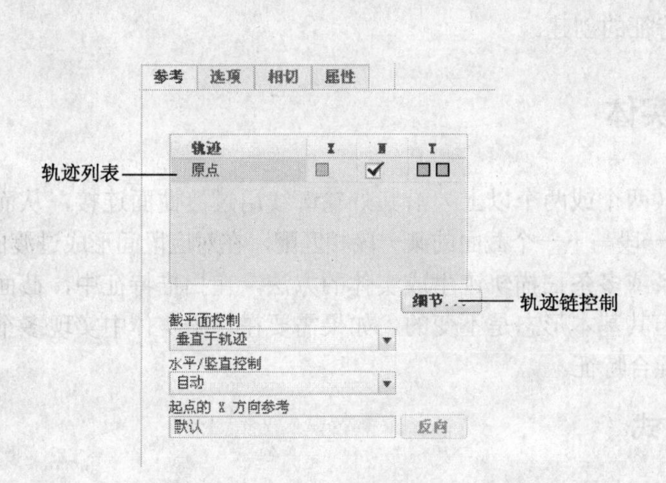

图 3-56　【参考】面板

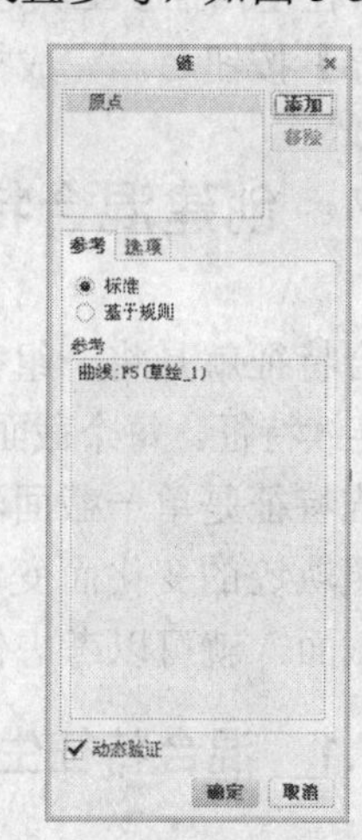

图 3-57　【链】对话框

【扫描】工具选项卡中【选项】面板的内容如图 3-58 所示，在其中可以设置扫描端是【封闭端点】或【合并端】，并可以选择草绘放置点。

【扫描】工具选项卡中【相切】面板的内容如图 3-59 所示，在其中可以查看所选的轨迹并指定轨迹切线的参考方向。

【扫描】工具选项卡中的【属性】面板用于显示或更改当前拉伸特征的名称，单击【显示此特征的信息】按钮，可以显示当前扫描特征的具体信息。

3.6.2　三维扫描实体特征的创建

创建扫描实体的一般操作步骤如下。

（1）单击【模型】选项卡【形状】组中的【扫描】按钮，打开【扫描】工具选项卡。

（2）在【扫描】工具选项卡中单击【扫描为实体】按钮，用于生成实体特征。

（3）单击按钮，使沿扫描轨迹的草绘截面保持不变。

（3）在显示窗口选择扫描轨迹。

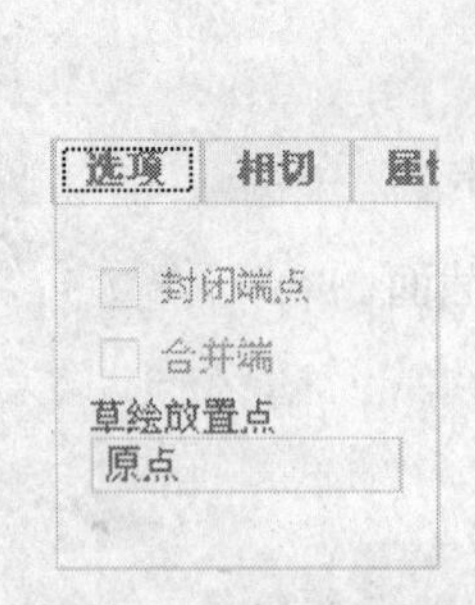

图 3-58 【选项】面板

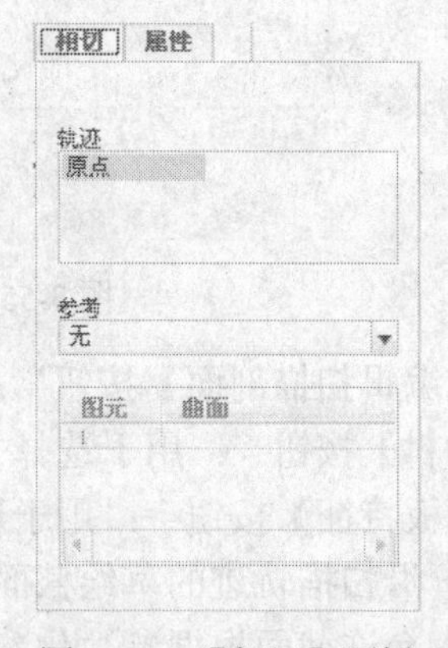

图 3-59 【相切】面板

（4）单击【创建或编辑扫描剖面】按钮，创建扫描截面。

（5）单击【草绘】选项卡中的【确定】按钮，退出草绘状态。

（6）在【扫描】工具选项卡中，单击【特征预览】按钮进行预览，确认无误后单击【应用并保存】按钮，完成扫描特征的创建。

3.7 创建混合特征实体

混合特征就是将一组截面（两个或两个以上）沿其外轮廓线用过渡曲面连接，从而形成的一个连续特征。每个截面的每一段与下一个截面的某一段相匹配，在对应段间形成过渡曲面。

扫描特征是单一截面沿一条或多条扫描轨迹生成实体的方法，在扫描特征中，截面虽然可以按照轨迹的变化而变化，但其基本形态是不变的。如果需要在一个实体中实现多个形态各异的截面，就可以考虑使用混合特征。

3.7.1 混合特征生成方式

定义混合特征生成方式的方法如下。

在【模型】选项卡中选择【形状】|【混合】|【伸出项】命令，将弹出【混合选项】菜单管理器，如图 3-60 所示，在其中可选择适当的选项。

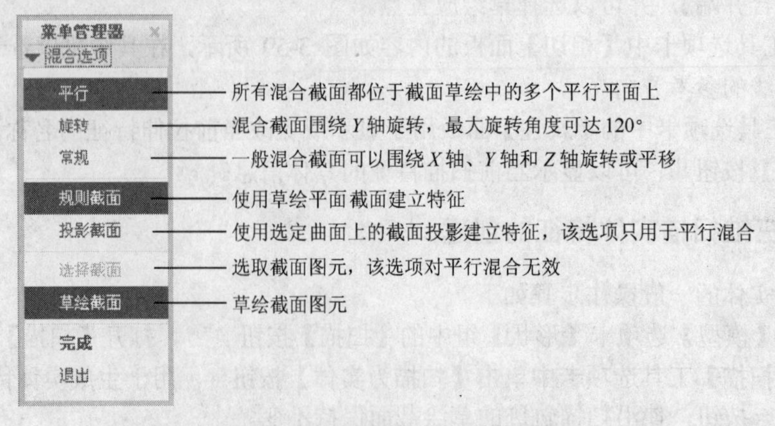

图 3-60 【混合选项】菜单管理器

注意：当选择【平行】混合和【旋转】混合两种方式时，草绘的一组截面中的每个截面都必须单独草绘，并建立各自的草绘局部坐标系。

3.7.2　三种混合方式

选择不同的创建方式，系统会弹出相应的【定义】对话框和【属性】菜单管理器。下面来具体介绍。

1. 平行混合方式

（1）若用户选择平行创建方式，系统将弹出如图 3-61 所示的【伸出项：混合，平行，规则截面】对话框和如图 3-62 所示的【属性】菜单管理器。

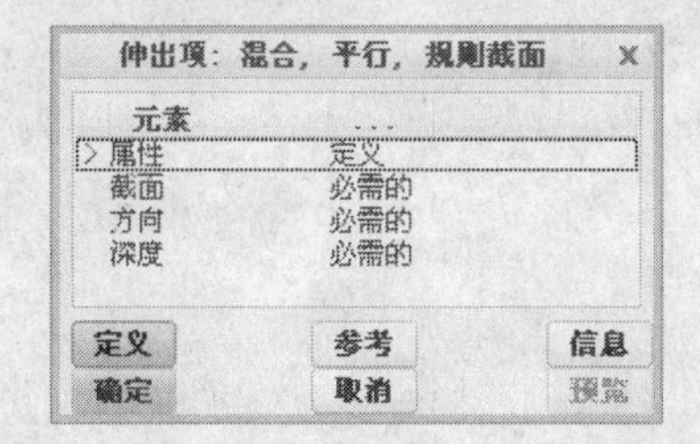

图 3-61　【伸出项：混合，平行，规则截面】对话框

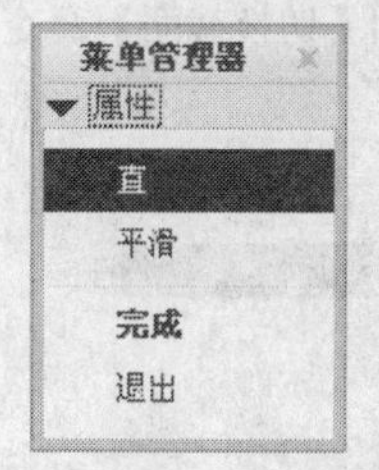

图 3-62　【属性】菜单管理器

（2）在【属性】菜单管理器中选择【完成】命令后，系统将弹出【设置草绘平面】菜单管理器，如图 3-63 所示。

（3）选择草绘平面所在的平面（如 FRONT 平面），系统将弹出实体显示【方向】菜单管理器，如图 3-64 所示。

（4）方向选择完成后，系统弹出【草绘视图】菜单管理器选择方向，如图 3-65 所示。若选择【默认】命令，则直接进入混合截面草绘视图。若用户自行指定参考方向，则在图 3-66 所示的【设置草绘平面】菜单管理器中，选择适当参考方向后，进入草绘视图绘制平行混合截面组。

图 3-63　【设置草绘平面】菜单管理器

图 3-64　【方向】菜单管理器

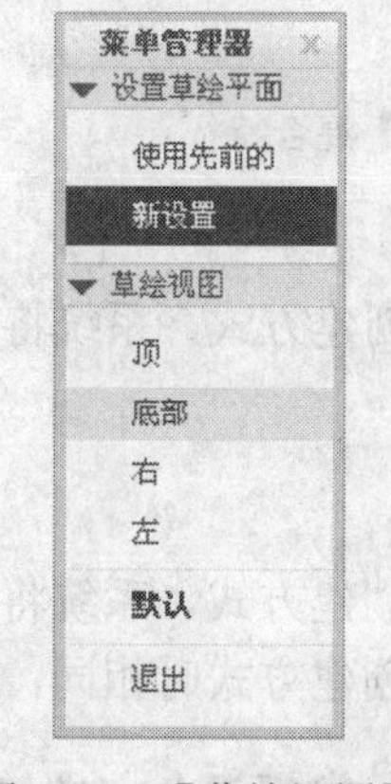

图 3-65　【草绘视图】菜单管理器

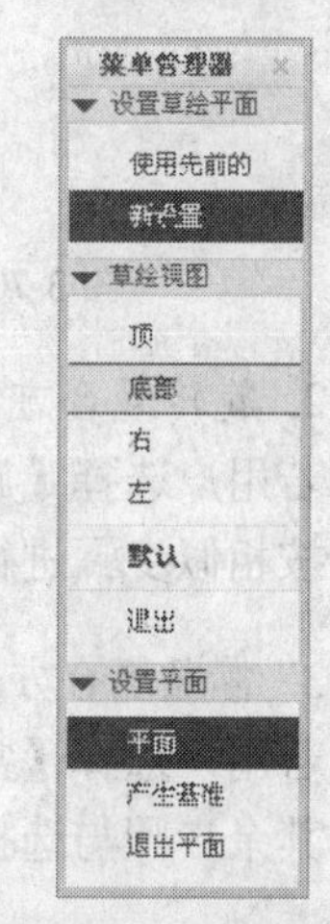

图 3-66　【设置草绘平面】菜单管理器

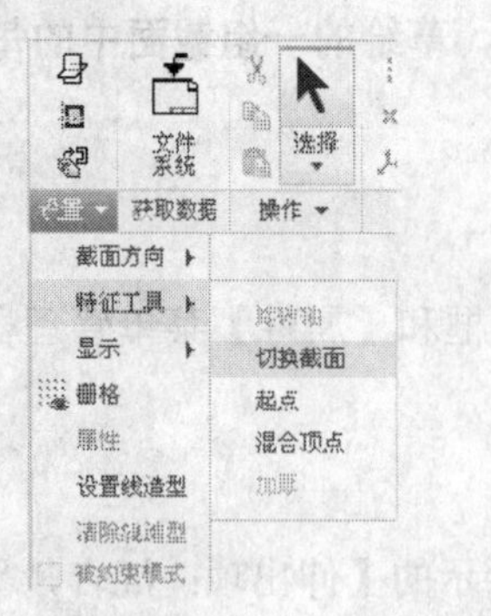

图 3-67　选择【设置】|【特征工具】|【切换截面】命令

（5）在平行混合方式下，绘制完成一个截面草图之后，其他截面的绘制需要切换，在【草绘】选项卡中选择【设置】|【特征工具】|【切换截面】命令，如图 3-67 所示，即可实现各截面之间的切换。

（6）混合截面组创建完成后，单击【草绘】选项卡中的【确定】按钮，弹出【深度】菜单管理器，如图 3-68 所示，选择相应的深度选项后选择【完成】命令。系统将弹出深度文本框，如图 3-69 所示，输入深度数值，单击【接受值】按钮，完成创建。

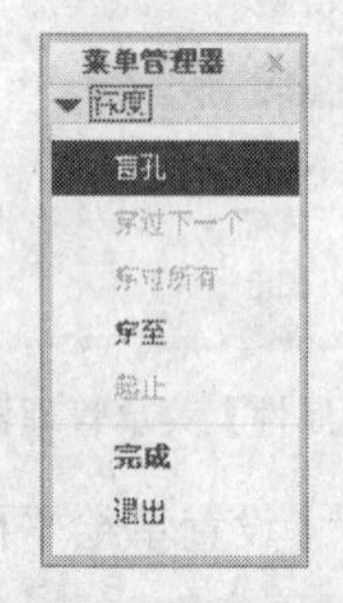

图 3-68　【深度】菜单管理器

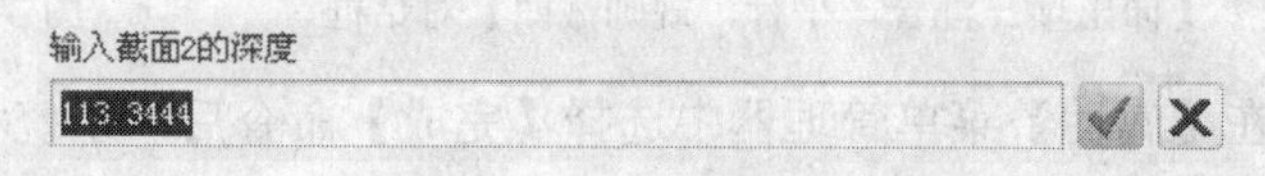

图 3-69　深度文本框

（7）单击【伸出项：混合，平行，规则截面】对话框中的【预览】按钮，浏览完成的平行混合特征效果，如图 3-70 和图 3-71 所示。

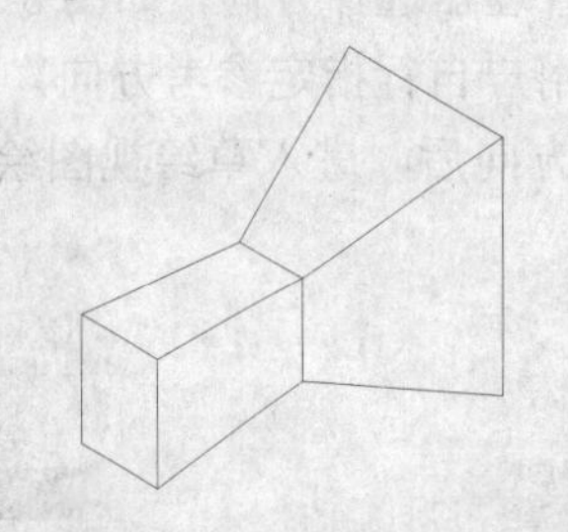

图 3-70　【直】混合特征

图 3-71　【平滑】混合特征

2. 旋转混合方式

若用户选择【旋转】创建方式，系统将弹出如图 3-72 所示的【属性】菜单管理器。用户可以按相似步骤进行创建。

3. 常规混合方式

若用户选择【常规】创建方式，系统将弹出如图 3-73 所示的【属性】菜单管理器。

其余步骤与选择平行创建方式时相同，这里不再赘述。

提示：旋转混合方式、常规混合方式与平行混合方式的区别如下。

（1）当选择旋转方式和常规方式进入截面组草绘操作状态时，需要为截面组每个成员单独草绘并创建局部坐标系。

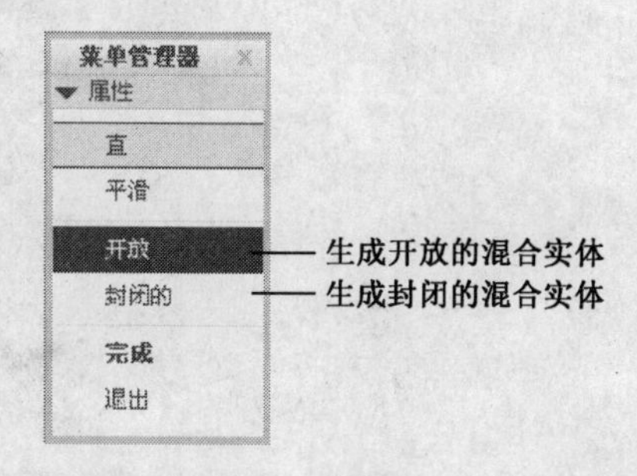

图 3-72　旋转混合【属性】菜单管理器

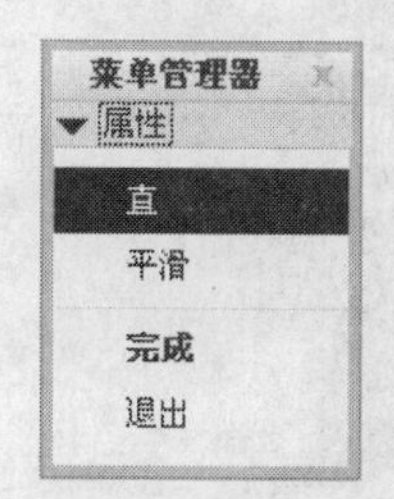

图 3-73　常规混合【属性】菜单管理器

（2）若选择旋转混合方式，用户需要为第二个截面定义围绕 *Y* 轴的旋转值（该值为介于 0°~120° 之间的任意值），输入该值，进入第二个截面的草绘。若用户选择的是常规混合方式，则系统提示用户为第二个截面定义围绕 *X*、*Y*、*Z* 三轴旋转的角度值，输入 3 个角度值后，进入第二个截面的草绘。

（3）定义其他截面的方法与（1）中相同，接着重复（2）的过程，直到用户定义完截面组中的所有成员为止。

3.8　扫描混合特征

下面介绍扫描混合特征的创建。

（1）单击【模型】选项卡【形状】组的【扫描混合】按钮，可以打开如图 3-74 所示的【扫描混合】工具选项卡，使用扫描混合方式建立实体特征。

【扫描混合】工具选项卡中的主要按钮在前面介绍过，这里就不再进行说明了。

（2）打开【扫描混合】工具选项卡中的【参考】面板，如图 3-75 所示，此时可以选择已有曲线作为扫描轨迹，也可以单击【细节】按钮，在弹出的【链】对话框中设置参考。

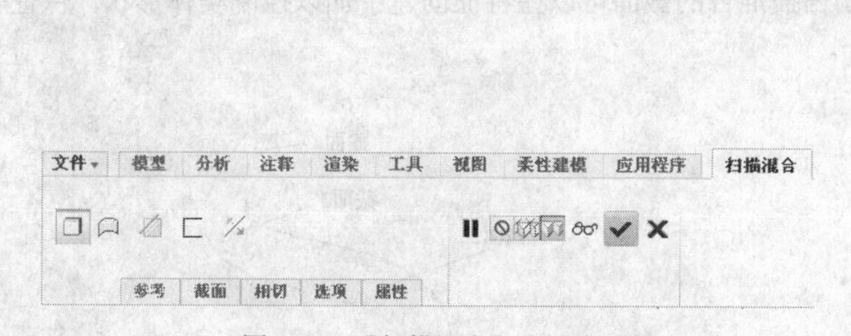

图 3-74　【扫描混合】工具选项卡

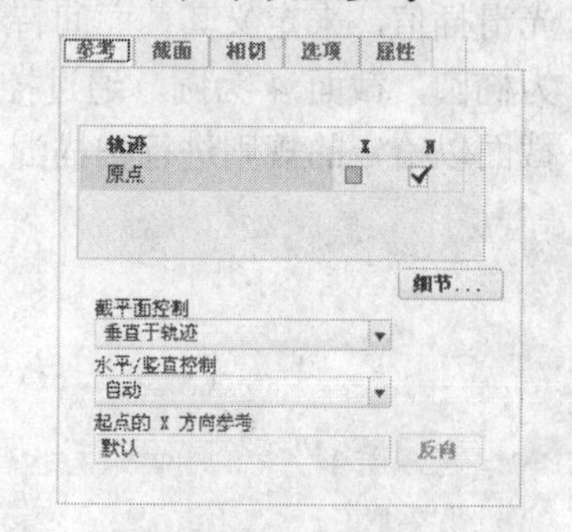

图 3-75　【扫描混合】工具选项卡的【参考】面板

（3）打开【扫描混合】工具选项卡的【截面】面板，如图 3-76 所示，此时可以选择已有草图作为扫描截面，也可以选择【草绘截面】选项，单击【草绘】按钮，重新绘制截面，如图 3-77 所示。完成第一个截面后，单击【插入】按钮，绘制第二个截面，如图 3-78 所示。在【旋转】文本框可以设置截面的旋转角度。

（4）打开【扫描混合】工具选项卡的【相切】面板，如图 3-79 所示，在与首尾剖面相衔接的曲面间创建实体混合特征，【相切】面板可以为创建的实体曲面定义与相邻曲面的衔接情况。

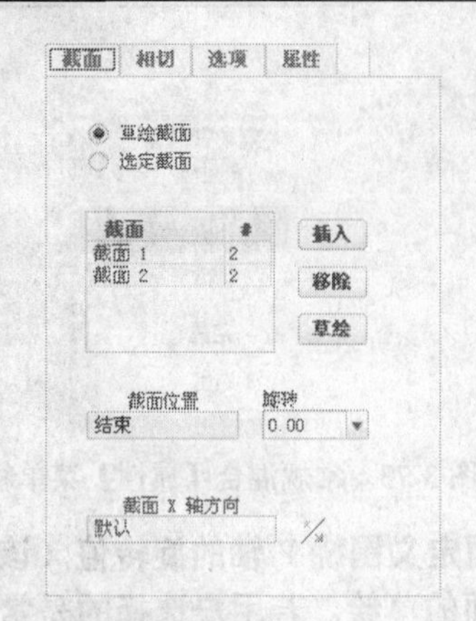

图 3-76 【扫描混合】工具选项卡的【截面】面板

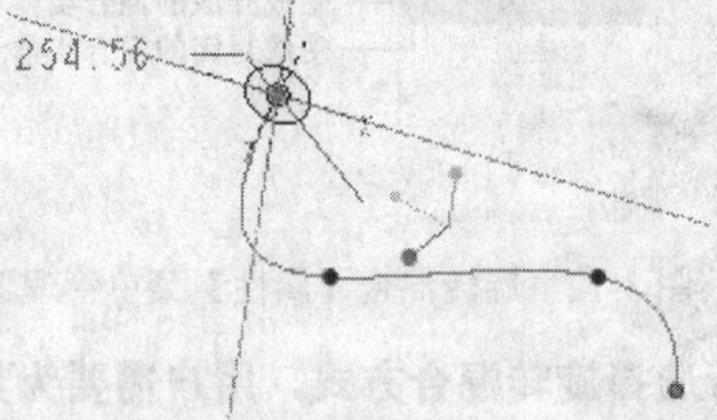

图 3-77 绘制第一个截面

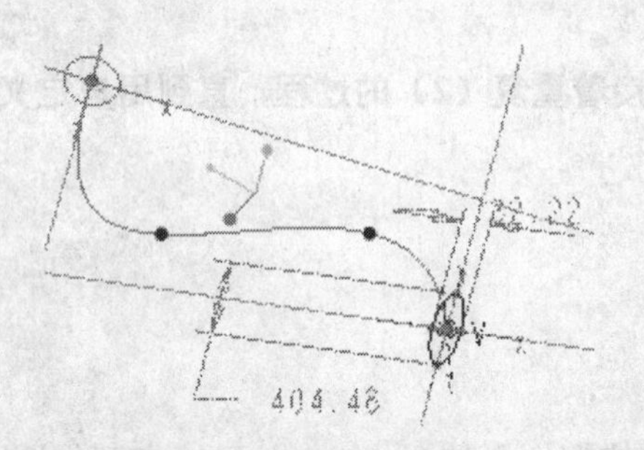

图 3-78 绘制第二个截面

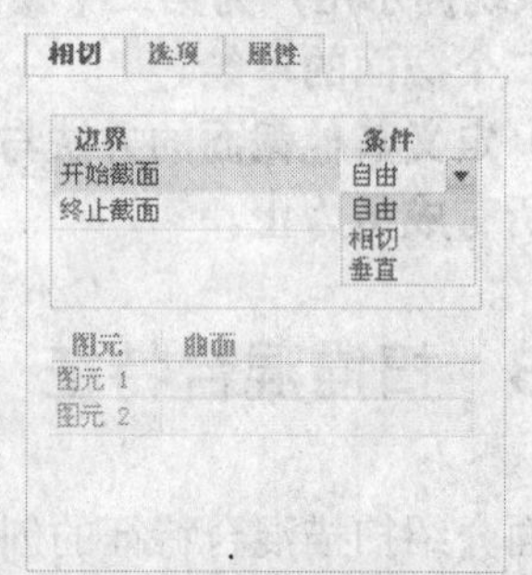

图 3-79 【扫描混合】工具选项卡【相切】面板

(5) 在【选项】面板，如图 3-80 所示，选中【设置周长控制】单选按钮后，可以通过控制截面之间的周长，控制该特征的形状。如果两个连续截面有相同周长，那么系统会试图对这些截面保持相同的横截面周长。对于有不同周长的截面，系统会用沿该轨迹的每个曲线的光滑插值，来定义其截面间特征的周长。如图 3-81 所示，截面 1 与截面 2 周长相等，截面 3 为椭圆，截面 4 为圆，通过控制扫描混合的截面可以在特征创建中加以控制实体形状，保证截面以给定的规则进行扫描混合。

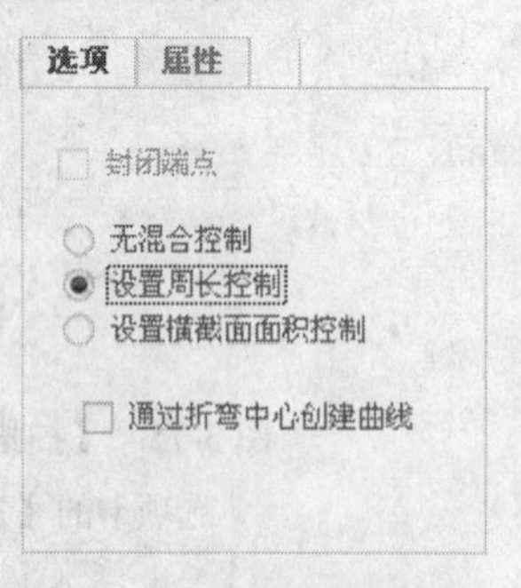

图 3-80 【选项】面板

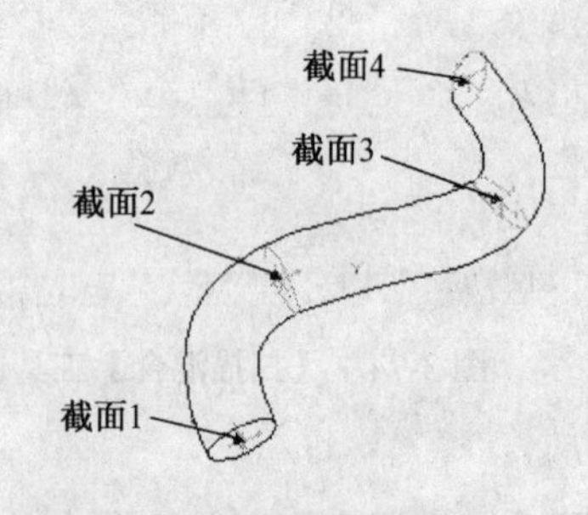

图 3-81 周长控制形状

在【选项】面板，通过【设置横截面面积控制】单选按钮控制截面的形状，通过控制点和改变面积值控制特征形状，如图 3-82 所示。

查看扫描预览，确认无误后单击【应用并保存】按钮✓，完成扫描混合实体特征的创建，如图 3-83 所示。

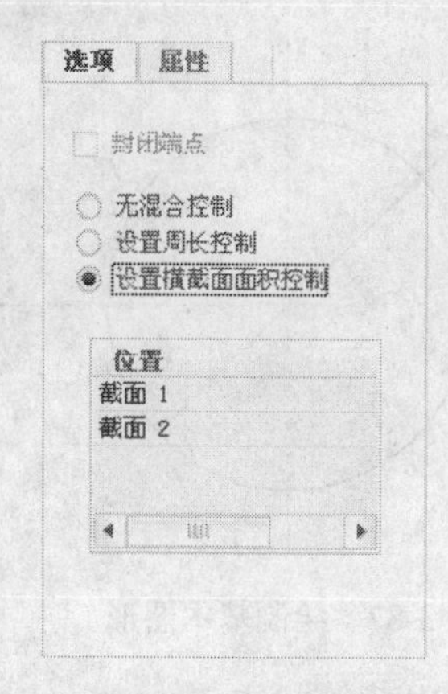

图 3-82 面积控制曲线

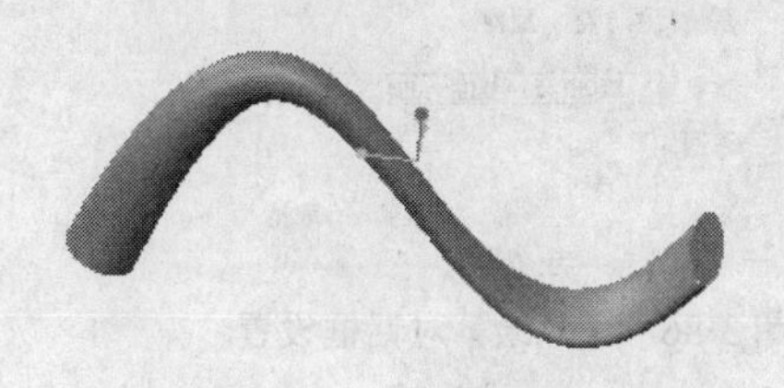

图 3-83 扫描混合特征

3.9 范例练习

下面通过一个具体的零件实例来介绍拉伸特征、旋转特征和扫描特征的建立方法。

3.9.1 范例介绍

该范例中的零件是一个杯子的造型，主要是通过拉伸特征和旋转特征来建立完成的，其最终效果如图 3-84 所示。

图 3-84 最终效果图

3.9.2 范例制作

步骤 1：拉伸实体

首先创建新文件，并绘制零件模型的草图，然后根据草图拉伸出基本的形状。

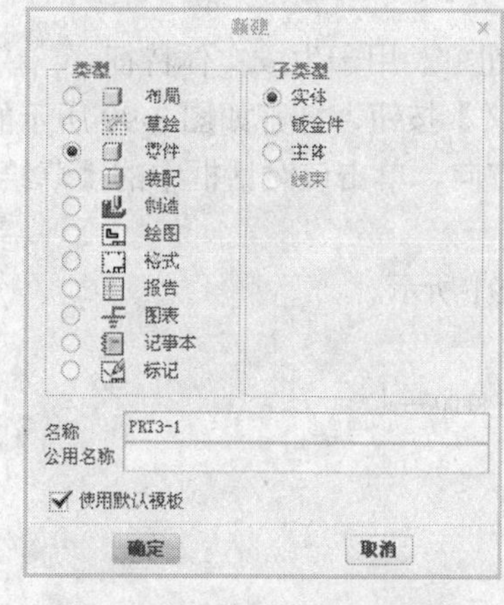

图 3-85 【新建】对话框设置

（1）选择【文件】|【新建】菜单命令，打开【新建】对话框，在【类型】选项组中选中【零件】单选按钮，在【子类型】选项组中选中【实体】单选按钮，在【名称】文本框这输入“PRT3-1”，如图 3-85 所示，单击【确定】按钮。

（2）单击【模型】选项卡【形状】组中的【拉伸】按钮，打开【拉伸】工具选项卡。

（3）在【拉伸】工具选项卡中单击【拉伸为实体】按钮，用于生成实体特征。单击【放置】标签，切换到【放置】面板，在其中单击【定义】按钮，系统将出现【草绘】对话框，在绘图区选择 TOP 基准面为草绘平面，RIGHT 基准面为草绘视图的顶参考面，设置完毕后的【草绘】对话框如图 3-86 所示，单击该对话框中的【草绘】按钮，进入草绘状态。

（4）使用草图绘制工具在草图绘制区域绘制基本的图形，然后对图形进行调整，草图的最终形状如图 3-87 所示。

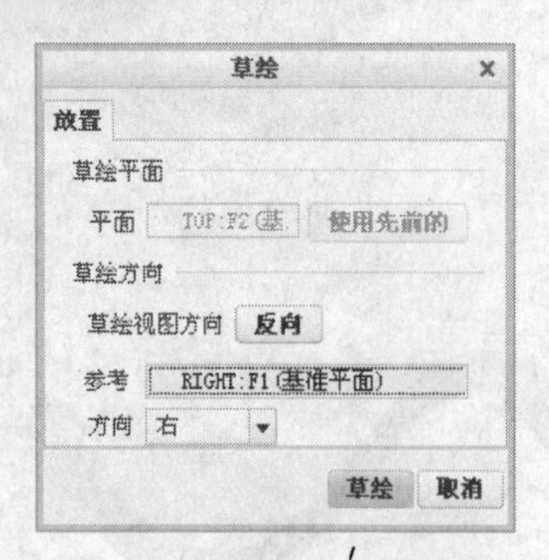

图 3-86 【草绘】对话框设置

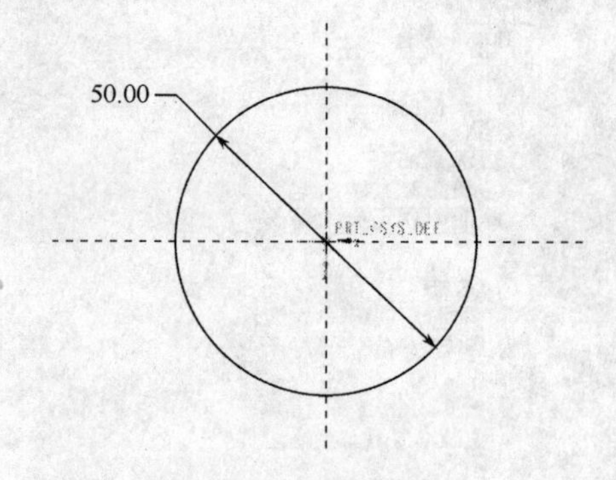

图 3-87 绘制基本图形

（5）单击【草绘】工具选项卡中的【确定】按钮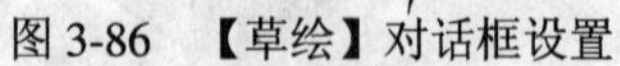，退出草绘状态。

（6）下面对草图进行拉伸，在【拉伸】工具选项卡中，设置计算拉伸长度的方式为⊒。

（7）在【拉伸】工具选项卡中，设置拉伸特征的拉伸长度为“5”，参数设置如图 3-88 所示。

（8）单击【特征预览】按钮进行预览，确认无误后单击【应用并保存】按钮，完成拉伸特征的创建，结果如图 3-89 所示。

步骤 2：旋转形成实体

下面生成旋转体。

（1）首先绘制草图。单击【模型】选项卡【形状】组中的【旋转】按钮，打开【旋转】工具选项卡。

图 3-88 【拉伸】工具选项卡

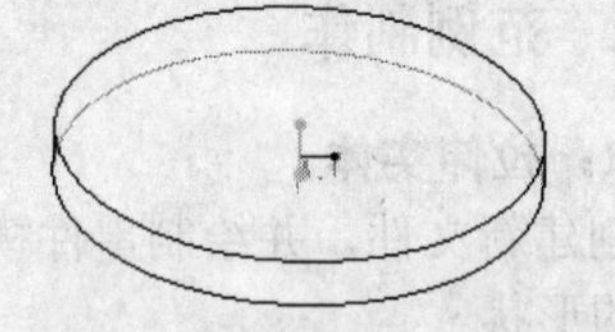

图 3-89 拉伸后的结果

（2）在【旋转】工具选项卡中单击【作为实体旋转】按钮，用于生成实体特征。

（3）在【旋转】工具选项卡的【放置】面板中单击【定义】按钮，打开如图 3-90 所示的【草绘】对话框，选取【FRONT】面为绘图平面，接受默认方向，单击该对话框中的【草绘】按钮，进入草绘状态。

（4）绘制草图，并标注尺寸，注意要画出中心线，如图 3-91 所示。

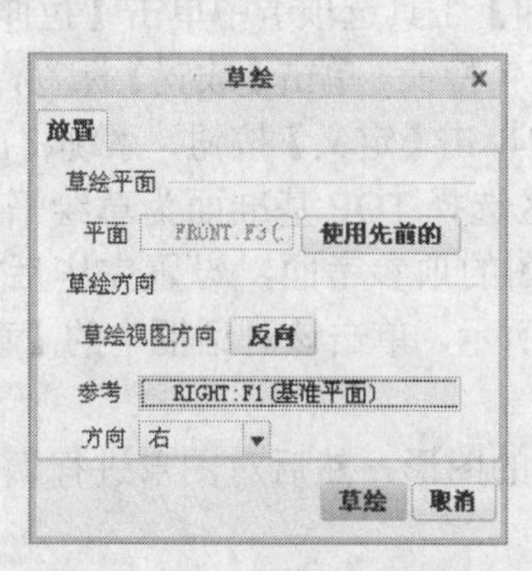

图 3-90 【草绘】对话框

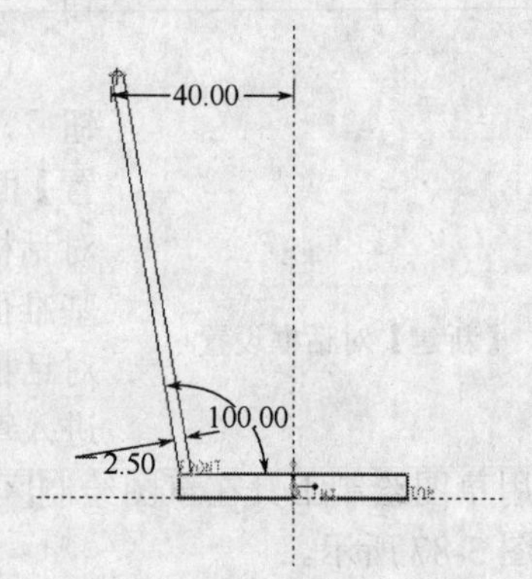

图 3-91 绘制截面和旋转轴

（5）单击【草绘】工具选项卡中的【确定】按钮✔，退出草绘状态。

（6）接着进行旋转实体切除。在【旋转】工具选项卡中，设置旋转特征的旋转角度为“360°”。

（7）此时在工作窗口中显示出旋转体的效果和参数，如图 3-92 所示。

（8）单击【特征预览】按钮进行预览，确认无误后单击【应用并保存】按钮，完成旋转特征的创建，如图 3-25 所示。

步骤 3：扫描形成实体

（1）首先绘制草图。单击【模型】选项卡【基准】组中的【草绘】按钮，打开【草绘】对话框，选择【FRONT】面为草绘平面，如图 3-93 所示，单击【草绘】按钮，进入草绘状态。

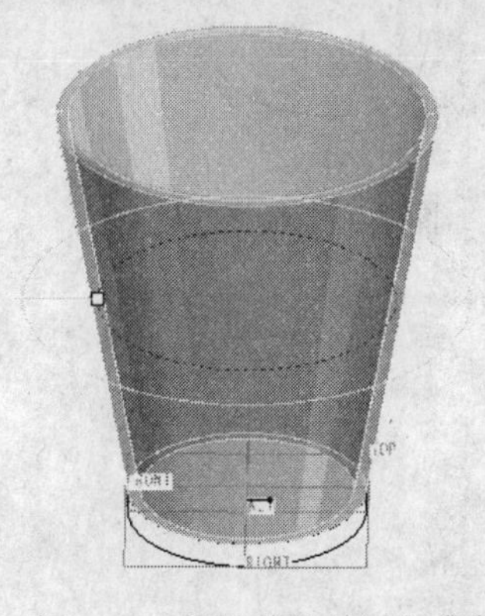

图 3-92　旋转体的效果和参数

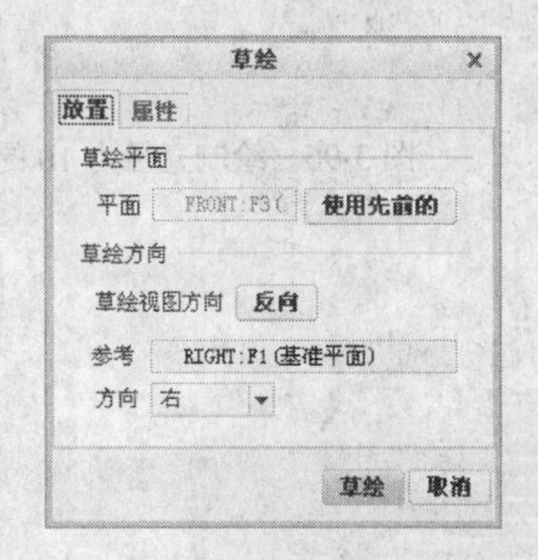

图 3-93　【草绘】对话框设置

（2）绘制杯柄的轨迹草图，如图 3-94 所示，并标注尺寸。

（3）单击【草绘】工具选项卡中的【确定】按钮✔，退出草绘状态。

（4）接着扫描杯柄。单击【模型】选项卡【基准】组中的【平面】按钮，弹出【基准平面】对话框，单击【RIGHT】面并设置为【平行】，单击刚才的草绘终点并设置为【穿过】，单击【确定】按钮，如图 3-95 所示。

（5）单击【模型】选项卡【形状】组中的【扫描】按钮，打开【扫描】工具选项卡。

（6）在【扫描】工具选项卡中单击【扫描为实体】按钮，用于生成实体特征。

（7）单击按钮，使沿扫描轨迹的草绘截面保持不变，在显示窗口中选择杯柄的轨迹草图作为扫描轨迹。

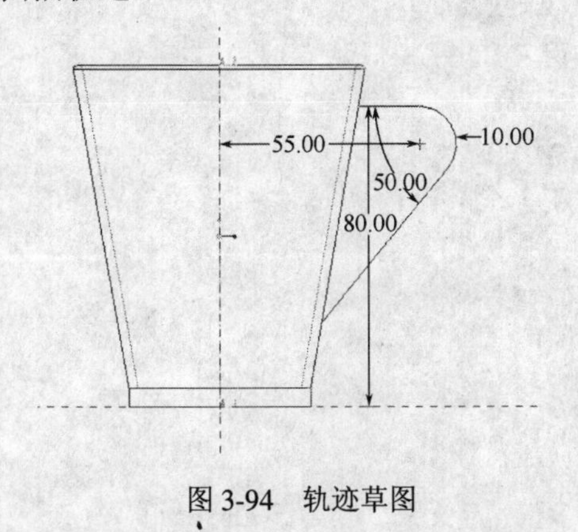

图 3-94　轨迹草图

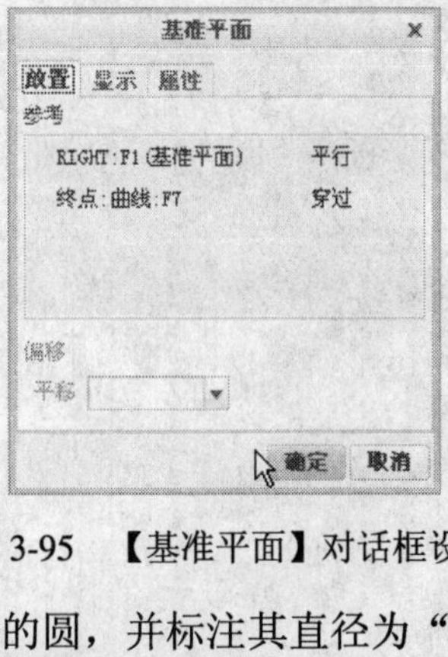

图 3-95　【基准平面】对话框设置

（8）单击按钮，进入草绘环境，绘制如图 3-96 所示的圆，并标注其直径为“10.00”。

（9）单击【草绘】工具选项卡中的【确定】按钮✔，退出草绘状态。

（10）在【扫描】工具选项卡中，单击【特征预览】按钮进行预览，确认无误后单击【应用并保存】按钮，完成扫描特征的创建，最终效果如图 3-97 所示。

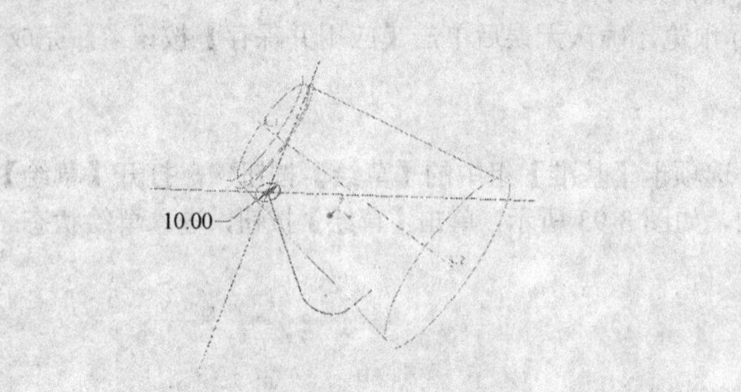

图 3-96　绘制直径为 10 的圆

图 3-97　最终效果图

第 4 章　工程构造特征设计

Creo Parametric 中的工程特征可以看作是基本实体特征的扩展。工程特征是系统提供或自定义的一类模板特征，用于针对基本特征的局部进行细化操作。工程特征的几何形状是确定的，构建时只需要提供工程特征的放置位置和尺寸即可。工程特征包括倒角特征、圆角特征、孔特征、抽壳特征、筋特征和螺纹特征等。

本章将在前面介绍的拉伸特征、旋转特征、扫描特征、混合特征等基本特征的基础上，详细介绍工程特征的创建方法。在【工程】组中用户可以找到这些工程特征的命令按钮。通过本章的学习，可以掌握在 Creo Parametric 中利用工程特征进行零件模型建模的方法和步骤。

4.1　创建倒角

在零件模型中添加倒角特征，通常是为了使零件模型便于装配，或者用来防止锐利的边角割伤人。

Creo Parametric 中的倒角特征分为边倒角和拐角倒角两种类型，倒角命令如图 4-1 所示。

- 【边倒角】：在棱边上进行操作的倒角特征。
- 【拐角倒角】：在棱边交点处进行操作的倒角特征。

4.1.1　边倒角特征

单击【模型】选项卡【工程】组中的【边倒角】按钮，可以打开如图 4-2 所示的【边倒角】工具选项卡，以进行边倒角的操作。

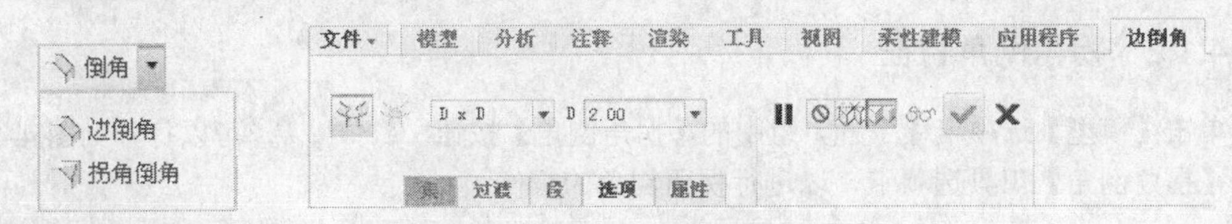

图 4-1　倒角命令　　　　图 4-2　【边倒角】工具选项卡

下面对【边倒角】工具选项卡中的一些相关按钮、选项进行说明。

（1）【切换至集模式】按钮：用于选择设置模式生成倒角特征，为 Creo Parametric 的默认方式。

（2）【切换至过渡模式】按钮：用于选择过渡模式生成倒角特征。

（3）下拉列表框 D x D ：用于选择倒角类型。

边倒角有【D×D】、【D1×D2】、【角度×D】、【45×D】、【O×O】和【O1×O2】6 种类型。

- 【D×D】：倒角边与相邻曲面的距离均为 D，随后操作时要输入 D 的值。Creo Parametric 默认选取此选项。

- 【D1×D2】：倒角边与相邻曲面的距离一个为 D1，另一个为 D2，随后操作时要输入 D1 和 D2 的值。
- 【角度×D】：倒角边与相邻曲面的距离为 D，与该曲面的夹角为指定角度，只能在两个平面间使用该类型，随后操作时要输入角度和 D 的值。
- 【45×D】：倒角边与相邻曲面的距离为 D，与该曲面的夹角为 45° 角，只能在两个垂直面的交线上使用该类型，随后操作时要输入 D 的值。
- 【O×O】和【O1×O2】两种类型并不常用，这里不作详细介绍。

（4）【边倒角】工具选项卡右侧为【暂停】、【无预览】、【分离】、【连接】、【特征预览】、【应用并保存】、【关闭】按钮：可以预览生成的倒角特征，进而完成或取消倒角特征的建立。

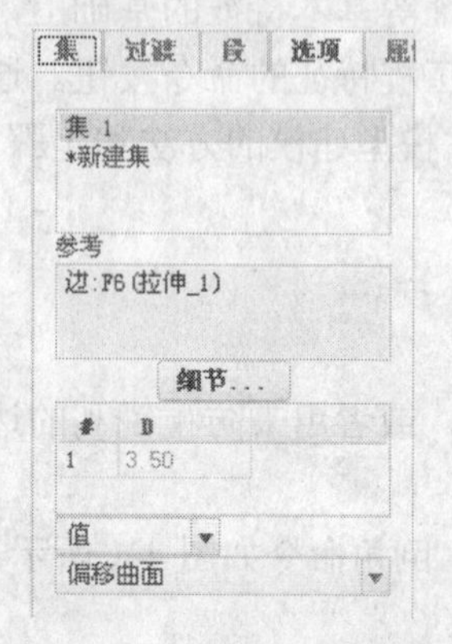

图 4-3 【集】面板

（5）如图 4-3 所示为【边倒角】工具选项卡中的【集】面板。

- 【集】列表框：对应不同的倒角集，可以通过用鼠标右键单击进行添加、删除的操作。
- 【参考】：对应的是倒角边，可以通过用鼠标右键单击进行删除、显示信息的操作。
- 倒角创建方式：可分为【偏移曲面】和【相切距离】两种。当倒角的两个相邻面之间相互垂直时，这两种倒角创建方式的生成结果没有区别。

（6）【边倒角】工具选项卡中【过渡】面板：对应于使用过渡模式生成倒角时过渡方式的选择。

（7）【边倒角】工具选项卡中【段】面板，用于执行倒角段的管理。

（8）【边倒角】工具选项卡中【选项】面板：用于选择进行实体操作还是生成曲面。

（9）【边倒角】工具选项卡中【属性】面板：用于显示或更改当前倒角特征的名称，单击【显示此特征的信息】按钮，可以显示当前倒角特征的具体信息。

4.1.2 拐角倒角特征

单击【模型】选项卡【工程】组中的【拐角倒角】按钮，可以打开如图 4-4 所示的【拐角倒角】工具选项卡，以进行拐角倒角的操作。

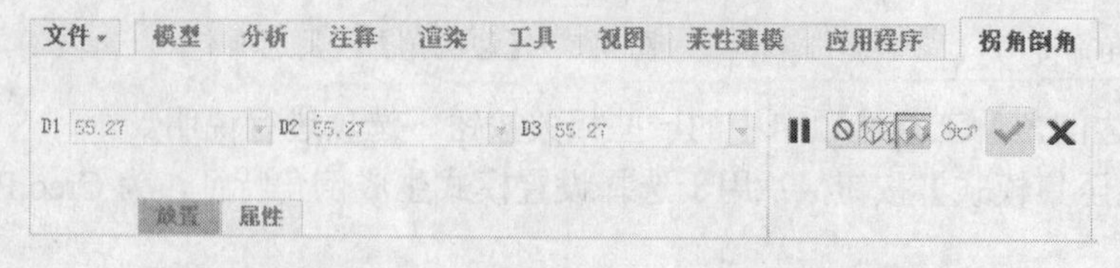

图 4-4 【拐角倒角】工具选项卡

1. 【拐角倒角】工具选项卡中的相关选项说明。

- 倒角顶点的定义：直接在模型上选择一个参考点，以确定倒角在相邻边上的尺寸。
- 输入：在尺寸框中输入数值，以确定倒角在高亮边上的位置。

2. 拐角倒角特征的创建操作步骤如下。

（1）单击【模型】选项卡【工程】组中的【拐角倒角】按钮。

（2）选择要倒角的顶点。

（3）在 D1 文本框定义顶点到第一条相邻边的距离。

（4）在 D2 文本框定义顶点到第二条相邻边的距离。

（5）在 D3 文本框定义顶点到第三条相邻边的距离。

（6）在该选项卡中可以通过单击【特征预览】按钮 进行预览，确认无误后单击【应用并保存】按钮 ，完成拐角倒角特征的创建。

注意：在进行倒角特征的建立过程中，需注意以下几方面内容。

（1）倒角特征对于凸棱边是去除材料，对于凹棱边是添加材料。

（2）在【边倒角】工具选项卡中选择使用过渡模式生成倒角时，系统会针对倒角特征的不同情形，在列表中只列出可用的过渡类型，用户可以根据需要进行选择。

（3）在工程实践中，由于使用过渡模式生成倒角的情况并不多见，所以不作详细介绍。

4.2　创建倒圆角

在零件模型中添加倒圆角特征，通常是为了增加零件造型的变化使其更为美观，或者为了增加零件造型的强度。在 Creo Parametric 中，所有倒圆角特征的控制选项都放在【倒圆角】工具选项卡中。

4.2.1　倒圆角特征的选项说明

单击【模型】选项卡【工程】组中的【倒圆角】按钮 ，可以打开如图 4-5 所示的【倒圆角】工具选项卡，以进行倒圆角的操作。

图 4-5　【倒圆角】工具选项卡

下面对【倒圆角】工具选项卡中的一些相关按钮、选项进行说明。

（1）【切换至集模式】按钮 ：用于选择设置模式生成圆角特征，为 Creo Parametric 的默认方式。

（2）【切换至过渡模式】按钮 ：用于选择过渡模式生成圆角特征。

（3）数值框用于输入圆角半径。

（4）【倒圆角】工具选项卡右侧为【暂停】、【无预览】、【分离】、【连接】、【特征预览】、【应用并保存】、【关闭】按钮 ：可以预览生成的圆角特征，进而完成或取消圆角特征的建立。

（5）如图 4-6 所示为【倒圆角】工具选项卡中的【集】面板。

- 【集】列表框：对应不同的倒圆角集，可以通过用鼠标右键单击进行添加、删除的操作。
- 圆角截面形状：可分为【圆形】、【圆锥】、【C2 连续】、【D1×D2 圆锥】和【D1×D2 C2】等几种类型。

- 圆角创建方式：可分为【滚球】和【垂直于骨架】。选择【滚球】选项，表示所创造的圆角如同圆球滚过两个面间的效果。选择【垂直于骨架】选项，表示所创造的曲面如同一段圆弧沿着所选的骨架扫掠而过。

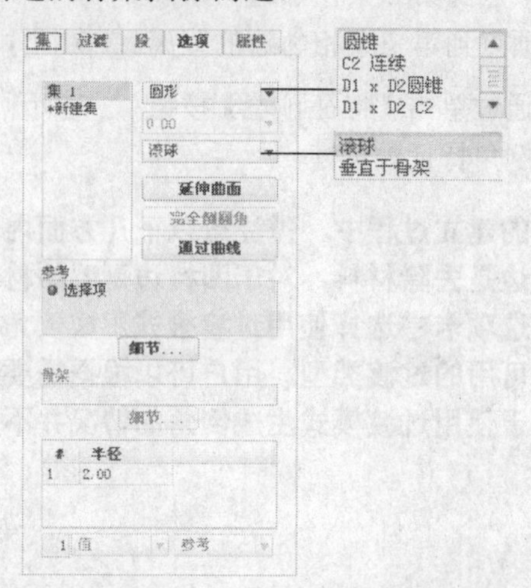

图 4-6 【倒圆角】工具选项卡【集】面板

- 【完全倒圆角】按钮：将选定的面以圆角面取代。
- 【通过曲线】：建立通过曲线驱动的倒圆角，使用这种方式，驱动曲线可以比实体边短，不足的部分系统会自动沿曲线切线方向延伸。
- 【参考】：对应的是圆角边，可以通过用鼠标右键单击进行删除、显示信息的操作。
- 【半径】：在圆角半径输入框中输入半径值。

（6）【倒圆角】工具选项卡中【过渡】面板：对应于使用过渡模式生成圆角时过渡方式的选择。

（7）【倒圆角】工具选项卡中【段】面板：用于执行倒圆角段的管理。可查看倒圆角特征的全部倒圆角集，查看当前倒圆角集中的全部倒圆角段，修剪、延伸或排除这些倒圆角段，以及处理放置模糊等问题。

（8）【倒圆角】工具选项卡中【选项】面板：用于选择进行实体操作还是生成曲面。

（9）【倒圆角】工具选项卡中【属性】面板：用于显示或更改当前圆角特征的名称，单击【显示此特征的信息】按钮，可以显示当前圆角特征的具体信息。

如图 4-7 所示为 Creo Parametric 中常见的 4 种倒圆角类型的示意图。

4.2.2 创建圆角特征

创建圆角特征的具体操作步骤如下。

（1）单击【模型】选项卡【工程】组中的【倒圆角】按钮，打开【倒圆角】工具选项卡，以进行倒圆角的操作。

（2）选择要倒圆角的边，选中一条后，可以按住 Ctrl 键不放并继续选择其他边。

（3）在【倒圆角】工具选项卡的【集】面板中，根据需要设置圆角类型，并根据不同圆角类型输入相应的尺寸。

（4）单击【特征预览】按钮进行预览，确认无误后单击【应用并保存】按钮，完成边圆角特征的创建。

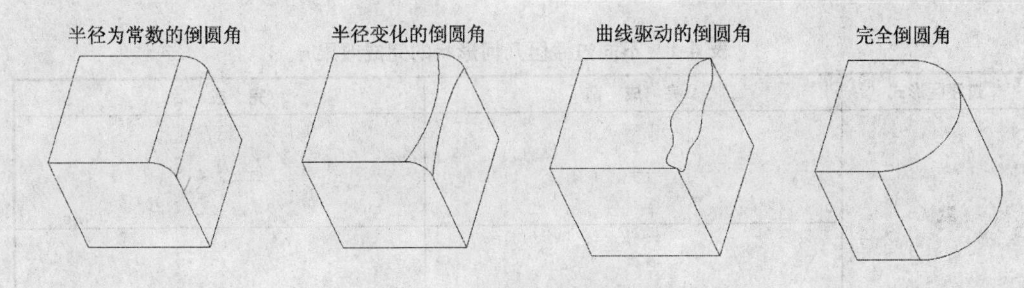

图 4-7　倒圆角类型示意图

4.2.3　过渡部分设计

下面对倒圆角的过渡部分设计进行介绍。

（1）过渡模式

当需要对多个圆角集相接处的几何形状进行特殊控制时，可以使用过渡模式生成圆角。

虽然使用过渡模式生成圆角时，过渡区几何形状可以有多种不同的选择，但通常以设置模式生成的圆角也能构建出令人满意的结果，所以两者的选择要视设计需求而定。在【倒圆角】工具选项卡中单击【切换至过渡模式】按钮，其下拉列表框如图 4-8 所示。

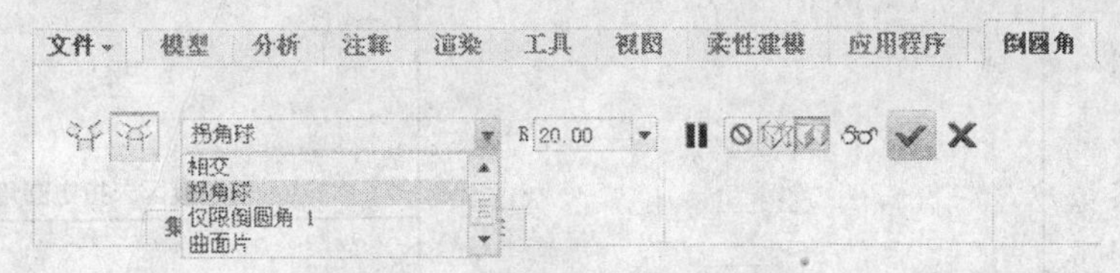

图 4-8　【过渡模式】下拉列表框

如图 4-9 所示是在集模式下，分三次给定不同圆角半径所生成的结果。如图 4-10 所示是在过渡模式下分别变更过渡区几何形状所完成的几种结果。通过比较不难发现，使用集模式生成圆角的结果是可以接受的，只是过渡模式下可以依照要求选择不同的过渡区样式。

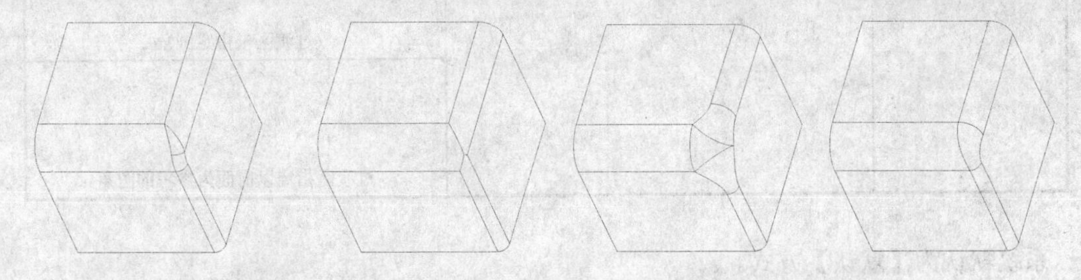

图 4-9　集模式下倒圆角的结果　　图 4-10　不同过渡区几何形状的几种结果

（2）过渡区几何形状的说明

【默认】（仅限倒圆角）：未规定过渡区几何形状，类似于使用简单圆角完成后的结果。

【相交】：相邻的圆角集直接延伸相接。

【拐角球】：过渡区几何形状为球形曲面，半径不小于最大圆角集半径，仅限于三个圆角集的情况。

【曲面片】：使用补片方式，利用过渡区的数个边补成一个嵌面来构建过渡区，适用于三个或四个圆角集的情况，并且可在圆角相交处加上圆角。

为了便于直观认识，将不同过渡区几何形状完成后的效果整理为表 4-1。

表 4-1　不同过渡区几何形状的完成效果

<table>
<tr><th>过渡区形式</th><th>完　成　前</th><th>完　成　后</th></tr>
<tr><td rowspan="2">默认</td><td>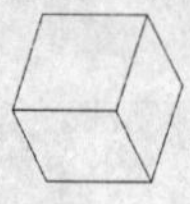</td><td>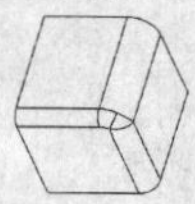</td></tr>
<tr><td>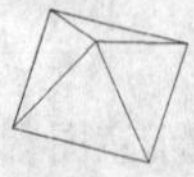</td><td>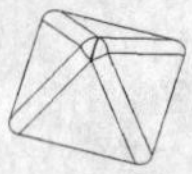</td></tr>
<tr><td rowspan="2">相交</td><td>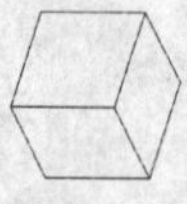</td><td>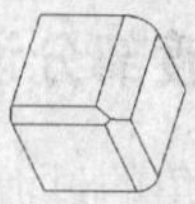</td></tr>
<tr><td>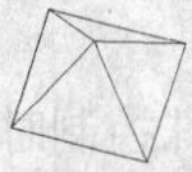</td><td>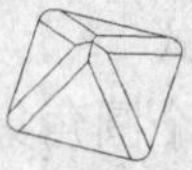</td></tr>
<tr><td>拐角球</td><td>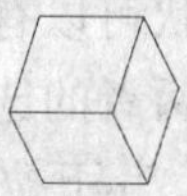</td><td>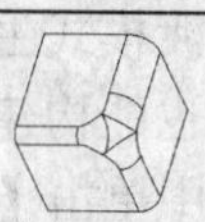</td></tr>
<tr><td rowspan="4">曲面片</td><td rowspan="2">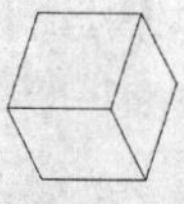</td><td>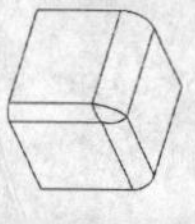
过渡区未指定圆角</td></tr>
<tr><td>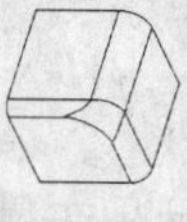
过渡区指定以前面为参考的圆角</td></tr>
<tr><td rowspan="2">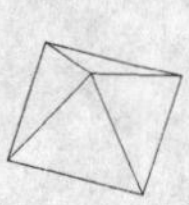</td><td>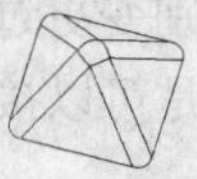
过渡区未指定圆角</td></tr>
<tr><td>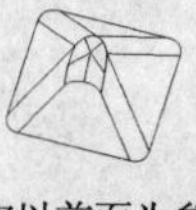
过渡区指定以前面为参考的圆角</td></tr>
</table>

系统默认为【默认】方式。

在过渡区几何形状下拉菜单中选择不同的几何形状类型，在屏幕绘图区能够立即看到完成后的结果，用户可以根据设计需要进行选择。

（3）过渡模式生成圆角特征的步骤

单击【模型】选项卡【工程】组中的【倒圆角】按钮，打开【倒圆角】工具选项卡，以进行倒圆角的操作。

设置并生成多个圆角。

单击【切换至过渡模式】按钮，切换至过渡模式，选择过渡区，指定过渡区几何形状。

单击【特征预览】按钮进行预览，确认无误后单击【应用并保存】按钮，完成倒圆角特征的创建。

4.3　创建孔

孔特征是 Creo Parametric 中一类重要的特征，下面介绍孔特征的具体设置和操作方法。

Creo Parametric 中的孔特征分为直孔和标准孔两大类，直孔又可细分为简单孔和草绘孔两种。

（1）直孔：最简单的一类孔特征。

- 简单孔：可以看作是矩形截面的旋转切除。
- 草绘孔：可以看作是由草绘截面定义的旋转切除。

（2）标准孔：由系统创建的基于相关工业标准的孔，可带有标准沉孔、埋头孔等不同的末端形状。

4.3.1　孔特征的选项说明

单击【模型】选项卡【工程】组中的【孔】按钮，可以打开如图 4-11 所示的【孔】工具选项卡，以进行孔特征的创建。

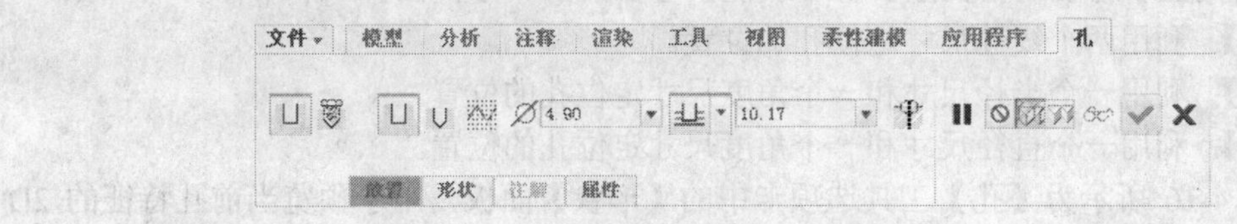

图 4-11　【孔】工具选项卡

下面对【孔】工具选项卡中的一些相关按钮、选项进行说明。

（1）单击【创建简单孔】按钮可创建简单孔。

按钮：用于选择生成直孔，是系统默认方式。尺寸和深度文本框用于输入孔的参数。

按钮：用于生成标准孔。当单击此按钮时，直孔的【标准孔】工具选项卡如图 4-12 所示。与拉伸特征相似，孔深度计算方式也有多种类型。

图 4-12　直孔的【标准孔】工具选项卡

按钮：用于生成草绘孔。当单击此按钮时，直孔的【草绘孔】工具选项卡如图 4-13 所示。

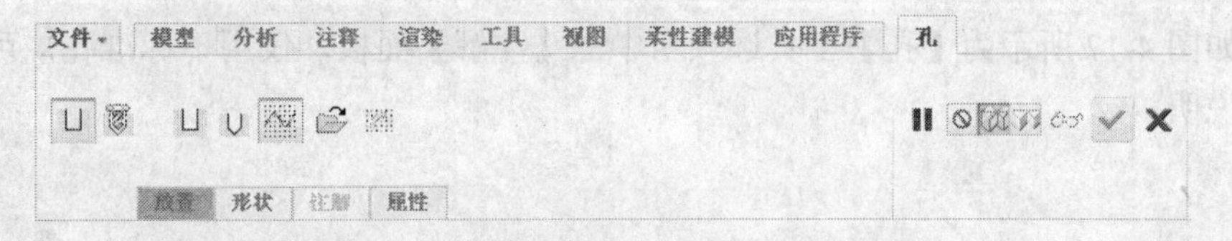

图 4-13　直孔的【草绘孔】工具选项卡

注意：生成草绘孔时，草绘截面中必须有一个竖直放置的中心线作为旋转轴，并至少有一个垂直于这个旋转轴的图元。

（2）单击【创建标准孔】按钮可创建标准孔。

此时【孔】工具选项卡如图 4-14 所示，用于选择生成标准孔，

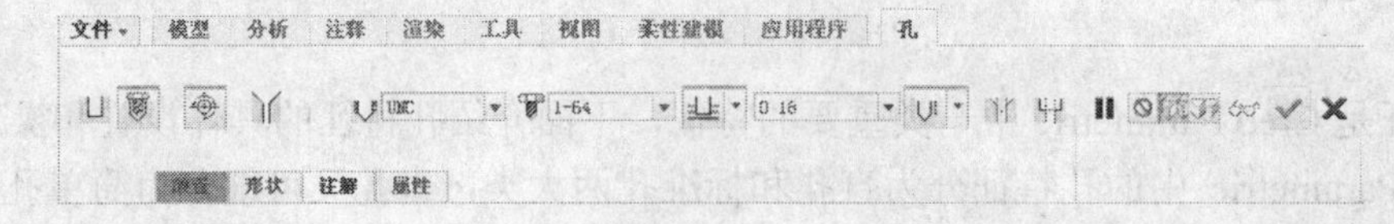

图 4-14　标准孔的【孔】工具选项卡

标准孔包括 ISO、UNF 和 UNC 3 种标准体系，其中 ISO 与我国的 GB 最为接近，也是采用最为广泛的机械类标准。

尺寸和深度文本框用于输入孔的参数。

（3）【孔】工具选项卡右侧为【暂停】、【无预览】、【分离】、【连接】、【特征预览】、【应用并保存】、【关闭】按钮，可以预览生成的孔特征，进而完成或取消孔特征的建立。

（4）如图 4-15 所示为【孔】工具选项卡中的【放置】面板，用于检查和修改孔特征的主、次参考。

- 【放置】：用于设定孔的放置面，可以在收集栏中进行添加或删除操作。
- 孔位置的主参考设定【类型】有【线性】、【径向】和【直径】3 种。

【线性】：利用两个线性尺寸定位孔的位置。

【径向】：利用一个半径尺寸和一个角度尺寸定位孔的位置。

【直径】：利用一个直径尺寸和一个角度尺寸定位孔的位置。

（5）如图 4-16 所示为【孔】工具选项卡中的【形状】面板，用于预览当前孔特征的 2D 视图和修改孔特征的深度、直径等属性。

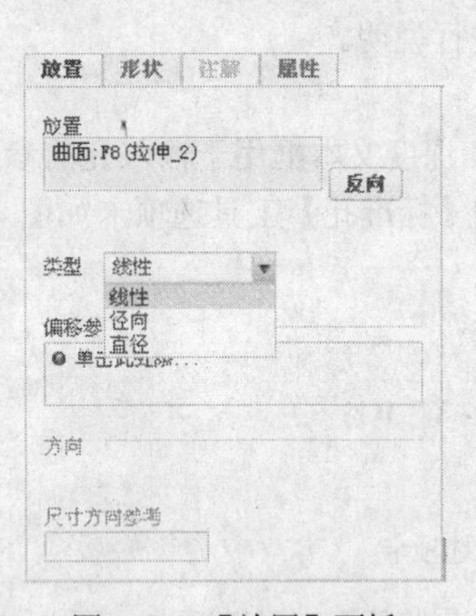

图 4-15　【放置】面板

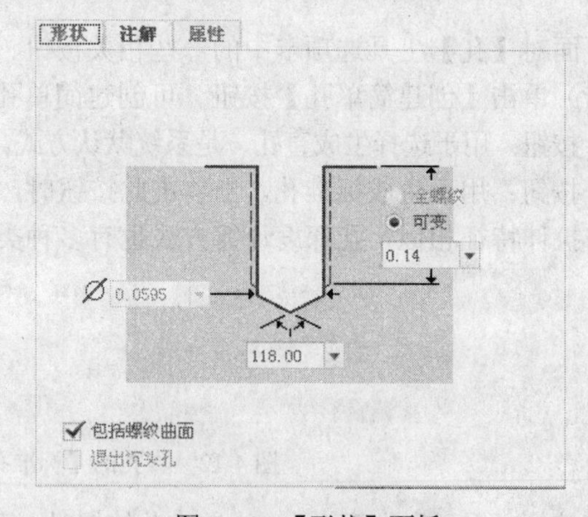

图 4-16　【形状】面板

（6）如图 4-17 所示为【孔】工具选项卡中的【注解】面板，仅用于标准孔，可预览孔特征的注释说明。

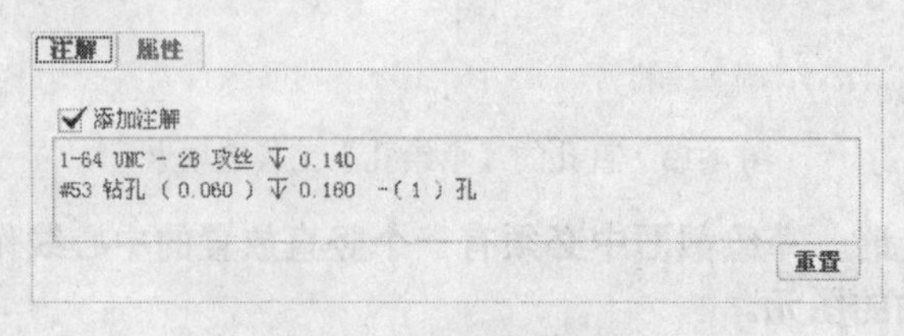

图 4-17　【注解】面板

(7)【孔】工具选项卡中的【属性】面板，用于显示或更改当前孔特征的名称，单击【显示此特征的信息】按钮，可以显示当前孔特征的具体信息。

4.3.2　创建孔特征

创建孔特征的操作步骤如下。

(1) 单击【模型】选项卡【工程】组中的【孔】按钮，打开【孔】工具选项卡，以进行孔特征的操作。

(2) 选择孔的类型，系统默认孔类型为简单直孔。

如果选择孔类型为草绘孔，可以选择打开已有的草绘截面或创建新的截面。

如果选择孔类型为标准孔，则设定相应的直径、深度等属性。

(3) 定义孔放置的主参考面。

(4) 如果需要的话，可在【放置】面板中定义孔的放置方向。

(5) 定义孔的放置类型，系统默认的类型为【线性】。

(6) 根据孔的放置类型定义相应的参考和定位尺寸。

(7) 定义孔的直径。

(8) 定义孔深度的计算方式及深度尺寸。

(9) 单击【特征预览】按钮进行预览，确认无误后单击【应用并保存】按钮，完成孔特征的创建。

4.4　创建抽壳

抽壳特征是指将零件实体的一个或几个表面去除，然后挖空实体的内部，留下一定壁厚的壳的构造方式。壳特征常见于注塑或铸造零件，默认情况下，壳特征的壁厚是均匀的。零件中特征创建的顺序对抽壳特征的创建结果影响很大。

4.4.1　建立抽壳特征及选项说明

单击【模型】选项卡【工程】组中的【壳】按钮，打开【壳】工具选项卡，如图 4-18 所示。选项卡中【更改厚度方向】按钮的作用是调整壳的厚度方向，默认情况下，将在模型实体上保留指定厚度的材料，如果单击该按钮，则会在相反方向添加指定厚度的材料，即按模型实体外形掏空实体，在外围添加指定厚度的材料，抽壳特征的创建如图 4-19 所示。

图 4-18　【壳】工具选项卡

单击【壳】工具选项卡中的【参考】面板，即可显示其中所包含的内容，如图 4-20 所示。在【参考】面板中有【移除的曲面】和【非默认厚度】两个选项。

- 【移除的曲面】：显示用户创建壳特征时从实体上选择的要删除的曲面。若用户没有选择任何曲面，则系统默认创建一个内部中空的封闭壳。激活该列表框后，用户可以从实体表面选择一个或多个移除曲面。选择多个曲面的方法是按住 Ctrl 键配合视角调整来选取移除曲面。

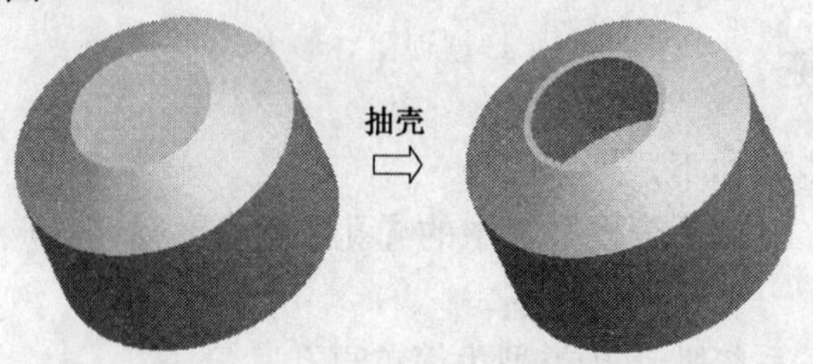

图 4-19 抽壳特征的建立

- 【非默认厚度】：在创建壳特征时系统默认的厚度值是均匀的，用户可以为此处选取的每个曲面指定单独的厚度值，剩余的曲面将统一使用默认厚度。

如图 4-21 所示，为设置不同抽壳厚度所生成的零件模型。

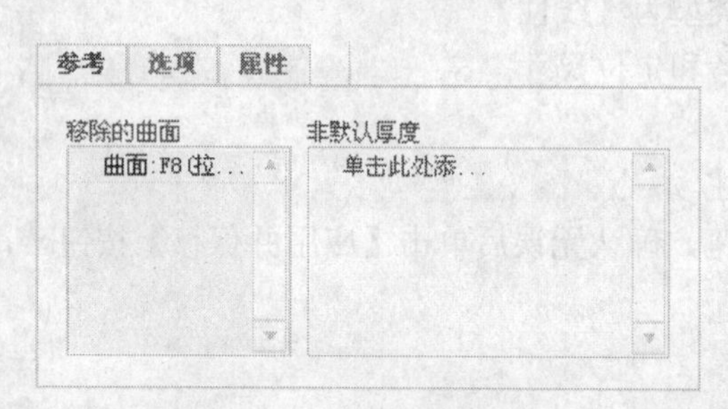

图 4-20 【参考】面板

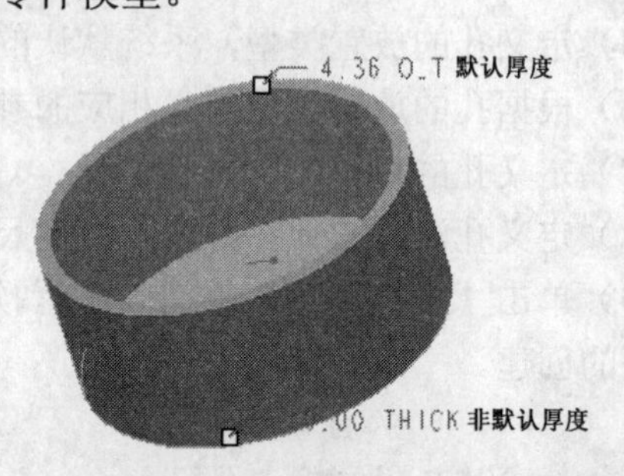

图 4-21 设置抽壳厚度

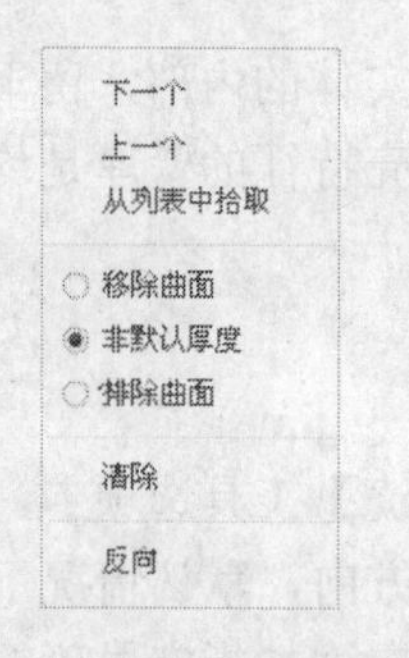

图 4-22 选择【非默认厚度】命令

若不使用【参考】面板，也可以在绘图区进行设置，在零件表面按住鼠标右键两秒钟，在弹出的快捷菜单中选择【移除的曲面】或【非默认厚度】命令即可，如图 4-22 所示。

移除曲面选取完成后，单击【特征预览】按钮进行预览，确认无误后单击【应用并保存】按钮，完成壳特征的创建。

4.4.2 抽壳特征设置提示

当零件特征需要倒圆角或拔模特征时，应先建立倒圆角或拔模特征，再创建薄壳特征，否则将导致壳厚度不均匀。

在创建壳特征时，被移除的曲面与其他曲面相切时必须有相同的厚度，否则会导致薄壳特征创建失败。

4.5 创建筋

筋特征又称为“加强肋”特征，是实体曲面间连接的薄翼或腹板，对零件外形尤其是薄壳外形有提升强度的作用。筋特征的外形通常为薄板，位于相邻实体表面的连接处，用于加强实体的强度，也常用于防止实体表面出现不需要的折弯。

筋特征的构建与拉伸特征相似。在选定的草绘平面上，指定筋的参考来绘制筋的外形，并指定筋的生成方向及厚度值。

筋特征分为两大类，即轨迹筋特征和轮廓筋特征。

- 轨迹筋特征：在平面上建立筋特征的轨迹，之后轨迹自动拉伸形成的筋特征。
- 轮廓筋特征：在草绘平面绘制筋的轮廓，根据参考拉伸成的筋特征。

4.5.1　轨迹筋特征

在【模型】选项卡【工程】组的【筋】下拉列表框中有两种创建筋特征的命令，如图 4-23 所示，可以创建轨迹筋和轮廓筋。

在【模型】选项卡的【工程】组中单击【轨迹筋】按钮，弹出【轨迹筋】工具选项卡，如图 4-24 所示。在绘图区按住鼠标右键两秒钟，在弹出的快捷菜单中选择【定义内部草绘】命令，或者单击【轨迹筋】工具选项卡【放置】面板中的【定义】按钮，选择创建筋特征的草绘平面。

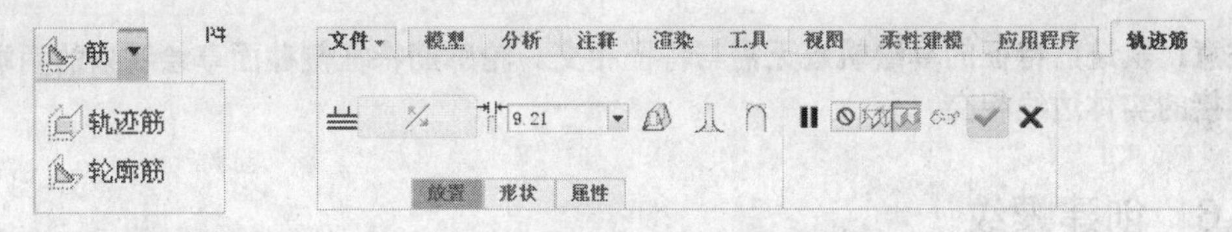

图 4-23　创建筋的命令　　　　图 4-24　【轨迹筋】工具选项卡

系统弹出【草绘】对话框，选择适当的草绘平面及参考平面后，单击【草绘】按钮，进入草绘模式。

进入草绘模式后，绘制筋的路径草图。完成后单击【确定】按钮，返回【轨迹筋】工具选项卡。

用户可以在【轨迹筋】工具选项卡中直接修改筋特征的厚度值，或者筋的附属类型，设置完成后单击【特征预览】按钮进行预览，确认无误后单击【应用并保存】按钮，完成轨迹筋特征的创建。

4.5.2　轮廓筋特征

在【模型】选项卡的【工程】组中单击【轮廓筋】按钮，弹出【轮廓筋】工具选项卡，如图 4-25 所示。在绘图区按住鼠标右键两秒钟，在弹出的快捷菜单中选择【定义内部草绘】命令，或者单击【轮廓筋】工具选项卡【参考】面板中的【定义】按钮，选择筋特征创建的草绘视图。

图 4-25　【轮廓筋】工具选项卡

系统弹出【草绘】对话框，选择适当的草绘平面及参考平面后，单击【草绘】按钮，进入草绘模式。

进入草绘模式后，单击【草绘】选项卡【设置】面板中的【参考】按钮，为即将创建的筋特征指定参考。系统弹出如图 4-26 所示的【参考】对话框，在显示窗口中选择参考。参考选取完成后单击【关闭】按钮，关闭筋【参考】对话框。

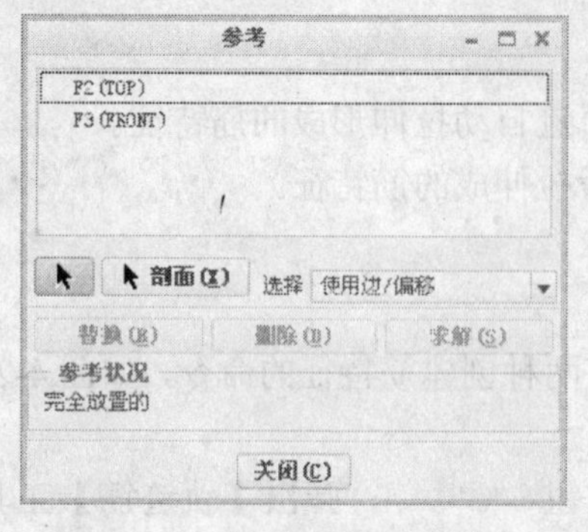

图 4-26 筋【参考】对话框

使用草图工具，创建筋特征截面，单击【确定】按钮，返回【轮廓筋】工具选项卡。

绘制完成筋特征截面后，在零件实体上会出现筋特征生成方向箭头及筋特征图形。如果没有看到筋特征图形，可单击箭头改变筋的生成方向，或将鼠标指针移到箭头附近，箭头变亮后按住鼠标右键，在快捷菜单中选择【反向】命令，以改变筋的生成方向。

用户可以在【轮廓筋】工具选项卡中直接修改筋特征的厚度值，设置完成后单击【特征预览】按钮进行预览，确认无误后单击【应用并保存】按钮，完成轮廓筋特征的创建。

注意：轨迹筋特征的草绘轨迹无需与特征相交。轮廓筋特征侧截面草绘线条的两端应与筋所连接的实体边线相交。

4.6 创建螺纹

同其他实体造型特征一样，螺纹特征是实体造型特征的一种，更确切地说，螺纹特征的创建是螺旋扫描切口操作的具体应用，除此之外，Creo Parametric 还提供了一种表示螺纹直径的修饰特征——修饰螺纹。由于螺旋扫描特征的基础操作在前面章节中已经介绍过，所以本节将重点介绍螺纹修饰的创建过程。

4.6.1 创建螺纹特征

单击【模型】选项卡【工程】组中的【修饰螺纹】按钮 修饰螺纹，打开【螺纹】工具选项卡，如图 4-27 所示。此时可依次定义螺纹修饰曲面、螺纹起始曲面、螺纹生成方向、螺纹深（长）度及主直径。修饰螺纹又分为简单螺纹和标准螺纹，如图 4-28 所示为【螺纹】工具选项卡标准螺纹设置。

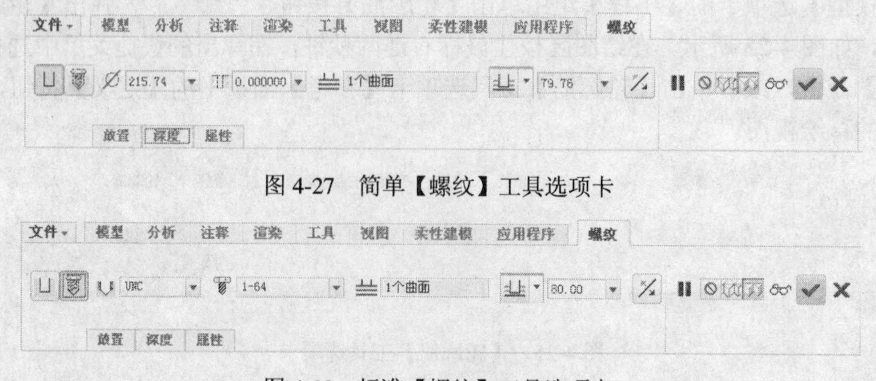

图 4-27 简单【螺纹】工具选项卡

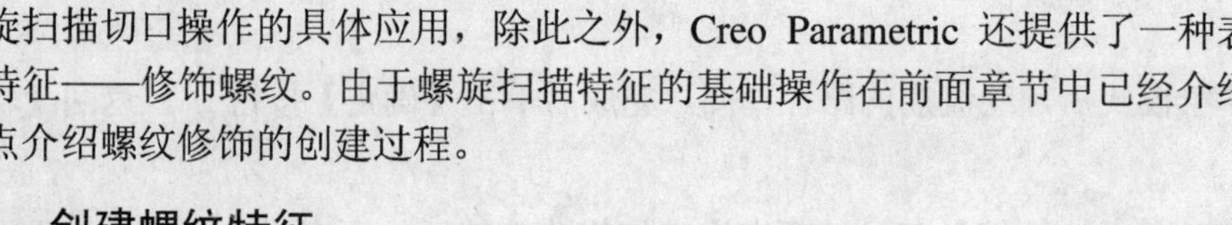

图 4-28 标准【螺纹】工具选项卡

4.6.2　定义螺纹修饰曲面

【螺纹】工具选项卡中【放置】面板用于选择放置螺纹的曲面。

创建外螺纹时，选择零件外表面为螺纹修饰曲面即可，内螺纹则选择零件内表面为螺纹修饰曲面。

4.6.3　定义螺纹深（长）度

【螺纹】工具选项卡中的【深度】面板用于选择螺纹的起始面以及深度选项，如图 4-29 所示。

4.6.4　定义螺纹直径

当定义的螺纹直径不符合要求时，可以在显示窗口中直接观察到。打开【属性】面板，如图 4-30 所示，系统将弹出螺纹修饰的参数窗口。

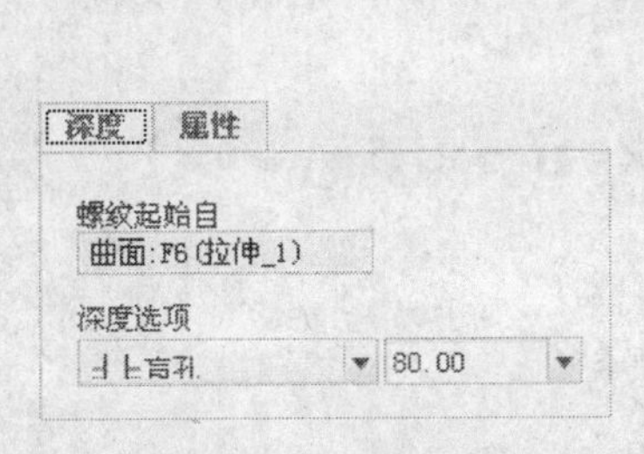

图 4-29　【深度】面板

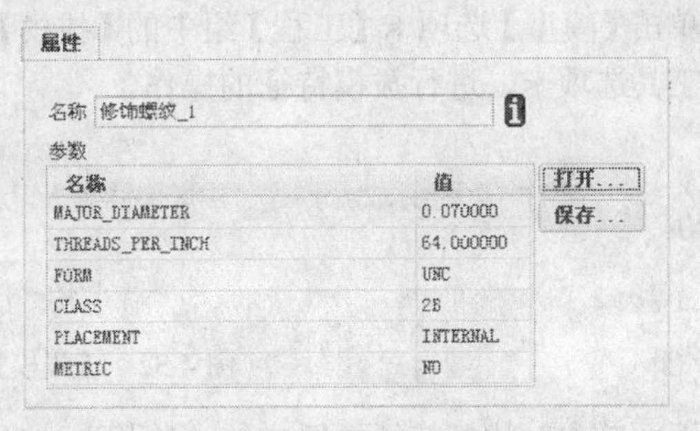

图 4-30　【属性】面板

注意：不能从非平面曲面定义使用螺纹深度参数（盲螺纹）的螺纹。如果螺纹内径等于放置曲面的直径，那么盲孔的外修饰螺纹的建立将会失败。对于外螺纹，默认外螺纹小径值比轴的直径约小 10%；对于内螺纹，默认内螺纹大径值比孔的直径约大 10%。

表 4-2 列出了可用于定义创建螺纹的参数，或后面要添加的螺纹。该表中的螺距是指两个螺纹之间的距离。

表 4-2　螺纹参数列表

参数名称	参数值	参数描述
MAJOR_DIAMETER	数量	螺纹外径
THREADS_PER_INCH	数量	每英寸的螺纹数（1/螺距）
FORM	字符串	螺纹形式
CLASS	数量	螺纹等级
PLACEMENT	字符	螺纹放置（A：外部，B：内部）
METRIC	TRUE/FALSE	螺纹为公制

4.7　创建拔模

下面对拔模特征进行介绍，并利用范例说明建立拔模特征的方法。

使用拔模命令可以对实体表面或曲面建立拔模特征，拔模角度在−30°～30°之间。

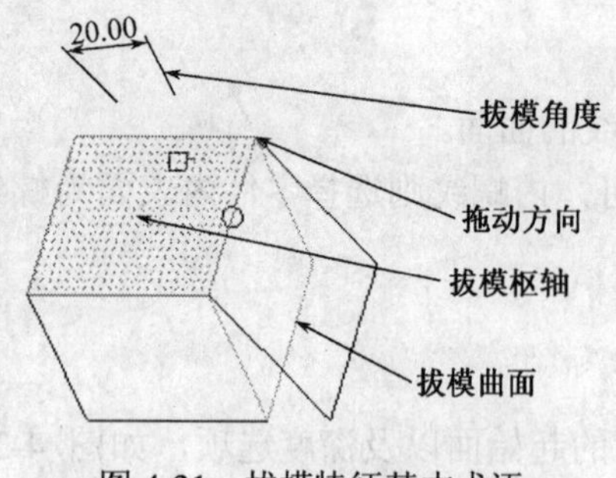

图 4-31　拔模特征基本术语

4.7.1　拔模特征术语

在学习使用拔模特征之前应先理解以下几个术语，如图 4-31 所示。

（1）拔模曲面：零件模型中要进行拔模特征操作的面。

（2）拔模枢轴：可为曲面或曲线，相当于 Pro/E 2001 版中的中性面和中性曲线，在拔模后不会改变其形状、大小。

（3）拖动方向：拔模的方向，用以测量拔模的角度。

（4）拔模角度：拔模方向与拔模后的拔模面的夹角，在–30°～30°之间。

4.7.2　拔模特征命令

单击【模型】选项卡【工程】组中的【拔模】按钮 拔模，可以打开如图 4-32 所示的【拔模】工具选项卡，进行拔模特征的操作。

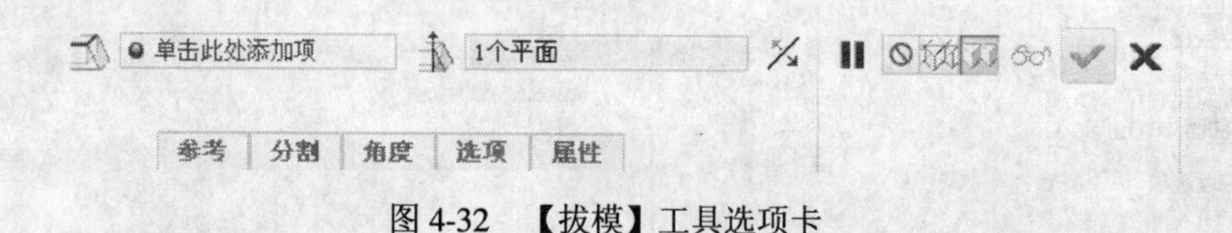

图 4-32　【拔模】工具选项卡

下面首先对拔模特征面板中的一些相关选项进行说明。

（1）单击此处添加项：明确拔模面上的中性面或中性曲线，单击此按钮后进行选择。

（2）1个平面：明确测量拔模角的方向。

（3）％：反转拖动角度或者改变拔模角的方向

（4）参考：单击后切换到【参考】面板，如图 4-33 所示，用于拔模特征的参考。下面对其中参数进行介绍。

- 拔模曲面：明确要进行拔模操作的实体面或曲面。
- 拔模枢轴：明确拔模面上的中性面或中性曲线。
- 拖拉方向：明确测量拔模角的方向，可以选择平面、边、轴、两个点或坐标系来定义拔模方向。当选择平面时，定义拔模方向为该平面的法方向；当选择边、轴时，定义拔模方向与边、轴平行；当选择两个点时，定义拔模方向与这两点的连线平行；当选择坐标系时，定义拔模方向为该坐标系的 X 轴方向。若要使用其他轴作为拔模方向，可以在图形窗口单击鼠标右键，在弹出的快捷菜单中选择下一组选项。

（5）分割：单击后切换到【分割】面板，如图 4-34 所示。

- 分割选项：有不分割、根据拔模枢轴分割和根据分割对象分割三个选项，用于分割拔模面。
- 分割对象：对应于分割选项中根据分割对象分割，用于选择分割拔模面的曲线，也可单击【编辑】按钮编辑分割曲线。

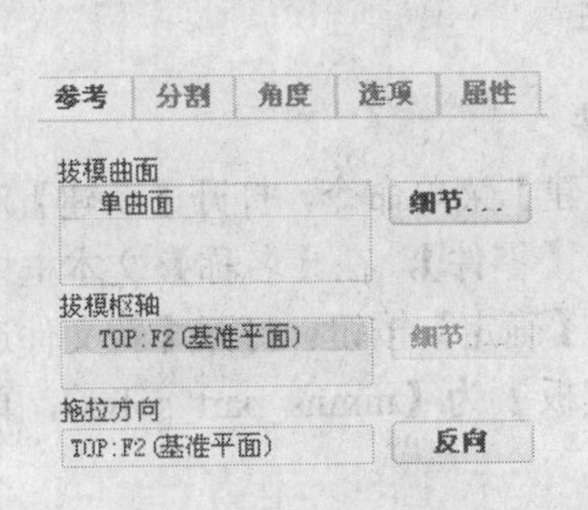

图 4-33　【参照】面板

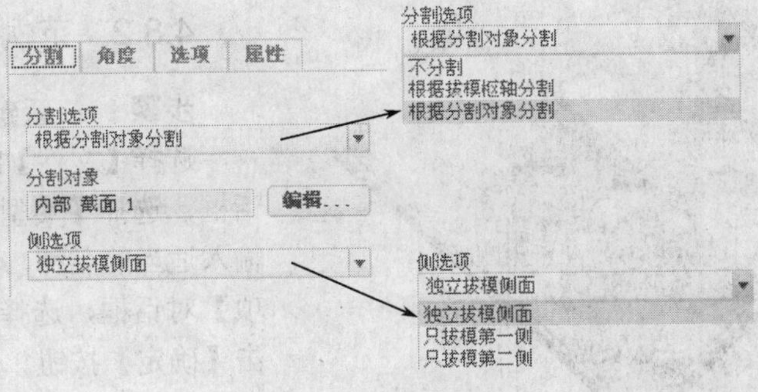

图 4-34　【分割】面板

- 侧选项：对应于分割选项中根据拔模枢轴分割和根据分割对象分割，有独立拔模侧面、从属拔模侧面、只拔模第一侧和只拔模第二侧等选项。独立拔模侧面，在拔模面分割处为拔模面指定两个不同的拔模角度；从属拔模侧面，在拔模面分割处为拔模面指定相同的拔模角度；只拔模第一侧、只拔模第二侧，仅在拔模面分割处的一侧进行拔模，另外一侧保持在中性位置。

（6）角度：单击后出现【角度】面板，进行拔模角度的设置。

（7）选项：单击后出现【选项】面板，如图 4-35 所示。各选项介绍如下。

- 排除环：在拔模面中可以选中某些区域，使该区域不进行拔模操作。
- 拔模相切曲面：系统默认的设置，沿着切面来分布拔模特征。

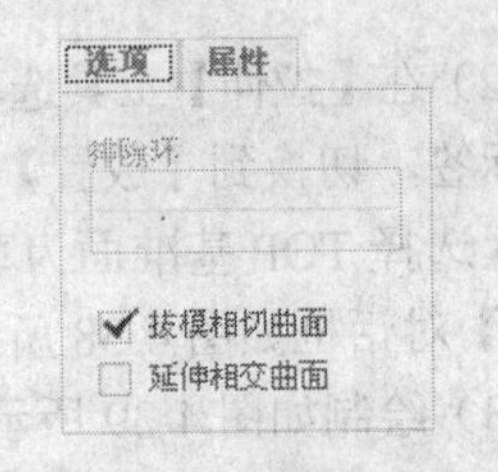

图 4-35　【选项】面板

- 延伸相交曲面：当拔模面与一边相交时，系统会自动调节拔模体，并与存在的边相交。可以选择延伸，以延长拔模面的方式进行拔模。

（8）属性：可以显示或更改当前拔模特征的名称，单击🛈按钮，显示当前特征的信息。

4.7.3　拔模特征的处理原则

1. 一般而言，拔模特征与倒圆角特征都是在零件模型最后完成阶段才建立的特征，因为具有倒圆角的面无法完成设计需求的拔模特征，因此应该先建立拔模特征后再建立倒圆角特征。

2. 在遇到薄壳特征的时候，应该先建立拔模特征再完成薄壳特征，以保证零件模型各处的厚度均匀。

4.8　范例练习

下面通过一个实际的零件范例来介绍工程构造特征的具体建立方法。

4.8.1　范例介绍

该范例中的零件是一个面板壳的造型，主要是通过拉伸特征、倒圆角特征和壳特征来建立完成的，其最终效果如图 4-36 所示。

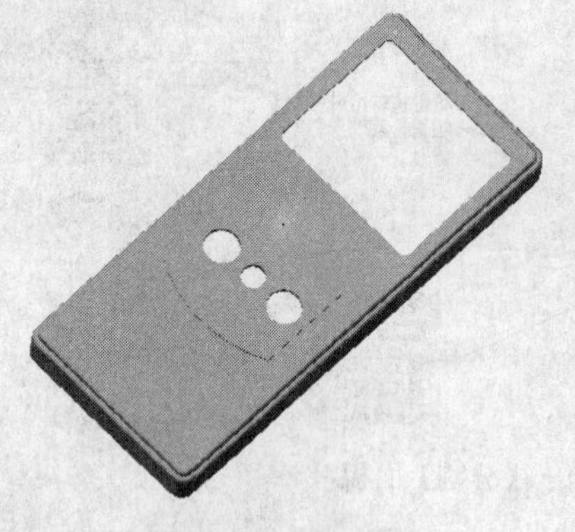

图 4-36 范例图

4.8.2 范例制作

步骤 1 ：新建文件

选择【文件】|【新建】菜单命令，打开【新建】对话框，选择【类型】为【零件】，在【名称】文本框中输入适当的名称，单击【确定】按钮。打开【新文件选项】对话框，选择【模板】为【mmns_part_solid】，单击【确定】按钮。

步骤 2：创建基本特征

（1）单击【模型】选项卡【形状】组中的【拉伸】按钮，打开【拉伸】工具选项卡，如图 4-37 所示。

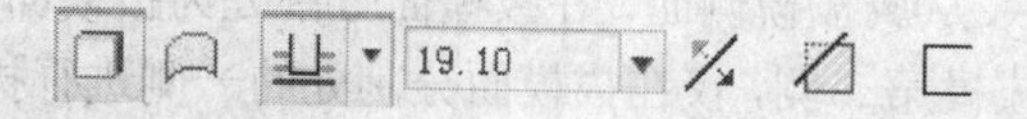

图 4-37 【拉伸】工具选项卡

（2）在【拉伸】工具选项卡中单击【拉伸为实体】按钮，用于生成实体特征。单击【放置】标签，切换到【放置】面板，在其中单击【定义】按钮，系统出现【草绘】对话框，在绘图区选择 TOP 基准面为草绘平面，RIGHT 基准面为草绘视图的顶参考面，设置完毕后的【草绘】对话框如图 4-38 所示，单击该对话框中的【草绘】按钮，进入草绘状态。

（3）绘制如图 4-39 所示的草图，注意图形要中心对称。单击【确定】按钮，退出草绘界面，返回到特征工作窗口。

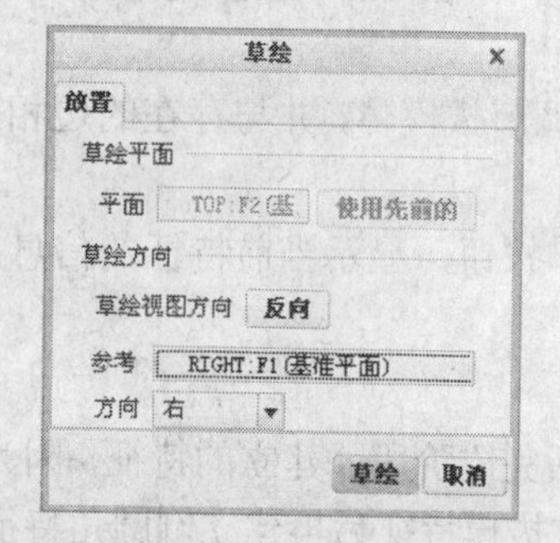

图 4-38 设置【草绘】对话框参数

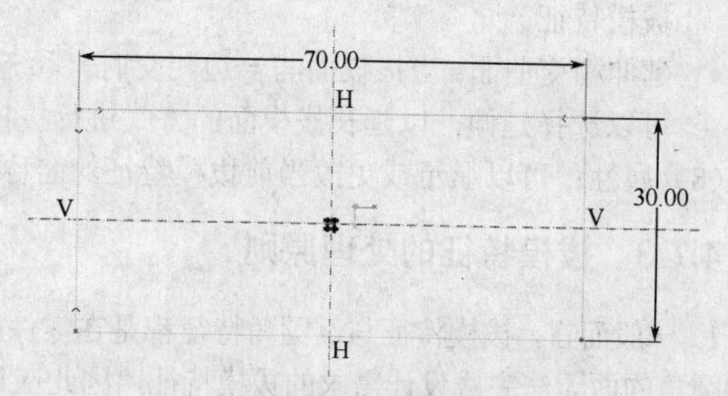

图 4-39 绘制草图

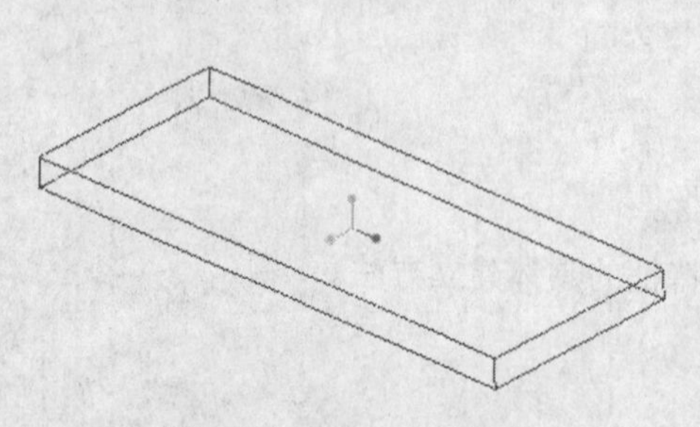

图 4-40 创建的拉伸特征

（4）在【拉伸】工具选项卡中，设置计算拉伸长度的方式为，设置拉伸特征的拉伸长度为“5”，单击【特征预览】按钮进行预览，确认无误后单击【应用并保存】按钮，创建的拉伸特征如图 4-40 所示。

步骤 3：创建倒角特征和壳特征

（1）选择拉伸特征的 Y 正方向平面，单击【柔性建模】选项卡【变换】组中的【偏移】按钮，打开【偏移】工具选项卡，如图 4-41 所示。单击【选项】标签，在【选项】面板中选择展开区域为【草绘区域】，选择【侧曲面垂直于】为【草绘】，如图 4-42 所示。单击【定义】按钮。选择拉伸特征的 Y 正方向平面为草绘平面，其他按默认设置，如图 4-43 所示。单击【草绘】按钮，进入草绘界面。

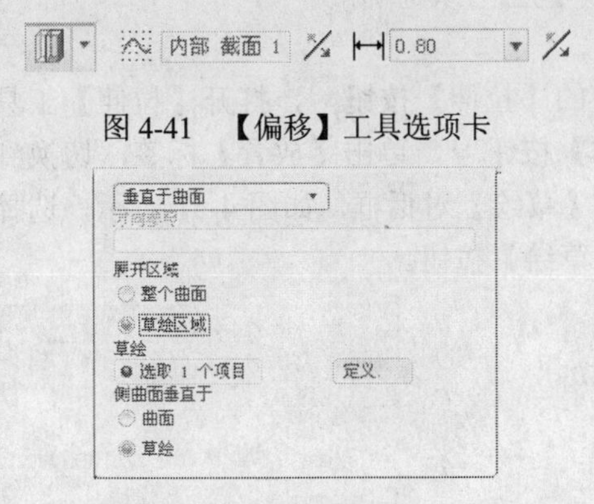

图 4-41　【偏移】工具选项卡

图 4-42　设置【选项】面板参数

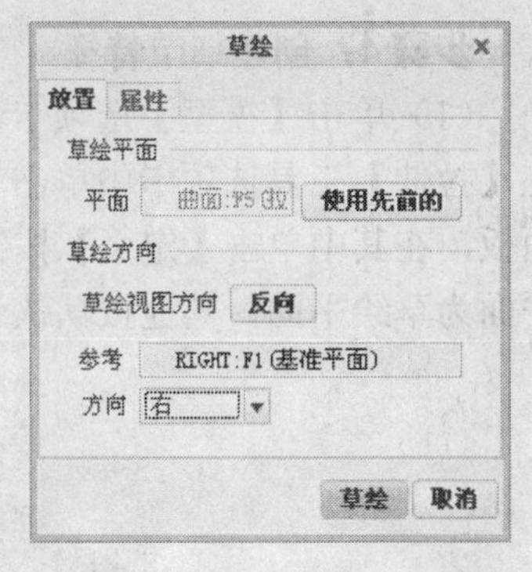

图 4-43　设置【草绘】对话框

（2）绘制如图 4-44 所示的图形。单击【确定】按钮✓，退出草绘界面，返回到【偏移】工具选项卡。

（3）输入偏移距离为“0.8”，单击【应用并保存】按钮✓，创建的特征如图 4-45 所示。

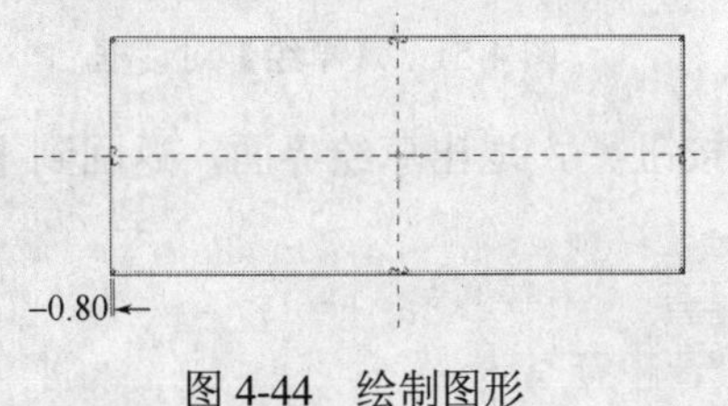

图 4-44　绘制图形

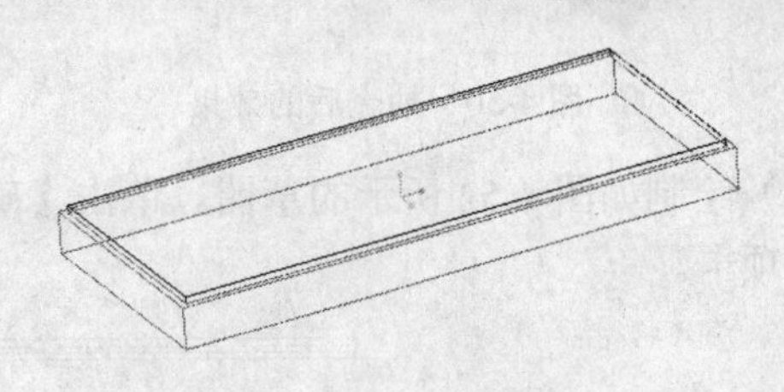

图 4-45　创建的特征

（4）单击【模型】选项卡【工程】组中的【倒圆角】按钮，可以打开【倒圆角】工具选项卡，如图 4-46 所示。如图 4-47 所示，选择倒圆角的边并设置参数，单击【应用并保存】按钮✓，关闭【倒圆角】工具选项卡。倒圆角后效果如图 4-48 所示。

图 4-46　【倒圆角】工具选项卡

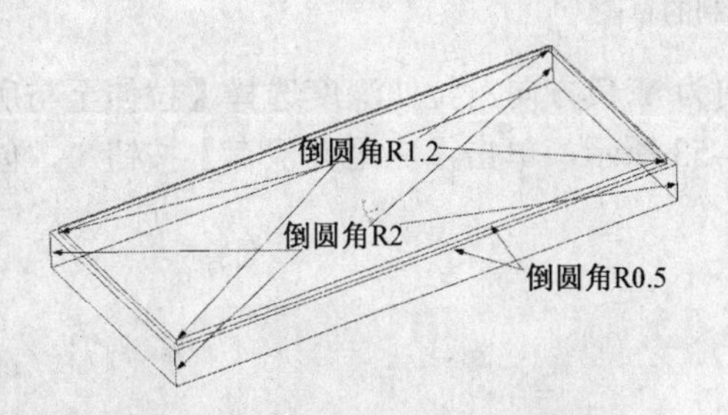

图 4-47　选择倒圆角的边并设置参数

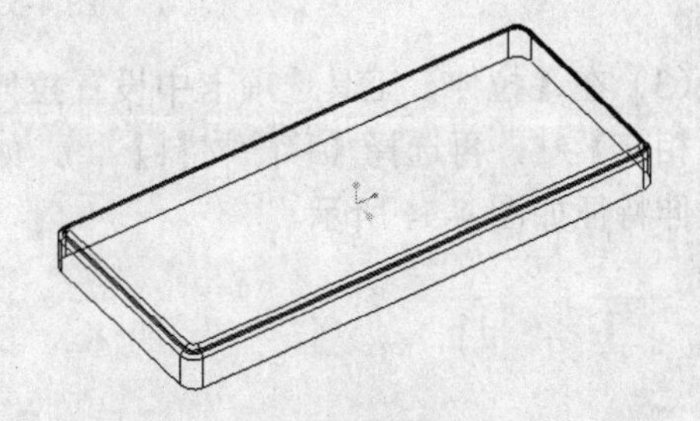

图 4-48　倒圆角特征

（5）单击【模型】选项卡【工程】组中的【壳】按钮，打开【壳】工具选项卡，如图 4-49 所示。移除的面选择拉伸特征的 Y 负方向平面，输入壳厚度为“0.4”，单击【应用并保存】

按钮✓，关闭【壳】工具选项卡。得到的结果如图 4-50 所示。

厚度 0.40

图 4-49 【壳】工具选项卡

步骤 4：创建细节特征

（1）单击【模型】选项卡【形状】组中的【拉伸】按钮，打开【拉伸】工具选项卡。在【拉伸】工具选项卡中单击【拉伸为实体】按钮，单击【放置】标签，切换到【放置】面板，在其中单击【定义】按钮，系统出现【草绘】对话框，如图 4-51 所示，选择零件的上平面为草绘平面，其他按默认设置。单击【草绘】按钮。

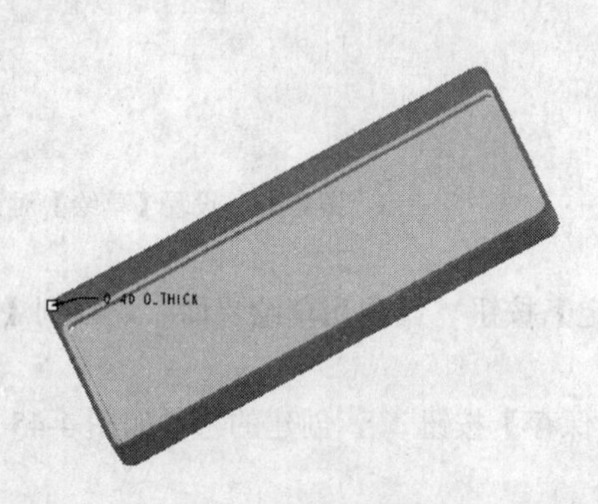

图 4-50 抽壳后的效果

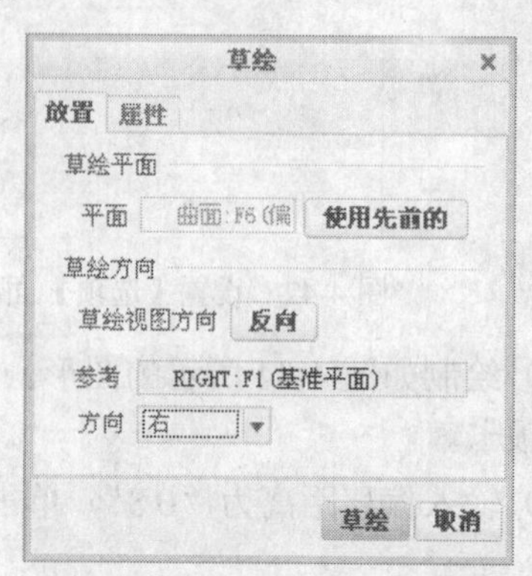

图 4-51 【草绘】对话框

（2）绘制如图 4-52 所示的草图。单击【确定】按钮✓，退出草绘界面，返回到【拉伸】工具选项卡。

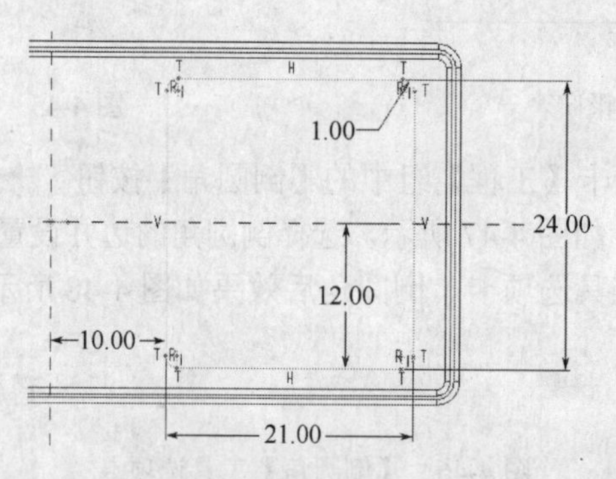

图 4-52 绘制的草图

（3）在【拉伸】工具选项卡中设置拉伸方向为 Y 负方向，拉伸深度选择【拉伸至与所有曲面相交】，再选择【移除材料】，如图 4-53 所示，单击【应用并保存】按钮，创建的拉伸特征如图 4-54 所示。

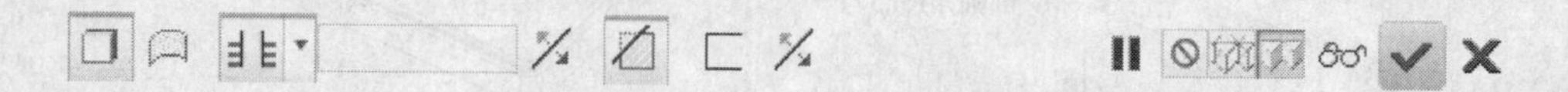

图 4-53 【拉伸】工具选项卡

（4）选择拉伸特征的 Y 正方向平面，单击【柔性建模】选项卡【变换】组中的【偏移】按钮，打开【偏移】工具选项卡，单击【选项】标签，在【选项】面板中选择展开区域为

【草绘区域】，选择【侧曲面垂直于】为【草绘】，如图 4-55 所示。单击【定义】按钮。选择拉伸特征的 Y 正方向平面为草绘平面，其他按默认设置。单击【草绘】按钮，进入草绘界面。

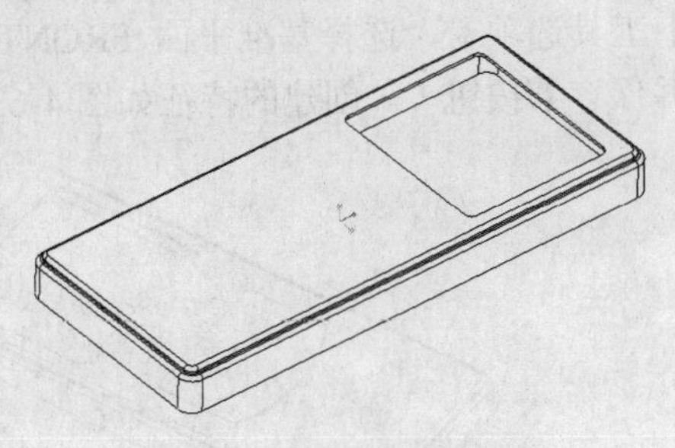

图 4-54　创建的拉伸特征

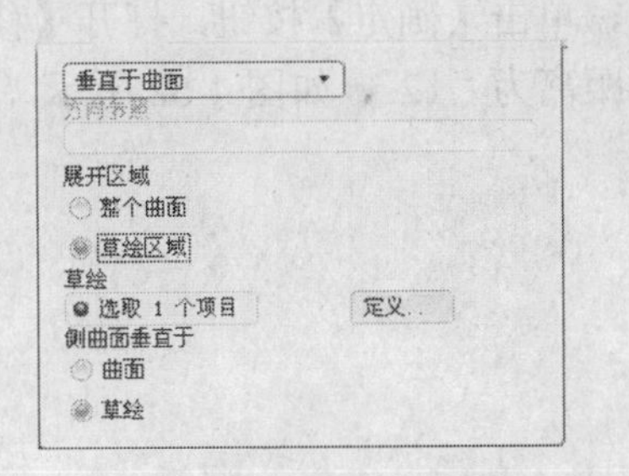

图 4-55　设置【选项】面板参数

（5）绘制如图 4-56 所示的图形。单击【确定】按钮✔，退出草绘界面，返回到【偏移】选项卡。

（6）输入偏移距离为“0.2”，方向为 Y 负方向，如图 4-57 所示，单击【应用并保存】按钮✔，创建的特征如图 4-58 所示。

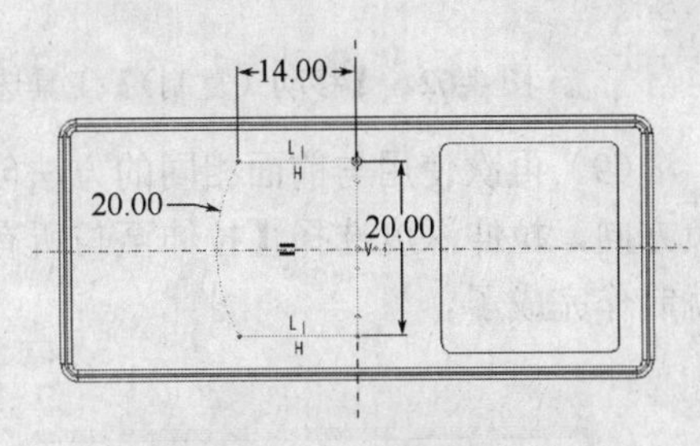

图 4-56　绘制的图形

图 4-57　设置偏移距离及方向

（7）使用拉伸的方法在上步偏移特征的顶面创建一个移除材料的拉伸特征。草绘尺寸如图 4-59 所示，拉伸方向为 Y 负方向，拉伸深度选择【拉伸至与所有曲面相交】，效果如图 4-60 所示。

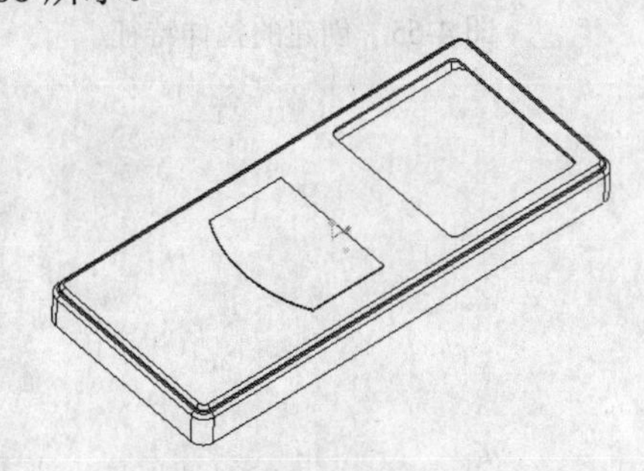

图 4-58　创建的偏移特征

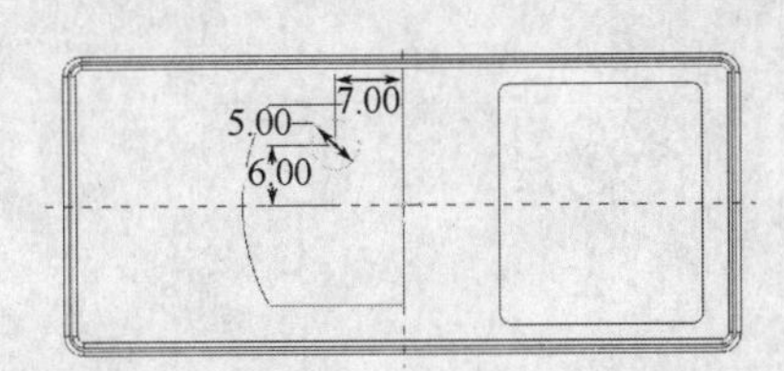

图 4-59　草绘图的尺寸

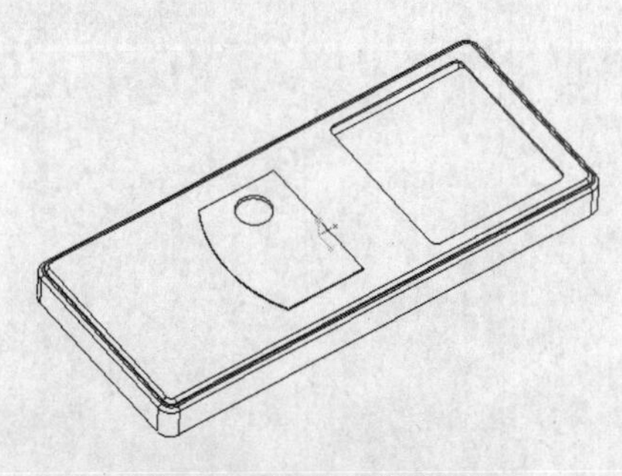

图 4-60　创建的拉伸特征

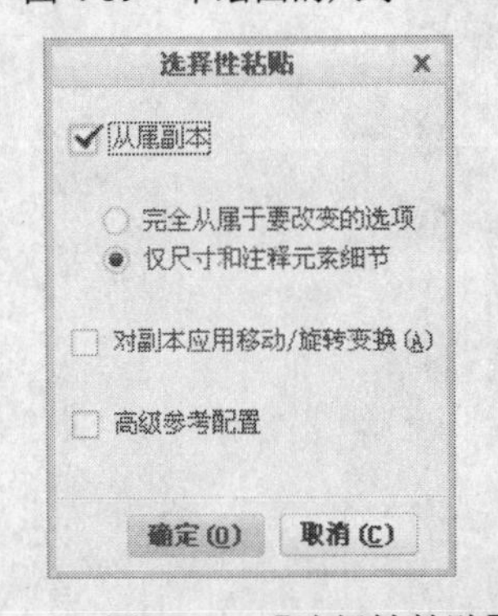

图 4-61　【选择性粘贴】对话框

（8）选择第（7）步的拉伸特征，单击【模型】选项卡【操作】组中的【复制】按钮，再单击【选择性粘贴】按钮，打开【选择性粘贴】对话框。选中如图 4-61 所示的单选按钮之后，单击【确定】按钮，打开【移动（复制）】工具选项卡，选择基准平面 FRONT，输入平移距离为“12”，如图 4-62 所示，单击【应用并保存】按钮。创建的特征如图 4-63 所示。

图 4-62 【移动（复制）】工具选项卡

图 4-63 创建的特征

（9）再次使用与前面相同的方法创建拉伸特征。草绘尺寸如图 4-64 所示，拉伸方向为 Y 负方向，拉伸深度选择【拉伸至与所有曲面相交】，效果如图 4-65 所示。至此，这个范例就制作完成了。

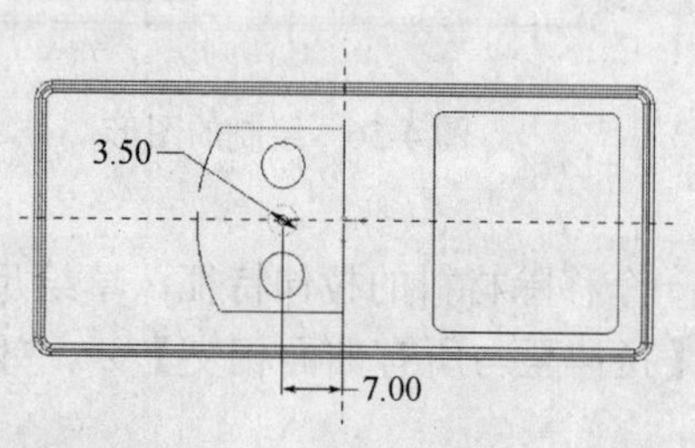

图 4-64 草绘图的尺寸

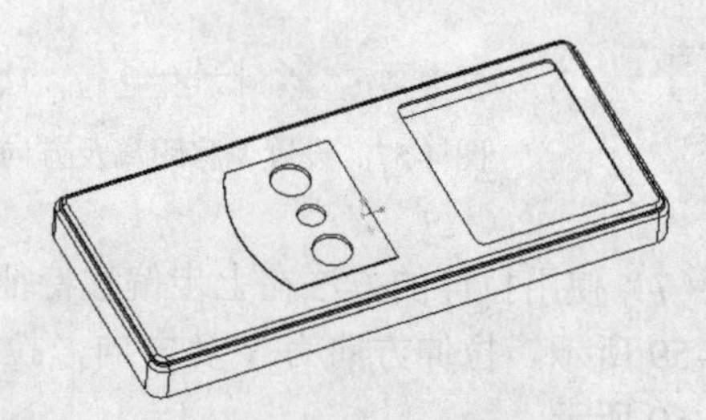

图 4-65 创建的拉伸特征

第 5 章　编辑实体特征和程序设计

在前面章节中，主要介绍了零件模型各种常见特征的种类及创建方法，本章将重点介绍零件创建过程中的一些常用操作，如特征的复制与阵列操作、查看特征间的父子关系，以及后续处理中的一些常用操作，如对特征进行修改、重定义、删除、隐含和隐藏、重新排序以及参照特征等操作。通过这些常用操作的学习，使读者能够修改和完善特征，最终得到满意的设计效果。

5.1　复制特征

特征复制操作是将零件模型中单个特征、数个特征或组特征通过复制操作产生与原特征相同或相近的特征，并将其放置到当前零件的指定位置上的一种特征操作方法，下面来具体介绍。

5.1.1　镜像复制

在特征复制操作中，被复制的特征可以从当前模型中选取，也可以从其他模型文件中选取，经复制生成的特征的外型、尺寸、参照等定义元素可以与原特征相同，也可以不同，由复制操作的具体方式决定。

在特征复制的众多方法中，镜像是最简单的操作方法。单击【模型】选项卡【编辑】组中的【镜像】按钮，打开【镜像】工具选项卡，如图 5-1 所示。选取要复制的对象（原特征）后，指定【镜像平面】，之后单击【应用并保存】按钮，即可实现特征的镜像复制，如图 5-2 所示。

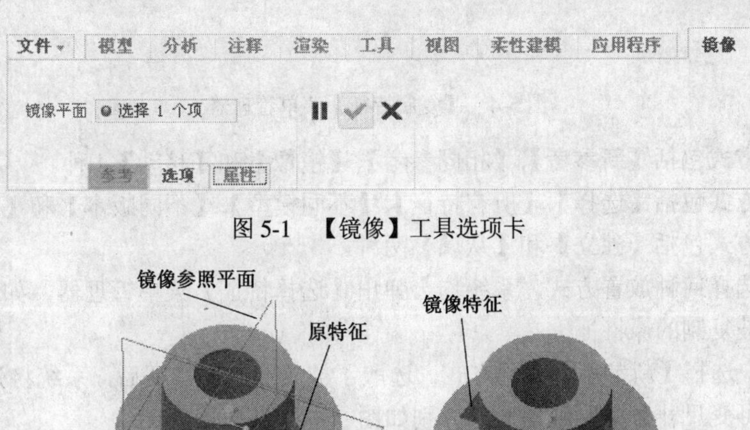

图 5-1　【镜像】工具选项卡

图 5-2　镜像复制

5.1.2 建立特征复制

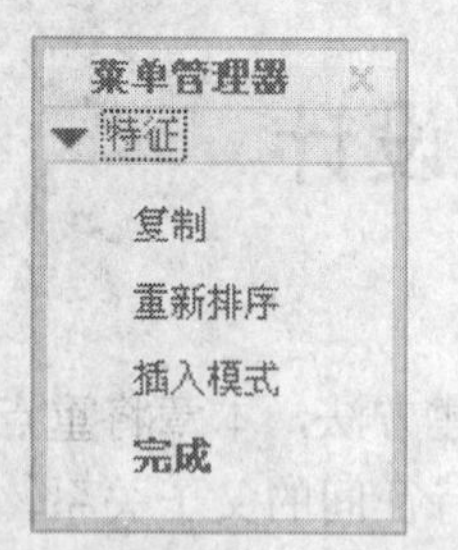

图 5-3 【特征】菜单管理器

除镜像的特征复制方式以外，系统还提供了其他几种复制方式，下面对特征复制的其他方式及建立过程进行详细的介绍。

（1）单击【模型】选项卡中的【操作】组，选择【操作】|【特征操作】命令，选择【复制】选项。

（2）系统弹出【特征】菜单管理器，如图 5-3 所示，选择【复制】选项。

（3）在弹出的【复制特征】菜单管理器中选择放置方式，各选项意义如图 5-4 所示。最后选择【完成】命令。

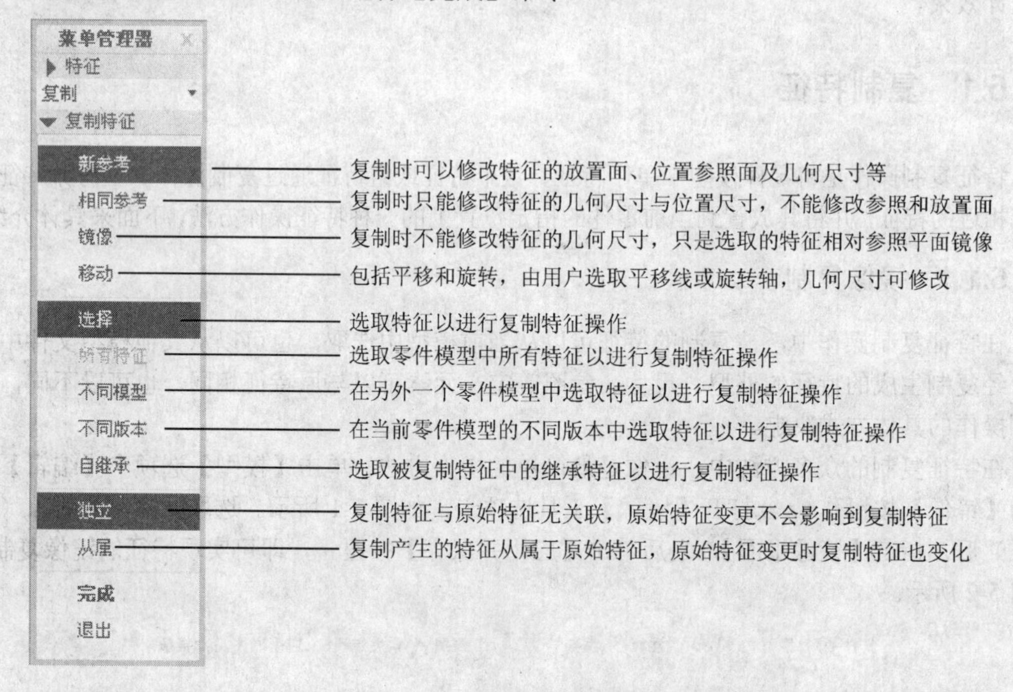

图 5-4 【复制特征】菜单管理器

特征放置方式包括【新参考】、【相同参考】、【镜像】和【移动】4 种。

特征选择方式包括【选择】、【所有特征】、【不同模型】、【不同版本】和【自继承】5 种。

特征关联方式包括【独立】和【从属】两种。

无论用户选择何种放置方式，系统均会弹出【选择特征】菜单管理器，如图 5-5 所示，提示用户选取被复制的原特征。

（1）若用户选择【新参考】放置方式，选取了被复制的原特征后，系统将弹出【组元素】对话框及【组可变尺寸】菜单管理器，分别如图 5-6 和图 5-7 所示。

首先选择【组可变尺寸】中的元素，再选择【完成】命令，系统将提示用户输入新的尺寸值，完成可变尺寸的定义。

然后选择复制特征的新参考，系统将弹出【参考】菜单管理器，如图 5-8 所示，其中标明了各选项的作用。全部定义完成后，即可生成新复制特征。

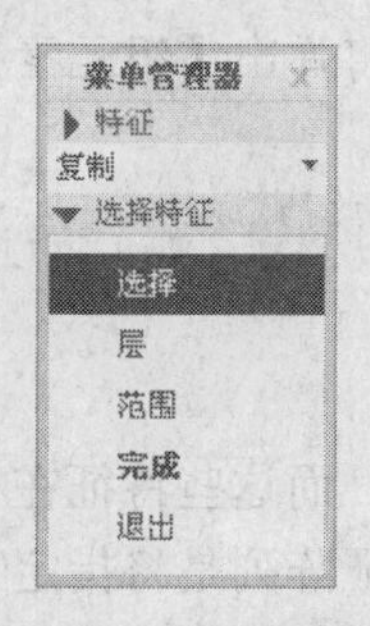

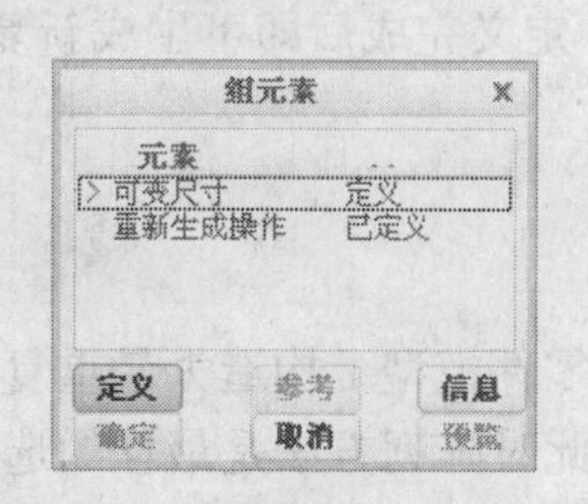

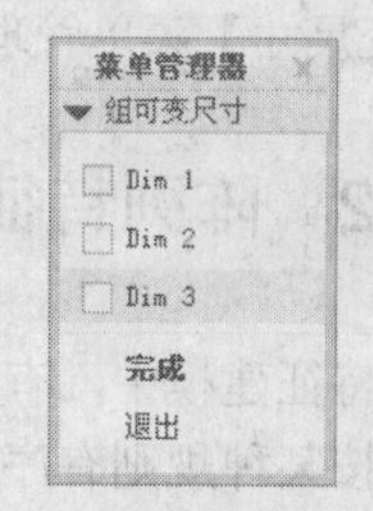

图5-5 【选择特征】菜单管理器 图5-6 【组元素】对话框 图5-7 【组可变尺寸】菜单管理器

（2）若用户选择【相同参考】放置方式，选取了被复制的原特征后，系统同样会弹出【组元素】对话框与【组可变尺寸】菜单管理器。只需修改【组可变尺寸】中的元素即可实现特征复制，因为被复制特征与原特征参考相同（包括生成面及位置参考面）。尺寸定义完成后，即可生成新复制特征。

（3）若用户选择【镜像】放置方式，选取了被复制的原特征后，系统将弹出【设置平面】菜单管理器，如图5-9所示。选择参考平面后，即可生成复制特征。

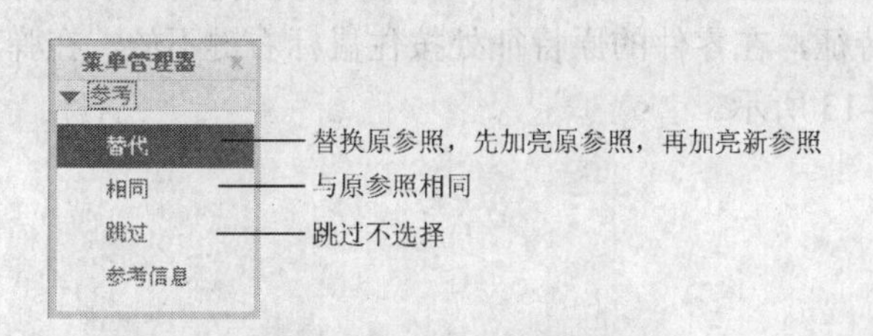

图5-8 【参考】菜单管理器 图5-9 【设置平面】菜单管理器

（4）若用户选择【移动】放置方式，选取了被复制的原特征后，系统将弹出【移动特征】菜单管理器，可从中选择【平移】和【旋转】两种方式，这两种方式下，用户需为复制特征指定平移（或旋转）的参考平面、曲线、边轴、或坐标系，并指定平移（或旋转）的相对方向，如图5-10所示。

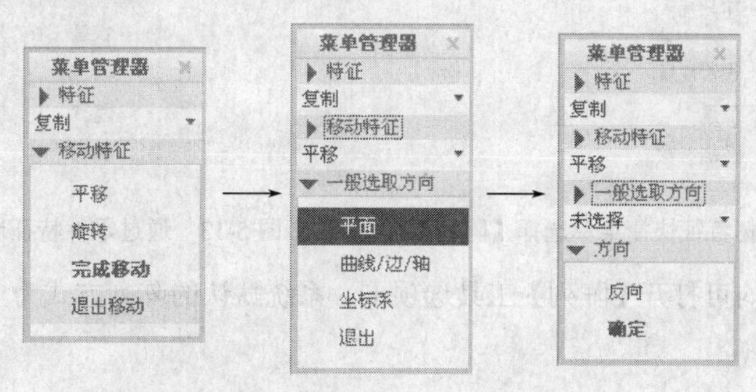

图5-10 移动放置方式的设置操作

方向定义完成后，系统将提示用户【输入偏移距离】（或旋转角度），如图5-11所示，这时输入偏移距离，然后单击【接受值】按钮✔。

图5-11 输入偏移距离

在【移动特征】菜单管理器中选择【完成移动】命令，系统将弹出【组元素】对话框与【组可变尺寸】菜单管理器，尺寸定义完成后即可生成新复制特征。

5.2 阵列特征

在特征建模中，有时需要在零件模型上构造大量重复性特征，而这些特征在模型上的特定位置按某种规则有序地排列，此时阵列方法是最佳的选择。特征阵列是将指定特征创建为一定数量的、按某种规则有序排列的、与原特征形状相同或相近的组结构的特征操作方法。相对特征复制而言，特征阵列更高效、更快速。

5.2.1 阵列特征选项卡

打开阵列特征选项卡的方法如下。

方法 1：首先在零件上选取要阵列的对象，即原特征。单击【模型】选项卡【编辑】组中的【阵列】按钮。

方法 2：选中模型树中的特征，按住鼠标右键不放，在弹出的快捷菜单中选择【阵列】命令，如图 5-12 所示。或者选中特征，在零件的原特征处按住鼠标右键不放，在弹出的快捷菜单中选择【阵列】命令，如图 5-13 所示。

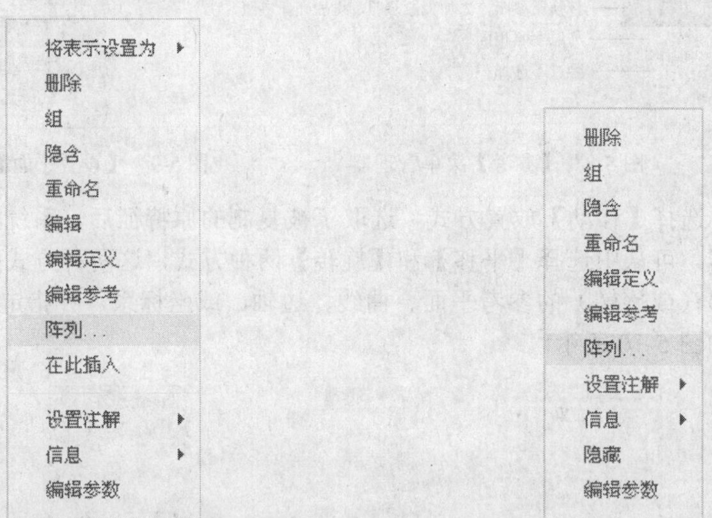

图 5-12 通过模型树特征快捷菜单选择【陈列】命令　　图 5-13 通过零件特征选择【阵列】命令

通过上述方式均可打开【阵列】工具选项卡。系统默认的阵列方式为【尺寸】，如图 5-14 所示。

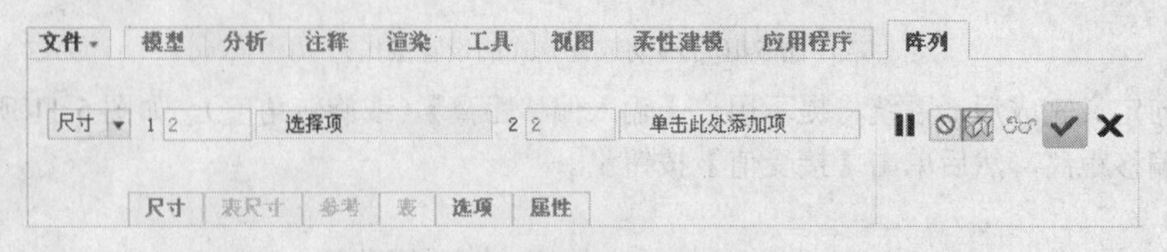

图 5-14 【阵列】工具选项卡

阵列方式下拉列表框中有几种阵列方式，如图 5-15 所示。

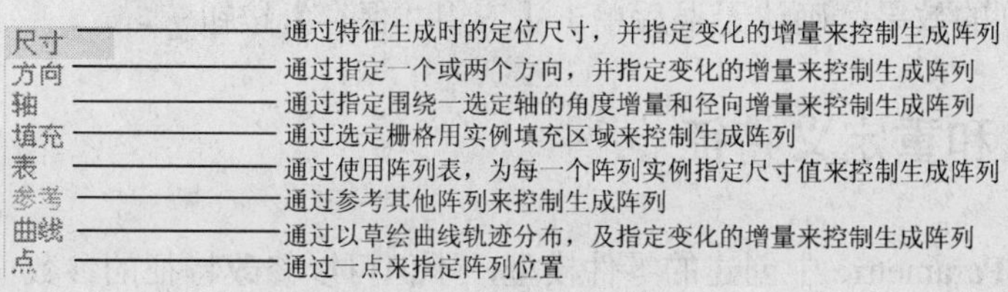

尺寸　通过特征生成时的定位尺寸，并指定变化的增量来控制生成阵列
方向　通过指定一个或两个方向，并指定变化的增量来控制生成阵列
轴　通过指定围绕一选定轴的角度增量和径向增量来控制生成阵列
填充　通过选定栅格用实例填充区域来控制生成阵列
表　通过使用阵列表，为每一个阵列实例指定尺寸值来控制生成阵列
参考　通过参考其他阵列来控制生成阵列
曲线　通过以草绘曲线轨迹分布，及指定变化的增量来控制生成阵列
点　通过一点来指定阵列位置

图 5-15　阵列方式下拉列表框

5.2.2　选择阵列方式

选择不同的阵列方式，【阵列】工具选项卡包含的内容也有所不同。下面以尺寸阵列方式及曲线阵列方式为例，对选项卡中的内容加以说明。

【尺寸】阵列方式下的【尺寸】面板如图 5-16 所示。

尺寸
表尺寸
参考
表
选项
方向1
尺寸
增量
选择项
按关系定义增量
编辑
方向2
尺寸
增量
单击此处添...
按关系定义增量
编辑

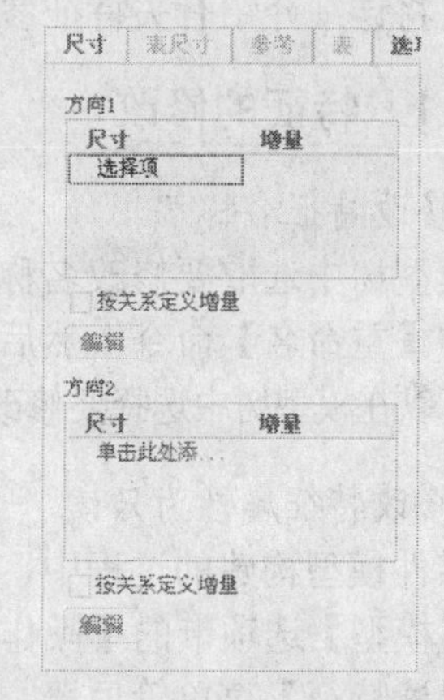

图 5-16　【尺寸】阵列方式下的【尺寸】面板

在尺寸阵列方式中，可以选取两个参考方向，在各自的选择栏中定义参考方向的选择及变更，并指定增量变化量。若只选择一个参考方向，则只生成该方向上指定数目的阵列特征，若同时选取两个参考方向，则阵列的特征数目是两者之积。

【轴】阵列方式下的【阵列】工具选项卡与【尺寸】阵列相似，增量为组元素沿参考轴旋转的角度变化量，组成员个数与增量之积为 360°。

【曲线】阵列方式下的【阵列】工具选项卡如图 5-17 所示。

文件
模型
分析
注释
渲染
工具
视图
柔性建模
应用程序
阵列
曲线
内部 截面 1
22.04
0
尺寸
表尺寸
参考
表
选项
属性
选取样条曲线
组成员间距
组成员数目

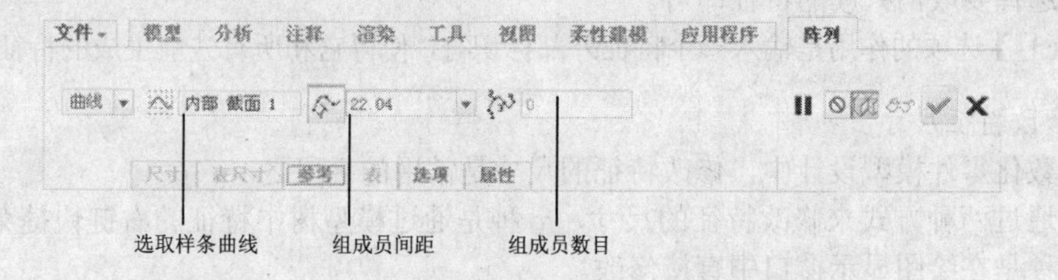

图 5-17　【曲线】阵列方式下的【阵列】工具选项卡

曲线阵列的创建由用户选择或草绘样条曲线，生成的阵列特征将按指定间距沿样条曲线的形状排列。

选项
属性
重新生成选项
常规
相同
可变
常规

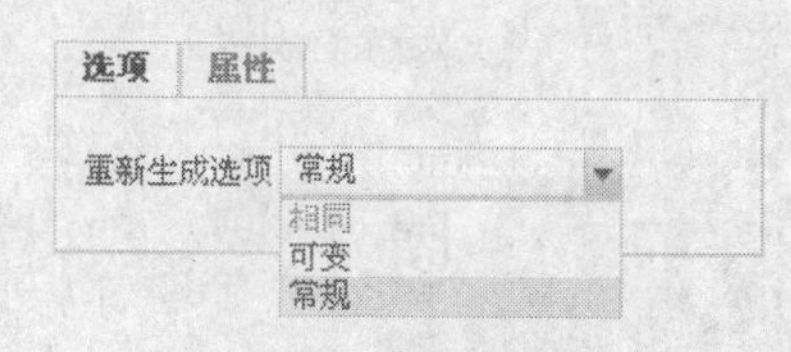

图 5-18　选择阵列再生方式

5.2.3　选择阵列再生方式

若单击打开【阵列】工具选项卡中的【选项】面板，可以弹出如图 5-18 所示的阵列再生选项设置。

这几个选项的意义如下。

- 【相同】：阵列后的特征与原始特征完全相同，每个产生的特征与原始特征都在同一平面上，且彼此之间互不干涉。
- 【可变】：阵列后的特征与原始特征可以不同，其外形、尺寸和放置平面可以改变，但彼此之间互不干涉，否则系统将会提示出错。
- 【常规】：阵列后的特征与原始特征可以不同，其外形、尺寸和放置平面可以改变，彼此之间允许存在干涉。

预览生成阵列的效果，确认无误后单击【应用并保存】按钮✓。

5.3 修改和重定义特征

对于在 Creo Parametric 中创建的零件模型，不但可以修改特征的参数值，还可以对特征进行其他方面的修改，如修改特征的名称、使特征成为只读、修改特征的尺寸标注等。

本节将详细介绍有关特征参数编辑和重定义方面的知识。

5.3.1 特征的修改

1. 修改特征名称

在模型树中选取要修改名称的特征，单击鼠标右键，弹出如图 5-19 所示的快捷菜单，选择其中的【重命名】命令，然后输入特征的新名称即可。

也可以在模型树中选择要修改的特征，单击其后的名称栏，输入新名称即可。

2. 修改特征属性为只读

在零件模型构建的过程中，有时需要确保某些特征不会被修改，可以将其设置为只读。

在【模型】选项卡的【操作】组中，选择【操作】|【只读】命令，可以打开如图 5-20 所示的【只读特征】菜单管理器，在其中可以对零件模型中的特征进行只读设置。

选择【选择】选项，在模型树或绘图区选取要被设置为只读的特征，选择【完成/返回】命令后退出。

若要取消被设置为只读的特征，只需再次打开【只读特征】菜单管理器后选择【清除】选项，再选择要取消只读的特征即可。

【特征号】选项的作用是输入一个特征外部标识符，使得它和所有先前生成的特征成为只读。

3. 修改特征尺寸

在参数化零件模型设计中，修改特征的尺寸是常用的手段之一。

可以通过两种方式来修改特征的尺寸，一种是通过模型树中特征的右键快捷菜单进行修改，另一种是在绘图显示窗口中直接修改。

在模型树或绘图显示窗口选中需要修改尺寸的特征，单击鼠标右键，在弹出的快捷菜单中选择【编辑】命令，如图 5-21 所示。

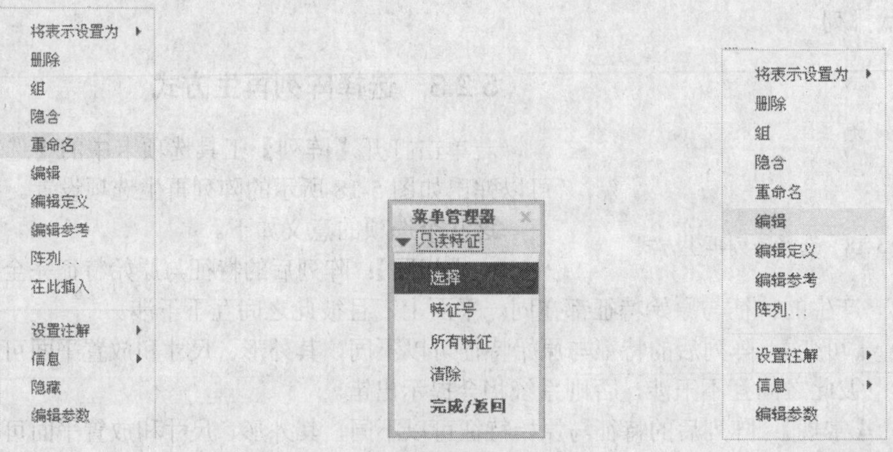

图 5-19 选择【重命名】命令 图 5-20 【只读特征】菜单管理器 图 5-21 选择【编辑】命令

此时绘图显示窗口将显示所选特征的所有尺寸参数，双击要修改的尺寸，然后输入新的尺寸值，即可改变特征尺寸。尺寸修改如图 5-22 所示。

选中尺寸，用鼠标右键单击尺寸，在弹出的快捷菜单中选择【属性】命令，如图 5-23 所示，系统将弹出如图 5-24 所示的【尺寸属性】对话框，在其中可改变尺寸属性、尺寸文本或尺寸文本样式等。

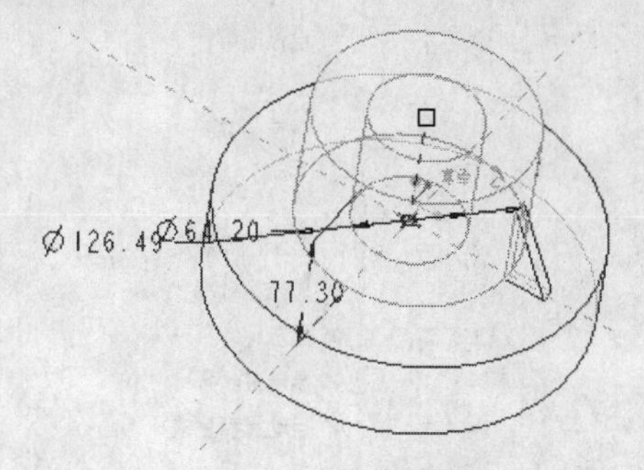

图 5-22　尺寸修改

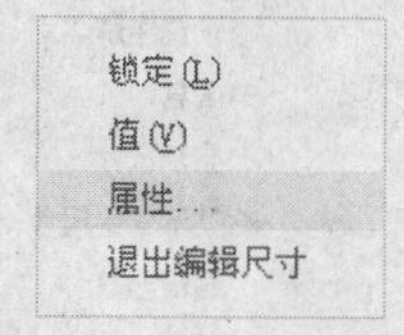

图 5-23　尺寸快捷菜单

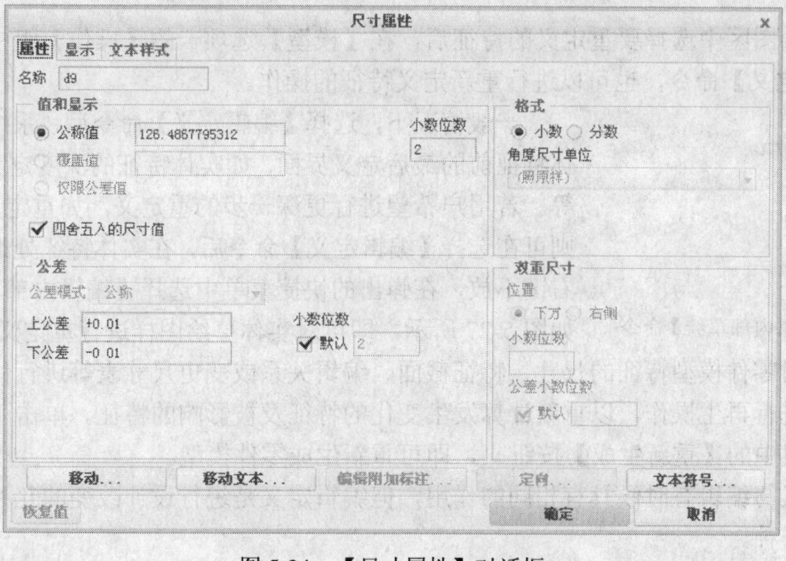

图 5-24　【尺寸属性】对话框

5.3.2　重定义特征

Creo Parametric 是基于特征的参数化设计系统，其零件模型是由一系列的特征组成的。在完成零件模型的设计后，如果某个特征不符合设计要求，便可以对该特征进行重新定义，以使其达到设计要求。

重定义是指重新定义特征的创建方式，包括特征的几何数据、绘图平面、参考平面和二维截面等。

（1）在模型树中选中要重新定义的特征，单击鼠标右键，在弹出的快捷菜单中选择【编辑定义】命令，如图 5-25 所示。系统会打开特征生成时的选项卡或定义对话框，在其中可选择相应的选项进行重定义操作。

也可以在绘图显示窗口中选择要重定义的特征后，单击鼠标右键，在弹出的快捷菜单中选择【编辑定义】命令，如图 5-26 所示。

删除
组
隐含
编辑定义
编辑参考
阵列...
设置注解
信息
显示尺寸
显示草绘尺寸
编辑参数

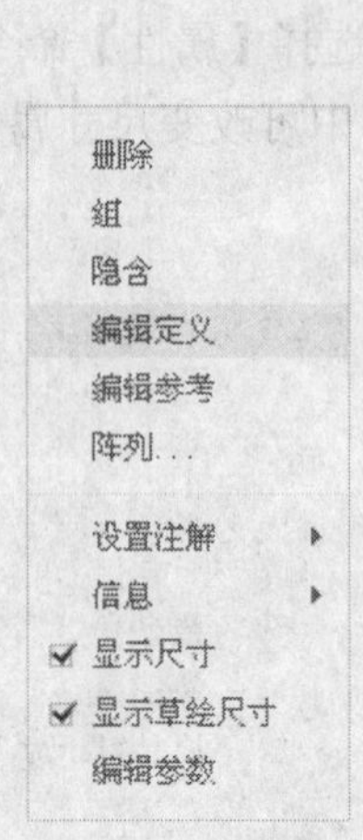

图 5-25 模型树【编辑定义】命令

删除
组
隐含
编辑定义
编辑参考
阵列...
设置注解
信息
编辑参数
选择组
显示图元锁定
显示拖动器
显示尺寸
显示草绘尺寸
自动重新生成

图 5-26 显示窗口【编辑定义】命令

（2）在绘图区中选择要重定义的特征后，在【模型】选项卡的【操作】组中，选择【操作】|【编辑定义】命令，也可以进行重新定义特征的操作。

编辑内部草绘...
清除
对称
显示截面尺寸

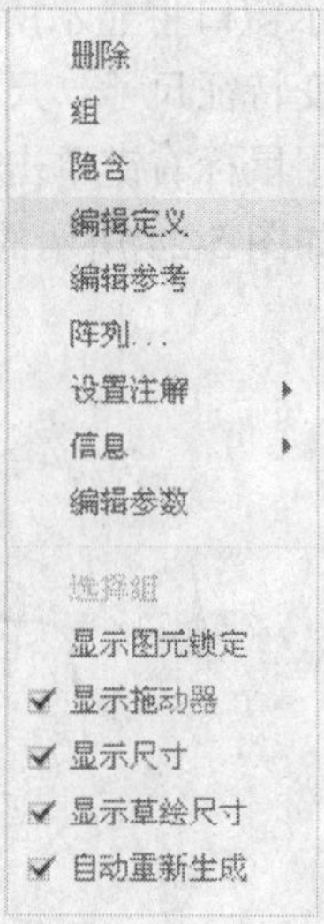

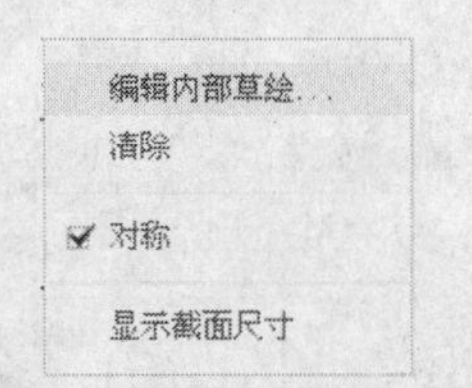

图 5-27 【编辑内部草绘】命令

一般情况下，选择【编辑定义】命令后，系统进入生成实体特征前的最后定义界面，如实体特征的深度定义、生成方向等。若用户希望进行更深一步的重定义，如重定义草绘视图，则可在选择【编辑定义】命令后，在实体特征处继续按住鼠标右键不放，在弹出的快捷菜单中选择【编辑内部草绘】命令，如图 5-27 所示，即可对实体草绘图样进行重定义。

当用户对零件模型特征的尺寸、特征截面、编辑关系或变更尺寸表等进行修改后，需要对零件模型进行再生操作，以重新计算发生变化的特征及被影响的特征。单击【模型】选项卡【操作】组中的【重新生成】按钮，即可重新生成零件模型。

编辑定义与编辑有时候具有相同的作用，但编辑定义是进行设计改变的几种方法中功能最为强大的一种。

5.4 特征之间的父子关系

5.4.1 父子关系的定义

在创建实体零件的过程中建立模块时，可使用各种类型的 Creo Parametric 特征。有时某些特征需要优先于设计过程中的其他多种从属特征。这些从属特征从属于先前为尺寸和几何参考所定义的特征，这就是通常所说的父子关系。

使用 Creo Parametric 中的命令来建立实体零件的模型特征的过程中，一些特征是以其他特征为参考建立起来的，即这些特征是依赖或从属于先前定义的特征的，这些特征即为子特征，先前的特征即为父特征，二者之间的关系即所说的父子关系。因此，了解特征的父子关系及其产生的原因是很有必要的，用户在编辑、修改和重定义特征时必须考虑特征间的这种关联性。

5.4.2 父子关系产生的原因

特征间的父子关系形成于以一定顺序创建特征的过程中，其父子关系的确立主要取决于特征创建过程中的参考关系以及创建的次序。产生父子关系的原因主要有以下几点。

（1）设置基准特征时的几何参考：在创建一些特征的过程中，需创建一些如基准平面、基准点、基准轴、基准曲线或坐标系等基准特征，而创建这些基准特征需要一些已存在的几何参考以指定其约束，而这些已存在的几何参考所属的特征就成为基准平面、基准点、基准轴、基准曲线或坐标系等基准特征的父特征。

（2）参考点：当创建一些特征时，常需要选择一个点作为参考点，则这个参考点所属的特征就成为了此新建特征的父特征。

（3）参考平面：当创建一些特征时，常需要选择一个水平或垂直的平面作为参考平面，从而确定绘图平面的方位，则这个参考平面所属的特征就成为了此新建特征的父特征。

（4）特征放置边或参考边：当创建一些特征时，常需要选择一个边作为参考边或放置边，则这个参考边或放置边所属的特征就成为了此新建特征的父特征。

（5）特征放置面或参考面：当创建一些特征时，常需要选择一个面来作为参考面或放置面（如 RIGHT、TOP、FRONT 基准面），则这个参考面或放置面所属的特征就成为了此新建特征的父特征。

（6）绘图平面：当创建一些特征时，常需要选择一个面来作为绘图平面，则这个绘图平面所属的特征就成为了此新建特征的父特征。

（7）尺寸标注几何参考：当创建一些特征时，常进行二维图形的绘制，而这时常需要选用一些已存在的特征的几何参考，作为二维图形的位置尺寸的标注或设置约束，则这些已存在的特征便成为了此新建特征的父特征。

5.4.3 父子关系的查看

在模型树中选取要查看父子关系的特征，单击鼠标右键，在弹出的快捷菜单中选择【信息】|【参考查看器】命令，如图 5-28 所示。或者在绘图显示窗口选择要查看父子关系的特征，单击鼠标右键，在弹出的快捷菜单中选择【信息】|【参考查看器】命令，如图 5-29 所示。

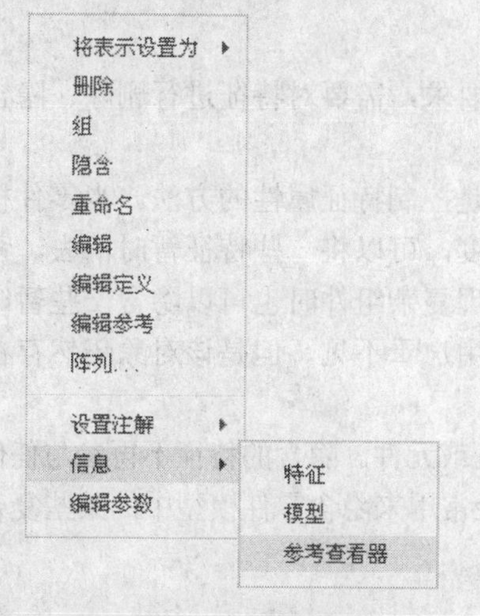

图 5-28 模型树快捷菜单

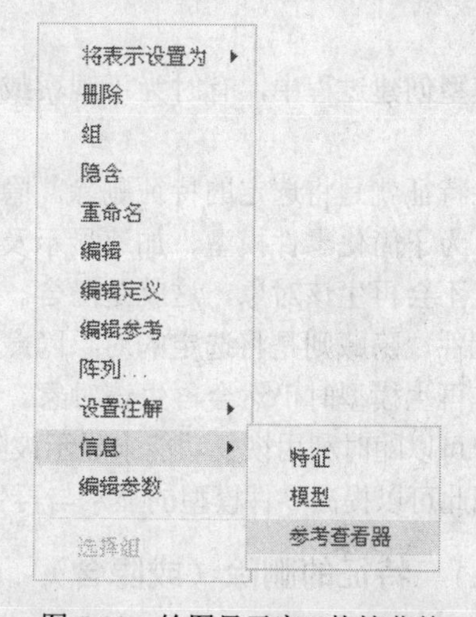

图 5-29 绘图显示窗口快捷菜单

选择【参考查看器】命令之后，将打开图 5-30 所示的【参考查看器】对话框。

【参考查看器】对话框右侧显示出当前零件特征的所有父项特征和子项特征，用户可以进行相关操作。

5.4.4 父子关系的意义

特征之间的父子关系能够保证设计者轻松地实现模型的修改，为设计带来极大的方便。但是，也因为父子关系非常复杂，使得模型的结构也变得更加复杂，如果修改不当将会导致模型再生失败。因此，当用户对某一特征进行修改而希望不影响其他特征时，首先需要学会断开或变更特征之间的这种父子关系。

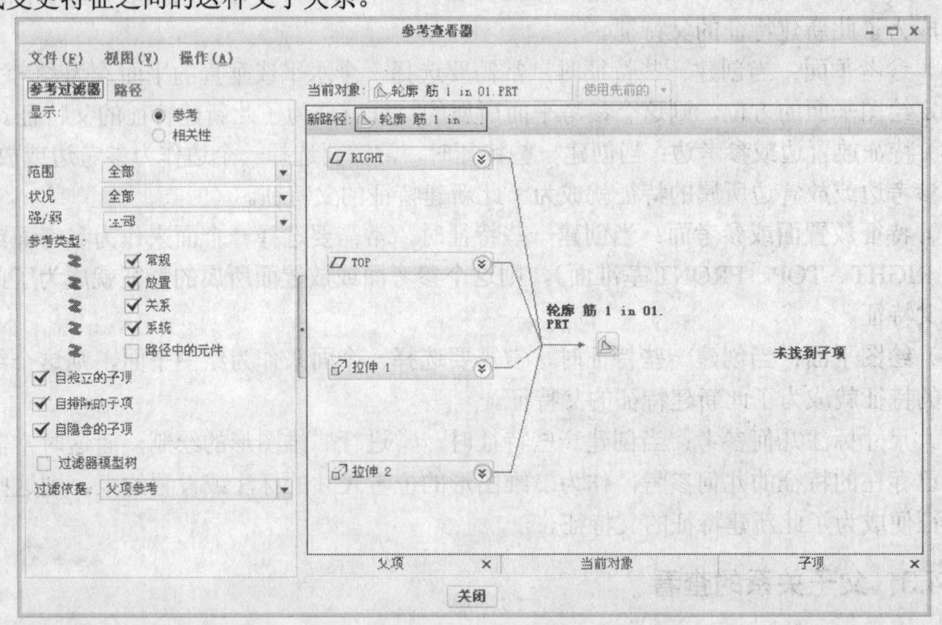

图 5-30 【参考查看器】对话框

5.5 删除（或隐含）和隐藏特征

在模型创建过程中，有时为了观察或满足其他要求，需要对特征进行删除、隐含和隐藏等操作。

删除特征就是将选定的特征删除。隐含和隐藏是控制特征属性的方法。当零件模型比较复杂时，为了简化零件模型、加速显示及再生的速度，可以将一些特征暂时消去，系统再生模型时就不会再生该对象，这就是隐含。同样在处理复杂组件时也可以隐含一些暂时不用的特征和元件。隐藏则是将选定的对象隐藏起来，使用户看不见。但是该对象仍然存在于模型中，系统再生模型时仍然会再生该对象。

用户可以随时利用恢复功能来显示被隐含的特征或元件。隐含的特征不再参与任何计算和再生，因此可以提高零件模型的显示与再生速度，经常用来隐含零件模型中的某些复杂特征。

5.5.1 特征的删除（或隐含）

特征的删除和隐含操作过程十分相似，所不同的是删除特征是从零件模型中永久地移除该特征且不能恢复，而隐含特征只是将特征暂时地抑制，随时可以对隐含的特征进行恢复，所以此处将特征的删除和隐含操作方式共同介绍给读者。

1. 特征的删除（或隐含）操作方式

特征的删除（或隐含）操作方式分为两种，一种是通过快捷菜单选择删除（或隐含）选项，另一种则是通过单击【操作】组中的按钮来完成。

（1）在模型树中用鼠标右键单击要删除（或隐含）的特征，在弹出的快捷菜单中选择【删除（或隐含）】命令，如图 5-31 所示。

也可以在绘图显示窗口直接选中要删除（或隐含）的特征，然后按 Delete 键直接删除，或者用鼠标右键单击特征两秒钟，在弹出的快捷菜单中选择【删除（或隐含）】命令，如图 5-32 所示。

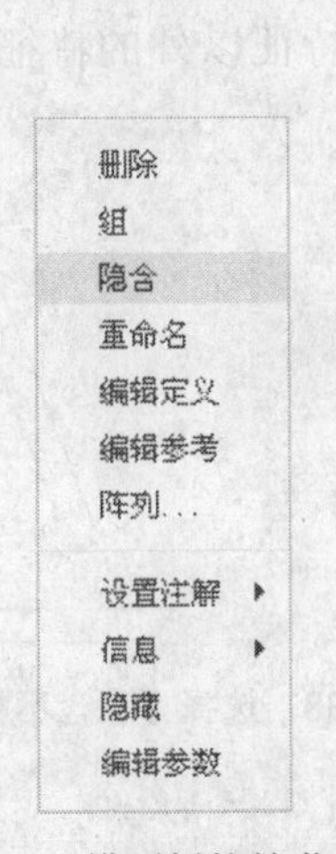

图 5-31　模型树快捷菜单

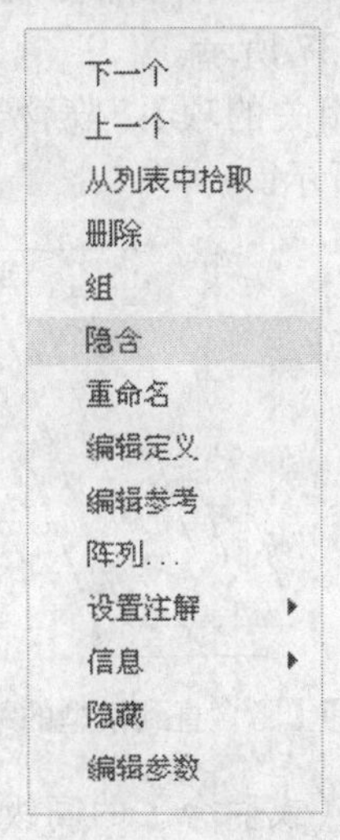

图 5-32　绘图显示窗口快捷菜单

此时系统会弹出相应的提示对话框，在对话框中单击【确定】按钮，即可删除（或隐含）选定的特征，提示对话框如图 5-33 和图 5-34 所示。

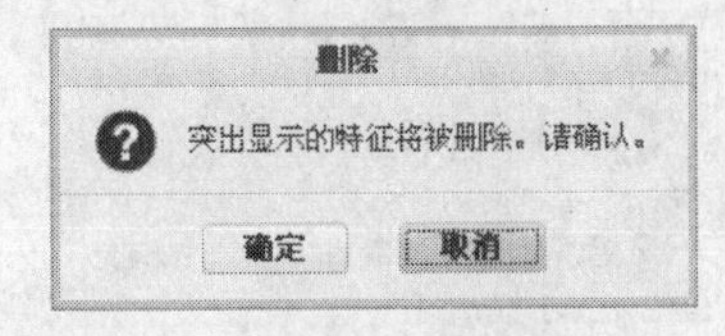

图 5-33　【删除】提示对话框

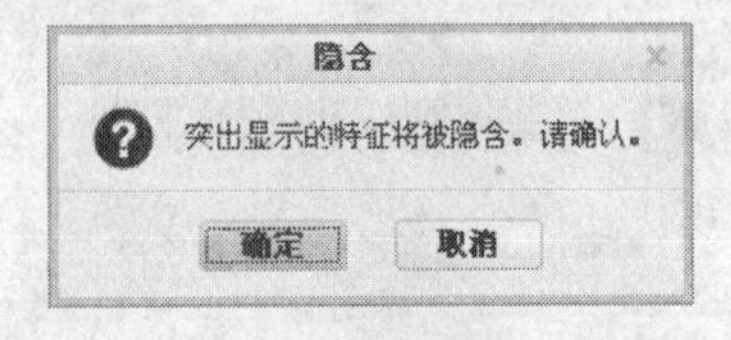

图 5-34　【隐含】提示对话框

（2）在绘图显示窗口中选择要删除（或隐含）的特征后，单击【模型】选项卡【操作】组中的【删除】按钮 ×删除 或者【隐含】按钮 隐含，在弹出的相应子菜单中选择【删除】或【隐含】命令，也可以进行删除（或隐含）特征的操作，其子菜单中各包括 3 个命令，如图 5-35 所示。

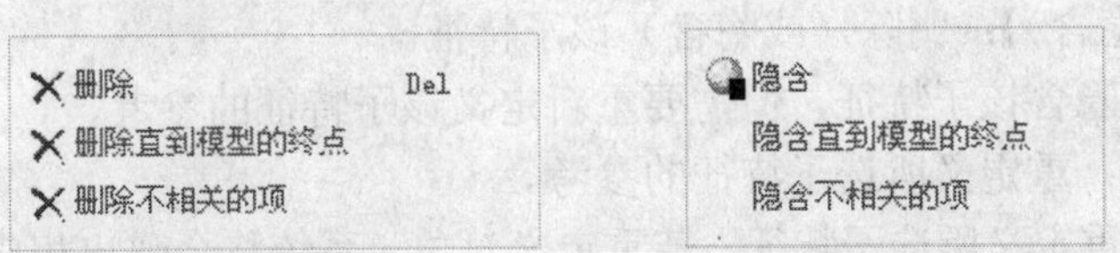

图 5-35　子菜单命令

子菜单中各命令的意义如下（以隐含操作为例，删除操作与之类似）。

- 【隐含】：只隐含用户所选当前模型中的特征，如图 5-36 所示。

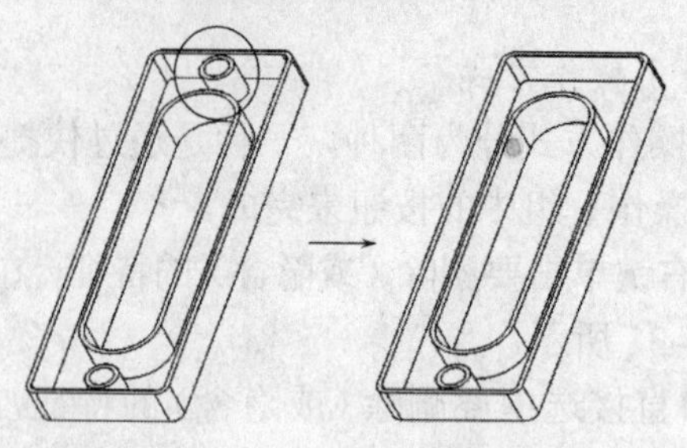

图 5-36 选择【隐含】选项时的结果

- 【隐含直到模型的终点】：隐含用户所选当前模型特征生成前的模型终点，其隐含结果如图 5-37 所示。
- 【隐含不相关的项】：隐含当前模型中除用户所选特征以外的特征，其隐含结果如图 5-38 所示。

图 5-37 选择【隐含直到模型的终点】时的结果

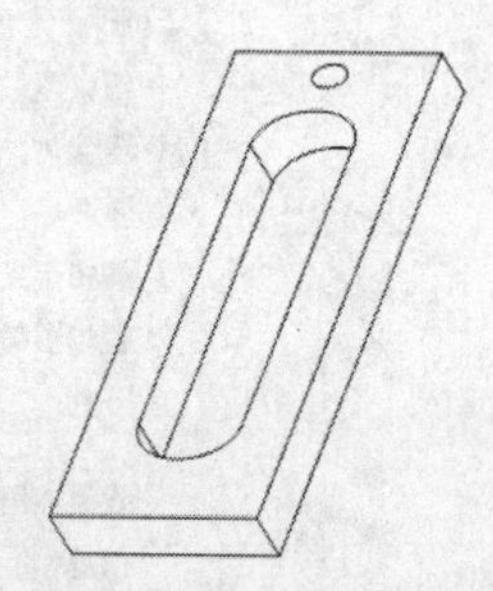

图 5-38 选择【隐含不相关的项】时的结果

2. 特征删除（或隐含）的高级操作

如果要删除（或隐含）的特征包括子特征，而要进行删除（隐含）或保留该特征时，选定的特征及其子特征都会在模型树和绘图区中加亮显示，选择删除（或隐含）命令后，弹出的提示对话框如图 5-39 或图 5-40 所示。

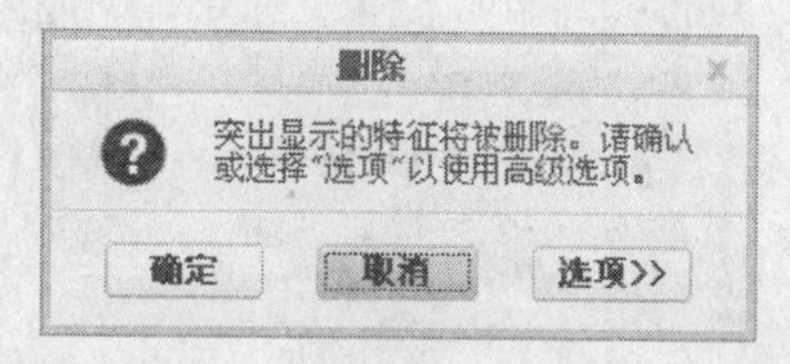

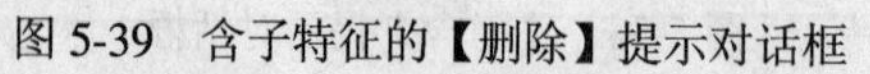

图 5-39 含子特征的【删除】提示对话框

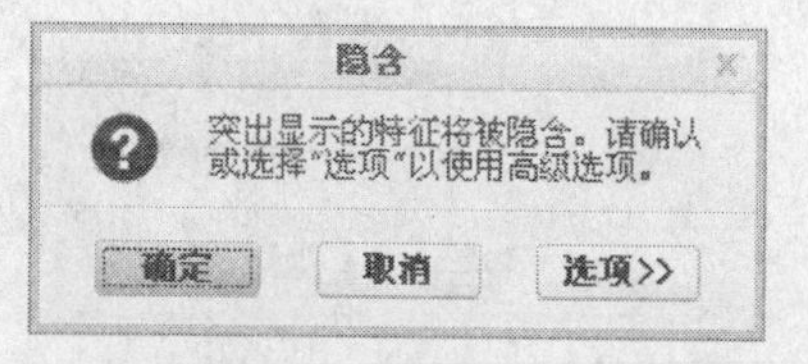

图 5-40 含子特征的【隐含】提示对话框

单击【选项】按钮，将弹出如图 5-41 或图 5-42 所示的特征【子项处理】对话框。

在【子项处理】对话框中可以查看要隐含特征的子特征，并可以对子特征进行操作。用户在对话框中选择要进行操作的子特征后，单击鼠标右键，在弹出的快捷菜单中选择要进行的操作，如图 5-43 所示，使用快捷菜单共包含以下几项操作。

- 【删除（或隐含）】：删除（或隐含）该子特征。
- 【挂起】：不隐含该子特征，但需要重新定义该子特征的参考。
- 【替换参考】：重定义所选子特征的参考。
- 【重定义】：重定义所选子特征。若重定义对象，系统将会弹出相应的特征选项卡或特征对话框。

- 【显示参考】：显示所选子特征所使用的几何参考（快捷菜单中可见）。
- 【信息】命令包括 3 个操作选项：【特征】、【模型】、【参考查看器】。

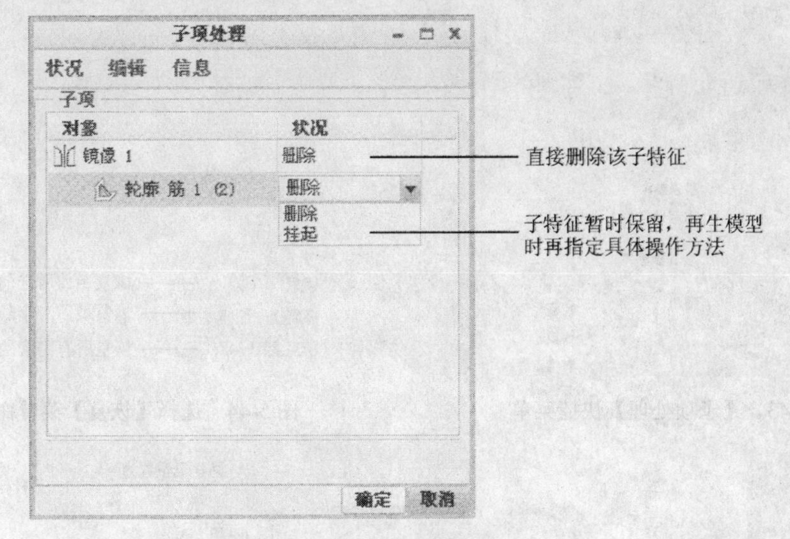

图 5-41　删除【子项处理】对话框

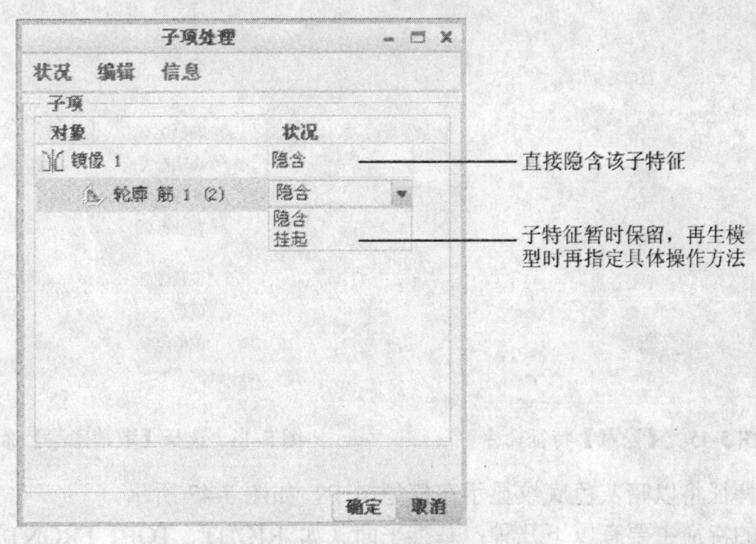

图 5-42　隐含【子项处理】对话框

3. 删除(或隐含)特征的恢复

用户要想恢复被删除（或隐含）的子特征，可以单击【撤销】按钮，或者在【模型】选项卡的【操作】组中单击相应的按钮。对于隐含特征，还可以使用如图 5-44 所示的【操作】组中的【恢复】菜单命令，进行恢复特征的操作。

5.5.2　特征的隐藏

隐藏对象时可先在模型树中选择需要隐藏的特征，单击鼠标右键，在弹出的快捷菜单中选择【隐藏】命令，如图 5-45 所示。恢复被隐藏特征的方法是在模型树中选择被隐藏的对象，按住鼠标右键，在弹出的快捷菜单中选择【取消隐藏】命令，如图 5-46 所示。

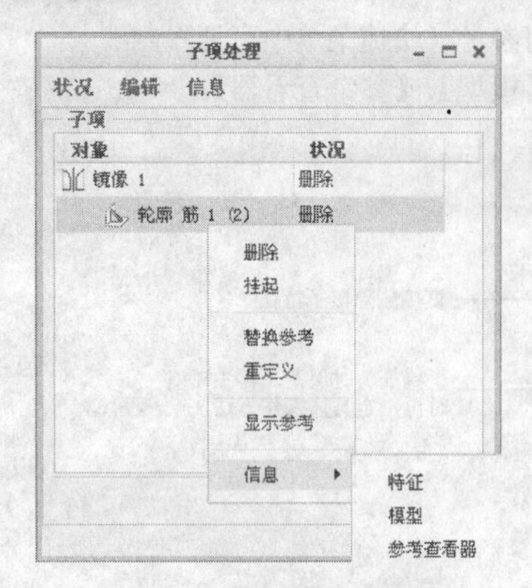

图 5-43 【子项处理】快捷菜单

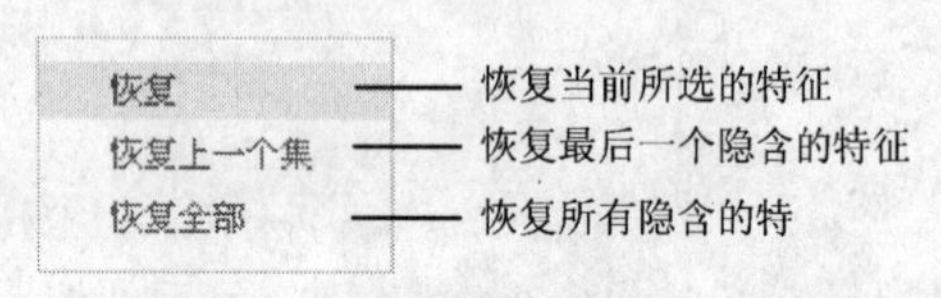

图 5-44 选择【恢复】菜单命令

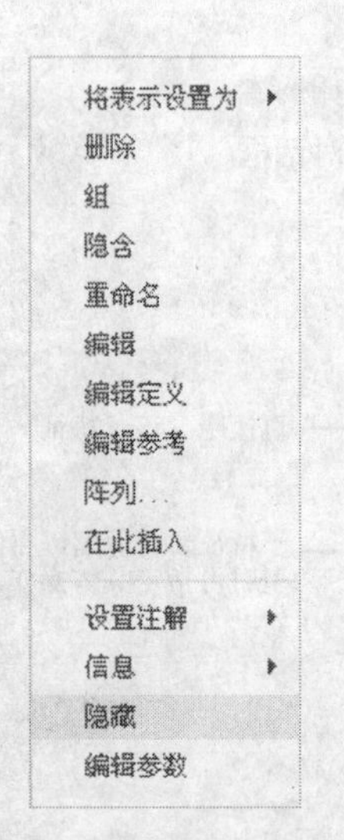

图 5-45 【隐藏】特征命令

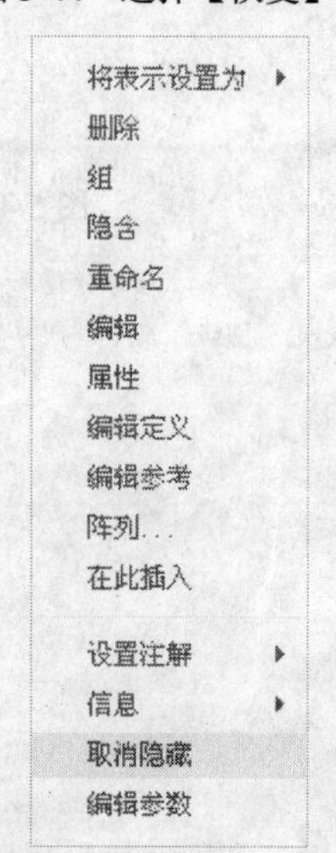

图 5-46 选择【取消隐藏】命令

被隐藏的特征将以暗灰色底纹显示在模型树中，如图 5-47 所示。

可以隐藏的特征主要有以下几种：基准平面（如 RIGHT、TOP、FRONT）、基准轴、基准点、基准面、曲面、元件，以及含有轴（如孔特征）、平面和坐标系的特征等。

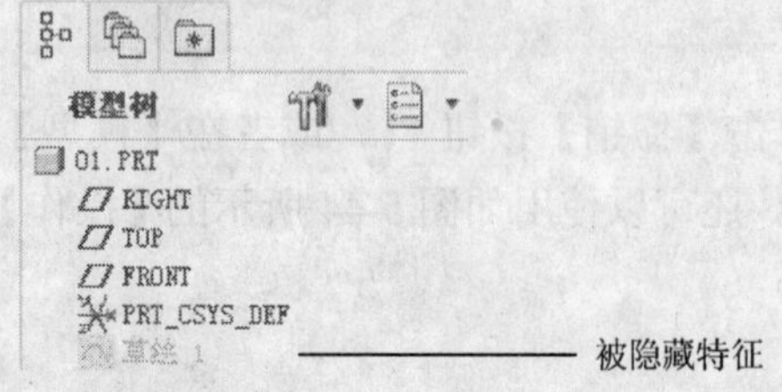

图 5-47 被隐藏特征

5.6 特征的重新排序和参照

5.6.1 特征的重新排序

创建零件模型后，有时为了符合设计要求，需要调整特征之间建立的顺序。重新排序可在再生次序列表中向前或向后移动特征，以调整特征创建顺序。只要这些特征以连续顺序出现，就可以在一次操作中对多个特征重新排序。重新排序有下面两种操作方式。

1. 使用命令按钮重新排序

（1）在【模型】选项卡的【操作】组中，选择【操作】|【特征操作】命令，弹出如图 5-48 所示的【特征】菜单管理器。

（2）在其中选择【重新排序】选项，弹出图 5-49 所示的【选择特征】菜单管理器。

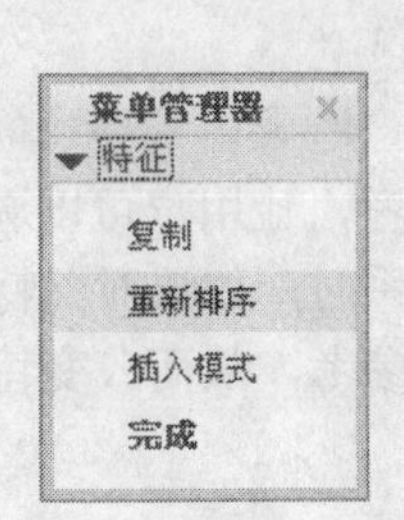

图 5-48　【特征】菜单管理器

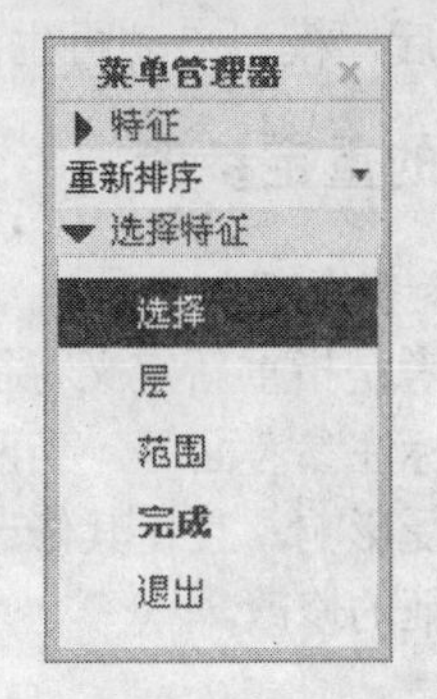

图 5-49　【选择特征】菜单管理器

（3）在【选择特征】菜单管理器中提供了 3 种选择方式，其意义如下。

- 【选择】：在当前模型实体中选取需要重新排序的特征，被选取的特征将以加亮显示。选择【完成】命令后，系统将弹出如图 5-50 所示的【重新排序】菜单管理器，并提示用户选择重新排序再生的插入点，插入点选择完成后，系统会自动再生出重新排序后的新特征。

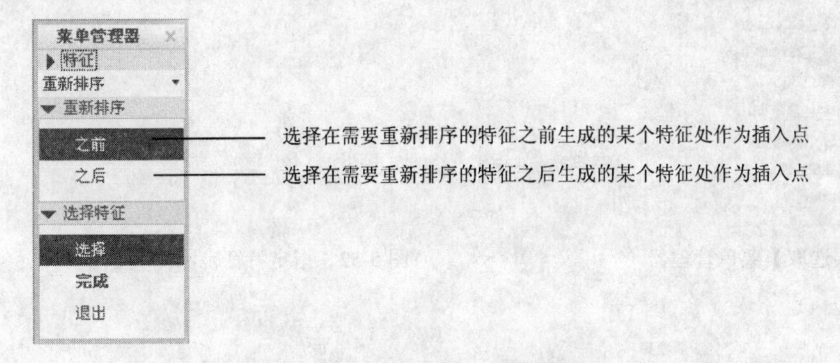

图 5-50　【重新排序】菜单管理器

- 【层】：通过选择当前模型实体的各特征所在层，来选取层中的所有特征。选择该命令后，系统将弹出如图 5-51 所示的【层选取】菜单管理器。层选取完成后，系统将提示用户所选的重排序特征新插入点的可能有效范围（以再生序号显示），如果选择合适，则自动再生新特征，否则报错。
- 【范围】：指通过输入起始特征和终止特征的再生序号来指定特征范围，选择该选项后，系统将弹出如图 5-52 所示的输入起始特征和终止特征的再生序号命令提示栏，设置完成后单击【接受值】按钮✓。

再生序号确认输入完成后，系统同样弹出提示栏，提示用户所选择的重排序特征新插入点的可能有效范围（以再生序号显示），如果选择合适，则自动再生新特征，否则报错。

注意：具有父子关系的两个特征的顺序不可互调，即父项不能移动，因此它们的再生发生在它们的子项再生之后；子项不能移动，因此它们的再生发生在它们的父项再生之前。

2. 使用模型树方式重新排序

（1）打开零件模型，在模型树上选择要重新排序的特征。

（2）在模型树中单击选中要重新排序的特征，在该特征上按下鼠标左键拖动到用户要放置的特征前或特征后，此时在模型树上会出现一个黑色的移动标记，如图 5-53 所示。

（3）拖动完成后，模型自动再生，模型树也会发生相应的顺序变化。

5.6.2 特征的重定参考

1. 特征重定参考的定义

特征的重定参考是指重新定义特征构建时所选择的参考，让用户可以选取新的绘图平面、特征放置面或尺寸标注参考面等。当两个特征间有父子关系时，如果对父特征进行修改，则其子特征的生成就会受影响，且使其修改困难。对特征重定参考，从而改变特征间的父子关系，可以方便地进行特征的修改。

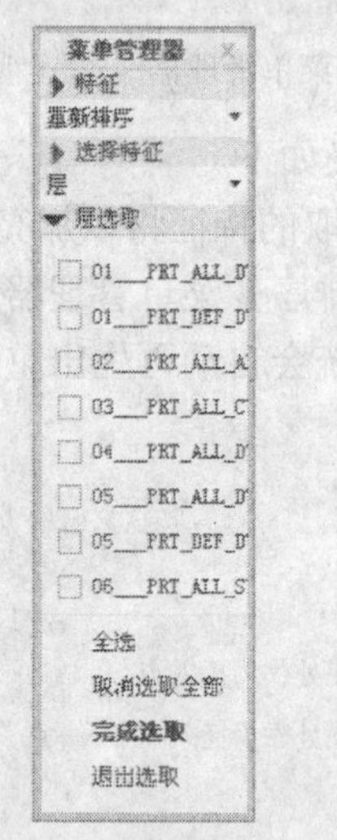

图 5-51 【层选取】菜单管理器

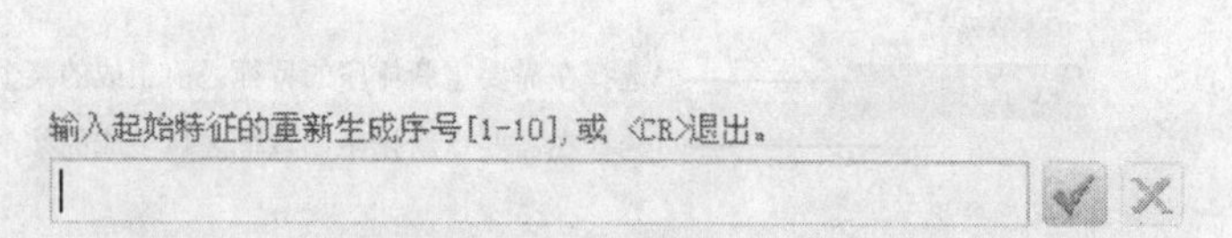

图 5-52 指定特征范围

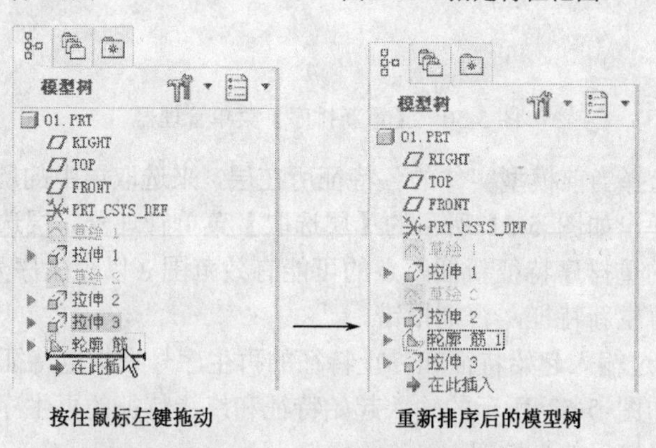

按住鼠标左键拖动　　重新排序后的模型树

图 5-53 特征重新排序过程中模型树的变化

2. 重定参考的操作方式及步骤

（1）重定参考的操作方式有两种，一种是在模型树或显示窗口中选取特征后，用鼠标右键单击特征，在弹出的快捷菜单中选择【编辑参考】命令，如图 5-54 所示。另一种是在【操作】组中，选择【操作】|【编辑参考】命令。

（2）之后系统弹出【重定参考】菜单管理器和【确认】对话框，如图 5-55 所示，如果用户单击【是】按钮，零件将返回到创建特征之前的初始状态，则所选特征的所有子特征将从绘图显示窗口消失。如果单击默认状态选项【否】按钮，在【重定参考】菜单管理器中选择【重定特征路径】选项，则系统弹出【重定参考】和【重定选取参考】菜单管理器，如图 5-56 所示。

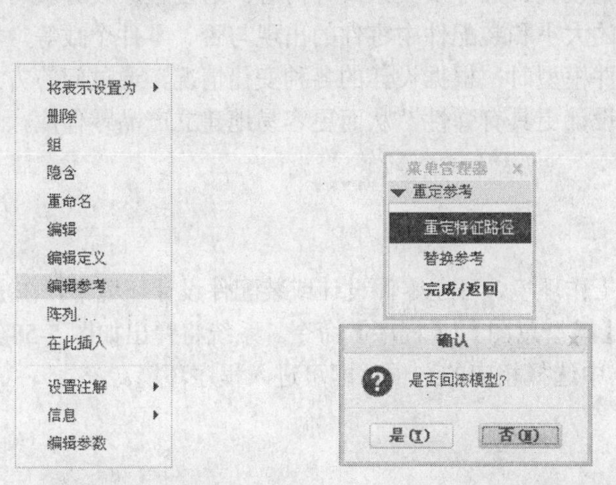

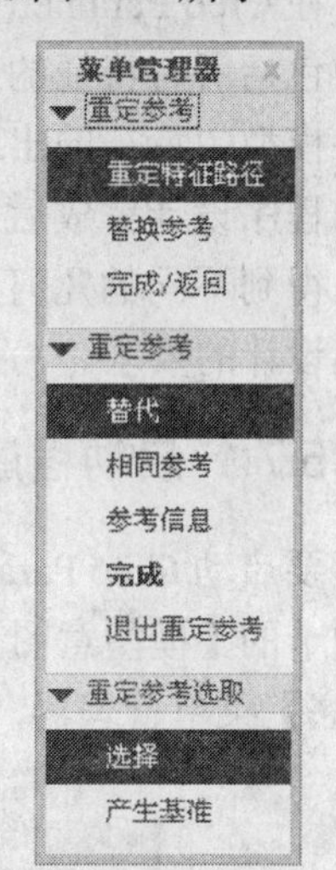

图 5-54　选择【编辑参考】命令　图 5-55　【重定参考】菜单管理器和确认对话框　图 5-56　【重定参考】和【重定选取参考】菜单管理器

菜单管理器中各选项意义如下。

- 【替代】：为特征选择或创建一个替换的参考。
- 【相同参考】：当前参考保持不变。
- 【参考信息】：显示有关加亮参考的信息。该选项显示参考标识符和参考类型。由于只能对同类的参考重定参考，因此这一点非常重要。
- 【完成】：结束重定参考过程。
- 【退出重定参考】：退出当前特征重定参考过程。即使退出重定参考操作，在特征重定参考过程中创建的基准仍会保留在模型中。

如果用户在【重定参考】菜单管理器中选择【替换参考】选项，那么系统将弹出图 5-57 所示的【选择类型】菜单管理器。

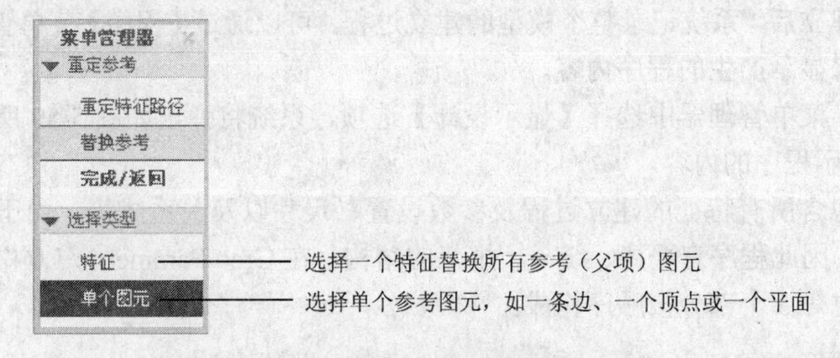

图 5-57　【选择类型】菜单管理器

（3）设置完成后系统会再生特征，若自动再生成功，则建立新的父子关系，若再生不成功，则恢复原来的参考。

5.7 通过程序设计生成零件

在 Creo Parametric 中，系统对每个零件模型都使用程序文件记录其建立步骤与形成条件，其中包括所有特征的建立过程、变量设置、尺寸及关系式等内容。通过程序设计就可以控制零件模型中特征的出现与否、尺寸的大小和装配件中零件的出现与否、零件个数等。零件模型的程序设计完成后，当读取该零件模型时，根据设计的各种变化情况，通过问答方式，就可以得到不同的几何形状，使产品设计更具有弹性，从而更容易地建立产品零件库，以实现产品设计的要求。

5.7.1 启动程序

要启动 Creo Parametric 的程序工作环境，可在零件设计或装配件设计环境下，在【模型】选项卡的【模型意图】组中，选择【模型意图】|【程序】命令。系统将弹出如图 5-58 所示的【程序】菜单管理器，在菜单管理器中选择相应的选项，即可进入程序环境。

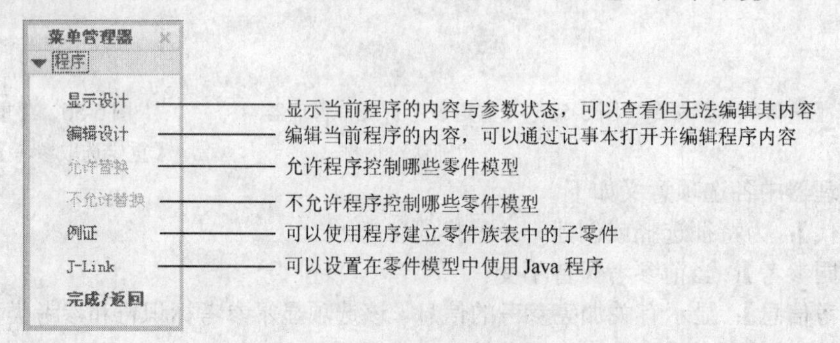

图 5-58 【程序】菜单管理器

5.7.2 显示设计

下面具体介绍显示设计的相关概念和操作流程。

1. 显示设计的方法

零件模型建立后，系统记录整个模型的建立过程，可以通过【程序】菜单管理器中的【显示设计】选项来显示产生的程序内容。

在【程序】菜单管理器中选择【显示设计】选项，系统将弹出如图 5-59 所示的【信息窗口】，在其中显示程序的内容。

信息窗口包含所有特征的建立过程及参数设置、尺寸以及关系式等。由于大部分程序是由系统产生的，因此程序有严格、统一、规范的结构。在 Creo Parametric 1.0 中，程序始终由标题、提示信息等 5 个部分按顺序构成。

2. 信息窗口的组成

信息窗口中的内容包含当前模型所有特征的建立过程及参数设置、尺寸以及关系式等信息，每个模型特征的建立过程及具体内容虽有差异，但在程序信息窗口中，所有的模型内容均由以下 5 个部分组成。

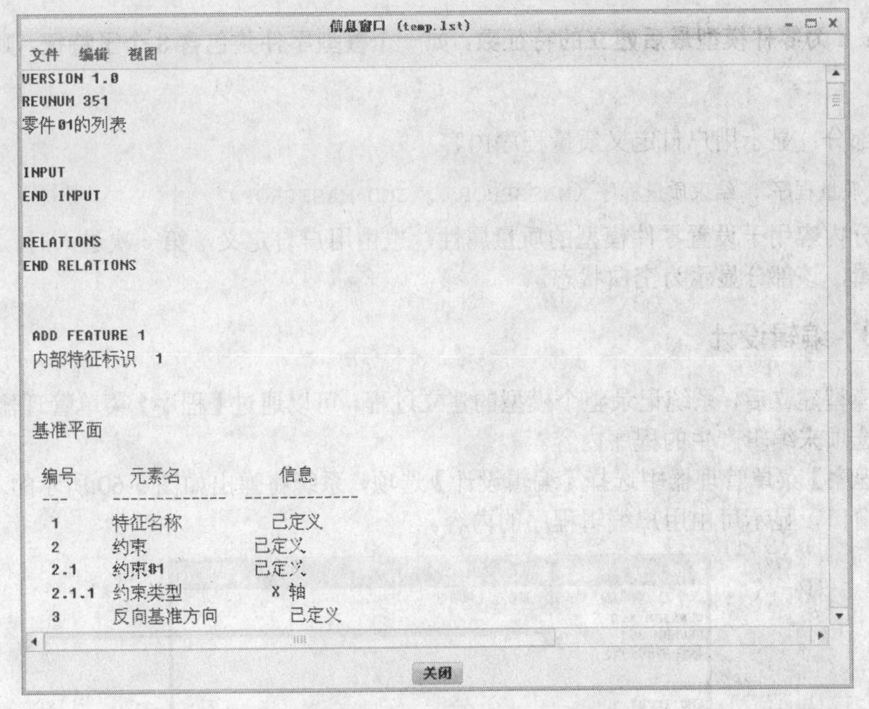

图 5-59　显示程序内容的【信息窗口】

第 1 部分：显示标题

这部分内容由系统自动产生，用户不需编辑。标题共有 3 行，包括软件版本信息、程序修改信息和零件模型名称。

第 2 部分：显示用户自定义输入提示

“输入...结束输入（INPUT...END INPUT）”

这部分内容由用户自定义，第一次进入时，由于未经过用户编辑，该部分显示为空白状态。此处是设置输入提示与参数的位置，使用户在执行程序时，可以输入尺寸值或其他设计信息。如“请输入孔特征深度值”，“请为镜像特征指定参照”，“请输入螺旋特征节距”等用户自定义提示，这样可以使程序更加清晰明了。

第 3 部分：显示用户自定义关系式

“关系式...结束关系式（RELATIONS...END RELATIONS）”

这部分内容也由用户自定义，第一次进入时，由于未经过用户编辑，该部分显示为空白状态。此处是设置关系式的位置。用户既可以在关系式窗口中设置关系式，也可以在程序中设置，二者是相通的。关系式窗口通过在【模型】选项卡【模型意图】组中，选择【模型意图】|【关系】命令打开。

第 4 部分：模型零件各特征建立过程与参数设置显示

“添加特征 1...结束添加（ADD FEATURE1...END ADD）

......

添加特征 n...结束添加（ADD FEATUREn...END ADD）”

这部分内容由程序自动生成，每一组“ADD FEATURE”到“END ADD”之间为零件的 n 个特征中的第 n 个特征的建立过程与参数设置信息。

注意：n 为零件模型最后建立的特征数，如一个模型零件共包含 8 个子特征，则此处的 n 为 8。

第 5 部分：显示用户自定义质量程序内容

“质量程序...结束质量程序（MASSPROP... END MASSPROP）”

这部分内容用于设置零件模型的质量属性，也由用户自定义，第一次进入时，由于未经过用户编辑，该部分显示为空白状态。

5.7.3 编辑设计

零件模型建立后，系统记录整个模型的建立过程，可以通过【程序】菜单管理器中的【编辑设计】选项来编辑产生的程序内容。

在【程序】菜单管理器中选择【编辑设计】选项，系统将弹出如图 5-60 所示的【记事本】程序编辑窗口，显示可由用户编辑程序的内容。

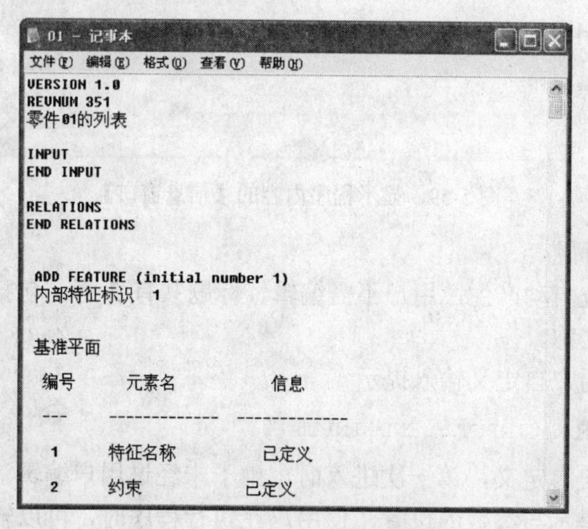

图 5-60 【记事本】程序编辑窗口

前面提到的显示设计【信息窗口】中，显示的就是该【记事本】中的内容，即此处包含了程序构成的 5 个部分，用户编辑设计程序也在这 5 部分中进行，只要在【记事本】程序窗口中找到需要修改编辑的地方，根据程序的语法进行编辑即可。

下面分别介绍程序编辑设计的内容和语法格式。

1. 输入提示信息

在“INPUT”与“END INPUT”之间添加输入提示信息，当重新生成零件或装配件时，系统将在提示栏中显示提示信息，提示输入有关参数。

语法格式为：

“INPUT
参数名参数值类型
提示行
END INPUT”

参数名由用户定义。参数值类型有 3 种：“Number”，参数值为一个数字；“String”，参数值为一个字符串；“Yes_No”，参数值为“Yes”或“No”。

提示行是用双引号引起的提示语句，执行时全部显示在信息提示行。

如果在程序中加入了输入提示信息，当再生零件模型时，系统将显示如图 5-61 所示的【得到输入】菜单管理器。

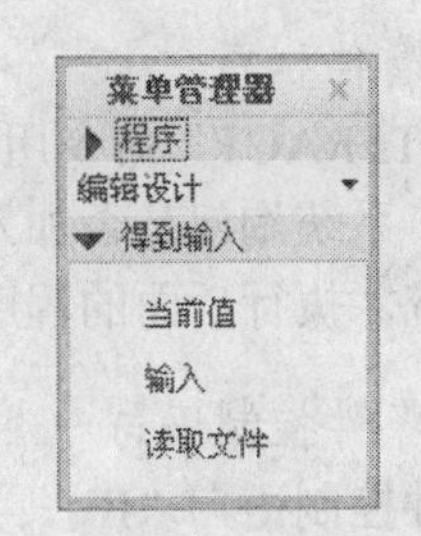

图 5-61 【得到输入】菜单管理器

菜单管理器中各选项说明如下。

- 【当前值】：此选项表示采用零件模型中现有的参数值，不需要输入新的参数值。
- 【输入】：此选项表示要求输入参数值，系统将输入的数值取代原有的参数值，以改变零件模型的造型。
- 【读取文件】：此选项表示将从文件中读入参数值。

2. 输入关系式

在“RELATIONS”与“END RELATIONS”之间加入关系式。

语法格式为：

```
“RELATIONS
关系式
END RELATIONS”
```

3. 在“ADD”与“END ADD”之间加入特征或零件

语法格式为：

```
“ADD FEATURE (PART) #
特征创建信息或零件
END ADD”
```

特征操作包括以下几种。

(1) 特征的删除：找出对应于特征的“ADD”与“END ADD”之间的程序内容，将其全部删除即可。

(2) 特征的隐藏：找出对应于特征的“ADD”与“END ADD”之间的程序内容，在“ADD”后加入“SUPPRESSED”命令即可。

(3) 特征的恢复：找出对应于特征的“ADD”与“END ADD”之间的程序内容，将“ADD”后的“SUPPRESSED”命令删除即可。

(4) 特征顺序的更换：找出对应于两个特征的“ADD”与“END ADD”之间的程序内容，将各自的程序内容更换即可。

(5) 特征尺寸的修改：直接修改程序中的尺寸，系统并不反映，必须在尺寸参数之前加入“MODIFY”命令，修改后的尺寸才起作用。

4. 执行程序

“EXECUTE”命令是在装配件中用于执行零件的程序，即在当前装配件程序中去执行某零件的程序。

语法格式为：

```
“EXECUTE part (part_name)
```

```
表达式
END EXECUTE”
```

5. 暂停程序

“INTERACT”命令用以暂停程序的执行。暂停时，只能进行特征的建立。加入一个新的特征后，系统询问是否加入新的特征，可以回答“Yes”继续加入新的特征，直到回答“No”后，系统才执行后面的程序。

6. 条件控制语句

条件控制语句“IF. . . ELSE”语句的功能和用法与一般的程序语言类似，在此不再赘述。在程序编辑中，“IF. . . ELSE”语句主要可分为下列两种语法格式。

语法格式 1 为：

```
“IF 判断语句
操作 1
ENDIF”
```

语法格式 2 为：

```
“IF 判断语句
操作 1
ELSE
操作 2
ENDIF”
```

其中，判断语句使用的判断符号共有以下 3 种。

大于号：“>”，A>B，表示参数 A 大于参数 B。

小于号：“<”，A<B，表示参数 A 小于参数 B。

等于号：“=”，A=B，表示参数 A 等于参数 B。

以上判断符号既可以用于参数值的比较，如尺寸值，也可以用于字符串的比较或“Yes_No”的判断，若用于字符串的比较，则必须为互相比较的字符串打上双引号，如“字符串 A”、“字符串 B”。

5.8 范例练习

下面通过一个实际的零件实例来介绍工程构造特征的具体建立方法。

5.8.1 范例介绍

该范例中的零件是在第 4 章范例的基础上，进一步进行设计制作，从而完成一个完整的面板壳造型，范例主要是通过程序设计和特征操作来完成的，其最终效果如图 5-62 所示。

图 5-62 范例效果图

5.8.2　范例制作

步骤 1：程序操作

（1）首先打开第 4 章的范例模型，如图 5-63 所示。

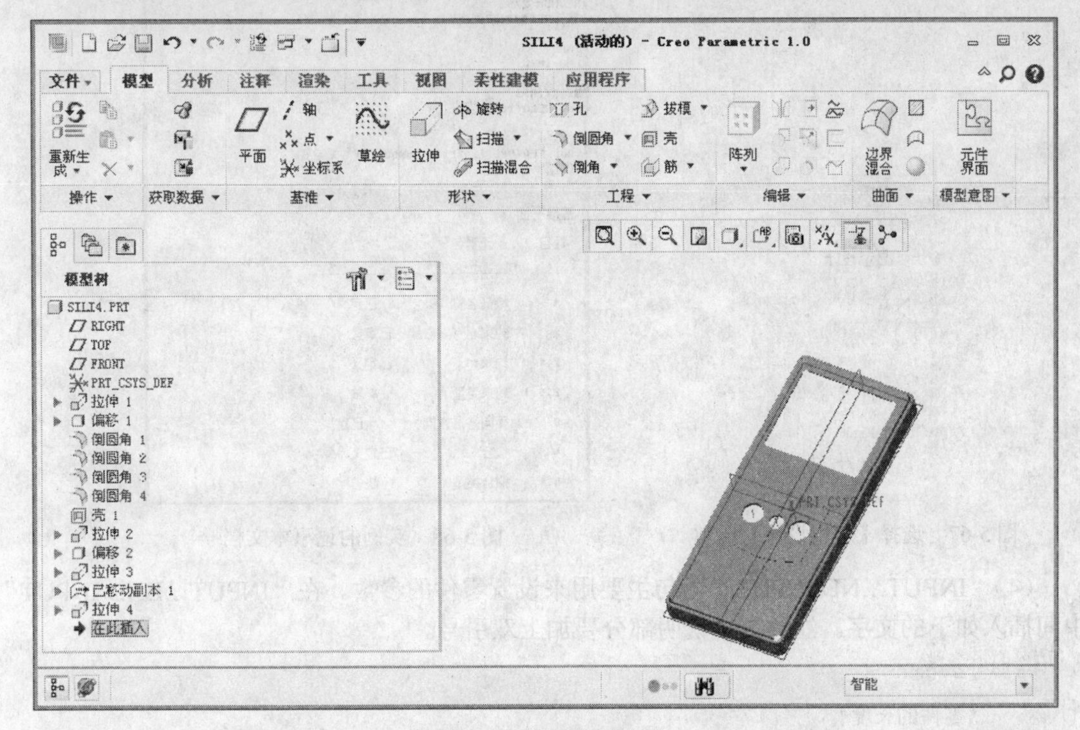

图 5-63　打开范例模型

（2）在模型树中找到“拉伸 1”，右键单击后在弹出的如图 5-64 所示的快捷菜单中选择【编辑】命令。工作区显示的情况如图 5-65 所示，注意显示的尺寸。在【工具】选项卡【模型意图】组中单击【切换符号】按钮，工作区显示的情况如图 5-66 所示，注意显示 d0、d1 和 d2 与图 5-65 显示的尺寸对应关系。

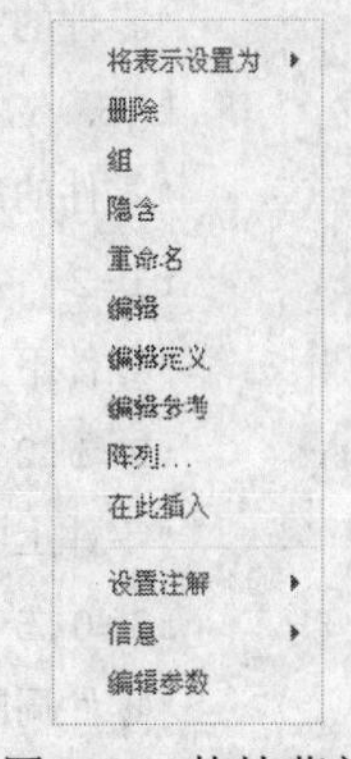

图 5-64　快捷菜单

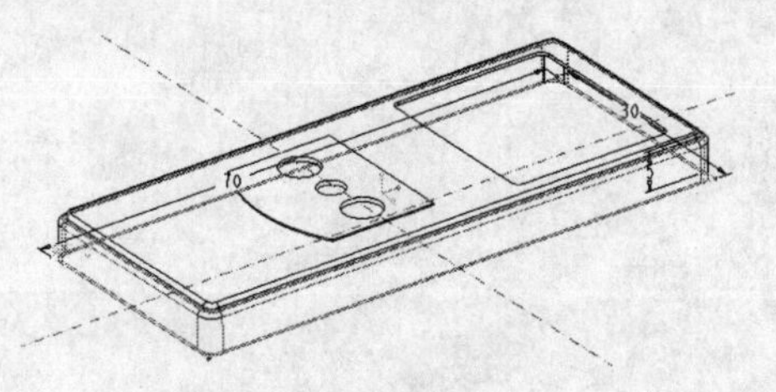

图 5-65　工作区显示的情况

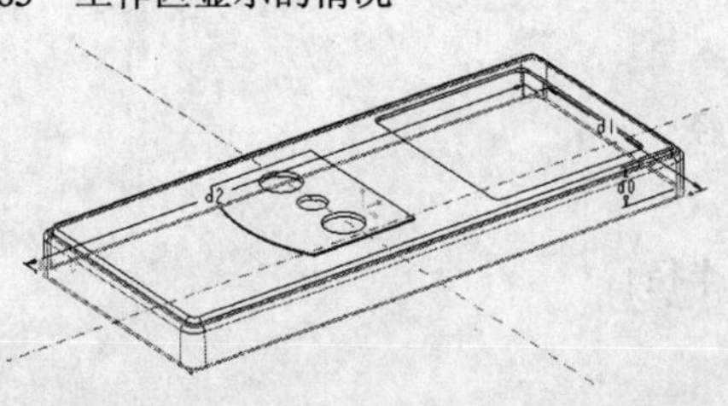

图 5-66　切换符号后工作区显示的情况

（3）在【工具】选项卡【模型意图】组中，选择【模型意图】|【程序】命令，在如图 5-67 所示的【程序】菜单管理器中选择【编辑设计】选项。打开实例的记事本文档，如图 5-68 所示。

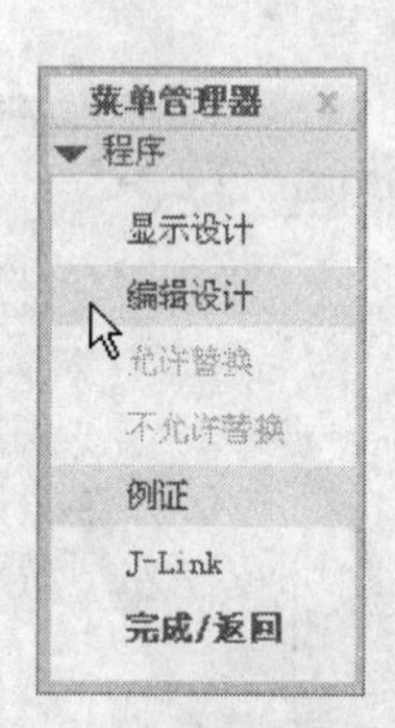

图 5-67 选择【编辑设计】选项

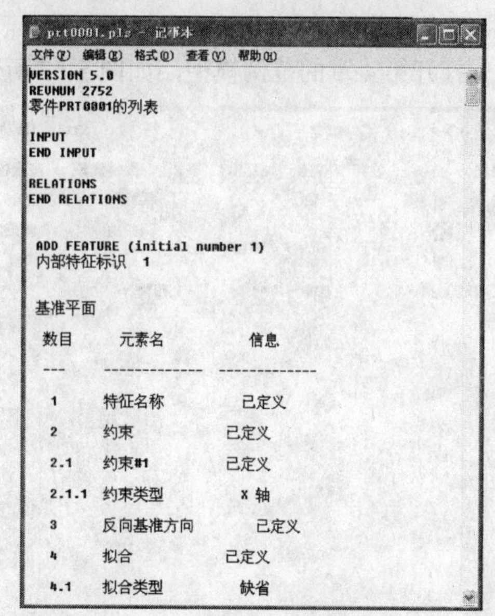

图 5-68 实例的记事本文档

（4）“INPUT…ND INPUT”语句主要用来设置零件的参数。在“INPUT…END INPUT”中间插入如下的文字。注意文字说明部分要加上双引号。

```
l=70
"零件的长度"
w=30
"零件的宽度"
h=5
"零件的高度"
r1=2
"零件下面 4 角边缘的倒圆半径"
r2=1.2
"零件上面 4 角边缘的倒圆半径"
r3=0.5
"零件周围边缘的倒圆半径"
r4=5
"零件侧按键孔的直径"
r5=3.5
"零件中间按键孔的直径"
r6=20
"零件凸起部分圆弧的半径"
t=0.4
"零件的厚度"
```

（5）找到“拉伸 1”特征在记事本中的记录，如图 5-69 和图 5-70 所示。观察 d0、d1 和 d2，即拉伸特征的高度、宽度和长度。

```
ADD FEATURE (initial number 5)
内部特征标识 39
父项 = 1(#1) 5(#3) 3(#2)


伸出项: 拉伸

数目   元素名         信息
---   ------------- -------------
1     特征名称        已定义
2     拉伸特征类型      实体
3     材料          添加
4     截面          已定义
4.1   设置平面        已定义
4.1.1 草绘平面        TOP:F2(基准平面)
4.1.2 视图方向        侧 1
4.1.3 方向          右
4.1.4 参照          RIGHT:F1(基准平面)
4.2   草绘          已定义
5     特征成形        实体
6     方向          侧 2
7     深度          已定义
7.1   侧一          已定义
7.1.1 侧一深度        无
7.2   侧二          已定义
7.2.1 侧二深度        可变
7.2.2 值           5.00
```

图 5-69　创建拉伸特征的记录 1

```
特征尺寸:
d0 = (显示的:) 5
   (存储的:) 5.0 ( 0.01, -0.01 )
d1 = (显示的:) 30
   (存储的:) 30.0 ( 0.01, -0.01 )
d2 = (显示的:) 70
   (存储的:) 70.0 ( 0.01, -0.01 )
END ADD
```

图 5-70　创建拉伸特征的记录 2

（6）“RELATIONS…END RELATIONS”语句用来编辑零件的关系。在记事本的“RELATIONS…END RELATIONS”中间插入如下的文字。下面的数据是根据本实例前面的设计步骤产生的，可以在记事本文件中找到特征名和对应参数。

注意：文字说明部分要加上双引号。

```
d0=h
d1=w
d2=l
d3=2*t
d4=2*t
d5=r2
d6=r1
d7=r3
d8=t
d10=r1/2
d11= r1/2
d12= r1/2
d13= r1/2
d14=r3
d15=t
d17=0.5*r1
d18=0.3*l
```

```
d19=0.8*w
d20=(1/7)*l
d21=0.5*d19
d22=0.5*t
d23=(2/3)*w
d24=0.2*l
d25=r6
d27=r4
d28=0.1*l
d29=0.2*w
d30=0.4*w
d36=r5
d37=0.1*l
```

（7）在记事本中选择【文件】|【保存】菜单命令，关闭记事本。

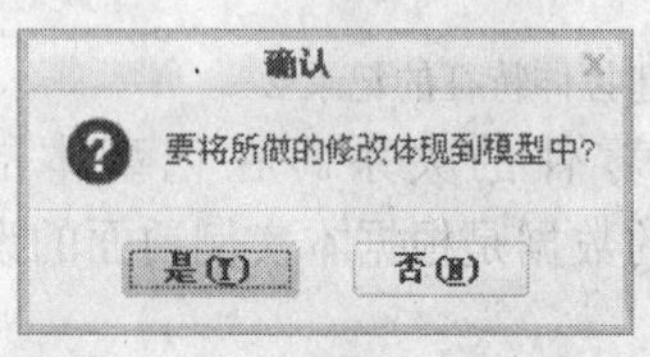

图 5-71 【确认】对话框

（8）在打开的如图 5-71 所示的【确认】对话框中单击【是】按钮。在【得到输入】菜单管理器中选择【当前值】选项，再选择【完成/返回】命令。

（9）在【工具】选项卡【模型意图】组中，选择【模型意图】|【程序】命令，在【程序】菜单管理器中选择【编辑设计】选项。打开实例的记事本文档，查看“INPUT…END INPUT”语句，如图 5-72 所示。查看“RELATIONS…END RELATIONS”语句，如图 5-73 所示。

```
INPUT
 L NUMBER
 "零件的长度"
 W NUMBER
 "零件的宽度"
 H NUMBER
 "零件的高度"
 R1 NUMBER
 "零件下面4角边缘的倒圆半径"
 R2 NUMBER
 "零件上面4角边缘的倒圆半径"
 R3 NUMBER
 "零件周围边缘的倒圆半径"
 R4 NUMBER
 "零件侧按键孔的直径"
 R5 NUMBER
 "零件中间按键孔的直径"
 R6 NUMBER
 "零件凸起部分圆弧的半径"
 T NUMBER
 "零件的厚度"
END INPUT
```

图 5-72 查看“INPUT…END INPUT”语句

```
RELATIONS
D0=H
D1=W
D2=L
D3=2*T
D4=2*T
D5=R1
D6=R1
D7=R1
D8=R1
D9=R2
D10=R2
D11=R2
D12=R2
D13=R3
D14=R3
D15=T
D17=0.5*R1
D18=0.3*L
D19=0.8*W
D20=(1/7)*L
D21=0.5*D19
D22=0.5*T
D23=(2/3)*W
D24=0.2*L
D25=R6
D27=R4
D28=0.1*L
D29=0.2*W
D30=0.4*W
D36=R5
```

图 5-73 查看“RELATIONS…END RELATIONS”语句

（10）在【工具】选项卡【模型意图】组中单击【参数】按钮[]，打开【参数】对话框，如图 5-74 所示。

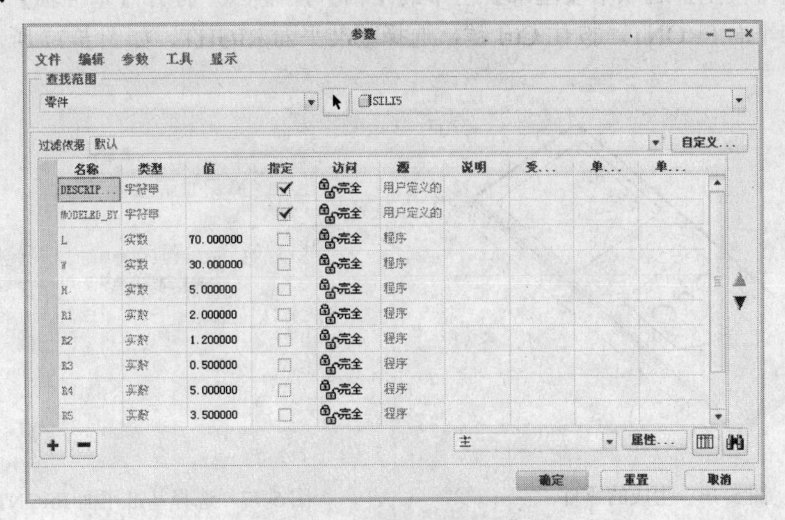

图 5-74　【参数】对话框

（11）在【工具】选项卡【模型意图】组中单击【关系】按钮 d=，打开【关系】对话框，如图 5-75 所示。

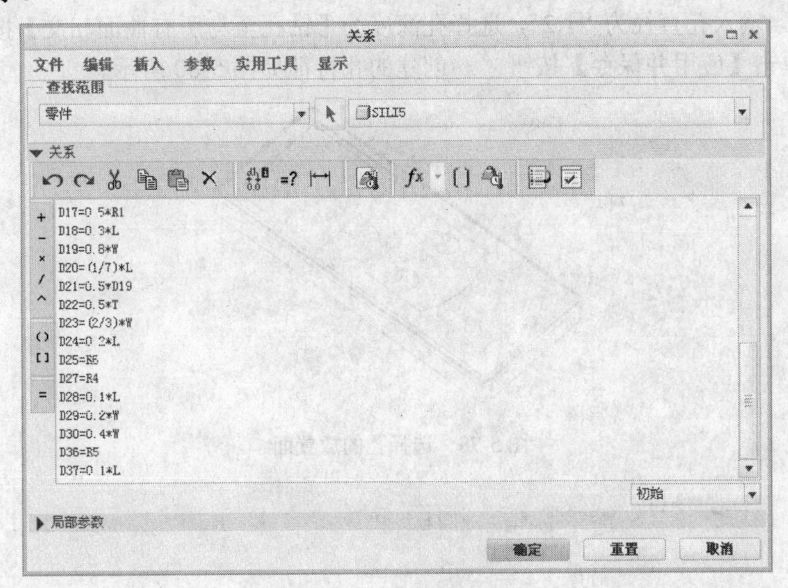

图 5-75　【关系】对话框

（12）在【工具】选项卡【模型意图】组中，选择【模型意图】|【程序】命令，在【程序】菜单管理器中选择【编辑设计】选项，打开记事本文件，选择【文件】|【保存】菜单命令，再关闭记事本。在【得到输入】菜单管理器中选择【输入】选项。再选择【全选】选项，最后选择【完成选取】命令。

（13）输入零件的长度为“100”，单击【接受值】按钮☑，继续按顺序输入数字“40，8，3，1，0.5，6，4，20，0.5”，分别单击【接受值】按钮☑或者按 Enter 键，结果生成的零件如图 5-76 所示。

步骤 2：创建阵列

（1）单击【模型】选项卡【基准】组中的【轴】按钮，打开【基准轴】对话框。在工作区选择基准平面 FRONT，按住 Ctrl 键，选择基准平面 RIGHT，如图 5-77 所示，单击【确定】按钮。

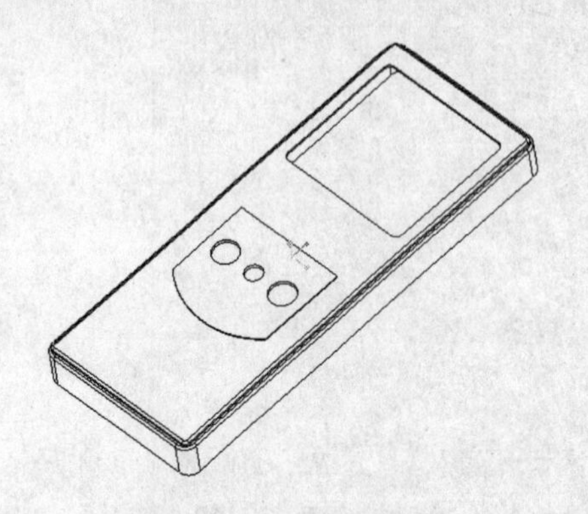

图 5-76　生成的零件

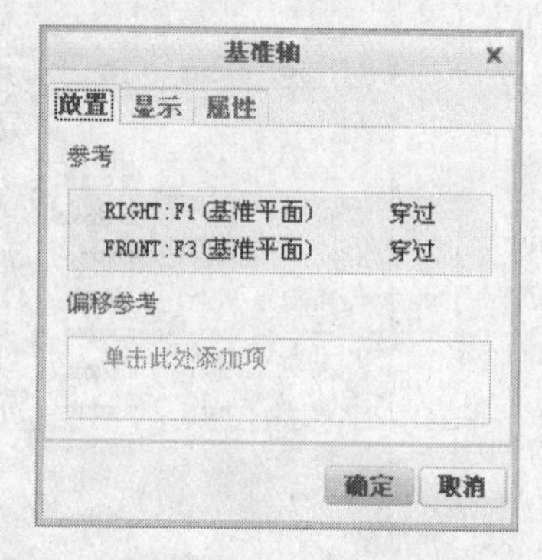

图 5-77　选择基准平面 FRONT 和 RIGHT

（2）单击【模型】选项卡【工程】组中的【孔】按钮，打开【孔】工具选项卡。选择如图 5-78 所示的面为孔的放置面，拖动其中一个方形绿色句柄捕捉基准平面 FRONT，输入距离为“0”，按下 Enter 键。拖动另一个方形绿色句柄捕捉基准平面 RIGHT，输入距离为“25”，按下 Enter 键。输入孔直径为“1.2”，选择孔深度为【钻孔至与所有曲面相交】按钮，如图 5-79 所示。单击【应用并保存】按钮。创建的孔特征如图 5-80 所示。

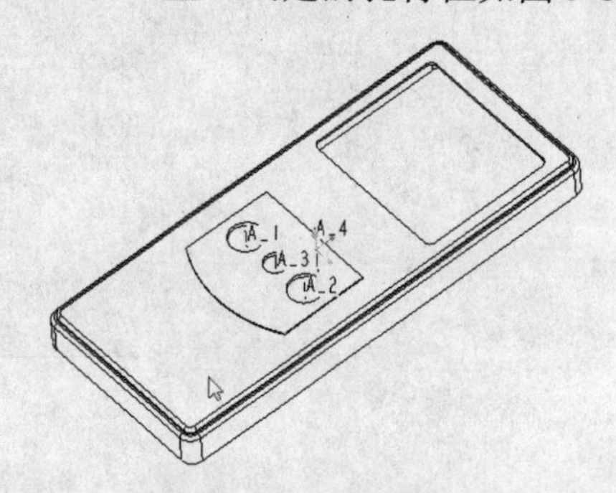

图 5-78　选择孔的放置面

图 5-79　设置孔的参数

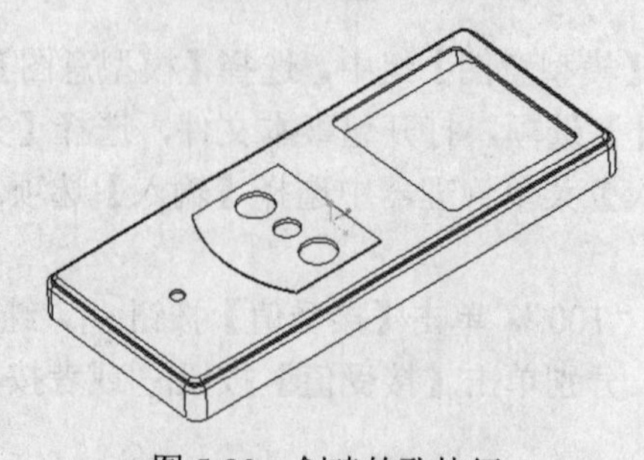

图 5-80　创建的孔特征

（3）单击【模型】选项卡【工程】组中的【孔】按钮，打开【孔】工具选项卡。选择如图 5-78 所示的面为孔的放置面，单击【放置】标签，切换到【放置】面板，在类型下拉列表框中选择【径向】选项，拖动其中一个方形绿色句柄捕捉上一步孔的基准轴，输入半径为“2”，按下 Enter 键。拖动另一个方形绿色句柄捕捉基准平面 FRONT，输入角度为“75”，按下 Enter 键，如图 5-81 所示。输入孔直径为“2”，选择孔深度为【钻孔至与所有曲面相交】按钮。单击【应用并保存】按钮，创建的孔特征如图 5-82 所示。

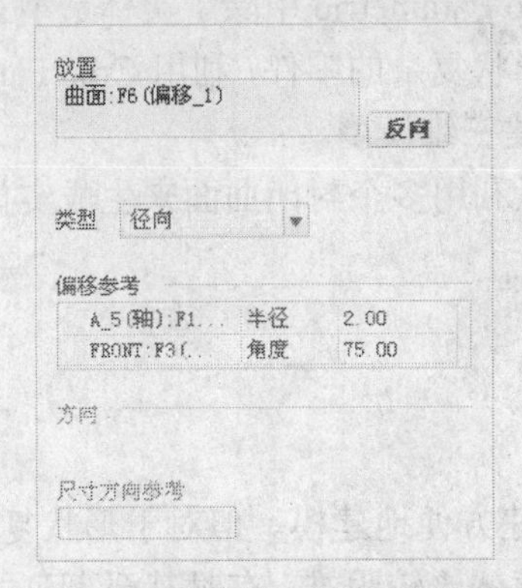

图 5-81　【放置】面板参数设置

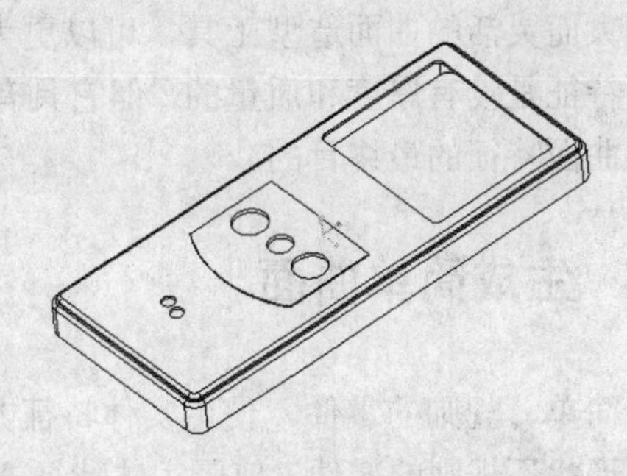

图 5-82　创建的孔特征

（4）选择上一步创建的孔特征，单击【模型】选项卡【编辑】组中的【阵列】按钮，打开【阵列】工具选项卡。在【类型】下拉列表框中选择【尺寸】选项，单击【尺寸】标签，切换到【尺寸】面板，在方向 1 中选择上一步创建孔的角度尺寸，输入增量为“45”；单击方向 2 中的【选取项目】，选择上一步创建孔的角度尺寸，输入增量为“7.5”，按住 Ctrl 键，选择上一步创建孔的直径尺寸，输入增量为“-0.2”，按住 Ctrl 键，选择上一步创建孔的半径尺寸，输入增量为“1.5”，如图 5-83 所示。

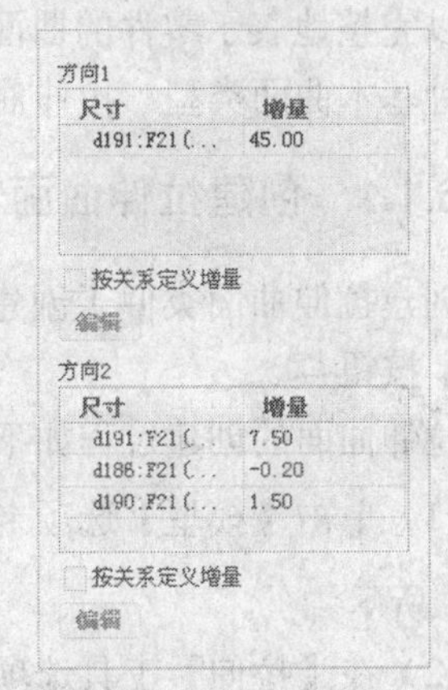

图 5-83　【尺寸】面板参数设置

（5）在【阵列】工具选项卡中输入方向 1 的阵列数量为“8”，输入方向 2 的阵列数量为“5”，如图 5-84 所示，单击【应用并保存】按钮，得到的效果如图 5-85 所示。至此，这个范例就最终制作完成了。

图 5-84　设置阵列参数

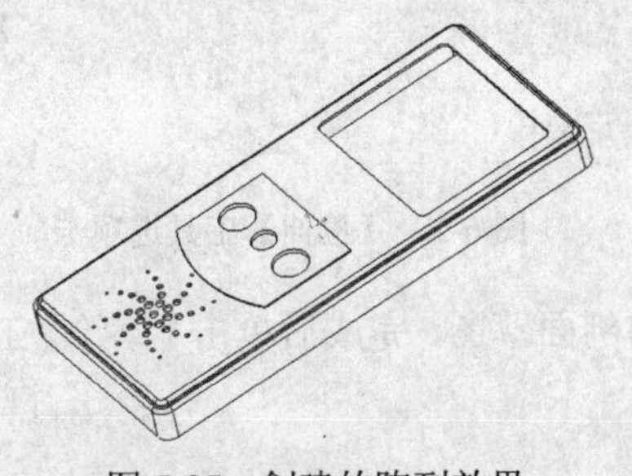

图 5-85　创建的阵列效果

第6章 曲 面 设 计

曲面设计是三维建模中非常重要的一个环节。在 Creo Parametric 中除了实体造型工具外，曲面造型工具是另外一种非常有效的工具，特别是对于形状复杂的零件，利用 Creo Parametric 提供的强大而灵活的曲面造型工具，可以更为有效地创建三维模型。

曲面特征是没有厚度和质量的，但它具有边界，可以利用多个封闭曲面来生成实体特征。这是建立曲面特征的最终目的。

6.1 生成简单曲面

对于简单、规则的零件，使用实体特征方式就能迅速方便地建模。但对于形状复杂，特别是表面形状不规则的零件，使用实体特征方式进行建模就比较困难，有时甚至不可能完成。但是，只要能够绘制出零件的轮廓曲线，就可以由曲线建立曲面，用多个单一曲面组合起来就可以完整地表示零件的曲面模型，最后再用填充材料的方式来生成实体。简单曲面分为以下几种基本曲面类型：拉伸曲面、旋转曲面、混合曲面和扫描曲面。下面分别来具体介绍。

6.1.1 创建拉伸曲面特征

创建拉伸曲面类似于创建拉伸实体，主要区别是在【拉伸】工具选项卡中单击【拉伸为曲面】按钮。

拉伸曲面的创建过程如下。

（1）单击【模型】选项卡【形状】组的【拉伸】按钮，打开【拉伸】工具选项卡，如图 6-1 所示。

（2）在【拉伸】工具选项卡中单击【拉伸为曲面】按钮。

（3）在工具选项卡中打开【放置】面板，单击【定义】按钮，弹出【草绘】对话框。

（4）选择一个基准平面为草绘平面，其余接受系统默认的设置，单击对话框中的【草绘】按钮，进入草绘模式。

图 6-1 【拉伸】工具选项卡

（5）绘制如图 6-2 所示的剖面草图，完成后单击【草绘】工具选项卡中的【确定】按钮，退出草绘模式。

（6）深度选项可以采用系统默认的选项，输入深度值为“200”，按下 Enter 键确认；单击【应用并保存】按钮，创建的拉伸曲面特征如图 6-3 所示。

H
V
V
100.00
H
200.00

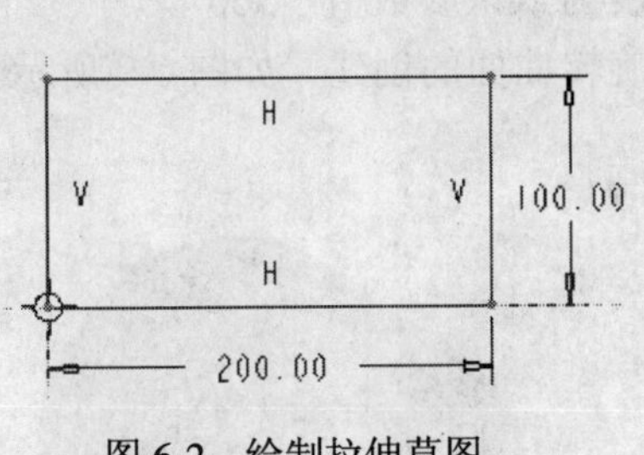

图 6-2　绘制拉伸草图

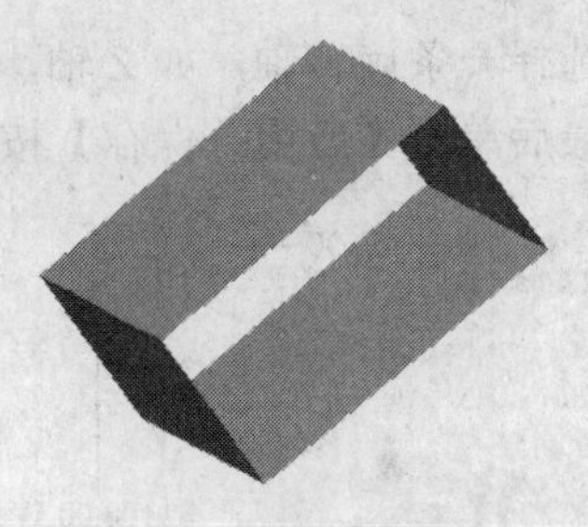

图 6-3　拉伸曲面特征

如果想绘制封闭的拉伸曲面，可以单击工具选项卡中的【选项】标签，打开【选项】面板，启用【封闭端】复选框，如图 6-4 所示，生成的封闭拉伸曲面图 6-5 所示。

选项
属性
深度
侧 1
盲孔
216.51
侧 2
无
封闭端
添加锥度

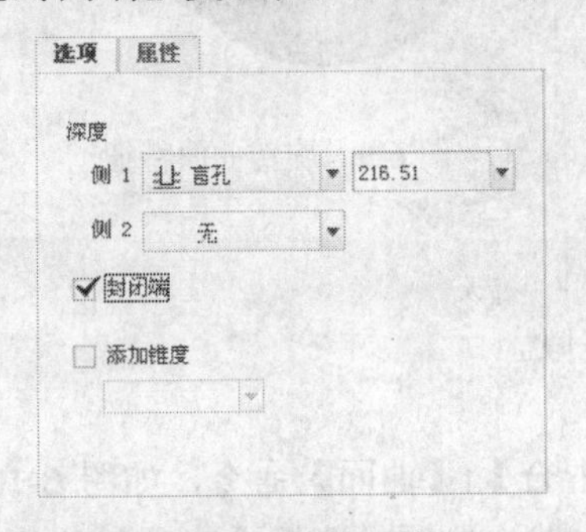

图 6-4　【选项】面板

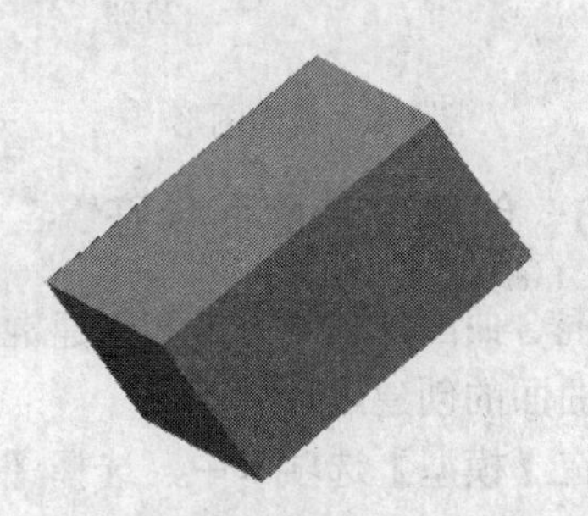

图 6-5　拉伸曲面特征（封闭）

拉伸曲面特征和拉伸实体特征在模型树中的标识相同，如图 6-6 所示。

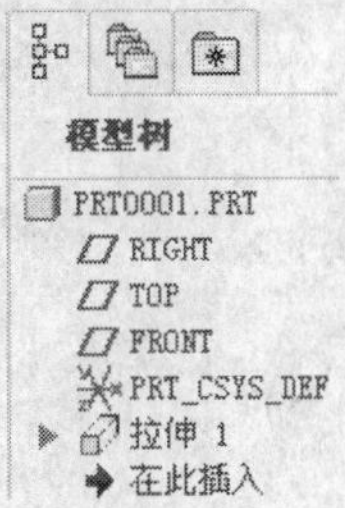

模型树
PRT0001.PRT
RIGHT
TOP
FRONT
PRT_CSYS_DEF
拉伸 1
在此插入

图 6-6　拉伸曲面特征模型树

6.1.2　创建旋转曲面特征

旋转曲面的创建方法和旋转实体类似，关键是在【旋转】工具选项卡中选择【作为曲面旋转】按钮。

旋转曲面的创建过程如下。

（1）单击【模型】选项卡【形状】组中的【旋转】按钮，打开【旋转】工具选项卡，如图 6-7 所示。

文件
模型
分析
注释
渲染
工具
视图
柔性建模
应用程序
旋转
360.00
放置
选项
属性

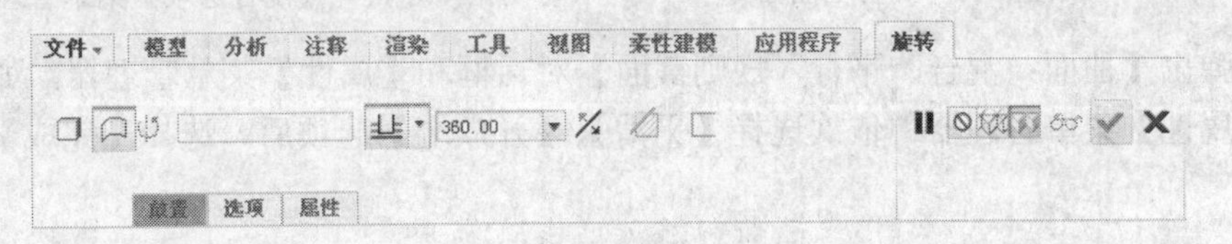

图 6-7　【旋转】工具选项卡

（2）在选项卡中单击【作为曲面旋转】按钮。

（3）在【放置】面板中单击【定义】按钮，弹出【草绘】对话框。

（4）选择一个基准平面为草绘平面，其余接受系统默认的设置，单击对话框中的【草绘】按钮，进入草绘模式。

（5）绘制如图 6-8 所示的图形，完成后单击【草绘】工具选项卡中的【确定】按钮，退出草绘模式。

（6）选择一条旋转轴，如 Z 轴，设置旋转角度为默认参数值“360”。

（7）最后单击【应用并保存】按钮，完成旋转曲面的创建，如图 6-9 所示。

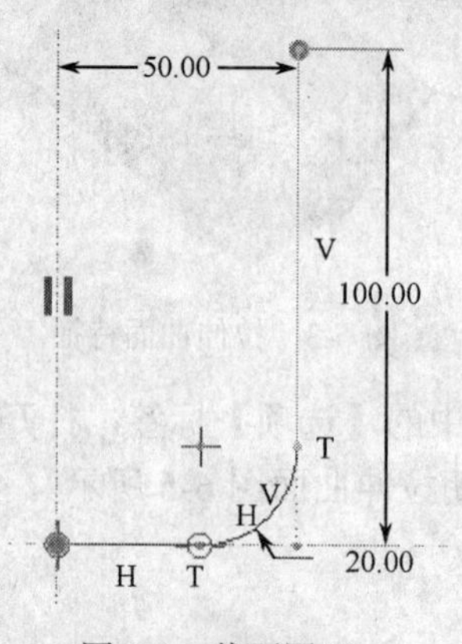

图 6-8　截面图形

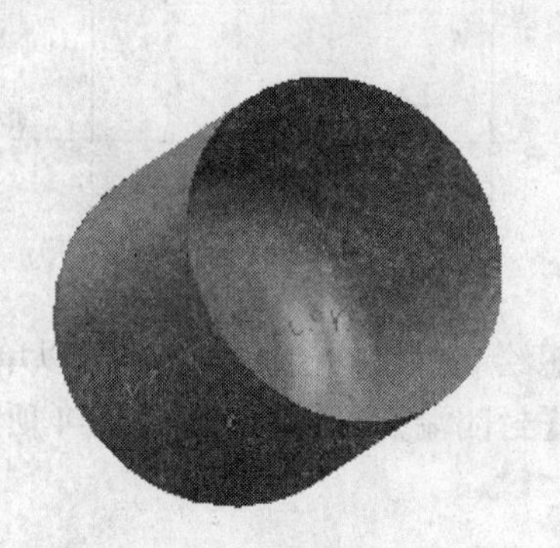

图 6-9　旋转曲面特征

6.1.3　创建混合曲面特征

创建混合曲面特征的方法和创建混合实体相类似。

混合曲面的创建过程如下。

（1）在【模型】选项卡中，选择【形状】|【混合】|【曲面】命令，如图 6-10 所示，弹出如图 6-11 所示的【混合选项】菜单管理器，使用默认选项，选择【完成】命令。

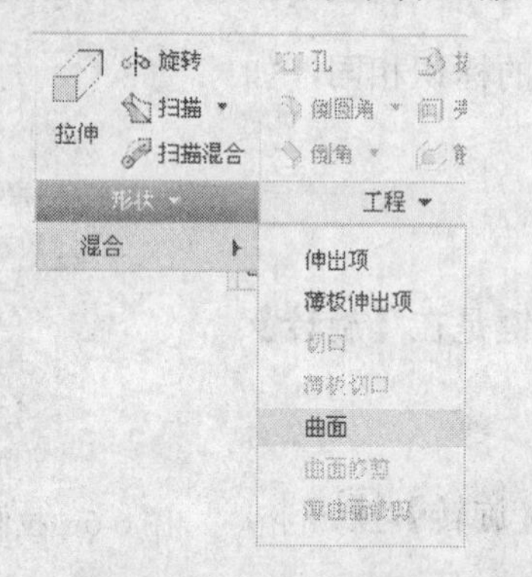

图 6-10　混合曲面命令

图 6-11　【混合选项】菜单管理器

（2）弹出【曲面：混合，平行，规则截面】对话框和【属性】菜单管理器，如图 6-12 所示，在【属性】菜单管理器中依次选择【平滑】、【开放端】选项后，选择【完成】命令。

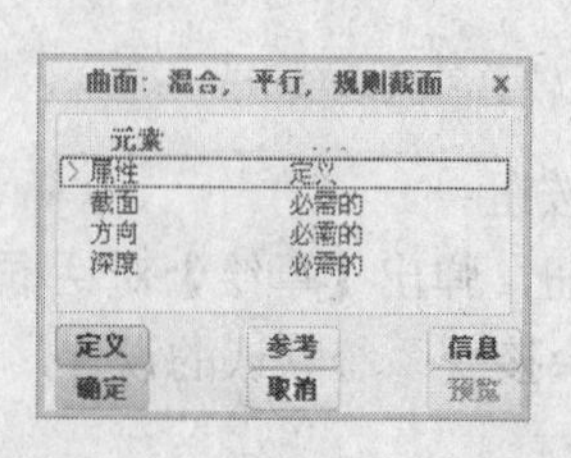

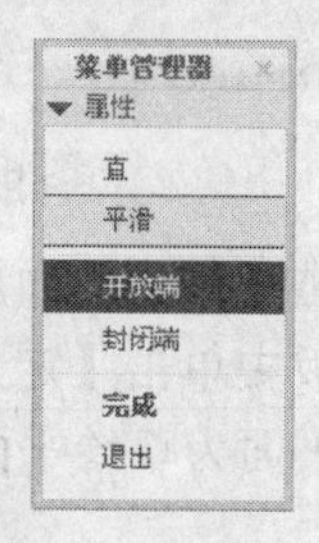

图 6-12　【曲面：混合，平行，规则截面】对话框和【属性】菜单管理器

（3）弹出【设置平面】菜单管理器后，选择一个基准平面为草绘平面；在【方向】菜单管理器中选择方向；在【草绘视图】菜单管理器中选择视图方向，这三个菜单管理器如图6-13所示；之后进入草绘模式绘制截面1，即绘制如图6-14所示的草图截面。

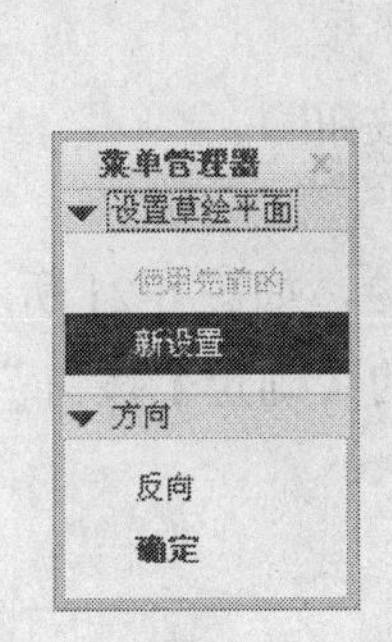

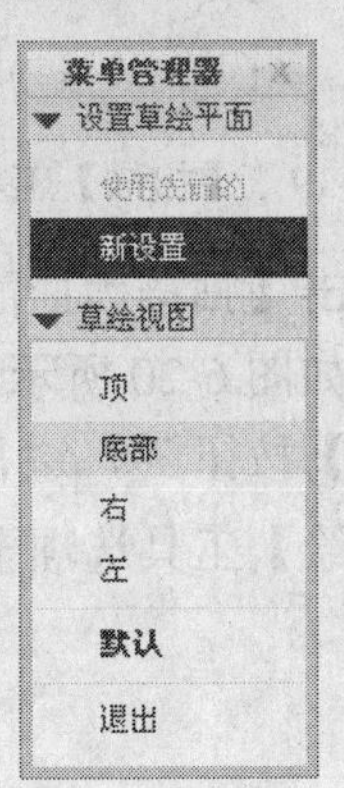

图6-13 【设置平面】、【方向】和【草绘视图】菜单管理器

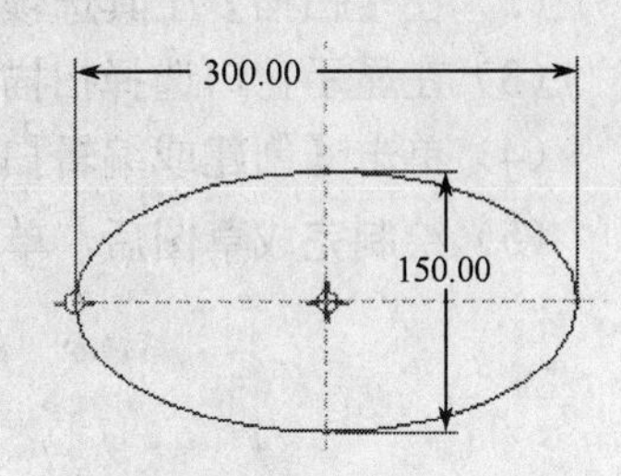

图6-14 绘制截面1

（4）在【草绘】工具选项卡中，选择【设置】|【特征工具】|【切换截面】命令，绘制截面2，如图6-15所示。

（5）完成后，单击【草绘】工具选项卡中的【确定】按钮，退出草绘模式。

（6）在【深度】菜单管理器中选择【盲孔】选项后，选择【完成】命令，如图6-16所示。

（7）在深度文本框中输入特征深度值“100”，如图6-17所示，按下Enter键确认，完成混合曲面特征的创建，效果如图6-18所示。

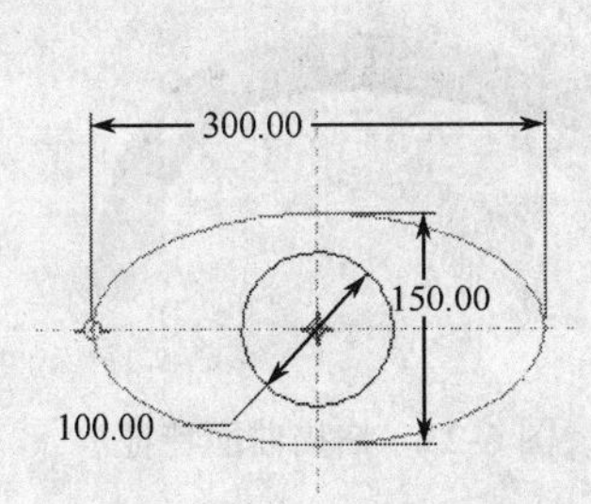

图6-15 绘制截面2

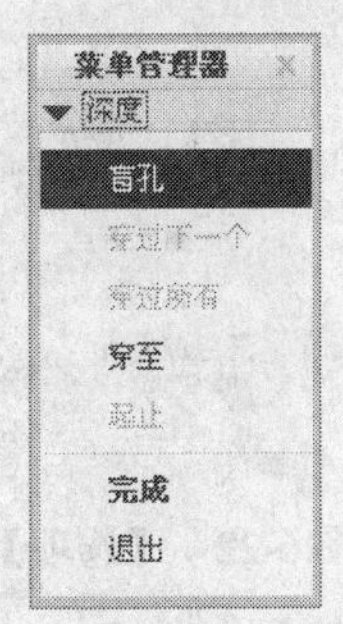

图6-16 【深度】菜单管理器

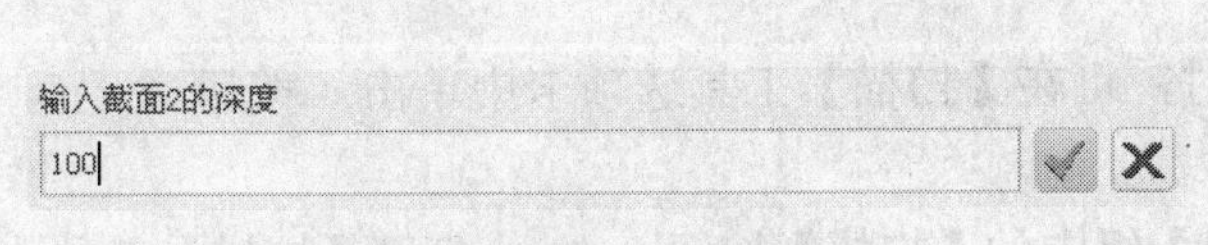

图6-17 深度文本框

图6-18 混合曲面特征

6.1.4 创建扫描曲面特征

扫描曲面的创建过程如下。

（1）单击【模型】选项卡【形状】组中的【扫描】按钮，弹出如图6-19所示的【扫描】工具选项卡。

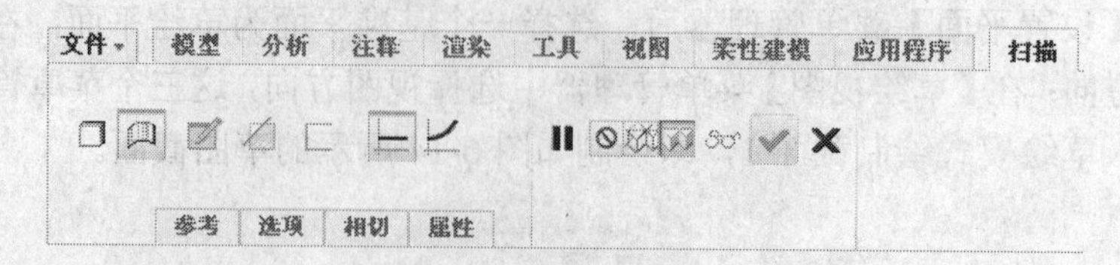

图 6-19 【扫描】工具选项卡

（2）在【扫描】工具选项卡中单击【扫描为曲面】按钮。

（3）在显示窗口选择扫描轨迹，如图 6-20 所示。

（4）单击【创建或编辑扫描曲面】按钮，进行草绘，如图 6-21 所示。

（5）绘制完成草图后，单击【草绘】工具选项卡中的【确定】按钮。

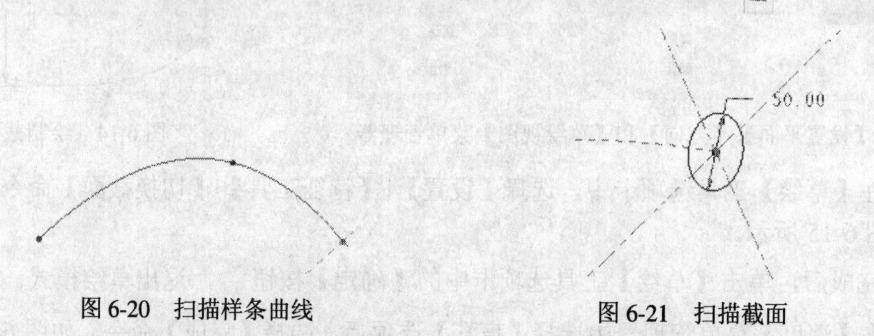

图 6-20 扫描样条曲线

图 6-21 扫描截面

（6）在如图 6-22 所示的【选项】面板中，可以启用【封闭端点】复选框以封闭曲面的端点。

（7）最后单击【应用并保存】按钮，完成扫描曲面的绘制，如图 6-23 所示。

图 6-22 【选项】面板

图 6-23 扫描曲面特征

6.2 生成复杂曲面

6.2.1 创建可变剖面扫描曲面

当创建可变剖面扫描曲面特征时，可在【扫描】工具选项卡中单击按钮。

创建过程如下。

（1）单击【模型】选项卡【形状】组中的【扫描】按钮，打开【扫描】工具选项卡，如图 6-24 所示，单击【扫描为曲面】按钮。

（2）选择两条或多条轨迹，如图 6-25 所示。

（3）单击【创建或编辑扫描曲面】按钮，绘制截面草图，如图 6-26 所示，单击【草绘】工具选项卡中的【确定】按钮。

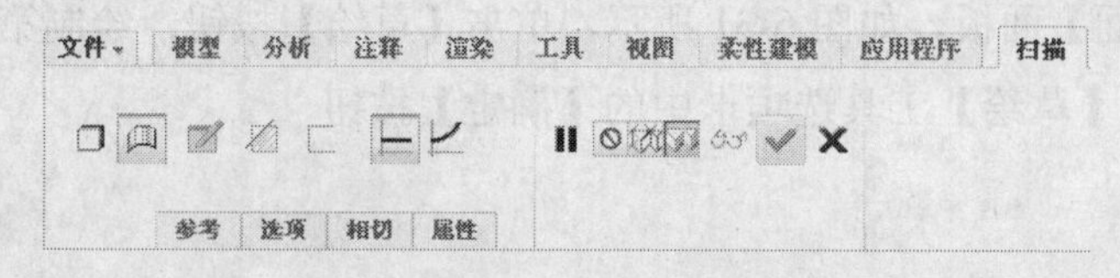

图 6-24　【扫描】工具选项卡

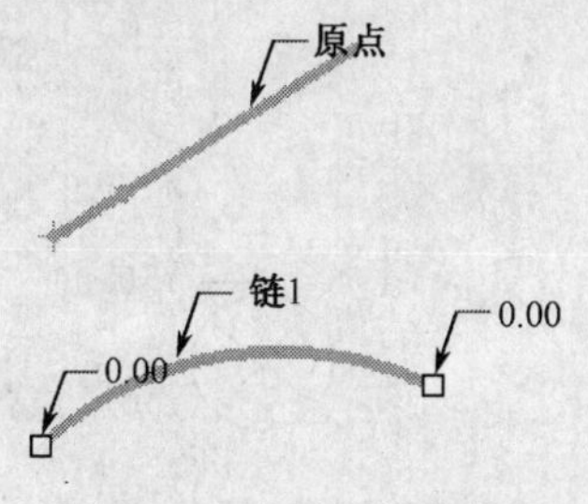

图 6-25　选择扫描曲线

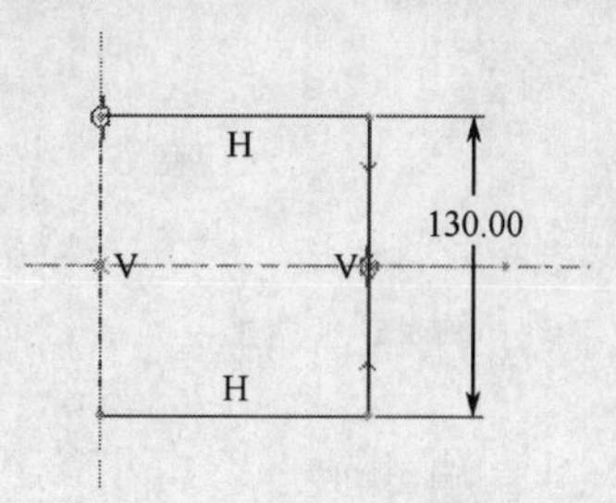

图 6-26　绘制截面草图

（4）在【选项】面板中，启用【封闭端点】复选框，如图 6-27 所示，可以建立封闭曲面。如图 6-28 所示为可变扫描曲面特征。

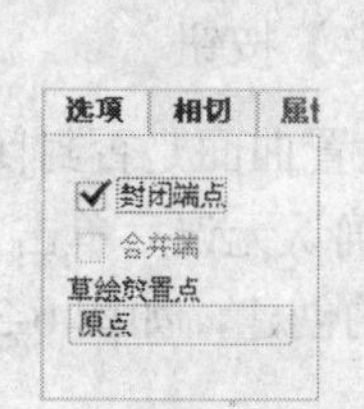

图 6-27　【选项】面板

图 6-28　可变剖面扫描曲面特征

6.2.2　创建扫描混合曲面

当创建扫描混合曲面特征时，可在【扫描混合】工具选项卡中单击【创建曲面】按钮。其创建过程如下。

（1）单击【模型】选项卡【形状】组中的【扫描混合】按钮，打开【扫描混合】工具选项卡，如图 6-29 所示。

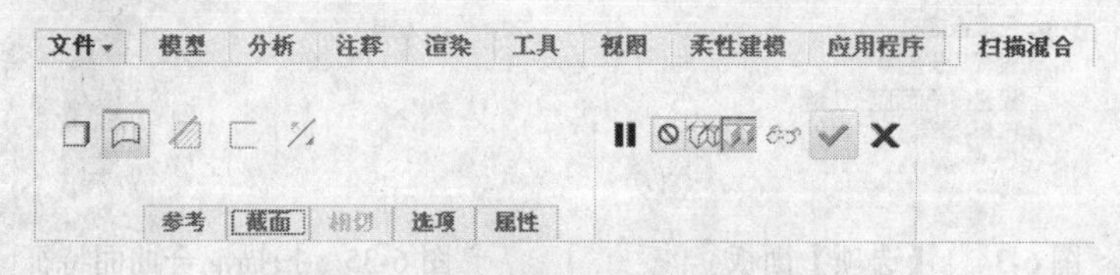

图 6-29　【扫描混合】工具选项卡

（2）单击【创建曲面】按钮，选择轨迹，如图 6-30 所示。

图 6-30　扫描混合轨迹线

（3）打开【截面】面板，如图 6-31 所示，单击【草绘】按钮，绘制第一个截面草图，如图 6-32 所示。单击【草绘】工具选项卡中的【确定】按钮。

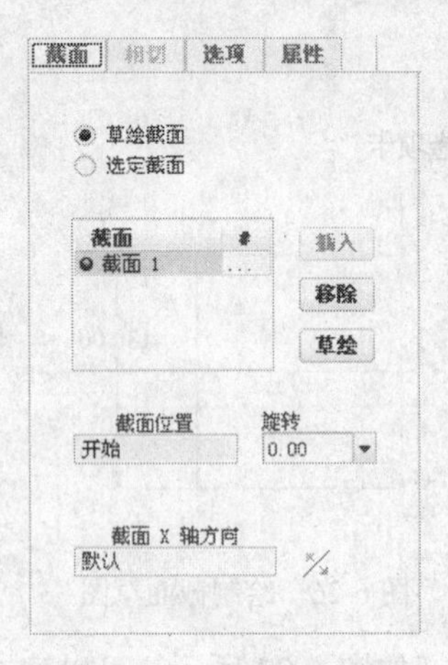

图 6-31 【截面】面板

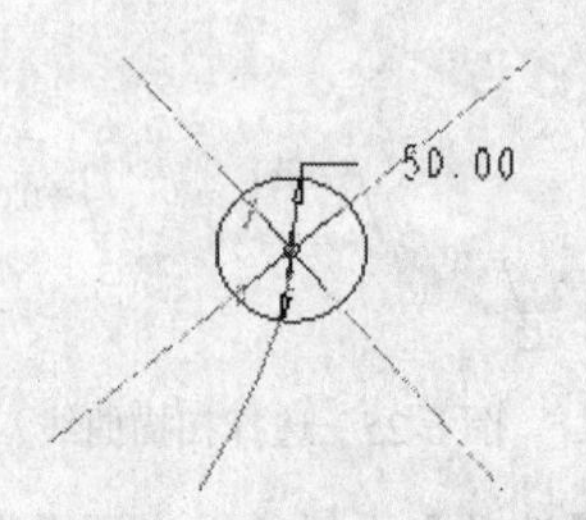

图 6-32 绘制第一个截面草图

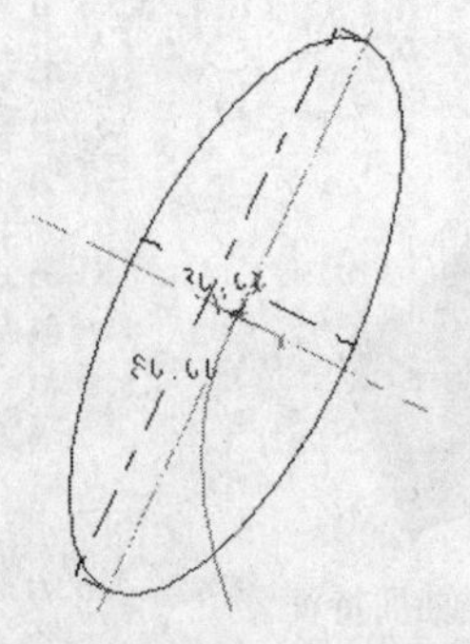

图 6-33 绘制第二个截面草图

（4）单击【截面】面板中的【插入】按钮，插入截面，单击【草绘】按钮，进行第二个截面草图的绘制，如图 6-33 所示。单击【草绘】工具选项卡中的【确定】按钮。

（5）在【选项】面板中可以设置曲面是否封闭，【选项】面板如图 6-34 所示。查看扫描预览，确认无误后单击【应用并保存】按钮，完成扫描混合曲面特征的创建，如图 6-35 所示。

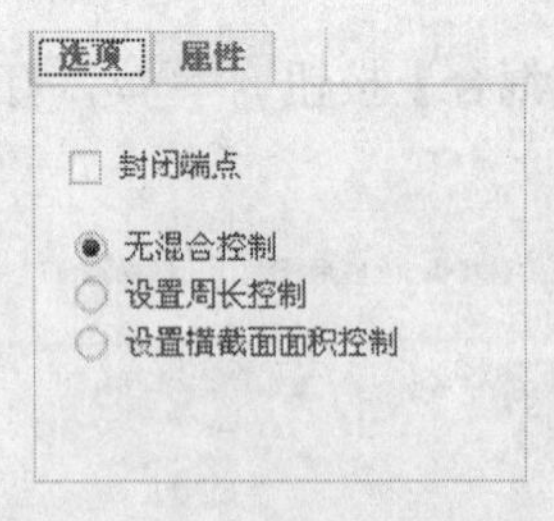

图 6-34 【选项】面板

图 6-35 扫描混合曲面特征

6.2.3 创建螺旋扫描曲面

在创建螺旋扫描曲面特征时，可执行如下操作。

（1）单击【模型】选项卡【形状】组中的【螺旋扫描】按钮，弹出【螺旋扫描】工具选项卡，如图 6-36 所示，单击【创建曲面】按钮。

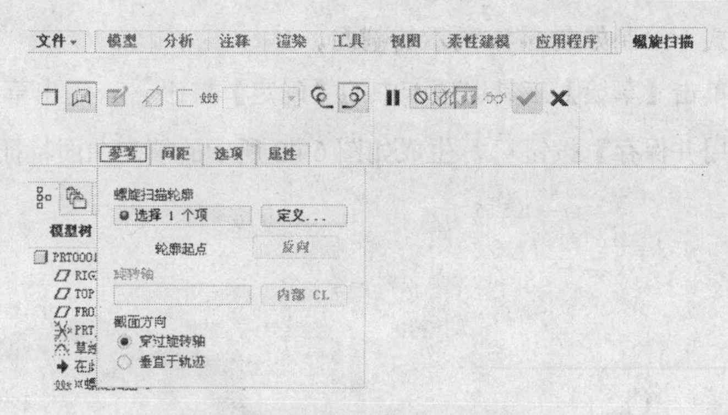

图 6-36　【螺旋扫描】工具选项卡

（2）单击【参考】面板中的【定义】按钮，选择一个平面绘制螺旋轮廓，如图 6-37 所示。单击【草绘】工具选项卡中的【确定】按钮 。

（2）单击【参考】面板中的【旋转轴】选择框，选择一条直线或轴作为旋转轴。

（3）单击【螺旋扫描】工具选项卡中的【创建或编辑扫描截面】按钮，绘制扫描截面，如图 6-38 所示。

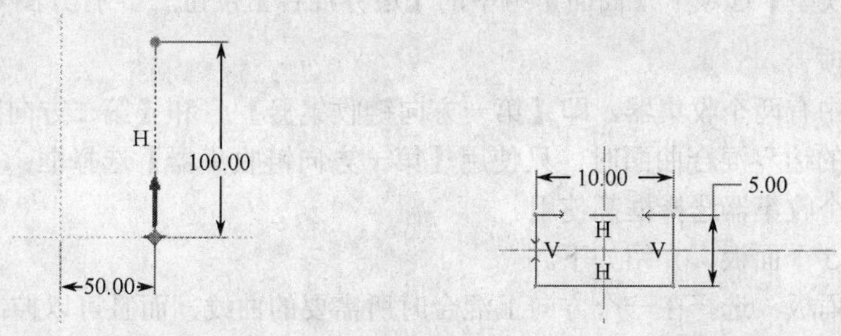

图 6-37　螺旋扫描轨迹　　　图 6-38　绘制扫描截面

（4）在间距值文本框输入间距，并选择螺旋旋转方向。查看扫描预览，确认无误后单击【应用并保存】按钮，完成扫描曲面特征的创建，如图 6-39 所示。

图 6-39　螺旋扫描曲面

6.2.4　创建填充曲面

填充曲面是通过填充同一个平面上的封闭图形而建立的曲面。在创建填充曲面特征时，可按照下面的操作进行。

（1）单击【模型】选项卡【曲面】组中的【填充】按钮，打开如图 6-40 所示的【填充】工具选项卡。

图 6-40　【填充】工具选项卡

（2）打开选项卡中的【参考】面板，在其中单击【定义】按钮，打开【草绘】对话框；选择一个基准平面为草绘平面，其余接受系统默认的设置，单击【草绘】对话框中的【草绘】按钮，进入草绘模式。

（3）在草绘模式下绘制如图 6-41 所示的剖面。

（4）完成后，单击【草绘】工具选项卡中的【确定】按钮，退出草绘模式。

（5）单击【应用并保存】按钮，生成如图 6-42 所示的填充曲面特征。

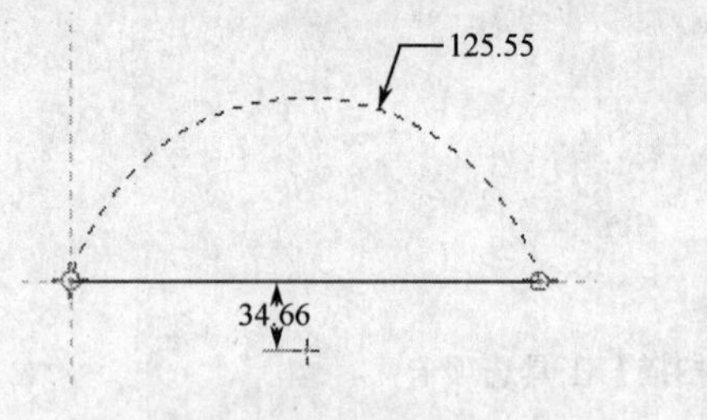

图 6-41 填充剖面

图 6-42 填充曲面特征

6.2.5 创建边界混合曲面

当需要建立的零件没有明显的剖面和轨迹时，可以利用边线来混合成曲面，这就是边界混合曲面。其创建过程如下。

（1）单击【模型】选项卡【曲面】组中的【边界混合】按钮，打开图 6-43 所示的【边界混合】工具选项卡。

工具选项卡中有两个收集器，即【第一方向链收集器】和【第二方向链收集器】。

当创建单向的边界混合曲面时，只使用【第一方向链收集器】选择框；当创建双向边界混合曲面时，两个收集器选择框都使用。

选项卡中有 5 个面板，介绍如下。

- 【曲线】面板：选择在一个方向上混合时所需要的曲线，而且可以控制选取顺序。
- 【约束】面板：指边界曲线的约束条件，包括自由、切线、曲率和垂直。
- 【控制点】面板：为精确控制曲线形状，可以在曲线上添加控制点。
- 【选项】面板：选取曲线来控制混合曲面的形状和逼近方向。
- 【属性】面板：边界混合曲面的命名。

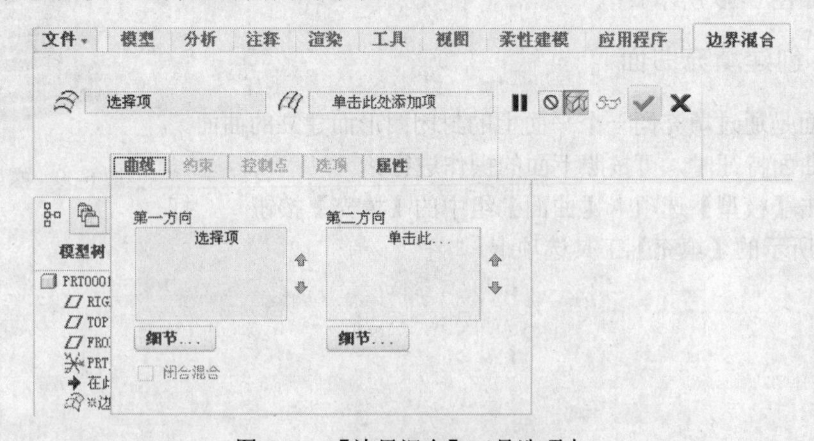

图 6-43 【边界混合】工具选项卡

（2）单击【第一方向链收集器】选择框，依次选择第一方向上的各个曲线，如图 6-44 所示。

（3）单击【第二方向链收集器】选择框，依次选择第二方向上的各个曲线，如图 6-45 所示。

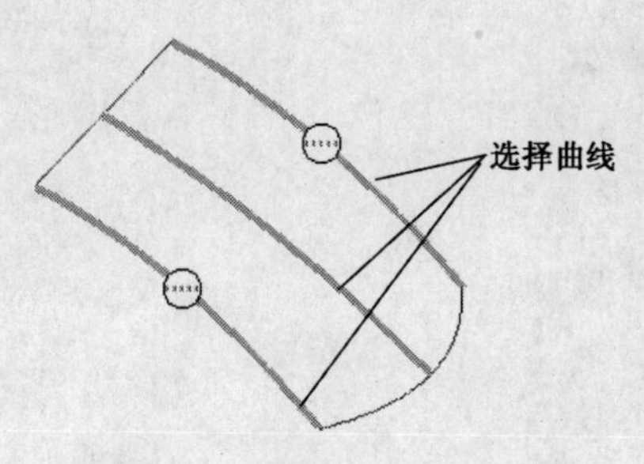

图 6-44 选择第一方向的曲线

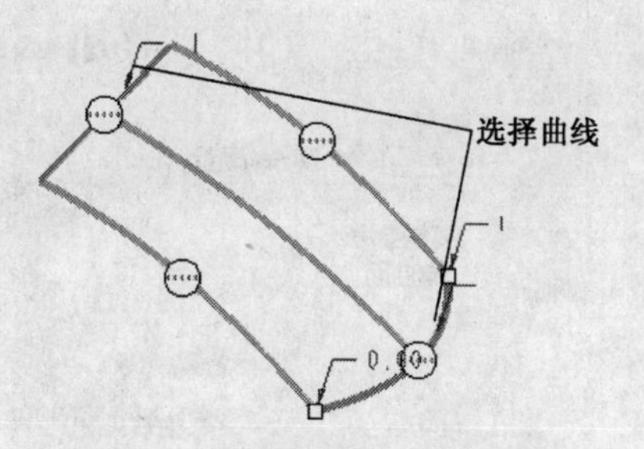

图 6-45 选择第二方向上的曲线

（4）在【控制点】面板中可以设置边界混合曲面上的形状控制点，在【选项】面板中可以添加曲面的形状控制曲线，这两个面板分别如图 6-46 和图 6-47 所示。

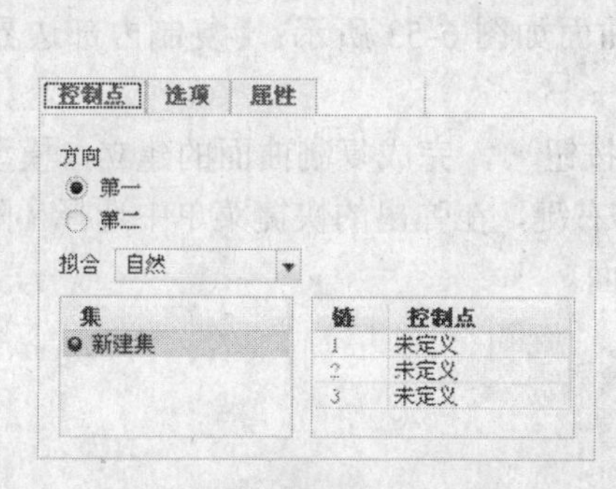

图 6-46 【控制点】面板

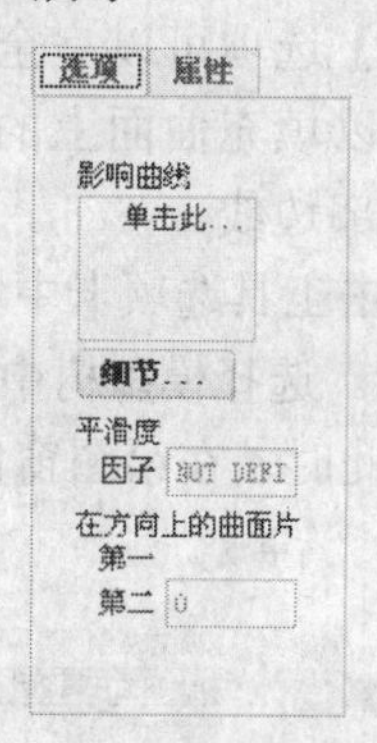

图 6-47 【选项】面板

（5）查看扫描预览，确认无误后单击【应用并保存】按钮，完成边界混合曲面特征的创建，如图 6-48 所示。

图 6-48 边界混合曲面

6.3 编辑曲面

创建曲面特征之后，根据具体的需要，还可以对其进行一系列的编辑和修改，包括复制、移动、旋转、偏移、延伸、修剪和合并等操作，同时还可以将曲面加厚或实体化，最终完成一个完整特征的创建。下面将具体介绍这些方法和操作。

6.3.1 复制、移动、旋转和偏移曲面

1. 复制曲面

曲面复制是将原来的曲面通过复制的方式生成新的曲面，其创建步骤如下。

图 6-49 选择曲面

（1）首先打开一个曲面效果，例如选择如图 6-49 所示的曲面。

（2）单击【模型】选项卡【操作】组中的【复制】按钮，然后再单击【粘贴】按钮，打开图 6-50 所示的【曲面：复制】工具选项卡，在【参考】面板中显示的是将要复制的参考面。

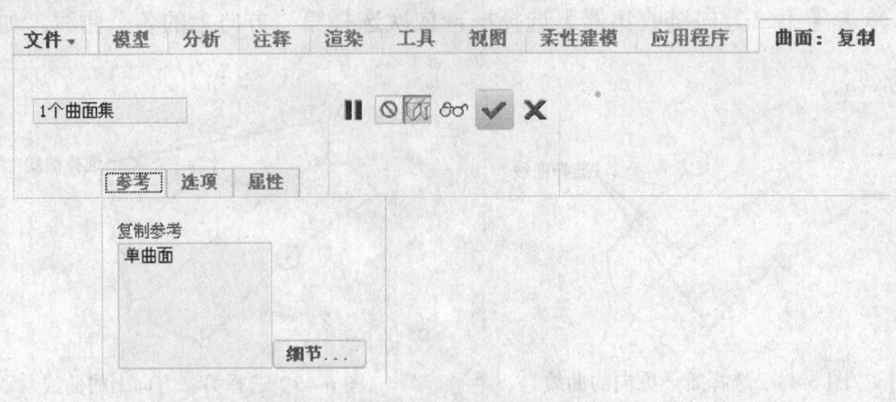

图 6-50 【曲面：复制】工具选项卡

（3）打开【选项】面板，如图 6-51 所示，可以从中选择不同的复制方法。【按原样复制所有曲面】选项可以完全复制曲面特征，复制的曲面如图 6-52 所示；【排除曲面并填充孔】选项可以填充曲面上的孔特征，复制的曲面如图 6-53 所示；【复制内部边界】选项仅复制曲面内部边线。

（4）单击工具选项卡中的【应用并保存】按钮，完成复制曲面的建立，模型树显示如图 6-54 所示。选择模型树中的参照曲面并单击右键，在弹出的快捷菜单中选择【隐藏】命令将其隐藏，此时，在绘图窗口中仅显示复制曲面。

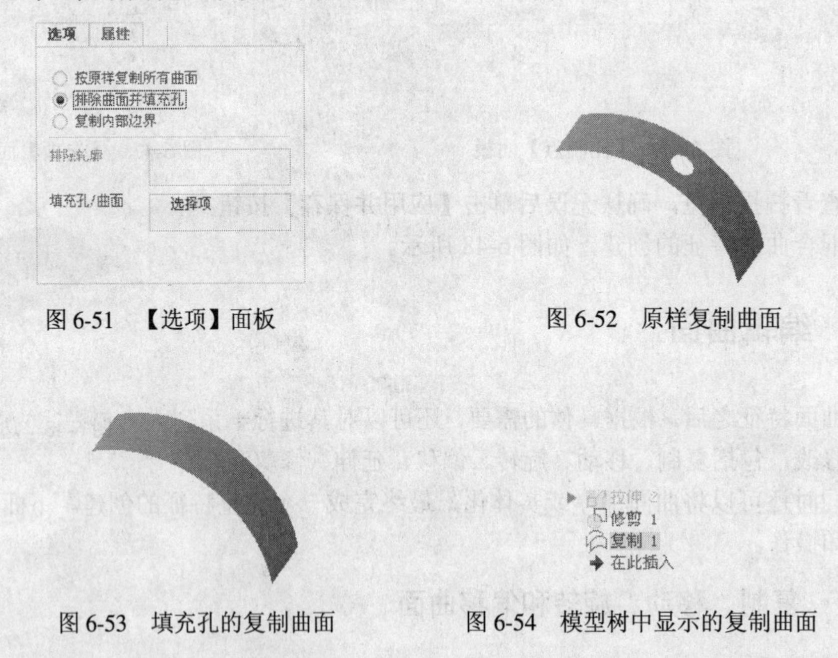

图 6-51 【选项】面板

图 6-52 原样复制曲面

图 6-53 填充孔的复制曲面

图 6-54 模型树中显示的复制曲面

2. 移动与旋转曲面

曲面的移动与旋转是将原来的曲面通过平移和旋转的方式生成新的曲面，其创建步骤如下。

（1）打开文件，选择其中的曲面。

（2）单击【模型】选项卡【操作】组中的【复制】按钮，然后单击【选择性粘贴】按钮，打开如图 6-55 所示的【移动（复制）】工具选项卡。

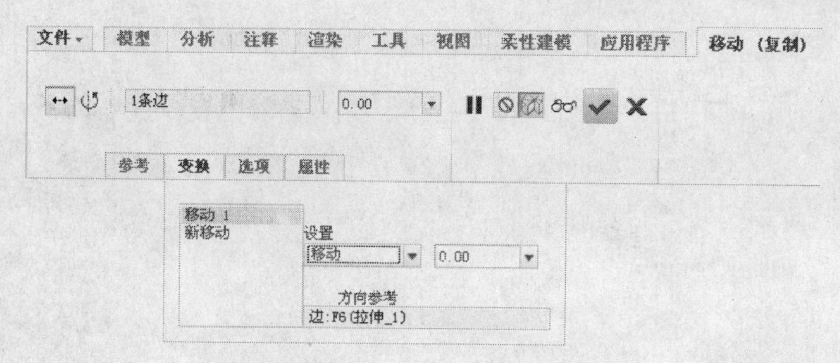

图6-55 【移动（复制）】工具选项卡

（3）在【移动（复制）】工具选项卡中单击【沿选定参考平移特征】按钮，输入移动距离，选择参照，移动曲面，如图6-56所示。

（4）在弹出的【移动（复制）】工具选项卡（如图6-57所示）中单击【相对选定参考旋转特征】按钮，输入旋转角度，选择参照，旋转曲面，如图6-58所示。

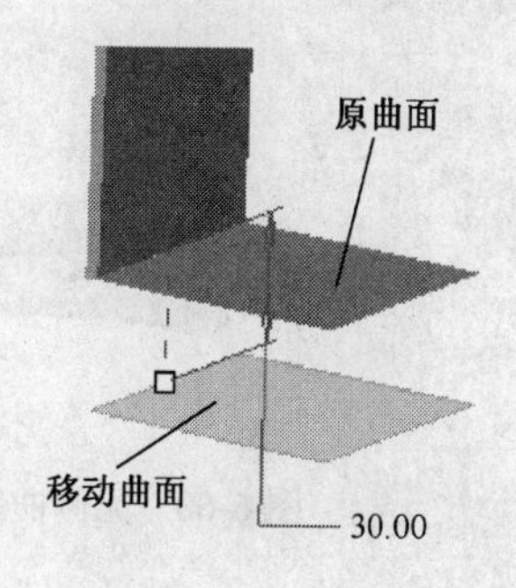

图6-56 曲面移动

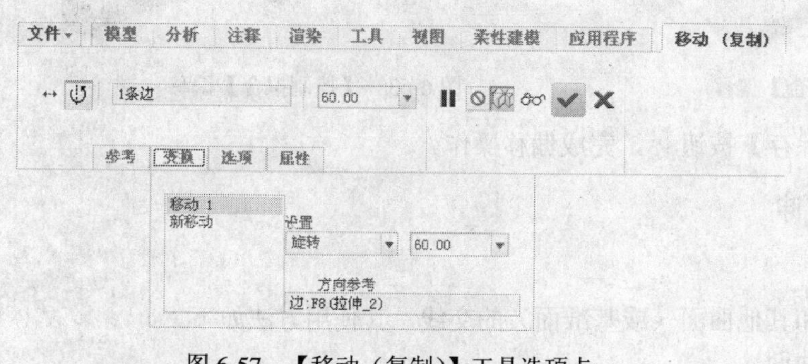

图6-57 【移动（复制）】工具选项卡

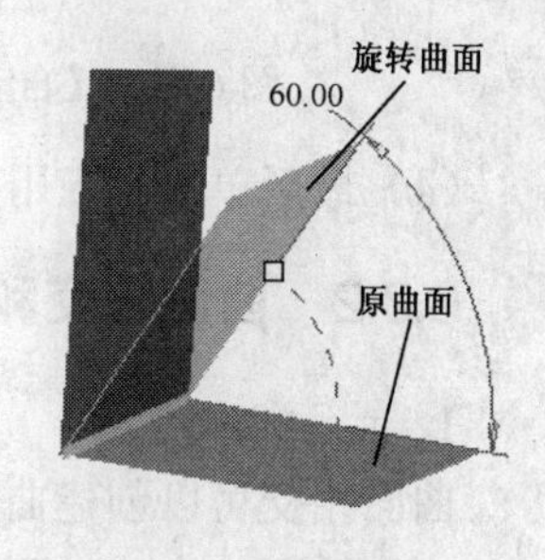

图6-58 曲面旋转

（5）单击工具选项卡中的【应用并保存】按钮，完成曲面的旋转。

3. 曲面偏移

曲面偏移是将原来的曲面偏移指定的距离，以生成新的曲面，其创建步骤如下。

（1）打开文件，选择曲面。

（2）单击【模型】选项卡【编辑】组中的【偏移】按钮，打开如图6-59所示的【Offset】工具选项卡。选择【标准偏移特征】选项，在工具选项卡中输入偏移距离。

（3）在【选项】面板中。如果启用【创建侧曲面】复选框，则创建的曲面带有侧曲面，反之，创建的曲面没有侧曲面，如图6-60所示。【选项】面板中有3个选项，分别是【垂直于曲面】、【自动拟合】和【控制拟合】。其效果分别如图6-61、图6-62和图6-63所示。

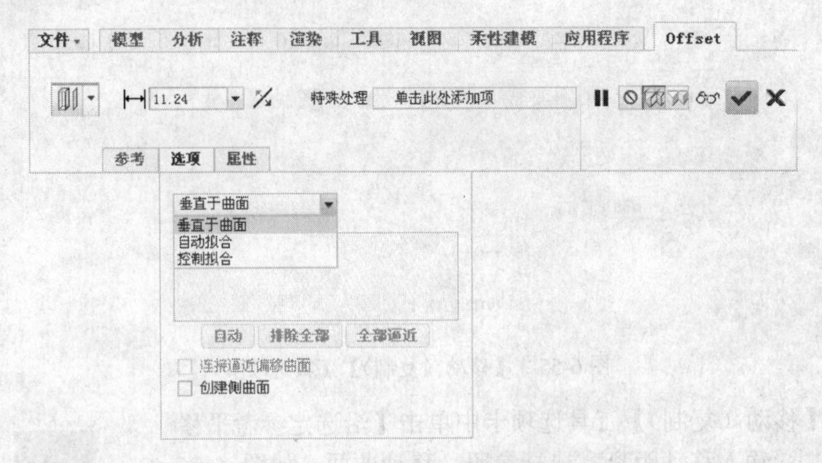

图 6-59 【Offset】工具选项卡

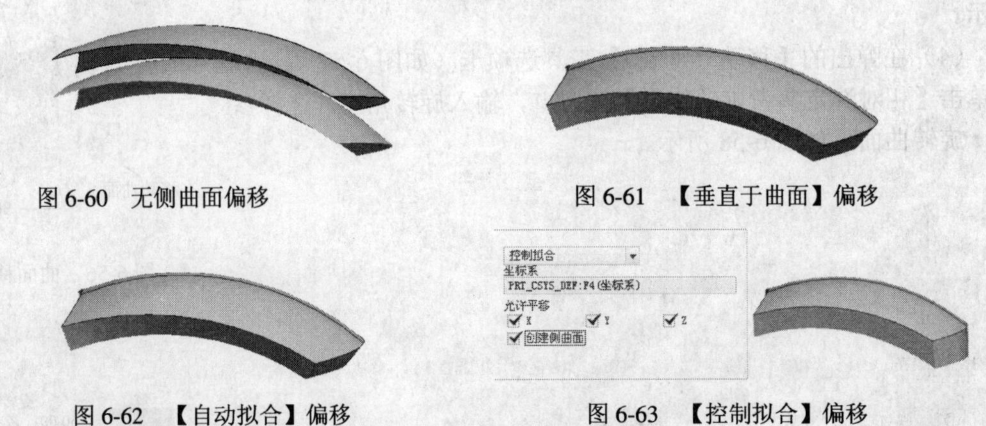

图 6-60 无侧曲面偏移

图 6-61 【垂直于曲面】偏移

图 6-62 【自动拟合】偏移

图 6-63 【控制拟合】偏移

（4）最后单击【应用并保存】按钮，完成偏移操作。

6.3.2 曲面相交和延伸

1. 曲面相交

曲面相交可以创建曲面和其他曲面（或基准面）的交线，其使用方法如下。

（1）选择一个或者两个曲面。

（2）单击【模型】选项卡【编辑】组中的【相交】按钮，弹出如图 6-64 所示的【曲面相交】工具选项卡。如果在【参考】面板中选择了一个曲面，则还需要按住 Ctrl 键不放，再选择一个与其相交的曲面，如图 6-65 所示。

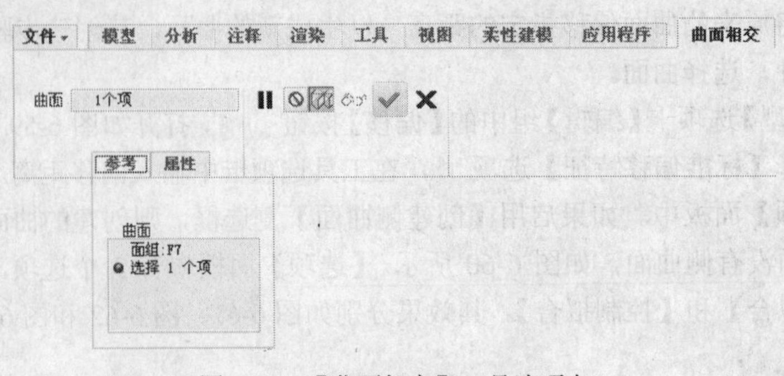

图 6-64 【曲面相交】工具选项卡

（3）最后单击【应用并保存】按钮，完成曲面相交操作。

2. 曲面延伸

曲面延伸是将现有的曲面按照指定的条件延伸，以满足零件设计的需要。其操作方法如下。

（1）打开文件，单击选择环境中曲面的一条边，如图6-66所示。

（2）单击【模型】选项卡【编辑】组中的【延伸】按钮，打开【Extend】工具选项卡，如图6-67所示。

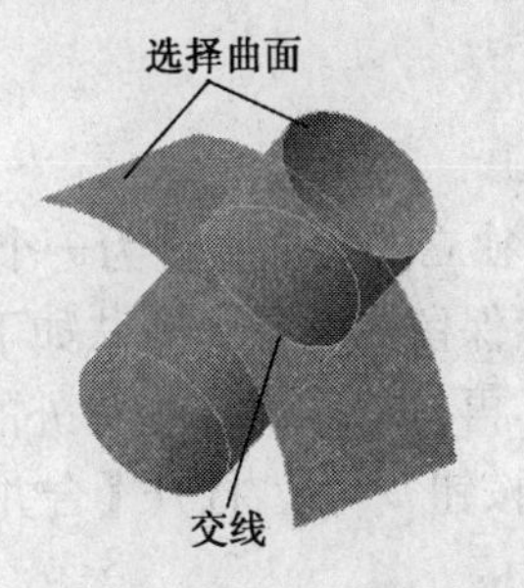

图6-65　选取相交的曲面

图6-66　选取要延伸的边界

图6-67　【Extend】工具选项卡

在其中提供了两种延伸曲面的方法。

：沿着原来的原始曲面进行延伸。

：延伸到一个参照平面。

（3）在【Extent】工具选项卡的【量度】面板（如图6-68所示）中，显示的是延伸特征的各个属性；在【选项】面板（如图6-69所示）中有3种【方法】设置延伸相对于原曲面的方向，即【相同】、【相切】和【逼近】。

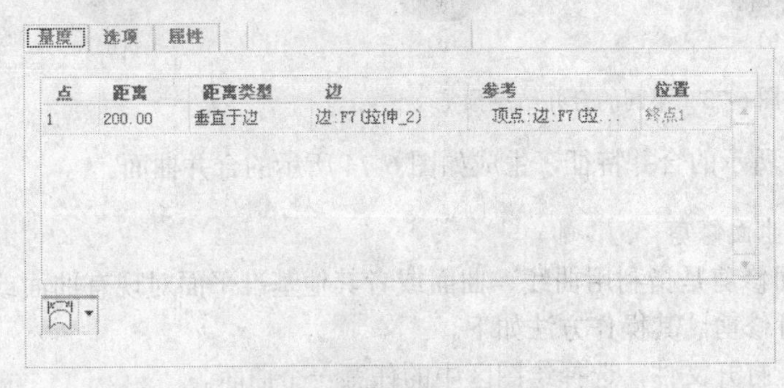

图6-68　【量度】面板

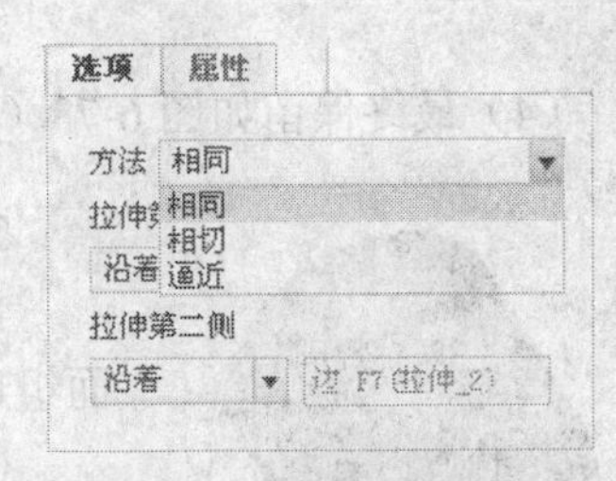

图6-69　【选项】面板

（4）如图6-70所示为延伸预览曲面，输入其延伸距离，单击【应用并保存】按钮，生成如图6-71所示的延伸曲面。

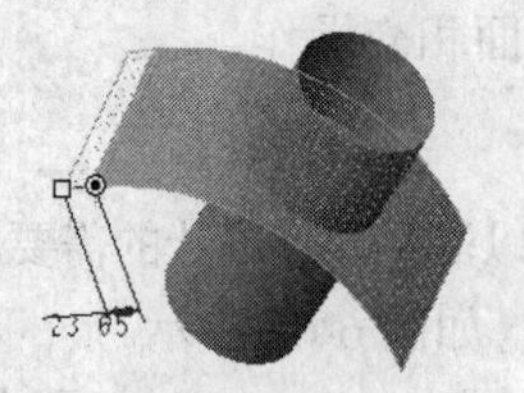

图 6-70 延伸预览曲面

图 6-71 延伸曲面

6.3.3 合并和修剪曲面

1. 曲面合并

曲面合并是指通过“求交”或“连接”操作使两个独立的曲面合并为一个新的曲面面组，该面组是单独存在的，将其删除后，原始参照曲面仍然保留。其操作方法如下。

（1）打开文件，先选择绘图区中的任意一个曲面，再按 Ctrl 键选择另外的一个曲面。

（2）单击【模型】选项卡【编辑】组中的【合并】按钮，打开【合并】工具选项卡，如图 6-72 所示。

图 6-72 【合并】工具选项卡

（3）分别单击工具选项卡中的【更改要保留的第一面组的侧】按钮和【更改要保留的第二面组的侧】按钮，会得到不同的合并结果，如图 6-73 所示。

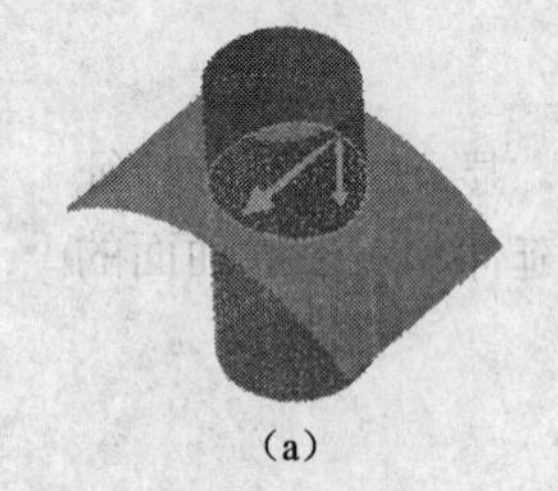

(a)

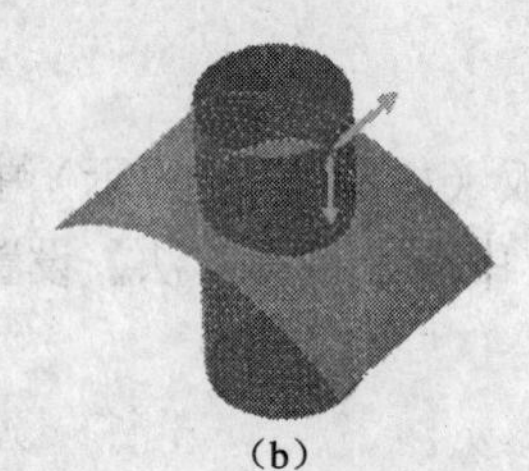

(b)

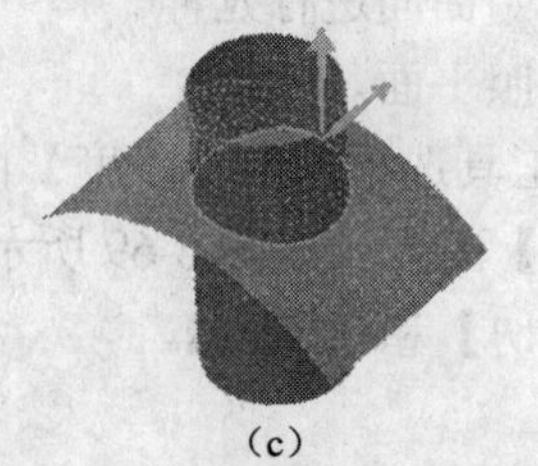

(c)

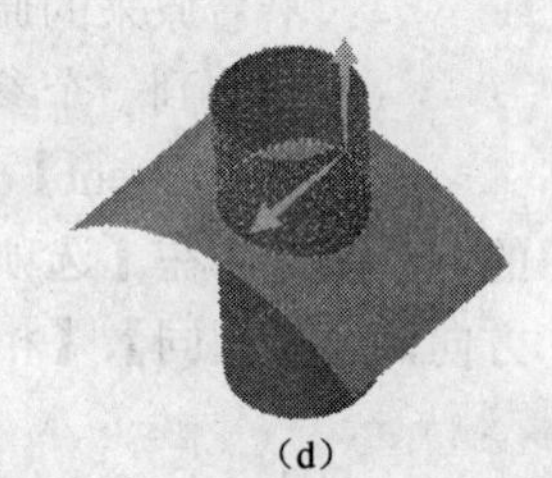

(d)

图 6-73 不同的合并结果预览

（4）最终保留如图 6-73（d）所示的合并特征，生成如图 6-74 所示的合并曲面。

图 6-74 合并曲面特征

2. 曲面修剪

曲面修剪是指利用曲线、曲面或者其他基准平面对现有曲面或面组进行修剪。其操作方法如下。

（1）打开文件，选择绘图区中的任意一个曲面。

（2）单击【模型】选项卡【编辑】组中的【修剪】按钮，打开【曲面修剪】工具选项卡，如图 6-75 所示。

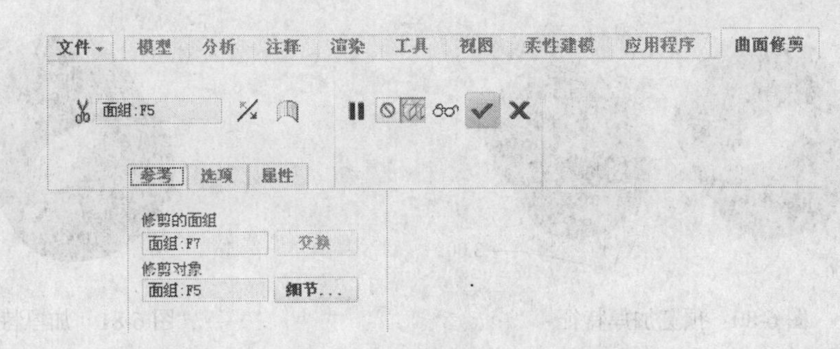

图 6-75　【曲面修剪】工具选项卡

（3）单击选择另外一个曲面，此时环境中的曲面如图 6-76 左图所示。图中带网格的部分是要保留的，箭头指向要保留部分，单击箭头可以改变要保留的部分，如图 6-76 右图所示。

（4）单击【应用并保存】按钮，完成的修剪曲面特征，选择不同的保留曲面，产生不同的结果，如图 6-77 所示。

图 6-76　预览修剪曲面

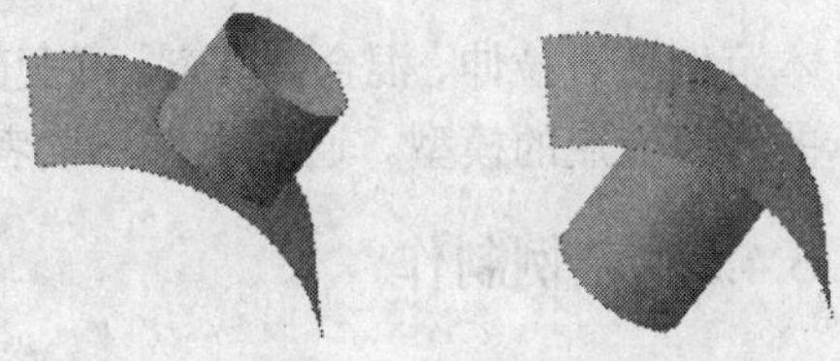

图 6-77　修剪曲面

6.3.4　加厚曲面

曲面加厚是指在选定的曲面特征、曲面组几何特征中，添加薄材料而得到厚度均匀的实体。其操作方法如下。

（1）首先在绘图区选择一个曲面。

（2）单击【模型】选项卡【编辑】组中的【加厚】按钮，打开【加厚】工具选项卡，如图 6-78 所示。

（3）在【选项】面板中，可以选择加厚的方向，包括【垂直于曲面】、【自动拟合】和【控制拟合】3 种，单击【排除曲面】选择框，可以在绘图区选择不需要加厚的曲面。【选项】面板如图 6-79 所示。

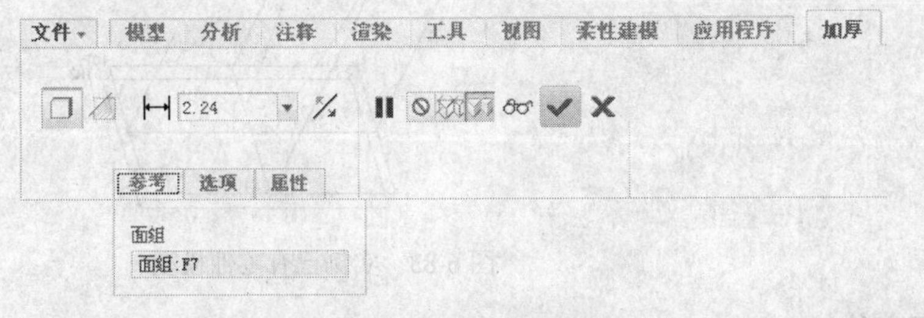

图 6-78　【加厚】工具选项卡

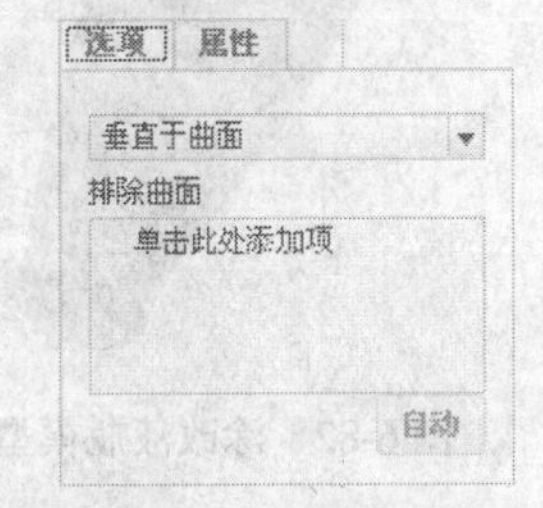

图 6-79　【选项】面板

（4）在工具选项卡中设置加厚的厚度值为“3”；生成的预览加厚特征如图 6-80 左图所示。图中箭头为加厚的方向，改变其方向可以得到如图 6-80 右图所示的加厚效果。

（5）单击【应用并保存】按钮，完成效果如图 6-81 所示。

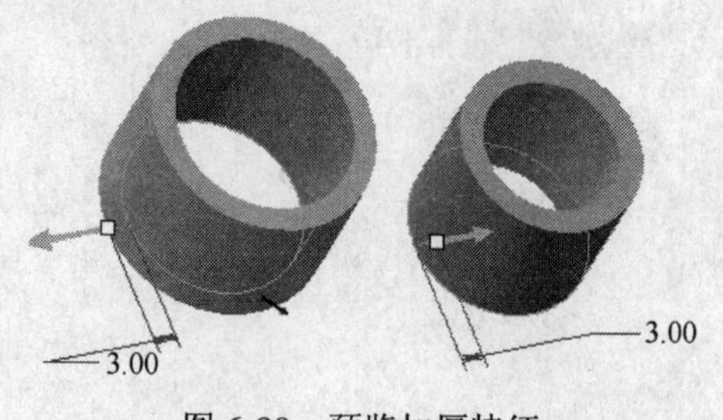

图 6-80 预览加厚特征

图 6-81 加厚特征

6.4 范例练习

下面通过一个具体的曲面范例讲解曲面设计和曲面编辑的实际操作方法。

6.4.1 范例介绍

本范例通过拉伸、混合、填充、可变剖面扫描等基本曲面特征的建立，制作完成如图 6-82 所示的涂改液瓶的模型。通过本例，读者可熟悉并掌握各种曲面造型设计的具体方法。

6.4.2 范例制作

步骤 1：打开已有的零件模型

单击【打开】按钮，打开第 6 章源文件夹中的“exam01.prt”零件模型文件，如图 6-83 所示。

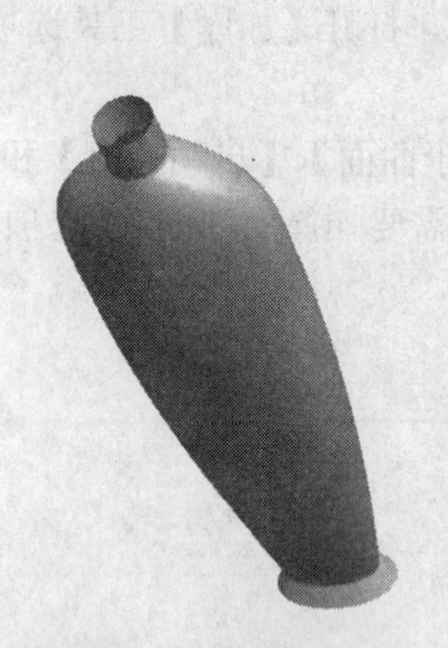

图 6-82 涂改液瓶模型

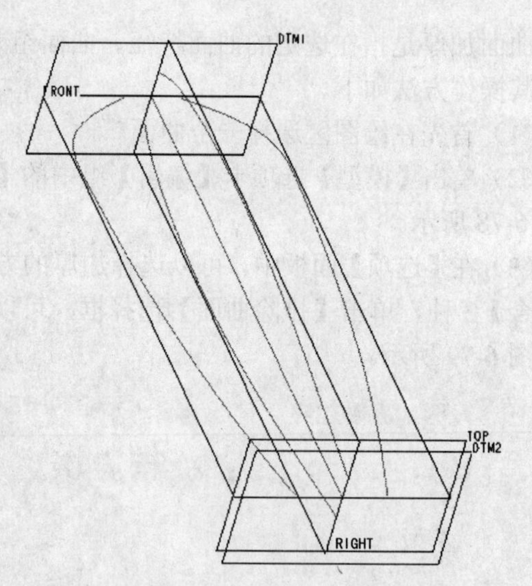

图 6-83 实例已有零件模型

步骤 2：创建涂改液瓶主体

（1）单击【模型】选项卡【形状】组中的【扫描】按钮，打开【扫描】工具选项卡，单击【扫描为曲面】按钮，再单击按钮。

（2）选择图 6-84 中箭头所指曲线作为原始轨迹，按住 Ctrl 键不放，分别单击另外 4 条曲线作为附加轨迹。

（3）单击【创建或编辑扫描曲面】按钮，进入草绘模式。

（4）绘制如图 6-85 所示的椭圆作为截面图形，单击【确定】按钮，退出草绘模式。需要注意的是，椭圆圆心为原始轨迹的端点，椭圆的长短半径分别由附加轨迹的端点确定。

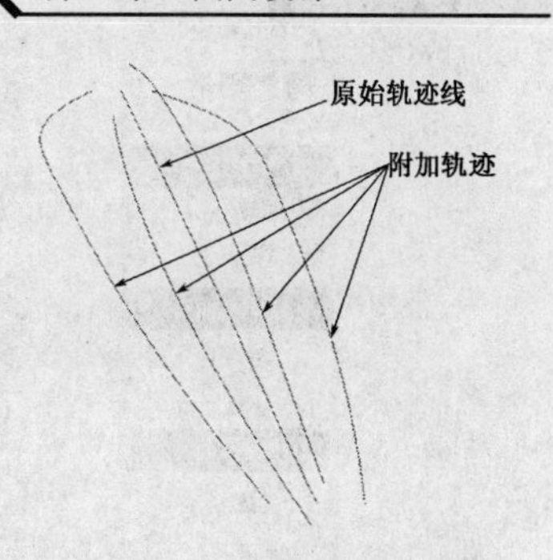

图 6-84　选取原始轨迹及附加轨迹

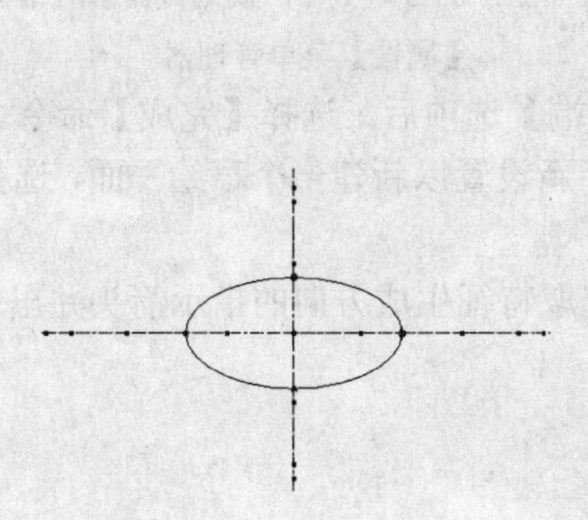

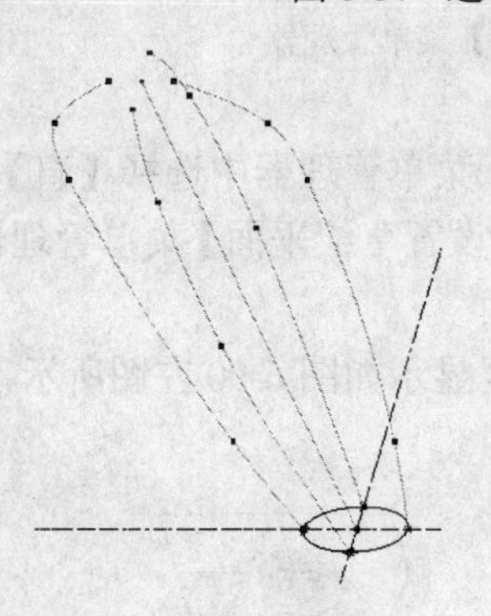

图 6-85　绘制截面图形

（5）此时工作区显示如图 6-86 所示。

（6）【扫描特征】工具选项卡中的其他各选项保持系统默认设置。

（7）单击【特征预览】按钮进行预览，确认无误后单击【应用并保存】按钮，完成涂改液瓶主体部分的创建，结果如图 6-87 所示。

步骤 3：创建涂改液瓶底

（1）在【模型】选项卡【形状】组中，选择【形状】|【混合】|【曲面】命令，系统将打开如图 6-88 所示的【混合选项】菜单管理器。

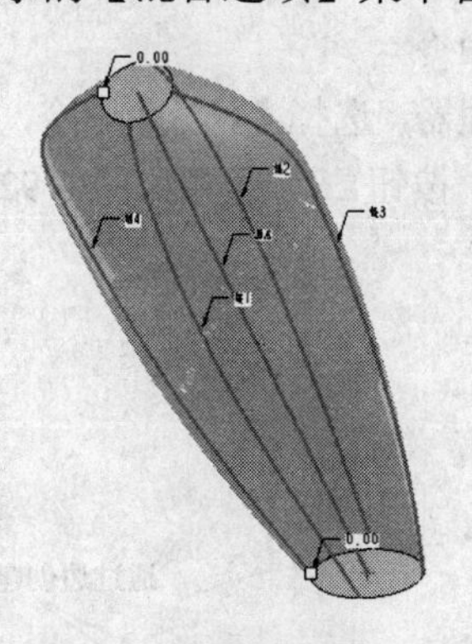

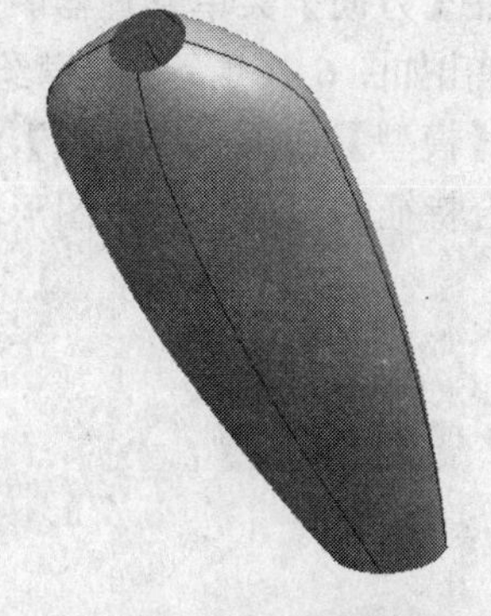

图 6-86　工作区显示　　图 6-87　创建完成的涂改液瓶主体

（2）在【混合选项】菜单管理器中依次选择【平行】、【规则截面】、【草绘截面】选项后，选择【完成】命令，以进行下一步操作。

（3）系统出现如图 6-89 所示的【曲面：混合，平行，规则截面】对话框和【属性】菜单管理器。

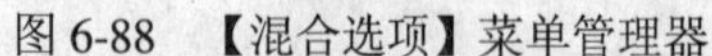
图 6-88 【混合选项】菜单管理器

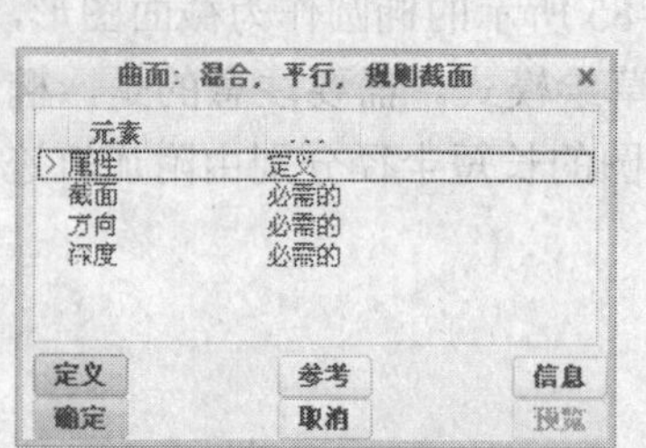

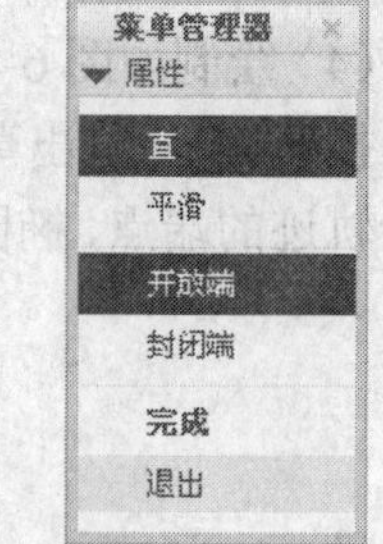

图 6-89 【曲面：混合，平行，规则截面】对话框和【属性】菜单管理器

（4）在【属性】菜单管理器中选择【直】、【开放端】选项后，选择【完成】命令。

（5）系统出现【设置草绘平面】菜单管理器，选择新设置以新建一个草绘平面，选择 TOP 基准面作为草绘平面。

（6）此时工作区显示如图 6-90 左图所示，出现选取特征生成方向的指示箭头并出现【方向】菜单管理器。

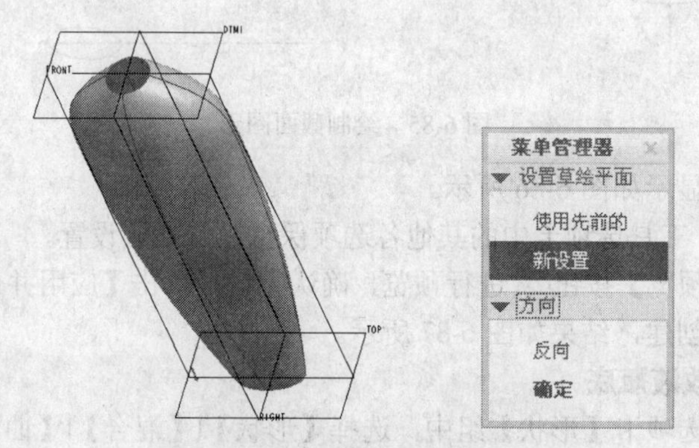

图 6-90 工作区显示及方向菜单

（7）直接在【方向】菜单管理器中选择【确定】命令。

（8）系统弹出如图 6-91 所示的【草绘视图】菜单管理器，选择【默认】命令，进入草绘状态。

（9）单击【模型】选项卡【编辑】组中的【投影】按钮□，选择如图 6-92 中箭头所指示的边，作为混合特征的第一个截面图形。

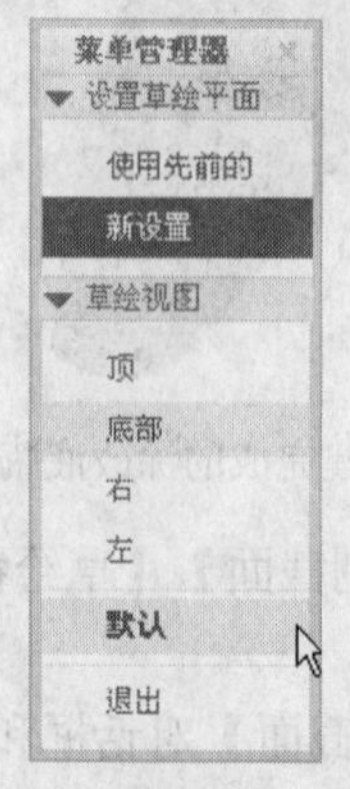

图 6-91 【草绘视图】菜单管理器

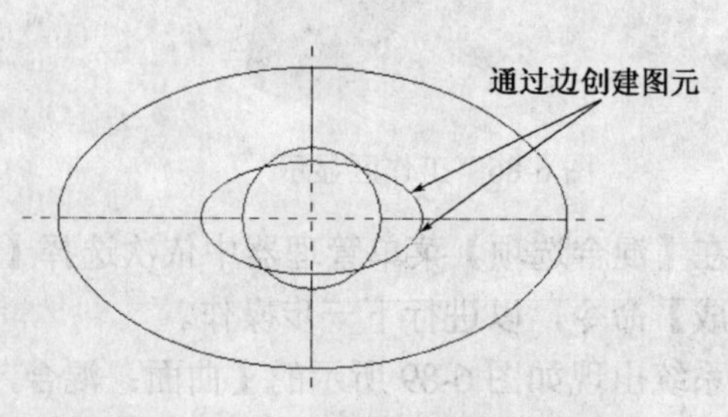

图 6-92 通过边创建混合特征的截面图形

（10）切换至下一个截面图形的绘制状态，单击【投影】按钮，将第一个截面图形向外偏移“0.2”，创建混合特征的第二个截面图形。

（11）绘制完成后的截面图形如图 6-93 所示。

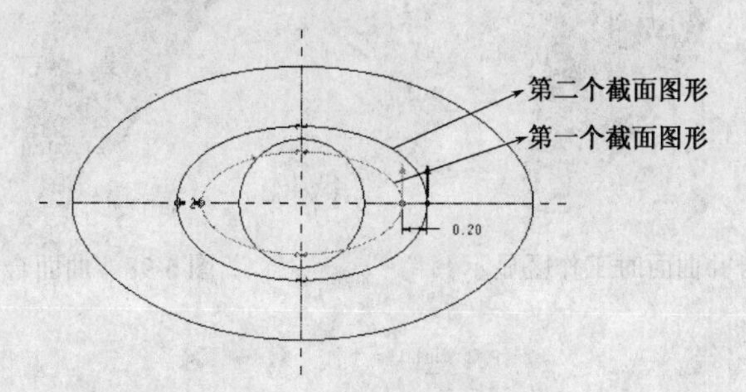

图 6-93　混合特征的截面图形

（12）单击【草绘】工具选项卡中的【确定】按钮，退出混合截面图形的草绘状态。

（13）系统弹出如图 6-94 所示的【深度】菜单管理器，选择【盲孔】选项。

（14）在命令提示栏中输入截面 2 的深度为“0.3”，单击【接受值】按钮。

（15）在【曲面：混合，平行，规则截面】对话框中，可以预览生成混合特征的结果，确认无误后单击【确定】按钮，完成涂改液瓶底部分的创建，结果如图 6-95 所示。

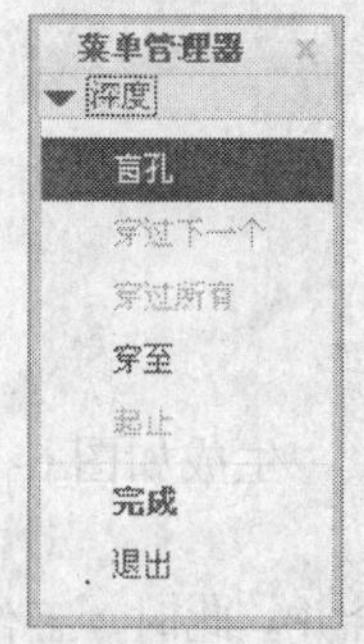

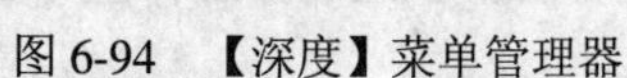
图 6-94　【深度】菜单管理器

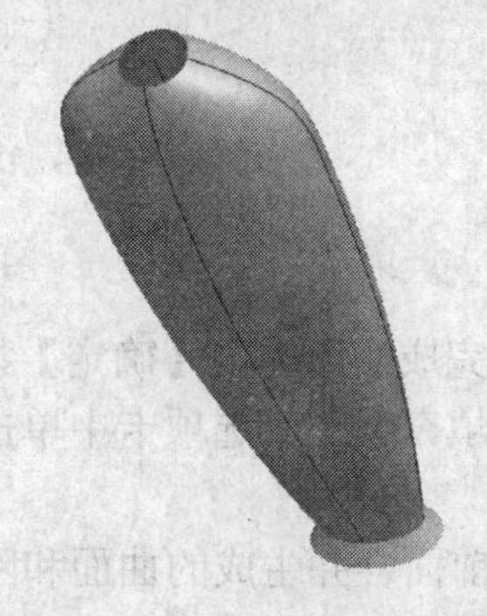

图 6-95　创建完成的涂改液瓶底部分

（16）单击【模型】选项卡【编辑】组中的【合并】按钮，打开【合并】工具选项卡，如图 6-96 所示。此时，工作区显示如图 6-97 所示。

图 6-96 【合并】工具选项卡

（17）单击工具选项卡右侧的【应用并保存】按钮，完成曲面的合并，合并结果如图 6-98 所示。

（18）单击【模型】选项卡【曲面】组中的【填充】按钮，打开如图 6-99 所示的【填充】工具选项卡。

（19）打开【填充】工具选项卡中的【参考】面板，在其中单击【定义】按钮，打开【草绘】对话框，选择 DTM2 基准平面为草绘平面，其余接受系统默认的设置，单击【草绘】对话框中的【草绘】按钮，进入草绘模式。

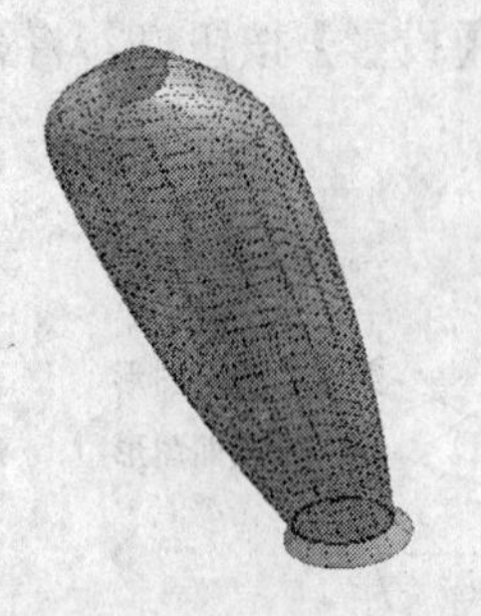

图 6-97 合并曲面时工作区显示

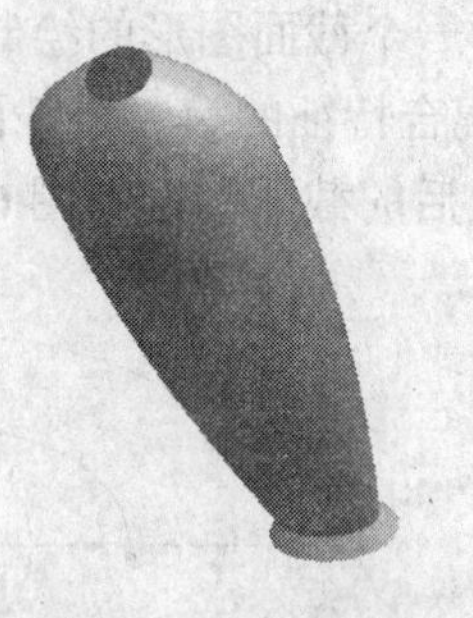

图 6-98 曲面合并结果

草绘 内部 截面 1

图 6-99 【填充】工具选项卡

（20）单击【模型】选项卡【编辑】组中的【投影】按钮□，选择如图 6-100 中箭头所指示的边作为填充面的边。

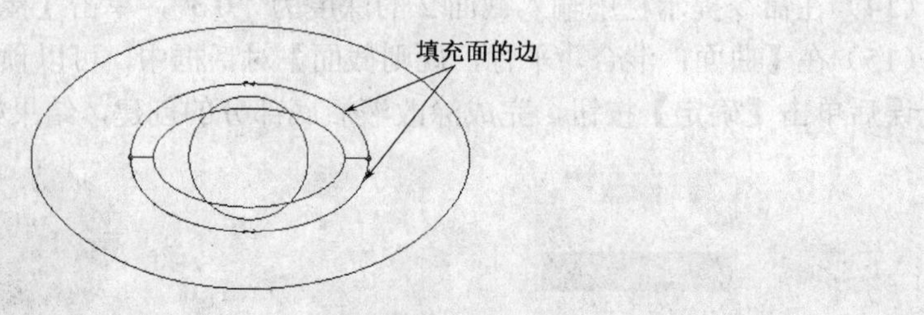

图 6-100 填充面的边

（21）草绘完成后，单击【确定】按钮✔，退出草绘模式。

（22）在【填充】工具选项卡中单击【应用并保存】按钮✔，生成如图 6-101 所示的填充曲面。

（23）选择前面合并生成的曲面和刚创建的填充曲面进行合并。此时，工作区中的模型显示如图 6-102 所示。

图 6-101 创建的填充曲面

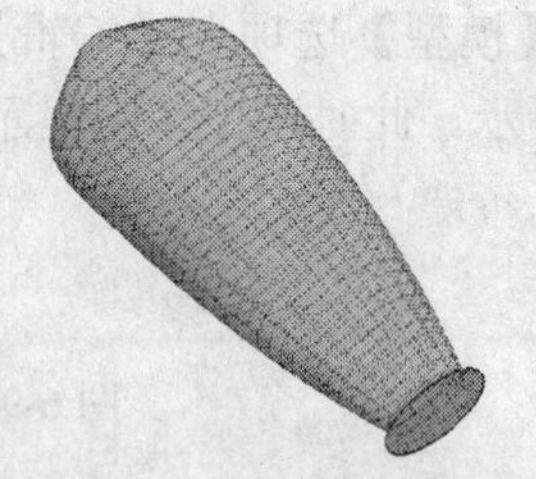

图 6-102 合并曲面时工作区显示 1

步骤 4：涂改液瓶口

（1）单击【模型】选项卡【形状】组中的【拉伸】按钮，打开【拉伸】工具选项卡。

（2）在【拉伸】工具选项卡中单击【拉伸为曲面】按钮，用以生成曲面特征。

（3）在【拉伸】工具选项卡的【放置】面板中单击【定义】按钮，选择 DTM1 基准面为草绘平面，其余接受系统默认的设置，单击【草绘】对话框中【草绘】按钮，进入草绘状态。

（4）单击【模型】选项卡【编辑】组中的【投影】按钮□，选择如图 6-103 中箭头所示的边作为拉伸特征的截面图形。

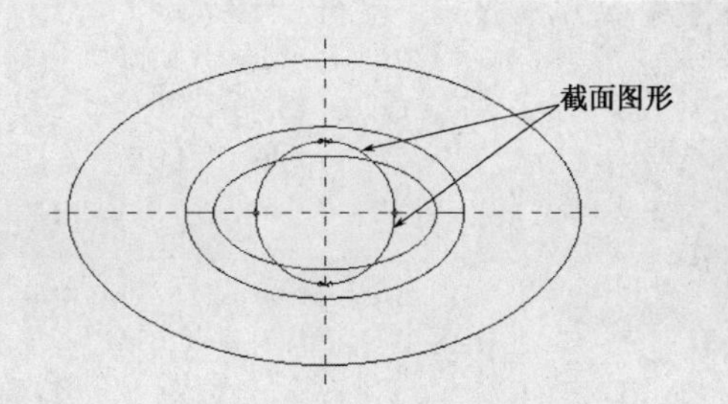

图 6-103　拉伸特征的截面图形

（5）单击【草绘】工具选项卡中的【确定】按钮✔，退出草绘状态。

（6）在【拉伸】工具选项卡中，设置拉伸特征的拉伸长度为“0.8”。

（7）单击【特征预览】按钮进行预览，确认无误后单击【应用并保存】按钮，完成涂改液瓶口部分的创建，如图 6-104 所示。

（8）选择前面合并生成的曲面和刚创建的瓶口部分曲面，进行合并，此时，得到的结果如图 6-105 所示。

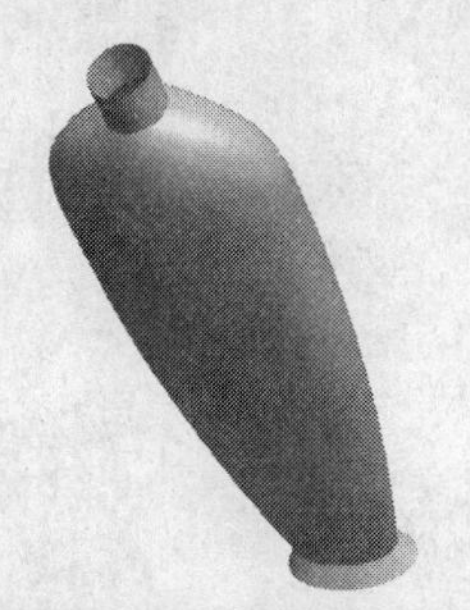

图 6-104　创建的涂改液瓶口部分

图 6-105　合并曲面时工作区显示 2

步骤 5：修饰圆角

（1）单击【模型】选项卡【工程】组中的【倒圆角】按钮，打开【倒圆角】工具选项卡。

（2）选择如图 6-106 中箭头所指示的边，作为要倒圆角的边。选中一条边后，应按住 Ctrl 键不放再选择另外一条边。

（3）在【倒圆角】工具选项卡中输入圆角半径的值为“0.1”。

（4）单击【特征预览】按钮进行预览，确认无误后单击【应用并保存】按钮，完成倒圆角特征的创建，得到的效果如图 6-107 所示。这样，这个范例练习就完成了。

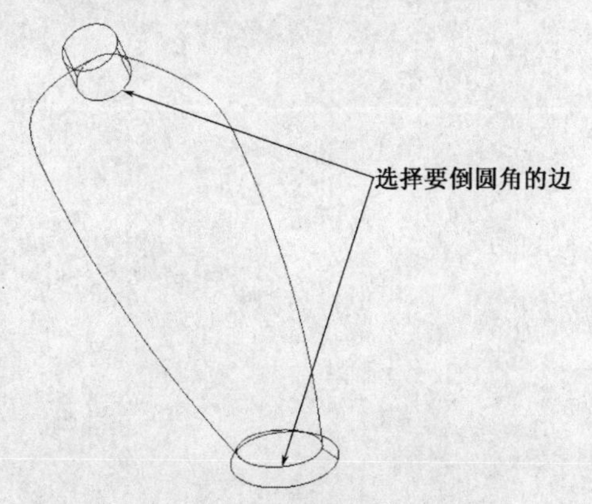

图 6-106　选择要倒圆角的边

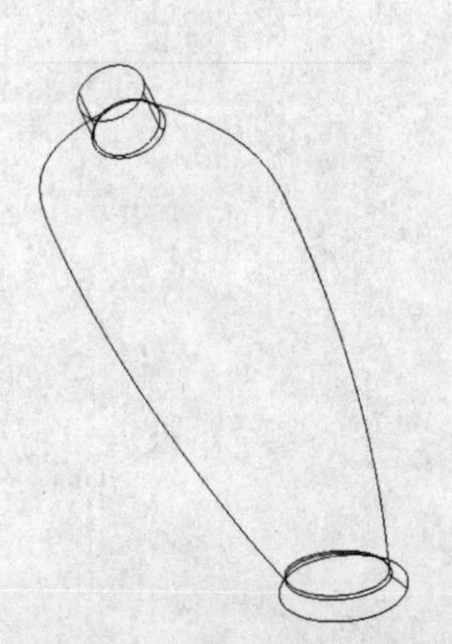

图 6-107　创建的圆角特征

第2篇 精 通 篇

第7章 工程图设计

在工程设计实践中，除了少量产品设计的数据需要直接转到数控设备加工外，大多数的设计最终都要输出为工程图，一方面是为了方便产品设计人员之间的交流，另一方面可以根据工程图纸完成产品的制造。

在 Creo Parametric 中可在零件模型、装配组件创建完成后，直接建立相应的工程图。工程图中所有的视图都相互关联，当修改某个视图中的尺寸时，系统将自动更新其他相关的视图；更为重要的是，工程图与相依赖的零件模型关联，在零件模型中修改的尺寸会关联到工程图，同时在工程图中修改尺寸也会在零件模型中自动更新，这种关联性不仅仅是尺寸的修改，也包括添加和删除某些特征。

在 Creo Parametric 工程图中可以创建多种不同类型的视图，主要包括一般视图、投影视图、详细视图、辅助视图和旋转视图。在创建视图的过程中，可以指定视图的显示模式，设置是否使用截面，或者单独为某个视图设置显示比例等。通常使用一般视图和投影视图即可完成一个零件模型的表达。

本章将介绍工程图的环境界面、创建方法及工程图的基本操作，并详细介绍一般视图、剖视图和特殊视图的创建方法、创建尺寸和标注，以及工程图打印的操作方法。

7.1 工程图的创建方法和配置文件

7.1.1 工程图环境界面

进入 Creo Parametric 界面后，选择【文件】|【新建】菜单命令或单击【快速访问】工具栏中的【新建】按钮，打开【新建】对话框，如图 7-1 所示，在【类型】选项组中选中【绘图】单选按钮，并在【名称】文本框中输入工程图的名称。

然后在该对话框中单击【确定】按钮，出现如图 7-2 所示的【新建绘图】对话框。

(1) 在【默认模型】文本框中指定想要创建工程图的零件模型（或装配组件），如果内存中有零件模型，则在【默认模型】文本框中会显示零件模型的文件名称；如果内存中没有零件模型，则在此文本框中显示【无】，单击【浏览】按钮可以进行零件模型的指定。

(2)【指定模板】选项组用于指定创建工程图的方式，用户可根据需要选择合适的方式，下面分别介绍这几个选项的含义。

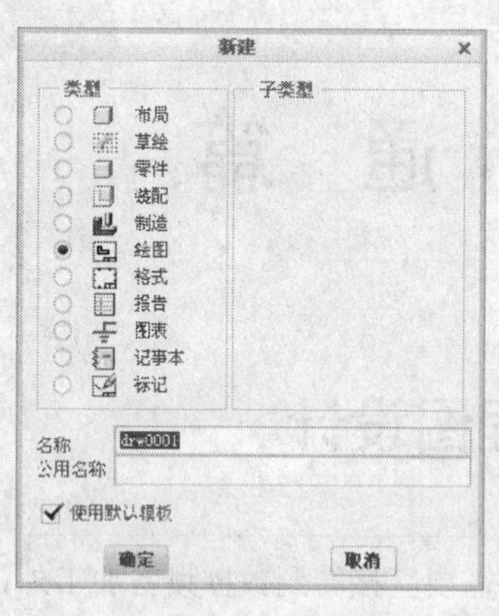

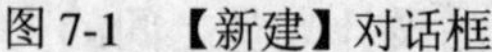

图 7-1 【新建】对话框

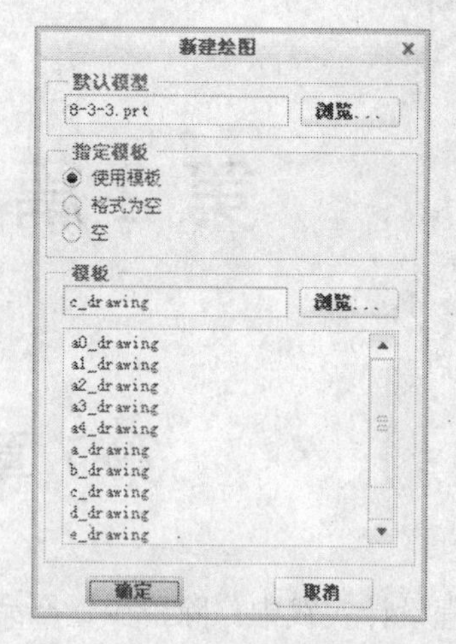

图 7-2 【新建绘图】对话框

- 【使用模板】：该项指使用模板生成新的工程图，生成的工程图具有模板的所有格式与属性。当选中【使用模板】单选按钮后，【新建绘图】对话框显示如图 7-3 所示，在【模板】列表框中会显示许多系统自带的模板，如“a0_drawing”、“b_drawing”等，分别对应多种图纸，用户可以从中选择工程图的绘制模板。
- 【格式为空】：该项指使用格式文件生成新的工程图，生成的工程图具有格式文件的所有格式与属性。如果选中【格式为空】单选按钮，则【新建绘图】对话框如图 7-4 所示，【格式】下拉列表框中显示为【无】。

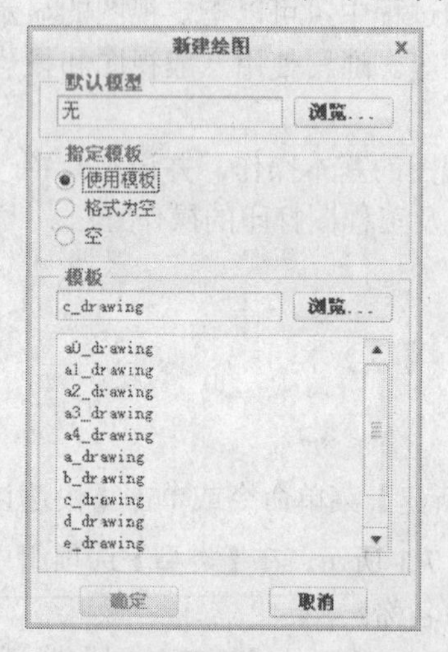

图 7-3 选中【使用模板】单选按钮

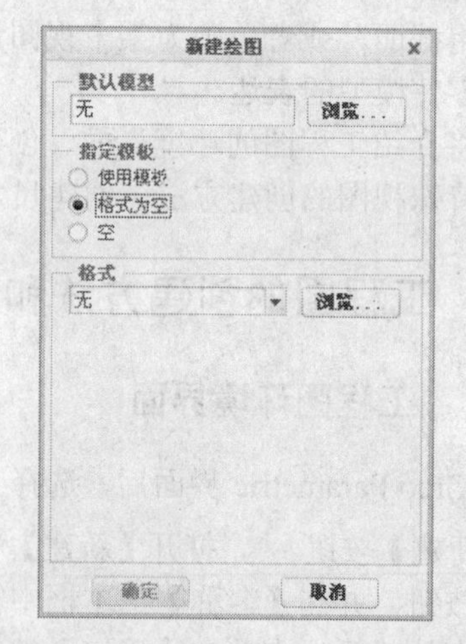

图 7-4 选中【格式为空】单选按钮

此时单击【格式】选项组中的【浏览】按钮，在如图 7-5 所示的【打开】对话框中，选择系统提供的格式文件。

在【打开】对话框中选择一个格式文件，当指定零件文件后，单击【打开】按钮，工作区即出现如图 7-6 所示的空白图框。这时用户就可以向空白图框中添加一般视图、投影视图等。

- 【空】：选择该项生成一个空的工程图，在生成的工程图中，除了系统配置文件和工程图配置文件设定的属性外，没有任何图元、格式和属性。

如果选中【空】单选按钮，则【新建绘图】对话框如图 7-7 所示，在【指定模板】选项组下方将出现【方向】和【大小】两个选项组。如果选择【方向】选项组中的【纵向】按钮或【横向】按钮，那么图纸使用标准大小尺寸作为当前用户所需绘制的工程图的大小；若选择【可变】按钮则允许用户自定义工程图的大小尺寸，这时在【大小】选项组中的【宽度】和【高度】文本框中输入用户自定义的数值即可。

在实际应用中，【空】这种方式不多用，所有的工程图不是通过模板就是通过格式新建而成的。

在【指定模板】选项组中选中【使用模板】单选按钮并选择零件文件后，单击【确定】按钮即可进入工程图环境界面，如图 7-8 所示。工程图环境界面与 Creo Parametric 中其他模式下的环境界面比较类似，在此不再赘述。

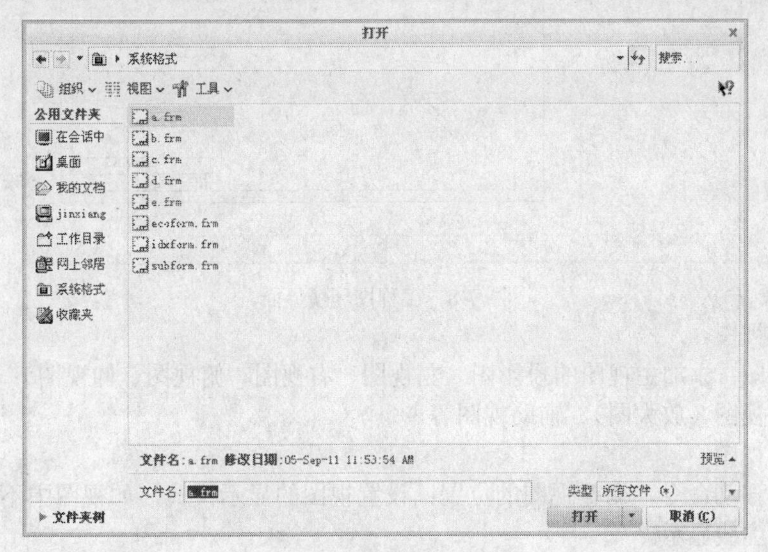

图 7-5　【打开】对话框

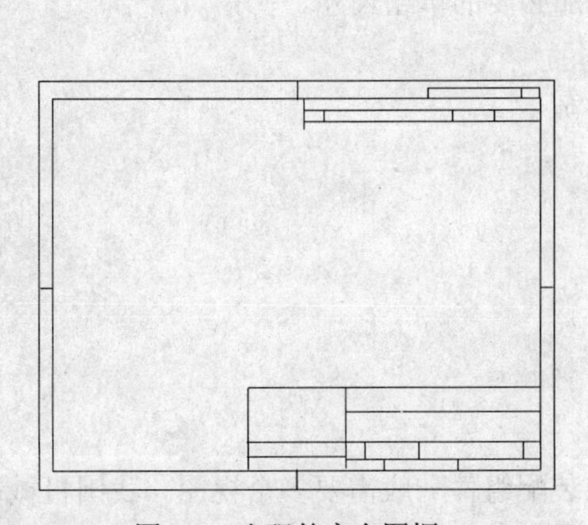

图 7-6　出现的空白图框

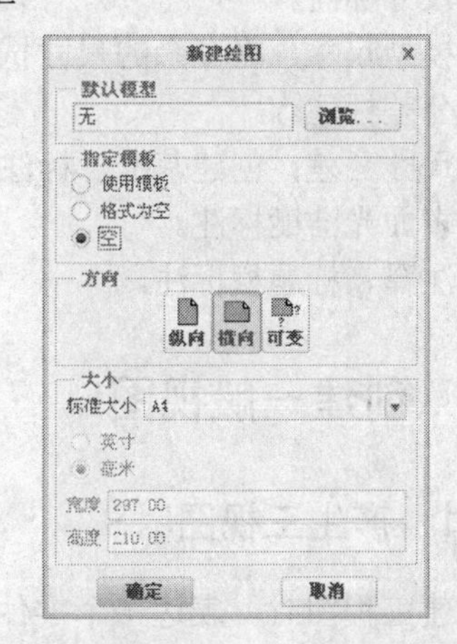

图 7-7　【空】方式对应的【新建绘图】对话框

7.1.2　创建工程图的过程

下面介绍一下创建工程图的一般过程。

（1）通过新建一个工程图文件，进入工程图模块环境。

选择【文件】|【新建】菜单命令或单击【快速访问】工具栏中的【新建】按钮，打开【新建】对话框，在【类型】选项组中，选中【绘图】单选按钮；输入工程图文件名称、选择模型、工程图图框格式或模板。

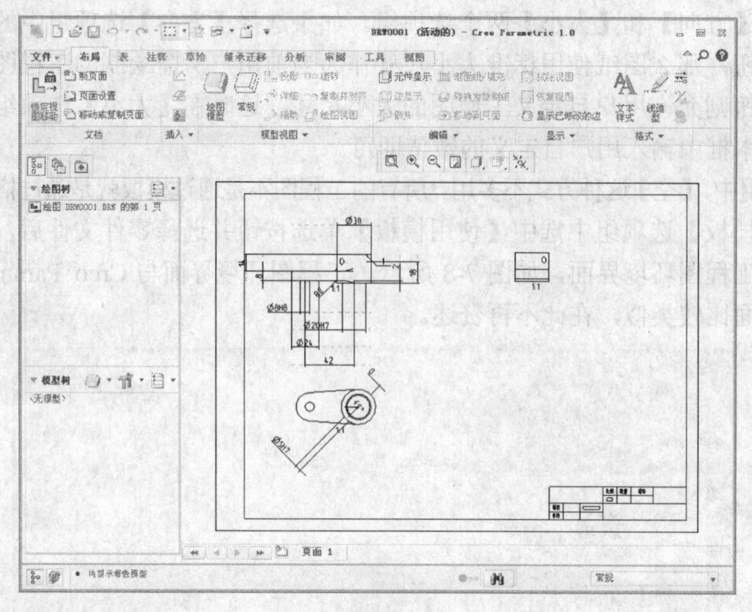

图 7-8 工程图环境界面

（2）创建视图。

添加主视图；添加主视图的投影图（左视图、右视图、俯视图、仰视图）；如有必要，则可再添加详细视图（放大图）、辅助视图等。

（3）调整视图。

利用视图移动命令，调整视图的位置；设置视图的显示模式，如视图中不可见的孔，可进行消隐或用虚线显示。

（4）尺寸标注。

显示模型尺寸，将多余的尺寸拭除；添加必要的草绘尺寸。

（5）公差标注。

添加尺寸公差；创建基准，标注几何公差。

（6）表面光洁度标注。

（7）注释、标题栏标注。

7.2 创建一般视图

7.2.1 产生三视图

在创建工程图时，表达一个零件模型或装配组件一般需要多个视图。我国机械制图标准中，基本以三视图，即主视图、俯视图和左视图为主体。

在 Creo Parametric 中，主视图的类型通常为一般视图，俯视图和左视图的类型通常为投影视图。常规视图通常是在一个新的工程图页面中添加的第一个视图，是最容易变动的视图，可以根据设置对其进行缩放和旋转。

单击【布局】选项卡【模型视图】组中的【绘图模型】按钮，弹出【绘图模型】菜单管理器，如图 7-9 所示，选择【添加模型】命令，打开需要创建工程图的零件模型，此时【绘图模型】菜单管理器变为如图 7-10 所示。

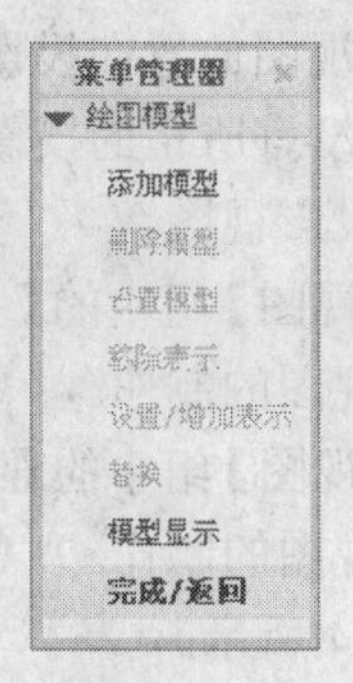

图 7-9　【绘图模型】菜单管理器

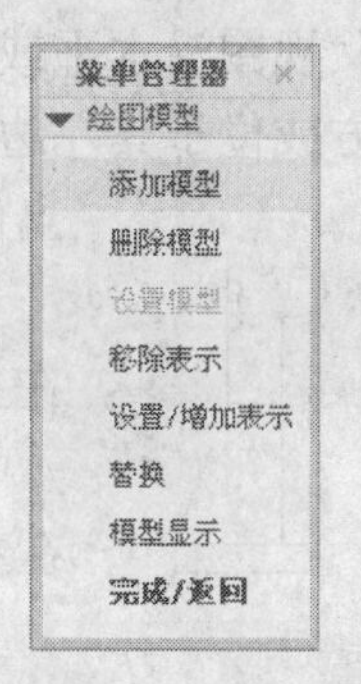

图 7-10　添加模型的【绘图模型】菜单管理器

单击【布局】选项卡【模型视图】组中的【常规】按钮，弹出【选择组合状态】对话框，如图 7-11 所示，选择【组合状态名称】，单击【确定】按钮。在工程图页面中的合适位置，即视图放置位置单击，系统将打开如图 7-12 所示的【绘图视图】对话框。

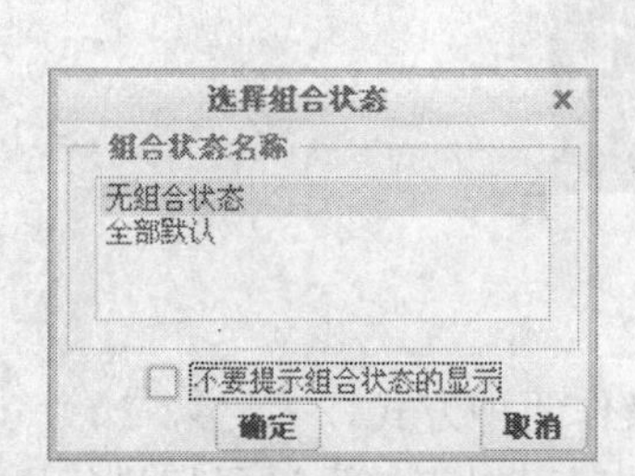

图 7-11　【选择组合状态】对话框

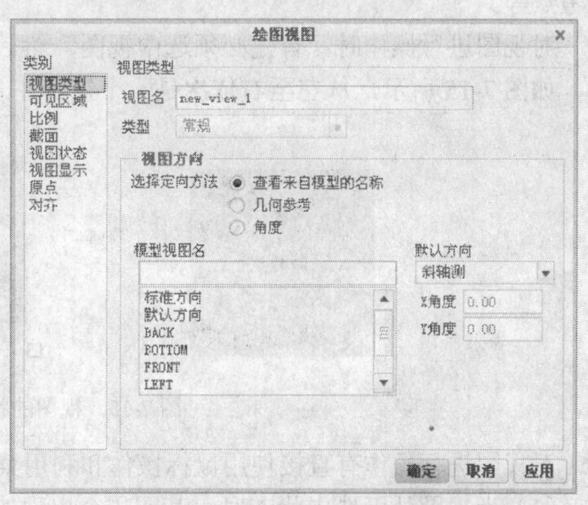

图 7-12　【绘图视图】对话框

在【绘图视图】对话框的【类别】列表框中，选择【视图类型】选项，在【视图方向】选项组中选中【几何参考】单选按钮，然后选择“参考 1”为【前】，并选取“FRONT”为基准平面；选择“参考 2”为【顶】，并选取“TOP”为基准平面，如图 7-13 所示，其他设置使用默认选项，之后单击【确定】按钮，完成主视图的创建。

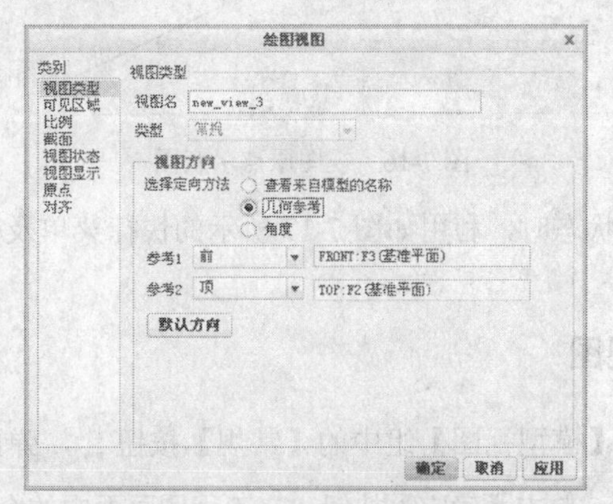

图 7-13　设置主视图的投影方向

投影视图是父视图沿水平或垂直方向的正交投影。投影视图放置在投影通道中，位于父视图的上方、下方或位于其左边、右边。因为没有父视图就没有所谓的投影视图，所以只有当创建一般视图后，才能创建投影视图。

单击【布局】选项卡【模型视图】组中的【投影】按钮，在主视图的下方单击，完成俯视图的制作。

单击【布局】选项卡【模型视图】组中的【投影】按钮，在主视图的右方单击，完成左视图的制作。

最后产生的三视图如图 7-14 所示。

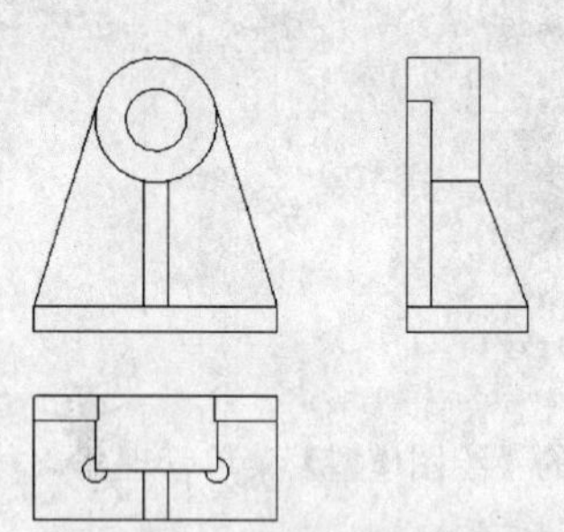

图 7-14　完整的三视图

7.2.2　视图的操作

在工程图中创建视图后，可随时对其进行下面的操作：改变位置、方向和视图的原点，删除视图，修改视图，修改视图比例，修改视图边界、标准和参考点等。

对视图进行操作时，首先必须选中视图，然后才能进行操作。

如图 7-15 所示，从左至右依次是一个视图在未选中和选中两个状态下的变化。

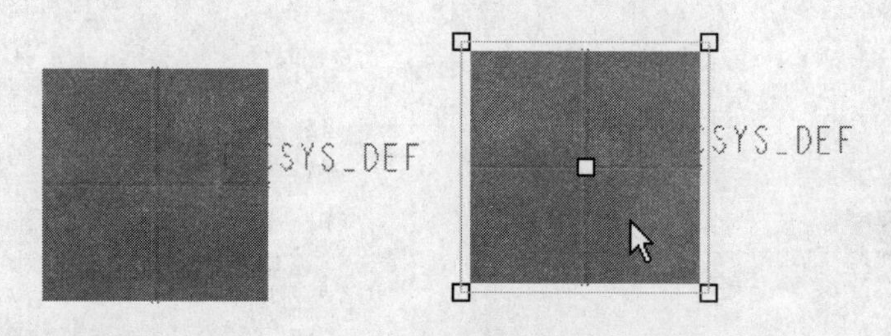

图 7-15　视图的状态显示

对视图进行操作有直接使用鼠标操作和利用菜单命令操作两种方式。

（1）当视图处于选中状态时，其四周会出现控制点，此时可以直接通过鼠标进行操作。每个视图都有一个原点，该点控制系统的移动和视图的定位，并控制视图受模型改变影响的方式。默认情况下，绘图视图原点在视图区域内两条对角线的交点处，如图 7-16 所示。

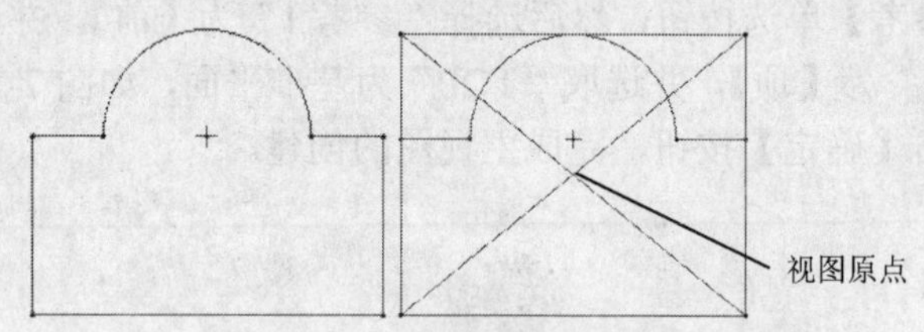

图 7-16　视图原点示意图

（2）当视图处于选中状态时，利用如图 7-17 所示的快捷菜单及其他菜单中的命令，也可以对视图进行操作。

7.2.3　创建常规视图

单击【布局】选项卡【模型视图】组中的【常规】按钮，弹出【选择组合状态】对话框，选择【组合状态名称】，单击【确定】按钮。在工程图页面中的合适位置，即视图放置位置单击，系统打开【绘图视图】对话框。进行相应设置后单击【确定】按钮，即可完成常规视图的创建。

1. 设置【视图类型】选项

在【视图类型】选项卡（如图 7-18 所示）中，需要设置的选项包括以下几种。

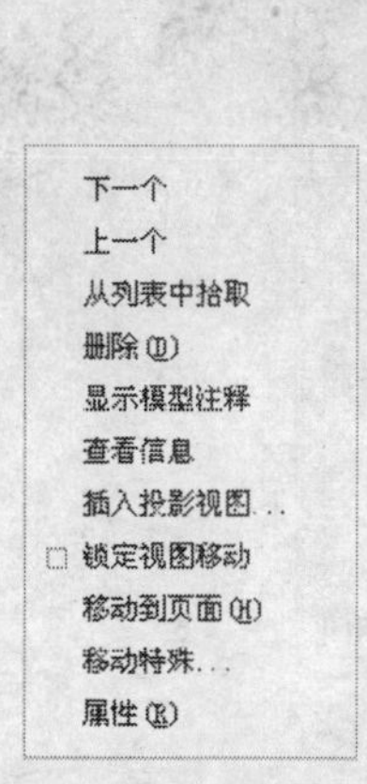

图 7-17　快捷菜单

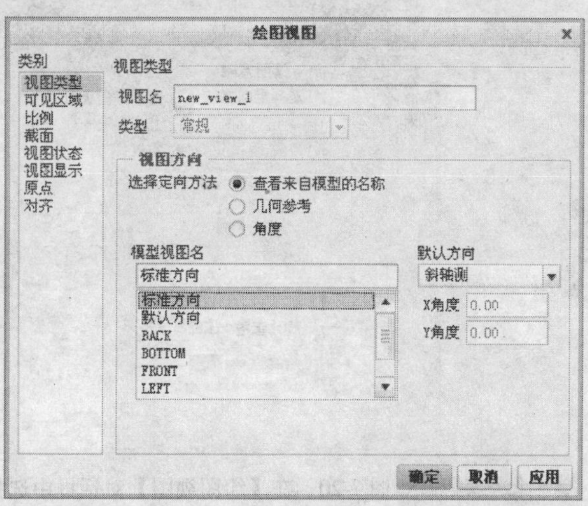

图 7-18　【视图类型】选项卡

（1）在【视图名】文本框中可以修改视图的名称。

（2）在【类型】下拉列表框中可以选择视图类型，如果在页面中没有视图，则不能选择视图类型，只能为一般视图。

（3）在【视图方向】选项组中可以选择不同的定向方法，其中包括下面几个选项。

- 【查看来自模型的名称】：在【模型视图名】列表框中列出了在模型中保存的各个定向视图名称；在【默认方向】下拉列表框中可以选择设置方向的方式。
- 【几何参考】：使用来自绘图中预览模型的几何参考进行定向。系统给出两个参考选项。

例如，零件模型的预览视图如图 7-19 所示，选择“参考 1”为前面，并按照系统提示选取“FRONT”为基准平面；选择“参考 2”为顶面，并选取“TOP”为基准平面，系统将以这两个参考自动定向视图。

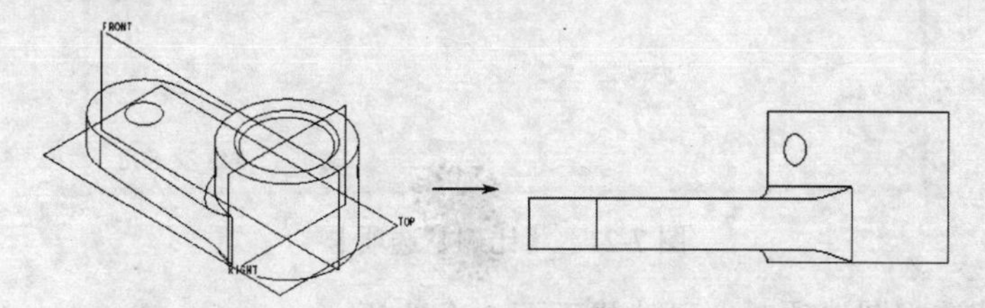

图 7-19　利用几何参考定位视图

- 【角度】：使用选定参考的角度或定制角度进行定向，在【绘图视图】对话框中选择【角度】选项，如图 7-20 所示，在【参考角度】列表框中列出了用于定向的参考。

（4）在【旋转参考】下拉列表框中提供了以下几种旋转参照的方式。

- 【法向】：绕通过视图原点并和绘图页面的法线有一定角度的轴旋转模型。
- 【竖直】：绕通过视图原点并垂直于绘图页面的轴旋转模型。

- 【水平】：绕通过视图原点并与绘图页面保持水平的轴旋转模型。
- 【边/轴】：绕通过视图原点并根据与绘图页面成指定角度的轴旋转模型。

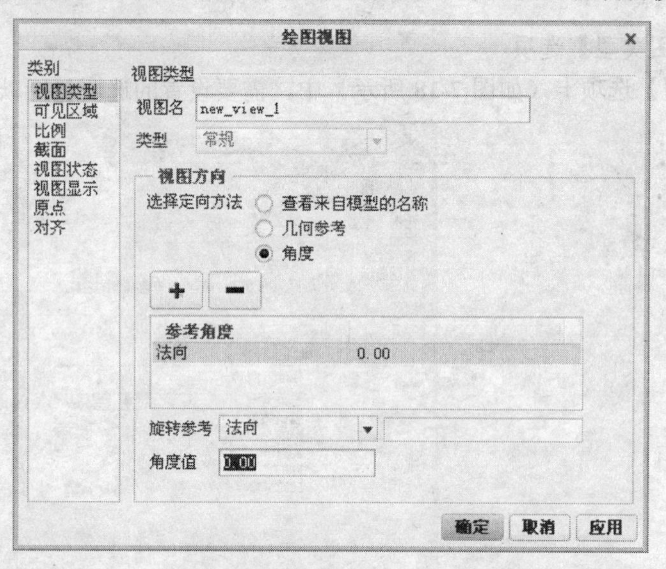

图 7-20 在【绘图视图】对话框中选择【角度】选项

2. 设置比例

在【比例】选项卡中需要设置的选项如图 7-21 所示。

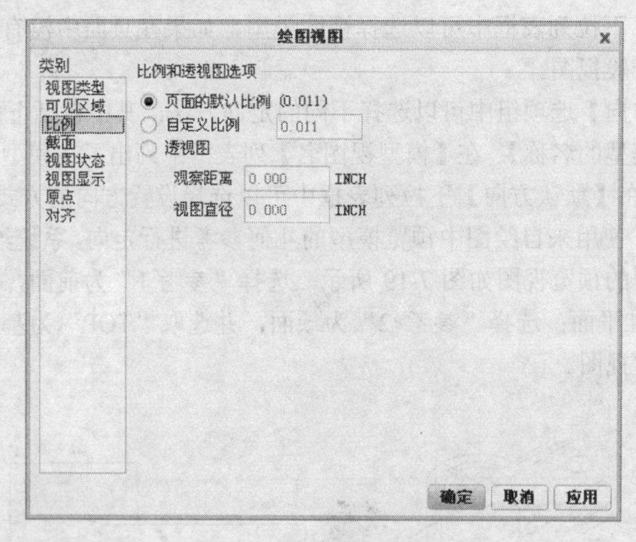

图 7-21 【比例】选项卡

在设置比例和透视图选项时，可选择下面 3 个选项。

- 【页面的默认比例】：系统默认的比例一般为 1，也就是与模型的实际尺寸相等。
- 【自定义比例】：指自定义比例，输入的比例值大于 1 表示放大视图；输入的比例值小于 1 表示缩小视图。
- 【透视图】：在机械制图中很少用到，此处不做介绍。

当创建详图视图或常规视图时，可以指定一个独立的比例值，该比例值仅控制该视图及与其相关的子视图。

3. 设置视图显示

在【视图显示】选项卡中需要设置的选项如图7-22所示。

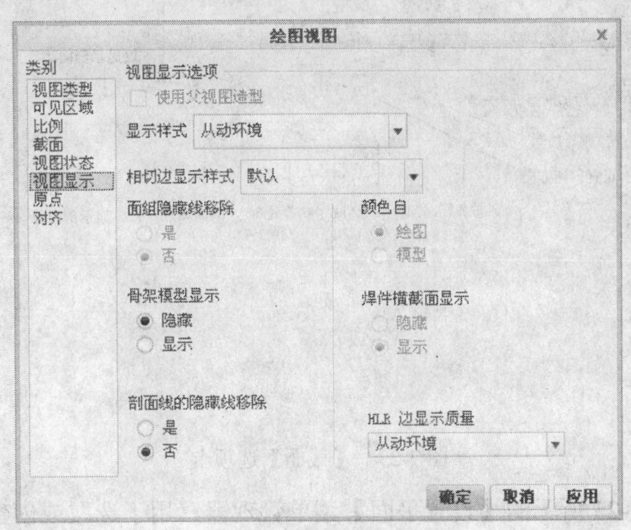

图7-22 【视图显示】选项卡

控制视图显示包括控制隐藏线、骨架模型的显示以及模型几何的颜色等。

（1）使用隐藏线和骨架模型显示。隐藏线和骨架模型的显示可在工程图设置文件中进行初始设置，也可在单个视图中或工程图中通过环境显示设置进行控制。其首选方法是手动设置单个视图的显示，这将允许用户覆盖环境显示设置，这些环境显示其设置在每次打开工程图时可能是不同的。

（2）模型几何的颜色。在工程图中，用户可在指定的工程图颜色和原始模型中所使用的颜色之间切换，以设置所选视图的颜色显示。由于只需执行一个命令即可在工程图中重新使用模型颜色，因此可以节约时间。

7.3 创建剖视图

创建剖视图与创建投影视图的方法相同，也需要先创建一般视图，当一般视图创建完毕后，再利用它创建剖视图。

7.3.1 创建全剖视图

机械制图中的剖视图有多种形式，如全剖视图、半剖视图、局部剖视图等。在【绘图视图】对话框中切换到【截面】选项卡，可以创建不同类型的剖视图。

在【截面】选项卡中需要设置的选项如图7-23所示。

（1）在【截面选项】选项组中系统默认为选中【无截面】单选按钮。

（2）选中【2D横截面】单选按钮后可以自定义剖面，各选项如图7-23所示。

单击【将横截面添加到视图】按钮+，系统将弹出如图7-24所示的【横截面创建】菜单管理器，在其中可设置剖面特征。

设置完成后选择【完成】命令，系统将提示输入剖截面的名称，输入名称后，按下Enter键确定。

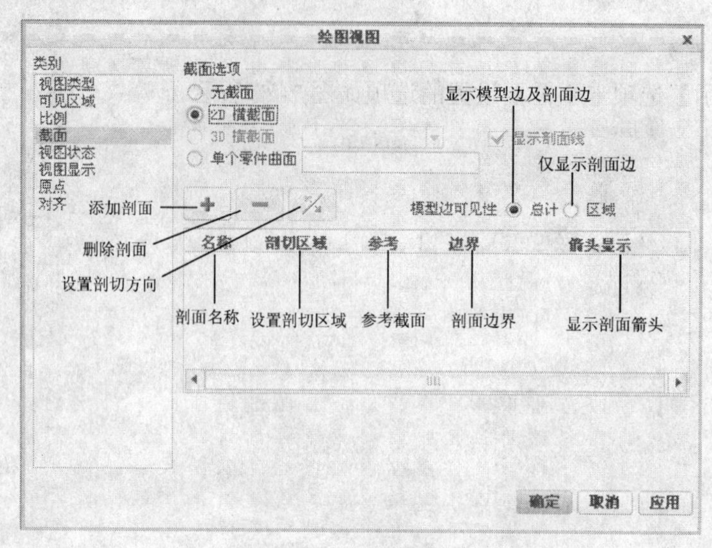

图 7-23 【截面】选项卡

系统出现如图 7-25 所示的【设置平面】菜单管理器，用于选取或创建剖截面。

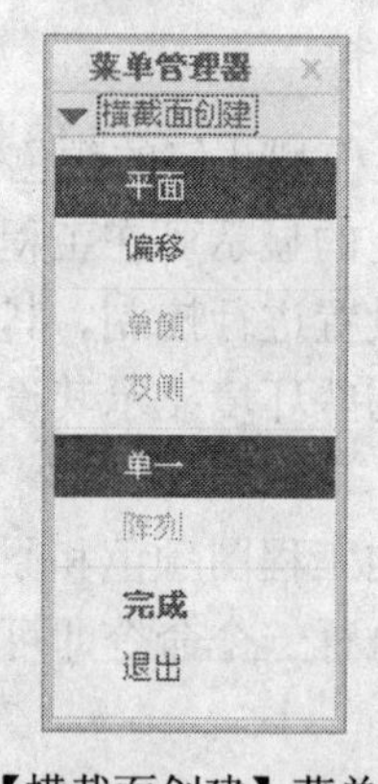

图 7-24 【横截面创建】菜单管理器

图 7-25 【设置平面】菜单管理器

完成后，【绘图视图】对话框如图 7-26 所示，单击【确定】按钮即可完成全剖视图的创建。

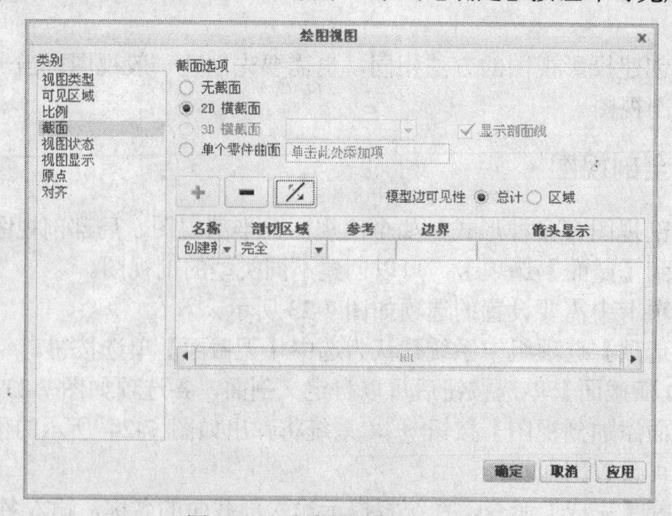

图 7-26 【绘图视图】对话框

如图 7-27 所示为一个模型及其创建的一般视图，创建一般视图时，在【视图类型】选项卡的【视图方向】选项组中选中【几何参考】单选按钮，然后选择“TOP”基准面为【前面】，选择“RIGHT”基准平面为【顶】。

如图 7-28 所示为选取“TOP”基准面作为横截面生成的全剖视图。

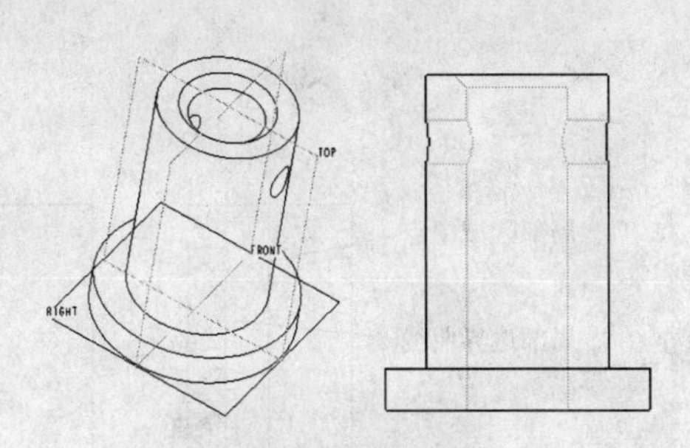

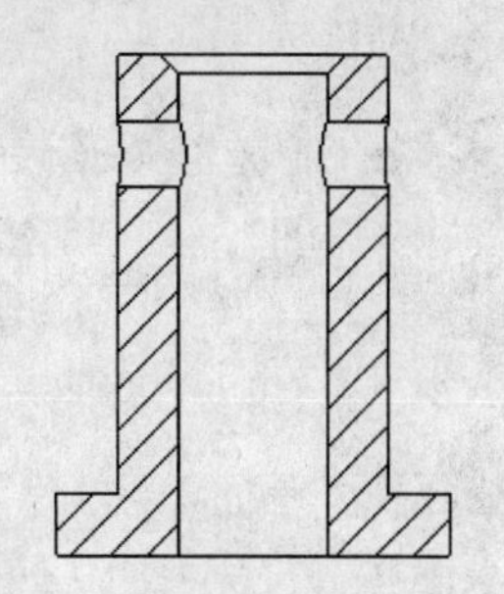

图 7-28　全剖视图　　图 7-27　模型及其一般视图

（3）选中【3D 横截面】单选按钮，表示选择设计模型时所创建的剖面视图。

7.3.2　创建半剖视图

在全剖视图的基础上，通过设置剖切区域可以创建半剖视图。

在【绘图视图】对话框的【截面】选项卡中，如果在【剖切区域】下拉列表框中选择【一半】，系统将提示“为半截面创建选取参考平面”，选取对应的参考面后，在页面的一般视图上将显示一个箭头，系统提示“拾取侧”，即定义剖开方向，在需要的一侧单击即可。此时【绘图视图】对话框中的相应设置如图 7-29 所示，单击【确定】按钮即可完成半剖视图的创建。

如图 7-30 所示为选取“FRONT”基准面作为剖切横截面，并且剖开方向在右侧时所生成的半剖视图。

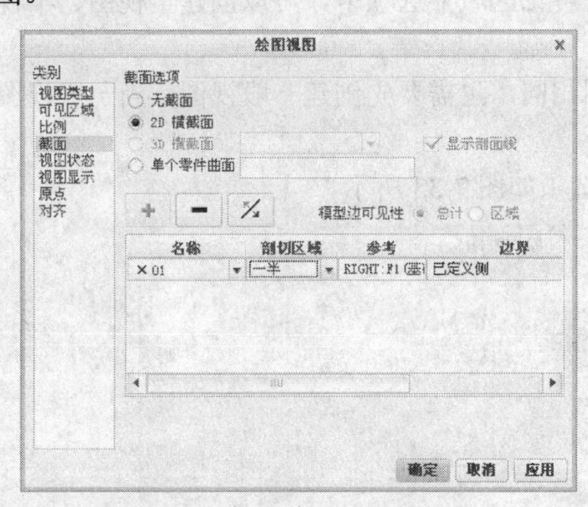

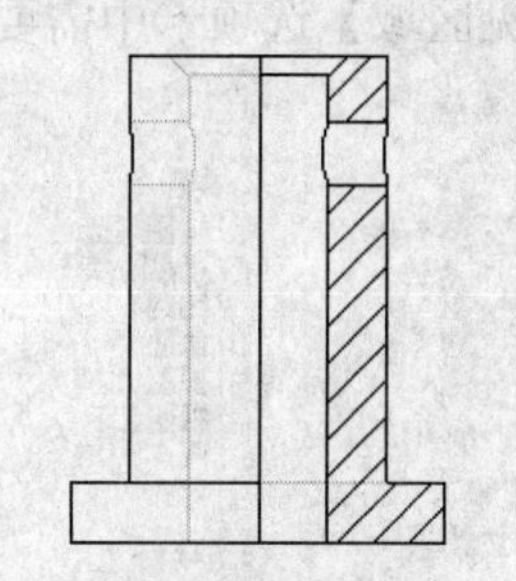

图 7-29　创建半剖视图时的设置　　图 7-30　创建的半剖视图

7.3.3　创建局部剖视图

在全剖视图的基础上，通过设置可以创建局部剖视图。

在【绘图视图】对话框中切换到【截面】选项卡，在【剖切区域】下拉列表框中选择【局部】选项，系统将提示选取局部的中心点，选取对应的点后，以样条曲线方式绘制边界，绘制完成后单击鼠标中键，此时【绘图视图】对话框的相应设置如图 7-31 所示，单击【确定】按钮即可完成局部剖视图的创建。

如图 7-32 所示为选取局部区域中点、绘制局部边界曲线后所生成的局部剖视图。

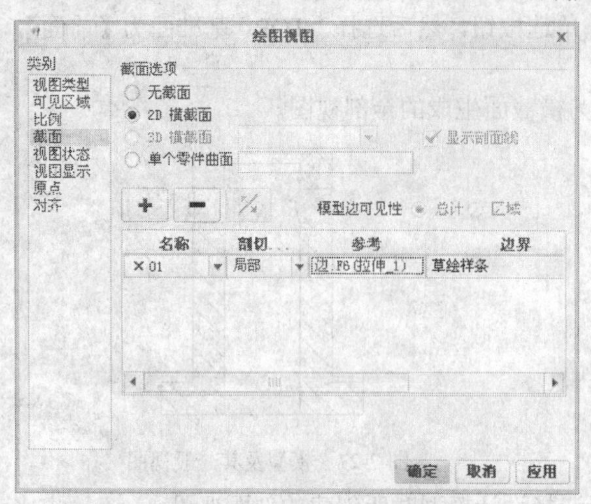

图 7-31　创建局部剖视图时的设置

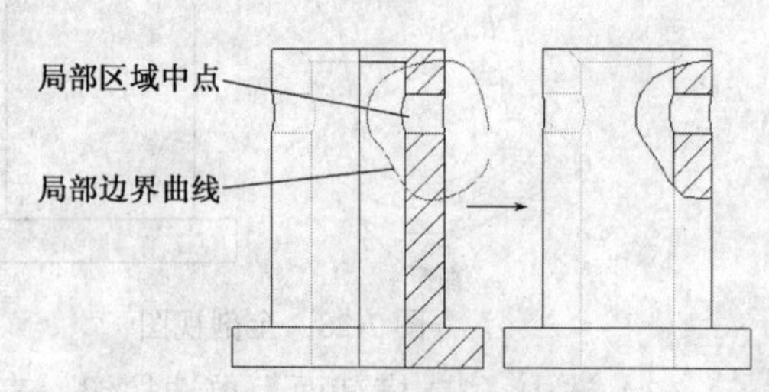

图 7-32　局部剖视图

需要注意的是，在绘制局部区域边界曲线时，不能使用【草绘】选项卡中的【样条】按钮～样条启动样条草绘，而应直接在页面中单击开始绘制。如果使用草绘工具按钮，则局部剖视图将被取消，只能绘制产生样条曲线图元。

7.4　创建其他特殊视图

7.4.1　创建半视图

在【绘图视图】对话框中切换到【可见区域】选项卡，可以创建全视图、半视图、局部视图和破断视图。

这些视图的创建方法与创建剖视图相同，也需要先创建一般视图，当一般视图创建完毕后，再利用一般视图进行创建。

【可见区域】选项卡中需要设置的选项如图 7-33 所示。

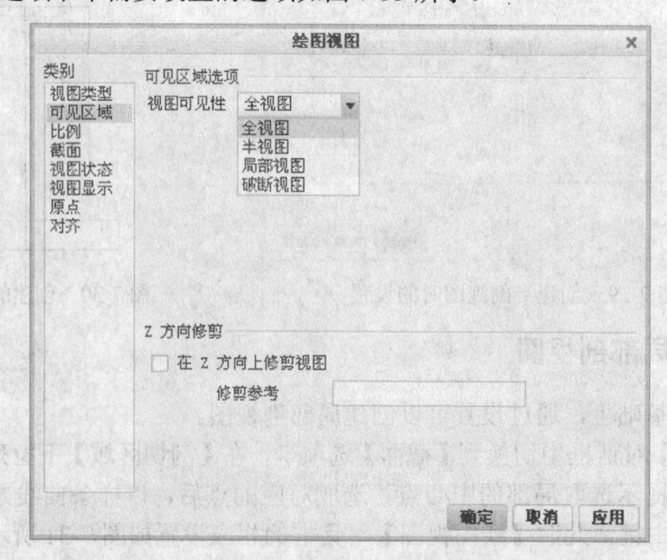

图 7-33　【可见区域】选项卡

系统默认为选择【全视图】选项，表示产生完整的整体模型视图。

在【视图可见性】下拉列表框中选择【半视图】选项，将显示一半视图，此时各选项如图 7-34 所示。

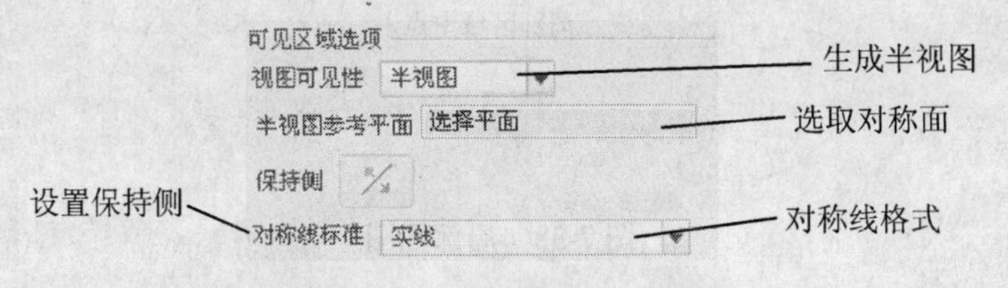

图 7-34 【半视图】设置选项

如图 7-35 所示为一个模型及其创建的一般视图，创建一般视图时在【视图类型】选项卡的【视图方向】选项组中选中【几何参考】单选按钮，然后选择“TOP”基准面为【前面】，选择“RIGHT”基准平面为【顶】。

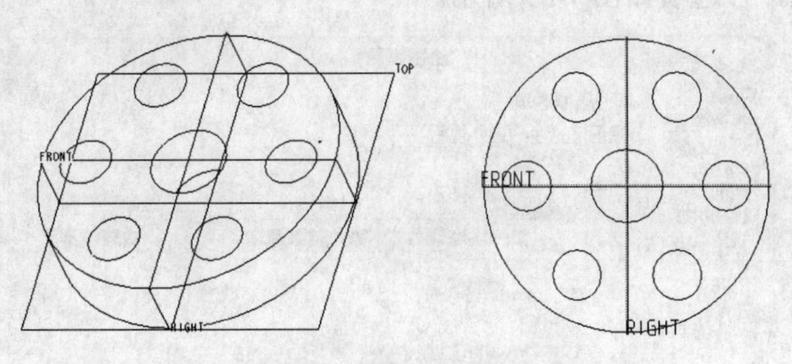

图 7-35 模型及其创建的一般视图

如图 7-36 所示为选取“FRONT”基准面作为对称面，并保留上面部分所生成的半视图。

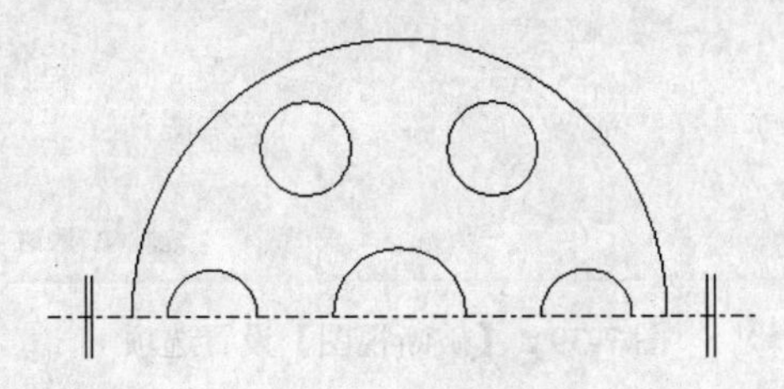

图 7-36 半视图

半视图在机械制图中通常用于表达具有对称结构的模型，属于简化画法。

7.4.2 创建局部视图

当创建局部视图时，可切换到【绘图视图】对话框的【可见区域】选项卡，然后在【视图可见性】下拉列表框中选择【局部视图】选项，这种视图用于表达模型的某一局部，各选项如图 7-37 所示。

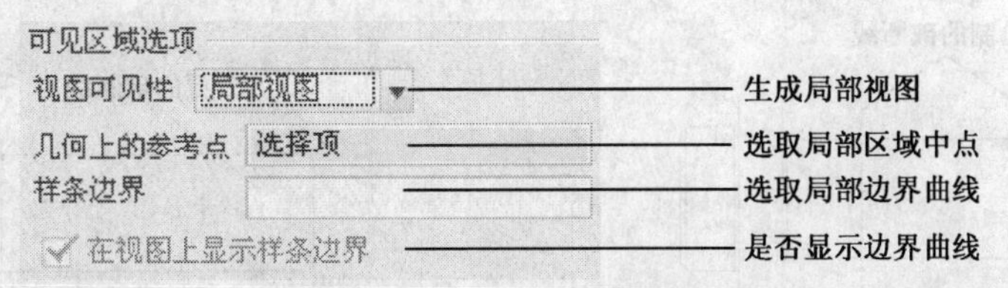

图 7-37 【局部视图】设置选项

如图 7-38 所示为选取局部区域中点、绘制局部边界曲线后，所生成的局部视图。

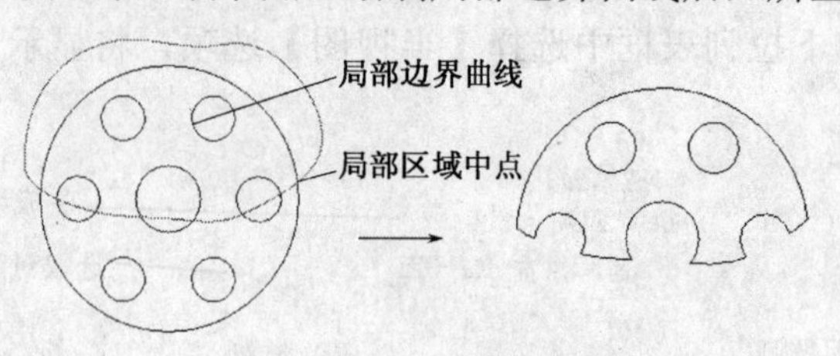

图 7-38 局部视图

7.4.3 创建破断视图

在创建破断视图时，可切换到【绘图视图】对话框的【可见区域】选项卡，然后在【视图可见性】下拉列表框中选择【破断视图】选项，这种视图常用于轴、连杆等较长的模型，可断开后缩短绘制，各选项如图 7-39 所示。

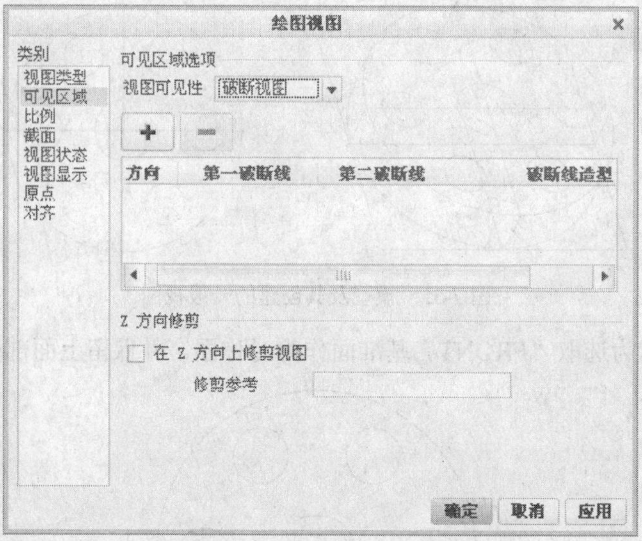

图 7-39 【破断视图】设置选项

单击【添加断点】按钮 +，系统将提示“绘制一条水平或竖直的破断线”，在页面中单击一条水平线，开始绘制第一条垂直破断线，在适当位置单击鼠标左键结束绘制，绘制后系统将提示“拾取一个点定义第二条破断线”，在第一条破断线旁单击一点，系统自动绘制第二条破断线。

此时工作界面内视图的显示如图 7-40 所示。

在机械制图中，破断线一般为样条曲线，所以需要改变破断线的线体。在【绘图视图】对话框的【破断线造型】下拉列表框中选择【草绘】选项后，可以在绘图区中绘制一条通过断点的样条曲线，系统自动将两条破断线更新为两条同样的样条曲线，如图 7-41 所示。

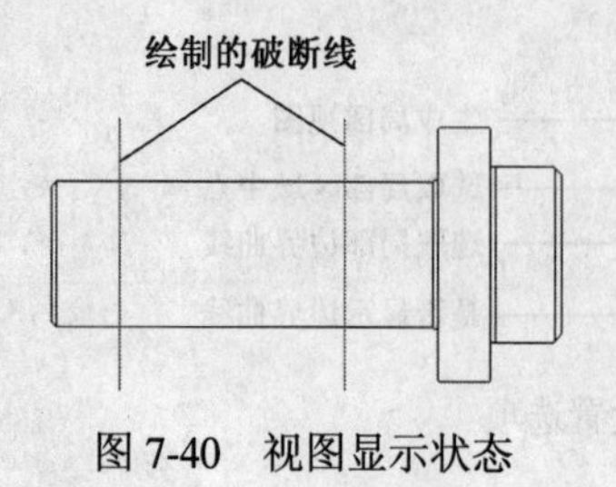

图 7-40 视图显示状态

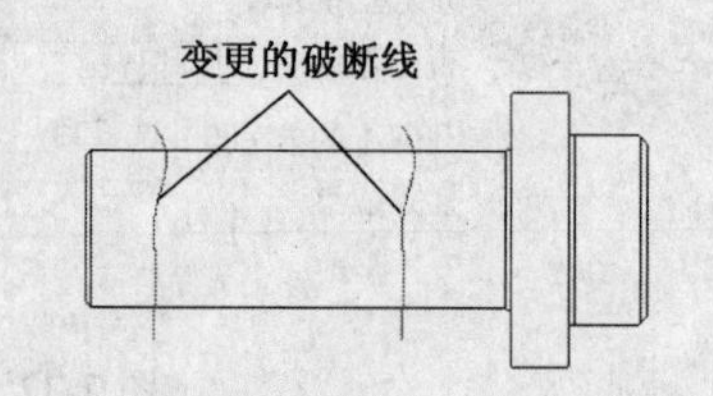

图 7-41 更新破断线样式后的显示

破断视图通常用于表达沿长度方向上形状一致或按一定规律变化的、较长的模型，属于简化画法，如图 7-42 所示。

7.4.4　创建投影视图

投影视图是父视图沿水平或垂直方向的正交投影。投影视图放置在投影通道中，位于父视图的上方、下方或位于其左边、右边。因为没有父视图就没有所谓的投影视图，所以只有当创建一般视图后，才能创建投影视图。

创建投影视图的一般过程如下。

（1）创建常规视图，并将其选中。

（2）单击【布局】选项卡【模型视图】组中的【投影】按钮 投影。

（3）将鼠标指针移动到父视图的投影方向，此时出现一个方框代表投影，如图 7-43 所示。

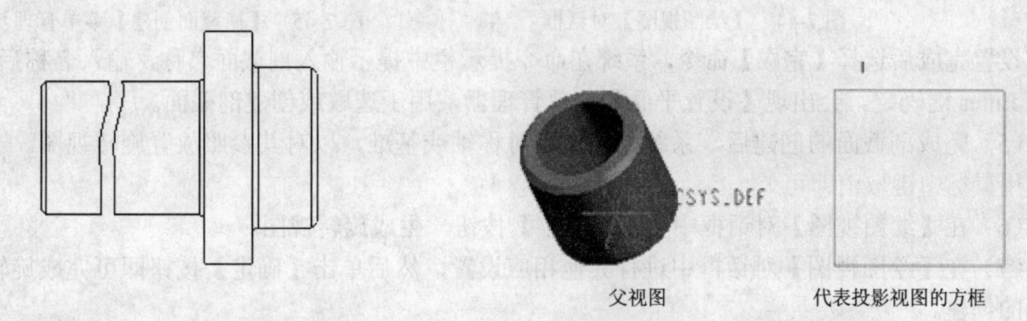

图 7-42　破断视图　　　图 7-43　父视图及代表投影视图的方框

（4）将投影方框水平或垂直地拖动到需要的位置，用鼠标左键单击放置视图。

（5）如果需要对投影视图进行设置，可以打开【绘图视图】对话框，与一般视图相同，可以设置【可见区域】、【比例】、【截面】等属性，操作方法与前面介绍的方法相同。

7.4.5　旋转视图

旋转视图是现有视图的一个剖面绕切割平面投影并旋转 90° 后生成的视图。可将在零件模型中创建的剖面用做切割平面，或者在生成旋转视图时即时创建一个切割平面。

旋转视图和剖视图的不同之处在于它包括一条标记视图旋转轴的线。

创建旋转视图的一般过程如下。

（1）单击【布局】选项卡【模型视图】组中的【旋转】按钮 旋转 。

（2）系统提示“选择旋转界面的父视图”，即旋转视图的父视图，选取一个视图，该视图将加亮显示。

（3）在绘图区单击鼠标确定一个位置，以显示旋转视图。系统打开如图 7-44 所示的【绘图视图】对话框，在其中可以修改视图名称，但不能修改视图类型。

（4）在【横截面】下拉列表框中可以选取一个已经创建的剖面或创建一个新的剖面。

如果创建一个新的剖面，系统将弹出如图 7-45 所示的【横截面创建】菜单管理器，在其中可以设置剖面特征。

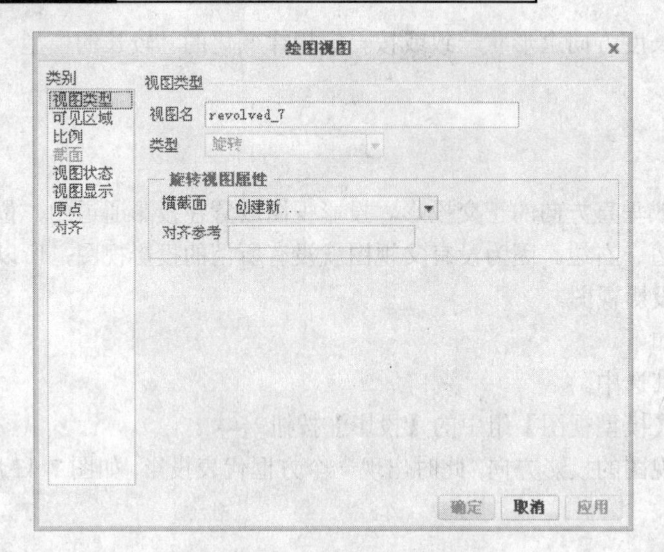

图 7-44 【绘图视图】对话框

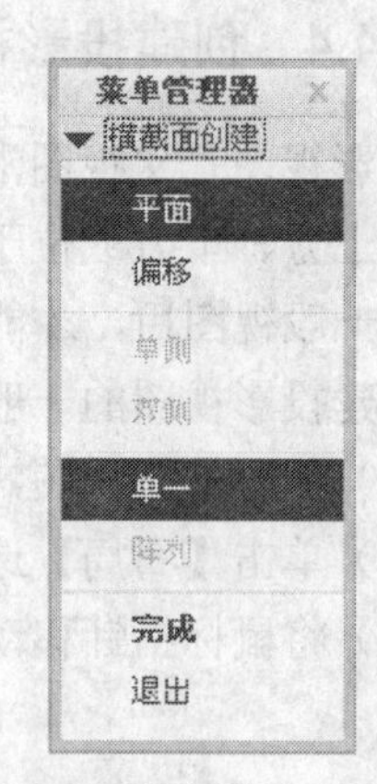

图 7-45 【横截面创建】菜单管理器

设置完成后选择【完成】命令，系统在命令提示栏中提示输入剖截面名称，输入名称后，按下 Enter 键确定。会出现【设置平面】菜单管理器，用于选取或创建剖截面。

（5）完成剖截面的创建后，系统提示选取对称轴或基准，以对其参照放置旋转视图。一般使用鼠标中键取消即可。

（6）在【绘图视图】对话框中单击【确定】按钮，生成旋转视图。

（7）在【绘图视图】对话框中进行其他相应设置，然后单击【确定】按钮即可完成旋转视图的创建。

7.4.6 创建辅助视图

辅助视图通常用于表达模型中的倾斜部分，是将倾斜部分以垂直角度向选定曲面或轴进行投影后生成的视图，是一种投影视图。选定曲面的方向以确定投影通道。父视图中的参照必须垂直于屏幕平面。

创建辅助视图的一般过程如下。

（1）单击【布局】选项卡【模型视图】组中的【辅助】按钮 辅助 。

（2）系统提示“在主视图上选择穿过前侧曲面的轴作为基准曲面的前侧曲面的基准平面”，在要创建辅助视图的父视图中选取倾斜部分的边、轴、基准平面或曲面。

（3）此时父视图投影通道方向出现代表辅助视图的方框，在绘图区单击鼠标确定一个位置，以显示辅助视图。

（4）如果需要修改辅助视图的属性，可双击辅助视图，在打开的【绘图视图】对话框中进行修改。

7.4.7 创建详细视图

详细视图通常用于表达模型中局部的详细情况。

创建详细视图的一般过程如下。

（1）单击【布局】选项卡【模型视图】组中的【详细】按钮 详细 。

（2）系统提示“在一现有视图上选择要查看细节的中心点”，单击需要查看细节部分的中心点。

（3）系统提示“草绘样条，不相交其他样条，来定义一轮廓线”，直接在中心点附近绘制轮廓线，单击鼠标中键结束绘制。

（4）如图 7-46 所示为系统自动将轮廓线变为规则圆形，以表示详细视图区域。

（5）系统提示“选取绘制视图的中心点”，在绘图区单击鼠标确定一个位置，以显示详细视图。

（6）如果需要修改详细视图的属性，可双击详细视图打开【绘图视图】对话框进行修改。如图 7-47 所示为生成的详细视图。

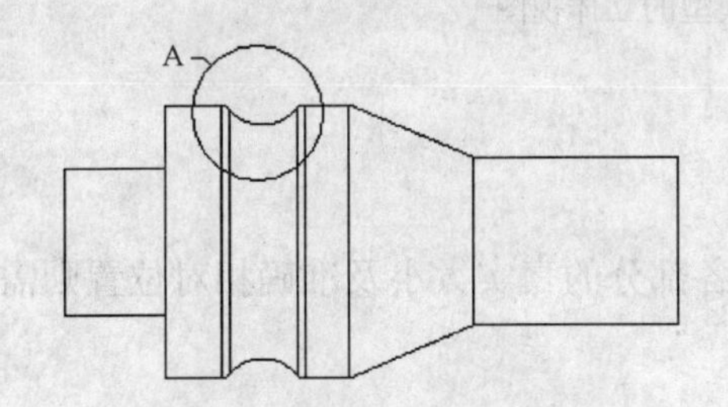

图 7-46　表示详细视图区域的圆形

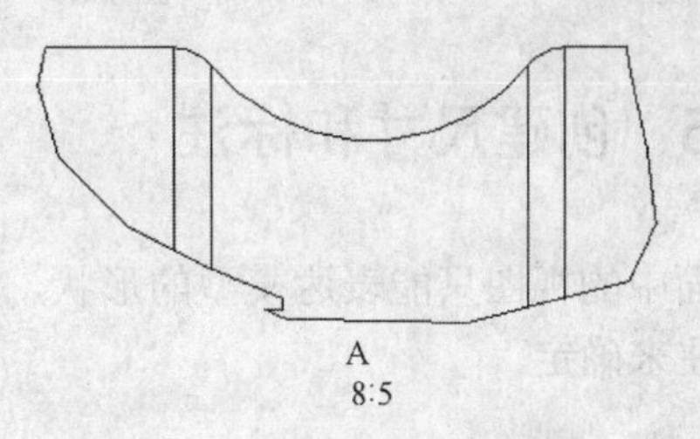

图 7-47　零件模型的详细视图

7.4.8　创建参考立体视图

Creo Parametric 工程图中为了更好地表达模型，可以在页面中插入模型的立体视图。

创建立体视图的方法与创建一般视图的方法相同。

单击【布局】选项卡【模型视图】组中的【一般】按钮，在绘图区适当位置单击鼠标左键，打开如图 7-48 所示的【绘图视图】对话框。

选择【类别】为【视图类型】，在【视图方向】选项组的【模型视图名】列表框中选择【标准方向】或【默认方向】选项，其他根据需要进行设置，单击【确定】按钮即可完成立体视图的创建。如图 7-49 所示为生成的立体视图。

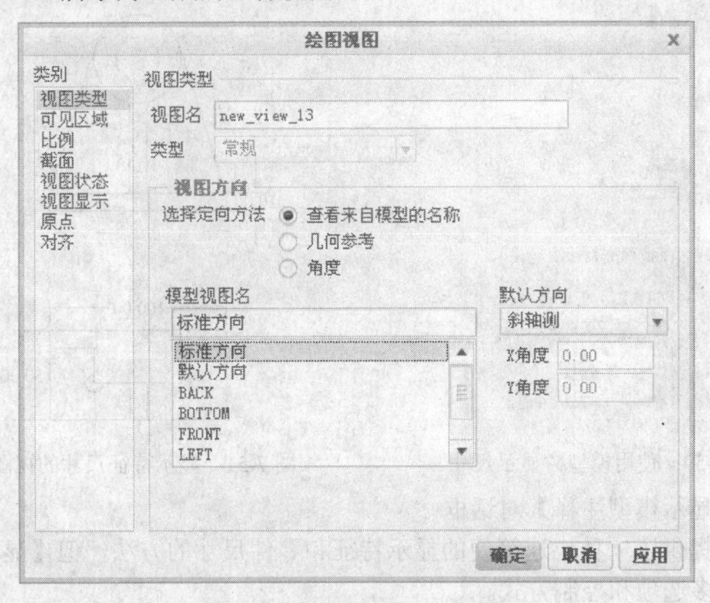

图 7-48　【绘图视图】对话框

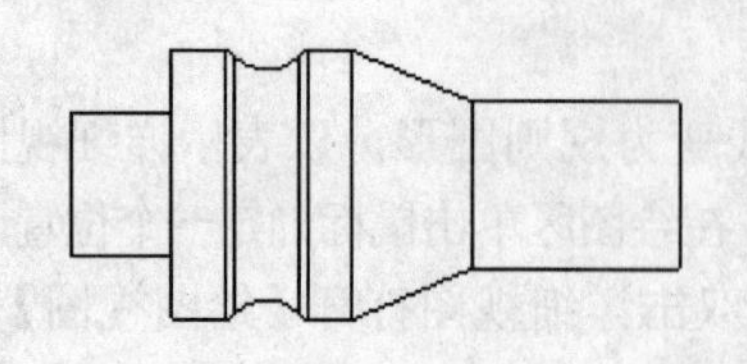
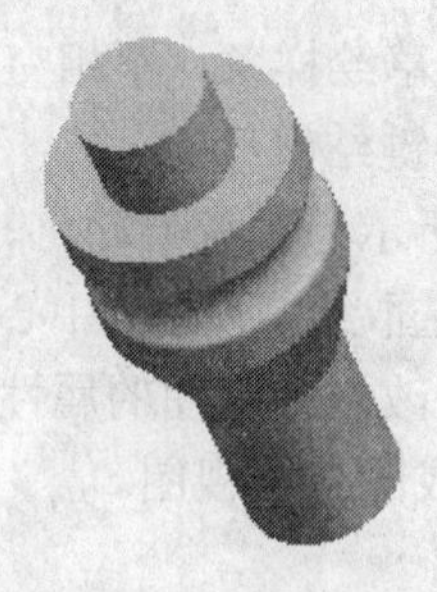

图 7-49　零件模型的立体视图

7.5　创建尺寸和标注

页面中的视图只能表达模型的形状，模型各部分的真实大小及准确相对位置则需要靠尺寸和标注来确定。

7.5.1　创建尺寸

1. 显示尺寸

在创建尺寸之前，为避免重复性的工作并保持关联性，应先显示零件模式或组件模式中创建的尺寸和其他视图项目。

要显示尺寸，可以按照以下两种方式来进行。

（1）使用模型树

通过模型树，可以显示零件模型中某个特征尺寸或组件中零件的尺寸。

在模型树中选择需要显示尺寸的特征或模型，单击鼠标右键，在弹出的快捷菜单中选择【显示模型注释】命令，如图 7-50 所示，在工作区即显示如图 7-51 所示的已显示特征尺寸的视图。

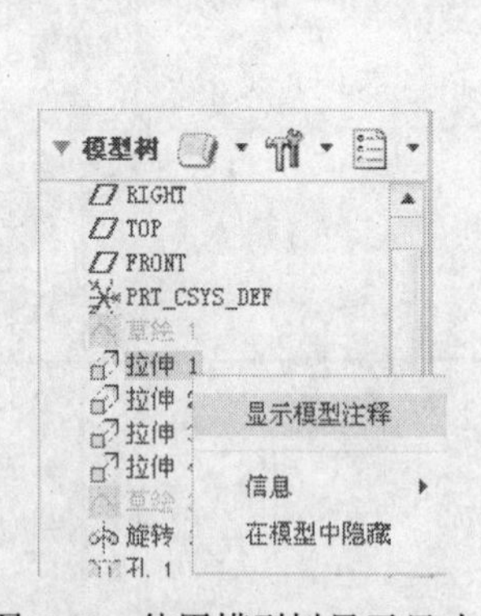

图 7-50　使用模型树显示尺寸

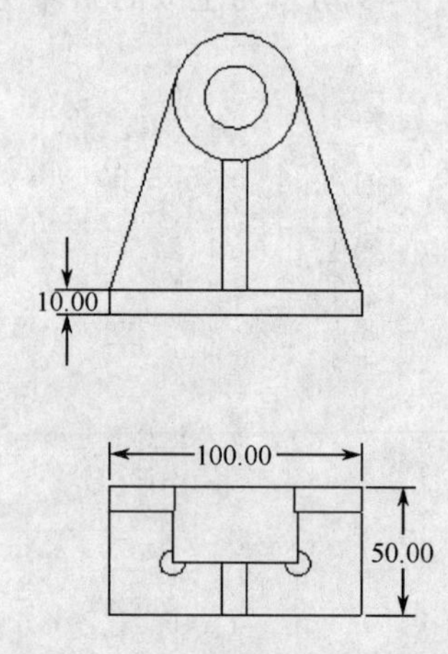

图 7-51　显示特征尺寸的视图

（2）使用【显示模型注释】对话框

虽然模型树提供了一种快速简便的显示特征和零件尺寸的方法，但【显示模型注释】对话框中提供了更多选项和控制方式。

单击【注释】选项卡【注释】组中的【显示模型注释】按钮，可以打开如图 7-52 所示的【显示模型注释】对话框。

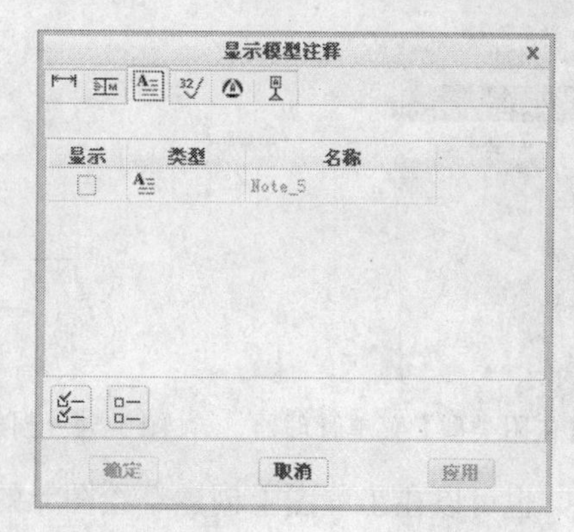

图 7-52　【显示模型注释】对话框

在【显示模型注释】对话框中，有 6 个选项卡，可以打开其中之一，在【显示】栏启用要显示的尺寸，以显示或拭除视图中的尺寸。

用户可以在显示窗口预览绘图中的详图尺寸，并决定是否显示。在其中可设置显示所有尺寸、拭除全部尺寸以及显示或拭除单个尺寸。

2. 创建尺寸

出于定位图形或便于查看图形的需要，可在工程图中直接创建尺寸。

通过在工程图上创建尺寸，不必改动模型的设计即可得到所需的工程图外观。

如果正在创建的多个尺寸都参考几何的同一部分，可使用公共参考选项减少鼠标的拾取。系统将使用第一尺寸的第一参考，作为创建的所有尺寸的第一标注参考。

在绘图模式中创建尺寸时，除了在草绘中可用的连接类型外，还有以下更多的连接类型。

- 【中点】：将导引线连接到某个图元的中点上。
- 【中心】：将导引线连接到圆形图元的中心。
- 【交点】：将导引线连接到两个图元的交点上。
- 【做线】：制作一条用于导引线连接的线。

在创建尺寸时，可以按照如下操作步骤进行。

（1）单击【注释】选项卡【注释】组中的【尺寸】按钮![尺寸]，打开如图 7-53 所示的【依附类型】菜单管理器。

（2）在【依附类型】菜单管理器中，可选择【图元上】、【中点】、【中心】等依附类型选项。

（3）选取一个依附类型选项后，选择将要添加的新参考的边界，如图 7-54 所示。选取一个或两个参考后，在合适的位置单击鼠标中键，放置新尺寸。

采用上述创建尺寸的方法，也可以在工程图上创建草绘图元的尺寸。

3. 创建参考尺寸

参考尺寸与尺寸类似，只是其外观不同且不显示公差。在零件中创建参考尺寸后，可使用【显示模型注释】对话框在视图上显示及隐藏。

要创建参考尺寸，可以按照如下操作步骤进行。

（1）单击【注释】选项卡【注释】组中的【参考尺寸】按钮![参考尺寸]，打开与创建驱动尺寸类似的【依附类型】菜单管理器。

（2）在【依附类型】菜单管理器中选择某一依附类型选项后，选择视图中的第一驱动尺寸参考和第二驱动尺寸参考，然后在合适的位置单击鼠标中键，放置新参考尺寸，如图 7-55 所示。

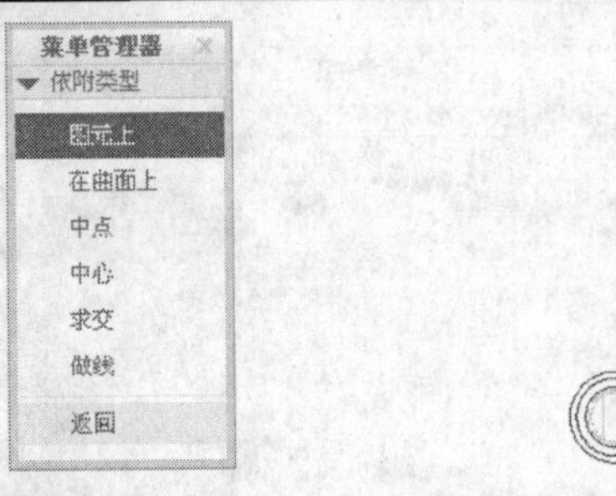

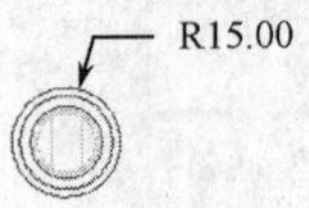

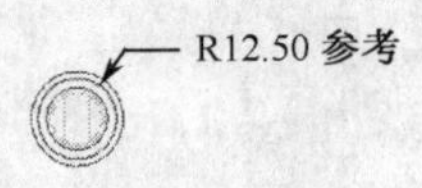

图 7-53 【依附类型】菜单管理器　　图 7-54 创建新尺寸　　图 7-55 创建参考尺寸

另外，也可以在工程图上创建草绘图元的尺寸。

7.5.2 创建标注

标注是工程图中作为支持信息的文本。工程图标注由文本和符号组成。

Creo Parametric 系统允许将参数化的信息包含在标注中，在系统更新时，包含在标注中的参数化信息也同时更新，以反映所有变化。通过在“&”符号后输入参数的符号名称，可以在工程图中增加模型、参考、驱动尺寸以及系统定义的参数（阵列中的实例数）等参数化信息。

在 Creo Parametric 中创建标注时，尺寸和参数将自动转换成其符号形式。

Creo Parametric 系统包括下列前面带有“&”符号的参数化信息。

&todays_date：当前日期。

&model_name：使用模型的名称。

&dwg_name：工程图名称。

&scale：工程图比例。

&type：模型类型（零件或组件）。

&format：格式尺寸。

&linear_tol_0_0 到&linear_tol_0_000000：从一位到六位小数的线性公差值。

&angular_tol_0_0 到&angular_tol_0_000000：从一位到六位小数的角度公差值。

¤t_sheet：当前页码。

&total_sheets：工程图中总页数。

&dtm_name：基准平面的名称。

1. 创建标注

在创建标注时，可按照如下步骤操作。

（1）单击【注释】选项卡【注释】组中的【注解】按钮，打开如图 7-56 所示的【注解类型】菜单管理器。

- 【注解类型】：创建标注的类型。

【无引线】：创建自由标注。

【带引线】：创建指引标注。

【ISO 引线】：用 ISO 引线创建标注。

【在项上】：直接连接在一个项目上创建标注（边、曲面、基准点等）。

【偏移】：插入标注并使其位置与某一详图图元相关。

- 输入方式：创建标注时的输入方式。

【输入】：从键盘输入。

【文件】：从文本中读入。

- 标注角度：创建标注时的标注角度。

【水平】：创建水平标注。
【竖直】：创建竖直标注。
【角度】：创建一个斜角度的标注。

- 指引方向：创建标注时引线的指引方向。

【标准】：创建附属于图元的复合方向指引。
【法向引线】：创建垂直于图元的单一方向指引。
【切向引线】：创建与图元相切的单一方向指引。

- 对齐方式：创建标注时文本的对齐方式。

【左】：创建标注时文本左对齐。
【居中】：创建标注时文本居中对齐。
【右】：创建标注时文本右对齐。
【默认】：创建标注时文本按默认方式对齐。

- 【样式】：可以从【样式库】中选取，也可以设置【当前样式】。

(2) 当选择完以上 6 个选项后，选择【进行注解】命令，系统将出现如图 7-57 所示的【依附类型】菜单管理器，从中选择引线末端形状。

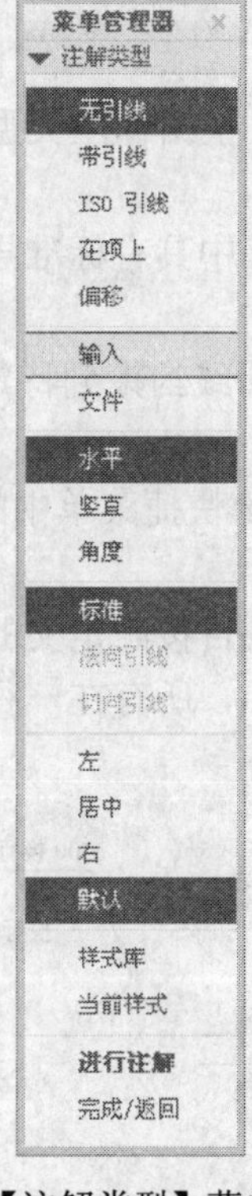

图 7-56　【注解类型】菜单管理器

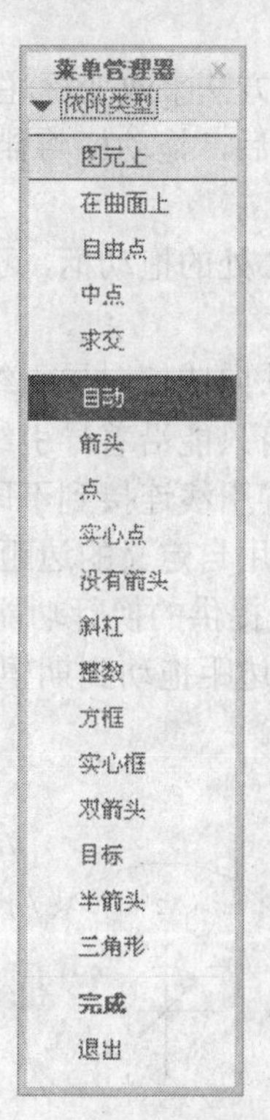

图 7-57　【依附类型】菜单管理器

(3) 选择【完成】命令后，系统弹出【选择点】对话框，如图 7-58 所示，在图元上标注引线引出端点。

(4) 选取标注的位置后，系统会弹出如图 7-59 所示的【文本符号】对话框，并提示输入标注文本，在文本框输入文本后，单击两次【接受值】按钮✓即可完成标注。

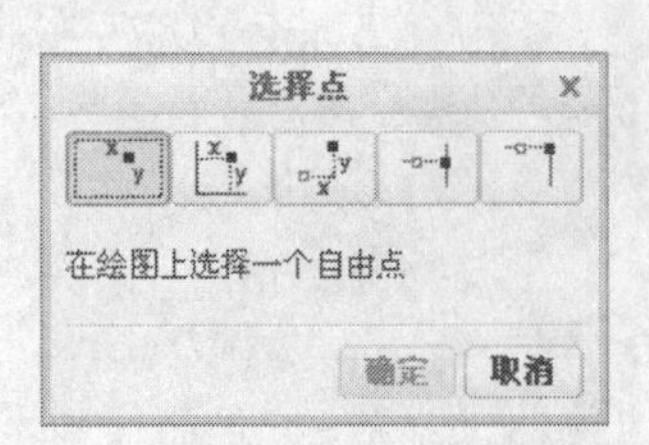

图 7-58 【选择点】对话框

图 7-59 【文本符号】对话框

2. 编辑标注

在工程图中可以对创建的标注进行修改，修改操作包括以下几方面的内容。

（1）剪切和复制

选取标注后，单击鼠标右键，可以使用快捷菜单中的【剪切】、【复制】等命令，来编辑标注、符号等。

（2）删除

单击【草绘】选项卡【设置】组中的【图元选择】按钮，选取标注后单击鼠标右键，可以通过选择快捷菜单中的【删除】命令删除标注，也可以在选取标注后按下 Delete 键将其删除。

（3）移动

可以使用不同的方法来改变标注在工程图中的位置。

当选取某个标注后，拖动柄将伴随加亮的标注出现，根据标注类型不同，显示的拖动柄也会不同。

- 使用标注中心处的拖动柄，可将某个自由标注或其中具有标准导引线的标注移动到任意位置。
- 若标注具有法向或切向导引线，系统就将标注导引线约束到特定方向，这样使用中心拖动柄时，将只能沿着导引线移动。
- 要将标注的导引线连接到不同的图元，可使用右键快捷菜单中的【编辑连接】命令。

（4）对长标注使用自定义的边距或自动换行功能

Creo Parametric 提供的换行功能允许将长标注或表条目按照定义的边界换行。用户可以使用适当的拖动柄将边距拖动到期望尺寸，如图 7-60 所示，所有在一行中不能放下的文本都将自动转移到下一行。

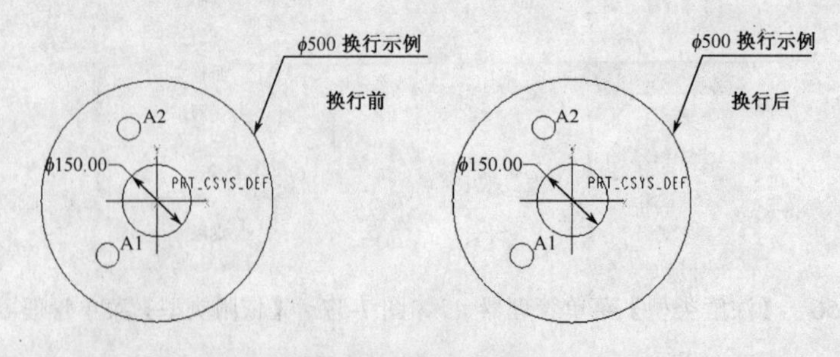

图 7-60 标注的换行

（5）改变标注内容

用鼠标双击标注文本，或是选取文本后单击鼠标右键，通过选择快捷菜单中的【属性】命令，打开如图 7-61 所示的【注解属性】对话框。

在【文本】选项卡中，可以在文本区直接输入标注文本；也可以单击【打开】按钮，从所选文件中读入标注文本；还可以单击【超级链接】按钮，将标注文本作为超链接与其他地址建立联系；输入完标注文本后，用户可以单击【保存】按钮，保存输入的标注文本。

在【文本样式】选项卡中，可以设置标注的文本样式，由于设置的文本样式与标注的Windows 系统的设置方法类似，在此不再赘述。

（6）将导引线连接至多行文本

通过在标注文本的任一行开头输入占位符“@o”（注意：此处为字母 o，非零），可以将标注导引线连接到该行，如图 7-62 所示。

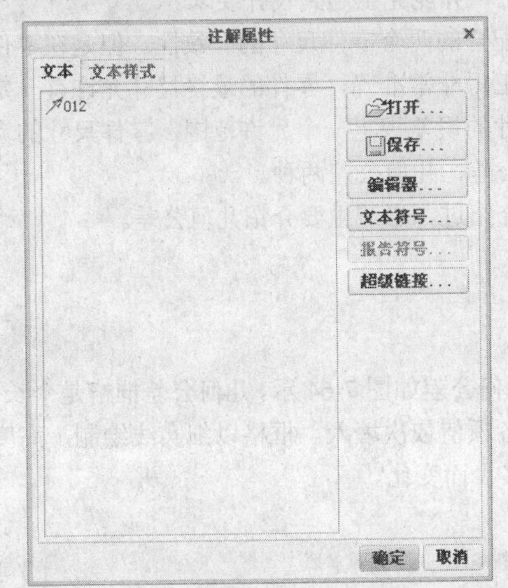

图 7-61 【注解属性】对话框

一旦向某行中增加了占位符，导引线就自动转移到该行。用户可以在创建标注时输入占位符，也可以在修改时再输入。如果向多行标注文本中增加了占位符，系统自动将导引线连接到第一行。

（7）输入上标和下标文本

- 要输入上标文本，可以在文本标注处输入“@+上标文本@#”。
- 要输入下标文本，可以在文本标注处输入“@-下标文本@#”。
- 要同时输入上下标文本，可以在文本标注处输入“@+上标文本@#@-下标文本@#”。

上标和下标文本输入如图 7-63 所示。

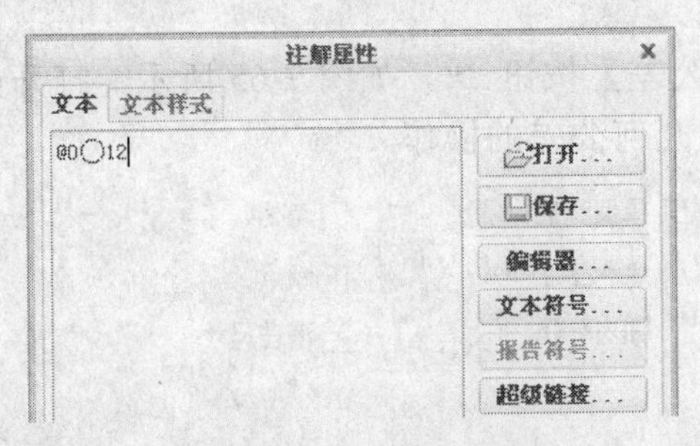

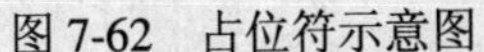

图 7-62 占位符示意图

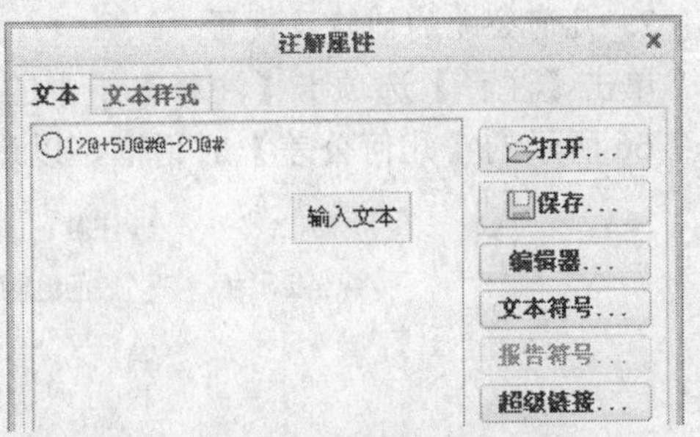

图 7-63 输入上标和下标文本

（8）创建标注外框

通过输入“@[标注文本@]”，可将标注放置在一个外框中。

7.6 创建几何公差、基准和粗糙度

为提高劳动生产率，降低生产成本，在工业生产中普遍采用标准零件，标准零件具有互换性和专业化协作生产的特点。即在机器装配过程中，从同一规格零件中任取一件，不经修配或其他辅助加工，就能顺利地装配到机器上，并能完全达到设计要求。

为保证零件具有互换性，必须保持相互配合的两个零件尺寸的一致性。但是在零件实际生产过程中，没必要也不可能把零件尺寸加工得非常准确，零件的最终尺寸允许有一定的制造误差。为满足互换性要求，必须对零件尺寸的误差规定一个允许范围，零件尺寸的允许变动量就是尺寸公差，简称公差。公差有尺寸公差、几何公差两种。

尺寸公差的有关内容在前面章节中已经介绍过，本节主要介绍几何公差。

7.6.1 创建几何公差

1. 几何公差的基本格式

在 Creo Parametric 工程图中，标注出的几何公差如图 7-64 示。几何公差框格是个长方形，里面被划分为若干小格，然后将几何公差的各项值依次填入。框格以细实线绘制，高度约为尺寸数值字高的两倍，宽度根据填入内容的多少而变化。

图 7-64 标注的几何公差

- 公差类型：填入表示几何公差类型的符号。
- 公差值：填入公差数值。
- 公差材料条件：填入材料条件，有 4 种可能的状态，即最大材料（MMC）、最小材料（LMC）、有标志符号（RFS）以及无标记符号（RFS）。
- 基准参照：填入以字母表示的基准参照线或基准参照面。

2. 几何公差的创建及设置

单击【注释】选项卡【注释】组中的【几何公差】按钮，如图 7-65 所示，打开如图 7-66 所示的【几何公差】对话框，以进行标注几何公差的操作。

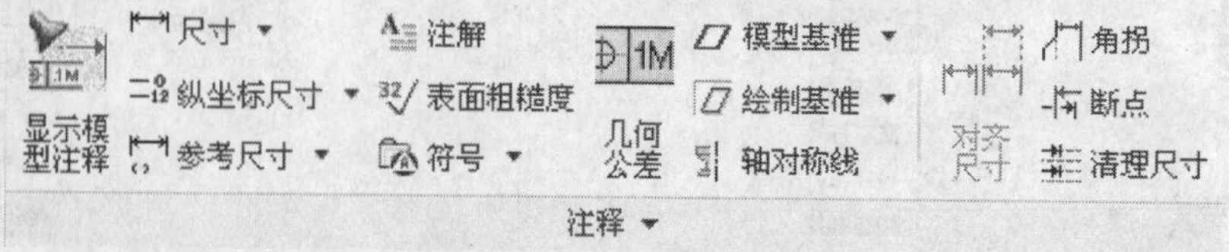

图 7-65 单击【几何公差】按钮

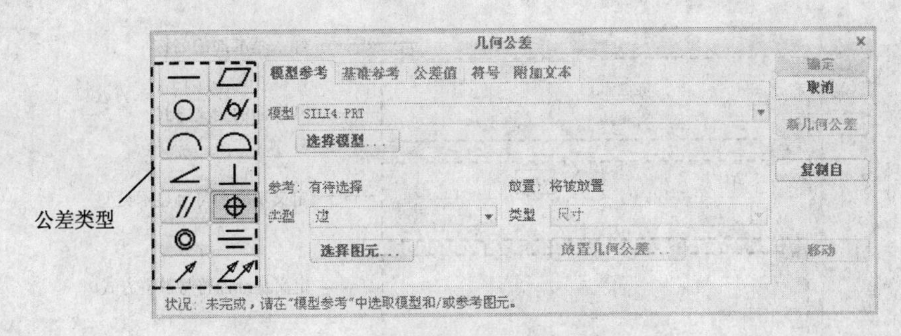

图 7-66　【几何公差】对话框

（1）【几何公差】对话框左侧为公差的类型，共有 14 种，Creo Parametric 中公差类型符号与国家标准规定的完全相同。

（2）【模型参考】选项卡：用于指定要在其中添加几何公差的模型和参照图元，以及在工程图中如何放置几何公差。

（3）【基准参考】选项卡：用于指定几何公差的参照基准和材料状态，以及复合公差的值和参照基准。

注意：当选择几何公差的类型为面轮廓度和位置度时，复合几何公差部分才可以使用。当选择几何公差的类型为直线度、平面度、圆度和圆柱度时，不需设置基准参照。

（4）【公差值】选项卡：用于指定公差值和材料状态。

（5）【符号】选项卡：用于指定几何公差符号及投影公差区域或轮廓边界。

（6）在该对话框中提供了多个命令按钮，如图 7-67 所示。

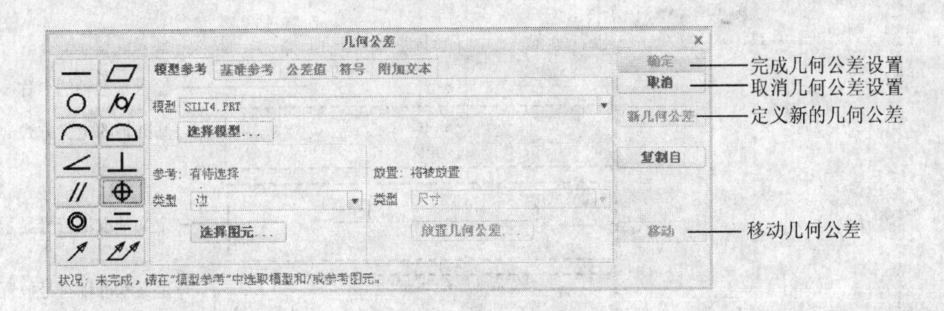

图 7-67　命令按钮功能

另外，在对话框底部的状态区中显示当前几何公差的设置情况，可随时观察了解完成的程度，有利于几何公差的设置。

7.6.2　创建几何公差基准

创建几何公差前首先需要创建基准，下面来介绍基准的创建方法。

1. 创建基准面

单击【注释】选项卡【注释】组中的【模型基准】按钮 模型基准，打开【基准】对话框，如图 7-68 所示。

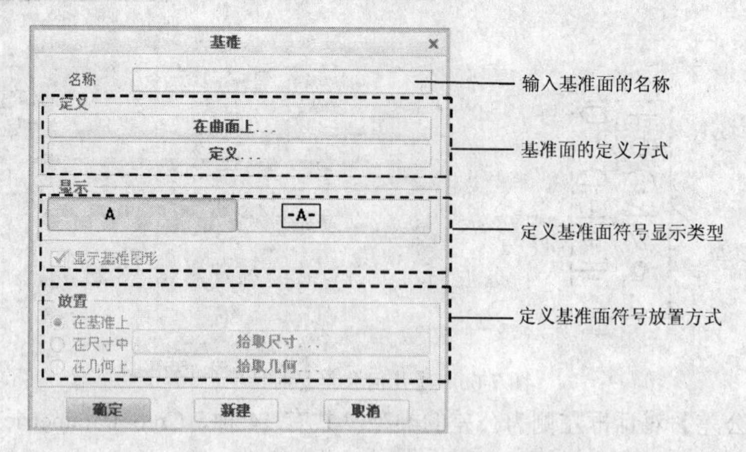

图 7-68 【基准】对话框及其功能注释

当定义一个新的基准面时，系统将打开如图 7-69 所示的【基准平面】菜单管理器，用于定义基准面。其定义方法与在零件模式下基本相同，这里不再赘述。

2. 创建基准轴

单击【注释】选项卡中【注释】组中的【模型基准】按钮，打开【轴】对话框，如图 7-70 所示。

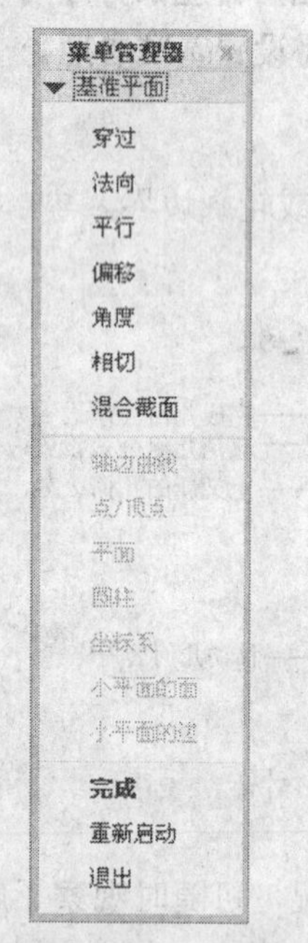

图 7-69 【基准平面】菜单管理器

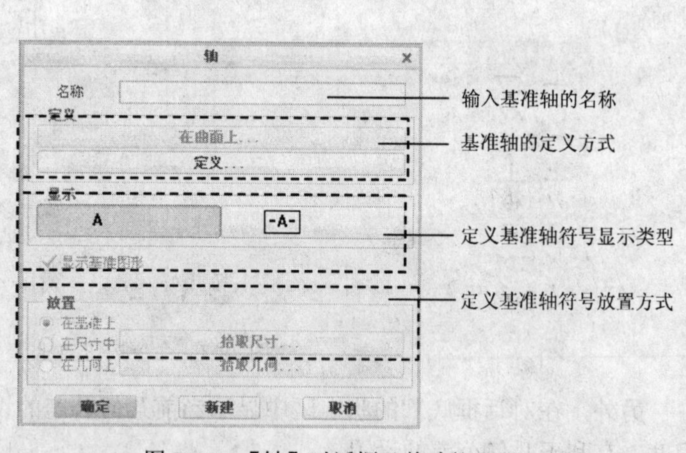

图 7-70 【轴】对话框及其功能注释

当定义一个新的基准轴时，系统将打开如图 7-71 所示的【基准轴】菜单管理器，用于定义基准轴。其定义方法与在零件模式下基本相同，这里不再赘述。

7.6.3 创建表面粗糙度

为了反映零件模型表面的光滑程度，经常使用表面粗糙度符号进行标注。Creo Parametric 中的表面粗糙度被称作表面光洁度。在工程图中创建表面光洁度时，可以按照如下操作步骤进行。

（1）单击【注释】选项卡【注释】组中的【表面粗糙度】按钮 表面粗糙度，打开如图 7-72 所示的【得到符号】菜单管理器。

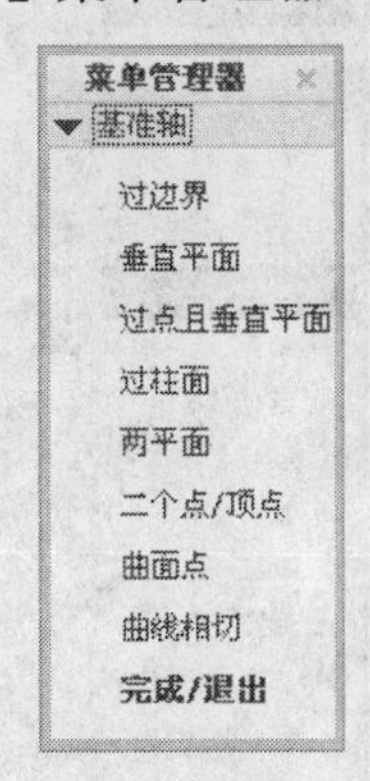

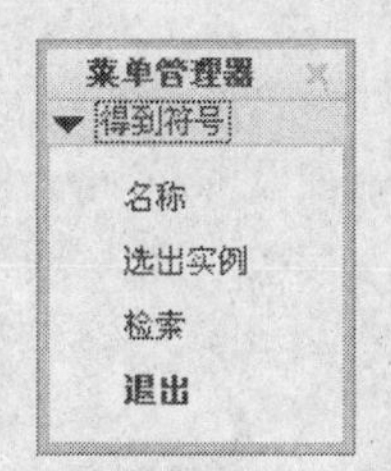

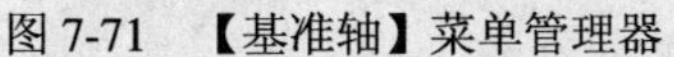
图 7-71　【基准轴】菜单管理器　　图 7-72　【得到符号】菜单管理器

- 名称：用于在列表中选取当前绘图已经存在的表面光洁度符号。
- 选出实例：用于在绘图区选取已经存在的表面光洁度符号作为插入的符号。
- 检索：用于选择系统设置的表面光洁度符号，系统打开如图 7-73 所示的【打开】对话框。

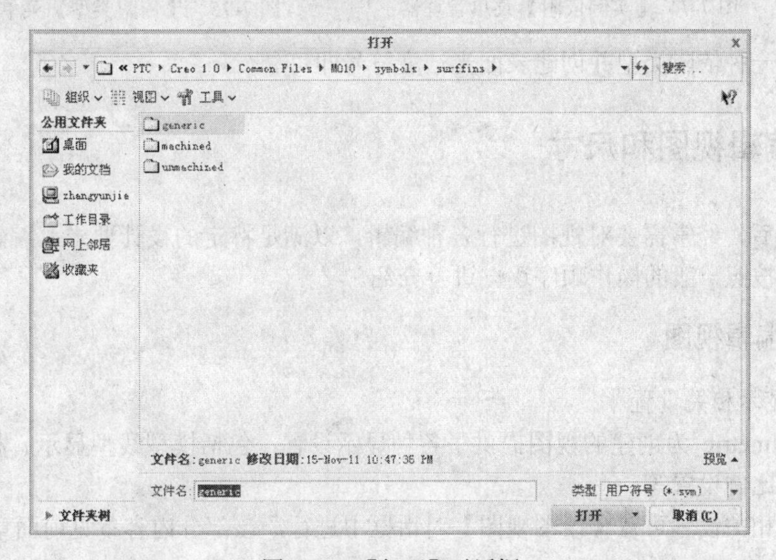

图 7-73　【打开】对话框

（2）选取一种方式并选择表面光洁度符号，系统打开如图 7-74 所示的【实例依附】菜单管理器。

- 引线：通常表面光洁度符号不能标注在图元上，需要在引线的情况下使用。系统打开如图 7-75 所示的【依附类型】菜单管理器，在其中可进行进一步的设置。
- 图元：表面光洁度符号标注在图元上。
- 法向：标注的表面光洁度符号的方向始终与标注的曲面的法向一致。
- 无引线：标注的表面光洁度符号可随意放置。
- 偏距：标注的表面光洁度符号的与标注的曲面有一定的偏距。

图 7-74 【实例依附】菜单管理器

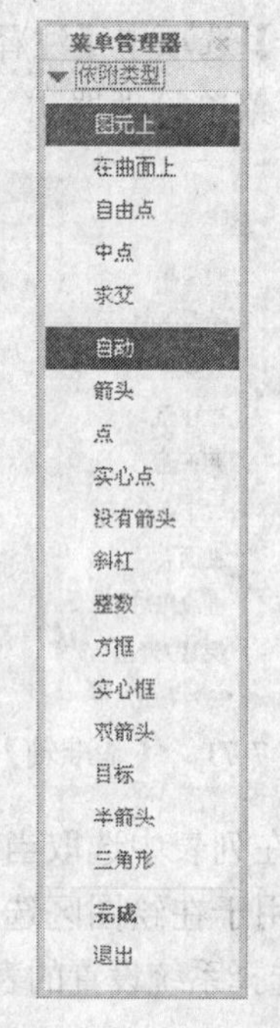

图 7-75 【依附类型】菜单管理器

（3）选取一种依附类型并创建表面光洁度符号即可。

7.7 编辑视图和尺寸

创建视图后，经常需要对视图进行各种编辑，以满足特定的设计要求。编辑视图包括多个方面，下面按照一般的操作顺序逐一进行介绍。

7.7.1 编辑视图

1. 视图显示相关设置

Creo Parametric 为创建的视图提供了各种显示设置，包括模型线型显示、相切边显示、中心线显示、比例设置等。

视图显示相关设置可在【绘图视图】对话框中进行，该部分内容参见前面章节。

2. 改变视图位置

在 Creo Parametric 中改变视图位置有以下两种方法。

（1）选中要移动的视图后，按住鼠标左键不放进行拖动，在适当位置释放左键，即可改变视图位置。

为防止意外移动视图，系统默认将其锁定在创建的位置，如果要在页面中自由移动视图，必须解除视图锁定，但视图的对齐关系不变。取消选择视图快捷菜单中的【锁定视图移动】选项，即可取消视图的锁定。

（2）根据视图类型，可将视图与另一视图对齐。例如，可将详细视图与其父视图对齐，该视图将与父视图保持对齐，并像投影视图一样移动，直到取消对齐为止。选择如图 7-76 所示的【绘图视图】对话框中的【对齐】选项进行相应设置。

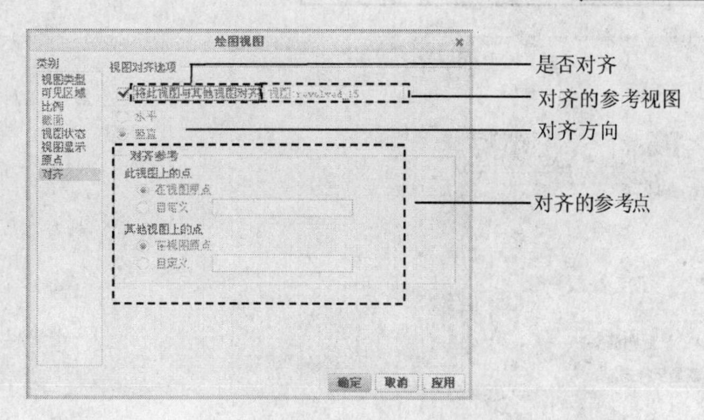

图 7-76　【对齐】选项

3. 删除视图

在执行删除操作时，可选中要删除的视图，然后按下 Delete 键，或者按住鼠标右键两秒钟，在弹出的快捷菜单中选择【删除】命令。

在 Creo Parametric 工程图中，系统产生的尺寸放置位置比较混乱，显示格式也往往不能满足设计要求，因此需要进行相应的编辑、修改，下面来介绍几种编辑方式。

7.7.2　编辑尺寸

选取需要编辑的尺寸并单击鼠标右键，在弹出的快捷菜单中选择【属性】命令，或者直接用鼠标双击要编辑的尺寸，可以打开如图 7-77 所示的【尺寸属性】对话框。

尺寸属性
属性　显示　文本样式
名称　ad38
值和显示
公称值　1.1176
覆盖值　0.00
仅限公差值
小数位数　2
四舍五入的尺寸值
格式
小数　分数
角度尺寸单位
(照原样)
公差
公差模式　公称
上公差　+0.01
下公差　-0.01
小数位数
默认　2
双重尺寸
位置
下方　右侧
小数位数
公差小数位数
默认
移动...　移动文本...　编辑附加标注...　定向...　文本符号...
恢复值　确定　取消

图 7-77 【尺寸属性】对话框

【尺寸属性】对话框中有三个选项卡，其中【属性】选项卡主要用于设置尺寸公差、尺寸格式及精度、尺寸类型、尺寸界线的显示。

【显示】选项卡如图 7-78 所示，主要用于设置要显示的尺寸文本内容，可根据需要插入文本符号。

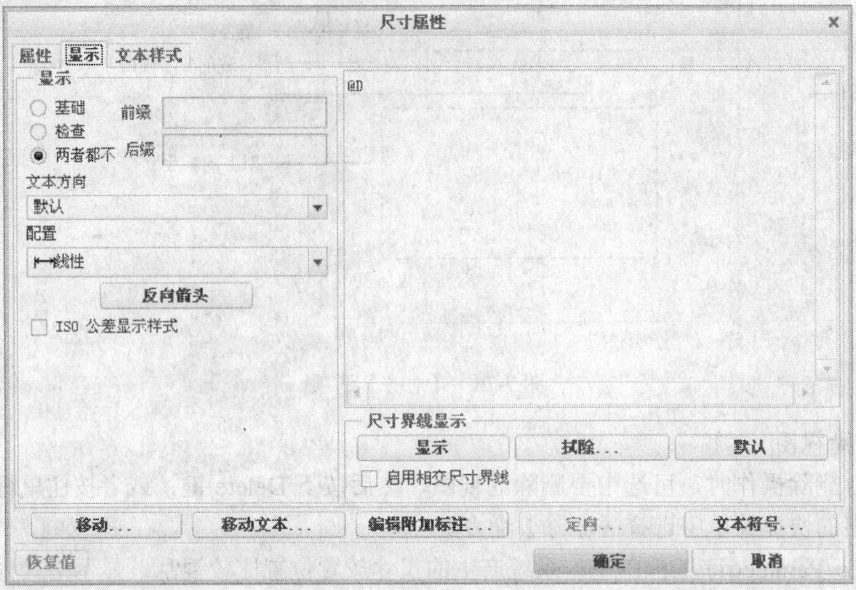

图 7-78　【显示】选项卡

【文本样式】选项卡如图 7-79 所示，主要用于设置尺寸文本的字体、字高等格式。

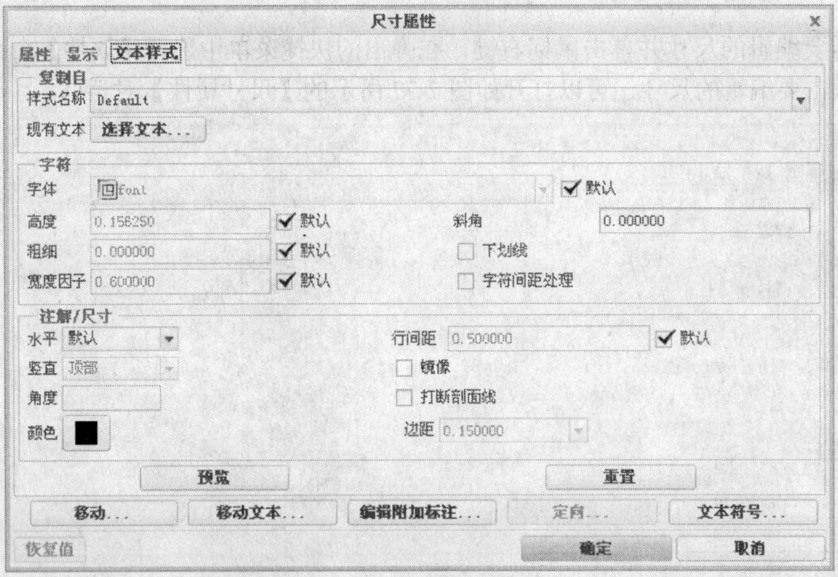

图 7-79　【文本样式】选项卡

7.8　工程图打印

工程图完成后，可以使用在屏幕上显示图形、在打印机上直接打印图形、打印着色图像等多种方式进行打印，并且可以根据绘图仪或打印机的设置进行彩色或黑白打印。

打印之前，需要进行必要的设置以获得符合工程要求的打印图纸，包括工程图本身的设置和打印机的设置两部分内容，下面分别进行介绍。

7.8.1 页面设置

在打印工程图之前，可根据需要对工程图的格式、大小、方向等重新进行设置。

选择【文件】|【打印】|【快速打印】菜单命令，系统将打开如图 7-80 所示的【打印】对话框，在其中可进行页面的设置。

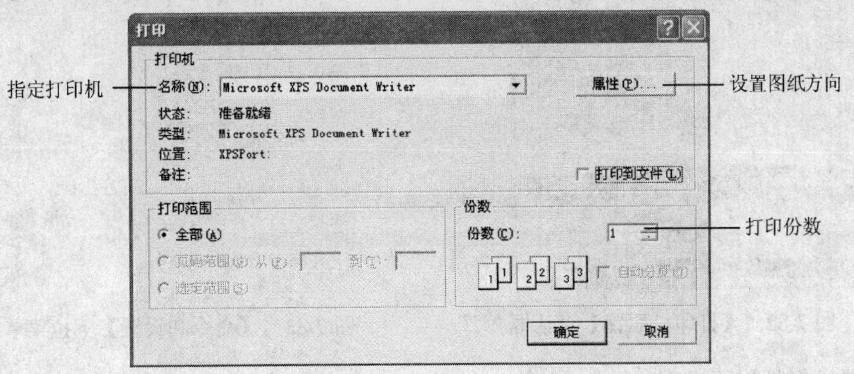

图 7-80 【打印】对话框及功能注释

7.8.2 打印机配置

下面结合打印步骤，介绍打印工程图时需要进行的相应配置。

（1）选择【文件】|【打印】|【打印设置/预览】菜单命令，系统将打开如图 7-81 所示的【打印】对话框，在其中可设置打印选项并进行预览。

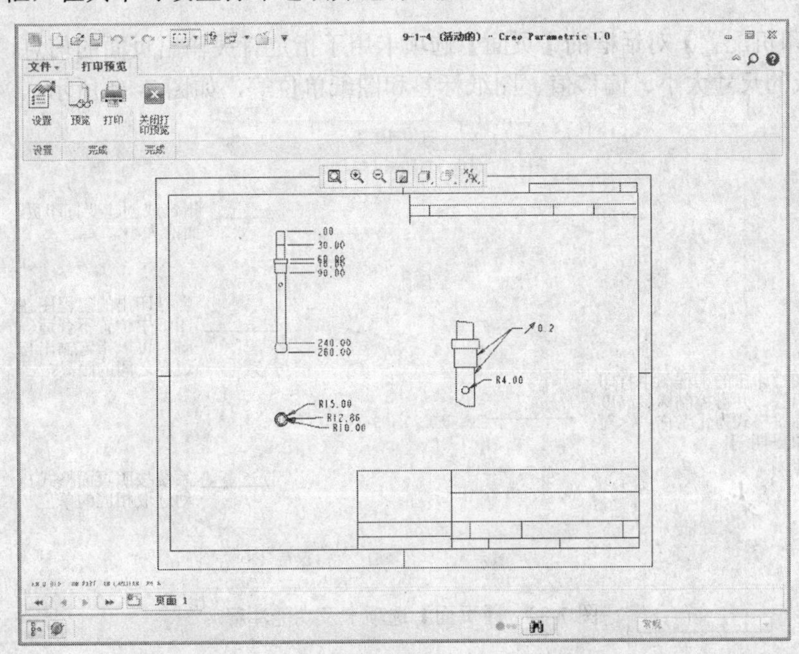

图 7-81 打印预览

（2）选择【文件】|【打印】|【打印】菜单命令，系统将弹出【打印机配置】对话框，如图 7-82 所示。在【打印机配置】对话框中单击【命令和设置】按钮，弹出如图 7-83 所示的下拉菜单，在其中可以增加打印机类型或选择打印的方式。

图 7-82 【打印机配置】对话框

图 7-83 【命令和设置】下拉菜单

打印方式包括以下几种。

- 【MS Printer Manager】：使用操作系统安装的打印机直接打印工程图。
- 屏幕：在屏幕上显示工程图。
- 【Generic Postscript】、【Generic Color Postscript】：为任何能处理 PostScript 数据的绘图仪或激光打印机生成 PostScript 数据图形并打印。

Creo Parametric 系统默认使用操作系统安装的打印机进行打印，即【MS Printer Manager】方式。

（3）【打印机配置】对话框的【页面】选项卡用于指定有关输出页面的信息，用户可以定义和设置图纸的尺寸大小、偏移值、图纸标签和图纸单位等，如图 7-84 所示。

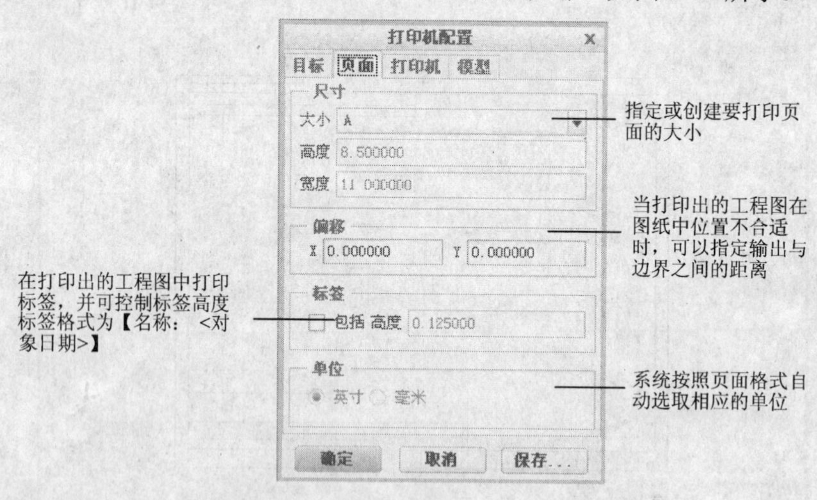

图 7-84 【页面】选项卡及功能注释

（4）【打印机】选项卡用于指定打印机其他可设置的打印选项，如设置笔速、选取绘图仪页面类型、选取信号交换类型等，如图 7-85 所示。

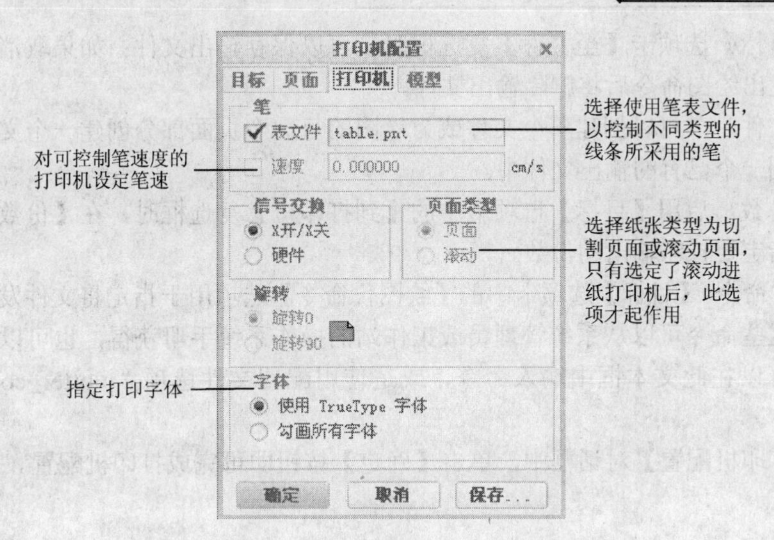

图 7-85　【打印机】选项卡及功能注释

（5）【模型】选项卡用于调整要打印模型的格式和比例等，如图 7-86 所示。其中打印机输出图类型的功能如表 7-1 所示。

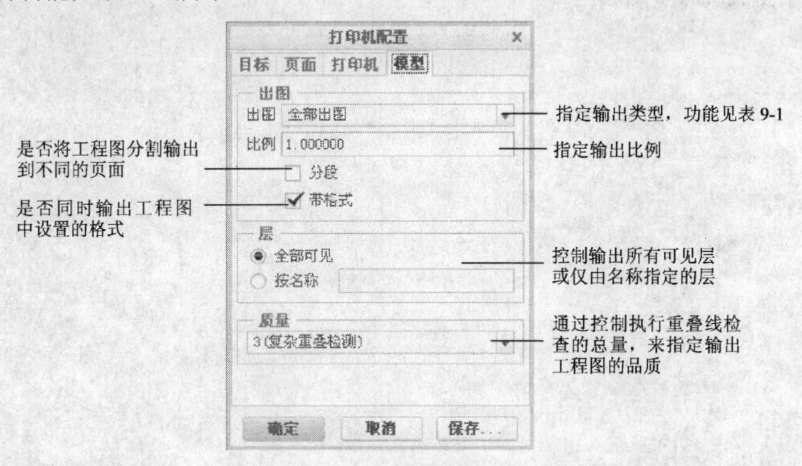

图 7-86　【模型】选项页及功能注释

表 7-1　输出类型

输 出 类 型	功　能
全部出图	页面内容全部输出到图纸
修剪的	定义要输出区域的图框，将选定范围内的页面内容输出到图纸。以相对于左下角的正常位置在图纸上打印
在缩放的基础上	根据图纸的大小和图形窗口中的缩放位置，创建按比例修剪过的输出。以相对于左下角的正常位置在图纸上打印
出图区域	通过修剪框中的内部区域平移到纸张的左下角，并缩放修剪后的区域以匹配用户指定的比例来创建一个输出
纸张轮廓	在指定大小的图纸上创建特定大小的输出图。例如，如果有大尺寸的绘图（如 A0），但要打印 A4 大小的图纸，可使用该选项

（6）设定打印目的地。打印目的地是指将工程图文件打印输出到文件还是打印机，也可以同时输出到文件和打印机。

当启用【目标】选项卡【至文件】复选框时，可以保存输出文件；如果取消启用该复选框，则在系统发出绘图命令后将删除输出文件。

当输出到文件时，可以创建单个文件或为绘图的每一个页面部分创建一个文件，并且还可以将它附加到一个已有的输出文件中。

（7）打印份数。启用【目标】选项卡中的【到打印机】复选框时，在【份数】文本框中输入份数，以指定要打印输出的份数。

（8）绘图仪命令。【目标】选项卡中的【绘图仪命令】选项用于指定将文件发送到打印机的系统命令，这些命令可以从系统管理员或工作站的操作系统手册获得，也可以直接使用默认命令。用户可以在此文本框中输入命令，或是使用配置文件选项“plotter_command”来指定命令。

（9）在【打印机配置】对话框中，单击【确定】按钮即可完成打印机配置。

第 8 章　组件装配设计

Creo Parametric 功能强大，不仅可以用来设计简单的零件，而且可以指定零件与零件之间的配合关系。通过零件装配，能够对要设计的结构有更加全面的认识。

本章力图使读者在学习后能够深刻理解装配特征的设计意图及设计方法在设计思想上的集中体现，同时结合分解状态及材料清单的生成及管理，来深入了解 Creo Parametric 装配中的后期处理。

本章主要介绍了 Creo Parametric 中有关装配的一些基本概念及环境配置方法，并讲解了装配中相当重要的概念——装配约束。本章同时也介绍了装配的调整、修改、复制、配合体的设计、在装配体中定义新的零件及子装配体的方法和生成装配的分解状态和生成材料清单的方法等内容，以及自顶向下装配设计的方法。

8.1　了解基本概念和环境配置

本节主要介绍 Creo Parametric 1.0 中有关装配的一些基本概念和如何设置软件环境，以便设计人员总体把握该软件的装配功能，并能够根据自己的需要配置各自的软件环境，从而提高设计的效率。

8.1.1　创建装配

所谓“装配”是指由多个零件或零部件按一定约束关系组成的装配件，也就是主装配体，装配中的零件称为“元件”。

创建装配之前必须有已经创建好的基本元件，然后才能创建或装配附加的装配到现有的装配中。在进行装配时，可采用两种加入元件的方式，一种是在装配模式下添加零件，另一种是在装配模式下创建元件。

在【快速访问】工具栏中单击【新建】按钮，系统将弹出【新建】对话框，如图 8-1 所示。选中【类型】选项组中的【装配】单选按钮，并在【子类型】选项组中选中【设计】单选按钮，在【名称】文本框中输入文件名，单击【确定】按钮，就进入装配环境界面，如图 8-2 所示。

在【新建】对话框中，可以选择以下两种模式。

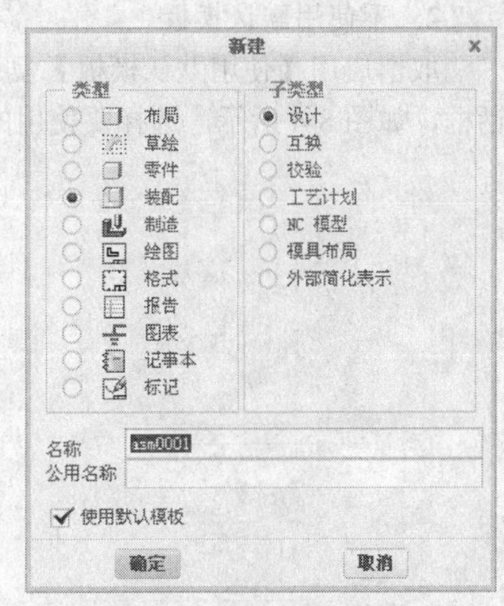

图 8-1　【新建】对话框

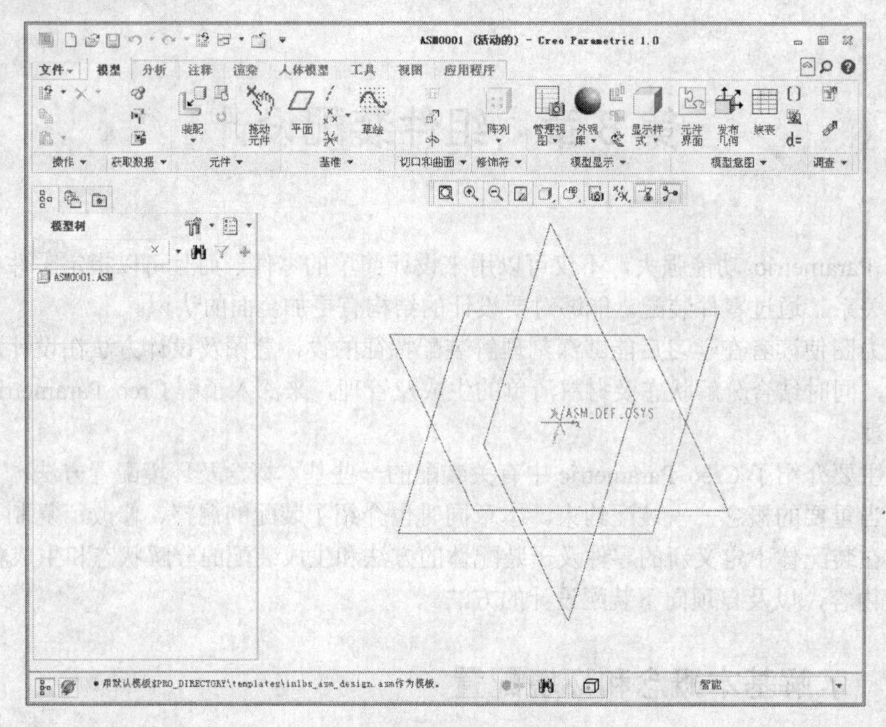

图 8-2 装配环境界面

1. 使用默认模板

启用【使用默认模板】复选框，直接单击【确定】按钮，就会产生相互垂直的 3 个基准平面，如图 8-3 所示。

注意：必须在系统配置文件“config.pro”中将“template_designasm”设定为“mmns_asm_design.asm”，才能使默认的装配设计模板为公制单位。

2. 不使用默认模板

取消启用【使用默认模板】复选框，单击【确定】按钮，系统将弹出【新文件选项】对话框，如图 8-4 所示，选择要使用的模板，单击【确定】按钮进入装配环境界面。

图 8-3 装配基准平面

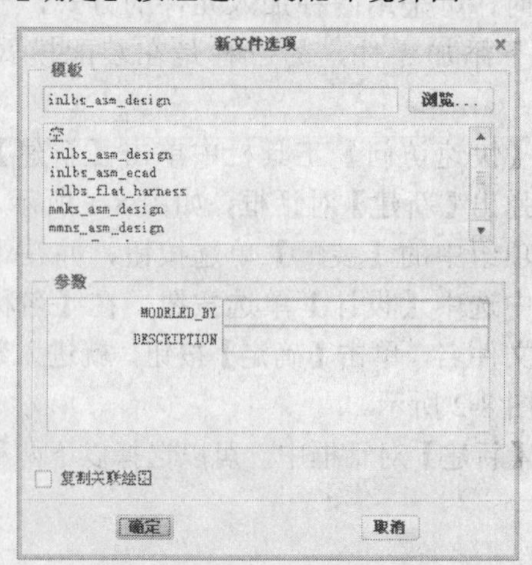

图 8-4 【新文件选项】对话框

8.1.2　装配模型树

模型树是零件文件中所有元件特征的列表。在装配文件中，模型树显示装配文件名称，并在名称下显示所包括的零件文件。模型树内的模型结构以分层形式显示，根对象位于树的顶部，附属对象位于下部。模型树结构如图 8-5 所示。

在默认情况下，模型树位于 Creo Parametric 主窗口左侧。单击导航选项卡中的【模型树】标签，可显示模型树。在模型树中可以选取对象，而无需首先指定要对其进行何种操作。用户可以使用“模型树”选取元件、零件或特征，而不能选取构成零件特征的单个几何特征。

单击其中的【设置】按钮，系统弹出其下拉菜单，如图 8-6 所示，在该菜单中选择【树过滤器】命令，系统将弹出【模型树项】对话框，如图 8-7 所示，在其中可以设置模型树中所显示的模型特征类型。

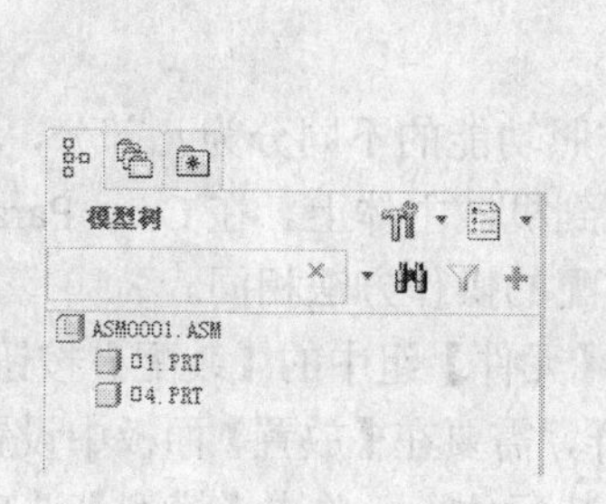

图 8-5　模型树结构图

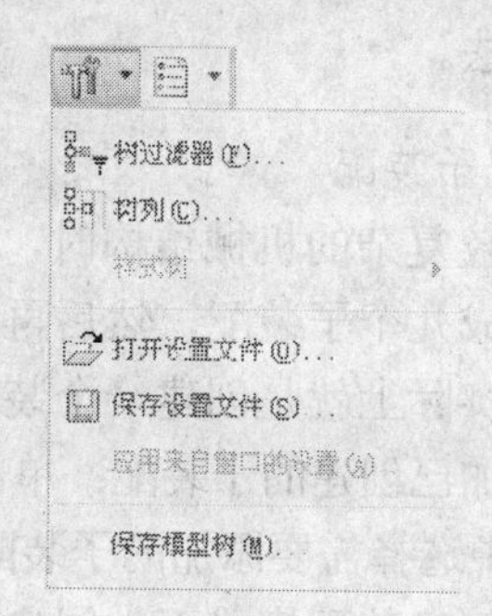

图 8-6　【设置】下拉菜单

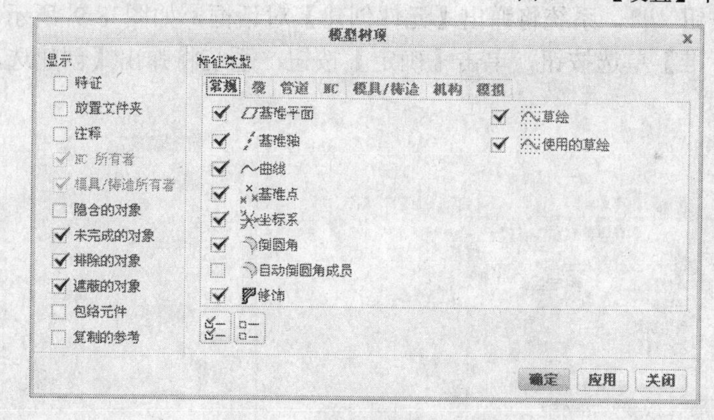

图 8-7　【模型树项】对话框

8.1.3　装配元件

在创建了装配文件之后，就可以向装配中装配其他元件，既可以装配单个元件，也可以装配子装配。

1. 装配单个元件

（1）添加已设计完成的元件：单击【模型】选项卡【元件】组中的【装配】按钮，在【打开】对话框中选择需要添加的元件，单击【打开】按钮，元件就显示在主视窗口中。单击【元件放置】工具选项卡中的【放置】标签，系统将切换到【放置】面板，如图 8-8 所示，选择不同的约束类型将元件装配到相应的位置上。在机械设计中，一般装配元件就是将元件的 6 个自由度完全约束（在某些特殊情况下为部分约束或全约束）。在 Creo Parametric 中一样，只有将元件的 6 个自由度完全约束以后，才能成功装配零件。用户可以根据该思想合理利用约束类型，达到定位元件的目的。

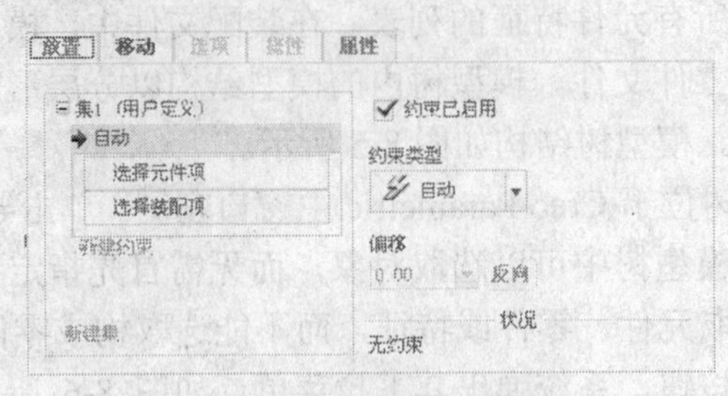

图 8-8 【放置】面板

（2）在装配模式下创建元件并装配：在某些情况下，需要在装配体中另外创建元件时可以使用此方法。

2. 装配子装配

在装配较复杂的机械结构时，一般将整个机构按照功能的不同分为几部分，先将这几部分分别装配成几个子装配，然后再将这些子装配装配到机械主体上。在 Creo Parametric 中，创建子装配实际上就是创建一个装配文件，与创建装配的操作方法相同。

（1）添加已创建的子装配：单击【模型】选项卡【元件】组中的【装配】按钮，在【打开】对话框中选择需要添加的子装配。与添加元件一样，需要在【放置】面板中设置约束类型。

（2）在创建装配模式下，创建子装配并装配到主装配体上。单击【模型】选项卡【元件】组中的【创建】按钮，系统将弹出【元件创建】对话框，如图 8-9 所示。在【子类型】选项组中选中【标准】单选按钮，单击【确定】按钮，系统将弹出【创建选项】对话框，如图 8-10 所示。

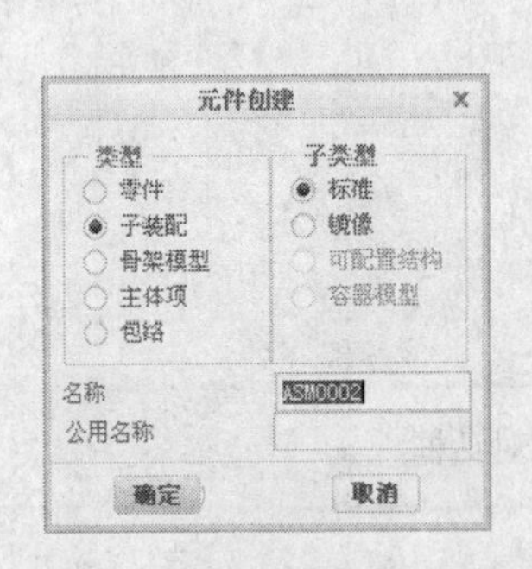

图 8-9 【元件创建】对话框

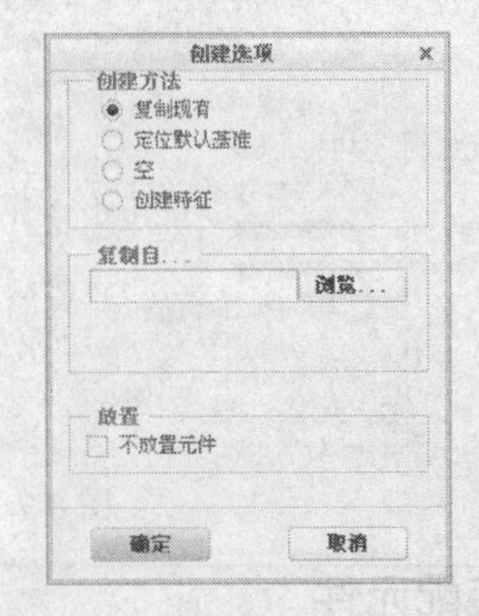

图 8-10 【创建选项】对话框

- 【创建选项】对话框中的【复制现有】选项表示复制一个装配模型环境，而并不是复制子装配，即复制的文件里不应包含元件，而只是一个创建装配的模型环境。复制完成后，在模型树列表中显示新复制的子装配，在子装配下级中只有被复制文件中默认的 3 个相互正交的基准平面。在主装配体的装配环境下，子装配已装配完成，不用再对子装配进行设置约束。
- 该对话框中的【定位默认基准】选项表示，在主装配体的装配模式下选取基准特征。选取完成后，在模型树列表中出现新创建的装配文件名，单击鼠标右键，在弹出的快捷菜单中选择【打开】命令，如图 8-11 所示。系统打开一个装配模式窗口，在主视窗口中显示的基准特征与刚才选取的基准特征一致。在此环境下创建的子装配装配到主装配体上时，系统将以此基准特征进行自动约束。

- 该对话框中的【创建特征】选项表示可以创建基准特征，也可以创建其他特征，其功能与【定位默认基准】类似。

8.1.4　中文环境设置

Creo Parametric 1.0 支持多种语言环境，在 Windows XP 或者 Windows 7 等环境下可以方便地设置和使用简体中文。如果要安装中文版 Creo Parametric1.0，必须对 Windows 操作环境进行系统变量方面的设置。

在 Windows XP 环境下设置中文环境的具体步骤如下。

（1）打开【控制面板】，在【控制面板】中双击【系统】图标，打开【系统属性】对话框，单击【高级】标签，切换到【高级】选项卡，如图 8-12 所示。

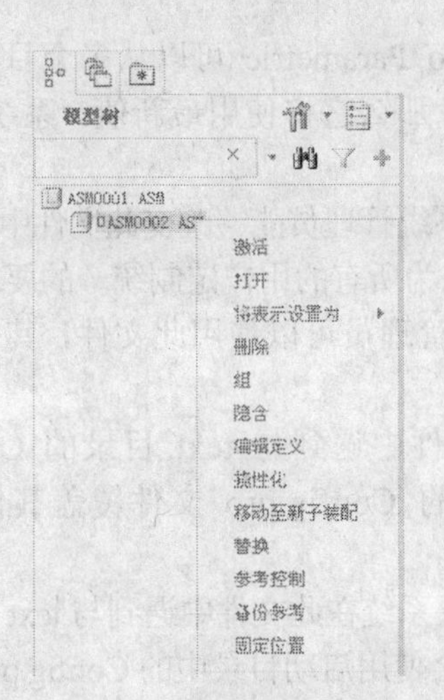

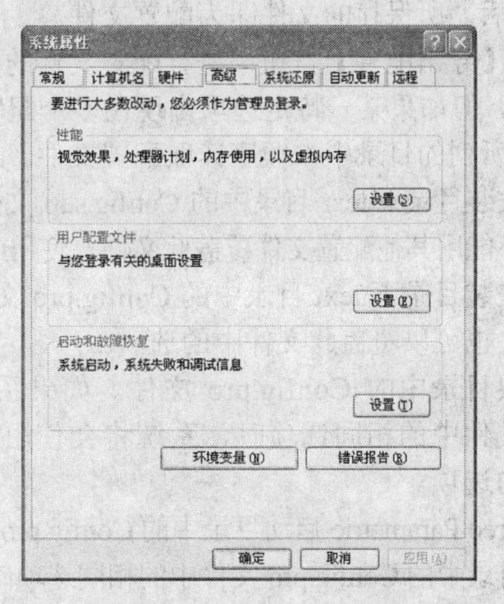

图 8-11　选择【打开】命令　　　图 8-12　【系统属性】对话框中的【高级】选项卡

（2）单击【环境变量】按钮，弹出【环境变量】对话框，如图 8-13 所示。单击其中的【新建】按钮，在【新建系统变量】对话框中设置系统变量，在【变量名】中输入“lang”，在【变量值】中输入“chs”，完成后单击【确定】按钮，如图 8-14 所示。

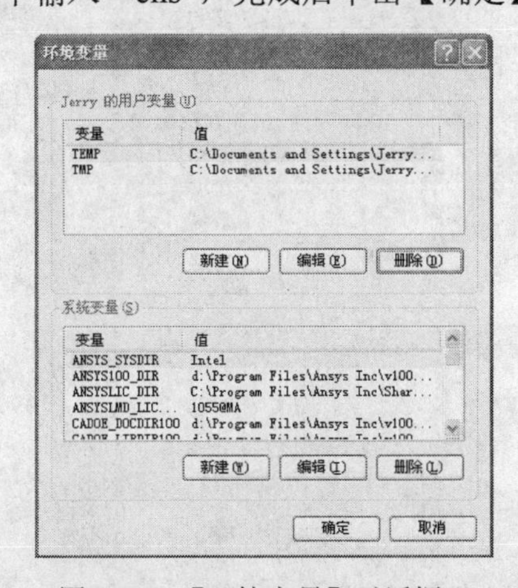

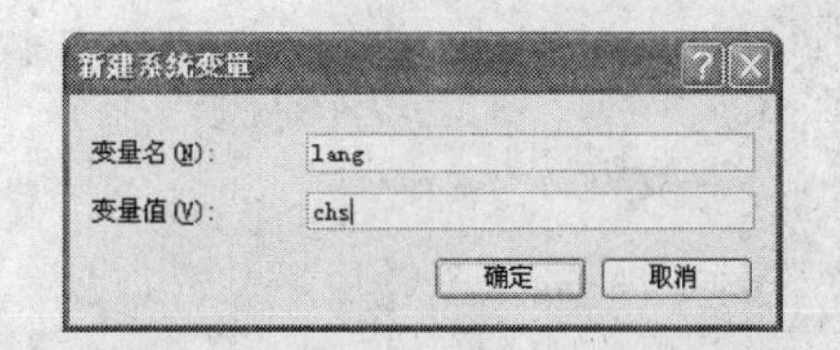

图 8-13　【环境变量】对话框　　　图 8-14　【新建系统变量】对话框的设置

8.1.5 配置文件

在前面的学习中，可以发现每次进入 Creo Parametric 系统都要进行一些例行的设置，这些重复性工作经常会给设计人员带来一些不便。于是 Creo Parametric 提供了配置文件来满足设计人员个性化的要求。设计人员将工作环境保存为配置文件，可以随时进行修改和调用。例如，使用配置文件可以通过指定的环境选项和其他布局设置的初始值来定制工作环境，可打开或关闭声音，可选择合适的背景色或将模型显示设置为隐藏线模式。其中某些配置文件选项是不可追溯操作的。例如，创建模型时可使用配置文件选项定义的尺寸公差的值及其格式。但是，不能使用上述选项改变已经存在于模型中的尺寸公差的值及其格式，所以应该事先定制配置文件。

Creo Parametric 有默认的配置文件，但用户可以自行定义配置文件，选择【文件】|【选项】菜单命令，系统弹出【Creo Parametric 选项】对话框，如图 8-15 所示。在此对话框中设置各选项后，所保存的文件即为配置文件。

单击【导出配置】按钮，进行配置文件的导出。Creo Parametric 可以从多个目录中读取配置文件，但如果某一特定选项出现在多个配置文件中，那么它将使用最新值。系统启动时，将从以下所列的目录中按顺序读取配置文件。

- 安装目录下\text 目录中的 Config.sup 文件。只有系统管理员能够改变此文件中的选项，不能用其他配置文件覆盖此文件，使用此文件可以为所有的用户定制统一的要求。
- 安装目录下\text 目录中的 Config.pro 文件。系统管理员可以使用此文件，其他配置文件也可以覆盖此文件中的选项。
- 根目录中的 Config.pro 文件。如果系统在此文件中遇到与 text 目录的 Config.pro 文件中的相同选项时，系统将会使用根目录中的 Config.pro 文件覆盖其他文件中的选项。
- Creo Parametric 启动目录中的 Config.pro 文件。如果系统在此文件中遇到与 text 目录及根目录中的 Config.pro 文件中的相同选项时，系统将会使用启动目录中的 Config.pro 文件覆盖其他文件中的选项。

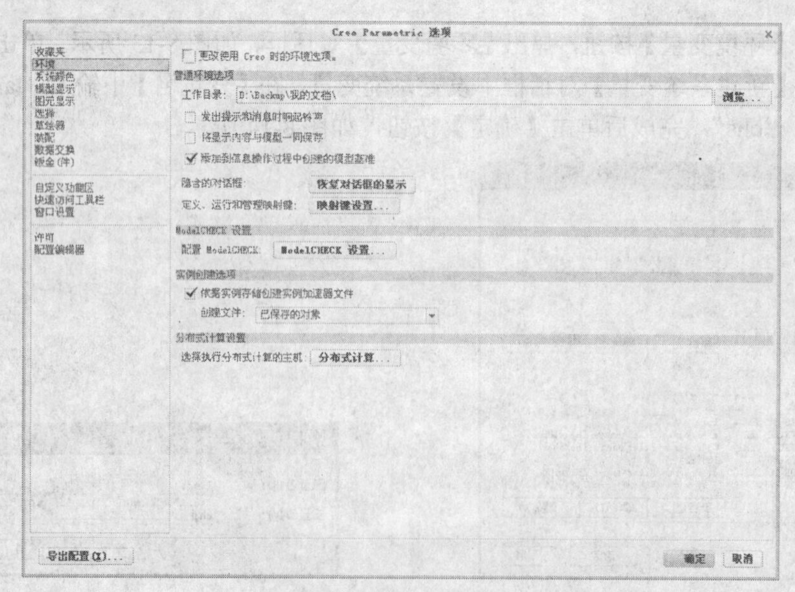

图 8-15 【Creo Parametric 选项】对话框

8.2　装配约束介绍

在装配零件的过程中，为了将每个零件固定在装配体上，需要确定零件之间的装配约束，以确定零件之间的关系。在 Creo Parametric 中，零件装配通过定义零件模型之间的装配关系来实现。零件之间的装配约束关系，就是实际环境中零件之间的设计关系在虚拟环境中的映射。

当引入的元件放置到装配中时，单击【放置】标签，系统会切换到如图 8-16 所示的【放置】面板，在【约束类型】下拉列表框中列出了十多种约束类型。根据零件的几何外形选择约束类型，就可以限制零件间的相互关系。

无论是在元件中创建特征，还是在装配体中添加装配，均要通过约束来说明如何建立参数化设计意图。设计人员现在应知道：设计的目的就是建立当对象发生更改时的对象表现。例如，如果要将一个螺钉放入螺纹孔中，那么当删除孔或将孔移到另一位置时，参数约束就会提示螺钉应去哪里。

设计人员应该清楚的是，建立装配约束方案的目的并不是建立设计意图，而是要去掉装配的所有运动自由度。也就是说，通过约束组合，使装配相对于装配体以参数化的形式固定下来。一般来说，装配约束使用的顺序无关紧要，只要它们能够提供一个全约束条件即可。

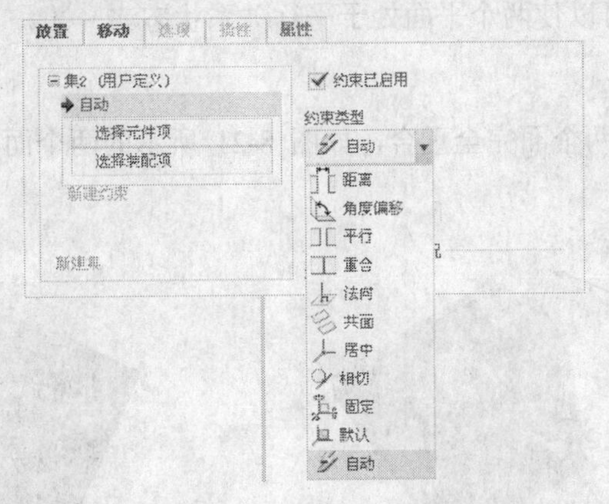

图 8-16　【放置】面板的【约束类型】下拉列表框

下面依次来介绍这些约束类型。

1. 距离

【距离】是指两个面之间偏差一定距离的约束。选择后，在如图 8-17 所示的【偏移】文本框中可以设置距离值。距离约束的示意图如图 8-18 所示。

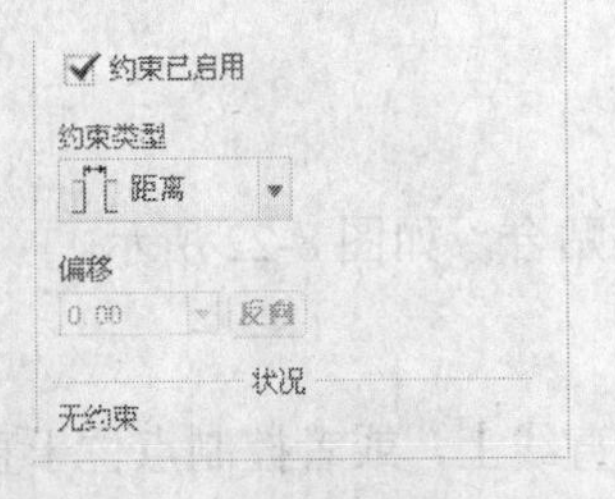

图 8-17　【偏移】文本框

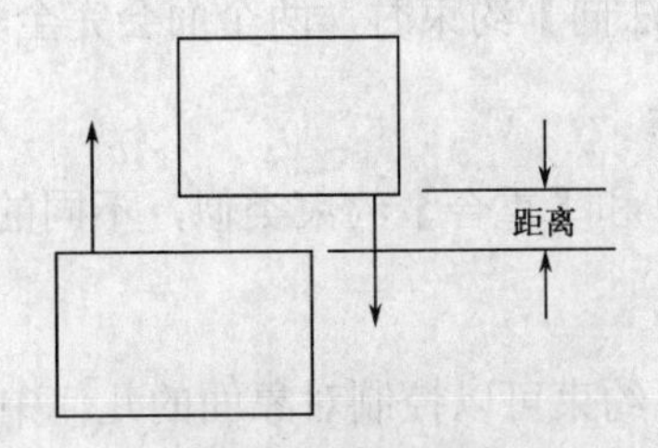

图 8-18　距离约束

注意：如果使距离方向为反向，可以将偏移量指定为负值。使用距离约束时，两个参考必须为同一类型，如平面对平面。

2. 角度偏移

【角度偏移】约束可以设置两个面之间的角度值，选择后在【偏移】文本框输入值，如图 8-19 所示。

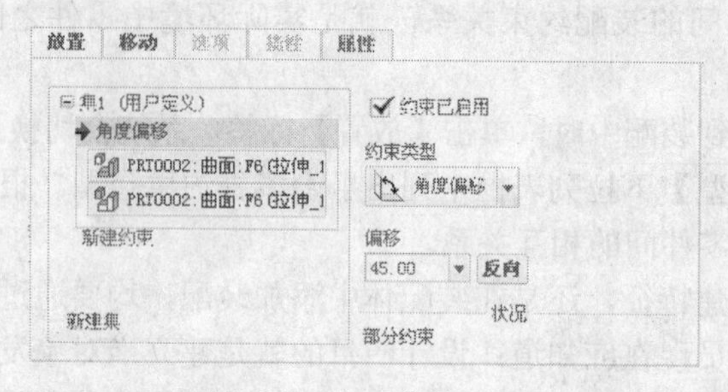

图 8-19 角度偏移约束

选择两个元件平面进行角度约束时，以第一个选择的平面为基准，让第二个平面进行旋转，如图 8-20 所示。

3. 平行

插入【平行】约束可以使两个平面处于平行关系状态。

4. 重合

【重合】约束可以使两个面完全重合，如图 8-21 所示的两个面在选择重合约束时会完全贴合。

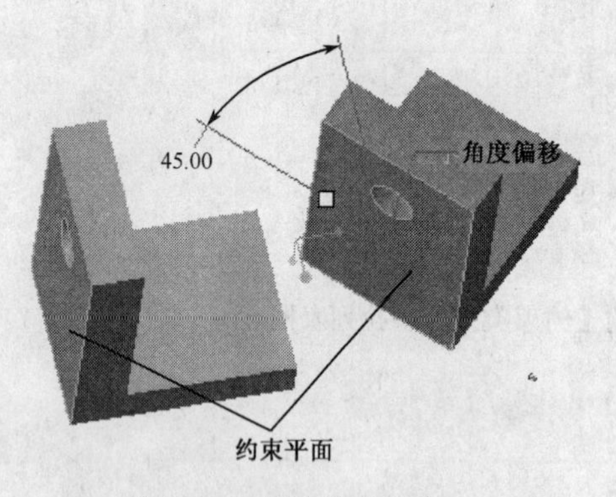

图 8-20 角度偏移约束

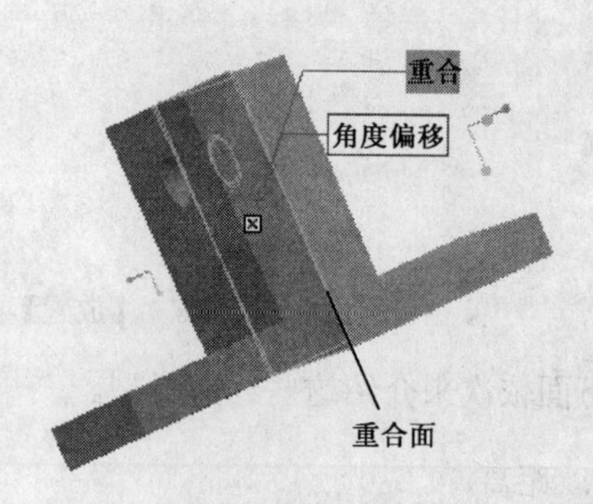

图 8-21 重合约束

5. 法向

进行【法向】约束时，两个面会完全垂直。

6. 共面

【共面】和【重合】约束类似，不同的是两个面不贴合，如图 8-22 所示。

7. 居中

【居中】约束可以控制对象面的几何中心位于一条直线上，或者控制点位于直线中心，如图 8-23 所示为两个孔的居中约束。

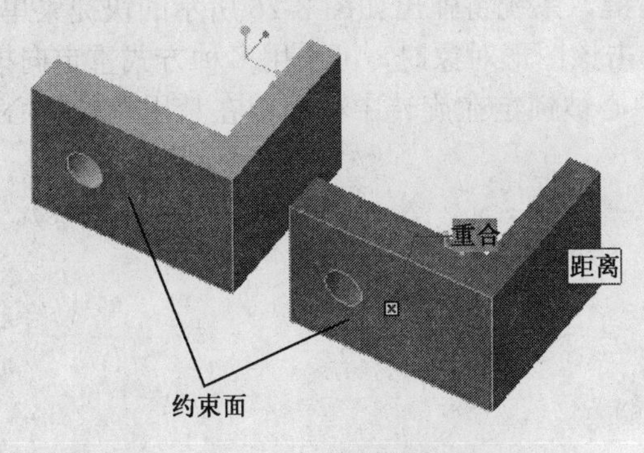

图 8-22　共面约束

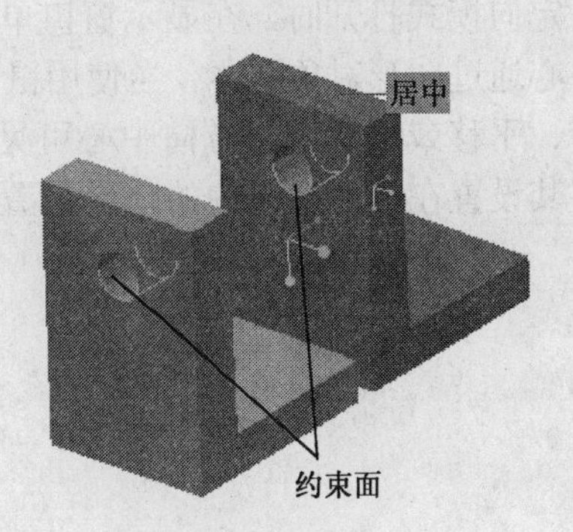

图 8-23　居中约束

8. 相切

【相切】约束可以约束面与面之间的相切关系，如图 8-24 所示。

9. 固定和默认

【固定】约束就是用来固定被移动或打包的元件的当前位置；【默认】约束可以用来将系统创建的元件缺省坐标系与系统创建的装配默认坐标系对齐。这两种约束方式比较简单，这里不再赘述。

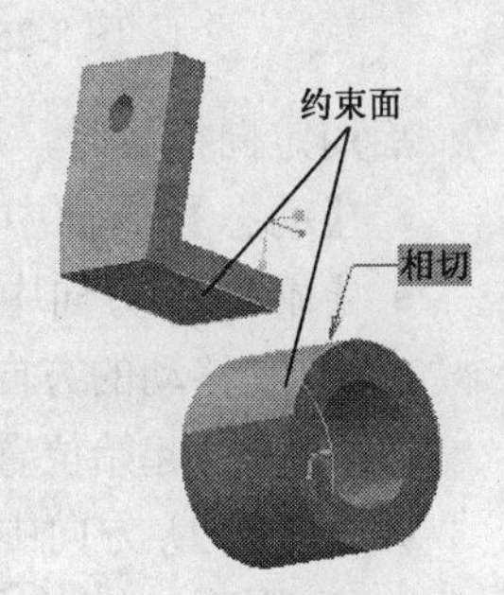

图 8-24　曲面相切

8.3　调整和修改装配

8.3.1　调整装配

本节主要讲解在装配的过程中如何精确调节元件的位置关系，以便能够更好地完成装配设计。通过对本节的学习，设计人员应当对装配中单独元件的装配操作有更深刻的理解。

通过使用如图 8-25 所示的【移动】面板可调节要在装配中放置的元件的位置。要移动元件时，在图形窗口中按下鼠标左键，然后拖动鼠标即可。要停止移动，在图形窗口中单击结束操作即可。

【移动】面板中的运动类型有 4 种：【定向模式】、【平移】、【旋转】和【调整】。

- 【定向模式】：激活定向模式和定向模式快捷菜单。
- 【平移】：拖动与选定参考平行的元件。这是一个默认选项。
- 【旋转】：绕选定参考旋转元件。
- 【调整】：使用临时约束调整元件位置。

【移动】面板中的其他选项解释如下。

- 【在视图平面中相对】单选按钮：平行于视图平面移动元件。
- 【运动参考】单选按钮：相对于运动参考移动元件。
- 【相对】：显示元件相对于移动操作前的位置。

1. 定向模式

【定向模式】可以提供除标准的旋转、平移、缩放之外的更多查看功能。选择【定向模式】后，可相对于特定几何重定向视图，并可更改视图重定向样式。

定向模式打开时，在显示窗口单击鼠标右键，系统将弹出如图 8-26 所示的快捷菜单。方向中心通过图形对象显示，当使用鼠标中键单击该图形对象时，可采用多种方式重定向模型。旋转、平移或缩放时，方向中心可见。方向中心被锁定在旋转中心，但在禁用旋转中心后，可将其设置在图形窗口中的任何位置。

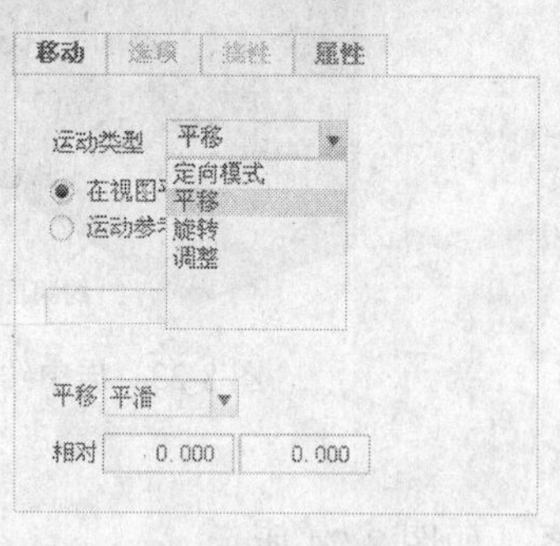

图 8-25 【移动】面板

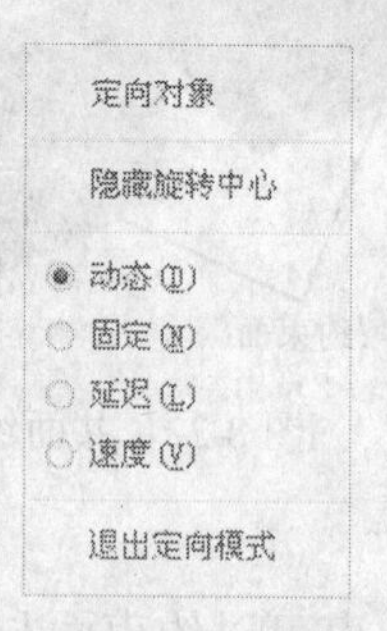

图 8-26 【定向模式】快捷菜单

启用定向模式时，可从定向模式快捷菜单中选取下列查看样式。

- 【动态】：方向中心显示为◈。指针移动时方向更新。模型可以绕着方向中心自由旋转。
- 【固定】：方向中心显示为▲。指针移动时方向更新。模型的旋转由指针相对于其初始位置移动的方向和距离控制。方向中心每转 90° 改变一种颜色。当光标返回到按下鼠标的起始位置时，视图回复到起始的地方。
- 【延迟】：方向中心显示为▣。指针移动时方向不更新。释放鼠标中键时，指针模型方向更新。
- 【速度】：方向中心显示为◉。指针移动时方向更新，受到光标从起始位置所移动距离的影响。

2. 平移元件

在装配元件的过程中，往往会出现所装配的元件在屏幕中的位置不合适，例如两个元件的距离太远等情况。为了提高装配效率，方便设计人员的操作，在元件进行设置约束关系前或设置过程中，经常需要对元件进行必要的移动操作，包括平移、旋转和调整。

在向支架上装配如图 8-27 所示位置的螺栓时，螺栓距离支架较远，为了便于进行后续操作，应该将螺栓移动到支架的近处，此时，打开【移动】面板，选择【运动类型】下拉列表框中的【平移】选项，如图 8-28 所示，在工作窗口中单击，然后拖动鼠标，螺母就随着鼠标在工作窗口内移动，当移动到合适位置时，再一次在工作窗口中单击，就可以将螺栓放置在指定位置。

图 8-27 螺栓的初始位置

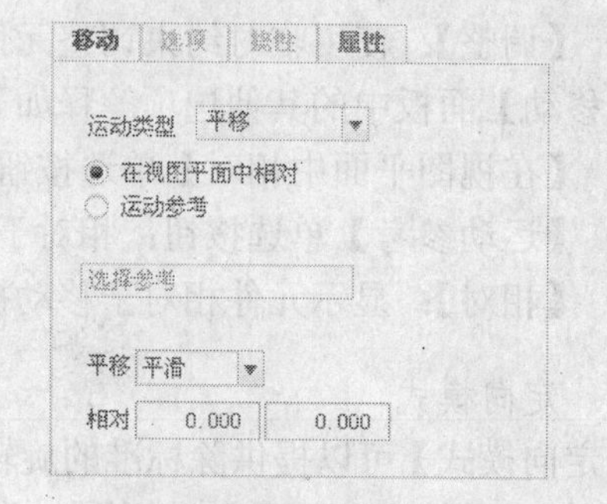

图 8-28 选择【平移】选项

上述平移方式所用的运动参考是【在视图平面中相对】，此种方式下螺栓可以在视图平面内任意移动。若选中【运动参考】单选按钮，此时需选定装配（即支架）中的某一平面作为运动参考，此时螺栓平移时就要垂直或平行于支架的运动参考平面。

3. 旋转元件

当元件平移到合适位置仍不能达到装配要求时，可以对元件进行旋转操作，以使元件达到合适的角度，便于装配。在【移动】面板中，选择【运动类型】下拉列表框中的【旋转】选项，运动参考选中【在视图平面中相对】单选按钮，如图 8-29 所示，这意味着旋转参考为视图平面。

在向支架中装配螺栓时，若选择旋转方式，可在屏幕中单击选择该螺栓并释放鼠标按键。此时若移动鼠标，螺栓就将以鼠标单击的位置为旋转轴进行旋转。当螺栓移动到合适位置后，再一次单击就可以完成旋转，旋转后的图形效果如图 8-30 所示。

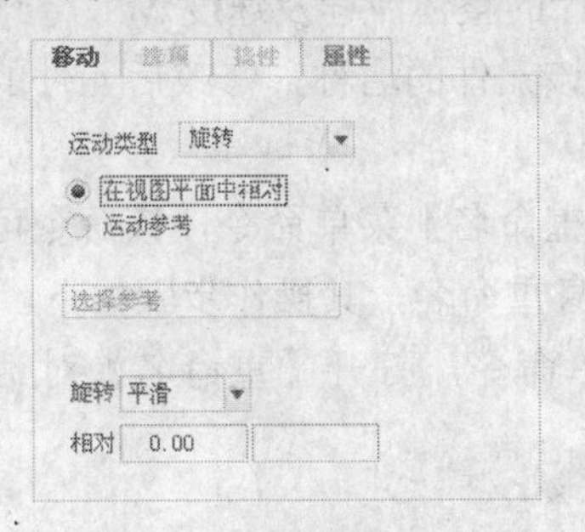

图 8-29　选择【旋转】选项

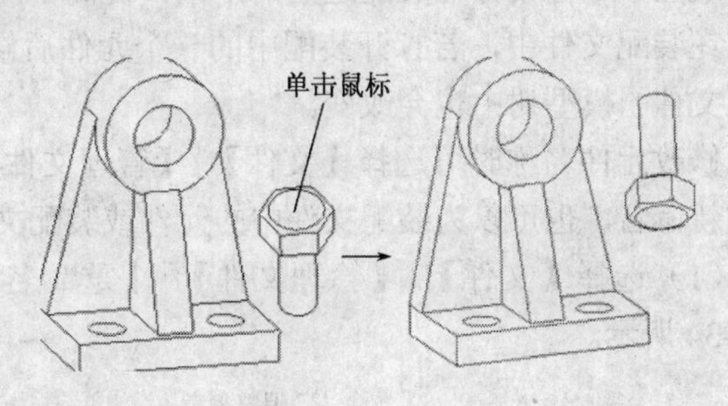

图 8-30　旋转螺栓

若鼠标单击的位置在较远处，螺栓的旋转半径将增大。

上述旋转方式所用的运动参考是【在视图平面中相对】，这种方式下螺栓可以在视图平面内旋转。若选择【运动参考】单选按钮，此时需选定装配（即支架）中的某一平面作为运动参考，此时螺栓就只能在垂直或平行于支架的运动参考平面的平面中旋转。

4. 调整元件

要对装配元件进行调整时，可在【移动】面板的【运动类型】下拉列表框中选择【调整】选项，运动参考选中【在视图平面中相对】单选按钮，如图 8-31 所示，这意味着旋转参考为视图平面。调整模式下必须选择调整参考，并要选中其后的【配对】或【对齐】单选按钮，每选择一次调整参考（螺栓中的某个平面），该参考就与视图平面进行配对或对齐，其效果如图 8-32 所示。

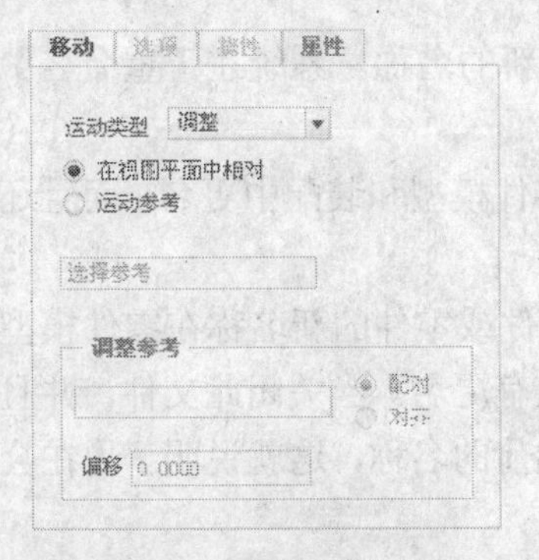

图 8-31　选择【调整】选项

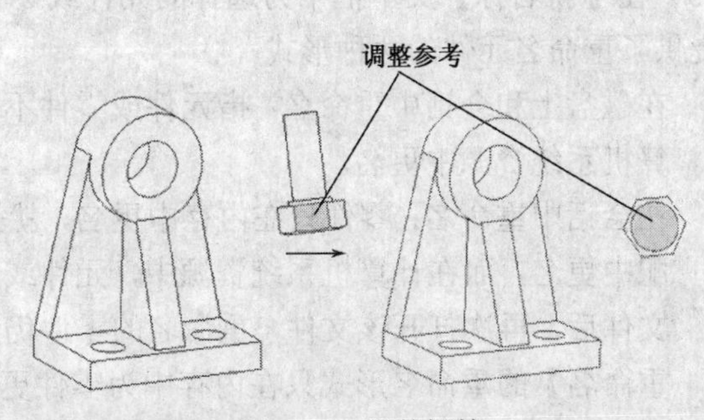

图 8-32　调整螺栓

若选中【运动参考】单选按钮，此时需选定装配（即支架）中的某一平面作为运动参考，此时当选择螺栓的某一平面为调整参考时，该平面就与支架上的运动参考垂直或平行，效果如图 8-33 所示。

8.3.2 修改装配

在 Creo Parametric 1.0 中，模型树是装配体的神经中枢，它为许多操作提供了快捷方式，其中比较典型的便是修改操作。

1. 元件名称的修改

在 Creo Parametric 中，若对已装配的零件进行修改，其修改后的结果在装配文件中也会随之改变，它们之间的数据相互关联。由此可见，零件强大的修改性在装配中的充分应用，极大缩短了零件设计与装配之间的距离，提高了产品设计的整体流程及速度。

在装配文件中，若打开装配中的一个元件后修改了该元件的名称，修改后元件的名称在装配文件的模型树中也会改变。

修改元件名称时可选择【文件】|【管理文件】|【重命名】菜单命令，该命令可以为零件重新命名，也可以为装配文件中的元件或装配文件本身重命名，其操作步骤如下。

（1）选择【文件】|【管理文件】|【重命名】菜单命令，打开【重命名】对话框，如图 8-34 所示。

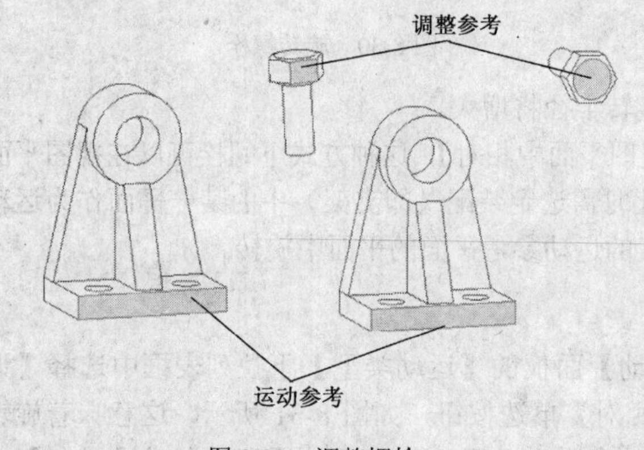

图 8-33 调整螺栓

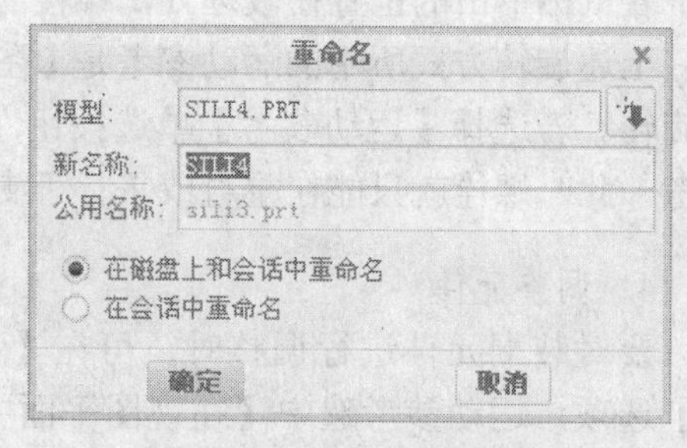

图 8-34 【重命名】对话框

（2）在【重命名】对话框中，【模型】文本框显示当前的对象名称，单击【命令和设置】按钮可以显示可供选择的对象菜单。

（3）在【新名称】文本框中为选择的元件或零件输入新的名称。系统在【重命名】对话框中提供了重命名元件的两种形式。

- 在磁盘上和会话中重命名：指元件或零件不仅在零件模型和装配中更名，而且还在计算机系统资源中更名。
- 在会话中重命名：零件只在内存中更名，就是指元件或零件的新名称在零件模型和装配中更名，而在计算机系统资源中，元件或零件没有更名。当关闭此文件，并且拭除文件后，再次打开该文件，重命名的零件仍为修改前的名称，这就说明了【在会话中重命名】的重命名形式只在内存中为零件更名。

在装配文件中执行【重命名】命令，更改组件元件或模型的名称，很容易引起以它为参考的组件的失败，这是因为系统会认为找不到原文件的位置而出错。如果包含已重命名零件的组件在内存中处于活动状态，那么它将被自动更新，而不会出错。

2. 元件的修改

在已经装配好的组件中对元件进行修改时，除了可以在装配文件中直接修改其主要尺寸外，还可以在零件模式下对零件进行较大的改动。

在装配好的组件中修改文件的操作步骤如下。

（1）在模型树中，选择要修改的元件并单击鼠标右键，在弹出的快捷菜单中选择【激活】选项，如图 8-35 所示。

（2）在主窗口中选择该元件，该元件将加亮显示。

（3）在元件上单击鼠标右键，在弹出的快捷菜单中选择【编辑定义】选项，或者在主窗口中双击该元件，在主窗口中显示该元件的基本尺寸。

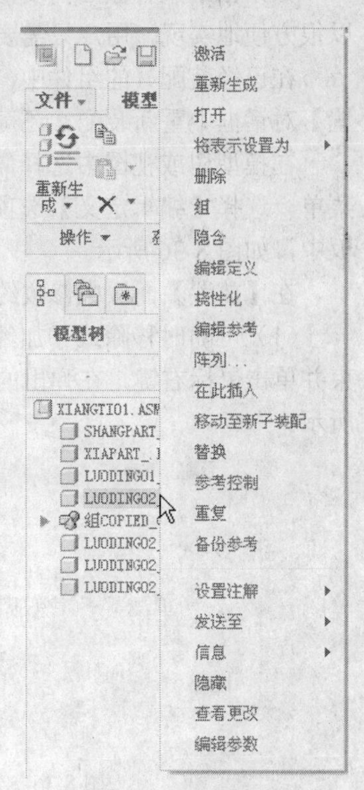

图 8-35　快捷菜单

3. 元件的替换

在实际的装配设计过程中，常常会出现要将某元件替换为其他更适合的元件的要求，对于这样的情况，用户当然可以先将原来的元件删除，再将新元件装配进来。不过有一种更直接的方法也可以达到这样的目的，这就是元件的替换。其中比较常用的是手动替换方法，尽管手动替换与删除并装配一个新元件相似，但手动替换允许在原来被旧元件占用的再生位置处自动放置新的替换元件。

注意：与删除过程不同的是，当使用手动替换技术时，Creo Parametric 并不加亮任何子项。因此，在替换之前，用户可能希望对元件的父/子参照进行检查。

元件替换的基本步骤如下。

（1）用鼠标右键单击模型树中的一个或多个元件，然后在弹出的快捷菜单中选择【替换】选项，打开【替换元件】对话框。

（2）选中【不相关的元件】单选按钮。

（3）单击 按钮并浏览替换模型，然后单击【打开】按钮（不能手工输入替换模型名称）。

（4）在【所选模型】下显示所选元件的名称。

（5）在【替换元件】对话框中，单击【确定】按钮。系统将替换原始元件并打开【元件放置】对话框。

（6）对替换模型进行约束，然后单击【确定】按钮。

（7）出现在组件中的替换模型将显示在图形窗口中。系统将以新元件来交换组件中及模型树中相同几何位置处的元件。

（8）可选中【替换元件】对话框中的其他单选按钮，即利用其他方法继续替换其他元件。

8.4 编辑装配体

8.4.1 修改装配关系

如果由于某种原因需要修改零件之间的装配约束关系，那么在 Creo Parametric 1.0 中就可以很方便地实现，用户只需要重新定义组件即可。

在已经装配好的组件中，可以对元件进行再修改，即重新进行装配约束。用户可以在【放置】对话框中重新装配，还可以在主窗口中直接修改。

在模型树或视图中选择需要修改的元件，选择要修改的元件后单击鼠标右键，打开快捷菜单，选择【编辑定义】选项，再单击【放置】标签，就重新切换到了该元件的【放置】面板中，如图 8-36 所示。

在【放置】面板中修改约束的方法如下。

（1）可随时移除或添加约束。如果要删除元件的放置约束，可选取约束区所列的某个约束并单击鼠标右键，在弹出的快捷菜单中选择【删除】选项，就可以删除该约束，如图 8-37 所示。

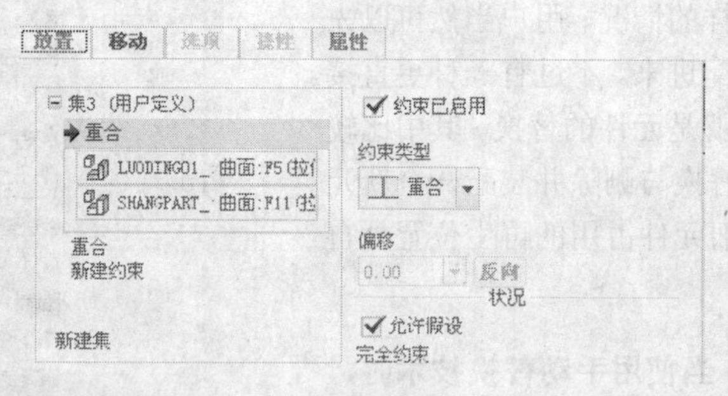

图 8-36 【放置】面板

图 8-37 删除约束命令

（2）可以单击【新建约束】按钮重新加入约束。在【约束类型】下拉列表框（如图 8-38 所示）中选取一种约束为元件和组件选取参照，可不限顺序定义放置约束。

可以在【放置】面板约束区域的列表中选取一个约束条件。

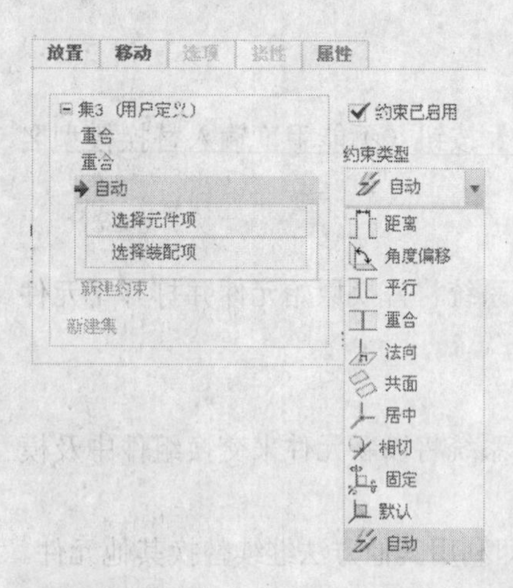

图 8-38 【约束类型】下拉列表框

选取一个约束条件，可以改变组件参照及指定新组件参照。例如，将组件上的曲面改变为元件要与之对齐的曲面。

装配的数据相关性主要指装配操作和装配工程图之间的数据关系。装配工程图在工程图的创建中占有非常重要的地位。对于装配工程图来说，在图中主要应当体现各零件之间的相互配合关系和定位尺寸，并在图中用明细表的方式来标明各零件的名称、数量和材料等属性，还应当在工程图视图中针对各零件加入对应于明细表的序号。同时，作为对装配体的参考描述，一个分解装配体的参考图同样也是装配工程图中应当加入的。Creo Parametric 作为一个全参数化的软件，其全参数化特点在建立明细表方面也同样得到了体现；明细表中的序号、名称、数量等各项的生成、排序均可由用户定义参数位置，并自动根据引入的装配体即时完成。而且，在自动生成的基础上仍然允许用户进行自由修改。可以说，这款软件使用起来非常方便。

8.4.2　插入装配特征

所谓装配特征，就是专门指在装配中定义的特征，这种特征只能是减材料特征。相对于实际的装配，可以理解为在实际的装配完成后进行的打孔、切口以及开槽等不在零件中操作的特征。一般来说，这样的特征只出现在装配体中，并且可以选择特征所影响的元件，在零件中不会出现。但是在需要的情况下，也可以通过设置装配特征的可视等级来使得装配特征出现在零件模式中。

1. 装配特征的用途

对于大多数用户来说，装配特征主要有以下几方面的用途。

- 切开大型装配以方便地观察其内部形式。例如，当一个装配比较复杂时，外围部件将把内部细节部件遮蔽，单纯地进行外围部件的隐藏并不能得到用户所希望看到的效果，此时就可以切开部件以观察其内部结构。
- 利用装配位置来定位孔。例如，两个元件之间的定位关系已存在，但是这两个元件之间用以连接固定的、相对应的安装孔在零件模式下比较难以确定，需要根据具体的装配位置来确定安装孔的位置，在这种情况下就可以先将这两个元件装配起来，再参考这两个元件的相互位置，利用装配特征在合适的安装位置进行打孔或切割孔的操作。
- 基于自顶向下设计的思想，对于零件之间联系比较密切的特征，可以在零件模式中先略去不做，而在装配后统一由装配特征完成，最后通过指定其可视等级为零件级的操作，将此装配特征反映到零件中去，从而实现自装配零件的特征设计。
- 其他一些应用操作。比如在装配完成后，再在合适的位置刻一些标识性文字等在零件模式中不太好确定的附加特征。

2. 在装配中插入装配特征

首先应当选择一个装配体，然后可以通过下面的方式来插入装配特征。

在【模型】选项卡的【切口和曲面】组，有插入不同装配特征的命令按钮，如图 8-39 所示。

【孔】命令表示在装配中插入孔特征；【拉伸】命令表示插入拉伸切割特征；【旋转】命令表示插入旋转切割特征；【扫描】命令表示插入扫描切割特征；【混合】命令表示插入混合切割特征；【扫描混合】命令表示插入扫描混合切割特征；【螺旋扫描】命令表示插入螺旋扫描切割特征；【工程】和【曲面】列表对应相应的特征。对于以上所有命令来说，其特征创建方式初期与零件中特征的创建方式基本相同，但是在创建过程中会比零件模式增加一些定义元素，用户在学习中应当重点注意。

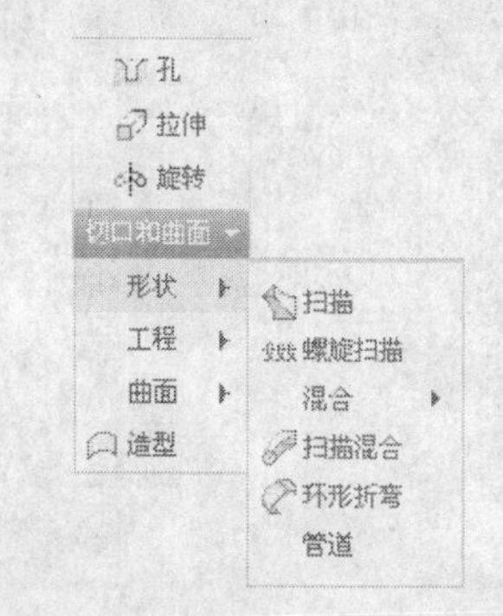

图 8-39　【切口和曲面】组

特别要清楚的一点是，装配特征只能是减材料的，也就是说，无法在装配中创建加材料的装配特征。所以，上述所有特征操作的操作结果都是在装配元件中切除材料。

8.4.3 在装配中定义新零件

在传统的产品设计中，都是首先将所有的零件制作完成，最后再生成装配，这样做的缺点是在零件设计时，设计人员对于各零件之间的相互关系比较难以把握，常常在装配时才发现问题，然后再到零件中去修改，这样就增加了设计人员的工作量。这时可以在 Creo Parametric 装配模式下直接定义新零件，或者通过模型的合并、切除等方法定义新的零件。在装配中定义新零件丰富了定义新零件的方式，为用户的实际工作带来了便利。

在装配模式中有以下几种定义新零件的方法。

1. 创建实体零件及特征

直接在装配模式下定义新零件。在零件模式下创建新的特征时，往往需要参考已有的特征进行尺寸上的约束。当一个特征成为了参考特征，在本零件特征构造完成时，该参考特征就成为了一个父特征。在装配特征模块中也同样存在特征和特征之间的参考关系，即父子关系。在装配模式下定义的新零件，如果参考了另外一个零件，就形成了一个外部参考的元素。外部参考可以限制将来零件的使用，设计人员应该特别注意。

用户可以先创建一个无初始几何形状的零件，并在以后对其进行编辑和操作。

2. 以相交方式创建零件

在装配模式中，可以通过对几个现有的元件求交来创建零件，这些零件不需要有相同的测量单位。例如可以将装配中的现有零件与另一个零件求交。具体步骤如下。

（1）单击【模型】选项卡【元件】组中的【创建】按钮创建，打开【元件创建】对话框，如图 8-40 所示。

（2）在【类型】选项组中选中【零件】单选按钮，然后在【子类型】选项组中选中【相交】单选按钮。

（3）接受默认名称，也可输入新的名称，然后单击【确定】按钮。

（4）选取要求交的零件，产生的新零件代表所选元件的公共部分。

3. 在装配中合并或切除两个零件来定义新零件

在【模型】选项卡【元件】组中选择【元件】|【元件操作】命令，弹出【元件】菜单管理器，如图 8-41 所示。选择其中的【合并】或【切除】选项。当把两组零件放置到一个装配中后，可以将一组零件的材料添加到另一组零件中，或将一组零件的材料从另一组零件中除去。

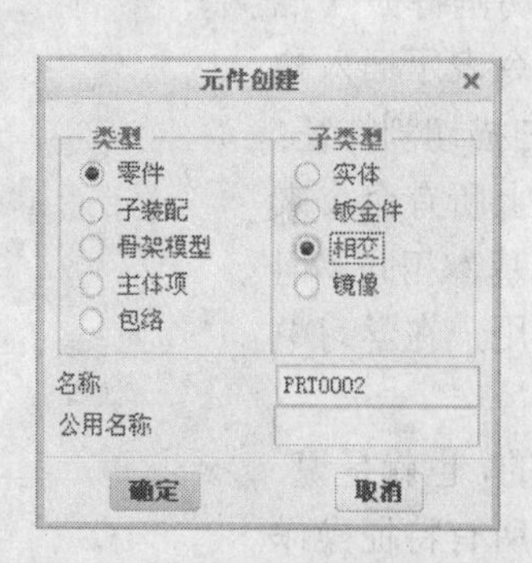

图 8-40 【元件创建】对话框

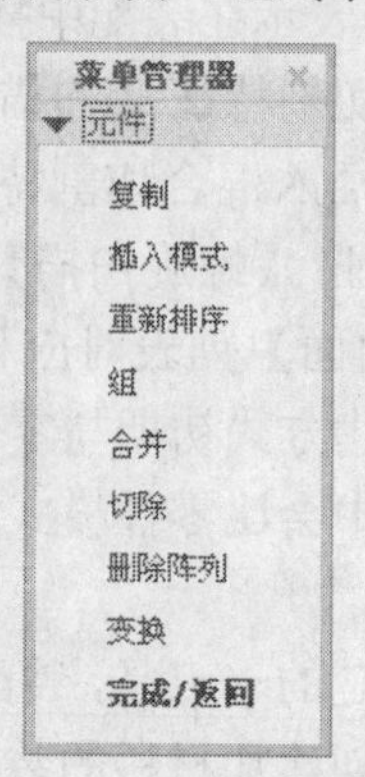

图 8-41 【元件】菜单管理器

【合并】选项可以将选定的第二组中每一个零件的材料，添加到第一组的每一个零件中。根据可用的附加选项的不同，可以将第二组零件的特征和关系，复制到第一组的每一个零件中，也可以通过第一组零件来参考它们。此步骤创建的特征被称为合并。

【切除】选项可以从第一组的每个零件中，减去第二组的每个零件的材料。同使用【合并】选项一样，根据所选的附加选项的不同，可以将第二组零件的特征和关系复制到第一组零件或由第一组零件参考。这个步骤创建的特征称为切除。

装配的第一组零件包含要修改、要添加材料或要删除材料的零件。该组还包含创建合并或切除的零件时选定的第一组零件。第二组零件中包含要添加到第一组零件中，或要从第一组零件中删除的几何特征。该组还包含该过程中选取的第二组零件。

当正在合并的零件有不同的精度时，会出现一条消息提示新零件的精度，精度最多可达 6 位小数。要撤销合并或切除时，可删除第一组零件的合并或切除特征。

8.4.4 在装配中定义新的子装配

通常子装配是预先完成的，在需要时再将其调入总装配中。众所周知，一个复杂的装配体往往是由许多个零件和子装配组成的，所以有时需要在装配模式下定义新的子装配。本节主要讲解在装配中定义新的子装配的几种方法。

1. 创建空子装配

创建空子装配的具体操作步骤如下。

（1）单击【模型】选项卡【元件】组中的【创建】按钮，打开【元件创建】对话框，如图 8-42 所示。

（2）在【类型】选项组选中【子装配】单选按钮，在【子类型】选项组选中【标准】单选按钮。在此可以接受默认名称，也可以输入新的名称，然后单击【确定】按钮，打开【创建选项】对话框，如图 8-43 所示。

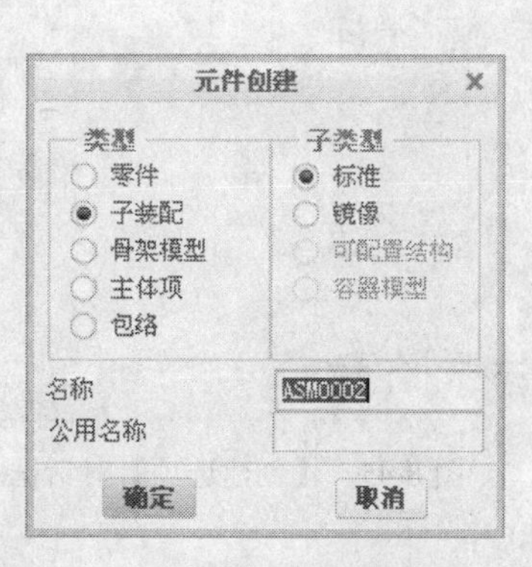

图 8-42 【元件创建】对话框

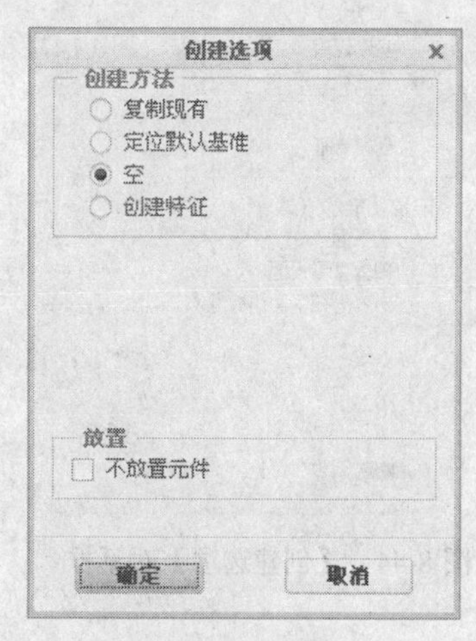

图 8-43 【创建选项】对话框

（3）在【创建选项】对话框中选中【空】单选按钮，在未定义放置约束的情况下，可选取不放置元件，以便在装配中包括新的子装配。

（4）单击【确定】按钮，新的子装配被放到装配中，或者在选取了不放置元件的情况下，将其作为未放置元件包括在装配中。

2. 创建子装配并设置默认基准

创建子装配并设置默认基准的操作步骤如下。

（1）单击【模型】选项卡【元件】组中的【创建】按钮，打开【元件创建】对话框。

（2）选中【子类型】选项组中的【标准】单选按钮。在此可以接受默认名称，也可以输入新的名称，然后单击【确定】按钮。

（3）打开【创建选项】对话框，选中【定位默认基准】单选按钮。

（4）选择一种定位基准方式，从装配中选取参考，如图 8-44 所示。

为新的子装配定义特征时，系统会自动使用默认的基准平面作为它的参考。

- 若使用了【三平面】或【轴垂直于平面】选项，草绘平面将是选定的第一个平面。
- 若使用了【对齐坐标系与坐标系】选项，则必须选取草绘平面。

创建完特征后，系统会以使其默认平面与装配中的选定参考相配对的方式，来放置装配中的新元件。在轴垂直于平面的情况下，系统会将元件轴同选定的装配轴对齐。

3. 通过复制装配来创建子装配

通过复制装配方式创建子装配的具体操作步骤如下。

（1）单击【模型】选项卡【元件】组中的【创建】按钮，打开【元件创建】对话框。

（2）选中【子类型】选项组中的【标准】单选按钮。在此可以接受默认名称，也可以输入新的名称，然后单击【确定】按钮。

（3）打开【创建选项】对话框，选中【复制现有】单选按钮，如图 8-45 所示。单击【浏览】按钮，选取要复制元件的名称，然后单击【打开】按钮。

（4）在未定义放置约束的情况下，可选择不放置元件，以便在装配中包括新元件。最后单击【确定】按钮。

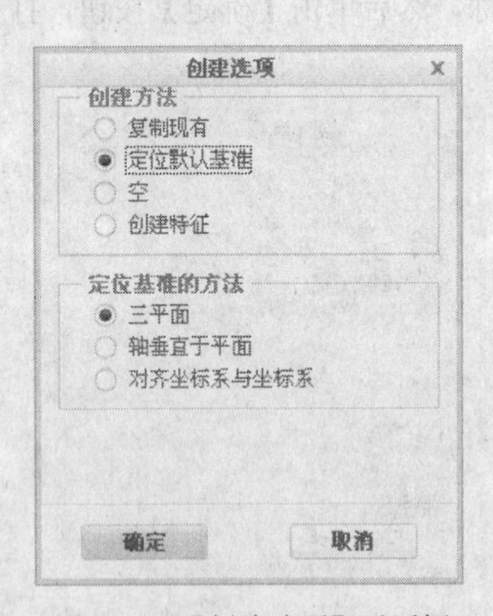

图 8-44 【创建选项】对话框

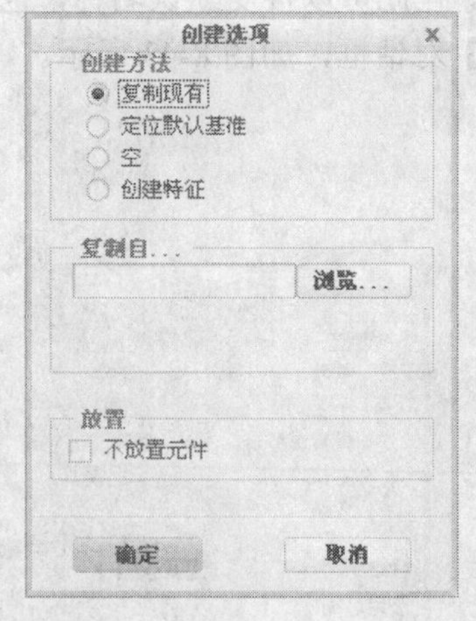

图 8-45 【创建选项】对话框

8.5 生成装配的分解状态和材料清单

创建装配的分解状态，是在装配的实际应用中常用到的一项功能，它能够比较直观地反映装配中各零部件之间的相互关系，并可以清晰地表示出未分解前无法观察或不易观察的部分。通过分解视图能够详细地表达产品装配和分解状态，使装配件变得易于观察。

使用分解功能应该遵循以下原则。

- 可以选取单个元件或整个子装配。
- 关闭状态时不会丢失元件的分解信息。系统会保留该信息，以便在重新打开状态时，元件仍有相同的分解位置。
- 所有装配都有一个默认的分解状态，它是系统根据元件的放置指令创建的。

8.5.1　分解状态的主要特点

装配件的分解状态主要有以下几个特点。

- 在装配中创建并修改多个分解状态，来定义所有元件的分解位置。还可以创建和修改偏距线，以显示分解元件在分解位置时的对齐情况。
- 单击【模型】选项卡【模型显示】组中的【分解图】按钮分解图，可以自动创建装配的分解图。分解一个装配只影响该装配的显示，而不改变元件间实际的设计距离。创建分解状态可以定义所有元件的分解位置。对于每个分解状态，都可以切换元件的分解状态，改变元件的分解位置，并创建分解偏距线。
- 用户可以为每个装配定义多个分解状态，然后可随时任选其中一个分解装配。还可以为装配的每个视图设置一个分解状态。
- 系统为每个元件指定一个由放置约束确定的默认分解位置。

此外，使用分解功能时还需要注意下面几个问题。

- 可以选取单个元件或整个子装配来编辑其分解状态。
- 若在更高级装配范围内分解子装配，系统不会分解子装配中的元件。用户可以为每个子装配指定要使用的分解状态。
- 关闭分解状态时，不会丢失元件的分解信息。系统会保留该信息，以便在重新打开状态时，元件仍然有相同的分解位置。
- 同一子装配的多个事件在更高级装配中，可以有不同的分解特性。

8.5.2　分解状态生成的基本方法

装配的分解状态生成的基本方法主要有以下两种。

1. 方法一

一般来说，对于比较简单的装配，直接单击【模型】选项卡【模型显示】组中的【分解图】按钮分解图，就能直接生成一个装配状态，此装配状态是系统默认的分解状态，也就是系统根据元件之间的相互约束关系，自动生成的分解位置所构成的状态。该操作非常简单，可以直接生成。如果需要的话，可以再加入偏距线来表示分解元件的相互关系，或者说表示分解元件的相互对立关系。

2. 方法二

对于相对较复杂的装配，系统可以直接生成的默认分解状态，如果不太符合用户所需要的分解位置，那么用户可以自定义各元件的位置，使用“拖动”的方式在屏幕上随意摆放元件的位置，以形成装配的分解状态。这样的分解状态可以生成多个并且互不干扰，用户可以通过【视图管理器】来调用并使用不同的分解状态，当然也可以随时生成偏距线。这种情况的操作相对比较多一些，具体步骤如下。

（1）单击【模型】选项卡【模型显示】组中的【视图管理器】按钮，打开【视图管理器】对话框，切换到【分解】选项卡，如图 8-46 所示。

（2）在【分解】选项卡中，【新建】表示新建一种分解状态；【编辑】表示对当前分解状态进行诸如元件位置、偏距线等方面的编辑；【显示说明】表示对当前分解状态的显示操作。在【名称】列表框中显示的就是分解状态的列表，在用户未建立其他分解状态时，此处只显示系统内置的默认分解状态。

（3）单击【新建】按钮新建一个分解状态，系统将立刻在【名称】列表框中显示新的状态，并指定一个默认名称且此名称处于修改状态，此时用户可以自定义名称，如图 8-47 所示。

（4）设定名称后，按下 Enter 键确认。此时新建的状态自动切换为当前状态（即在名称前显示一个红色的箭头图标）。单击【编辑】按钮打开其下拉菜单，选择其中的命令可对当前分解状态进行相应的编辑，如图 8-48 所示。

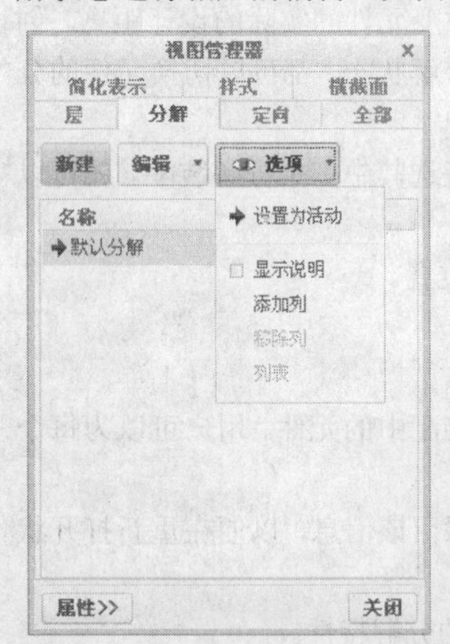

图 8-46 【视图管理器】对话框

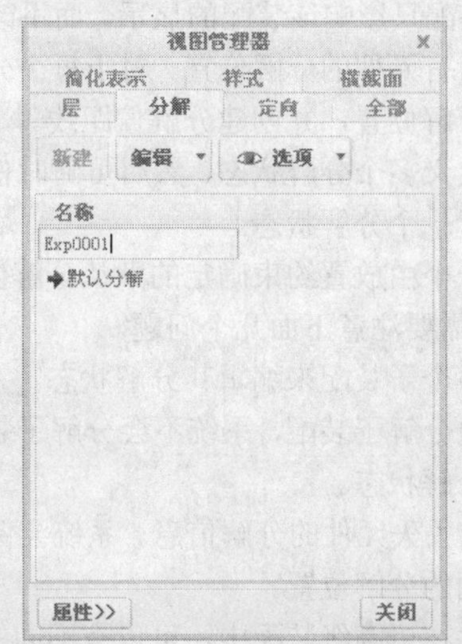

图 8-47 新建的可修改分解状态

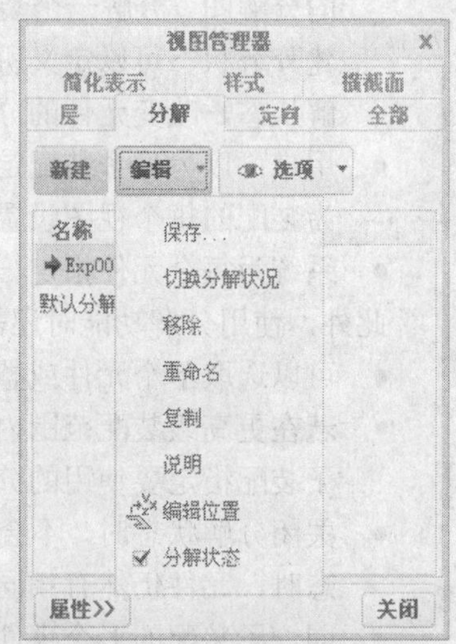

图 8-48 【编辑】下拉菜单

在该下拉菜单中包括下面几个选项。

- 【保存】：表示在当前分解状态被编辑修改后保存。
- 【移除】：表示将当前分解状态移除。
- 【重命名】：表示对当前的分解状态进行重命名。
- 【复制】：表示将选定分解状态复制到新的分解状态。
- 【说明】：表示给当前的分解状态插入一段说明性文字。

（5）完成新视图创建后，可以使用【分解工具】工具选项卡来拖动元件。单击【模型】选项卡【模型显示】组中的【编辑位置】按钮编辑位置，打开【分解工具】工具选项卡，如图 8-49 所示。

（6）单击【参考】面板中的【要移动的元件】选择框，选中要设置的元件，如图 8-50 所示。

（7）选择了要移动的零件或子装配后，还要根据设计者的意图来选取运动类型。系统提供了 3 种按钮定义零件的移动方式。

- 【平移】按钮：直接拖动零件或子装配在移动参考方向上平移。
- 【旋转】按钮：使零件或子装配在参考轴上旋转。

- 【视图平面】按钮：选取零件到系统默认的位置。

（8）【选项】面板如图 8-51 所示，可以复制位置和设置【运动增量】。在【运动增量】下拉列表框中包括 4 个选项。设计人员可以按照设计意图来选择合适的运动增量，一般情况下，都是使用默认的【平滑】选项来任意移动选中的零件。

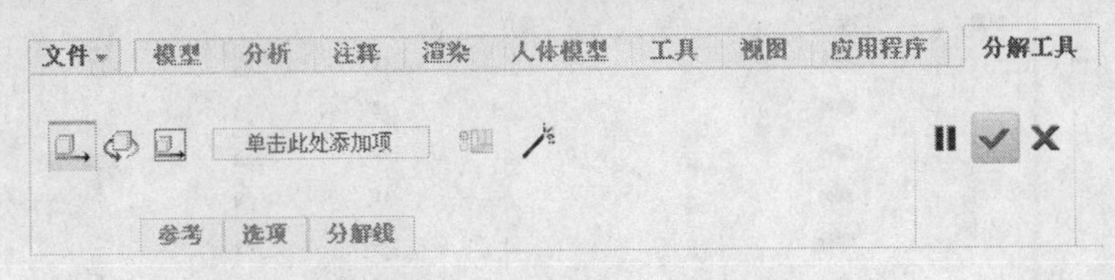

图 8-49　【分解工具】工具选项卡

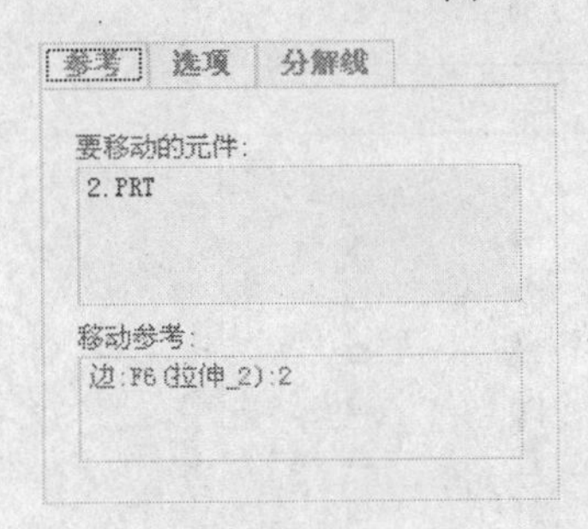

图 8-50　【参考】面板

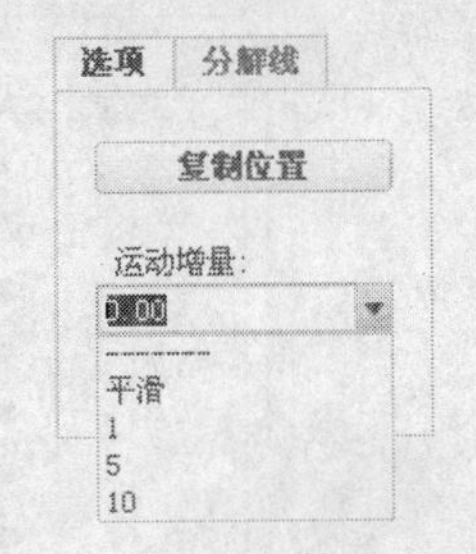

图 8-51　选取运动增量

8.5.3　生成材料清单

完成一个复杂的装配件时，从整体上对装配体的信息进行把握就显得十分重要。Creo Parametric 中的一项重要功能就是支持列出总装配体中包括子装配、零件等的分类归纳信息。本节主要介绍装配体材料清单的一些应用。

“物料清单（BOM）”列出了当前装配或装配绘图中的所有零件和零件参数，并且可保存为 HTML 或文本格式。BOM 分为两部分：细目分类和概要。

“细目分类”部分列出当前装配或零件中包含的内容。“概要”部分列出包括在装配中的各零件的总数，并且是从零件级构建装配所需全部零件的列表。

生成材料清单的基本步骤如下。

（1）单击【模型】选项卡【调查】组中的【物料清单】按钮 物料清单，打开如图 8-52 所示的【BOM】对话框。

（2）在【选取模型】选项组中选中【顶级】单选按钮可以获得主装配体的材料清单，而选中【子装配】单选按钮则可以获取子装配体的材料清单。

（3）单击【BOM】对话框中的【确定】按钮，系统将自动在浏览器中显示如图 8-53 所示的装配件物料清单消息，其中主要包括所有子装配件、子装配件中零件的标号、名称和操作等内容。

（4）系统同时自动生成“.bom”的文件，将材料清单信息保存到当前工作目录下。用记事本格式打开后，将看到主装配体的物料清单信息如图 8-54 所示。

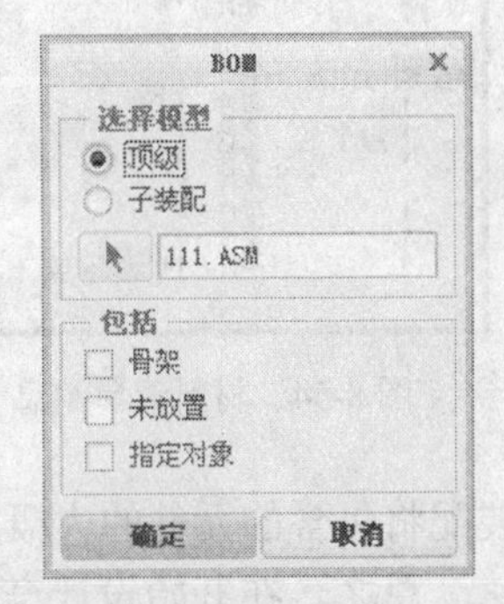

图 8-52　【BOM】对话框

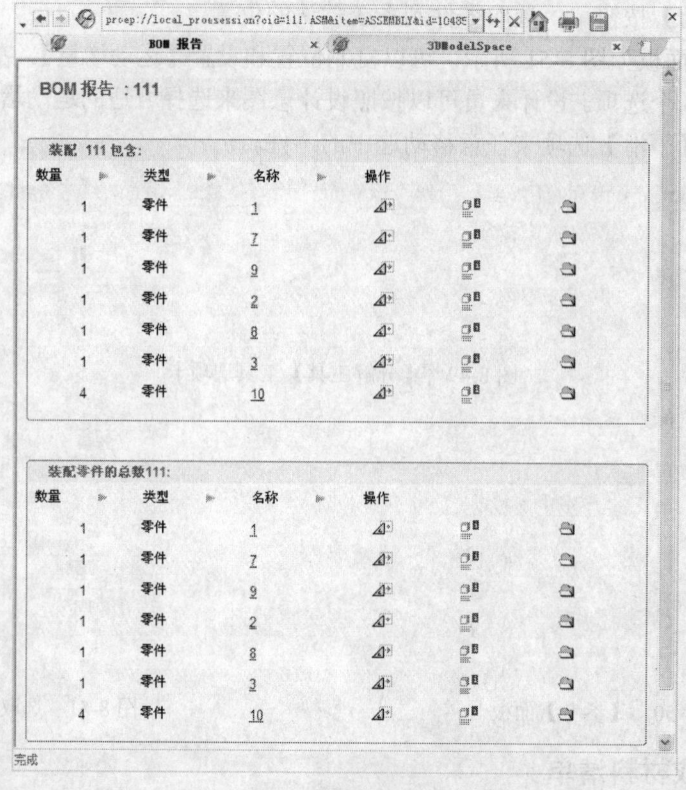

图 8-53 装配件材料清单消息

8.6 自顶向下装配设计

自顶向下装配设计是当前先进的 top-down 装配设计思想，在此设计思想中，首先捕捉顶级设计标准，然后将此信息从产品结构的顶级传递到所有相关的子系统中，这种先进的设计方法非常有利于复杂、灵活的装配设计。

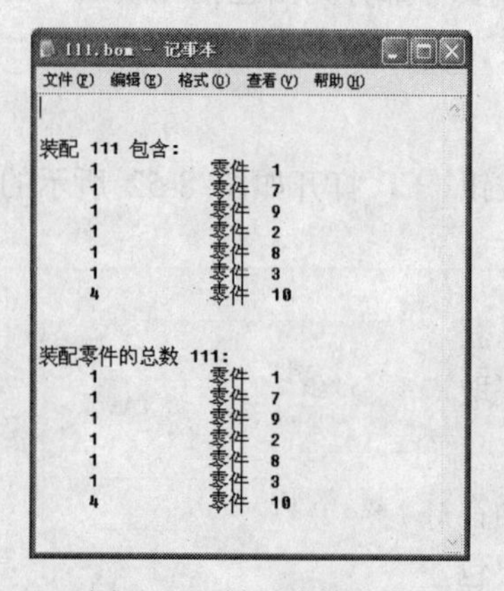

图 8-54 材料清单消息

8.6.1 概念介绍

对任何产品设计开发来说，都需要考虑到产品的最终设计期限、产品成本及产品的市场灵活性等要求，如果在 Creo Parametric 中一开始就马上设计模型，而不是进行规划，将会导致大量的设计失误。因此，为使设计具有价值，也为了能够创造出在市场需求变化的驱动下不断更新设计趋势的好产品，一定要通过规划来实现。

要规划设计，设计师需要对产品有宏观的基本了解。也就是说，需要了解产品的整体功能、形式和基本装配关系。主要包括几个方面：总体尺寸、基本模型特点、装配方法、装配将包含的元件的大概数量和用于制造模型的方法。

总之，在开始设计产品前便构想出模型，就可避免许多在特征建模中出现的不必要的问题，从而节省时间并提高设计精度。本小节将主要讲解自顶向下的设计方法。

1. 自顶向下装配概念

自顶向下装配设计是一种高级的装配设计思想，是通过成品对产品进行逐步分析，然后向下设计。具体地说，可以从主装配开始，将其分解为若干个装配和子装配，然后标识主装配元件及其关键特征，最后了解装配内部及装配之间的关系，并确定产品的装配方式。掌握了这些信息，就能进行规划设计并在模型中体现总体设计意图。在我国，自顶向下设计主要被用于设计频繁修改的产品，或者设计各种更新快的产品。

相对于自顶向下装配设计来说，还有一种由下到上的设计，也就是传统的设计方法。这种方法要求用户从元件级开始分析产品，然后向上设计到主装配。注意，成功的由下到上设计，要求设计者对主装配有基本的了解，但是自下而上方式的设计不能完全体现设计意图。设计者将元件放到子装配中，然后将这些子装配放到一起形成顶级装配，但常常会在创建装配后发现这些模型不符合设计标准，检测出问题后，设计者再手工调整每个模型，这样，随着装配的增大，检测及纠正这些矛盾将会消耗大量的时间，尽管结果可能与自顶向下设计相同，但却加大了设计冲突和错误的风险，从而导致设计上的不灵活。这种方法主要在设计相似产品或不需要在其生命周期中进行频繁修改的产品中采用。图 8-55 所示为自顶向下的装配体设计示意图。自底向上的装配体设计示意图如图 8-56 所示。

2. 自顶向下装配的优点

自顶向下装配的设计方法有很多优点，一般来说包括可以用于管理大型装配、组织复杂装配设计、支持更加灵活的装配设计等，具体说明如下。

- 自顶向下装配的设计方法可以方便用户在内存中只检索装配的骨架结构，再进行必要的修改，从而管理大型的装配设计。由于骨架包含了重要的设计标准，例如安装位置、子系统和零件的空间需求及设计参数等，用户可以对骨架进行更改，并且将更改传递到整个设计的各个子系统中。
- 组织化的装配结构可以让信息在装配的不同级别之间共享，如果在一个级别中进行了更改，则该更改将会在所有其他与之相关的装配或元件中共享。这样可以支持多个设计小组或个人拥有不同的子系统和元件的团队设计环境。
- 自顶向下装配的设计方法组织并帮助强制执行装配元件之间的相互作用和从属关系。在实际的装配设计中，存在着很多的相互作用和从属关系，在设计模型中应该能够捕捉它们，例如某零件的安装孔位置与另一个零件上的相应位置之间的关系称为期望的从属关系，如果修改了某一个安装孔的位置，则从属关系零件上相应的安装孔也要移动。

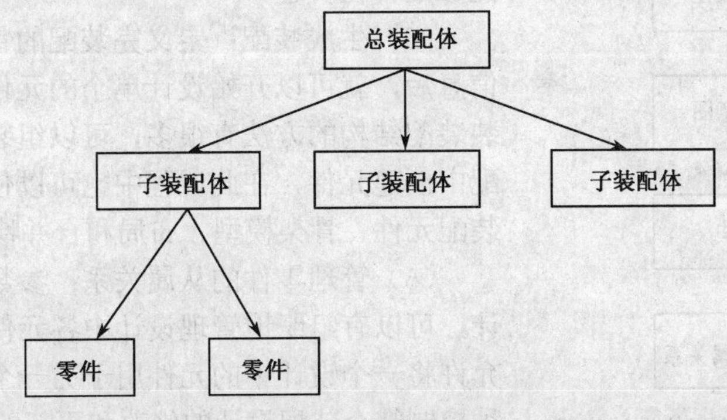

图 8-55　自顶向下的装配体设计示意图

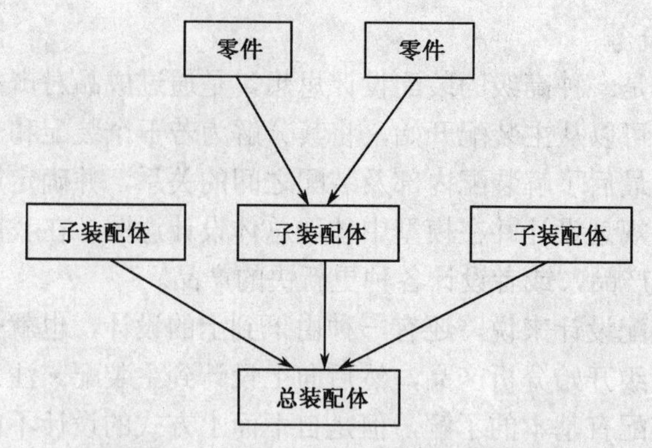

图 8-56 自底向上的装配体设计示意图

3. 自顶向下装配设计的步骤

自顶向下装配的设计基本步骤如图 8-57 所示，下面对其基本步骤作详细说明。

（1）定义设计意图：设计人员在设计产品时都要作一些初步的设计规划，这包括产品的设计目的、功能以及设计的草绘、想法和规范。设计人员通过预先制定好的设计计划能够更好地理解产品的结构组成，并进行详细的产品设计。在 Creo Parametric 中，设计人员能够利用这些信息定义设计的结构和单个元件的详细要求。

（2）确定产品结构：在 Creo Parametric 中，不需要创建任何几何模型就能够创建子装配和零件，从而创建产品结构，同时现有的子装配和零件也可以添加到产品结构中，而不必进行实际的组装。

（3）创建骨架模型：骨架模型是根据装配内的上下关系创建的特殊零件模型。使用骨架模型不必创建元件，只需要参考骨架设计零件，并将其装配在一起，就可以作为设计规范。骨架模型是装配的 3D 布局，可以用于子系统之间共享设计信息，并作为控制这些子系统之间的参考手段。

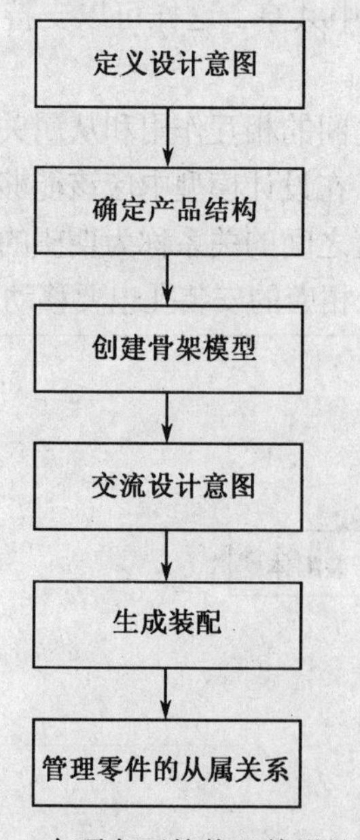

图 8-57 自顶向下的装配体设计步骤

（4）交流设计意图：产品的顶级设计信息可以放置在顶级装配骨架模型中，然后根据需要将信息分配到各个子装配骨架模型中。这样，子装配只包含其应有的相关设计信息，设计者只能设计各自的装配部分。因此，在 Creo Parametric 中，多个设计者可以共同参考同一个顶级设计信息，同时使开发出的装配在第一次装配时就能够配合在一起。

（5）生成装配：定义完装配的骨架并分配顶级设计信息后，就可以开始设计单个的元件。使用具体零件组装装配结构的方法有很多，可以组装现有元件，或在装配中创建元件，在此过程中也可以使用其他功能，例如装配元件、骨架模型、布局和合并特征等。

（6）管理零件的从属关系：参数化建模易于修改设计，可以有组织地管理设计中各元件间的从属关系，这允许将一个设计中的元件用于另一个设计中，并提供一种控制整个装配设计的修改和更新的方法。

8.6.2 骨架设计

本节主要讲解骨架设计的基本概念和方式。

1. 骨架设计基础

骨架设计是自顶向下设计过程中的重要部分。

骨架模型是根据装配内的上下关系创建的特殊零件模型。使用骨架不必创建元件，只需参考骨架设计零件，并将其装配在一起，就可以作为设计规范。骨架模型是装配的一个 3D 布局，创建装配时可以将骨架用做构架。

骨架通常由曲面和基准特征组成，尽管它们也可具有实体几何。骨架在 BOM 中不显示（除非要对其进行排列），对质量或曲面属性也没有影响。

骨架模型作为一个三维设计的外形，能以多种方式使用，其应用途径如下。

- 装配体空间要求。自顶向下的装配体设计通常需要在设计小的细节元件前，设计大的和外部的元件。例如，汽车的外形可能在设计发动机前设计出来，在设计发动机的过程中，必须在分配的空间里进行。在表明主要设计部件的要求空间时，可以使用骨架模型。
- 运动控制。通过骨架模型，可以控制和设计装配体的运动仿真。真正的元件轮廓由基准轴、基准线以及作为部件的轮廓建立的元件创建，每个零件之间的相对运动都可以用轮廓元件进行设计和修改。优化设计时，实际的元件可以沿轮廓建立。
- 共享信息。在大型制造企业里，会有不同的团队分别进行几个主要部件的设计工作。骨架模型可以从一个部件到另一个部件传递设计信息，以达到设计规范的统一。
- 自顶向下的设计控制。在自顶向下的设计概念中，设计意图从上一级传递到下一级。骨架模型的作用就是在部件设计过程中，描述并传达上一级的设计意图。

骨架模型是装配的一种特殊元件，在装配中使用骨架可以实现下列目标。

- 可以划分空间声明，即可以使用骨架创建自装配的空间声明，这样能够在模型中建立主装配和自装配之间的界面关系。
- 可以作为元件间的设计界面来创建和使用骨架。
- 确定装配的运动。在装配上采用骨架模型进行运动分析，即首先创建骨架模型的放置参考，然后修改骨架尺寸以模仿运动。

2. 创建骨架模型的方法

创建一个骨架模型的基本步骤如下。

（1）单击【模型】选项卡【元件】组中的【创建】按钮创建，打开【元件创建】对话框，如图 8-58 所示。

（2）在该对话框的【类型】选项组中选中【骨架模型】单选按钮，接受默认名称或者输入新的骨架模型名称，单击【确定】按钮。

（3）系统弹出【创建选项】对话框，如图 8-59 所示。在【创建选项】对话框中，可以选择不同的创建方法。

- 【复制现有】：选择该项后，可以输入要复制的骨架名称（或单击【浏览】按钮，在弹出的对话框中选取要复制元件的名称，单击【打开】按钮，选定元件的名称将出现在【复制自】文本框中）。
- 【空】：选中该单选按钮，将在装配中创建一个没有几何的空骨架模型子装配，如图 8-60 所示。

（4）单击【确定】按钮，将创建一个顶级骨架。

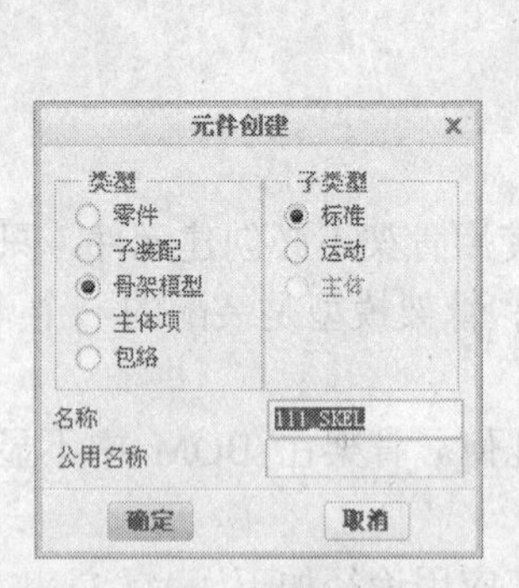

图 8-58 【元件创建】对话框

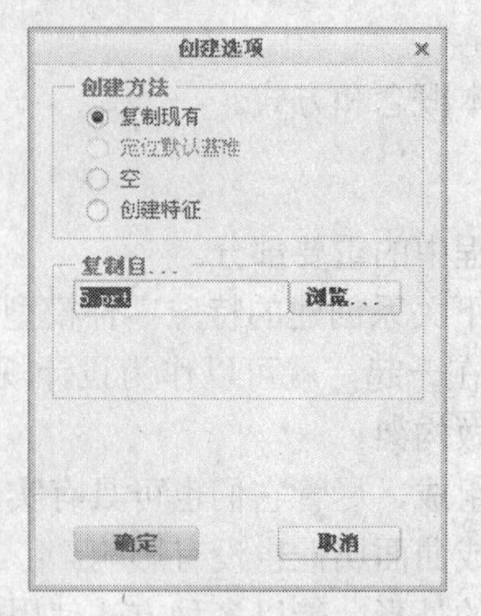

图 8-59 【创建选项】对话框 1

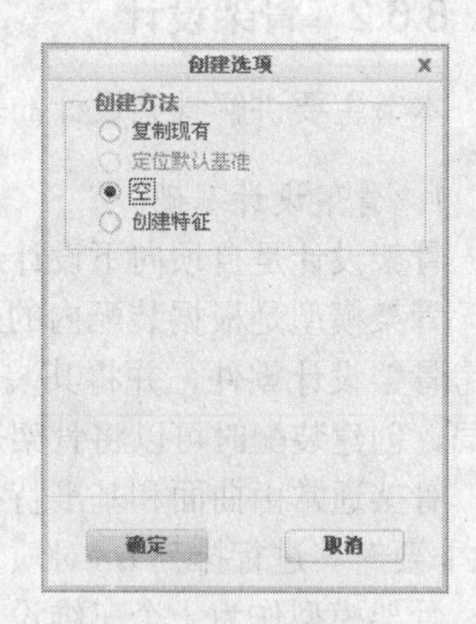

图 8-60 【创建选项】对话框 2

8.6.3 布局和产品结构图

布局是在布局模式下创建的二维草绘，用于以概念方式记录、注释零件和装配。例如，布局可以是实体模型的一种概念性块图表或参考草绘，用于建立其尺寸和位置的参数和关系，以便于成员的自动装配。布局不是比例精确的绘图，而且与实际的三维模型几何不相关。

1. 产品设计二维布局

本节主要介绍产品设计的二维布局，产品的二维布局主要用于表现设计初期零件之间的装配关系，这些对将来的三维装配设计起着决定和主导的作用，也可以大大节省设计的时间和精力。

在产品设计的初期，设计人员经常会将零件的摆放位置和零件之间的装配关系，用简单的二维图来表示，在 Creo Parametric 中使用布局可以实现此目的。

在进行产品设计时，根据二维布局，设计者可以进一步进行详细的三维零件设计，当完成所有零件的设计后，系统就可以根据二维布局的规划，将所有零件自动装配在一起。如果要进行产品修改，并且修改的部位仅仅涉及单一的零件，就可以直接在三维零件上进行修改；若修改涉及多个零件的相对位置或整个装配体的规划，则可以在二维布局上进行必要的修改。当二维布局图变动后，装配体也会自动更新，不需要再修改三维装配体，这体现了 Creo Parametric 的单一数据库特性。

布局是 Creo Parametric 中的一个模块，单击【快速访问】工具栏中的【新建】按钮，打开【新建】对话框，选中【布局】单选按钮，如图 8-61 所示。

使用【布局】的相关内容如下。

（1）布局图创建

选单击【快速访问】工具栏中的【新建】按钮，打开【新建】对话框，选中【布局】单选按钮，单击【确定】按钮。

此时系统弹出如图 8-62 所示的【新布局】对话框，该对话框用来设置布局图纸的各项属性。

（2）绘制工具

利用【Draw】组中的命令按钮，包括【线】、【圆】、【弧】、【矩形】等工具，如图 8-63 所示，可以绘制产品的简易外形。

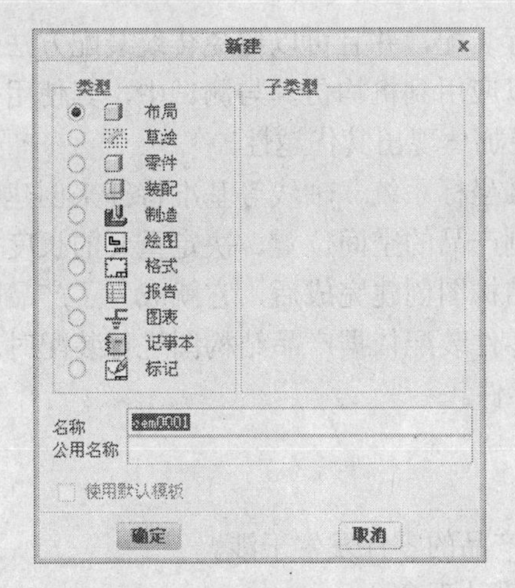

图 8-61　选中【布局】单选按钮

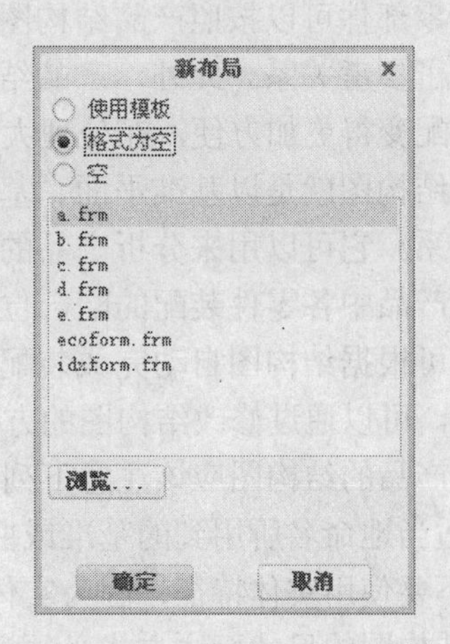

图 8-62　【新布局】对话框

图 8-63　【Draw】组中的命令按钮

（3）辅助命令

下面来介绍一些辅助命令。

打开【设计】选项卡【Design Intent】组中的【尺寸】列表，如图 8-64 所示，可以设置各零装配的重要尺寸或零件装配时的装配尺寸，这些尺寸将作为装配的整体尺寸。

单击【设计】选项卡【Insert】组中的【选项板】按钮，系统将弹出如图 8-65 所示的【选项板】对话框，可用于在布局图中加入符号，以便实现装配图的意义表达。

图 8-64　【尺寸】列表

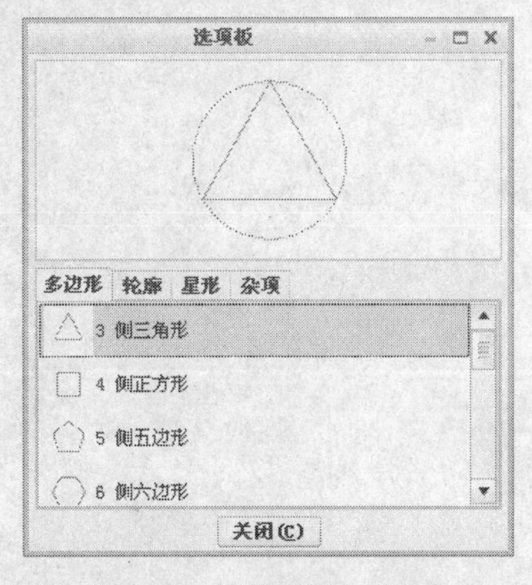

图 8-65　【选项板】对话框

2. 产品结构图设计和使用

产品结构图用来表示一个产品的结构，是处理大型装配的一种重要的工具。

所谓产品结构图，就是用来表示一个产品的结构的图样，它是处理大型装配的一种重要的工具。零部件可以按照产品结构图的结构进行装配，并且可以避免传统装配方法中零件装配间的父子参考关系。此外，产品结构图还可以应用到机构仿真与测试中，其使用使得设计和修改装配变得更加方便，在处理大型装配时更加体现出其优越性。

产品结构图就是以基准平面、基准点、基准坐标系统、轴线等基准特征来创建零件之间的结构关系。它可以用来分析产品的设计、规划产品的空间位置、决定重要的长度，也可以用来指定产品中各零件装配的配合位置。产品结构图创建完成后，它就成为了产品的架构，零件装配可根据结构图自动完成装配。此外，零件装配依据产品结构图进行装配时，被结构图所约束，可以通过修改结构图的方法来驱动零件。

创建产品的结构图应该注意下列事项。

- 适当地命名所用到的基准或曲面特征。
- 不要使用实体特征，因为实体特征会和产品的零件发生干涉。
- 结构图的尺寸标注方式必须配合产品的设计理念。
- 结构图要合理，并且能够配合设计的机能。

一般结构图的使用方法如下。

（1）在【快速访问】工具栏中单击【新建】按钮，打开【新建】对话框。

（2）在【类型】选项组中选中【装配】单选按钮，输入装配名称，直接单击【确定】按钮，启用【使用默认模板】复选框。

（3）读取结构图作为装配体的第一个零件。

（4）单击【模型】选项卡【元件】组中的【创建】按钮创建，打开【打开】对话框。

（5）选取结构图零件，单击【打开】按钮，读取结构图。

按照上述步骤装配完产品结构图后，就可以按照结构图中的基准创建约束，用来装配其他零件，这种装配方法可以很方便地通过改变产品结构图的尺寸来修改装配体，从而提高了设计人员的工作效率。

第9章　模具设计

Creo Parametric 中的模具设计模块，提供了相当方便实用的设计及分析工具，使用户可以在最短的时间内从创建模具装配开始，通过分模面的规划，到最后模具体积块的产生，依次顺利地完成拆模的工作。

模具设计模块同时也提供拆模过程中必要的检查、分析功能。

本章主要介绍模具设计模块的功能、用途以及基本操作，并通过具体的实例详细说明。

9.1　模具设计概述

首先介绍 Creo Parametric 的模具设计环境与界面以及涉及的基本流程。

9.1.1　模具设计环境与界面

选择【文件】|【新建】菜单命令或单击【快速访问】工具栏中的【新建】按钮，系统将弹出【新建】对话框。Creo Parametric 中模具设计模块属于制造类型，所以新建模具设计文件时应在【新建】对话框中选择【类型】为【制造】，【子类型】为【模具型腔】，如图 9-1 所示。

如果取消启用【使用默认模板】复选框，则单击【确定】按钮后，会出现如图 9-2 所示的【新文件选项】对话框，在对话框中选用相应的【模板】，然后单击【确定】按钮，即可进入模具设计环境。

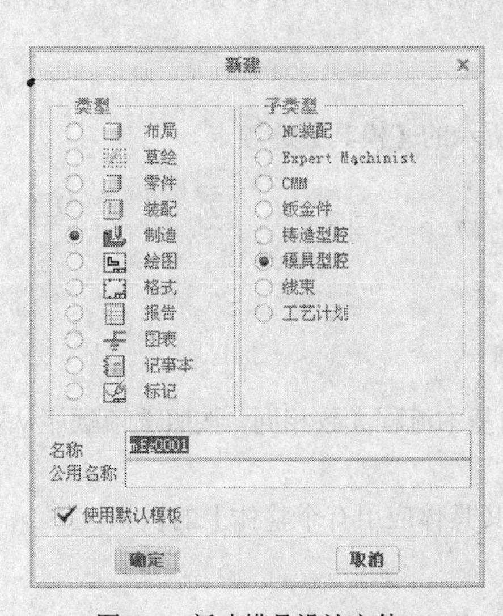

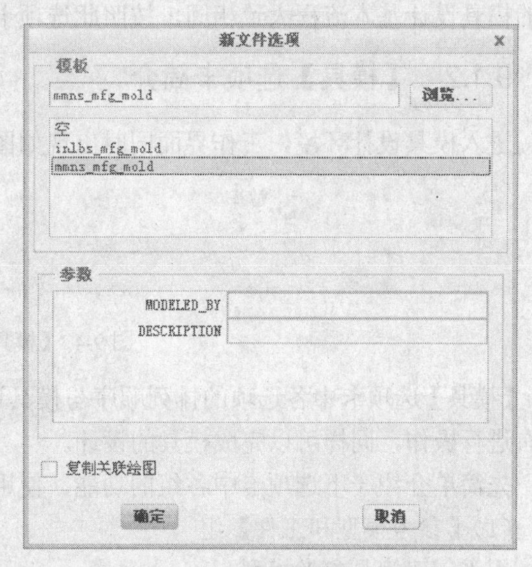

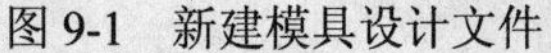
图 9-1　新建模具设计文件

图 9-2　【新文件选项】对话框

Creo Parametric 中模具设计模块的工作界面如图 9-3 所示，与其他模块一样，包括命令提示栏、工具栏、选项卡、显示窗口及模型树等几部分，其操作方式也基本相同。

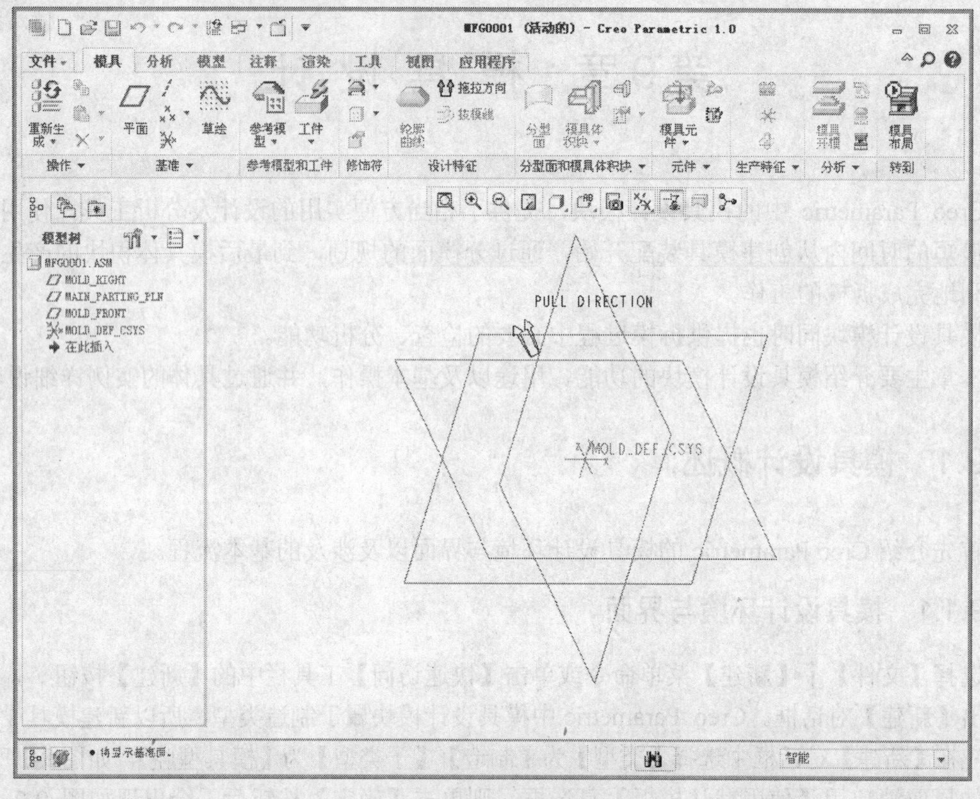

图 9-3 模具设计模块工作界面

模具设计环境工作界面的【模具】选项卡，其图标从左至右的排列顺序与后面将要介绍到的模具设计基本流程大致相同，按照此选项卡的命令顺序操作，便可以完成模具的设计。

9.1.2 【模具】选项卡简介

进入模具设计环境，工作界面同时出现如图 9-4 所示的【模具】选项卡。

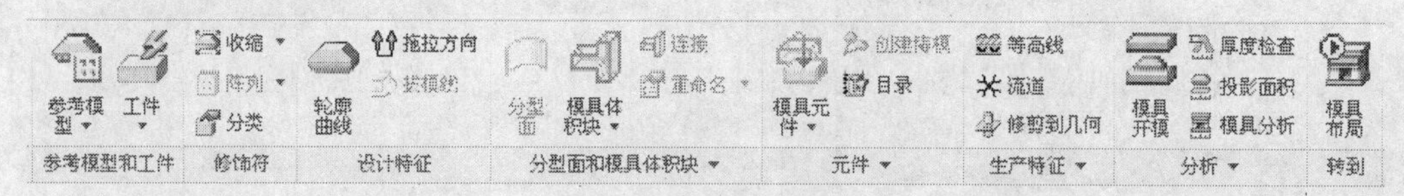

图 9-4 【模具】选项卡

【模具】选项卡中各选项的排列顺序与模具设计的基本流程大致相同，按照选项顺序从左至右进行操作，同样可以完成模具的设计。

先简单介绍一下选项卡中各组的功能，使用户对其具体应用有个整体上的认识。

（1）【参考模型和工件】组

用于创建模具参考模型。

零件成品及工件的装配、创建等均在此组的命令下进行。

（2）【修饰符】组

用于收缩率的设置、阵列模型及模型制作的分类。

（3）【设计特征】组

用于创建轮廓曲线、修改拖拉方向及生成拔模线。

（4）【分型面和模具体积块】组

用于创建分型面、模具体积块、连接体积块和重命名特征。

（5）【元件】组

将创建完成的体积块抽取出来，以产生 Creo Parametric 中的零件模型文件，也可以采用创建或装配的方式直接产生。

（6）【生产特征】组

生成模具等高线、流道、顶杆孔，修剪几何特征。

（7）【分析】组

用于模拟开模的操作及模具各项分析。

9.1.3　模具设计基本流程

下面结合一个零件模型的模具设计过程来说明 Creo Parametric 中模具设计的基本流程，模具设计大略可以分成以下几个部分。

（1）零件成品

首先需要在零件模块或组件模块创建零件成品，即用于拆模的零件模型。也可以在其他 CAD 软件中创建零件成品，再通过文件交换将其三维造型数据输入 Creo Parametric 中，但使用这种方法有可能因为精度差异而产生几何问题，进而影响到后面的拆模操作。

（2）模具装配

进入模具设计模块，首先需要进行的操作便是模具装配，即将零件成品与工件装配在一起。模具设计的装配环境与零件装配环境相同，同样通过约束条件的添加、设置来进行装配的操作。这里的工件可以事先创建，也可在装配过程中创建。

（3）模具检验

为了确认零件成品的厚度及拔模角是否符合设计需求，在开始拆模前必须先检验模型的厚度、拔模角等几何特征。若零件成品不满足设计需求，应返回零件设计模块进行修改。

（4）设置收缩率

不同的材料在成形后会有不同程度的体积变化，为了弥补此体积变化的误差，需要在模具设计模块设定零件成品的收缩率。

可以分别对 X、Y、Z 三个坐标轴设置不同的收缩率，也可以对某个特征或尺寸进行个别设置。

（5）创建分型面

采用分割的方式创建公模和母模，需要创建一个曲面特征作为分割的参考，这个曲面特征就是分型面。创建分型面与创建一般曲面特征相同。

如果零件成品的外形比较复杂，其分型面也会比较复杂，因此对于分型面的创建要求用熟练掌握曲面特征的操作。

（6）创建体积块

创建模具体积块有两种方式，一是利用分型面分割工件产生公模和母模；二是直接创建模具体积块。

（7）模具开启

通过开模步骤的设置来定义开模操作顺序，进行开模操作的模拟。

9.1.4 Creo Parametric 模具设计术语

Creo Parametric 中提供了很多的术语来描述模具设计中的步骤，使模具设计理论与 Creo Parametric 软件提供的功能相呼应。理解这些术语的含义，对使用 Creo Parametric 进行模具设计有很大的帮助。

1. 设计模型

在 Creo Parametric 中，设计模型代表成型后的最终产品。它是所有模具操作的基础。设计模型必须是一个零件，在模具中以参考模型表示。假如设计模型是一个装配件，应在装配模式中合并成零件模型。设计模型在零件模式或直接在模具模式中创建。

在模具模式中，这些参考零件特征、曲面及边可以被用来当作模具组件参考，并将创建一个参数关系返回到设计模型。系统将复制所有基准平面的信息到参考模型。假如所有的层已经被创建在设计模型中，并且有指定特征给它，这个层的名称及层上的信息都将从设计模型传递到参考模型。设计模型中层的显示状态也将被复制到参考模型中。

2. 参考模型

参考模型是以放置到模块中的一个或多个设计模型为基础的。参考模型是实际被装配到模型中的组件。参考模型由一个合并的单一模型所组成。这个合并特征维护着参考模型与设计模型间的参数关系。如果需要额外的特征可以增加到参考模型，但这会影响到设计模型。当创建多穴模具时，系统每个型腔中都存在单独的参考模型，而且都参考到其他的设计模型。

3. 工件

工件表示模具组件的全部体积。工件应包围所有的模穴、浇口、流道及冒口。工件也可以是 A 或 B 板的装配或一个很简单的插入件。它可以被分割成一个或多个组件。工件可以全部都是标准尺寸，以配合机构标准，也可以自定义标准配合设计模型。

工件可以是一个在零件模块中创建的零件，或是直接在模具模块中创建的零件，只要它不是组件的第一个组件。模具组件是那些选择性的组件，在 Creo Parametric 中工作时，可以被加入到模具中。其项目包括模具基础组件、干板、顶出梢、模仁梢及轴衬等。这些组件可以从模具基础库中找出，或像正规的零件一样在零件模块中创建。模具基础组件必须装配到模具中，假如使用一般的装配选项装配它们，系统会要求确认它们是属于工件还是模具基础组件。模具组件包含所有的参考零件，所有的工件及任何其他的基础组件或夹具。所有的模具特征将创建在模具组件中。

4. 模具装配模型

模具零件库能提供标准模座零件，这些零件是以相关模架提供公司的标准目录为基础的。零件的说明可以在 Creo Parametric 模具基础目录中查看。

9.2 模具型腔布局

下面介绍模具型腔布局的设计方法。

9.2.1 创建模具文件

首先来介绍创建模具模型的方法。

1. 创建工作目录

模具创建的过程中会产生多个文件，为了方便管理这些文件，可以将它们保存在与模具文件相同的目录下，因此，首先介绍如何创建工作目录。

打开 Creo Parametric，选择【文件】|【选项】菜单命令，在弹出的【Creo Parametric 选项】对话框中将当前工作目录指向模型文件所在的文件夹，如图 9-5 所示，或指向某一个特定的文件夹，这样可以将设计的模型文件备份到工作目录中备用，选择完成后单击【确定】按钮。

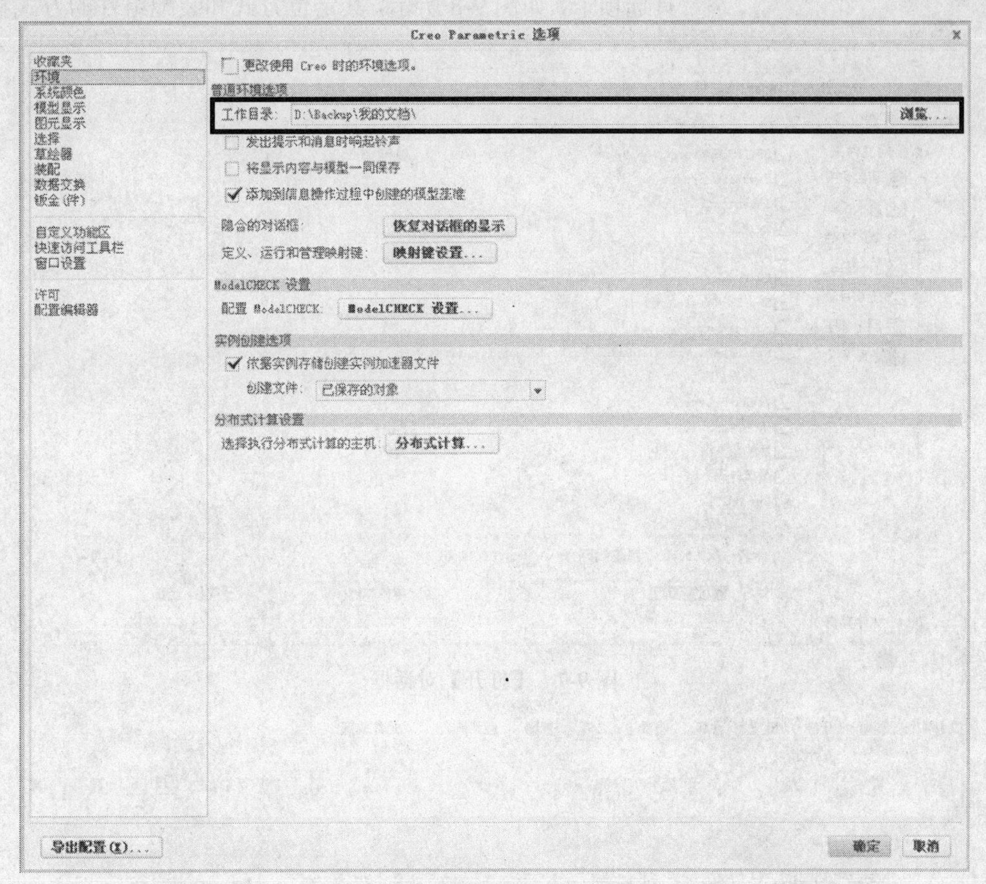

图 9-5　【Creo Parametric 选项】对话框

2. 创建模具文件

打开 Creo Parametric，选择【文件】|【新建】菜单命令或单击【快速访问】工具栏中的【新建】按钮，在弹出的【新建】对话框【类型】选项组中选中【制造】单选按钮，在【子类型】选项组中选中【模具型腔】单选按钮，在【名称】文本框中输入模具模型的名称，取消启用【使用默认模板】复选框，单击【确定】按钮。在弹出的【新文件选项】对话框中选择【mmns_mfg_mold】选项，单击【确定】按钮。

9.2.2　装配零件成品

进入模具设计环境后，可以开始进行零件成品与工件的装配，与之相关的所有命令都包含在如图 9-6 所示的【模具】选项卡的【参考模型和工件】组中。

图 9-6 【参考模型和工件】组

在【参考模型和工件】组中可以选择采用装配的方式（或创建的方式）将零件成品及工件加入到模具装配文件中。在创建多腔模具时，可以使用【定位参考模型】命令来规划参考模型的排列方式及位置。

如果在【参考模型和工件】组中选择【装配参考模型】命令，可以打开如图 9-7 所示的【打开】对话框，选择一个现有的参考模型进行装配。随参考模型打开的还有【元件放置】工具选项卡，如图 9-8 所示，其定位方式和装配组件的方式相同。

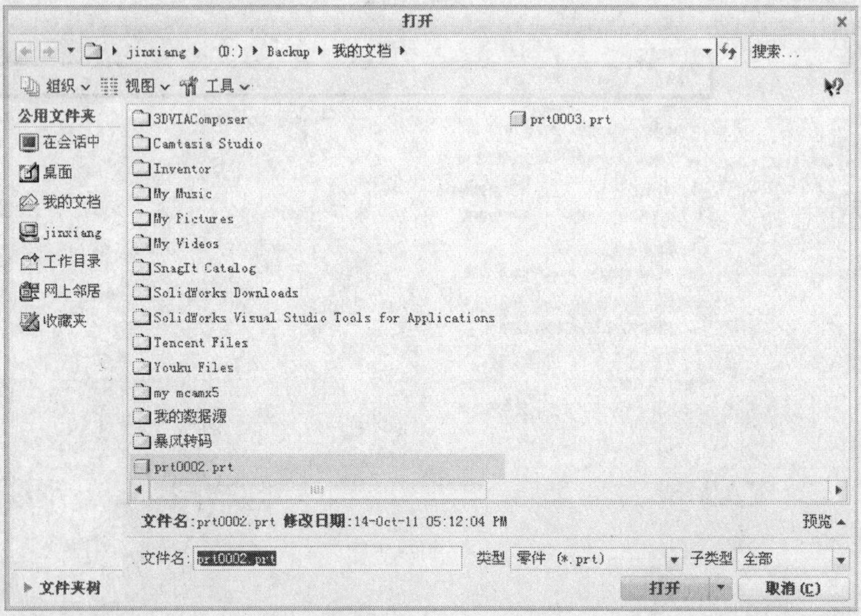

图 9-7 【打开】对话框

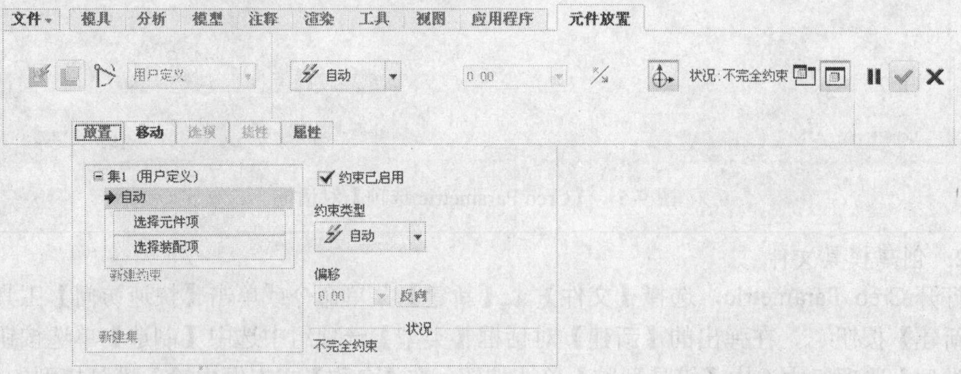

图 9-8 【元件放置】工具选项卡

装配零件成品或工件时，系统出现【打开】对话框，提示选择实体作为参考模型的零件成品或工件，选择实体后即进入装配环境，添加足够的约束条件即可完成装配。完成装配后，系统将出现如图 9-9 所示的【创建参考模型】对话框。下面介绍其中的 3 种参考模型类型。

（1）【按参考合并】：Creo Parametric 会将选定的零件成品完全一样的复制到模具装配体中，后续的一些操作（设置收缩、创建拔模、倒圆角和应用其他特征）都将在参考复制的模型上进行，而所有这些改变都不会影响零件成品。

（2）【同一模型】：Creo Parametric 会将选定的零件成品直接装配作为参考模型，以后的拆模直接对零件成品进行。

（3）【继承】：参考模型继承零件成品中的所有几何和特征信息。可指定在不更改零件成品的情况下，要在参考模型上进行修改的几何及特征数据。该选项在不更改零件成品的情况下，为修改参考模型提供更大的自由度。

9.2.3　创建工件

模具参考模型装配完成后，就可以进行工件的设置。工件可以理解为模具的毛坯，所以有的书中也称模具工件为坯料，它完全包裹着参考模型，还包容着浇注系统、冷却水线等型腔特征。工件等于所有模具型腔与型芯的体积之和，利用分型面分割工件之后，就可以得到型腔或型芯体积块。

如图 9-10 所示为【工件】下拉菜单，其中有手动【创建工件】、【自动工件】和【装配工件】3 种创建方式。

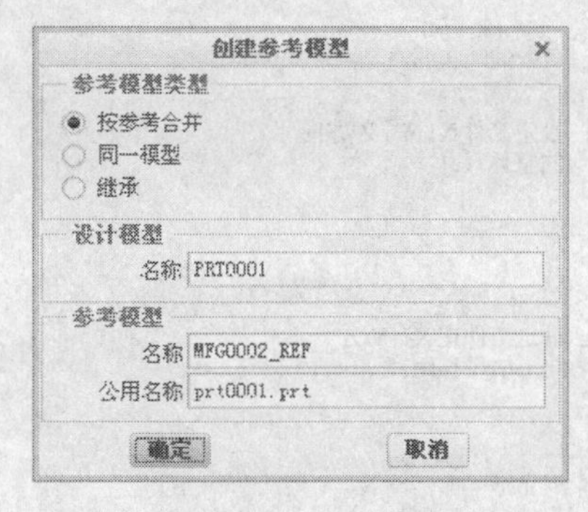

图 9-9　【创建参考模型】对话框

图 9-10　【工件】下拉菜单

1. 手动方式【创建工件】

采用手动方式【创建工件】时，系统将弹出如图 9-11 所示的【元件创建】对话框，通常在【类型】选项组选中【零件】单选按钮，在【子类型】选项组选中【实体】单选按钮，输入工件名称或接受系统默认工件名称后，单击【确定】按钮，进行下一步操作。

系统弹出如图 9-12 所示的【创建选项】对话框，如果内存中有工件，则选中【复制现有】单选按钮；若在【创建方法】选项组选中【创建特征】选项，单击【确定】按钮，此时在模具装配环境中，可以直接利用创建实体特征的方法创建出适当大小的工件。

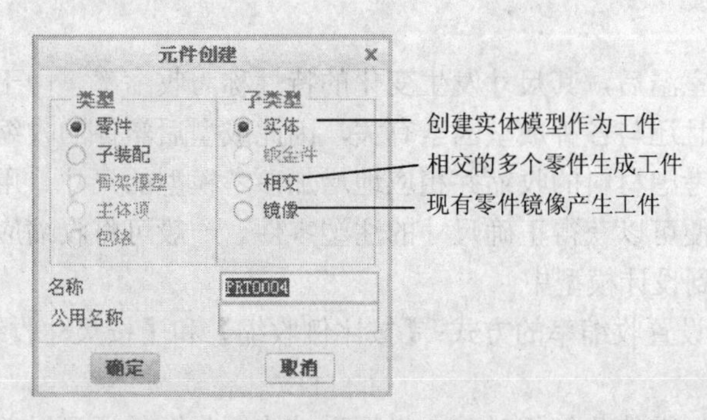

图 9-11　【元件创建】对话框

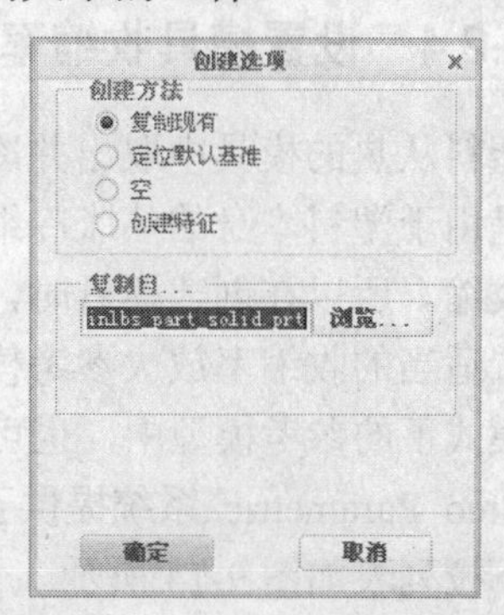

图 9-12　【创建选项】对话框

2.【自动工件】

采用自动方式创建工件时，系统将出现如图 9-13 所示的【自动工件】对话框。

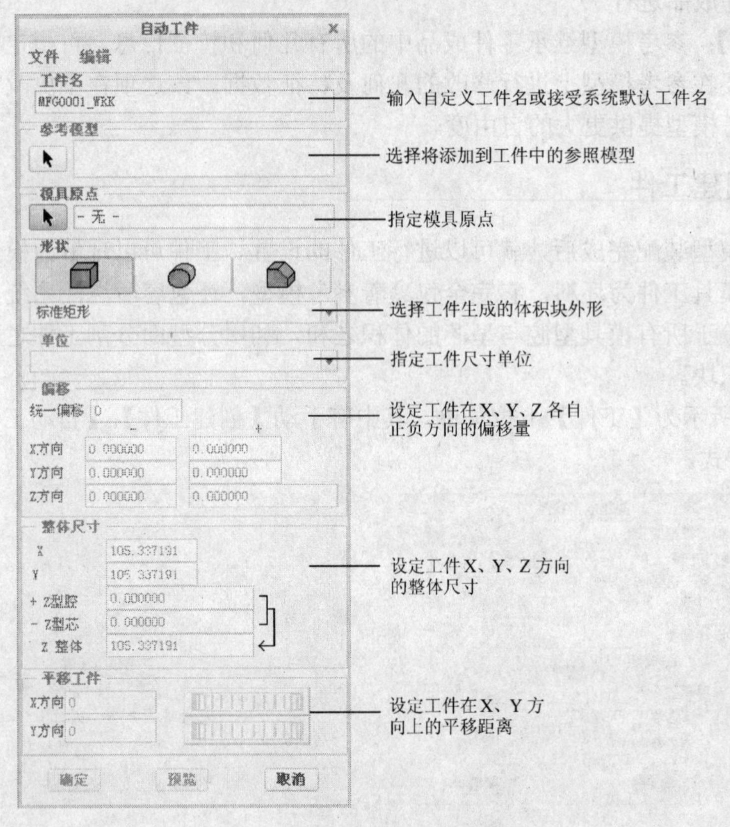

图 9-13 【自动工件】对话框

在【自动工件】对话框中按顺序指定【模具原点】、【形状】及【偏移】尺寸便可轻易地创建出工件。工件默认显示的颜色为绿色。

将完成的模具装配文件存盘，此时工作目录下除了零件成品外还包括扩展名为“mfg”的模具设计文件、模具装配文件、参考模型文件以及工件文件。

3.【装配工件】

采用【装配工件】命令时，在【打开】对话框打开现有的工件，之后进行约束定位即可。

9.2.4 设置模具收缩率

塑料从热的模具中取出并冷却到室温后，其尺寸发生变化的特性称为收缩率。由于收缩不仅是由于塑料本身的热胀冷缩，而且还与各种成型因素有关，因此成型后塑件的收缩称为成型收缩。所以在创建模具时，应当考虑材料的收缩并相应地增加参考模型的尺寸。用户通过设置适当的收缩率放大参考模型，便可以获得正确尺寸的注塑零件。一般可将收缩应用到模具模式下的参考模型中，也可以加到设计模型中。

Creo Parametric 系统提供了两种设置收缩率的方式：【按比例收缩】和【按尺寸收缩】，收缩下拉列表如图 9-14 所示。

【按比例收缩】：允许整个参考模型零件几何相对某个坐标系按比例收缩，还可以单独设定某个坐标方向上的不同收缩率。

【按尺寸收缩】：允许整个参考模型尺寸均按照同一收缩系数收缩，还可以单独设定某个个别尺寸的收缩系数。

下面分别介绍这两种方式的具体操作步骤。

1. 按比例设置收缩率

添加参考模型和工件后，单击【模具】选项卡【修饰符】组中的【按比例收缩】按钮 按比例收缩，系统将弹出【按比例收缩】对话框，如图 9-15 所示。

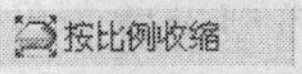

在【按比例收缩】对话框中的操作如下。

（1）首先选择收缩计算公式，分别对应于两个选择按钮 1+S 和 1/(1-S)，系统默认选择第一个计算公式。

（2）单击【坐标系】选项组的【选取】按钮，在模具参考模型上选择某个坐标系作为收缩基准。如果在模具模型中装配了多个参考模型，系统将提示用户指定要应用收缩的模型，组件偏距也随之收缩。

（3）【类型】选项组包含以下两个选项。

【各向同性的】：启用该复选框，在【收缩率】选项组只出现一个输入文本框，可以对 *X*、*Y*、*Z* 轴按相同的收缩率收缩，反之，则在【收缩率】选项组出现三个输入文本框，可以对 *X*、*Y*、*Z* 轴分别设置不同的收缩率。

【前参考】：启用该复选框时，收缩不会创建新几何，但会更改现有几何，从而使全部现有参考继续保持为模型的一部分。反之，系统会为要在其中应用收缩的零件创建新几何。

（4）【收缩率】选项组：用于输入收缩率的值。

设置完成后，单击【预览特征几何】按钮，可以显示收缩结果，单击【应用并保存】按钮，完成按比例收缩设置。选择【按比例收缩】，收缩率只应用在参考模型上，不会对设计模型造成影响。

2. 按尺寸设置收缩率

添加参考模型和工件后，单击【模具】选项卡【修饰符】组中的【按尺寸收缩】按钮 按尺寸收缩，系统将弹出【按尺寸收缩】对话框，如图 9-16 所示。

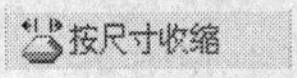

图 9-14 收缩下拉列表

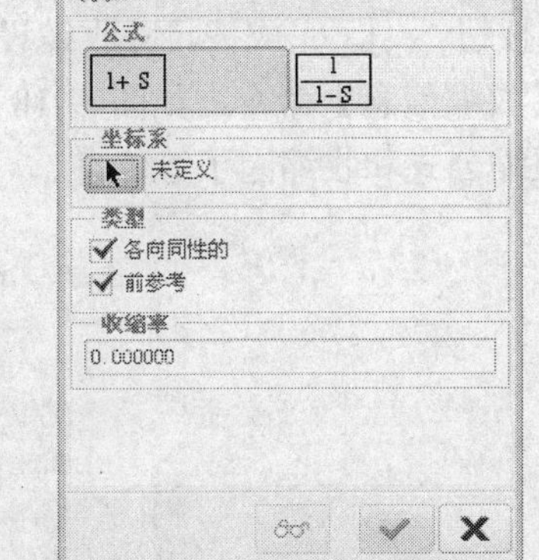

图 9-15 【按比例收缩】对话框

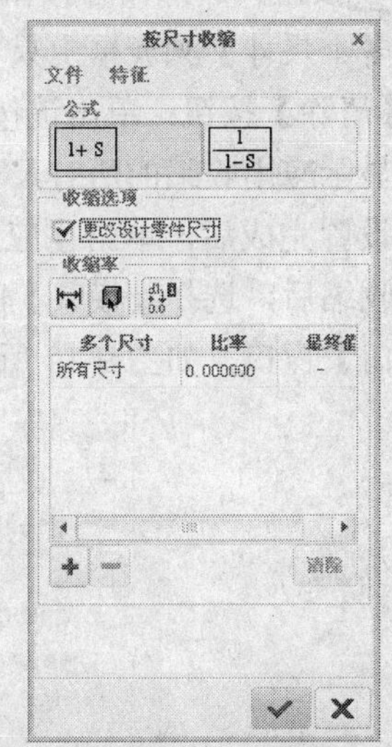

图 9-16 【按尺寸收缩】对话框

下面介绍【按尺寸收缩】对话框中的各个参数。

（1）【公式】选项组：用于指定零件尺寸按照何种收缩计算公式进行收缩，有两种收缩计算公式供用户选择，对应两个选择按钮。

1+S按钮：收缩计算公式为 1+S，S 为收缩因子（在【收缩率】选项组中设定），收缩因子基于模型的原始几何，为系统默认选项。

$\frac{1}{1-S}$按钮：收缩计算公式为$\frac{1}{1-S}$，收缩因子基于模型的生成几何。

（2）【更改设计零件尺寸】复选框：默认状态下启用此复选框，表示对参考模型设置收缩时，收缩率也会同时应用到设计模型上，从而改变设计模型的尺寸参数，所以，如果用户不希望设计模型尺寸受到影响，建议取消启用此复选框。

（3）【收缩率】选项组：该选项组用于设定零件尺寸收缩的具体参数和选项，各按钮含义如下。

按钮：选取零件上待收缩尺寸按钮。单击该按钮，可以选取要进行收缩的零件尺寸，所选尺寸会显示在【多个尺寸】列表框中，在【比率】列输入收缩率，或在【最终值】列指定收缩尺寸值，就可以对选定零件尺寸进行收缩。

按钮：选取零件上待收缩特征按钮。单击该按钮，可以选取要进行收缩的零件特征，所选特征所包含的全部尺寸均会独立在【多个尺寸】列表框上显示，为每行的尺寸在【比率】列输入收缩率，或在【最终值】列指定收缩尺寸值，就可以对选定零件特征的尺寸进行收缩。

按钮：显示切换按钮。单击该按钮，可以切换尺寸的数字值和符号名称显示。

【收缩率】列表框包含三列，即【多个尺寸】、【比率】和【最终值】。【多个尺寸】列显示零件的“所有尺寸”或某个单独尺寸的名称，【比率】列指定对该行尺寸的收缩率，【最终值】列指定该行尺寸要收缩的最终尺寸值。若【多个尺寸】列显示的是【所有尺寸】，则用户在【比率】和【终值】列所做的操作将使收缩应用到零件的所有尺寸上。

按钮：增加尺寸按钮。单击该按钮，则在【多个尺寸】列表框上增加新行，由用户在新加行的【多个尺寸】列输入尺寸名称，便可以对该尺寸进行收缩。

按钮：删除尺寸按钮。单击该按钮，则可以在【多个尺寸】列表框删除指定尺寸行，当【多个尺寸】列表框上只显示【所有尺寸】时该按钮不可用。

【清除】按钮：单击该按钮，系统将弹出【清除收缩】菜单管理器，如图 9-17 所示，菜单中显示应用收缩的所有尺寸名称及其收缩率，启用相应的复选框可以清除对该尺寸的收缩。

设置完成后，单击【应用并保存】按钮，完成按尺寸收缩设置。当用户对参考模具应用收缩后，选择【模具】|【分析】|【收缩信息】命令，如图 9-18 所示，系统将弹出【信息窗口】窗口，如图 9-19 所示，显示收缩公式和收缩因子等信息。

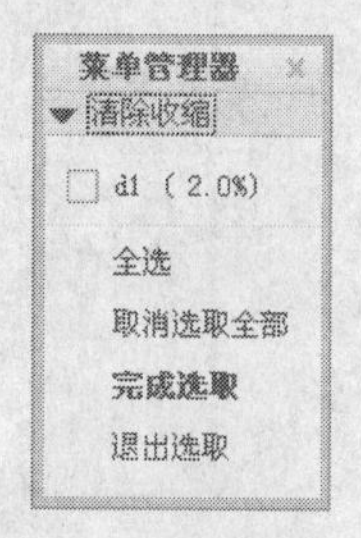

图 9-17 【清除收缩】菜单管理器

图 9-18 【收缩信息】命令

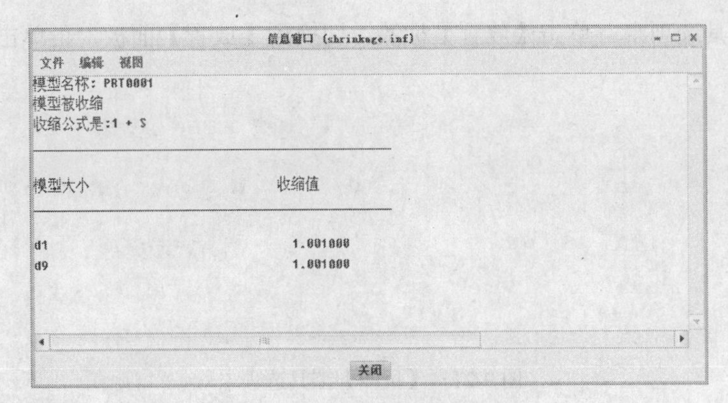

图 9-19　【信息窗口】窗口

9.3　分型设计

分型面主要用来分割工件或现有体积块，包括一个或多个参照零件的曲面。在模具模块中这些曲面特征被分型曲面命令所使用，在选择分型曲面命令后，后续创建的特征将在模具组建层中被创建。

为使产品从模腔内取出，模具必须分成公、母模侧两部分，此部分接口称之为分型面。分型面的形式有水平、阶梯、斜面、垂直、曲面等多种。它有分模和排气的作用，但因模具精度和成型的差异，易产生毛边、结线，影响产品外观及精度。分型面的选择是一个比较复杂的问题，因为它受到塑料件和形状、壁厚、尺寸精度、嵌件位置，以及模具内的几何形状、顶出方式、浇注系统的设计等多方面影响。

9.3.1　创建分型面

在 Creo Parametric 中创建的分型面与一般曲面特征没有本质上的区别，完全可以用与建模模块中创建曲面相同的方法来创建。

进入 Creo Parametric，在模具工作界面下，单击【模具】选项卡【分型面和模具体积块】组中的【分型面】按钮，可以进入分型面设计模式。

此时系统将弹出【分型面】工具选项卡，如图 9-20 所示，用户可以利用其中的快捷命令按钮，创建部分类型分型面。

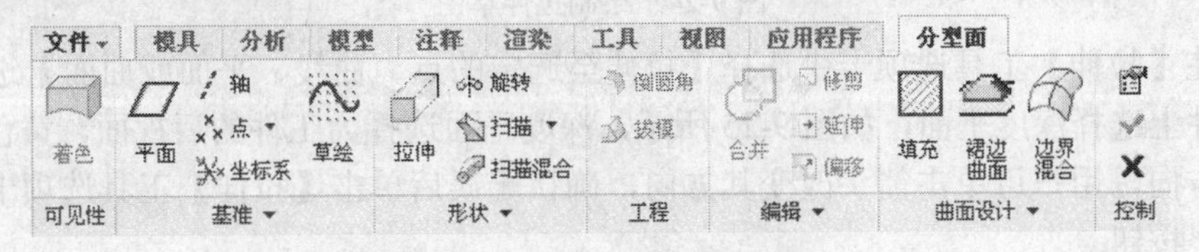

图 9-20　【分型面】工具选项卡

下面着重介绍几种常用的创建分型面的方法。

1. 拉伸法生成分型面

拉伸法是创建分型面常用的方法之一，它的具体操作如下。

(1) 在分型面设计模式中，单击【分型面】工具选项卡【形状】组中的【拉伸】按钮，打开【拉伸】工具选项卡，单击【放置】标签，切换到【放置】面板，再单击【定义】按钮，如图 9-21 所示。

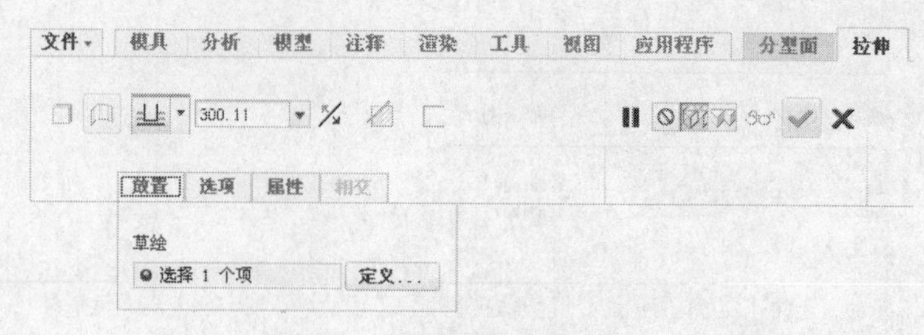

图 9-21 【拉伸】工具选项卡

（2）系统弹出如图 9-22 所示的【草绘】对话框，用户选择完草绘平面及参考平面（如图 9-23 所示）后，单击【草绘】对话框中的【草绘】按钮，进入草绘平面。

图 9-22 【草绘】对话框

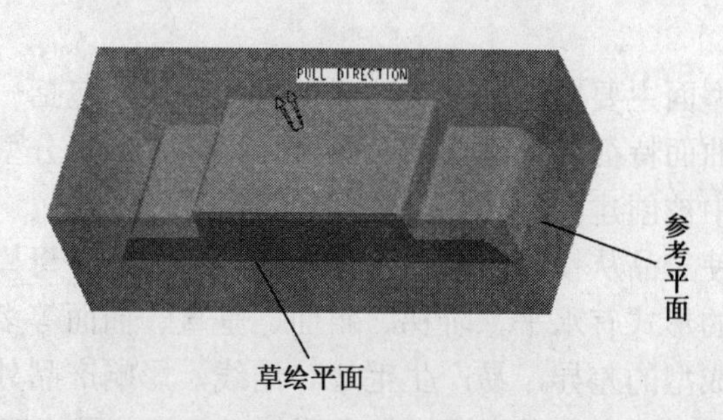

图 9-23 选择草绘平面和参考平面

（3）在草绘界面下首先选择适当的参考及拉伸边界（到工件两侧），绘制拉伸草图，单击【草绘】工具选项卡中的【确定】按钮，完成拉伸草图的绘制，如图 9-24 所示为一个分型面的设计。

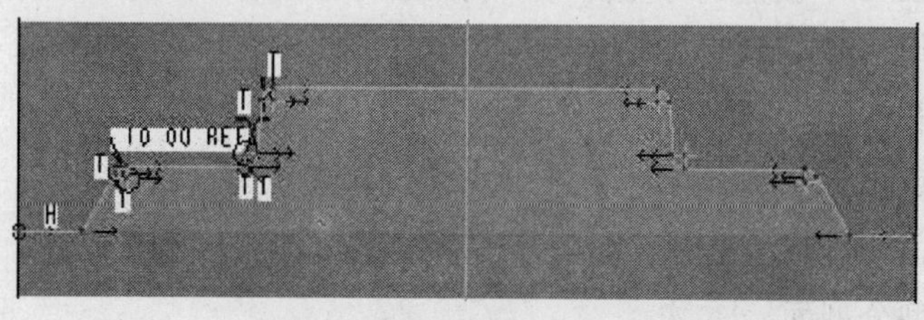

图 9-24 绘制拉伸草图

（4）在【拉伸】工具选项卡中选择【拉伸至选定的点、曲线、平面或曲面】选项，在绘图区工件上选择深度平面，如图 9-25 所示，深度平面选择为工件的后视面，黄色单箭头为曲面生成方向，用户可单击箭头改变其方向，确认无误后单击【拉伸】工具选项卡中的【应用并保存】按钮。

（5）返回到分型面操作界面，遮蔽其他特征，完成拉伸法创建分型面操作，如图 9-26 所示。

2. 复制法生成分型面

运用复制法生成分型面的具体操作如下。

（1）在分型面设计模式中，用户首先将工件遮蔽：在模型树中用鼠标右键单击工件图标，在弹出的快捷菜单中选择【遮蔽】命令，如图 9-27 所示，进行遮蔽操作，遮蔽效果如图 9-28 所示。

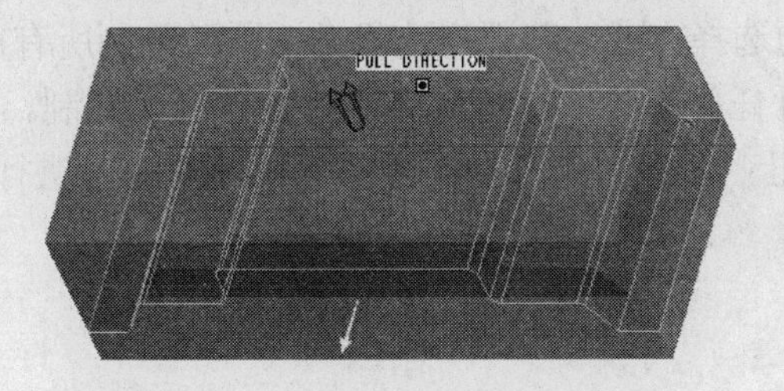

图 9-25　在工件上选择深度平面

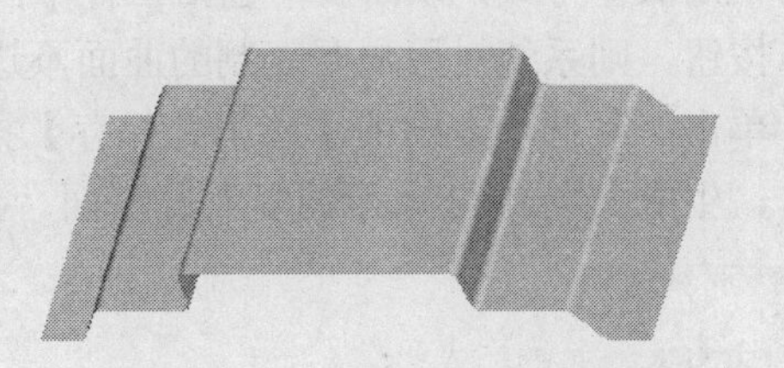

图 9-26　拉伸法生成的分型面

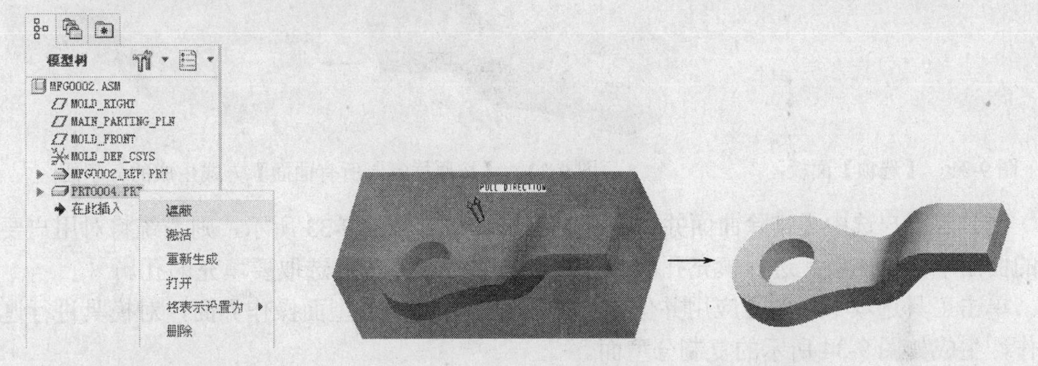

图 9-27　选择【遮蔽】命令　　　　图 9-28　遮蔽工件效果

（2）选择模具表面的某个曲面或一组曲面（称为面组），单击【模具】选项卡【操作】组中的【复制】按钮，进行复制曲面操作。

（3）再单击【模具】选项卡【操作】组中的【粘贴】按钮，打开如图 9-29 所示的【曲面：复制】工具选项卡。

（4）按住 Ctrl 键不放并选择要复制的曲面，在工具选项卡中单击【参考】标签，切换到【参考】面板，选取任意数量的曲面集或曲面组进行复制。

若用户要对已经选取的，待复制的曲面进行修改，可以单击【细节】按钮，系统将弹出如图 9-30 所示的【曲面集】对话框，在此对话框中可以添加或移除面组中的曲面。

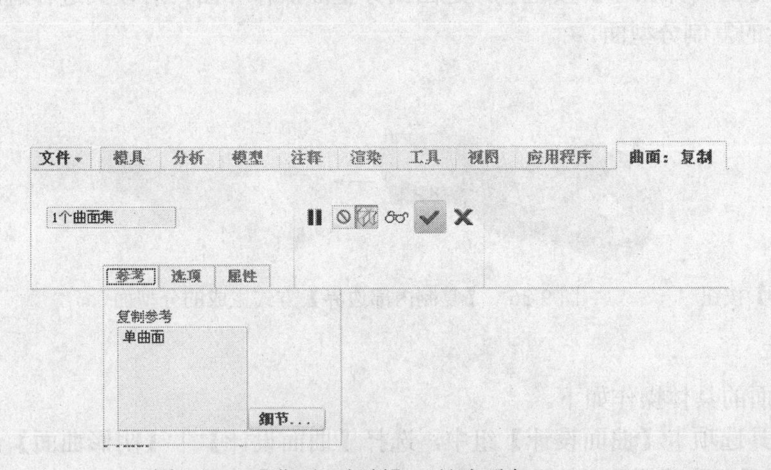

图 9-29　【曲面：复制】工具选项卡

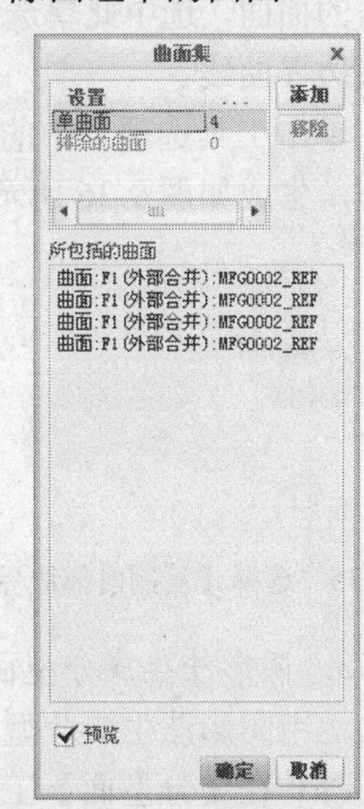

图 9-30　【曲面集】对话框

（5）单击【选项】标签，切换到【选项】面板，如图 9-31 所示，对要复制的曲面选择不同的粘贴操作方式，该面板中包括三种不同的选择方式。若用户选择【按原样复制所有曲面】单选按钮，则系统对用户要复制的曲面不进行任何修改，仅按所选曲面原样进行复制。

单击工具选项卡中的【应用并保存】按钮，返回到分型面操作界面，对模具进行遮蔽操作，生成如图 9-32 所示的复制分型面。

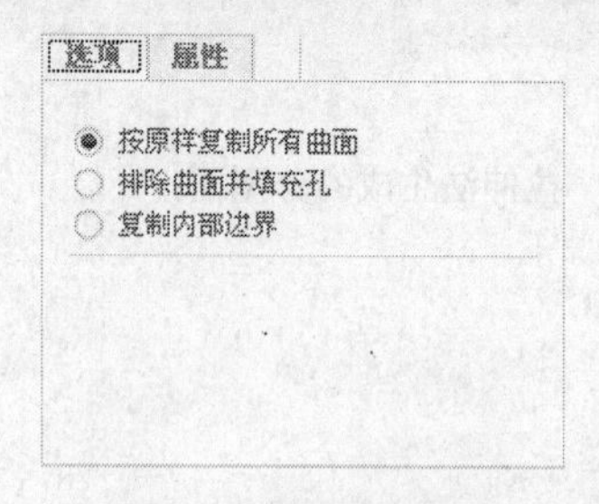

图 9-31 【选项】面板

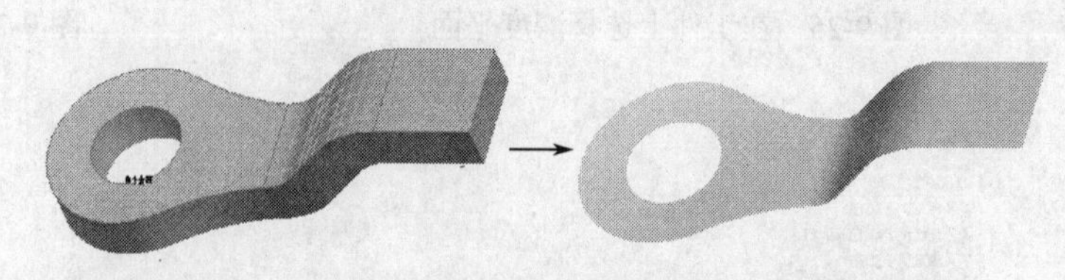

图 9-32 【按原样复制所有曲面】方式生成的分型面

（6）若用户选中【排除曲面并填充孔】单选按钮，如图 9-33 所示，则系统将对用户要复制的曲面中含有的破孔进行填充孔的操作，按住 Ctrl 键不放并选取要填充的孔。

单击工具选项卡中的【应用并保存】按钮，返回到分型面操作界面，对模具进行遮蔽操作，生成如图 9-34 所示的复制分型面。

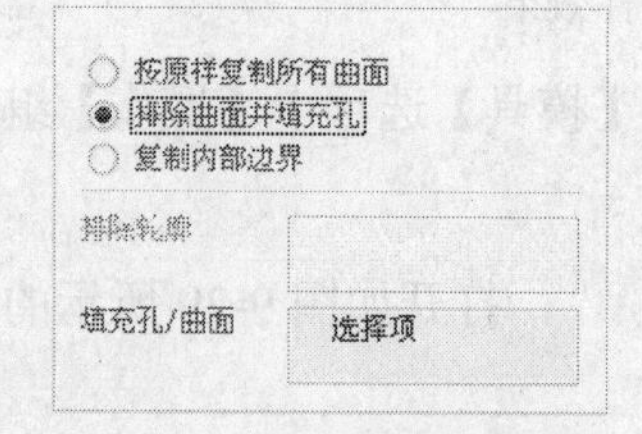

图 9-33 选择【排除曲面并填充孔】按钮

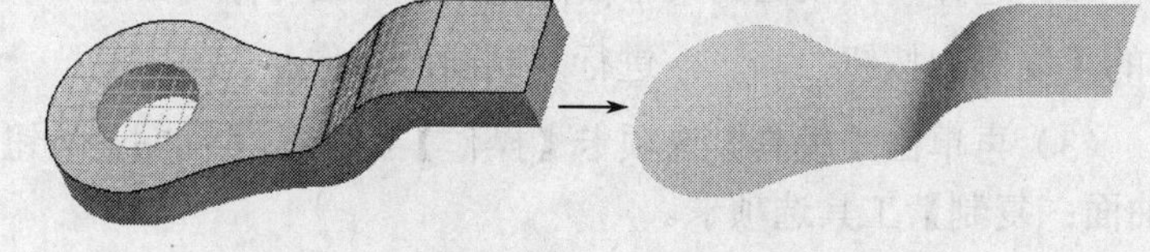

图 9-34 【排除曲面并填充孔】方式生成的分型面

（7）若用户选中【复制内部边界】单选按钮，如图 9-35 所示，则系统只复制用户所选边界内的曲面，选中此单选按钮，系统将提示用户选择相应的【边界曲线】，按住 Ctrl 键并依次选取边界曲线。

单击工具选项卡中的【应用并保存】按钮，返回到分型面操作界面，对模具进行遮蔽操作，生成如图 9-36 所示的复制分型面。

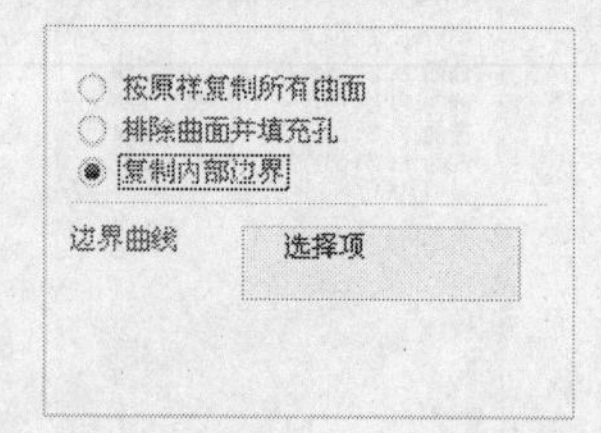

图 9-35 选择【复制内部边界】按钮

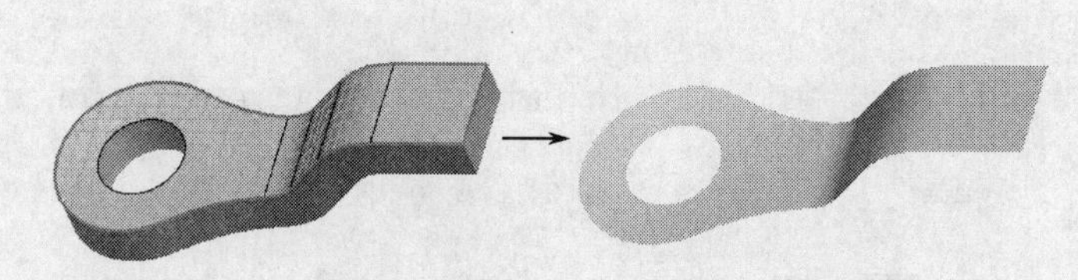

图 9-36 【复制内部边界】方式生成的分型面

3. 阴影法生成分型面

运用阴影法生成分型面的具体操作如下。

（1）在【分型面】工具选项卡【曲面设计】组中，选择【曲面设计】|【阴影曲面】命令，系统将弹出如图 9-37 所示的【阴影曲面】对话框。

（2）下面介绍一下【阴影曲面】对话框中【元素】列表框中要定义的选项。

【阴影零件】：用户选择用于创建阴影曲面的参考模型。若选取了多个参考模型，则需用户指定一个关闭平面。

【边界参考】：选择阴影曲面的边界参考元素。

【方向】：定义曲面生成方向，系统默认生成该方向，若用户要进行修改，则双击后弹出【一般选取方向】菜单管理器，若用户选取了方向生成方式后，相应地，系统会在图形上显示一个红色箭头表明该方向，如图 9-38 所示。

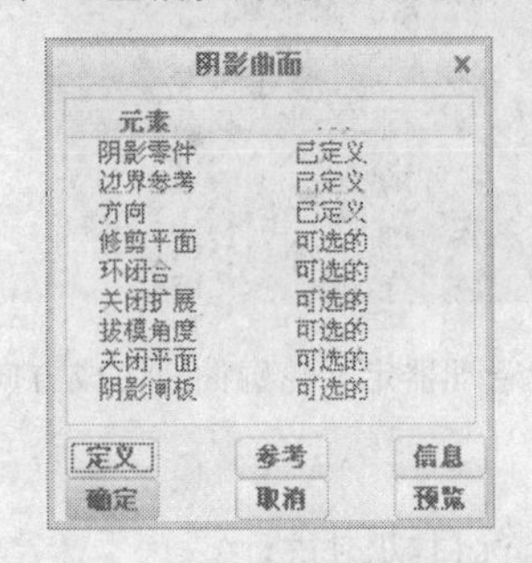

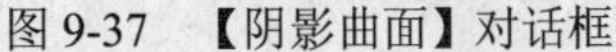

图 9-37　【阴影曲面】对话框

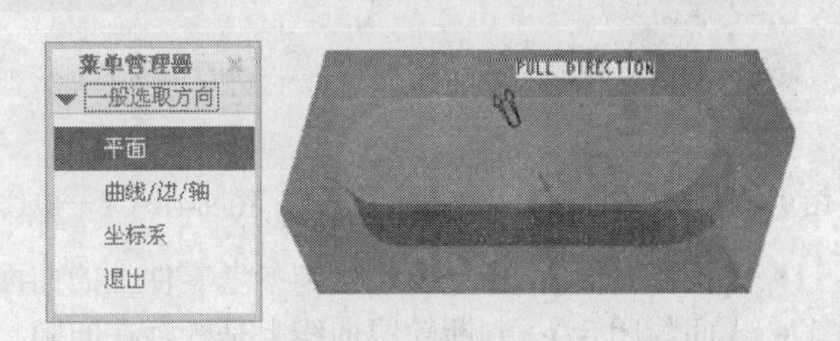

图 9-38　【一般选取方向】菜单管理器定义曲面生成方向

其中，在【一般选取方向】菜单管理器中的 3 个可选项含义如下。

- 【平面】：使曲面生成方向与该平面垂直；
- 【曲线/边/轴】：使用曲线、边或轴作为曲面生成方向；
- 【坐标系】：使用坐标系上的某一轴作为曲面生成方向。

之后系统将提示选取参考对象，在绘图区中选取工件 Z 轴方向的一条边作为参考方向边。如果方向不对，可以在【方向】菜单管理器中选择【反向】选项，使投影方向反向，再选择【正向】选项。

（3）单击【阴影曲面】对话框中的【确定】按钮，返回到分型面操作界面，完成阴影法分型面的创建，其效果如图 9-39 所示。

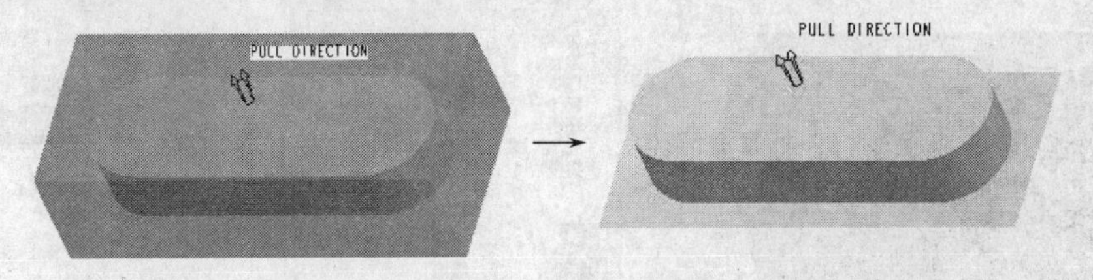

图 9-39　阴影法生成的分型面

4. 裙边法生成分型曲面

裙边分型面就是沿着设计模型的轮廓曲线所创建的分型面。裙边法创建分型面是指利用侧面影像的曲线功能创建分型面，是指参考模型在指定的视觉方向上的投影轮廓，轮廓曲线是由多个封闭环所组成的。因此，首先介绍产生轮廓曲线的操作方法，轮廓曲线要在创建分型面命令前得到。

（1）在模具型腔操作界面下，单击【模具】选项卡【设计特征】组中的【轮廓曲线】按钮（轮廓曲线），系统将弹出如图 9-40 所示的【轮廓曲线】对话框。

其中，【元素】列表框中各选项的含义如下。

- 【名称】：定义轮廓曲线的名称；

- 【曲面参考】：为创建轮廓曲线指定开始的曲面；
- 【方向】：为创建轮廓曲线指定方向，系统默认生成该方向，若用户要进行修改，则双击后弹出【一般选取方向】菜单管理器，若用户选取了方向生成方式后，相应地，系统会在图形上显示一个红色箭头表明该方向，如图 9-41 所示；

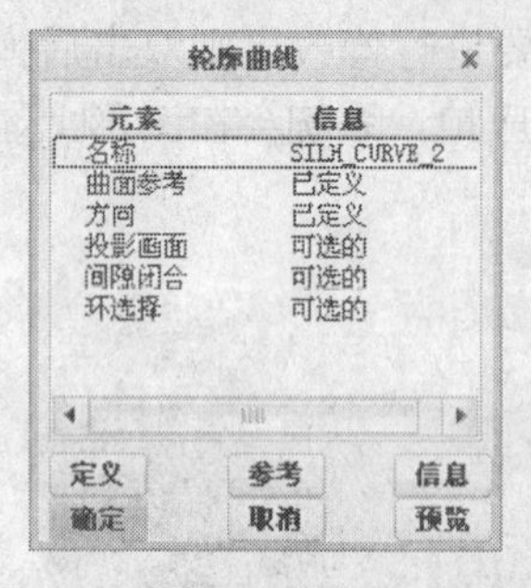

图 9-40 【轮廓曲线】对话框

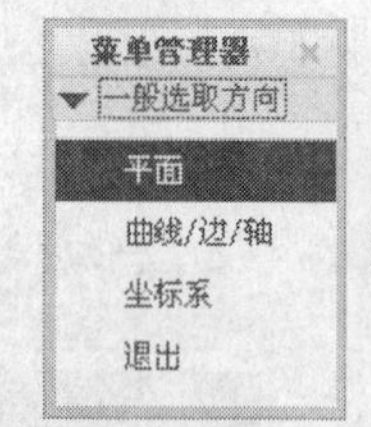

图 9-41 【一般选取方向】菜单管理器定义轮廓曲线生成方向

- 【投影画面】：指定要连接到参考零件上的曲面；
- 【间隙闭合】：判断轮廓曲线上是否存在间隙，有间隙则系统自动闭合；
- 【环选择】：对轮廓曲线上的环路进行选取和排除操作。

（2）各选项设置完成后，单击【轮廓曲线】对话框中的【确定】按钮，系统将生成用户定义的轮廓曲线，曲线以红色显示在参考零件上，如图 9-42 所示。

（3）得到轮廓曲线后，单击【模具】选项卡【分型面和模具体积块】组中的【分型面】按钮，进入分型面设计模式。

（4）单击【分型面】工具选项卡【曲面设计】组中的【裙边曲面】按钮，系统弹出如图 9-43 所示的【裙边曲面】对话框和如图 9-44 所示的【链】菜单管理器。

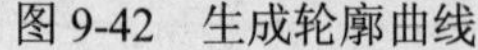

图 9-42 生成轮廓曲线

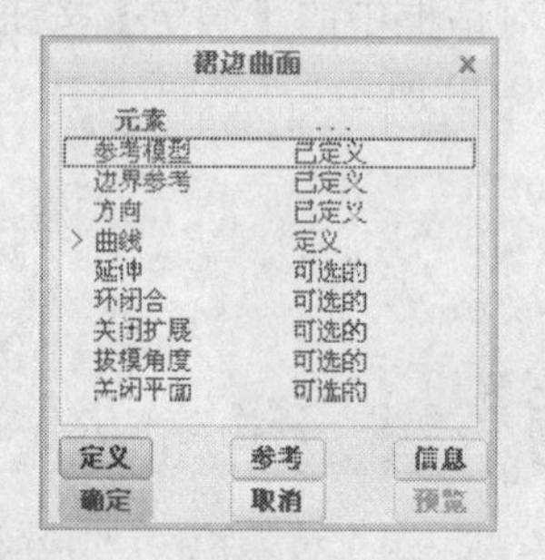

图 9-43 【裙边曲面】对话框

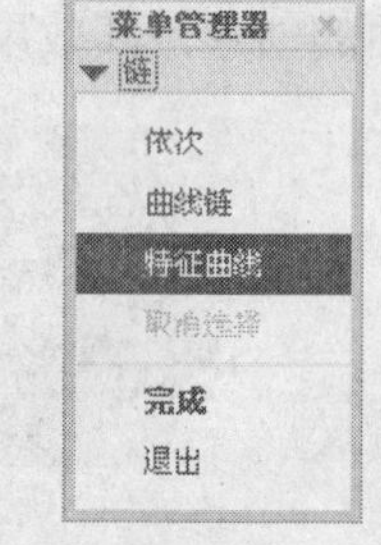

图 9-44 【链】菜单管理器

【裙边曲面】对话框【元素】列表框中的前三个选项【参考模型】、【边界参考】和【方向】由系统自动生成，故系统弹出【链】菜单管理器，用户可直接定义第四个选项——【曲线】，此时用户选取刚得到的轮廓曲线，选择【完成】选项进行下一步操作。

提示：在【裙边曲面】对话框中的各选项含义与前面章节介绍的同名选项含义相同，用户可双击更改，此处不再赘述。

此处介绍一下【延伸】选项的含义：延伸是对选取的曲线进行延伸操作，双击该选项系统弹出如图 9-45 所示的【延伸控制】对话框。

在【延伸控制】对话框中包含三个选项卡，系统默认弹出的是【延伸曲线】选项卡下的对话框，该对话框包含两个曲线集：左侧的【包括曲线】集和右侧的【排除曲线】集，分别用于收集用户所指定的包含曲线和排除曲线，单击【转移】按钮 >> 和 << 可实现在两曲线集之间的切换。

用户若单击【相切条件】标签，切换到【相切条件】选项卡，则【延伸控制】对话框如图 9-46 所示，用于设定相切条件。

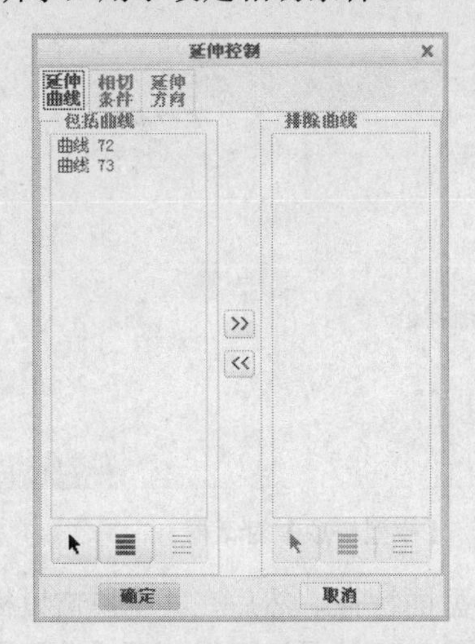

图 9-45　【延伸控制】对话框 1

图 9-46　【延伸控制】对话框 2

若用户单击【延伸方向】标签，切换到【延伸方向】选项卡，则【延伸控制】对话框如图 9-47 所示，用于设定曲线的延伸方向，可看到各曲线的延伸方向，如图 9-48 所示，用户也可以进行添加和移除操作。

（5）各选项均定义完成后，单击【裙边曲面】对话框中的【确定】按钮，返回到分型面操作界面，完成裙状曲面的创建。将工件和参考零件遮蔽可看到生成的裙状曲面，如图 9-49 所示。

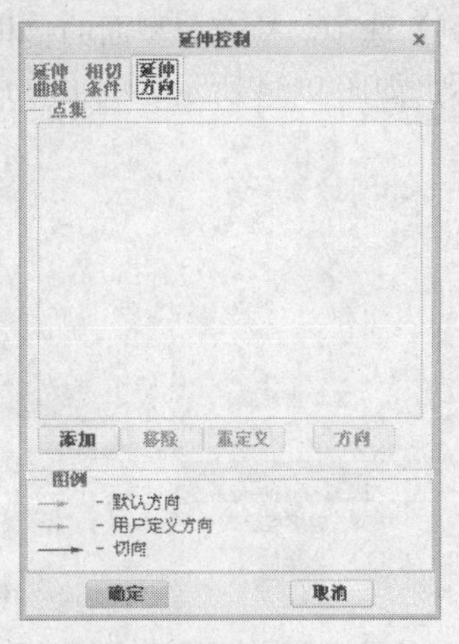

图 9-47　【延伸控制】对话框 3

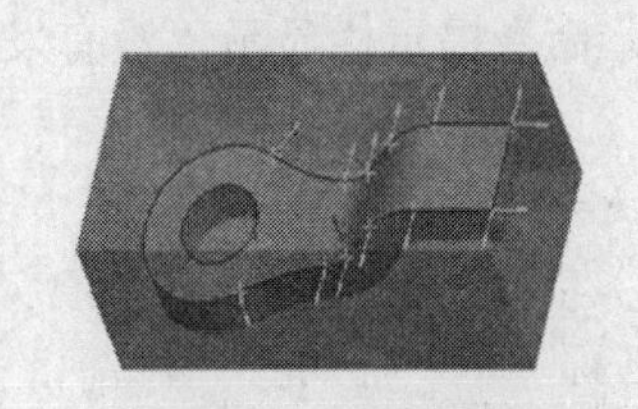

图 9-48　曲线延伸方向

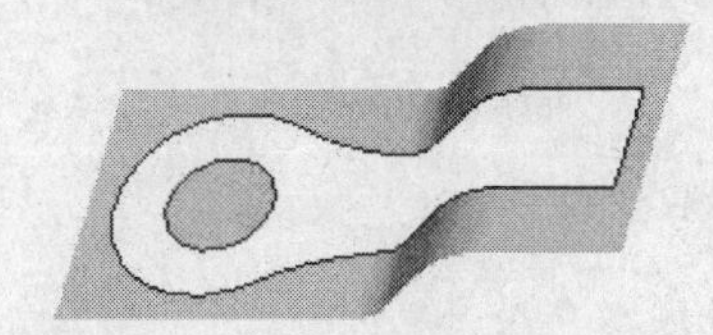

图 9-49　裙边法生成的分型面

9.3.2　编辑分型面

通过常用的命令生成的分型面未必符合要求，需要继续修改和完成分型面。对于比较复杂的分型面，通常都需要多次修改。对分型面的编辑包括分型面的重命名、重定义，以及分型面检查等操作。

1. 重定义分型面

当需要重新编辑分型面时，可以在模型树中先将分型面特征显示出来。方法是在模型树中选择【设置】|【树过滤器】命令，如图 9-50 所示，在弹出的【模型树项】对话框中启用【特征】复选框，如图 9-51 所示，单击【确定】按钮。

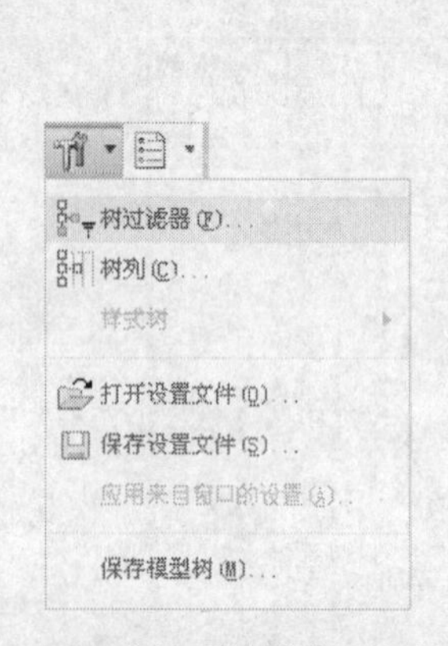

图 9-50 选择【树过滤器】命令

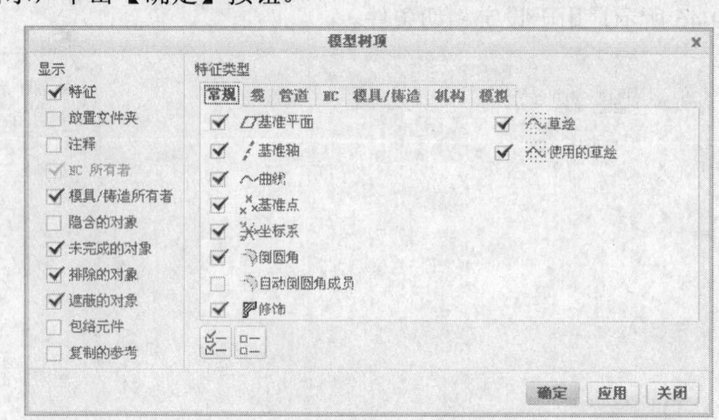

图 9-51 【模型树项】对话框

特征显示出来后，在模型树中选中要重定义的分型面特征，然后在其上单击鼠标右键，在弹出的快捷菜单中选择【重定义分型面】命令，如图 9-52 所示，可以打开【分型面】工具选项卡进行分型面的编辑。进入分型面模式后，可以通过【合并】、【延伸】、【修剪】等操作来改变分型面的形状。另外，如果在快捷菜单中选择【编辑定义】命令，则直接返回该曲面的创建过程模式中，而不是分型面的编辑模式。

2. 分型面检查

在【模具】选项卡【分析】组中，选择【分析】|【分型面检查】命令，弹出【零件曲面检测】菜单管理器，如图 9-53 所示，选择【自相交检测】选项，检查分型面的自相交情况，如果不相交，命令提示栏显示“没有发现自相交”提示，如图 9-54 所示。

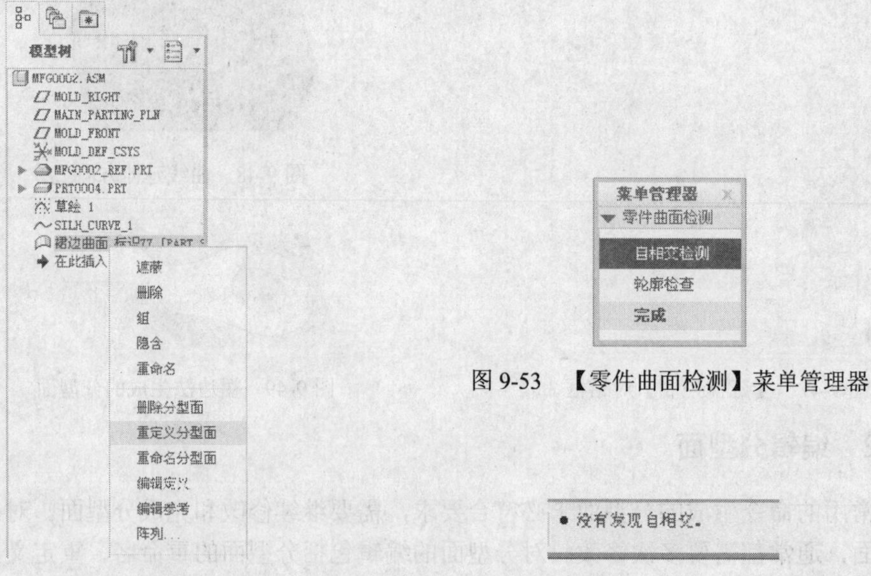

图 9-52 选择【重定义分型面】命令

图 9-53 【零件曲面检测】菜单管理器

图 9-54 命令提示

选择【轮廓检查】选项，如图 9-55 所示，可以检查分型面的轮廓；如果轮廓有不正常的情况，在显示窗口会显示出来，如图 9-56 所示。

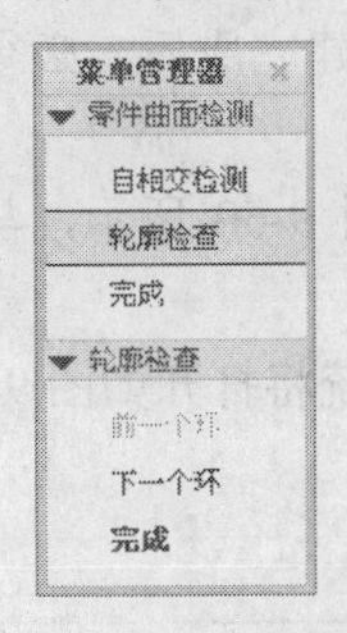

图 9-55　选择【轮廓检查】

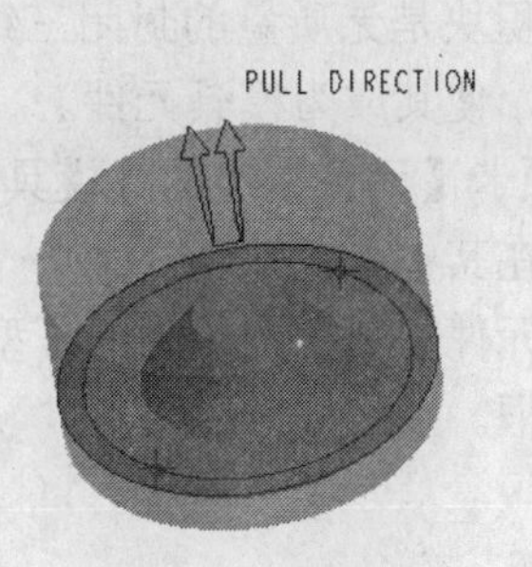

图 9-56　轮廓检查

9.4　分割模具

下面介绍一下分割模具的设计方法。

9.4.1　创建模具体积块

在创建分型面后，接下来的工作是将工件分割成公模和母模。一般而言，利用分型面分割的方式来创建模具体积块是比较快捷的方法。此外，Creo Parametric 系统也提供手动的方式来创建模具体积块。

创建分型面后，单击【模具】工具选项卡【元件】组中的【体积块分割】按钮 体积块分割，系统将打开如图 9-57 所示的【分割体积块】菜单管理器。主要选项介绍如下。

- 【两个体积块】：分割完成后产生两个模具体积块，系统依次将模具体积块以高亮度的蓝色显示，并提示为模具体积块命名。
- 【一个体积块】：分割完成后只产生一个模具体积块，系统将出现对应选择菜单以供选择使用。
- 【所有工件】：分割所有工件。
- 【模具体积块】：以已经存在的模具体积块作为分割对象。
- 【选择元件】：选取模具元件作为分割对象。

选取分割方式和分割对象后，系统会打开如图 9-58 所示的【分割】对话框。

系统提示选取分型面，选择后在【分割】对话框中单击【确定】按钮。

系统弹出如图 9-59 所示的【属性】对话框，在其中定义体积块的名称后，单击【确定】按钮即可完成体积块的定义。

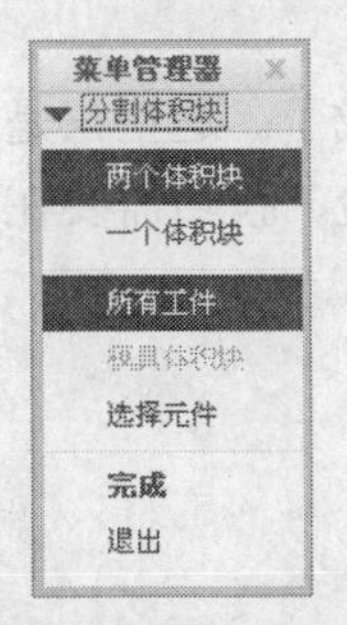

图 9-57　【分割体积块】菜单管理器

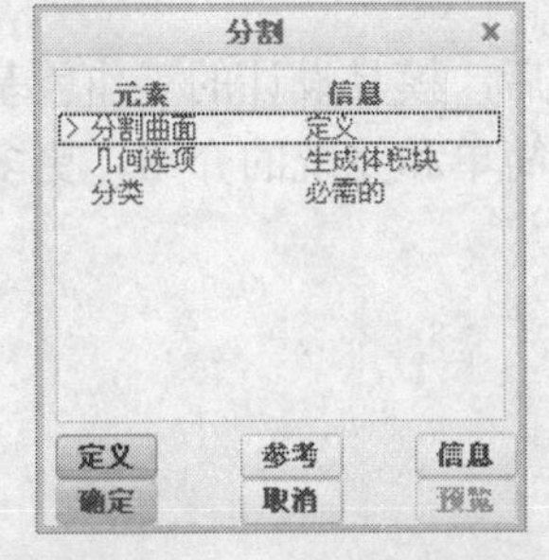

图 9-58　【分割】对话框

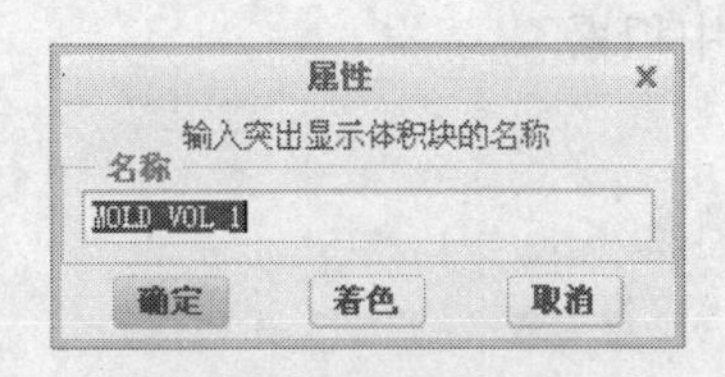

图 9-59　【属性】对话框

9.4.2 创建模具元件

由于模具体积块是无质量的封闭三维曲面组，因此在创建完成后，必须用实体材料填充来生成三维实体，使其成为模具元件。

【模具】选项卡【元件】组的【模具元件】下拉菜单如图 9-60 所示，与模具元件相关的所有命令都包含在其中。

选择【模具元件】下拉菜单中的【型腔镶块】命令，系统将打开如图 9-61 所示的【创建模具元件】对话框。

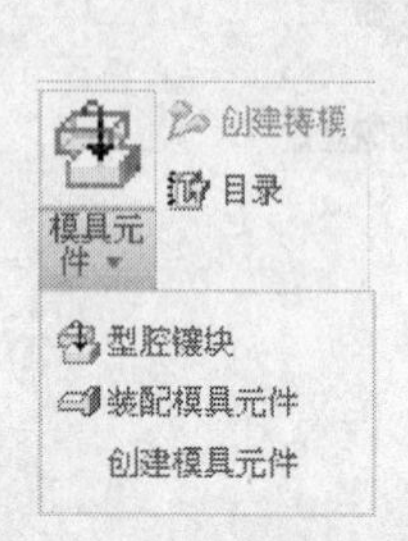

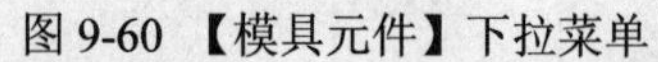
图 9-60 【模具元件】下拉菜单

图 9-61 【创建模具元件】对话框

【创建模具元件】对话框分为两个部分，在对话框的上半部分可以选取欲创建成模具元件的模具体积块；在对话框下半部分可以指定抽取出的模具元件名称及将现有的模板文件复制给模具元件使用。

模具体积块抽取生成模具元件后才成为功能完备的零件模型，此时在模型树中才会出现，如图 9-62 所示。此时，模具元件仅存储在进程中，直到整个模具设计文件被保存后，抽取出的零件模型文件才会保存到工作目录中。

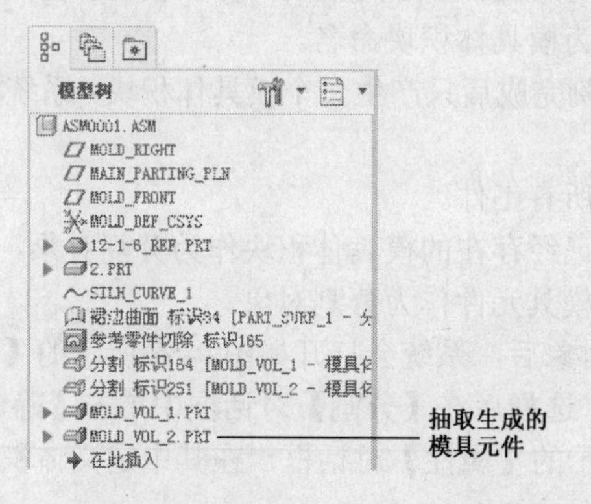

图 9-62 模型树中的模具元件

模具体积块抽取生成模具元件后，模具设计的工作就基本完成了。这里只是对模具设计过程中的相关命令及操作做了较为简单和笼统的介绍，更多的经验、技巧需要在实际的操作中积累。

第 10 章　数 控 加 工

数控技术是发展数控机床和先进制造技术的最关键技术，是制造业实现自动化、柔性化、集成化的基础，应用数控技术是提高制造业的产品质量和劳动生产率必不可少的重要手段。数控机床作为数控技术实施的重要装备，成为提高加工产品质量、提高加工效率的有效保证和关键。Creo Parametric NC 模块是数控机床加工编程的重要模块，可以很好地帮助完成数控机床零件的加工。

本章首先讲解 Creo Parametric 数控加工的基本概念，然后讲解利用不同的方式创建制造模型及工件的方法，随后讲解制造模型的编辑手法，主要讲述机床、刀具、夹具的设置，以及 NC 序列管理的相关知识。

10.1　数控加工的基本操作

下面讲解一下 Creo/NC 模块在 Creo Parametric 中如何使用，即基本的操作方法。

10.1.1　Creo/NC 模块简介

计算机辅助图形数控编程是随着数控机床应用的扩大而逐渐发展起来的，在数控加工的实践中，逐渐发展出各种适应数控机床加工过程的计算机自动编程系统。

Creo Parametric 是一个全方位的三维产品开发综合软件，作为集成化的 CAD/CAM/CAE 系统，在产品加工制造的环节上，同样提供了强大的加工制造模块——Creo/NC 模块。

Creo/NC 模块能生成驱动数控机床加工零件所必需的数据和信息，能够生成数控加工的全过程。Creo Parametric 系统的全相关统一数据库，能将设计模型的变化体现到加工信息中，利用它所提供的工具，能够使用户按照合理的工序，将设计模型处理成 ASCII 码刀位数据文件，这些文件经过后处理变成数控加工数据。Creo/NC 模块生成的数控加工文件包括：刀位数据文件、刀具清单、操作报告、中间模型、机床控制文件等。

用户可以对所生成的刀具轨迹进行检查，如不符合要求，可以对 NC 数控工序进行修改；如果刀具轨迹符合要求，则可以进行后置处理，以便生成数控加工代码，为数控机床提供加工数据。

Creo/NC 模块的应用范围很广，包括数控车床、数控铣床、数控线切割、加工中心等自动编程方法。Creo/NC 模块是可以根据公司需求，对可用功能进行任意组合订购的可选模块。

10.1.2　Creo/NC 模块的启动与操作界面

Creo Parametric 中 Creo/NC 模块属于制造类型，所以新建 NC 文件时应在【新建】对话框中的【类型】选项组中选中【制造】单选按钮，在【子类型】选项组中选中【NC 装配】单选按钮，如图 10-1 所示。

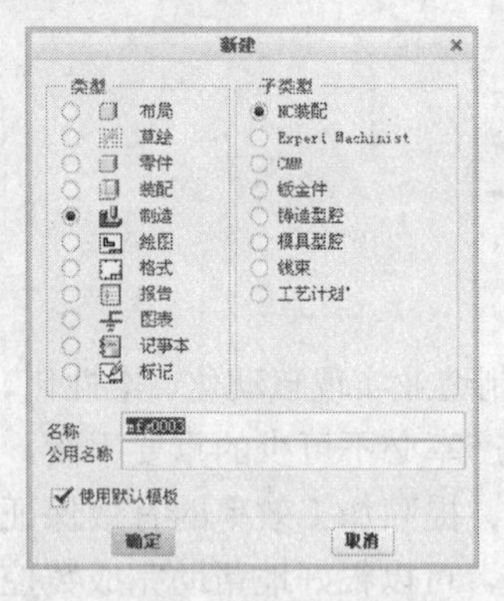

图 10-1 【新建】对话框

Creo Parametric 中 Creo/NC 模块的工作界面与其他模块一样，包括标题栏、选项卡、工具栏、导航器、提示栏及显示窗口等几部分，该工作界面如图 10-2 所示。

用户可以在主界面中进行文件管理、显示控制、系统设置及读取文件等各项的操作。

在 Creo/NC 模块主要用到的是【制造】选项卡，如图 10-3 所示。选项卡几乎包括了数控加工的所有命令，在进行数控加工操作时，【制造】选项卡的使用频率最高，加工中几乎所有的操作都可以在其中完成。

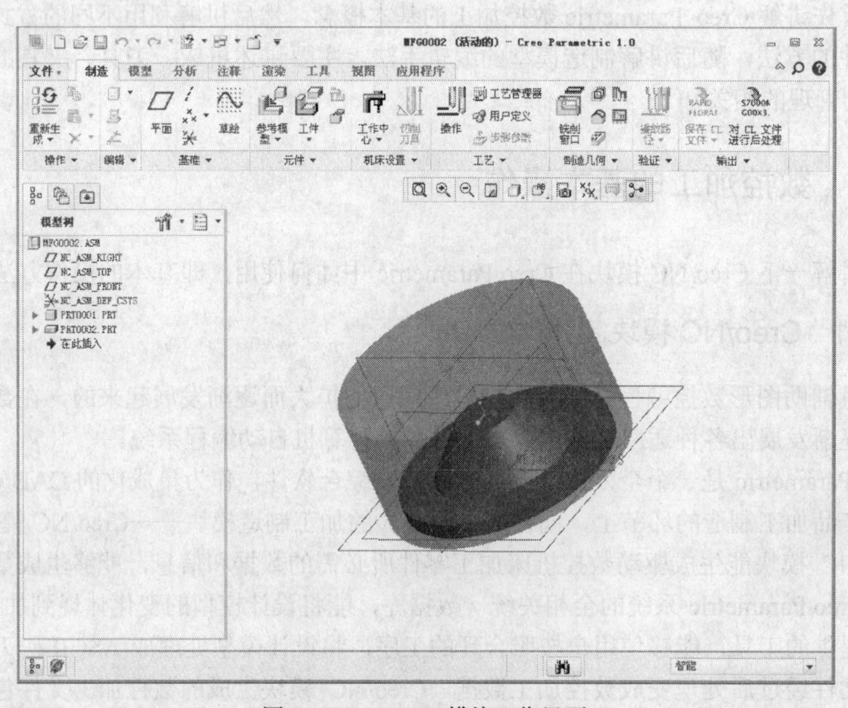

图 10-2 Creo/NC 模块工作界面

图 10-3 【制造】选项卡

10.1.3 Creo/NC 数控加工基本流程

在数控机床加工零件时，首先要根据零件图纸经过工艺分析和数值计算，编写出程序清单，然后将程序代码输入到机床控制系统中，从而有条理地控制机床的各部分动作，最后加工出符合要求的产品。

数控加工的主要过程如下。

（1）根据零件图建立加工模型特征。

（2）设置被加工零件的材料、工件的形状与尺寸。

（3）设计加工机床参数，确定加工零件的定位基准面、加工坐标系和编程原点。

（4）选择加工方式，确定加工零件的定位基准面、加工坐标系和编程原点。

（5）设置加工参数（如机床主轴转速、进给速度等）。

（6）进行加工仿真，修改刀具路径以达到最优。

（7）后期处理生成 NC 代码。

（8）根据不同的数控系统对 NC 作适当的修改，将正确的 NC 代码输入数控系统，驱动数控机床运动。

10.1.4　Creo/NC 数控加工基本概念术语

下面介绍一下 Creo/NC 数控加工中的一些基本概念术语。

1. 参考模型

参考模型也称为设计模型，是所有制造操作的基础，在参考模型上可以选取特征、曲面和边线作为刀具路径轨迹的参考。通过参考模型的几何要素，可以在参考模型与工件之间建立相关链接。由于有了这种链接，在改变参考模型时，所有相关的加工操作都会被更新，以反映所做的改变，从而充分体现全参数化的优越性，提高工作效率，降低出错的概率。零件、组件和钣金件都可以用作参考模型。

2. 工件

工件也就是工程上的毛坯，是加工操作的对象。工件的几何形状为被加工零件未经过材料切除前的几何形状。

使用工件的优点在于以下几方面。

（1）在创建 NC 序列时，自动定义加工的范围。

（2）动态材料去除模拟和过切检测。

（3）通过捕获去除材料来管理进程中的文档。

工件可以代表任何形式的毛坯，如棒料或铸件。通过复制设计模型，修改尺寸，或删除特征，或隐含特征，可以很容易地创建工件以代表实际工件。

根据设计者对整个加工过程的设计及工艺过程的考虑，可以将工件设计成任意形状，也可以在制造模块中以草绘模式直接创建工件。

3. 制造模型

制造模型一般由参考模型和工件组合而成。在加工模型中，参考模型必不可少，而工件为可选项。

在制造模型中加入工件有许多优点，它既可以作为设计加工刀具路径的参考，又可以动态模拟材料切削加工过程和计算材料的切削量。

10.2　创建制造模型

建立制造模型是 Creo Parametric 数控加工的第一步，制造模型包括参考模型和工件。建立制造模型包括以装配方式创建制造模型，以继承方式创建制造模型，用已有制造模型进行合并等 3 种方法。各种方法的操作步骤有所不同，用户可以根据自己的需要使用合适的创建方式。

创建制造模型中需要编辑模型的某些特征，比如添加元件、重定义、删除、分类、约束设置等，因此用户需要掌握有关制造模型编辑方面的知识。本节主要讲解创建制造模型的基本知识。

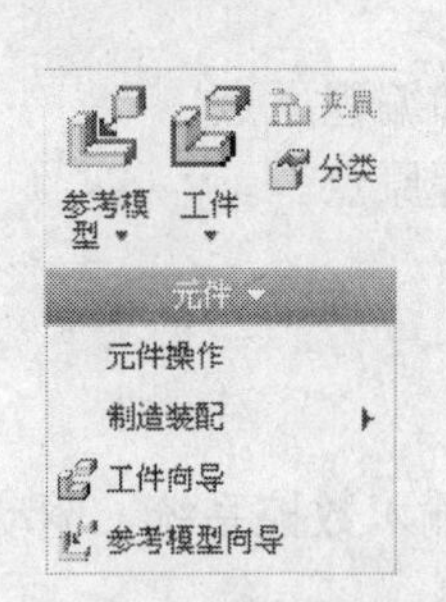

图 10-4 【元件】组

用户进入 NC 界面后，在弹出的【制造】选项卡【元件】组中选择【参考模型】的各项命令，【元件】组如图 10-4 所示，该组主要用于向制造模型中引入和修改制造模型。

下面首先介绍以装配方式创建参考模型。

以装配方式创建参考模型，是数控加工中最常用的一种创建制造模型的方法。它是对事先创建好的零件与工件，通过组装的方法来完成制造模型的创建。

单击【制造】选项卡【元件】组中的【装配参考模型】按钮 装配参考模型 ，打开【打开】对话框，如图 10-5 所示。

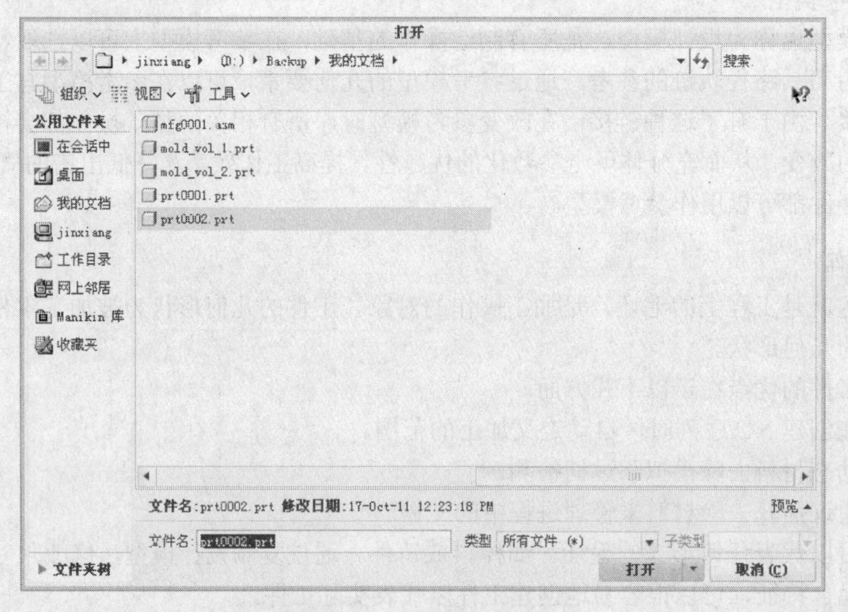

图 10-5 【打开】对话框

选择一个零件文件后，单击【打开】按钮，设计模型显示在屏幕上，此时系统弹出【元件放置】工具选项卡以提示选取自动约束的任意参考，如图 10-6 所示。设置完成后单击【元件放置】工具选项卡中的【应用并保存】按钮✓。继承和合并参考模型的方法与此类似。

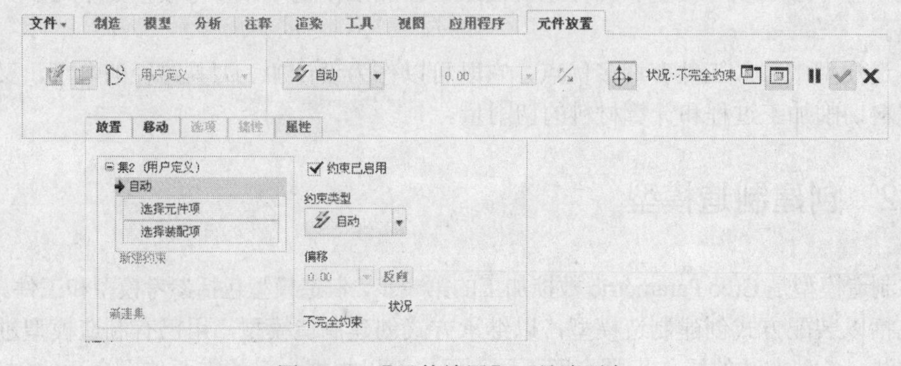

图 10-6 【元件放置】工具选项卡

10.3 创建工件

10.3.1 装配工件

装配工件的方法就是调入一个零件或者组件作为工件。具体操作如下。

单击【制造】选项卡【元件】组中的【装配工件】按钮 装配工件，打开【打开】对话框。

选择一个零件文件后，单击【打开】按钮，设计模型显示在屏幕上，此时系统弹出【元件放置】工具选项卡以提示选取自动约束的任意参考，如图 10-7 所示。

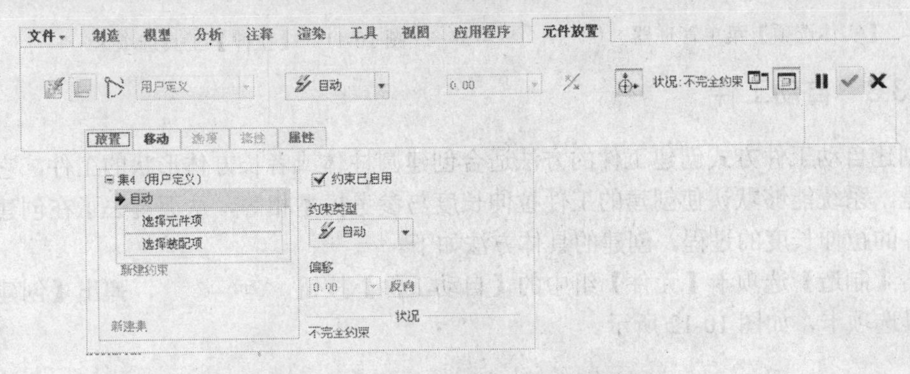

图 10-7 【元件放置】工具选项卡

设置完成后单击【元件放置】工具选项卡中的【应用并保存】按钮，就完成了参考模型的装配。继承和合并工件的方法与此类似。

10.3.2 创建工件

以创建方式创建工件是另一种比较常用的创建制造模型的方法，这种方法适用于制造模型的数据情况为：数据的几何形状简单，容易创建，可以直接以绘图的模式将所需要的几何形状数据创建在制造模型中，而不需要事先创建模型数据文件。创建的具体方法如下。

（1）单击【制造】选项卡【元件】组中的【装配工件】按钮 创建工件，系统提示输入零件名称，如图 10-8 所示。

图 10-8 输入零件名称

（2）输入零件名称后单击【接受值】按钮。

（3）在弹出的【实体】菜单管理器中选择【伸出项】选项，如图 10-9 所示；以拉伸为例，在如图 10-10 所示的【实体选项】菜单管理器中依次选择【拉伸】|【实体】|【完成】选项。

（4）系统弹出【拉伸】工具选项卡，如图 10-11 所示，在【放置】面板单击【定义】按钮绘制草图，完成后单击【草绘】工具选项卡中的【确定】按钮，设置拉伸参数，再单击【拉伸】工具选项卡中的【应用并保存】按钮，即可完成工件的创建。

图 10-9 【实体】菜单管理器

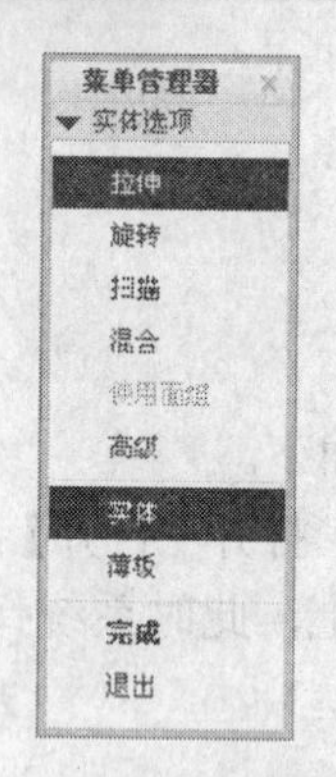

图 10-10 【实体选项】菜单管理器

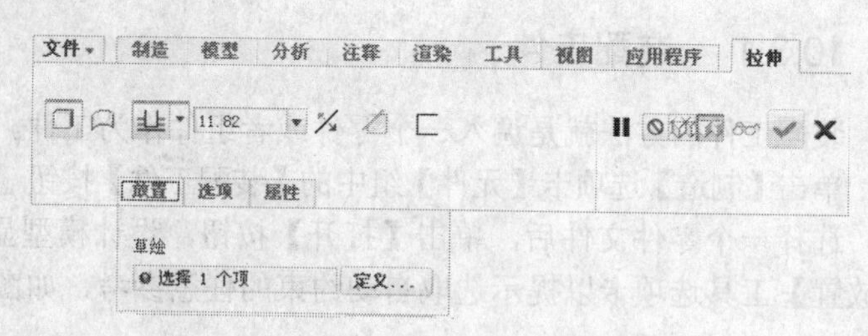

图 10-11 【拉伸】工具选项卡

10.3.3 自动工件

以创建自动工件方式创建工件的方法适合创建圆柱体或者长方体形状的工件，它最大的优点就是，系统能够默认使创建的工件拉伸长度与参考模型相等，从而省去了在创建工件时确定工件的拉伸长度的过程。创建的具体方法如下。

单击【制造】选项卡【元件】组中的【自动工件】按钮 自动工件，弹出【创建自动工件】工具选项卡，如图 10-12 所示。

图 10-12 【创建自动工件】工具选项卡

单击【创建圆形工件】按钮或【创建矩形工件】按钮，开始创建工件；单击【放置】标签，切换到【放置】面板，如图 10-13 所示，可以设置坐标系和参考模型。

创建“长方体”形工件时，可以在如图 10-14 所示的【选项】面板中改变长方体的长、宽和高以及位置参数。

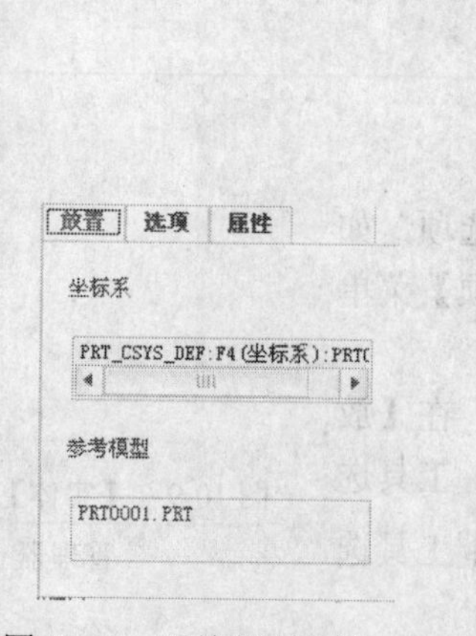

图 10-13 【放置】面板

选项 | 属性
单位 英寸
整体尺寸
X 整体 27.233460
Y 整体 7.674016
Z 整体 27.233460
线性偏移 当前偏移 最小偏移
+X 0.000000 -X 0.000000
+Y 0.000000 -Y 0.000000
+Z 0.000000 -Z 0.000000
旋转偏移
关于 X 0.000000
关于 Y 0.000000
关于 Z 0.000000

图 10-14 长方体【选项】面板

10.4　定义操作数据

10.4.1　设置机床

在 Creo Parametric 数控加工操作环境中，设置机床一般是通过如图 10-15 所示的【工作中心】列表来实现的。

在列表中选择【铣削】命令后，系统将弹出如图 10-16 所示的【铣削工作中心】对话框，利用该对话框可以进行新建机床、修改机床、设置刀具参数等操作。

【铣削工作中心】对话框中的机床数据定义包括以下几方面内容。

- 机床【名称】
- 机床【类型】
- 【轴数】
- 【CNC 控制】
- 【后处理器】
- 【ID】数目
- 【输出】选项卡
- 【刀具】选项卡
- 【参数】选项卡
- 【装配】选项卡
- 【行程】选项卡
- 【循环】选项卡
- 【Properties】选项卡

机床数据定义的所有内容都可以在【铣削工作中心】对话框中完成，下面分别介绍各种数据定义的方法。

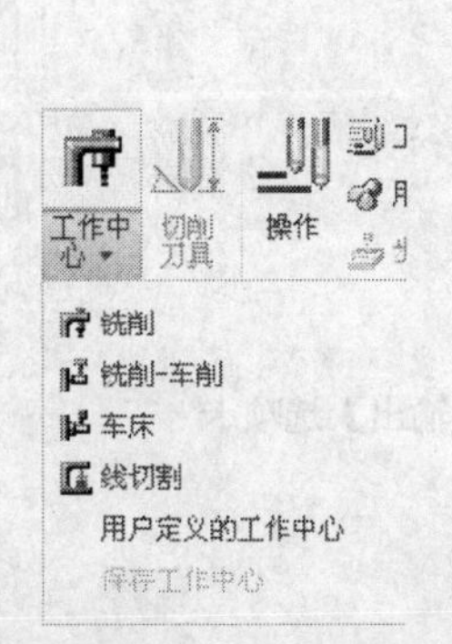

图 10-15　【工作中心】列表

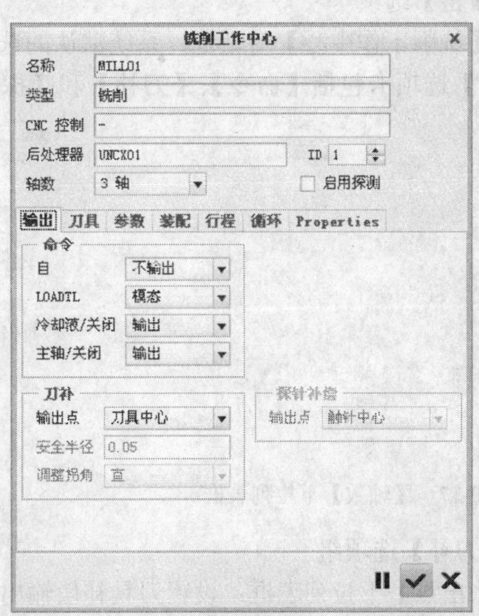

图 10-16　【铣削工作中心】对话框

1. 机床基本设置

机床基本设置包括机床名称、机床类型、机床轴数等参数。

（1）机床名称

机床【名称】文本框位于【铣削工作中心】对话框的最上部，用户可以输入任意字符作为机床的名称，并没有特别严格的机床名称定义规则。

若没有使用自定义的机床名称，则系统显示默认的机床名称。第一个机床的名称是“MILL01”，依次类推。在需要对已定义的机床进行编辑时，在机床【名称】文本框中选择需要编辑的机床名称，对其进行编辑操作即可。

（2）机床类型

机床类型有铣削、车床、铣削/车削及线切割四种，在【工作中心】列表时就可以进行选择。

（3）轴数

机床轴数是指数控加工中可以同时使用的控制轴的数目，机床轴数的选择主要用于设置NC序列时选定可选范围。设置当前机床的轴数可以通过在如图 10-17 所示的【轴数】下拉列表框中选择轴数来实现。

机床的轴数与选择的机床类型密切相关。各种机床类型下可选择的机床轴数如下。

铣削：3 轴、4 轴和 5 轴。

车床：1 个塔台和 2 个塔台。

铣削 / 车削：1 轴、3 轴、4 轴和 5 轴。

线切割：2 轴和 4 轴。

（4）CNC 控制

【CNC 控制】是指各个机床所配置的控制系统的名称。若需要可以在【CNC 控制】文本框中输入控制器的名称。

（5）若需要，可在【后处理器】文本框中输入后处理器的名称。

2.【输出】选项卡

打开【铣削工作中心】对话框，系统默认的选项卡即为如图 10-18 所示的【输出】选项卡。【输出】选项卡包括【命令】、【刀补】和【探针补偿】三个选项组。

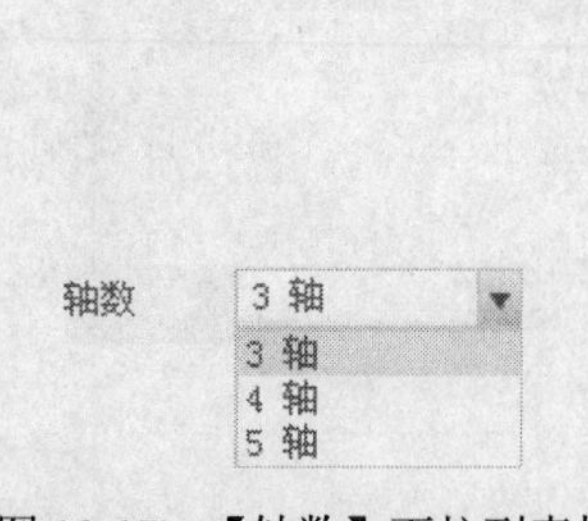

图 10-17 【轴数】下拉列表框

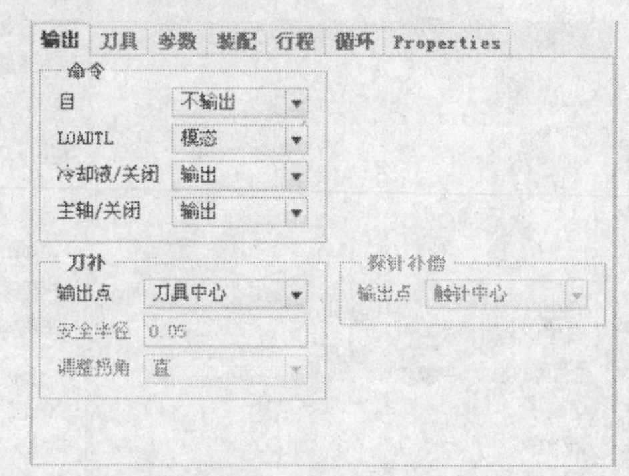

图 10-18 【输出】选项卡

（1）【刀补】选项组

- 【输出点】下拉列表框：设置刀具补偿输出点的位置。
- 【安全半径】文本框：刀具补偿时时被系统分配的安全半径。

- 【调整拐角】下拉列表框：设置拐角类型。

（2）【命令】选项组

- 【自】下拉列表框：如图 10-19 所示，用于设置【自】命令在 CL 文件中的输出形态。该下拉列表框的可选项有【不输出】、【仅在开始时】和【在每个序列】。
- 【LOADTL】下拉列表框：如图 10-20 所示，用于设置【LOADTL】命令在 CL 文件中的输出形态。该下拉列表框的可选项有【模态】、【非模态】和【位置移动时为非】。
- 【冷却液 / 关闭】下拉列表框：如图 10-21 所示，用于设置【冷却液 / 关闭】命令在 CL 文件中的输出形态。该下拉列表框的可选项有【输出】和【不输出】。
- 【主轴 / 关闭】下拉列表框：如图 10-22 所示，用于设置【主轴 / 关闭】命令在 CL 文件中的输出形态。该下拉列表框的可选项有【输出】和【不输出】。

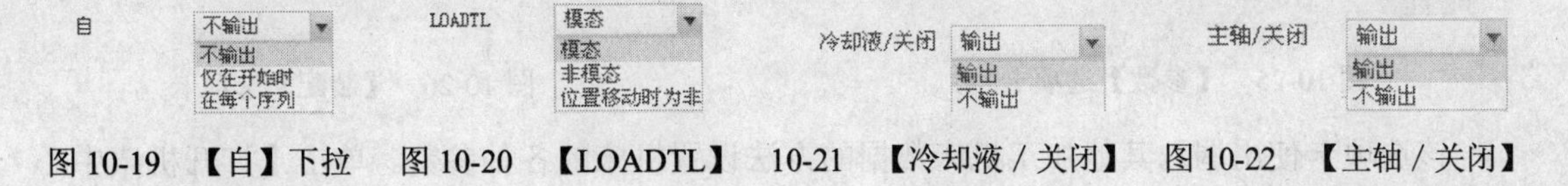

图 10-19 【自】下拉列表框　图 10-20 【LOADTL】下拉列表框　10-21 【冷却液 / 关闭】下拉列表框　图 10-22 【主轴 / 关闭】下拉列表框

（3）【探针补偿】选项组

这个选项组主要用于设置探针补偿输出点的位置。

3. 【刀具】选项卡

在【铣削工作中心】对话框中单击【刀具】标签，切换到如图 10-23 所示的【刀具】选项卡，它主要用于设定换刀时间和刀具。

设定换刀时间可以通过在【刀具更改时间】列表框中直接输入数值或单击上三角、下三角符号来实现。设定刀具的方法是：单击【刀具】按钮，系统弹出如图 10-24 所示的【刀具设定】对话框，在该对话框中可以设置刀具的名称、类型、材料等。

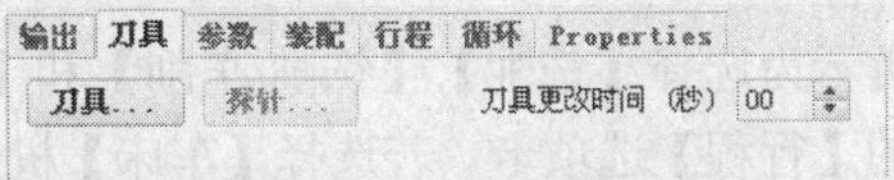

输出　刀具　参数　装配　行程　循环　Properties
刀具...　探针...　刀具更改时间（秒）00

图 10-23 【刀具】选项卡

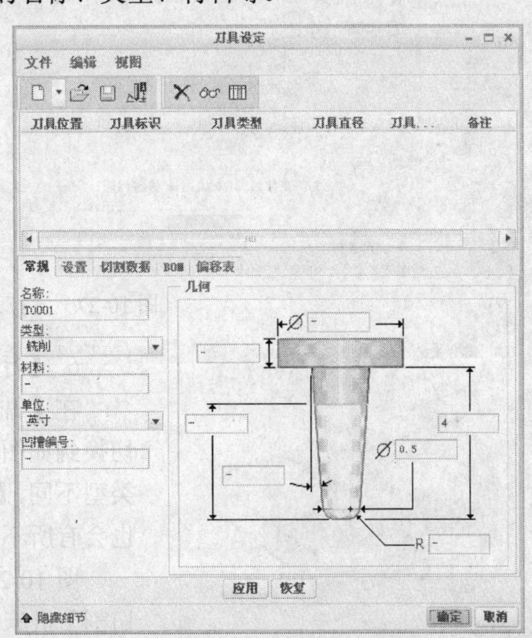

图 10-24 【刀具设定】对话框

4.【参数】选项卡

在【铣削工作中心】对话框中单击【参数】标签，切换到如图 10-25 所示的【参数】选项卡。【参数】选项卡的功能是设置机床的【最大速度】和【马力】等，用户只需在相应的文本框中输入具体数值即可。

5.【装配】选项卡

在【铣削工作中心】对话框中单击【装配】标签，切换到如图 10-26 所示的【装配】选项卡。

图 10-25 【参数】选项卡

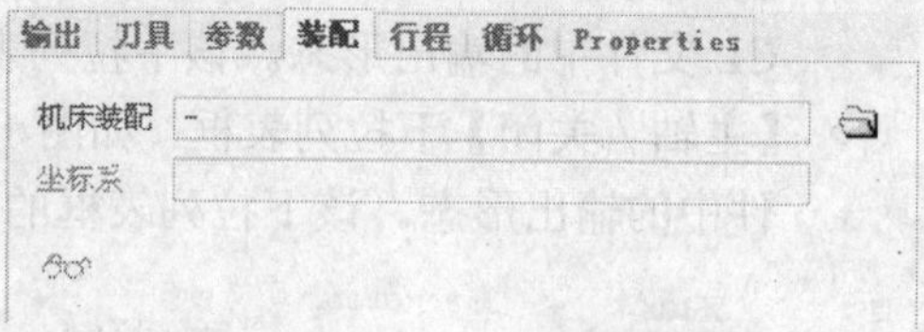

图 10-26 【装配】选项卡

该选项卡使用调入其他加工机床数据的方法设置机床的各种参数。单击【打开机床中心装配模型】按钮，弹出如图 10-27 所示的【打开】对话框，在该对话框中选择合适的组件，则所选组件的机床设置被加载到当前机床。

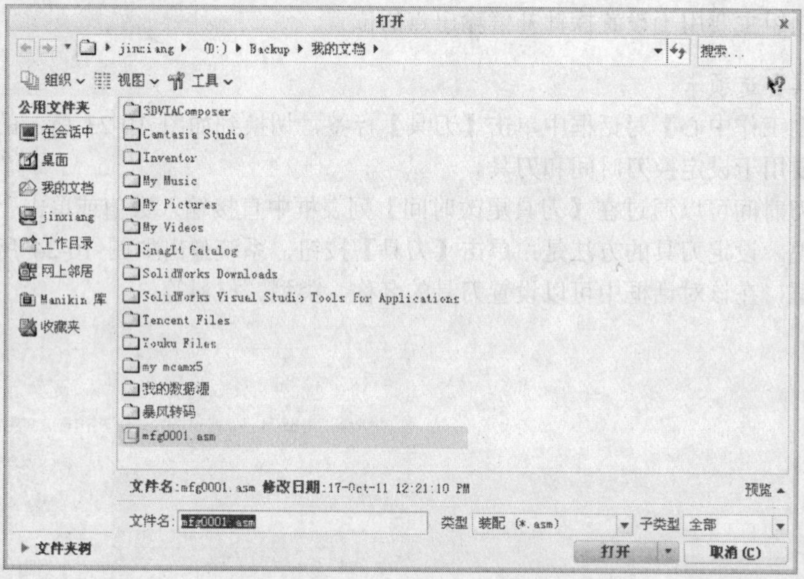

图 10-27 【打开】对话框

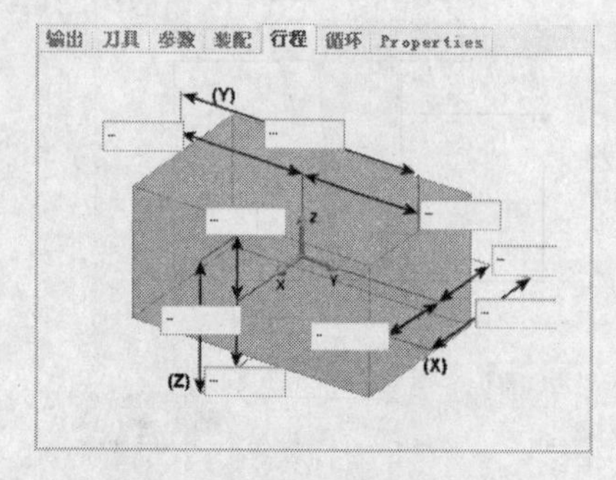

图 10-28 【行程】选项卡

6.【行程】选项卡

在【铣削工作中心】对话框中单击【行程】标签，切换到如图 10-28 所示的【行程】选项卡。选择的机床类型不同，【行程】选项卡中可以设置行程的坐标轴个数也会有所不同。

图 10-28 所示为选择【铣削】、【铣削/车削】和【线切割】机床时的【行程】选项卡。若选择【车床】机床，则缺少 r 轴行程。

【行程】选项卡主要用于设置数控机床在加工过程中，各个坐标轴方向上的行程极限。若不设置行程极限，则系统不会对加工程序进行行程检查。

7.【循环】选项卡

在【铣削工作中心】对话框中单击【循环】标签，切换到如图 10-29 所示的【循环】选项卡。

【孔加工循环】选项组主要用于加工孔类特征时，创建循环名称和循环类型。

8.【Properties（注释）】选项卡

在【铣削工作中心】对话框中单击【Properties】标签，切换到如图 10-30 所示的【Properties】选项卡，【Properties】选项卡用于对创建的机床设置进行说明，它主要由以下几部分内容组成。

图 10-29　【循环】选项卡

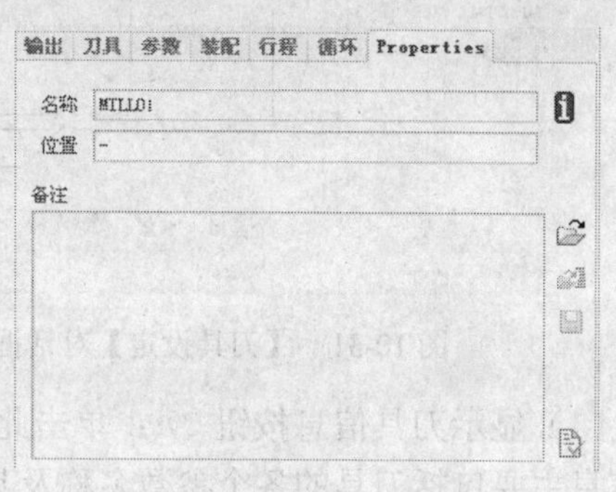

图 10-30　【Properties】选项卡

（1）文本编辑区：显示机床设置的说明内容。

（2）【从文件中读取文本】按钮：打开已经保存的文本文件（后缀为 txt），打开的文件将作为说明内容。

（3）【从文件中插入文本】按钮：添加文本文件到文本编辑区的光标位置。

（4）【将文本保存到文件】按钮：系统以文本文件的形式保存说明文本中的内容。

（5）【接受更改】按钮：更改文本编辑区中的说明内容。

10.4.2　设置刀具

在数控加工过程中，机床类型不同，所选择的刀具类型也有所不同。刀具的设置在数控加工过程中发挥着很重要的作用，因此需要对刀具进行定义。

1. 刀具设定

刀具设定可以通过如图 10-31 所示的【刀具设定】对话框来完成。

在模型树中用鼠标右键单击机床特征，在弹出的快捷菜单中选择【编辑定义】命令，在弹出的【铣削工作中心】对话框中单击【刀具】标签，切换到【刀具】选项卡，单击【刀具】按钮，系统打开【刀具设定】对话框。

【刀具设定】对话框由菜单栏、工具栏、刀具列表框、选项卡等组成。下面分别介绍各部分的功能。

2. 工具栏

【工具栏】如图 10-32 所示，其中的按钮功能与菜单栏中对应命令的功能一致。下面介绍工具栏中几个独特按钮的功能。

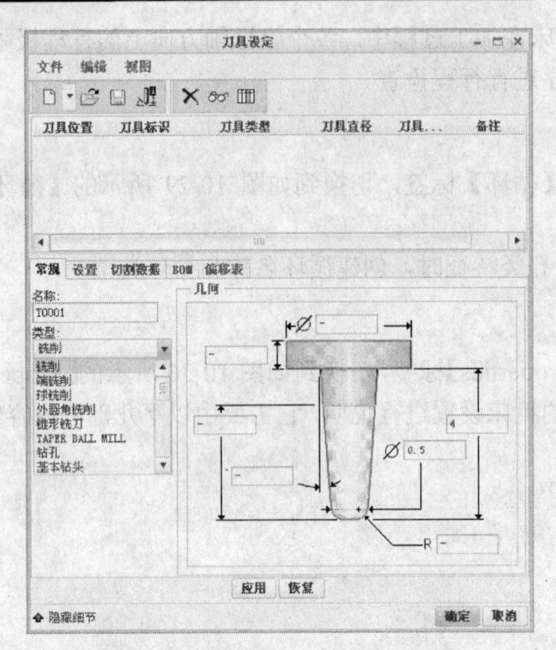

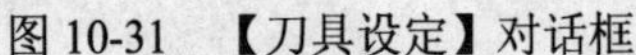

图 10-31 【刀具设定】对话框　　　　图 10-32 工具栏

（1）显示刀具信息按钮：单击此按钮，显示如图 10-33 所示的设置刀具的具体信息，该信息主要包括刀具的各个参数名称及具体数值。

（2）【根据当前数据设置在单独窗口中显示刀具】按钮：单击该按钮，系统将弹出如图 10-34 所示的刀具预览窗口。若要在预览窗口中平移刀具模型，则需要同时按下 Shift 键和鼠标中键，并且拖动鼠标。若要在预览窗口中放大和缩小刀具模型，则需要同时按下 Ctrl 键和鼠标中键，并且拖动鼠标。若要旋转刀具模型，则需要按下鼠标中键，并且拖动鼠标。

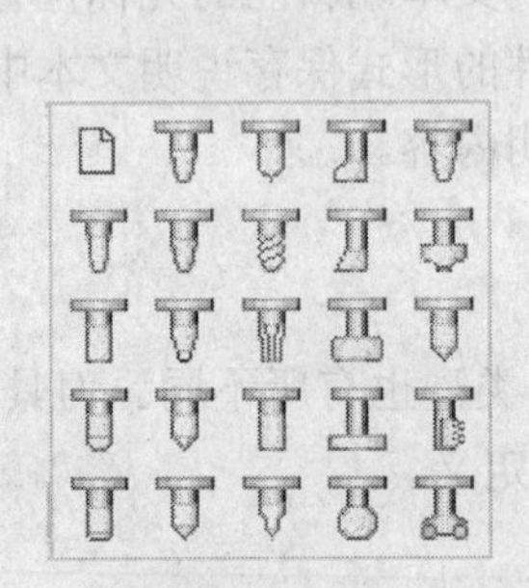

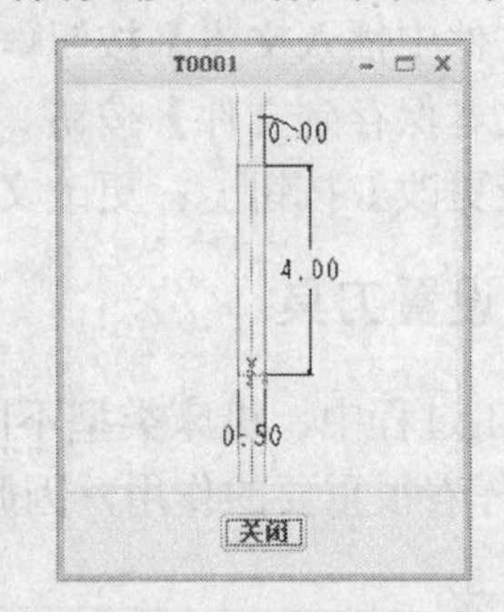

图 10-33 设置刀具的具体信息　　　　图 10-34 刀具预览窗口

（3）【自定义刀具参数列】按钮：单击此按钮，系统将弹出如图 10-35 所示的【列设置构建器】对话框。该对话框主要用于设置刀具列表框中，各刀具所应显示的参数。单击对话框中的按钮可以增加刀具列表框中所列的项，单击按钮可以减少刀具列表框中所列的项，单击、按钮可以更换刀具参数的显示顺序。【宽度】文本框用于定义刀具参数的字符宽度。

3. 刀具列表框

刀具列表框如图 10-36 所示，它主要显示在机床上已经定义的刀具信息，包括【刀具位置】、【刀具标识】、【刀具类型】等。在实际加工过程中用户可以根据需要选择合适的刀具。

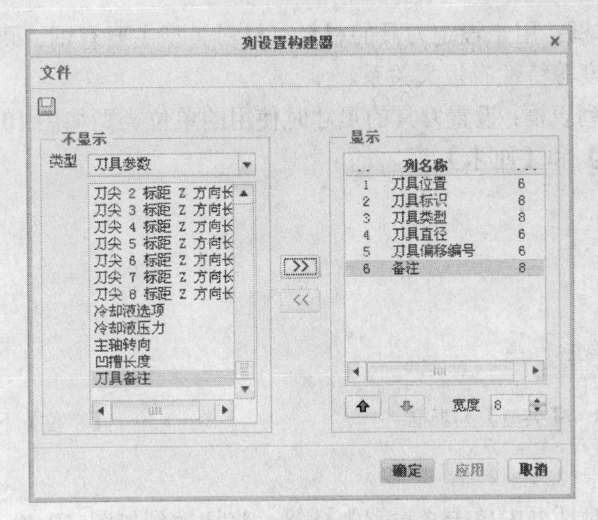

图 10-35　【列设置构建器】对话框

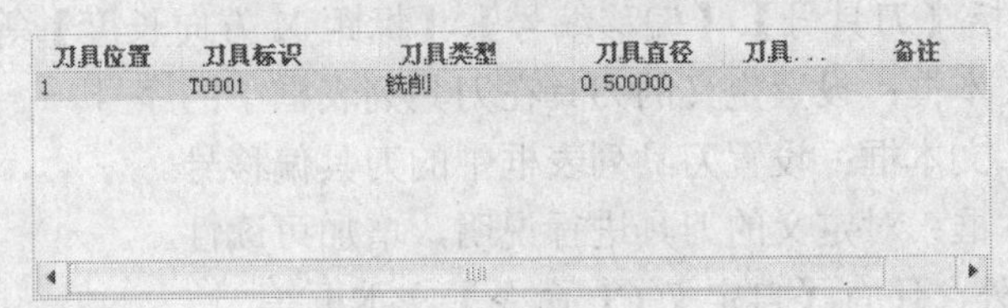

刀具位置	刀具标识	刀具类型	刀具直径	刀具...	备注
1	T0001	铣削	0.500000		

图 10-36　刀具列表框

4.【常规】选项卡

打开【刀具设定】对话框后，系统默认的选项卡为如图 10-37 所示的【常规】选项卡。【常规】选项卡主要用于显示和编辑刀具的【名称】、【类型】、【材料】等基本信息，下面介绍各个基本信息的内容。

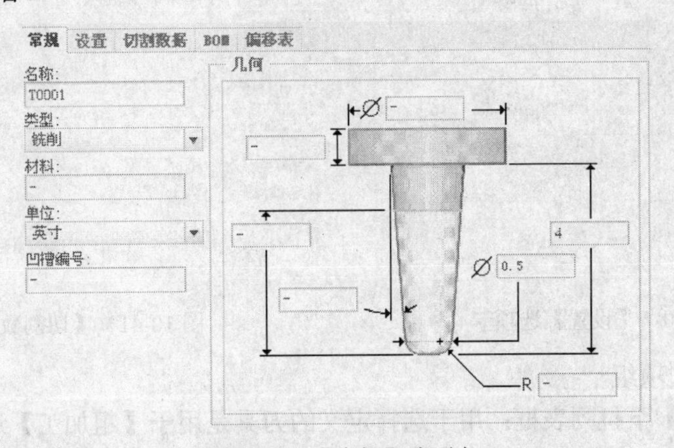

图 10-37　【常规】选项卡

（1）【名称】文本框：显示刀具的名称，用户可以在该文本框中输入新定义刀具的名称，名称应做到言简意赅，字符长度不能超过 32 个整型数据的长度，也不能包含“-”字符，但是可以使用“—”字符。若用户没有输入自己定义的名称，则系统接受默认设置，即第一个刀具名称为“T0001”，第二个为“T0002”，依次类推。

（2）【类型】下拉列表框：如图 10-38 所示，它显示了所有刀具的类型，刀具类型的选择主要取决于机床的类型。

（3）【材料】文本框：用于设定刀具的材料，材料类型主要有钢、硬质合金等，选择什么材料与制造模型的硬度等特性有很大关系。

（4）【单位】下拉列表框：设置刀具的尺寸时使用的单位类型如图 10-39 所示，主要有【英寸】、【英尺】、【毫米】和【厘米】等。

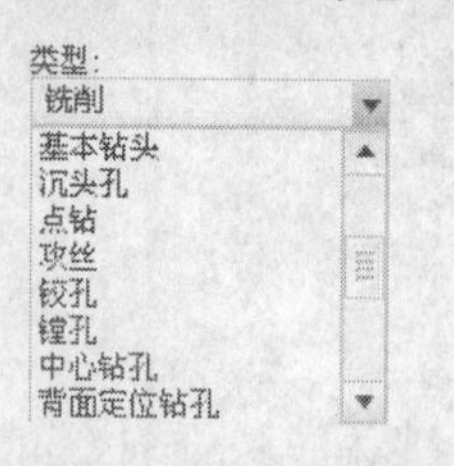

图 10-38 【类型】列表框

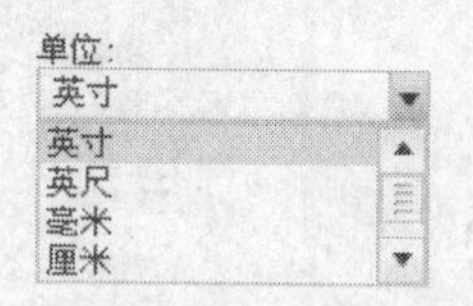

图 10-39 【单位】下拉列表框

5.【设置】选项卡

在【刀具设定】对话框中单击【设置】标签，将切换到如图 10-40 所示的【设置】选项卡，该选项卡主要包括【刀具号】、【偏移编号】、【标距 X 方向长度】等设置项。

（1）【刀具号】文本框：设置定义的刀具在刀具列表框中的序号。

（2）【偏移编号】文本框：设置刀具列表框中的刀具偏移号。

（3）【备注】文本框：对定义的刀具进行说明，增加可读性。

除了以上文本框外，还有【自定义 CL 命令】文本框等。

6.【切割数据】选项卡

在【刀具设定】对话框中单击【切割数据】标签，将切换到如图 10-41 所示的【切割数据】选项卡。该选项卡由【属性】、【切削数据】和【杂项数据】选项组组成，分别介绍如下。

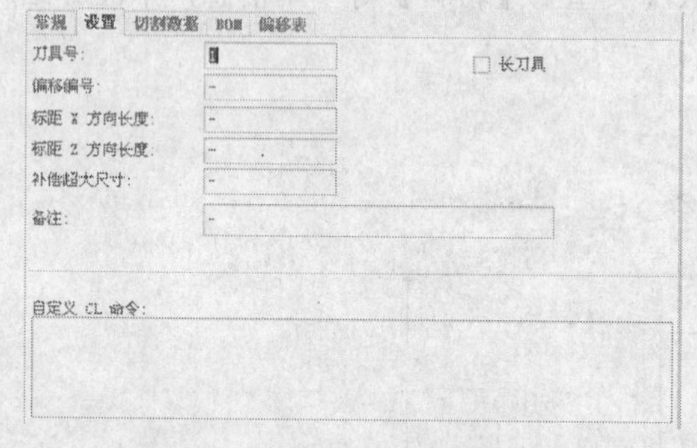

图 10-40 【设置】选项卡

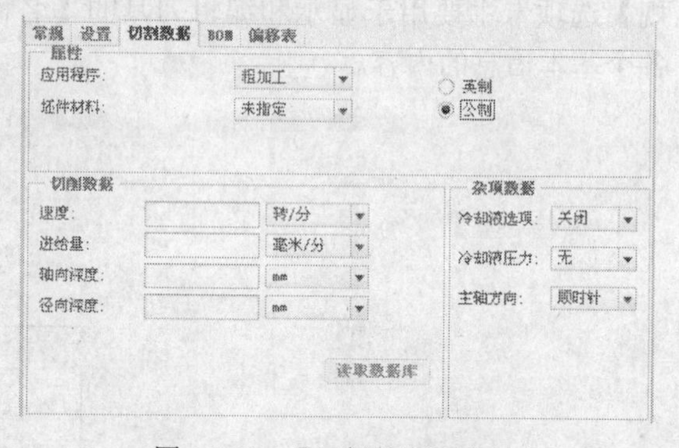

图 10-41 【切割数据】选项卡

（1）【属性】选项组

- 【应用程序】下拉列表框：用于选择定义的刀具是用于【粗加工】还是【精加工】。
- 【坯件材料】下拉列表框：用于选择材料，默认材料选项为【未指定】。
- 公制 / 英制单选按钮：选择其一以决定切割数据的单位。

（2）【切削数据】选项组

- 【速度】文本框：用于设置刀具的转速，单位可选项为【转 / 分】和【米 / 分】。
- 【进给量】文本框：用于设置刀具的进给量，单位可选项为【毫米/分】和【毫米/齿】。
- 【轴向深度】文本框：设置主轴的轴方向进给深度。
- 【径向深度】文本框：设置主轴的径方向进给深度。

(3)【杂项数据】选项组

- 【冷却液选项】下拉列表框：如图 10-42 所示，用于设置采用何种冷却方式，以及冷却液的开关。
- 【冷却液压力】下拉列表框：如图 10-43 所示，用于设置冷却液压力的有无或大小。
- 【主轴方向】下拉列表框：如图 10-44 所示，用于设置主轴的转动方向，可选项有【顺时针】和【逆时针】。

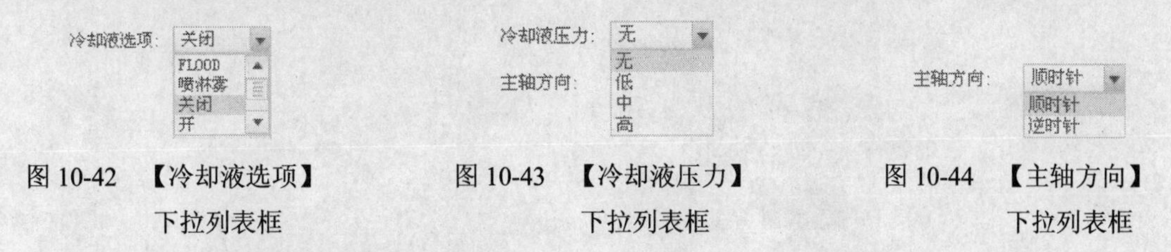

图 10-42　【冷却液选项】下拉列表框　　图 10-43　【冷却液压力】下拉列表框　　图 10-44　【主轴方向】下拉列表框

7.【BOM（材料清单）】选项卡

在【刀具设定】对话框中单击【BOM】标签，将切换到如图 10-45 所示的【BOM】选项卡。该选项卡主要用于设置刀具模型使用的所有零件和组件。

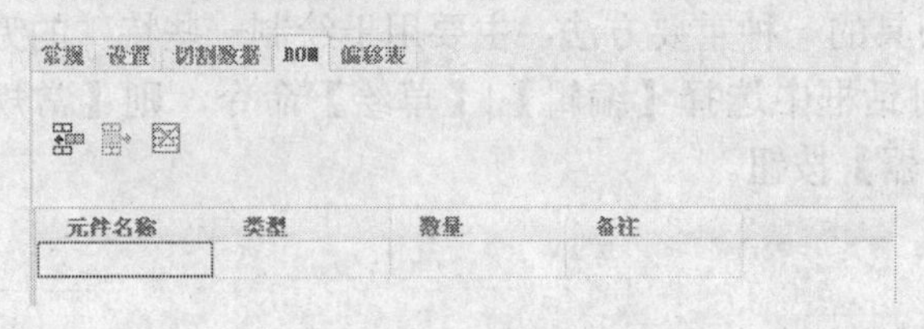

图 10-45　【BOM】 选项卡

(1)【插入元件】按钮：单击该按钮在元件列表框中新增元件。

(2)【删除元件】按钮：用于删除所选中的元件。

(3)【删除所有元件】按钮：用于删除列表框中所有的元件。

(4) 元件列表框中用于显示刀具元件的名称、类型、数量等。

- 【元件名称】文本框：用于编辑元件的名称。
- 【类型】文本框：用于选择元件类型。
- 【数量】文本框：设置元件的数量。
- 【备注】文本框：设置对该元件进行的说明。

8.【偏移表】选项卡

在【刀具设定】对话框中单击【偏移表】标签，切换到如图 10-46 所示的【偏移表】选项卡。

(1)【启用多个刀尖】复选框：启用该复选框，可以增加刀尖，【+】和【-】按钮便处于激活状态，这两个按钮用于添加和删除刀尖。

(2)【刀尖】列表框；每个刀尖可以定义【偏距编号】、【Z 偏移】和【备注】选项。只有刀尖的数量大于 1 时，才能够设置偏移距离。

9.【应用】、【恢复】按钮

(1)【应用】按钮：主要用于在完成刀具的每个特征数据定义后，将定义的刀具添加到刀具列表框中。编辑已经定义的刀具后，若需要保存编辑内容，也要单击【应用】按钮；

(2)【恢复】按钮：单击该按钮可以将刀具定义的数据恢复到上次定义的值；

（3）【确定】按钮：完成刀具定义，退出【刀具设定】对话框；

（4）【取消】按钮：取消刀具定义。

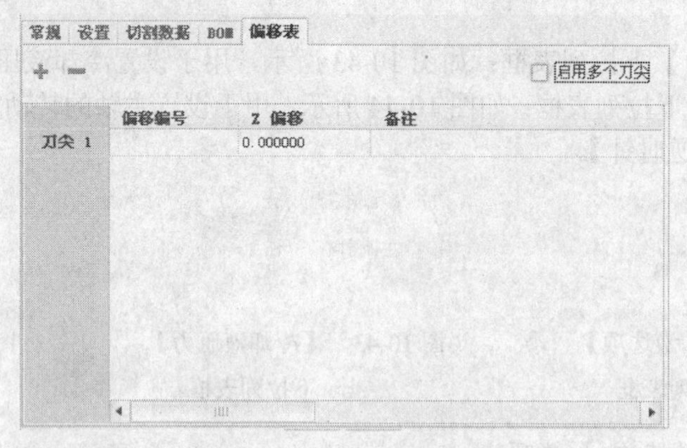

图 10-46 【偏移表】选项卡

10. 草绘刀具

草绘刀具是定义刀具的一种重要方法，主要用于绘制一些特殊的刀具。

在【刀具设定】对话框中选择【编辑】|【草绘】命令，则【常规】选项卡中会出现如图 10-47 所示的【草绘器】按钮。

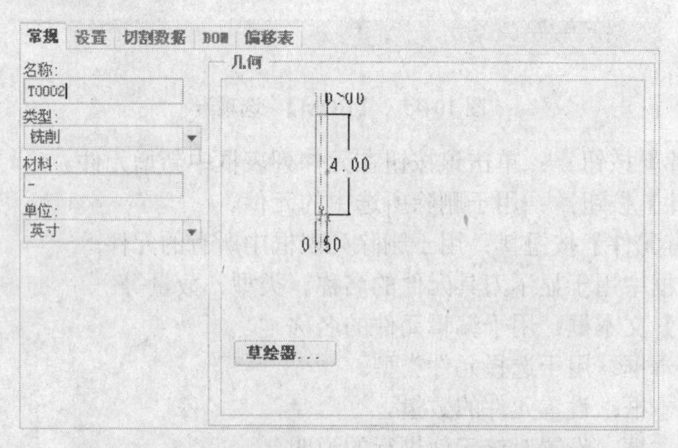

图 10-47 【常规】选项卡中出现【草绘器】按钮

在【常规】选项卡中单击【草绘器】按钮，系统进入草绘环境。该操作环境与零件建模中二维草图绘制的环境基本一致。草绘刀具操作环境标题栏的默认名称为“T0001”。

绘制完成后，单击【草绘】工具选项卡中的【确定】按钮，则返回到【常规】选项卡，该刀具即可添加到【常规】选项卡中。

10.4.3 设置夹具

在数控加工过程中，夹具主要用来对工件施加一定的夹紧力。使用夹具的主要目的是保证加工精度，正确放置工件，使数控加工过程中刀具和机床始终处于正确的位置。

夹具设置在数控加工的操作数据设置中不是必需的，若设置夹具不会影响数控加工的进程，则可以省去设置夹具操作。

单击【制作】选项卡【元件】组中的【夹具】按钮，打开【夹具设置】工具选项卡，如图 10-48 所示，在其中进行夹具的设置。

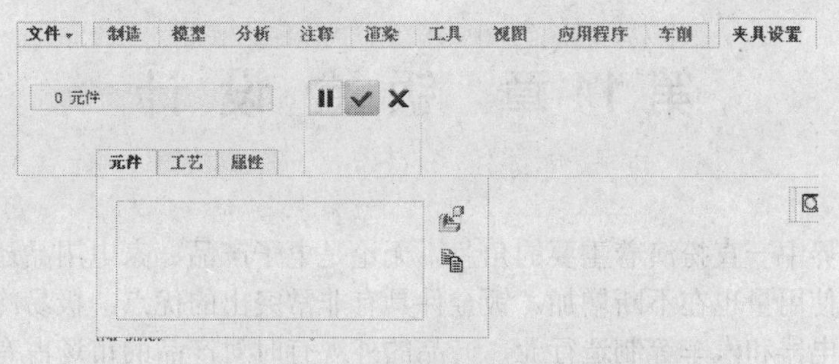

图 10-48　【夹具设置】工具选项卡

【夹具设置】工具选项卡包含了【元件】、【工艺】和【属性】面板，加载夹具元件要在【元件】面板中进行操作。

（1）在【元件】面板中单击【添加夹具元件】按钮，系统将打开【打开】对话框，选择需要的夹具并添加进模型。之后系统弹出【元件放置】工具选项卡，如图 10-49 所示，对元件进行约束放置。

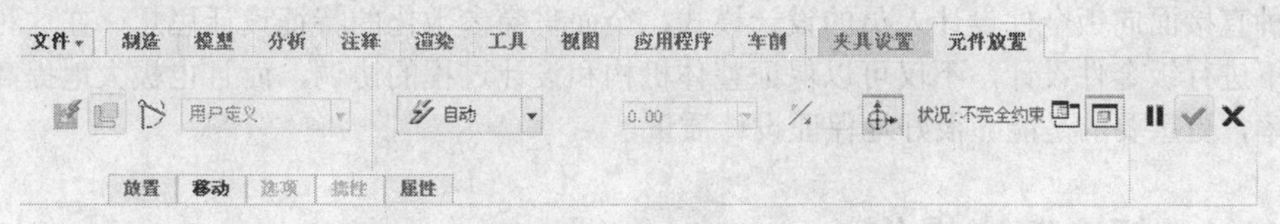

图 10-49　【元件放置】工具选项卡

（2）【工艺】面板用于设置夹具的【实际时间】。

（3）设置夹具注释是通过【属性】面板实现的。在【夹具设置】工具选项卡中单击【属性】标签，切换到如图 10-50 所示的【属性】面板，可以输入用户对定义的夹具的注释。

图 10-50　【属性】面板

第 11 章　钣 金 设 计

钣金在工业界中一直扮演着重要的角色。无论是电子产品、家电用品还是汽车都会用到钣金，钣金件的使用量也在不断增加。钣金件具有非常突出的优点：极易冷成型。在与人们生活息息相关的电器和汽车等制造行业，产品的外观有时对产品的市场占有率能起到决定性的作用，而其外观的形成基本都是通过钣金加工来完成的。因此，钣金件产品的需求量正在不断地增加，这对钣金设计人员的设计速度和质量提出了更高的要求，还常常要求提供用于参照的整体三维效果图。

传统的二维绘图设计钣金件的方式不仅速度慢、不易解读，而且也严重限制了设计中的创新与突破，而这些在钣金件的设计中往往是十分重要的。另外，传统设计方式在整体结构相互之间的配合和协调方面也难以得到保证。而在 Creo Parametric 中，钣金设计模块采用的是一种直接面向钣金件设计人员的设计模式，全面贯穿参数化的特征设计思想，在这种设计方式下进行钣金件设计，不仅可以保证整体机构和设计过程的协调，而且也极大地提高了工作效率，更重要的是能够很好地保证设计质量。

11.1　钣金基本操作

钣金的英文为“sheet metal”，其意义为金属薄板，而且是指各部分的厚度都相同的金属薄板。在 Creo Parametric 中，钣金件的厚度一般都很小，在钣金件造型设计中不考虑厚度的关系。下面介绍一下钣金的创建方法。

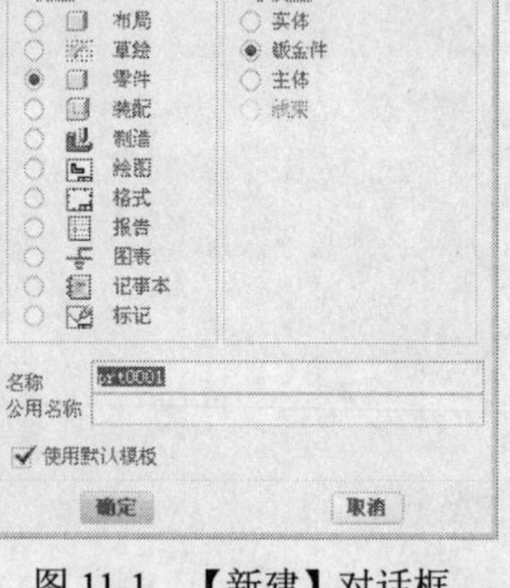

图 11-1　【新建】对话框

（1）单击【快速访问】工具栏中的【新建】按钮。

（2）打开【新建】对话框，在【类型】选项组中选中【零件】单选按钮，在【子类型】选项组中选中【钣金件】单选按钮，如图 11-1 所示，单击【确定】按钮，随即进入钣金件的设计环境，如图 11-2 所示。

（3）单击【模型】选项卡【形状】组中的【平面】按钮，创建钣金基体。

或者创建拉伸薄壁。单击【模型】选项卡【形状】组中的【拉伸】按钮，可以打开【拉伸】工具选项卡，然后进行设置。之后也可使用【编辑】组中的【偏移】按钮，偏移出钣金基体。

（4）在【模型】选项卡【形状】组中单击【平整】按钮，可以创建平整壁。

（5）在【模型】选项卡【形状】组中单击【法兰】按钮，可以创建法兰壁。

（6）使用【模型】选项卡【工程】组中的命令按钮，创建工程特征。

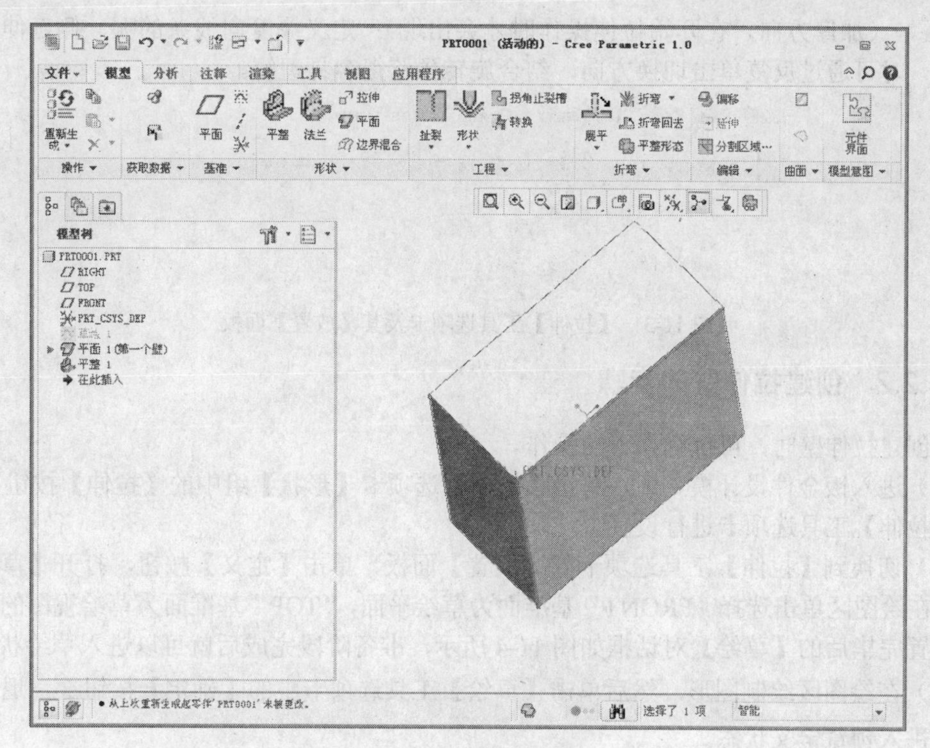

图 11-2　钣金件设计环境

11.2　拉伸壁设计

在 Creo Parametric 的钣金模块中，创建的第一个特征系统会自动命名为“第一个壁”，这表明第一个特征必然是壁类特征，任何钣金件都是从壁特征开始的。下面介绍如何应用【拉伸】工具来创建第一壁——拉伸壁。

11.2.1　创建拉伸壁的参数选项

单击【模型】选项卡【形状】组中的【拉伸】按钮 拉伸，打开【拉伸】工具选项卡，在其中包含了所有创建拉伸壁的信息，打开其【放置】面板，如图 11-3 所示。下面介绍一下各参数的设置。

- 在其中单击【定义】按钮，弹出【草绘】对话框，开始定义草绘面和参照面。

注意：在【拉伸】工具选项卡中，初学者只要关注深度值、拉伸方向、厚度值和加厚方向就可以了，其余的属于较高级应用，而且对于简单钣金件的设计来说也不常用。

- 144.01（深度值）：指此线条拉伸的长度，这将决定钣金件的大小；在【拉伸】工具选项卡中，使用系统默认的计算拉伸长度的方式，即按指定深度拉伸。拉伸深度的计算方式同实体设计相似，不过此时在创建第一个壁，其他计算方式可以不予理会。
- （拉伸方向）：可设置向屏幕里面拉伸还是向屏幕外面拉伸，其应用方法是通过反复单击可切换方向，结合旋转预览很容易理解。
- 5.78（厚度值）：指钣金的加厚尺寸，在此可设置一个厚度值。

- ⅔（加厚方向，在开始拉伸操作时才会出现）：定义厚度向线条的哪一侧延伸，操作时可通过反复单击切换方向，结合旋转预览很容易理解。

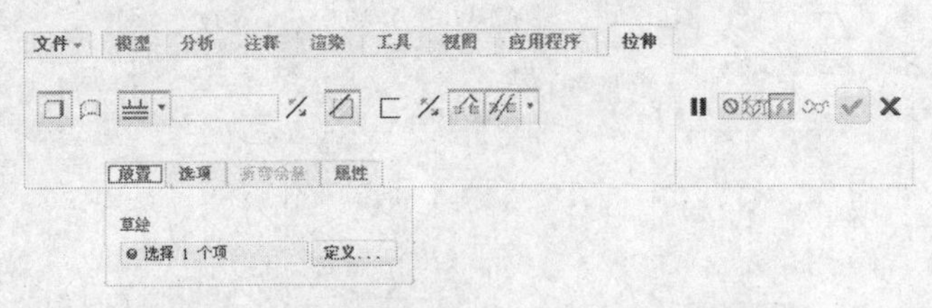

图 11-3 【拉伸】工具选项卡及其【放置】面板

11.2.2 创建拉伸壁的步骤

当创建拉伸壁时，可执行如下的操作。

（1）进入钣金件设计模式后，单击【模型】选项卡【形状】组中的【拉伸】按钮，打开【拉伸】工具选项卡进行设置。

（2）切换到【拉伸】工具选项卡的【放置】面板，单击【定义】按钮，打开【草绘】对话框，在绘图区单击选择“FRONT”基准面为草绘平面，“TOP”基准面为草绘视图的顶参考面，设置完毕后的【草绘】对话框如图 11-4 所示，准备阶段完成后就可以进入草绘状态了。

（3）在绘图区绘制图形，然后单击【草绘】工具选项卡中的【确定】按钮，退出草绘状态，进入预览定义状态。

（4）设置钣金的计算拉伸长度的方式和深度值。

（5）设置钣金的拉伸方向。

（6）设置钣金的厚度值。

（7）设置钣金的加厚方向。此时在工作区显示钣金件的成型预览，如图 11-5 所示。

（8）单击【特征预览】按钮进行实体预览，确认无误后单击【应用并保存】按钮，完成拉伸壁特征的创建，创建的拉伸壁效果如图 11-6 所示。

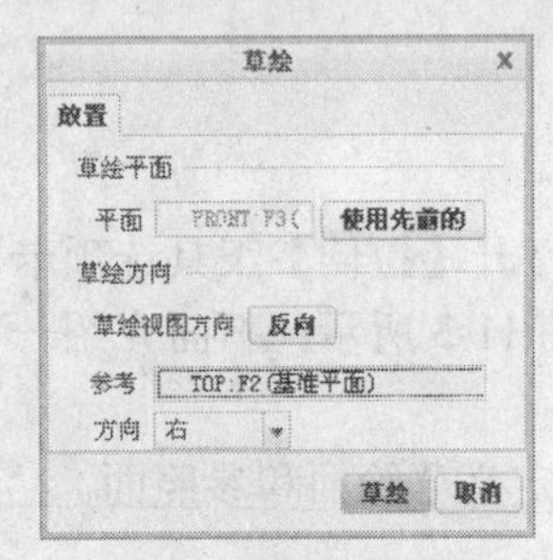

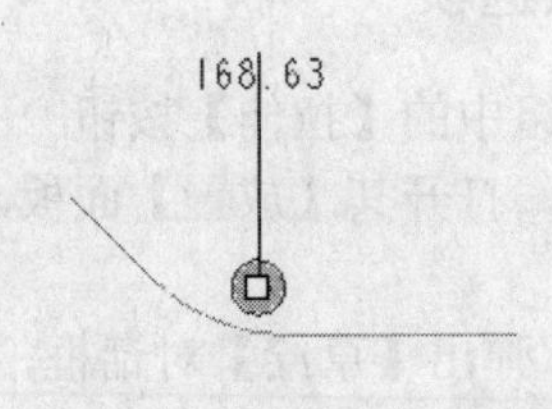

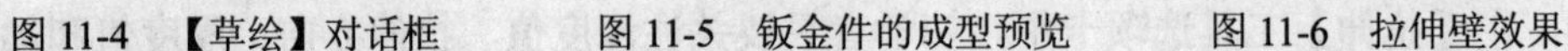

图 11-4 【草绘】对话框　　图 11-5 钣金件的成型预览　　图 11-6 拉伸壁效果

11.3 平整壁设计

创建平整壁是指利用一个封闭的截面拉伸出钣金的厚度来生成钣金件。下面具体介绍创建平整壁的方法。

11.3.1 创建平整壁的参数选项

在【模型】选项卡【形状】组中单击【平整】按钮，以创建平整壁，此时出现如图 11-7

所示的【平整】工具选项卡。

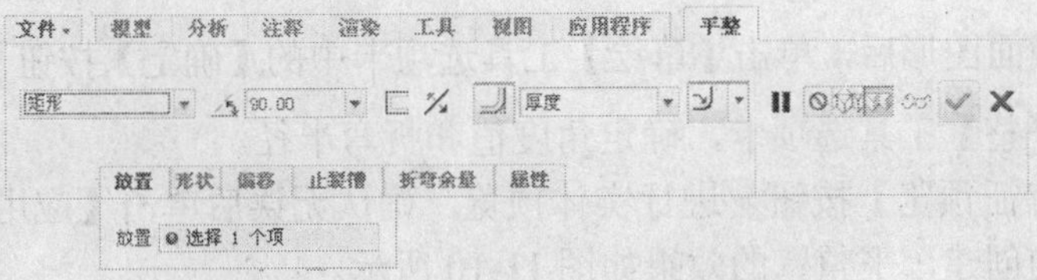

图 11-7　【平整】工具选项卡

在该工具选项卡中从左到右包括如下可设置选项。

- 第一是形状，就是第一个下拉列表框，系统有一些预定义的简单形状供用户选择，包括【矩形】、【梯形】、【L】和【T】，在创建这些形状的平整壁时，用户只需选择后，在【形状】面板中定义尺寸即可，其方法比较简单，目的是方便用户创建一些简单的形状。如果要创建的不是这些简单形状，而是其他形状时，系统提供了【用户定义】的选项，此时就可以通过【形状】选项卡来草绘自定义的形状。
- 第二是角度定义，也就是第一个数值框，指创建的平整壁与相连接的参考壁的折弯角，也可理解为平整壁的旋转角度。
- 第三是折弯角度方向，就是第一个按钮，用于定义平整壁的折弯方向。
- 第四是是否增加折弯圆角，增加折弯圆角后钣金件会更加光滑一些，一般都要用户自定义，所以系统默认为增加，即按钮。
- 第五是折弯圆角半径值，就是第二个文本框，用于定义需要多大的半径，一般系统默认给出钣金厚度作为参考，实际工作中一般也是这样。
- 第六是定义此圆角半径是控制内侧半径还是外侧半径。由于钣金有厚度，所以在圆角处就会有内外径之分，根据实际的钣金工作经验，钣金设计师一般更关注内径，所以系统会默认定义为内径，即按钮。
- 如果选择【用户定义】选项，单击切换到【放置】面板，在【放置】面板中可定义此平整壁与第一壁的位置关系，即平整壁在什么位置连接第一壁，通常选择第一壁的一个边，表示新的平整壁将在此边上与第一壁连接。

11.3.2　创建平整壁的步骤

在创建平整壁时，可参照如下步骤。

（1）在【模型】选项卡【形状】组中单击【平整】按钮，打开【平整】工具选项卡。

（2）选择【用户定义】选项，单击【放置】标签，切换到【放置】面板，其中要求选择创建平整壁位置的边。

（3）直接单击一个壁的边即可选中该边，如图 11-8 所示。

（4）选择完成后，在【平整】工具选项卡中切换到【形状】面板，如图 11-9 所示。单击【草绘】按钮，系统弹出【草绘】对话框，接受系统默认参照，单击【草绘】对话框中的【草绘】按钮，进入草绘状态。

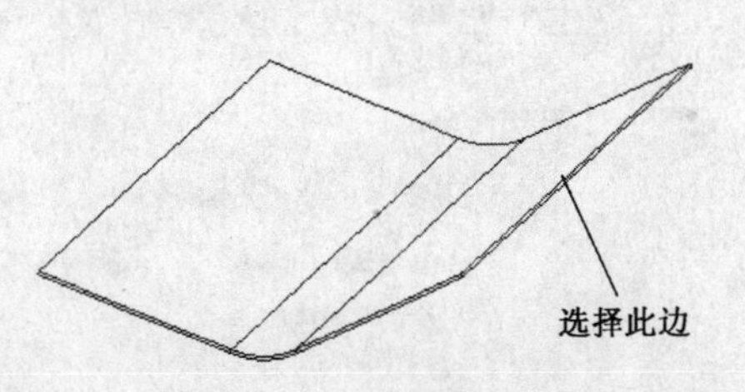

图 11-8　选择边

注意：由于选择的是【用户定义】选项，所以

用户要在【形状】面板中通过草绘来自定义截面的形状。

(5) 绘制好截面图形后，单击【草绘】工具选项卡中的【确定】按钮，退出草绘状态。

(6) 返回【平整】工具选项卡，确定角度值和折弯半径。

(7) 单击【特征预览】按钮进行实体预览，确认无误后单击【应用并保存】按钮，完成平整壁特征的创建，平整壁的效果如图 11-10 所示。

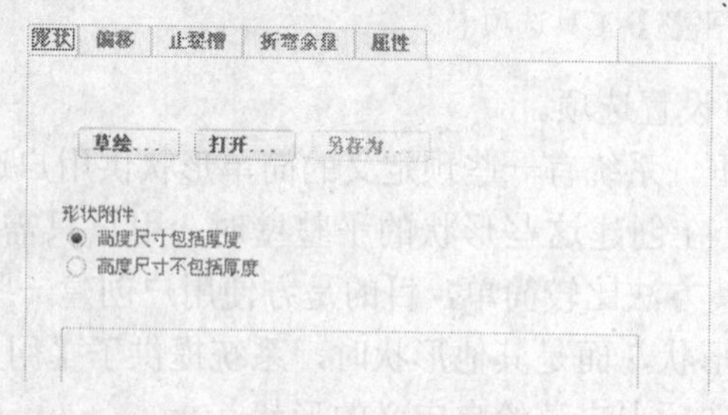

图 11-9　【形状】面板

图 11-10　平整壁的效果

11.4　法兰壁设计

法兰壁可以简单理解为系统对钣金件末端造型壁的一种称呼。其实名称并不重要，关键是要理解其思想。从创建方法来讲，法兰壁的创建过程与拉伸壁很相似，也是先绘制侧面线型，然后再拉伸一定的长度来生成，但是在应用法兰壁工具时用户会有更多的选择，而且更符合实际的钣金件设计思想，比如两侧链尾的定义、斜切口的定义等，这些功能使得钣金件的设计更加接近于真实的设计和制造，可以充分地反映设计师的思想和专业水平，这是拉伸方式无法做到的。当然，这些对于初学者来说显得有些太专业了，本章的学习目的是要读者掌握基本的创建技术，而非钣金专业理论，所以下面的学习中基本没有涉及到专业内容的部分，重点讲解操作技术。

下面介绍创建法兰壁的步骤和参数设置方法。

(1) 单击【模型】选项卡【形状】组中的【法兰】按钮，打开【凸缘】工具选项卡。

(2) 在【凸缘】工具选项卡中，选择【用户定义】选项。切换到【放置】面板，【凸缘】工具选项卡及其【放置】面板如图 11-11 所示。

与平整壁预定义的形状类型设置的目的相同，在法兰壁的造型中，系统也预先定义了许多常用的造型，包括【I】、【弧形】、【S】、【打开】、【平齐的】、【鸭形】、【C】和【Z】，在选择了这些造型方式后，可以在【形状】面板中预览和修改尺寸，这些常用造型的功能为用户提供了很大的方便，读者可以逐一选择查看。

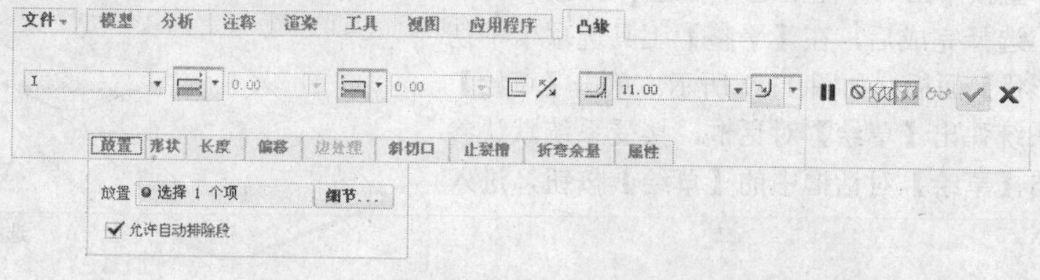

图 11-11　【凸缘】工具选项卡及其【放置】面板

（3）接下来选择附着边。与平整壁的生成一样，同样需要设置此法兰壁要连接到什么位置，如图 11-12 所示。

（4）选择完成后，在【凸缘】工具选项卡中切换到【形状】面板，然后在其中单击【草绘】按钮，系统弹出【草绘】对话框。接受系统默认参照，单击【草绘】对话框中的【草绘】按钮，进入草绘状态。

（5）绘制截面图形后，单击【草绘】工具选项卡中的【确定】按钮，退出草绘状态。

（6）单击【在连接边上添加折弯】按钮，定义一个折弯半径，定义其他参数的方法与前面创建平整壁的方法基本相同。

（7）单击【特征预览】按钮进行实体预览，确认无误后单击【应用并保存】按钮，完成法兰壁特征的创建，法兰壁的效果如图 11-13 所示。

提示：工具选项卡中的第一方向长度值和第二方向长度值，用于定义法兰壁的延展长度和位置，可以非常灵活地控制壁的长度和位置。有一定钣金专业基础的读者可以练习一下，普通初学者可以略过，接受其默认选项即可。折弯半径和内外径的含义与平整壁相同。

其实在系统预定义的造型中有些是非常常用的造型，读者可以不选择【用户定义】选项，试一试这些造型的功能，比如选择【鸭形】选项，查看法兰壁结果。

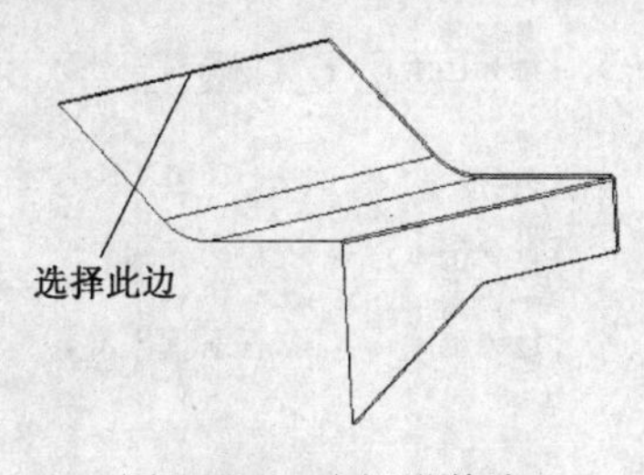

图 11-12　选择附着边

图 11-13　法兰壁的效果

11.5　折弯设计

钣金的折弯特征指的是将钣金件上的平面区域进行弯曲成型，可以进行常规折弯、边折弯和面折弯 3 种折弯操作，常用的是前两种。本节首先介绍常规折弯的制作方法，然后介绍边折弯方法。但是读者要注意的一点是，对于常规折弯而言，无论任何形式的折弯，都只能在钣金的平面区域内进行，而不能在已折弯的区域内再次折弯。

11.5.1　常规折弯

首先来介绍常规折弯的可设置选项和创建方法。

（1）单击【模型】选项卡【折弯】组中的【折弯】按钮后，首先出现的是【折弯】工具选项卡，如图 11-14 所示。

（2）在其【放置】面板中选择用于绘制折弯线的平面，一般来说，要对哪个平面区域折弯，就选择哪个面。例如，在图 11-15 中选择平面，折弯线出现在平面上。

（3）读者也可以自己绘制折弯线。切换到【折弯线】面板，如图 11-16 所示，单击【草绘】按钮就会进入草绘状态，在选择的面上进行折弯线的草绘，绘制如图 11-17 所示的折弯线。

结束草绘后，依次在【折弯线端点 1】和【折弯线端点 2】选择折弯线端点的位置参考和偏移参考。

（4）切换到如图 11-18 所示的【止裂槽】面板。止裂槽用于控制钣金件材料行为，并防止发生变形。

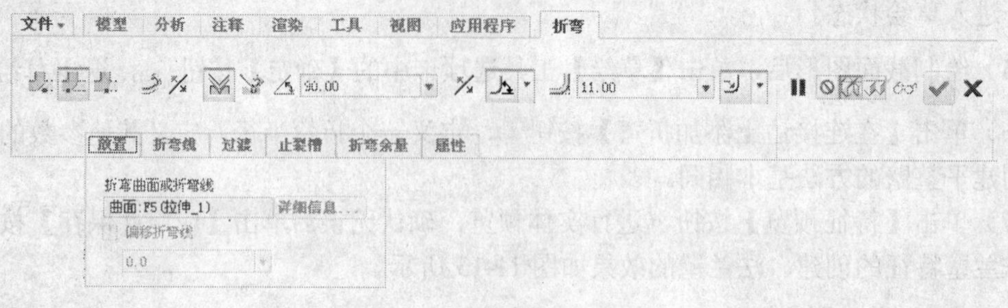

图 11-14 【折弯】工具选项卡

图 11-15 选择折弯面

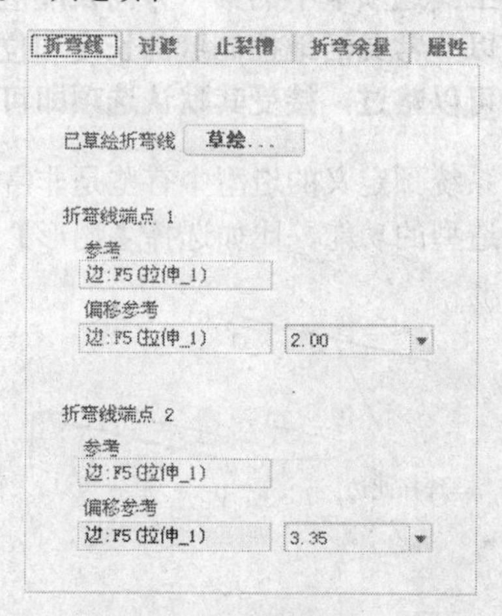

图 11-16 【折弯线】面板

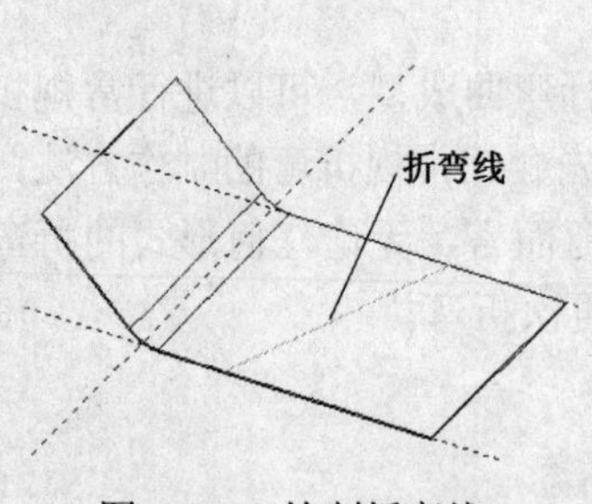

图 11-17 绘制折弯线

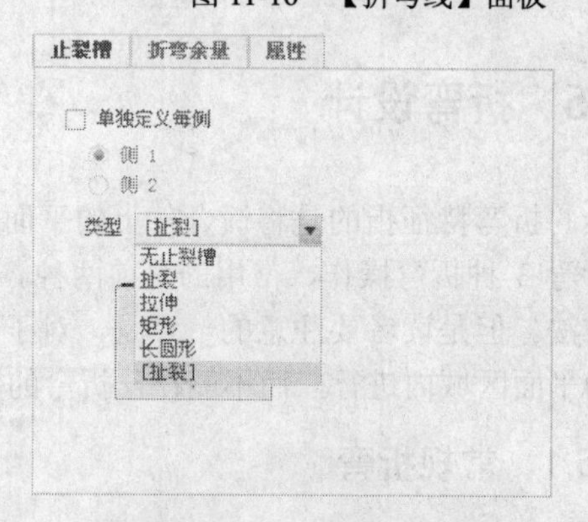

图 11-18 【止裂槽】面板

例如，由于材料拉伸，未止裂的折弯可能不会表示出准确的、用户所需要的实际模型。添加适当的折弯止裂槽，如【拉伸】止裂槽，钣金件折弯就会符合用户的设计意图，并可创建一个精确的平整模型。

【止裂槽】面板中有以下止裂槽类型，各类型定义后的效果如图 11-19 所示。

- 【无止裂槽】：创建没有任何止裂槽的折弯。
- 【扯裂】：在每个折弯端点处切割材料。切口是垂直于折弯线形成的。

- 【拉伸】：拉伸材料，以便在折弯与现有固定材料边的相交处提供止裂槽。
- 【矩形】：在每个折弯端点添加一个矩形止裂槽。
- 【长圆形】：在每个折弯端点添加一个长圆形止裂槽。

图 11-19　止裂槽效果

（5）在【折弯】工具选项卡中的按钮，依次代表材料相对折弯线的位置，如图 11-20 所示。

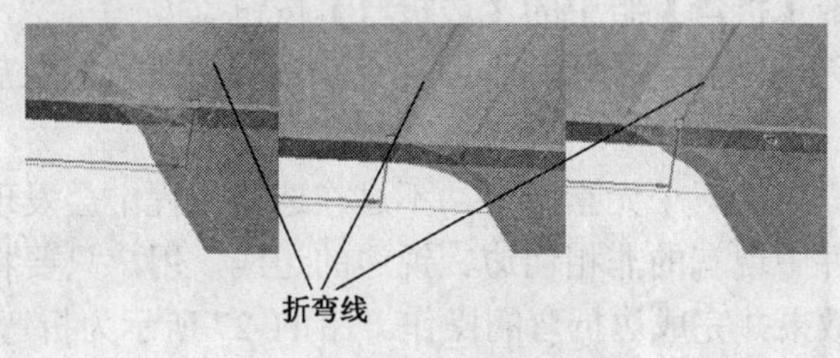

图 11-20　折弯材料位置

（6）【折弯】工具选项卡中的折弯状态按钮，代表使用值定义折弯角度和折弯至曲面顶部的两种折弯方式，分别如图 11-21 和图 11-22 所示。

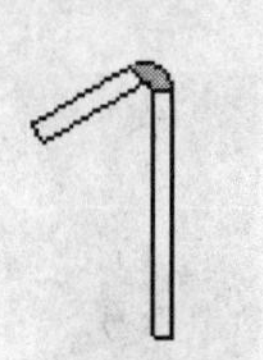

图 11-21　值定义折弯角度

图 11-22　折弯至曲面顶部

（7）折弯角度文本框 90.00 就是指要将折弯侧折弯多少角度，如图 11-23 所示为折弯角度示意图。

（8）折弯半径值文本框 5.00 设置折弯处半径的大小。在其后的下拉列表中可以选择内存半径或者外侧半径。若选择标注内侧曲面，钣金件的尺寸通常标注到内侧半径；若选择标注外侧曲面，则标注到外侧半径，如图 11-24 所示。

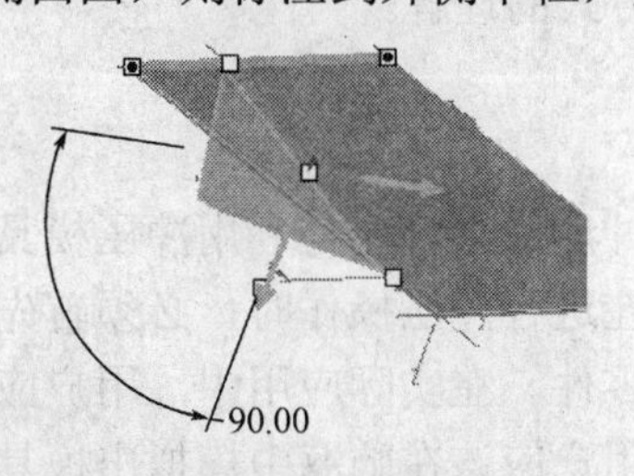

图 11-23　定义“折弯角度”

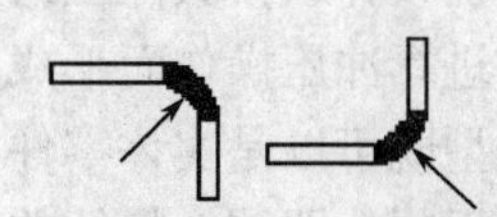

图 11-24　标注的内侧曲面半径和外侧曲面半径样式

（9）单击【特征预览】按钮进行实体预览，确认无误后单击【应用并保存】按钮，完成折弯特征的创建。

11.5.2 边折弯

边折弯是指将非相切、锐边转换为折弯。根据选择要加厚的材料侧的不同，某些边显示为倒圆角，而某些边则具有明显的锐边。利用【边折弯】工具选项卡可以快速对边进行倒圆角，不同的边折弯方式如图 11-25 所示。

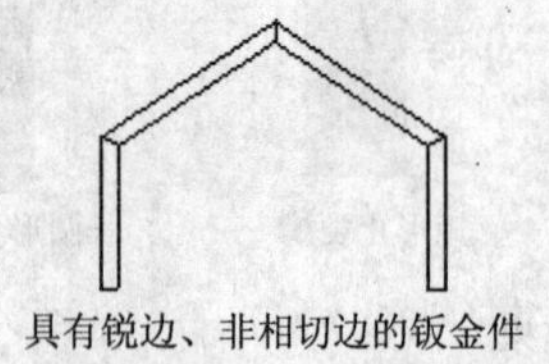

图 11-25 不同的边折弯方式

单击【模型】选项卡【折弯】组中的【边折弯】按钮 边折弯 ，打开【边折弯】工具选项卡，如图 11-26 所示。边折弯的操作非常简单，选择边折弯对象后，再输入折弯半径值即可。

在【放置】面板只需定义一个元素即可，不过在选择过程中会发现这一元素要求的是一些对象的集合，即钣金件中现有的非相切边、锐边的边线，用户只要将需要进行边折弯的边一一选择后，即可预览效果并完成边折弯的操作。图 11-27 所示为折弯前后的效果对比。

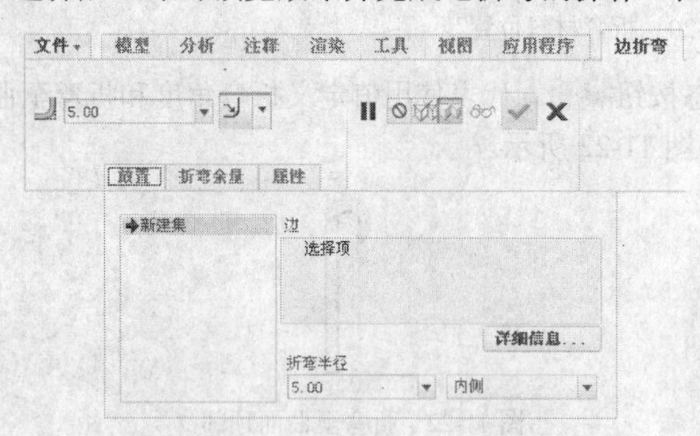

图 11-26 【边折弯】工具选项卡

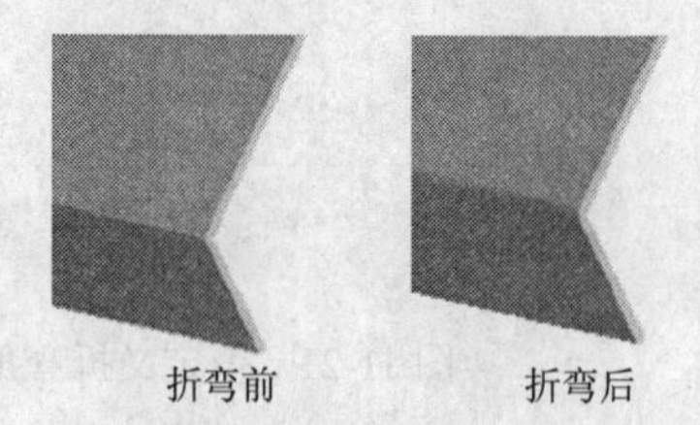

图 11-27 折弯前后的效果

11.6 凸凹模特征设计

首先介绍一下凸凹模特征设计的概念和对冲压方式的理解。

11.6.1 凸凹模特征设计的概念

凸凹模特征设计或模具冲压特征实际上就是指冲压成型，它是利用冲压模具或冲压冲孔模型对钣金件进行冲压操作而形成的特征。所以，在进行冲压操作时，必须首先有一个这样的模型。此模型既可以是实体零件，也可以是钣金零件。在实际应用中，用户应当建立起一种动态的制作思想，即这个特征的形成是动态的，用户应该在脑海中模拟出模具冲压钣金的动态过程，这样将非常有利于此特征的学习，冲压成型过程如图 11-28 所示。

当要对一个钣金件进行冲压成型时，必须预先建立用于冲压的参考零件。冲压成型有两种方式：模具和冲孔，所以这里假设已存在两个参考零件分别用于模具冲压和冲孔冲压，如

图 11-29 所示。当然，读者学习时，可以自行创建自己的参考零件。

在【模型】选项卡【工程】组【形状】菜单中，有【凸模】和【凹模】的命令按钮，如图 11-30 所示。

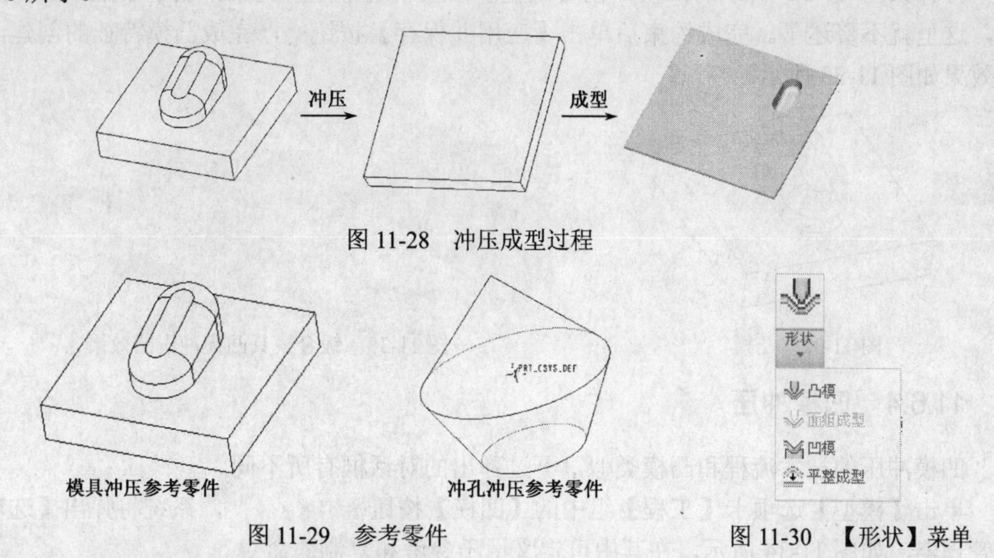

图 11-28　冲压成型过程

图 11-29　参考零件　　图 11-30　【形状】菜单

11.6.2　对冲压方式的理解

凸凹模制作中，模型需要指定一个边界面和一个种子面，所谓种子，就是取其不断生长之意，从种子面开始沿着模型表面不断向外扩展，一直到碰到边界面为止，所经过的模型范围就是模具对钣金的冲压范围，但是不包括边界面。对于参考零件在钣金的什么位置进行冲压，则是通过对参考零件和钣金件的装配来定义的。凸模和凹模的创建性质一样，但是在创建过程中不尽相同。

11.6.3　凸模冲压

当有了用于冲压的参考零件后，可采用模具和冲孔两种方式冲压成型。

凸模的模具冲压步骤如下。

单击【模型】选项卡【工程】组中的【凸模】按钮 凸模，系统将弹出【凸模】工具选项卡，如图 11-31 所示，在其中可定义用于模具冲压的参考零件。

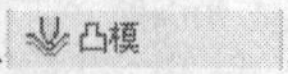

图 11-31　【凸模】工具选项卡

另外，切换到【放置】面板，定义冲压位置，要使用参考零件执行对钣金件的冲压操作，就必须设置参考零件对钣金件的哪个位置进行冲压，即定义冲压位置，这一定义操作是利用装配功能将钣金件和参考零件装配起来进行定位的。

打开如图 11-32 所示的凸模，在【放置】面板中进行定位约束，由于装配章节介绍过约束，这里就不赘述了。完成约束后单击【应用并保存】按钮，完成凸模特征的创建，凸模的效果如图 11-33 所示。

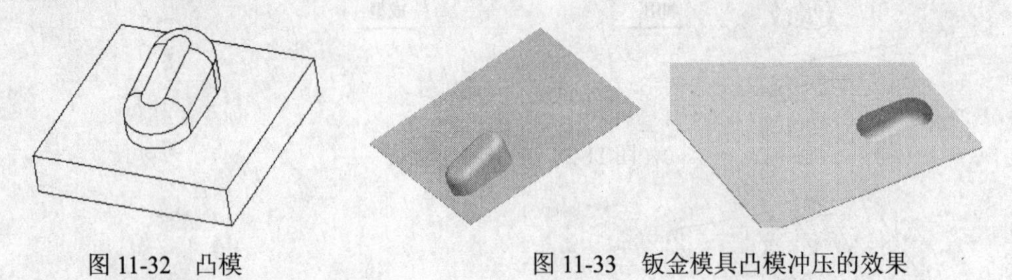

图 11-32 凸模　　图 11-33 钣金模具凸模冲压的效果

11.6.4 凹模冲压

凹模冲压的技术流程和凸模类似，不过弹出的对话框有所不同。

单击【模型】选项卡【工程】组中的【凹模】按钮，系统将弹出【选项】菜单管理器，如图 11-34 所示，在其中可定义用于参考和复制的命令。

选择【完成】命令后，打开【元件放置】对话框，如图 11-35 所示。之后定义冲压位置，要使用参考零件执行对钣金件的冲压操作，同样要定义冲压位置，这一定义操作是利用装配功能将钣金件和参考零件装配起来进行定位的。

在【模板】对话框和凹模窗口设置好【边界平面】和【种子平面】后，单击【确定】按钮即可进行凹模冲压，如图 11-36 所示。

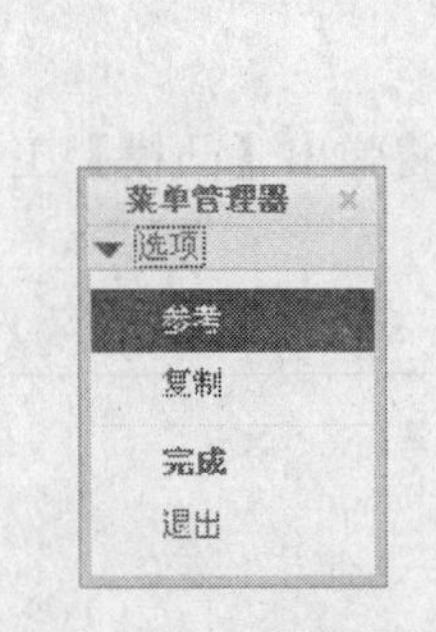

图 11-34 【选项】菜单管理器

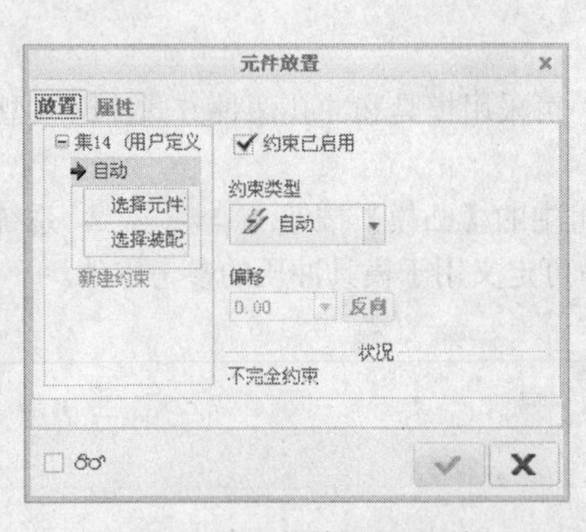

图 11-35 【元件放置】对话框

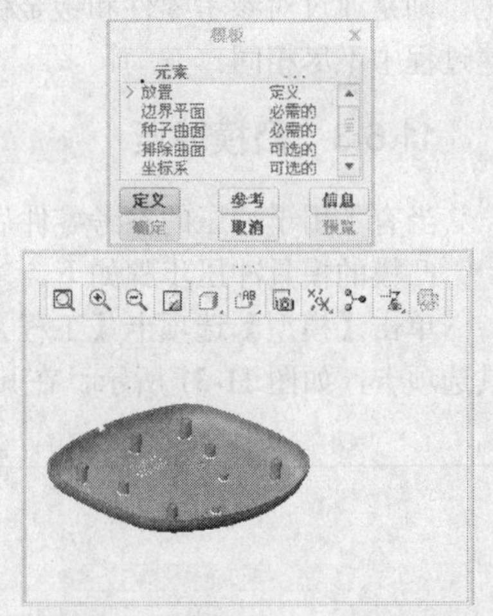

图 11-36 【模板】对话框和凹模窗口

11.7 钣金混合设计

钣金混合设计，也可以称作混合壁特征，它通过结合每个截面的边界来连接至少两个截面以形成钣金壁。

在【模型】选项卡【形状】组中，选择【形状】|【混合】|【分离的混合壁】命令，系统会弹出【混合选项】菜单管理器，如图 11-37 所示，要求用户定义混合类型。这里有三种主混合类型的方式，下面来具体介绍。

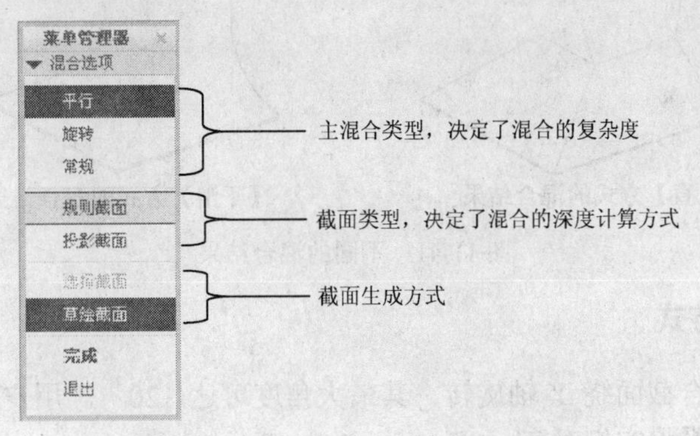

图 11-37　【混合选项】菜单管理器

11.7.1　平行方式

平行方式就是指所有混合截面都位于草绘中的平行平面上。

（1）在【混合选项】菜单管理器中分别选择【平行】、【规则截面】和【草绘截面】选项，就可以进行平行方式的混合设计。首先，在绘制截面时，给用户的感觉是 3 个截面在同一个平面上绘制。

一般来说，设计中会有两个或两个以上的截面，虽然在绘制时都在一个平面上，但是通过后期的深度定义，截面会分布在几个平行的平面上，如图 11-38 所示。

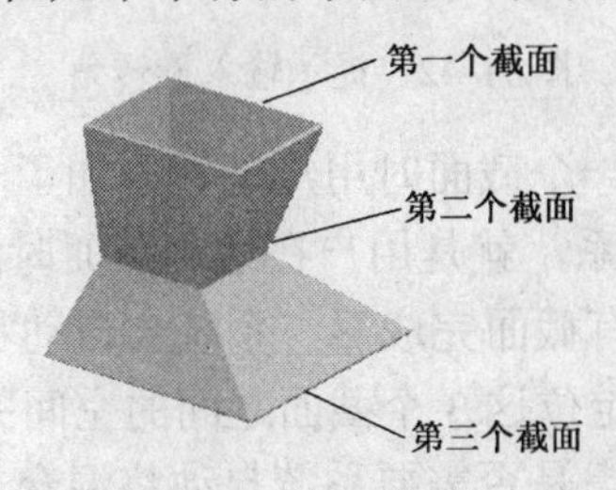

图 11-38　分布在几个平行的平面上的截面

（2）绘制一个截面后，要切换剖面才能进行下一个截面的绘制。在【草绘】工具选项卡中，选择【设置】|【特征工具】|【切换截面】命令即可进行下一个截面的绘制。

（3）完成截面绘制后，【壁曲面：混合，平行，规则截面】对话框中的【截面】选项显示已定义，如图 11-39 所示。接着在【属性】菜单管理器中有两种方式可供选择，如图 11-40 所示，即【直】和【平滑】选项，选择这两种方式的混合结果如图 11-41 所示。

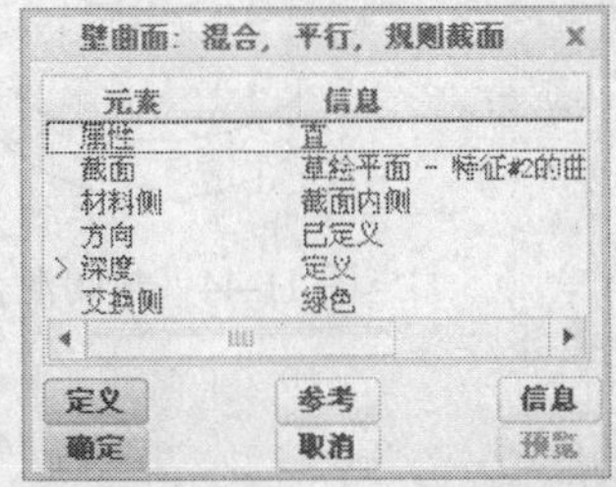

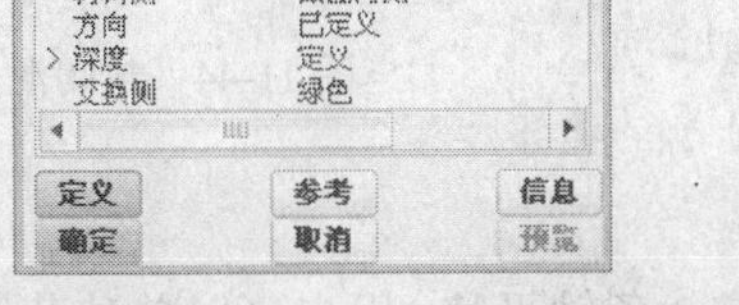

图 11-39　【壁曲面：混合，平行，规则截面】对话框

图 11-40　【属性】菜单管理器

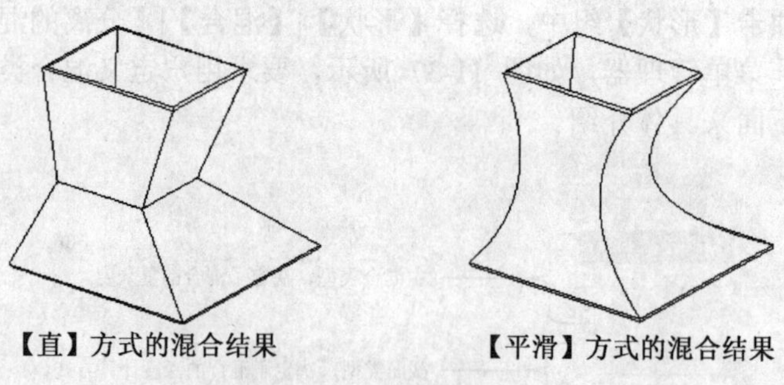

【直】方式的混合结果　　　　【平滑】方式的混合结果

图 11-41　不同的混合结果

11.7.2　旋转方式

旋转方式是指混合截面绕 *Y* 轴旋转，其最大角度可达 120°。用户可以单独草绘每一个截面，然后利用坐标系将它们对齐。

在【混合选项】菜单管理器中选择【旋转】选项，进入旋转方式混合设计，在绘制截面时，是绘制一个完成一个，并不需要切换剖面。绘制完成第一个截面后，系统会询问下一个截面相对于第一个截面绕 *Y* 轴旋转的角度，用户应当根据设计要求，在如图 11-42 所示的文本框中进行设置。

一般来讲，完成第二个截面后，系统会询问还要不要绘制第三个截面，用户可根据设计需要回答是或不是。

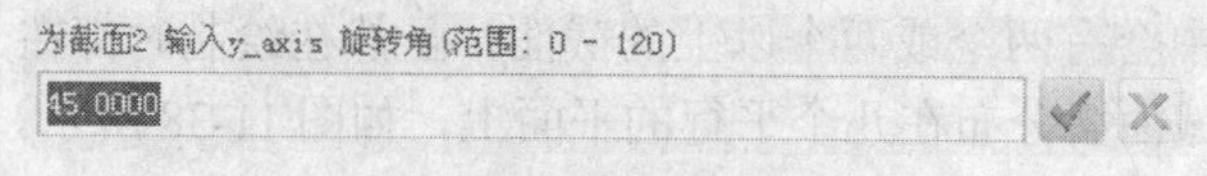

图 11-42　提示输入旋转角

绘制截面的关键在于绘制每一个截面时用户是否添加了一个坐标系，上面所说的“绕 *Y* 轴旋转”的这个 *Y* 轴所指的坐标系，就是用户在绘制截面时添加的坐标系。在绘制每一个截面时都要添加一个坐标系，当所有截面完成后，系统会自动将所有的坐标系（比如 3 个）识别为一个统一的坐标系，以用来定位这 3 个截面之间的空间关系，如图 11-43 所示。

另外，对于旋转混合，还要考虑是否需要系统自动将混合封闭，封闭混合的效果如图 11-44 所示。

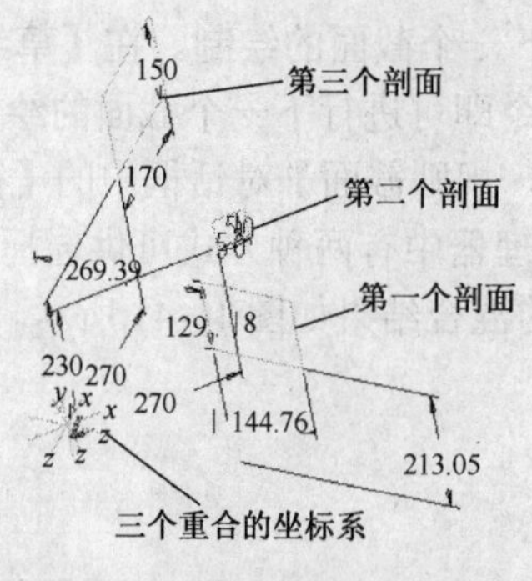

图 11-43　绘制截面时的坐标系

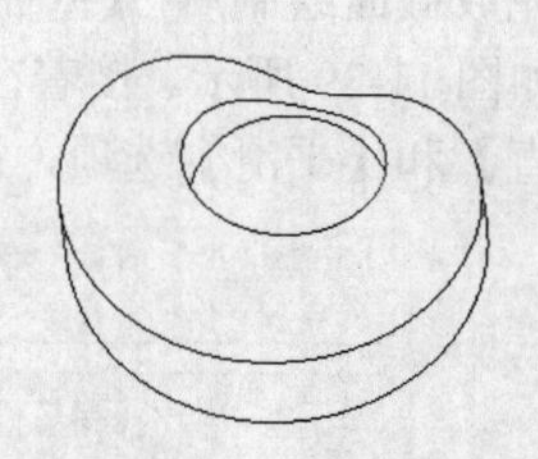

图 11-44　封闭混合的效果

11.7.3　常规方式

混合截面可以绕 *X*、*Y* 和 *Z* 轴旋转，也可沿这 3 条轴平移。用户可以单独草绘每一个截面，然后利用坐标系将它们对齐。

常规方式的制作原理和注意事项与旋转方式基本相同，只不过其截面不仅仅是可以绕 Y 轴旋转，而是可以同时绕 X、Y、Z 三个轴旋转甚至平移。简单地说，就是用户可以将下一个截面放置到空间中的任何位置来形成混合件，这里不再赘述。

11.8 钣金特征操作

下面介绍使用已生成的实体零件来生成钣金件的方法。

11.8.1 转化为钣金件的操作

实体零件生成钣金件实际上可以称为一种转换的过程。即首先生成实体零件，然后通过一定的操作将其转换为符合要求的钣金件。

首先，要理解在 Creo Parametric 中这样的操作属于模式转换，这里要做的是将对象从实体零件设计模式转换到钣金件设计模式，并通过一定的操作使转换后的零件符合钣金件的特征规则。具体转换命令如图 11-45 所示。

11.8.2 操作设置

在进入具体转换操作界面后，对于初学者来说，应当注意在命令提示栏中出现的系统操作提示，看系统此时要求用户做些什么，要确定的是对所选的实体零件采用何种方式转换为钣金件，提示如图 11-46 所示。

对于熟悉该软件的用户，就只需要关注系统同时打开的如图 11-47 所示的【第一壁】工具选项卡了，在其中可选择转换方式。

在【第一壁】工具选项卡中可以看到，其中有两种用于转换的方式，【驱动曲面】选项就是指要求用户在实体零件中选择用于驱动钣金厚度的初始面。但是，这种方式只适用于比较简单的实体零件，也就是统一厚度的实体零件。对于较复杂的零件来说，应当采用第二种方式，即【壳】选项。该方式有些类似于实体零件中的抽壳操作，可以处理一些比较复杂的零件。

选择【壳】命令后系统将出现如图 11-48 所示的【壳】工具选项卡，其作用是提供给用户具体的用于"壳"类转换的细节操作。

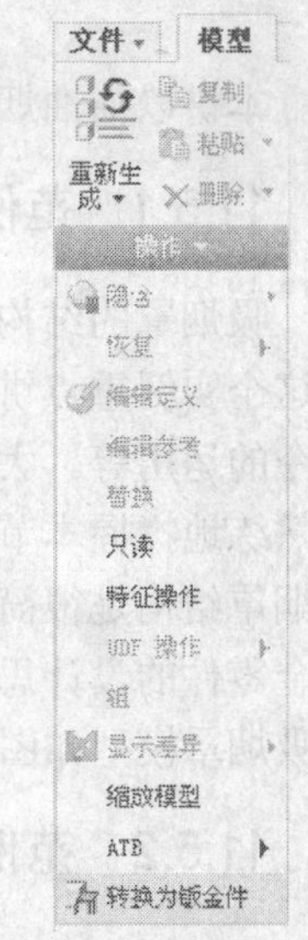

图 11-45 转换命令

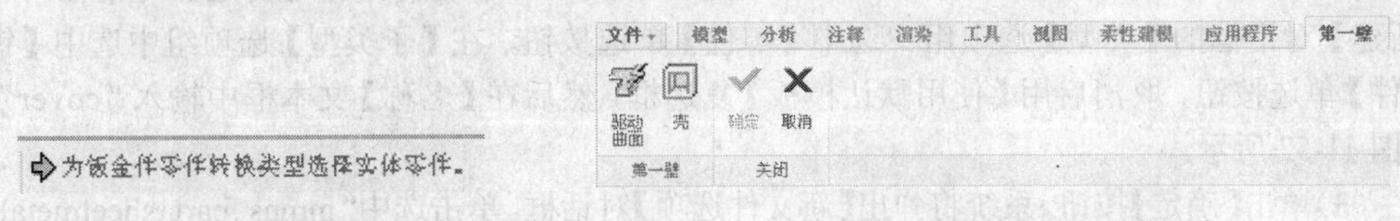

图 11-46 系统操作提示

图 11-47 【第一壁】工具选项卡

图 11-48 【壳】工具选项卡

【参考】面板就像在实体零件中进行抽壳操作一样，所要增加的是一组删除参考，即选择在抽壳操作时要删除的面。选择删除面的过程非常简单，直接用鼠标单击不需要的面即可，当然，如果想要像图 11-49 那样删除几个面的话，那么就需要按住 Ctrl 键并多次单击鼠标选择。

此时要求用户在【厚度】文本框输入即将创建的钣金件的厚度，输入后单击【应用并保持】按钮，即可完成所有操作。这样实体零件就被成功转换为钣金件了，转化后的钣金件如图 11-50 所示。

图 11-49 选择删除面

图 11-50 转化后的钣金件

11.9 范例练习

本讲以抽油烟机中常见钣金零件——吸烟罩为例，对相关的钣金命令进行详细讲解。

11.5.1 范例介绍

吸烟罩的结构比较简单，但它的结构利用到一些钣金中比较特殊的命令，所以本节将通过这个实例重点讲解设计钣金件的一些方法和技巧，比如混合命令技巧，也有平整、拉伸等命令的运用等。大多数这类钣金零件的设计都是由这些基本操作命令创建的，只要学习者能够熟练地撑握本节所讲的内容，就可以轻松的设计各种各样的零件结构。钣金模块下，设计吸烟罩结构是很简单的，但在这里最重要的不是学习这个例子本身，而是通过本例学习一种钣金零件的设计思路，以及设计类似零件时应该注意的一些设计要点等。本范例要制作完成的吸烟罩模型如图 11-51 所示。

11.5.2 范例制作

步骤 1：创建旋转特征

（1）单击【快速访问】工具栏中的【新建】按钮，系统将弹出【新建】对话框，在【新建】对话框的【类型】选项组中选中【零件】单选按钮，在【子类型】选项组中选中【钣金件】单选按钮，取消启用【使用默认模板】复选框，然后在【名称】文本框中输入“cover”，如图 11-52 所示。

（3）单击【确定】按钮，系统将弹出【新文件选项】对话框，单击选中“mmns_part_sheetmetal”选项，如图 11-53 所示。

（4）单击【确定】按钮，进入到创建钣金件模块环境中。

（6）在【模型】选项卡【形状】组中单击的【旋转】按钮旋转。

（7）在打开的【旋转】工具选项卡的【放置】面板中单击【定义】按钮，在弹出的【草绘】对话框中设置“FRONT”基准平面作为草绘平面和方向后，单击【确定】按钮，进入草绘环境，绘制如图 11-54 所示的草绘图形和中心线旋转轴。

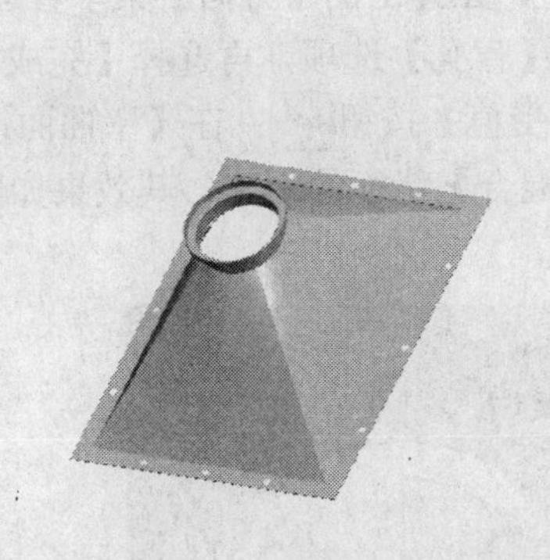

图 11-51　完成后的吸烟罩模型

新建
类型
布局
草绘
零件
装配
制造
绘图
格式
报告
图表
记事本
标记
子类型
实体
钣金件
主体
线束
名称
cover
公用名称
使用默认模板
确定
取消

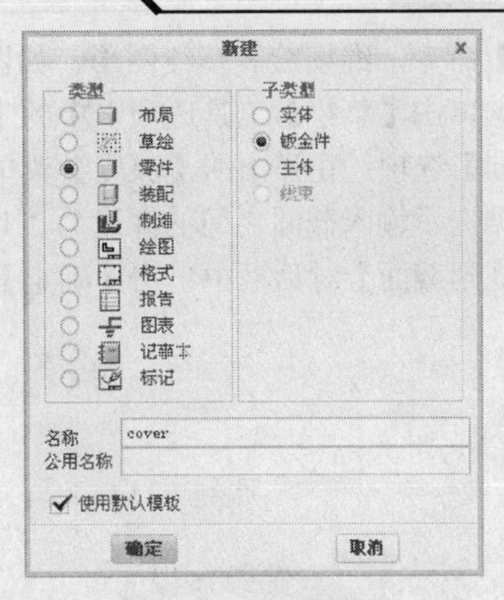

图 11-52　【新建】对话框设置

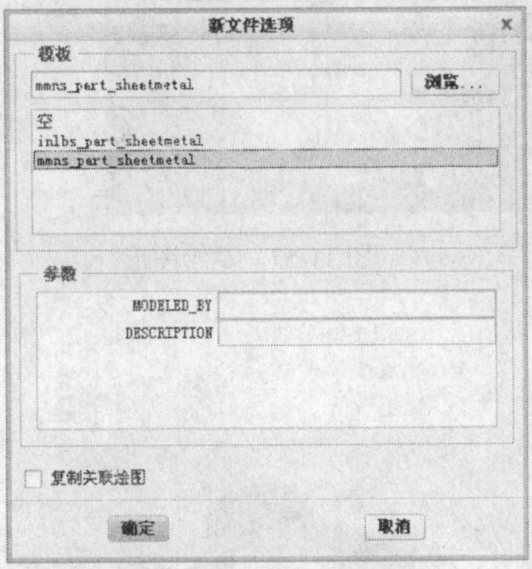

新文件选项
模板
mmns_part_sheetmetal
浏览...
空
inlbs_part_sheetmetal
mmns_part_sheetmetal
参数
MODELED_BY
DESCRIPTION
复制关联绘图
确定
取消

图 11-53　【新文件选项】对话框

20.00
50.00

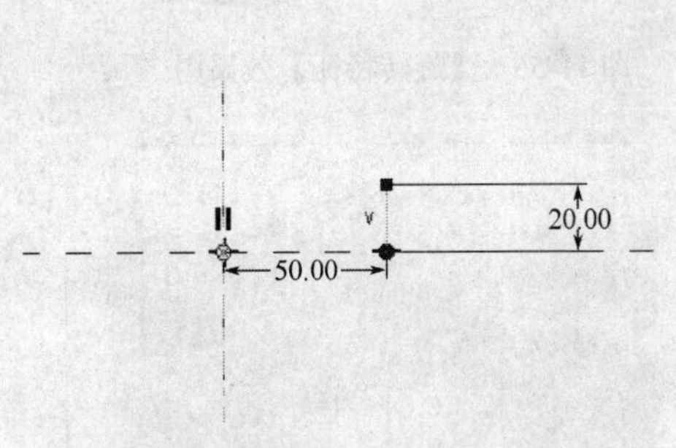

图 11-54　草绘图形和中心线旋转轴

（8）单击【草绘器工具】选项卡的【确定】按钮✓，返回【旋转】工具选项卡，输入厚度为“1”，如图 11-55 所示，单击【应用并保存】按钮✓，【旋转特征】效果如图 11-56 所示。

内部 CL
360.00
1.00

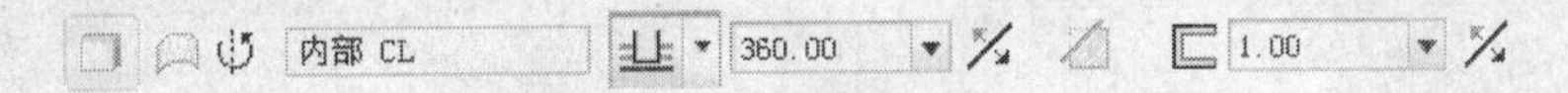

图 11-55　【旋转】工具选项卡

步骤 2：创建混合特征

（1）在【模型】选项卡【形状】组中单击【混合】按钮 混合 。

（2）在弹出的【混合选项】菜单管理器中依次选择【平行】、【规则截面】、【草绘截面】选项，然后选择【完成】命令；在弹出的【属性】菜单管理器中选择【直】选项后，选择【完成】命令；在弹出的【设置草绘平面】和【设置平面】菜单管理器中分别选择【新设置】和【平面】选项；再单击选中“FRONT”基准面；在弹出的【方向】菜单管理器中选择【正向】选项；在弹出的【草绘视图】菜单管理器中选择【默认】命令，进入草绘环境，绘制如图 11-57 所示草绘图形。

小技巧：如图 11-57 所示的圆需要打断为四等分段，主要是为了与下一个矩形截面的四个顶点对齐。

（3）在如图 11-57 所示的草绘图形上按住鼠标右键两秒钟，在弹出的快捷菜单中选择【切换截面】命令，继续绘制草绘图形，如图 11-58 所示。

（4）单击【草绘】工具选项卡中的【确定】按钮✓，在弹出的【方向】菜单管理器中选择【正向】选项；在弹出的【深度】菜单管理器中选择【盲孔】选项，再选择【完成】命令，然后根据提示输入截面之间的深度为“150”；单击【接受值】按钮；在【壁曲面：混合，平行，规则截面】对话框中单击【确定】按钮，完成【混合】特征的创建，其效果如图 11-59 所示。

图 11-56 【旋转特征】效果图

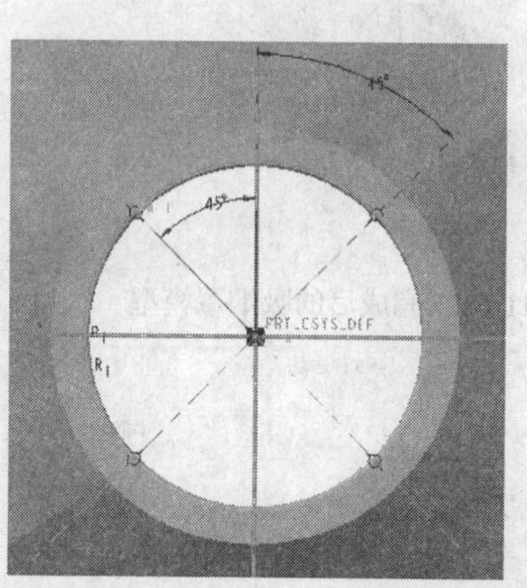

图 11-57 草绘图形

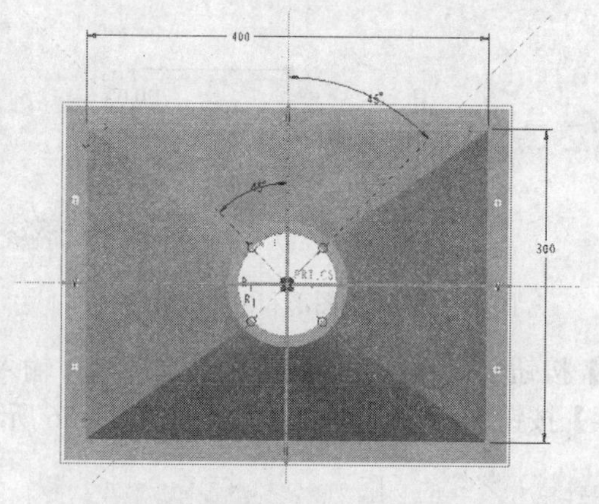

图 11-58 草绘图形

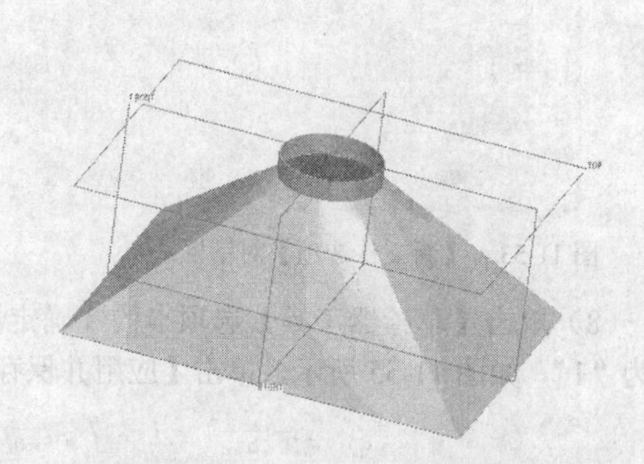

图 11-59 【混合】特征效果

步骤 3：创建平整特征

（1）单击【模型】选项卡【基准】组中的【平面】按钮，系统将弹出【基准平面】对话框，单击“TOP”基准平面，在【基准平面】对话框中的【平移】文本框中输入“150”，单击【确定】按钮，完成基准平面的创建。

（2）单击【模型】选项卡【形状】组中的【平面】按钮 平面，然后在打开的【平面】工具选项卡中单击【参考】标签，切换到【参考】面板，再其中单击【定义】按钮，系统将弹出【草绘】对话框，选中上一步所创建的基准平面，单击【草绘】按钮，进入到草绘环境，绘制如图 11-60 所示的草绘图形。

（3）单击【草绘】工具选项卡中的【确定】按钮✓，返回【平面】工具选项卡后单击其中的【应用并保存】按钮，其效果如图 11-61 所示。

（4）在【模型】选项卡【形状】组中单击【平整】按钮，打开【平整】工具选项卡，切换到【放置】面板，然后选择如图 11-62 所示图形中的红色显示的边（外边），切换到【形状】面板，将壁的高度设置为“9”。

（5）单击【应用并保存】按钮✓，得到的效果如图 11-63 所示。

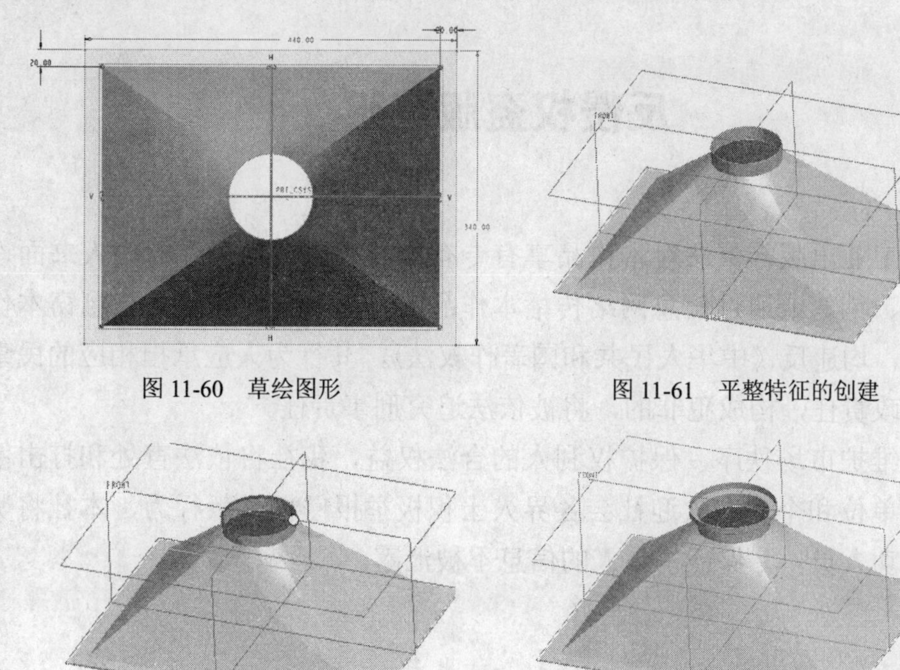

图 11-60　草绘图形

图 11-61　平整特征的创建

图 11-62　选中红色边

图 11-63　【凸缘】特征的创建

步骤 4：创建拉伸特征

（1）单击【模型】选项卡【形状】组中的【拉伸】按钮，打开【拉伸】工具选项卡，单击【放置】标签，切换到【放置】面板，再单击【定义】按钮，选中创建平整特征时创建的基准平面 DTM1，单击【草绘】对话框中【草绘】按钮，进入草绘环境，绘制草绘图形，如图 11-64 所示。

（2）单击【草绘】工具选项卡中的【确定】按钮✓，返回【拉伸】工具选项卡，单击【应用并保存】按钮✓，得到范例的最终效果，如图 11-65 所示。至此，这个范例就制作完成了。

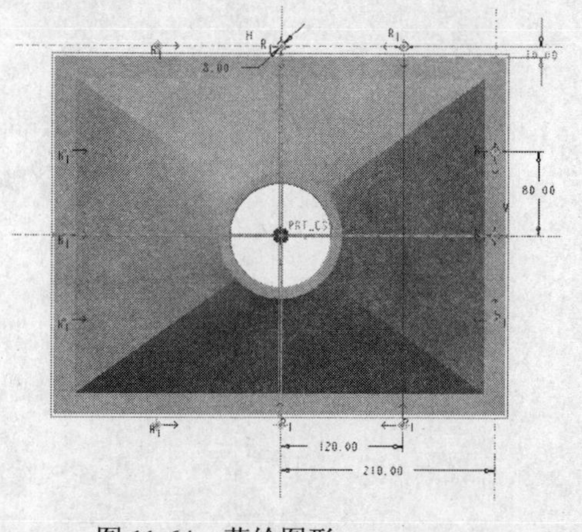

图 11-64　草绘图形

图 11-65　吸烟罩的最终效果图

反侵权盗版声明